猫の刻参り

三島屋変調百物語拾之続

宮部みゆき

新潮社

猫の刻参り

三島屋変調百物語拾之続

目次

序　5
第一話　猫の刻参り　7
第二話　甲羅の伊達　137
第三話　百本包丁　351
富次郎の話——命の取引き　623

猫の刻参り

三島屋変調百物語拾之続

序

江戸は神田《かんだ》三島町《みしまちょう》にある袋物屋の三島屋《みしまや》は、黒白《こくびゃく》の間《ま》と名付けた客間で、風変わりな百物語を続けている。人びとが一座に集って次々と怪談を披露し合う昔ながらの形式とは違い、この変わり百物語の語り手は一人、それを迎える聞き手も一人である。

最初の聞き手は、主人・伊兵衛《いへえ》の姪のおちかであったが、幸いにも良縁を得て嫁ぎ、この度は赤子にも恵まれた。おちかの座を継いで二人目の聞き手となったのは、気楽な次男坊の富次郎《とみじろう》だ。家業を助けてお店《たな》で働きつつ、実は絵師になりたいという密かな夢を抱く富次郎は、語り手から聞きとった話をきれいに聞き捨てするために、一話ごとに墨絵を描くという工夫をこらしていた。

ところが、ある語り手の話をきっかけに、筆一本の道で生きるなど、自分のような甘ったれた男には無理なことだと、富次郎は夢を諦める。だがその断念をさらに翻し、やはり描きたい、自分は絵の道で生きたいのだと、己の本心を直視する契機となったのも、また別の語り手の話に涙したことだった。

人は己の身の上を語り、思い出を語り、言葉で己のたどってきた心の道筋を示す。その言葉は他者を動かし、ともすればその人生まで変えてしまう力を持っている。あるときは善い方へ。あるときは悪い方へ。明るい方に導く場合もあれば、暗い方へ連れ去ることもある。

次の語り手が運び来るのは、明か暗か。三島屋の変わり百物語に、今日も新たな語り手が訪れる。

第一話

猫の刻参り

叱られ、怒鳴られ、勘当を言い渡されることがあってもおかしくはない――と覚悟していたのに、三島屋の主人である父・伊兵衛は落ち着いていた。

「絵師になりたい、とな」

口調が尖ることはなく、さほど驚いている様子もない。

跡取りの伊《い》一郎《いちろう》が三島屋に戻り、進んで商いの舵をとるようになってから、いろいろな点で気苦労が減ったのだろう。伊兵衛は少しふくよかになってきた。今も、顎の先を指でつまんで小首をかしげると、頬のあたりに以前は見当たらなかったたるみが現れる。

「昨日今日の思いつきじゃあるまい」

富次郎は伊兵衛の前に正座し、畳に両手をついたまま、顔だけはしっかり持ち上げていた。父の眼にどんな色が映り、その顔がどんなふうに歪もうと、けっして目をそらすまいと思い決めて。

「何度も考え直し、それでも心に決めたことでございます」

答える声は震えてはいないが、いつもよりちょっと高くなっている。

「おまえのその存念を、お民《たみ》から聞いたことはあるんだ」

応じる伊兵衛の声音は穏やかで、

「おっかさんが、わたしの胸の内をお見通しだったということでしょうか」

富次郎の驚きを楽しんでいるように、ちょっと剽軽《ひょうきん》な響きがあった。

「去年の水無月（六月）の朔日《ついたち》に、お民と二人で富士参りに行ったろう」

確かに、鐵砲洲稲荷《てっぽうずいなり》へ出かけた覚えがある。そういえばあのとき――

「恵比寿屋《えびすや》にいたときお世話になった絵師の師匠《せんせい》と、ばったり会ったんです」

花山蟷螂《はなやまとうろう》という雅号の、四十路《よそじ》過ぎの絵師である。

「久しぶりでしたから、挨拶をして、少し立ち話をしましたが」

「そうそう。その師匠のことを、おまえがひどく懐かしんでいる様子だったと、お民は言っていたんだよ」

おっかさんとどんな話をしたっけ。富次郎はよく覚えていない。実はこのときの邂逅《かいこう》には続きがあって、富次郎には、その続きの出来事の方が忘れがたいのだった。

富士参りの数日後、絵師に伴していた筆墨硯《ひっぽくけん》問屋の手代頭がわざわざ三島屋まで挨拶に来て、手土産に、花山師匠が富次郎を画才ありと見込んでいた――という話を届けてくれた。そんなことを聞かされて、富次郎だって胸が騒がないわけはない。そわそわと過ごして、でも結局は、絵の道に進むにはいささか遅すぎると自分に言い訳をして、その件は忘れることにしたのだった。

「変わり百物語の聞き手をしながら、おまえがいちいち絵を描いていることも、お民はちゃんと知っていたよ」

そちらの方も、ひた隠しにしているわけではないので、覚《さと》られていても仕方がない。

「もっと良い画材や道具を買ったらどうだと勧めたら、自分にはもったいないと言ったそうだな」

おっかさんが、いちいちそんなやりとりまで心に留めていたとは知らなんだ。

「そのときは、まだわたしの腹も今のように決まってておりませんで、絵を描くのはあくまでも手すさび、暇つぶしの遊びだと思っていたんでございます」

「ふうぅん」と応じる伊兵衛の福々しい顔に、大黒天様のような笑みが浮かぶ。富次郎はつうと冷や汗をかく。

「以前、おとっつぁんはこんなことをおっしゃいましたよね」

正月だったか、お店《たな》を挙げて繰り出す花見の折だったか、とにかく賑やかな宴席で、一杯きこしめした伊兵衛が、問わず語りに口にした言葉だ。富次郎は何となく聞き覚えていただけだが、今、絵の道に進みたいという望みを強く抱くようになると、あらためて父のこの言の重みを感じるようになった。

——よほどの不器用者でなければ、袋物は誰にでも縫える。裁縫上手な人ならば、人に頼まれて豪奢なものを作ることもあろうし、自分の楽しみのために細工を凝らすこともあるだろう。それとは反対に、丈夫で使い勝手さえよければ見てくれなど気にしないという人にとっては、筒縫いの麻袋でも充分に用は足りてしまう。

つまり三島屋の商いは、振り出しからして暮らしに必須のものではない。世間の上澄みの部分で成り立っている贅沢な商売なのだ。

——だからこそ、どの一針も、どの一折も、けっしておざなりにしてはいかん。私らは、気を緩めれば、たちまち「商い」からただの「手すさび」に落ちてしまうものを扱っているのだということを忘れてはいかんぞ。

富次郎が諳《そら》んじてみせた言に、伊兵衛は目をぱちくりさせている。

「本当に私がそんな偉そうなことを言ったのかい？」

「ええ、とうとうと」

「よっぽど酔っ払っていたんだなあ」

今ごろになって照れられても困る。

「おとっつぁん」

呼びかけて、富次郎は畳に指を揃え直す。

「日用品の袋物でさえそうであるならば、わたしが進みたいと望む絵の道など、もっと贅沢な遊びの道でございます」

多くの人びとが、趣味で絵を描く。富次郎が商いの修業で奉公していた恵比寿屋の主人もそうだった。けっして巧くはなかったし、蟷螂師匠から真面目に学ぶ気もなさそうだったが、短冊や扇子にちょいちょいと季節の草花を描いて芸者を喜ばすことぐらいは充分にできて、ご当人もそれで満足していた。

「他人様が遊興ですることを技として磨き、その技で世渡りしようという、それがどんなに図々しいことであるか、わたしなりに屹度《きっと》この身に言い聞かせております。努力が及ばず、運をつかめず、己の才を磨くことがかなわなければ、人並みの暮らしさえ覚束なくなることも覚悟の上でございます」

だが、それでも、富次郎は絵筆と共に生きていきたい。

「どうぞ、わたしが蟷螂師匠に弟子入りすることをお許しください。このとおり、お願い申し上げます」

蛙みたいにぺったんこになる富次郎の前で、伊兵衛はまた目をぱちくりさせる。初めは本当に面食らっていたのだが、だんだんとこの場の雰囲気が面白くなってきて、わざとぱちくりを続けながら考えていた。

——この子もようやく本気を出したか。

長男の伊一郎は二十五歳、次男坊のこの富次郎は二十三歳。どちらももう「子」ではない。だが今は敢えて子供扱いしたいのだ。

伊一郎が万事に賢く、少し冷淡なところがあり、そのくせ人好きするという得な性分であることは、子供のころからわかっていた。手習所の師匠には「どんな大物になるやら空恐ろしい」と言われたし、得意先の一つである某旗本の養子に請われたこともある。商いの修業に行かせた小物商の菱屋《ひしや》では、最初からその話はなしだと約束していたにもかかわらず、何度もやっぱり婿にくれないかとねだられて往生したものだった。

当の本人は、長男として「三島屋を継ぐ」という生き方に、一度も迷う様子がない。それも、伊兵衛とお民が築き上げたお店を守るだけではなく、伊一郎にはもっと大きな野心があるらしい。

もう三十数年も前のこと、夫婦で縫った袋物を笹竹に吊して振り売りを始めたとき、

――いつかは江戸市中で三番目に有名な袋物屋にしよう。

伊兵衛とお民はそういう夢を語っていた。三番目というのは、名店として知られている二軒の袋物屋、池之端仲町《いけのはたなかちょう》の越川《えちかわ》と本町《ほんちょう》二丁目の丸角《まるかく》の次という意味だ。一番二番に取って代わろうというのは遠大な夢に過ぎる。あんまり欲をかいてはいけない。この夫婦の堅実な人柄が、そんなところにも現れていた。

真面目に商い、意匠に工夫を重ね、丁寧な縫い仕事を重ねて、今や三島屋は確かに市中で三番目の袋物屋の座にある。贅沢な古典意匠の多い越川や丸角よりも、三島屋の軽快な品柄が好ましいと贔屓《ひいき》にしてくださる客筋もつかんだ。伊兵衛とお民の夢はかなった。

ところが跡継ぎの伊一郎は、そういう両親とはまったく違う夢を抱いている節がある。まだはっきりと言葉で説明してもらったことはないが、伊一郎は、三島屋の将来を先達の名店と比べてどうこう測る――という考え方そのものを捨てているようだ。まったく別の物差しを持って、三島屋の

二代目として立とうとしている。ただ、単純に商売替えするということではなさそうなのが、また推し量りにくいところであった。

長男の野心は頼もしくもあるが、危なっかしくも感じられる。伊兵衛とお民は、伊一郎に向かって、これまで自分たちが歩んできた道筋を振り返り、その経験から得た学びをもとにして語ることしかできない。ここまで夫婦で築いてきた身代を潰し、お店のために身を粉にして働いてくれてきた奉公人たち、職人たちや縫い子たちを路頭に迷わせることがあってはならない、それだけは駄目だと意見することしかできない。

親なんて無力なものだと、ふと苦笑いを嚙みしめることもある。だがこれは、跡取り息子が放蕩ばっかりしていて、どれほど説教してもどうしようもない——という嘆きではない。それとは逆の贅沢な悩みだ。思えば、伊一郎は子供のころから聡《さと》かった。人生の早いうちから自分の足で立ち、自分の目で世間を見て、自分のおつむりで考えて、自分の行き先を決められる、それだけの器量に生まれついたのだ。親の育て方がよかったのではない。生まれついての器量だ。

伊兵衛とお民にとって、伊一郎はとんびが生んだ鷹だ。幸いに思う一方で、寂しさもあった。それを埋め合わせてくれるのが、次男の富次郎だった。歳は二つしか違わないが、いかにも弟らしい甘ったれのところがある。調子のいいところ、良い意味でまわりの人びとの顔色に敏感で、場の取り持ちが上手いこと、優しさと思いやりと、手間を惜しまず自分で動くまめなところも。

伊一郎は多くの人に熱心に好かれる一方で、ごく稀ではあるが、合わぬ人にはとことん疎まれたり避けられたりすることがある。富次郎は熱っぽく好かれることはないが、水のように誰にでも添える。水のように、強い匂いも味もない。相手に気を使わせぬ気配りと気遣いを身に着けている。

伊兵衛とお民が案じていたのも、まさにその点だった。あまりにも気配りに長けてしまったせいで、富次郎には彼自身の強い意志や希望がないのではないか。背骨となる気概や野心が育っていないのではないか。折に触れて、夫婦は小声で話し合ってきた。

幼いころから、あれがほしい、こうしたいと我を張る気質《たち》ではなかった。その点でも、いつも自分の意志と要求をはっきり口に出す伊一郎とは対照的だった。たとえば新しい小袖や、玩具のたぐいを与えるときも、種類の違うものを並べて二人に選ばせると、富次郎はいつもこう言った。

——兄さんはどっちがいいの？　おいらは、残った方でいいよ。

優しいし、控えめだ。それは長所ではある。だが、「自分から物事を選択しない、決定しない」というのは、胆力がない意気地なしの生き方でもある。

仮に富次郎が心の底から兄の右腕になりたい、伊一郎が目指す二代目三島屋の補佐役になりたいと願っているのだとしても、真の補佐役というものにもまた相応の器が要る。そして意気地なしはそんな器にはなり得ない。

——好きな娘さんでもできたら、富次郎にも我が出てくるかもしれないわ。

お民はそんなことを言っていたが、伊兵衛はその線には期待を抱いたことがない。従妹《いとこ》のおちかに対する優しさとまめまめしさを見ているだけで、言っちゃあ悪いが「こいつは駄目だ」と思ったからだ。つまり、美しい娘を自分のものにしようという欲がない。口説くより先に、恋の駆け引きをするよりも前に、親切にしてしまう。これはただの朴念仁《ぼくねんじん》よりも始末が悪い。挙げ句、おちかは瓢簞古堂《ひょうたんこどう》の勘一《かんいち》に嫁いでしまって、富次郎はその幸せを喜びながら、心の隅では嫉妬に鬱々としており、それでいてその屈託に自分ではまったく気づかないという体たらくだった。

この燻《くすぶ》る嫉妬心は、変わり百物語の聞き手を務めているうちに、何かしら晴れるきっかけがあったのか、今では消えている。消えずに痼《しこ》るよりはよかったが、果たして富次郎がこのことでどれぐらい大人になったのか、かなり怪しいものだと伊兵衛は思っていた。

そういう次男坊である。いい奴だ。愛《う》い倅《せがれ》で、憎めぬ弟で、お店にとっては本人が自称しているとおりの気の良い小旦那《こだんな》さんだ。

——それじゃ毒にも薬にもならんのに。

その富次郎が、ようやく我を出してきた。親の商いを継がずに、絵師になりたいと。

先ほどから、やれ嬉しやと笑いがこみ上げてきそうになるのを、伊兵衛は苦労して嚙み殺している。声音に喜色が混じってしまいそうで、なかなかしゃべることも難しい。喉声で唸っていると、駆込み訴えする村長《むらおさ》もかくやという必死の形相で畳に手をついていた富次郎が、はっと身を起こした。

「おとっつぁん、どうなさいました？」

膝をにじらせて、富次郎が寄ってくる。その慌てぶりも可笑しくて、伊兵衛はますます笑いそうになり、何とか場を立て直そうと思案をめぐらせると、

「ひ、ひ、ひ」

「え？　肘がどうかしましたか」

「肘じゃない。ひ、ひゃく」

とうとう噴き出してしまいながら、伊兵衛は勢いよく問いかけた。

「百物語の聞き手はどうするつもりだ？」

今度は、富次郎が目をぱちくりさせる番であった。

「お、おとっつぁん」

この期に及んで、真っ先に変わり百物語のことを案ずるのか。

もちろん、富次郎にとって、黒白の間の聞き手であることは大きな意味があったから、絵師になろうという修練の道を選び、その大切な務めから離れざるを得なくなってしまうことについては、深く思い悩んでいた。

だが、伊兵衛もそれを心配するとは……。

――まさか思い入れがあったのか？

正直、おちかのために変わり百物語を始めた当時ならばいざ知らず、今の三島屋では、変わり百物語に熱を抱いているのは、富次郎自身と守《も》り役《やく》のお勝《かつ》ぐらいだろうと思っていたのに。

「おまえの腹づもりとしては、蟷螂師匠に弟子入りするというのは、うちから出ていって、師匠の家に住み込んで、内弟子として働きながら絵を習うということなんだろう？」

問われて、富次郎は大きくうなずいた。

「だって、わたしは指南料を払うことができませんから、師匠のところで下働きするよりほかに術《すべ》がありません。だいいち、おとっつぁん、画業に限らず芸事の世間では、本気で何かを学ぶ弟子になるには、みんなそのようにするもので……」

「みんな？　通いじゃ本気にならないと、誰が決めたんだ」

え。戸惑う富次郎の前で悠々と懐手をすると、伊兵衛はさらに問いかけてきた。「そもそも、どうしておまえは師匠に指南料を払うことができんのだ？」

え。え。え。大丈夫かな、おとっつぁん。そんなの当たり前の話じゃないか。

「絵の修業に打ち込めば、三島屋の商いを手伝うことができなくなります。お店の役に立たぬわたしは、これまでのように小遣いをもらうことも、衣食を面倒見ていただくこともできません」

「だったら、せめて変わり百物語の聞き手だけでも務めて、その分の給金をもらおうとは思わんのか」

打ち返すように真っ直ぐな伊兵衛の問いかけに、富次郎は、家にいながら狐狸《こり》に欺《だま》されているみたいな気分になった。

――このやりとり、おいらの都合のいい夢じゃないよなあ。

神無月（十月）二十日の恵比寿講をにぎやかに済ませ（一昨年はまだおちかがいたんだよねえと、皆と懐かしく語り合った）、あと数日で暦がめくれて霜月（十一月）が始まる。江戸の町に冬が訪れるのだ。伊兵衛の居室の長火鉢では炭火が燃え、五徳に載せた南部鉄瓶の口からほのかな湯気が立ちのぼっている。

心休まる六畳間。伊兵衛の居室は、主の人柄をそのまま映している。これまでずっと、お店の主人としても父親としても、どんなときでも厳《いか》めしく恐ろしい人ではなかった。目下の者を叱るときでさえ言葉を選び、諭しながら優しく笑う。小さなことでも感謝を忘れず、嬉しいときや良いことに出会ったときには、恰好をつけずに喜んでみせる。

そういう父だとわかってはいたけれど、今度ばかりは話が別だから、富次郎は覚悟を固めていたのだ。兄を助けて三島屋をますます盛り立てるべき立場の自分が、いつ実を結ぶかわからぬ、一生浮かばれることなどないかもしれぬ画業の道を選ぼうとするなんて、お店と家族に対する裏切りだ。叱られぬわけがないし、父に泣かれてしまうかもしれない。

——それなのに。

「どうして」

富次郎は小さく呟き、自分が先に泣きそうになっていることに気づいて、慌てて拳骨を目元にあてた。

「おとっつぁんは、そんな甘いことを言ってくださるんでしょう。わたしはとんだ放蕩息子でございますよ。三島屋の将来に汚点をつける、できそこないでございますよ」

すると伊兵衛は言った。「そうとは限らない。おまえが絵師として名を揚げて、一代で財をなすことだってあるかもしれん」

鉄瓶の湯気が、伊兵衛の勢いのいい鼻息でふうと流された。

「……そんな……大甘すぎます」

富次郎はいよいよ涙が出てきた。

「私はむしろ、おまえがどうして悪い方にばかり考えるのか不思議でしょうがない」

自分の才に恃《たの》むところはないのか。ちっとは自信があるからこそ、その道を選ぼうというのじゃないのか。後ろ向きなことばかり言い並べていて、どんな得がある？　伊兵衛の言には迷いがない。

「先回りして良くないことばかり言っておけば、本当に失敗したときに、大恥をかかずに済むとでも思っているのか」

どきりとした。富次郎にその了見はない。ないと思う。ないはずだ。自分の胸に問うてみると、手が震え始めた。

「私は袋物の商いのことしか知らんが、腕一本で何かを成そうというならば、失敗して恥をかくのも、金に困るのも、なかなか一人前になれずに世間で肩身が狭いのも、全て当たり前のことだ。その当たり前のことから逃げようとするのなら、おまえは絵師どころか何者にもなれないよ」

厳しい口調ではない。叱ってもいない。いつもの伊兵衛の声音だ。それでも富次郎は身体まで震えが回ってきて、膝の上に拳をおろしてうなだれた。

「いや、順番が違うな。こういう話はあとでいいんだ」

まずは変わり百物語のことなんだ——と、伊兵衛は懐手を解いて身を乗り出した。

「おまえ、家《うち》から出ていくなら、変わり百物語の聞き手はどうしようと思っていた？」

富次郎は蚊の鳴くような声で答えた。「おとっつぁんのお許しをいただけるならば、お勝に託すか……それが駄目ならば」

「取り止めにするしかないよな」

富次郎はがっくりと頭を下げた。

「おまえの他には、進んで聞き手を務めようという者は見当たらない」

「はい」

伊兵衛もお民も商いがいちばんだし、

「兄さんは、おちかが嫁ぐときに、変わり百物語など止めてしまえと言っていたくらいですから」

「うむ、あいつの存念は私も知っている」

顎の先をつまみ、伊兵衛はちょっと苦い顔をした。富次郎にとっては意外な表情だった。

「まあ、そっちは伊一郎の問題だから、おまえが案じることじゃない」

言って、伊兵衛は短い鼻息を吐いた。

「富次郎。おまえは望んで変わり百物語の聞き手を引き継いだはずだよな」

うなだれたまま、富次郎は大きくうなずいた。「最初は面白半分で、おちかが聞き手を務めているところを見物していたんですが、これはただ面白いだけのことではない、語り手の一生分の重みが詰まったお話を受け止めるのだと気がつくと」

恐ろしくもあり、楽しくもあり、学ぶことが多々あって、やりがいもある。ぜひ、自分が継ぎたいと思ったのだ。

「なのに今般は、それほど腹を決めて引き受けたことを諦めて……いや、途中で放り出して、画業に打ち込もうという」

放り出すとは人聞きが悪い。だけど、そういうことになるのか。言葉だけ好いように言い換えても、身勝手なふるまいは変わらない。

伊兵衛は思いっきり顔を歪め、口をへの字にひん曲げて、言った。

「私も浅学で知らなかったのだが、百物語には禁忌というものがあるそうだ」

富次郎は顔を上げて、父親の顔をそうっと窺い見た。「百話まで語ってはいけないのでございま

ぬ。

百話まで満たしてしまうと、その場で恐ろしい怪異が起こるから、九十九話で止めなければなら
しょう？」

「それもそうだが、もう一つある」

伊兵衛は口の端から押し殺したような声を出した。

「ひとたび始めたからには、九十九話まで満たさずに止めてはいけない。さもないと、百話まで語ってしまったときよりもさらに恐ろしい凶事を招いてしまう、と」

え。そっちの禁忌は初耳である。

「おちかからもお勝からも、聞いたことがございませんが……」

歪んだ表情を保ったまま、伊兵衛はふんと鼻を鳴らし、ちょっと反《そ》っくり返った。

「事の始めに、おちかのために変わり百物語の語り手を募《つの》るときに、この手の趣向に通じたお人から、いろいろと知恵を授けてもらったのだよ。そのなかに、この二つ目の禁忌があったんだ」

となると、伊兵衛は最初から、一度百物語を始めてしまったら、半端に止めることはできぬと承知していたということになる。しかし、それでは少々割り切れぬ気がする富次郎だった。

――だって、そんなにもその禁忌を気にしていたのなら、おちかが瓢簞古堂に嫁ぐと決まったとき、誰か引き継ぐ者を決めておかないとまずいって、真っ先におとっつぁんが騒いでもよさそうなものだ。

ちょうど二年くらい前のことになるが、実際にはそんな騒ぎはなかった。とっとと止めてしまえと言い切る伊一郎ほど冷たくはなかったが、伊兵衛はおちかの祝い事で頭がいっぱいで、変わり百物語のことなどは、あとで何とでもやりようがあると、軽く考えている様子だった。富次郎はそれをよく覚えている。

――おとっつぁん、調子のいい作り話をしてるんじゃないの？

だからこそ、今はことさらに怖い表情をつくっているのじゃないのか。

富次郎はじいっと父の顔を見た。見つめられて、伊兵衛のへの字の口がゆるんできた。

「な、何だ、その顔は」

「おとっつぁんこそ」

喧嘩ではないから、睨み合っているのではない。にらめっこだ。どっちの眼力が強いか、勝負勝負。

「……喉が渇いた。熱いお茶を淹れてくれ」

先に目をそらしたのは伊兵衛の方だった。富次郎は素直に応じて、てきぱきと動いた。ここに備え付けの茶道具は、お民がどこかで見つけてきた古伊万里《こいまり》の一式で、なかなか趣のある宝づくしの絵柄がついている。なのに、それを載せる茶盆は古くさく、これという飾りも彫りものも、意匠の工夫もない。敢えて尋ねるほどのことでもないが、何となく不思議に思っていた。

「手慣れているな」

茶筒から茶葉をすくい出し、急須に入れ、少し冷ました白湯《さゆ》を三匙分ほど入れて、茶葉をさっとくぐらせたら、迷わず茶殻入れに捨てる。この淹れ方を教えてくれたのはお勝で、

――茶葉の埃を落とすんでございます。

客用の上等な煎茶はさておき、三島屋の人びとが好んで喫する番茶や棒茶、ほうじ茶では、こうするとえぐみが抜けるという。

「変わり百物語の語り手にも、おまえはこうやってお茶を淹れるのだろう」

「語り続けていると、喉が渇きますから」

聴き入っている富次郎も、手に汗を握り、心の臓がばくばくして喉が渇くことが多い。

「茶菓子も、毎度いろいろ趣向を考えて、わざわざ自分で買いに行くこともあるそうじゃないか」

「そんな話、誰がおとっつぁんの耳に入れているんですか」

「お勝と新太《しんた》」と答えて、伊兵衛は笑った。「二人がご注進してきたんじゃない。八十助《やそすけ》や女中たちに話しているのを、私が小耳に挟んだだけだ」

新太は小僧、八十助は大番頭だ。

――小旦那さまが、黒白の間のお客様のために用意するお菓子は、いつもとびっきり旨いんだ！

――市中で評判のものだけでなく、これから評判になるものを見つける目もお持ちなんでございますわ。

この居室の茶筒に入っていたのは、濃い深緑色の大ぶりな茶葉だった。淹れると、野生の香りがたった。それを湯飲みにたっぷり満たし、伊兵衛の前に置く。

「いただきものの茶葉なんだ」

熱そうに指を立てて湯飲みをつかみながら、伊兵衛は言った。

「私が袋物の振り売りをしていたころからの付き合いのお茶屋さん、大松屋《だいまつや》さんというお店が、小伝馬町《こでんまちょう》二丁目にあってね」

お上の囚獄、通称・伝馬町の牢屋敷のある町筋である。

「昔、牢獄に繋がれている囚人たちの慰めに、せめていい茶葉を焙じる香りをかがせてやろうと、毎日大団扇で煙を送っていたら、騒々しいとお咎《とが》めをくらってしまった」

肝を縮めた筋のいい仲卸問屋から取引きを切られてしまい、困《こう》じ果てた主人自ら、江戸近郊で茶葉を売ってくれる農家を探して歩いた。

「そして見つけたのがこの茶葉なのさ。花川戸《はなかわど》の先で採れるから、そのまま荷足船《にたりぶね》に積んで運んで来るんだ」

花川戸は大きな船着場が有り、江戸市中の水路を使った往来の要所の一つだ。さほどの田舎ではないのに、こんなにも野趣に富んだ茶葉が育つとは。

「ついでに言うと、牢屋敷のお役人にこっぴどく叱られて、大松屋さんが表戸を閉じて謹慎しているとき、私は串団子を山ほど買い込んで、差し入れに行ったよ」

大松屋は涙して喜び、お礼にと、伊兵衛が今も使っている茶盆をくれたのだという。

「素朴を通り越して、パッとしない品だと思うだろ？　ところがどっこい、ざっと三十年使い込んだら、めったにない名品になるんだそうだ」

あと十年くらいかな、と楽しそうに呟き、熱い茶をすする父の姿に、富次郎の波立った心も静まってきた。

「……これまで聞いたことのないお話です」

「語ったことがないからね。今だって語るつもりはなかった。ひょっこり口から出てきてしまったんだ」

言って、伊兵衛はしげしげと富次郎の顔を見た。

「おまえは、いい聞き手なのさ」

やめてくださいよ。また胸が詰まる。だが、伊兵衛は穏やかな声音で続けた。

「商いだって絵の修業だって、道は一つじゃない。工夫次第なんだ。世間様がよくそうしているやり方に拘《こだわ》って、真似するなんざつまらないと思わないかい」

独自の道を行こうじゃないか。

「おまえは変わり百物語を続ける。お店の仕事もできる限り手伝う。うちからは、おまえのその働きに見合う給金を払う。それで蟷螂師匠に指南料を払い、画材を買って、好きなだけ修業すればいい」

これまでよりも、うんと忙しい暮らしになる。画業の修業に励むには、文字通り、寝る間を惜しんで描くしかなくなるだろう。

「三島屋からはこの条件でのみ師匠につくことを許す、これが呑めぬなら勘当だと言い渡されたと、蟷螂師匠に相談してごらん。もともと、恵比寿屋の旦那に出稽古してらしたような先生なんだ。駄目だとは言うまいよ」

ここで伊兵衛はもう一度、へのへのもへじの落書きみたいに、口をへの字に曲げた。

「もしも師匠が、そんな甘い覚悟の弟子はとれませんと言ったなら、三島屋は師匠のおかげさまで変わり百物語が断たれ、お店もろとも一家が滅びます、ありがたくお恨み申し上げますと、私がご挨拶に伺うよ」

うへえ。それはどうかご勘弁ください！


絵師の花山蟷螂は、神田川にかかる水道橋の先、水戸様の広大なお屋敷を望む町筋にある貸家に住まっていた。こぢんまりした二階家だが、手入れの行き届いた生け垣と網代垣に囲まれ、いい具合に古色のついた瓦屋根をいただいている。

霜月の朔日、富次郎は髪結い床で髷《まげ》を調え、羽織を着て蟷螂師匠を訪ねた。先に事情を綴った文を届けておいたので、絵師は喜んで富次郎を招じ入れ、その決心のほどと三島屋伊兵衛の提案を聞くと、二つ返事で了承してくれた。

あまりにもこっちに都合よく事が運ぶので、富次郎はバツが悪いような気がしたし、ちょっとばかり猜疑心もわいてきた。

——しょせん、道楽息子の手すさびだと思って、甘くしてくれてるんじゃないのかな。

しかし、久しぶりに親しく語らっているうちに、富次郎はだんだんと思い出していった。花山蟷螂の誠実な人柄と、苦労人らしい優しさを。蟷螂が師事した絵師は御家人だったが、本人は小さな商家の生まれで、絵師になりたいという夢一つを抱いて家を出たのだ。

「仮に三島屋さんのお許しがなかったとしても、私は今さら富次郎さんをここに住まわせて、束脩《そく しゅう》がわりに下男のようにこき使うなんて真似はできません」

海老茶色の紬《つむぎ》の筒袖に、同じ生地で仕立てた野袴《のばかま》のようなものを合わせて穿き、絵師はきちんと座している。笑ったりうなずいたりすると、鬢《びん》に散った白髪がちらりと光る。

「それでしたら、師匠《せんせい》はどのようになさるおつもりで……」

おそるおそる尋ねる富次郎に、

「出世払いということで、掛かる金子《きんす》は帳面につけておきますよ。富次郎さんが立派な絵師になったあかつきには、金利もつけて払ってください」

ずいぶんと大らかなものである。

「わたしが一人前の絵師になれるかどうかもわかりませんのに」

「そんな弱気なことでどうします。なれるかどうかではなく、なるのですよ」

そして蟷螂師匠は、富次郎がなぜ絵の道を目指そうと腹を決めたのか、ぜひとも描きたいと思う題材はあるのかと問うてきた。

「今日はこれから通いの弟子たちがやって来ますが、今のところ私にとっての一番弟子に任せておけますので、暇はございます。富次郎さんの思うところを、じっくり聞かせていただきましょう」

弟子入りを志願する身としては、誠実に答えねばならない問いである。もちろん富次郎の心に嘘はなく、真摯に答えることができるが、いささか躊躇するところもある。なぜなら富次郎のこの決心は、変わり百物語で聴いた、いくつかの語りによって裏打ちされているからである。それを洗いざらいしゃべってしまうわけにはいかない。

富次郎はしばし目を伏せて言葉を選んだ。それから、顔を上げて言った。

「今のところ、わたしの描きたいものは、わたしの心のなかにしかございません」

この言に、花山蟷螂はつと目をしばたたいた。目尻は細く、仙人の長い眉の先のように垂れている。

「ほう、心のなかだけに」と、穏やかな口調で問い返す。

「はい。誰も見たことがないものではございませんが、絵の題材になる場面としては、わたしの心のなかにしかございません」

この言に、今度は師匠がちょっと思案した。

「たとえば、芝居の名場面を一枚絵にしたようなものでしょうかね」

ただし、それは語り手の話によって創りあげられた、富次郎の心のなかにしかない場面なのである。

「それに近いことなのだと思いますが」と答えて、要領を得ない自分がもどかしい。

「なるほど。なかなか面白い」

蟷螂師匠は筒袖の腕をゆるりと胸の前で組んだ。「私の覚えている限りでは、富次郎さんは特に芝居がお好きなわけではなかったような……」

富次郎は急いでうなずいた。「はい。芝居通のお方とは、橋の反対側のたもとにいるくらいなもので」

言っているうちに思い出した。

「そういえば、恵比寿屋にいたころ、師匠と役者絵についてお話をしたことがございましたよね」

「そうそう。確か、私が富次郎さんに役者絵の好き嫌いをお尋ねしたんでした」

あれはちょうど今ごろの季節だったか——富次郎が思い出すまでもなく、師匠はこう続けた。

「ちょうど四年前の今日のことでしたよ。江戸三座顔見世狂言の日だったから、役者や役者絵の話題になったのです」

江戸三座顔見世は、浅草猿若町《さるわかちょう》で幟《のぼり》を競う三つの芝居小屋、中村座・市村座・森田座が新たに編んだ、役者の顔ぶれをお披露目する華やかな興行で、毎年霜月の朔日に始まる。だからこの日は別名「芝居正月」とも呼ばれている。夜明け前に一番太鼓が鳴り響き、芝居好きの江戸っ子たちがお祭り騒ぎに終始する一日だ。

富次郎の記憶は、そこまで定かではない。

「わたしはそのとき、何とお返事をしましたでしょう」

「特にこの絵師がこの役者を描いたものが好きだ、嫌いだということはない、と」

——ただ、同じ一人の役者を描いても、絵師によってまったく違う絵になることが面白うございます。

「それを聞いて、私はますます富次郎さんが気に入りました」

いやいや、今こうして聞くと、玄人の面前で、二十歳にもならぬ若造が半可通な台詞を吐いたとしか思えない。

「何て生意気なことを……」

冷や汗をかいて恥じ入る富次郎だが、蟷螂師匠は優しく笑った。

「言葉だけならば、確かに生意気かもしれません。しかし、これを言ったときの貴方の表情や口ぶり、目の輝きは、まるで初めて手妻を目の当たりにした子供のようでね」

見栄もてらいも微塵もなくて、あけっぴろげに楽しそうで、

——ああ、この人は芯から絵が好きなのだ。

「私の胸の奥にも、ぱっと花が咲くようでした。以来、何とかして富次郎さんにもっと絵を学んで

もらいたい、そういう折はないものかと願うようになったんでございますよ」

しかし、相手は売り出し中の三島屋の息子だ。めったな誘いをかけることはできない。

「当時、富次郎さんは客分として恵比寿屋さんにいらしたので、私が余計な事を口に出せば、恵比寿屋のご主人の顔を潰すことにもなりかねませんでしたからね」

蟷螂師匠の気づかいに、今さらではあるけれど、富次郎は頭を下げた。

「こんなに絵が好きでたまらぬお人ならば、遊びで描き続けているだけでも、そこから多くの喜びを得ることができるだろう。そういう思いもございましたので、余計な差し出口は慎むことにいたしました」

だが内心では富次郎の才を惜しんでいたから、この度の運びになって大変嬉しい。自分で教えられることは、全て教えて差し上げたいと思う、と言った。

「ただ一つ、富次郎さんが少し思い違いをしているようなので、申し上げておきたいことがございます」

題材が役者であろうと美人であろうと、風雅な景色や名所旧跡であろうと美しい花鳥であろうと、絵師が描くのは、己の心に浮かんだ景色だけである。

「一人の役者を描いても、絵師の数だけ違う役者絵が出来上がるのは、それぞれの絵師が違う眼《まなこ》で違う役者の姿を見ているからこそ。その点で、富次郎さんは特に珍しい志を抱いているわけではありません」

絵を描く者は誰でも、己の唯一物を描こうとする。

「描くものが己の唯一物であるか、そう思い込んでいるだけの凡々たるものなのか、見分けるための物差しを得るために、まず型を学ぶのでございます」

「型」とは定められた形式であり、これまで数多《あまた》の絵師の眼と手で描き積み上げられてきた題材の集積である。

「恵比寿屋で私が富次郎さんに手ほどきしましたのは、様々な線の描き方、その際の筆運び、身近なものを題材にした素描き……」

「その先は恵比寿屋のご主人の趣味で、名句を題材にした俳画をいくつか描いた覚えがございます」

「そのくらいでしたかねえ。なにしろ、二年ほどの短いあいだだった。これからは違いますよ」

富次郎の、喜びと気負いと同じくらいの畏れと気後れがごっちゃになった顔つきと比べたら、花山蟷螂の方がはるかに楽しそうだった。

「まずは筆運びを一からやり直していただきます。素描きに加えて、今後は模写もたくさん課しましょう。優れた絵師の作品から学ぶものは多うございます。これからは絵を見るとき、ただ表面を撫でるだけではいけません。その絵に食いついて、滋養を吸い出すくらいのつもりでご覧なさい」

そして、当分のあいだは好き勝手に描くことを禁じる、と言った。

「いつか富次郎さんが心のなかにあるものを自在に描けるようになるためには、今は自在を捨て、型に徹することが肝要です」

師匠がおっしゃることはよくわかる。しかし富次郎はとっさに心が揺れて、それが目の動きになってしまった。

——変わり百物語で聞きとった話を聞き捨てするために描くこともできなくなるか。

富次郎の動揺を、師匠は素早く読み取ったようだ。また目尻を下げて、

「何か都合の悪いことがおありでしょうか」

「はあ、ええと……」

「噂で耳にするところ、市中で評判の三島屋さんの変わり百物語で、富次郎さんは聞き手を務めて

おいでだそうですね」

そんなに評判になっておりますか。

「もしや、その務めの際に絵を描く必要が生じることがありますか。たとえば、話をわかりやすく聞きとるために図を描くとか」

実際、そういうこともあった。系図を描いたこともある。嘘ではないから、「はい！」と富次郎は声をあげた。

すると師匠はくくっと噴き出した。

「貴方は嘘のない人柄だから、偽りを言おうとすると、ことさらに声が大きくなる」

え。そんなにあっさり見抜かれる？

「先ほどの目の泳ぎようから察するに、挿絵や系図だけではないのでしょう」

言って、師匠は人差し指を富次郎の方に向け、トンボを捕るときみたいにくるくると回した。

「正直に言ってご覧なさい」

富次郎は力が抜けてしまった。どうにもこの師匠には太刀打ちできない。腹を決めて、変わり百物語を聞き捨てして描いてきた〈あやかし草紙《ぞうし》〉のことを打ち明けた。もちろん、個々の話の内容については堅く伏せたままではあるが、一度は絵を諦め、しかしすぐに諦めきれぬと覚ったまでの経緯《ゆくたて》を。

「今のわたしの力では、語り手の話を描ききることはできない。もっと力と技がほしい。それはつまり、絵の道に生きたいということなのだと、自分でもようよう気がついたという次第でございます」

花山蟷螂はふざけたような仕草をやめ、真摯な顔をしてそれを聞きとると、うなずいた。

「なるほど。これで得心がいきました」

水無月の鐵砲洲稲荷でたまたま再会したときには、富次郎が絵の道に戻ってくるとは思えなかったのだ、と言う。

「どこから見ても、三島屋の親孝行な倅さんにしか見えませんでしたのでね。それなのに、一年半経った今、貴方は心を決めて私を訪ねておいでになった」

これはきっと、その間に何かがあり、消えかけていた富次郎の絵心をかき立てたに違いない。何が起きたのだろうと思案していたという。

「師匠の眼力には畏れ入るばかりです」

「それほどのものじゃございません。誰でも、きっかけがなければ、生き方を変えようなどと思わないものですよ」

気取らない言は、白い半紙に墨で線を引くようにきっぱりしている。

富次郎は言った。「変わり百物語で聞きとったお話から、わたしの心に生まれてくる景色は、呆れるほどに幅が広うございます」

場所も季節もとりどり、登場する人びとの暮らしぶりや、空や山川草木《さんせんそうもく》のたたずまいまでもが異なっている。それを絵にするために、富次郎なりに工夫を凝らしてはきたけれど、もう工夫だけでは追いつかないとわかった。

「描けば描くほど、描ききれぬことばかりが見えてきて、もどかしくてたまらなくなりました」

花山蟷螂は、富次郎の顔を見て微笑した。

「私も同じですよ。描けば描くほど、描けないものが見えて参ります」

「師匠ほど年季を積んでおられても？」

「この道に、満月はございません」

新月から始めて、痩せた大根の切れ端のような三日月をどうにかこうにか半月まで太らせた。しかし、そこからさらに闇を減らして月の輝きを増してゆくには、これまで以上の努力を重ねなければならない。

「一度は見えた、描きとれたと思うものも、横着に堕すればたちまち霞んで見えなくなってしまいます。これまで描けたものをいったんは手放さなければ、新しいものを描けぬこともございます」

それほどに世は広く、美は奥深く、人の心を震わせるものは数えきれない。

「だからこそ、物差しとなる〈型〉が大事なのですよ」

型を身に着けることで、初めて、富次郎の目はそれ以外のもの——型に収まりきらぬものを見定めることができるようになる。手でつかみ、象《かたど》ることができるようになるのだ。

「本日ただ今、私に弟子入りしてからは、富次郎さん、変わり百物語の聞き捨てにする際も、好き勝手なものを描いてはいけません」

そこに枷《かせ》をはめましょう。

「何か一種類のものしか描かないようにする。どんな語りでも、事前に決めた一つのものだけに託して描くのですよ」

すぐにはピンとこなかったが、考えているうちに理解が届いて、さっきまでとは全然違う冷や汗がわいてきた。

「それはつまり、花とか鳥とか」

「道具や衣類、三島屋さんの変わり百物語ですから、袋物にしてもようございますね」

ええええ。無理だよ、できっこない。

「うちの変わり百物語には、そりゃもう百鬼夜行さながらの面妖なお話を抱えた語り手がお見えになりますので」

一種類のものだけでそれを表すなんて、公方様《くぼう》のおわすお城のてっぺんまで蛙跳びで飛び上がろうとするようなものだ。

「できませんか。では弟子入りもとりやめ」

「そんな殺生なぁ」

冷や汗だくだくの富次郎にはこれっぽっちもほだされず、花山蟷螂は言った。

「どんな枷にするのか、私も今ここでは決められませんから、あとで弟子を三島屋さんに遣っておお知らせしましょう」

楽しみだ楽しみだと、優しげな下がり目尻のまま呟く師匠なのだった。


数日後の早朝、蟷螂師匠のところからお遣いが来て、一巻きの文を届けてくれた。富次郎はお勝とお吉《よし》、お里《さと》の三人の女中たちと、台所の板の間で朝餉《あさげ》をとっているところだったが、大慌てで手を洗い、身なりもざっと整えてから、うやうやしくその文を頂戴した。

「済まない。この文を読みたいから、洗い物は積み上げておいておくれ。わたしがあとですっかり片付けるから」

水道橋の蟷螂師匠のもとへ通えると決まったその日から、富次郎は女中たちと競うように早起きし、台所のことからお店と外まわりの掃除、洗い物などを進んで行うようになった。三島屋で働いて給金をいただくと言っても、商いをしている昼日中は留守にしてしまうのだから、富次郎の頑張りどころは朝晩に限られる。それと飯も、これまでは家族と膳を並べていたのを、女中たちに交じって他の皆が済ませた後にとると決めた。

事情を知り抜いているお勝はさて置いて、まだ新参者のお吉とお里は、さぞかし面食らったろう。ただ、伊兵衛とお民が口添えしておいてくれたのか、お勝の説明があったのか、二、三日でびっくりを呑み込むと、富次郎の勤勉ぶりをしゃにむに嫌がらず、（さすがに仲間扱いはしてくれないものの）いちいち恐縮したりもせずに、何でもやらせてくれるようになった。

今も、師匠の文を手に黒白の間へと飛んでゆく富次郎の背中を見送って、三人は顔を見合わせる。お勝はくちびるの前に人差し指を立てて、小さく言った。

「あの文のことは、小旦那さまから何かおっしゃらない限り、内緒にしておいてね」

お吉とお里は揃ってうなずいた。子だくさんの家の母親と末娘ぐらいの歳の差がある二人だが、気は合うようで、息も合う。

「それじゃ、お言葉のとおり洗い物は小旦那さまにお任せして、わたしたちはお掃除にかかりましょう」

女中たちが働き出すと、表の方から、伊一郎がお店の者たちに言いつけて、いちいち確認の返事をさせながら、店先を調えているやりとりが聞こえてきた。ただ商い物をきれいに陳列するだけではなく、何かの拍子に物が落ちてきたり、誰かが段差に躓《つまず》いたり、家具や調度に身体をぶつけたりする危険がないかどうか、毎朝こうして検《あらた》めるのである。

これが習慣となったきっかけは、富次郎が店先で転んで、向こう臑《ずね》にけっこうな怪我をしたことだった。当時、富次郎は気の毒なほど萎《しお》れて恥じ入っていたし、伊一郎は怒って呆れていた。だが怒りが収まるとすぐに、「二度と同じことが起きないように」と、この点検のやりとりを始めたのだ。

お勝がひとわたりの用事を終えて台所に戻ってみると、ちょうど富次郎が洗い物を済ませ、台所の片付けもしまうところだった。そこへ、お勝よりも一足先に、小僧の新太が来ていた。

「あ、お勝さん」

こっちを見返る新太の目が輝いている。

「ついさっき、灯庵《とうあん》さんのところからお知らせがありました。本日、変わり百物語のお客様がおいでになるそうでございますよ」

富次郎はどぎまぎしたふうで、顔色《がんしょく》が冴えない。

「何だか謀《はか》られたみたいなんだよね。師匠から文をいただいたと思ったら、それを追っかけて新しい語り手が来るなんてさ」

声にも狼狽が表れている。

「……もっと考える暇がほしいのに」

「いいえ、この方が思いきりがよくてよろしゅうございますわ」

お勝は、一点の曇りもない笑みを浮かべて応じた。

「蟷螂師匠には、今日は変わり百物語でお休みをちょうだいすると、新どんに知らせてもらいましょう。それで、お客様のおいでになる時刻は、いつものように八ツ時（午後二時）ぐらいに思っていればいいのかしら」

「はい、そういう仰せでした。少しあいだが空いておりましたから、いっそう楽しみでございますね」

新太はうきうきしているのに、富次郎はうなだれて耳たぶを引っ張ったりしている。さらに顔色が曇ってくる。

「あ、そういえば小旦那さま」

新太はくるりとした眼を富次郎に向けて、その顔を覗き込んだ。

「これから先も、変わり百物語のお客様にお出しするお菓子は、小旦那さまに選んでいただくよう、旦那様から仰せつかっております」

「今までどおりでいいのかい」

富次郎は驚いたふうだが、新太は頭を吹っ飛ばしそうな勢いで一つうなずいた。

「お菓子にかかるお代は、旦那様が小旦那さまの帳面につけておいて、いずれまとめて払ってもらうからとおっしゃっていました」

今度は「うへぇ」と声を出しただけで、富次郎は固まってしまった。

「旦那様から伺いました。小旦那さまは絵師になられるんだそうでございますね。手前はもう自慢で自慢で、嬉しくってたまりません」

新太は今にも宙に浮いてしまいそうだ。一方の富次郎は、反対側の耳を引っ張り始めて、

「……自慢になんかならないよ」

お勝は、これ以上大きな笑みを浮かべたら顔からはみ出してしまいそうなので、むしろ澄まし顔をつくって、富次郎に言った。

「そんな弱気でどうなさいます。出世せねばなりませんわ、小旦那さま」

新太はぴょこんとお辞儀をすると、

「お遣いも、これまでどおり、手前がどこへだって参ります。何でもお申し付けくださいまし！」

「んん。ありがとう」

とりあえず新太に用を頼んで、お勝と二人になると、富次郎は長々と溜息をついた。

あんまり笑っては気の毒だ。お勝は優しく問いかけた。「蟷螂先生からは、どんな枷を言いつけられましたの？」

たちまち、富次郎の口の両端が下がった。お勝の知らぬ、三島屋の兄弟の子供時代に、兄に叱られたり言い負かされたりしては、きっと富次郎が浮かべていたであろう表情だ。

「――看板」

「は？」

「かんばんだよ。うちの表にもあるだろ？　市中には星の数ほどあろうものさ」

花山蟷螂は、今後富次郎が変わり百物語の話を聞き捨てにするために描くのは、必ず看板の絵でなければならぬと課してきたのだ。

なるほど。お勝は心のなかで膝を打った。

「これまで以上に、お話の肝をしっかり聞き定めて、それを煮詰めて煮詰めて一枚の看板絵に仕立て上げねばなりませんのね。これは、聞き手としての小旦那さまの鍛錬にもつながる見事な枷でございますわ」

迷いのないお勝の滑舌の前で、富次郎の呻きが口にこもる。ううううう。

「以前、宿屋のぼんぼり看板を描いたことがおありでしょう。わたくし、〈あやかし草紙〉に収めるときに一瞥しただけでございますが、愛らしくて明るくて、心を惹かれる看板でございました。これからもあのときの要領で――」

お勝の言を邪魔するように、富次郎の呻きが濁る。ぐぐぐぐぐ。

「ずっとそんな声を出していると、口の端から泡が出てきて、蟹になってしまいますよ」

ぴしりと言って、お勝は袖をくくる襷《たすき》を締め直した。

「さあ、取りかかりましょう。黒白の間も、新しい語り手を待ちかねているはずでございますわ」

語って語り捨て、聞いて聞き捨て。大江戸八百八町にただ一つ、三島屋の変わり百物語だけがこなすことのできる役割なのだ。

黒白の間の床の間を飾る掛け軸に、真っ白な半紙を貼る。隅に寄せてある文机《ふづくえ》の上には文箱《ふばこ》。その中には、富次郎が愛用する硯《すずり》と墨壺と、中太の筆と、子供の眉毛でこしらえたような細筆が一本ずつ。

あれからすぐにお勝は花屋を呼び、しばらく相談した後に、山茶花《さざんか》を数枝買い求めた。枝先に一重の白い花が咲いているものと、ほころび始めた蕾《つぼみ》から、鮮やかな紅色や桃色の花弁が覗いているもの。それを青磁の丸い花器に活けて、黒漆塗りの台の上に据えた。床の間の景色が華やかになり、山茶花の白と半紙の白が引き立て合う。

語り手を迎えるために、富次郎は銚子縮《ちょうしちぢみ》の着物に伊兵衛のお下がりの黒羽織、白足袋はおろしたてのものを履いた。絵師を志すたまごとなり、真っ白な心で変わり百物語の聞き手として座すために。

支度が整うと、お勝はいつものように隣の小座敷に入った。守り役としてそこに居ることが、語りが終わるまでのお勝の仕事だ。

今日の新太は大忙しで、水道橋の蟷螂師匠の住まいから、富次郎が選んだ「本日の茶菓子」を求めて大川の向こう、富岡八幡宮の門前町までお遣いに行った。目的のものは揚げ饅頭で、出来たてを頬張れば、中身のあんこまで熱々だ。日々寒気が募ってゆく霜月の初めにふさわしく、ぱりっとした衣の色合いが目にも美味しい。

――冷めないうちが旨いんだよな。

富次郎の想いが届いたのか、甘い匂いの包みを抱いて駆け戻った新太の踵《かかと》を踏むように、黒白の間に来客が到着した。

「あらまあ、これは揚げ饅頭ですわね」

富次郎が供した茶菓子を一目見て、来客は声をあげた。

「懐かしいわ。うちの祖父の大好物だったそうで、月命日になると祖母が買い求めましてね。わたしども孫娘たちも、おこぼれにあずかったものでございます」

歳のころは四十の後半か、五十路《いそじ》に達しているだろうか。小ぶりの婢子《おばこ》に結った髷は、ごま塩というよりは全体が灰色だ。額には数本の横皺が目立つが、顔色は活き活きとしており、肌にも張りがある。

着物は路考茶《ろこうちゃ》の江戸褄《えどづま》で、裾を彩る模様は山茶花の枝と蕾だった。この時季の花だから、たまたま重なったものだろうが、お勝が床の間に活けたのとは違い、江戸褄の蕾からは白い花弁が覗いている。座ってしまうと見えないが、たぶん完全に開いた花は一つもなく、これから咲こうとする、開き具合が微妙に異なる蕾だけをいくつか配してあるという、粋な意匠だろうと思われた。

普段は誰も寝起きしていない座敷だから、黒白の間は底冷えする。富次郎の側には鉄瓶を載せた長火鉢、来客の右手には手あぶり。縁側からの隙間風が忍び入るところにも、子供が腰掛けられるくらいの大きさの火鉢を置いてある。

富次郎が淹れたほうじ茶の香りを褒め、近ごろの陽気を話題にしながら、来客は揚げ饅頭を美味しそうに口に運んだ。屈託がなく、遠慮もない。育ちがよく、人に世話をされ慣れているのだろう。富次郎と同じで、甘い物が大好きなのかもしれない。

揚げ饅頭を二つ食べ終え、一杯目のほうじ茶を飲みきると、来客は軽くいずまいを正して、富次郎に向き直った。

「来るなりよく食べて、図々しい大年増だと思われますでしょう。お許しくださいまし」

「いえ、そんなことは……」

図々しいとは思わずとも、いい食べっぷりだなあと感じ入っていた。

「これは、わたしの実家《さと》の躾《しつ》けでございますの。どこか他所《よそ》へ伺って、出された茶菓に手をつけたら、どんなに居心地悪い羽目になろうとも、用事が済むか、先様に帰れと言われるまでは腰をあげてはいけない、と」

ははあ。三島屋にはない躾けである。

「こちらの百物語で語らせていただくことは、二年くらい前から考えておりました。口入れ屋《くちいや》の灯庵さんにもとうに申し込みはしていたのですが、いざ本日となりますと、家を出るときから、いささか気後れを覚えましてね」

それでも語ってしまいたい。語りたいからこそ、今日まで順番が回ってくるのを待っていたのだ。臆する自分に枷をかけるために、三島屋で奥へ通され、水だろうが白湯だろうが供されたら、たちまち口に入れてしまおうと企んでいたのだ、と言った。

何だかなあ。富次郎はまたぞろ狐狸に欺されかけているような気がした。

この上品《じょうぼん》の大年増の来客——上座にしっくりと座す語り手は、何かと出来すぎている。たまたま供した揚げ饅頭に思い出があると懐かしがり、たまたま床の間の花と同じ山茶花の柄の着物を着て、さらには「己に枷をかける」なんて言い回しまで口にするとは。

——それともこれは、黒白の間の計らいかな？

富次郎、しっかりせい。お膳立てならば、いくらでも調えてやるから。

「ありがとうございます」

富次郎も姿勢を正し、語り手に向かって指をついて頭を下げた。

「わたしは三島屋の次男坊でして、富次郎と申します。この変わり百物語の聞き手を務めております」

名乗ると、気持ちが落ち着いてきた。揚げ饅頭の甘い香りが心地よい。

「ここで語り手のお客様にお出しする菓子は、いつもわたしが選んでおります。お気に召していただき、しかもお客様にとって思い出深い品だったとは、望外の喜びでございます」

どうぞ心をほどいて語ってください。語って語り捨て、聞いて聞き捨てのお約束をいたします。

あなた様は名乗る必要がなく、語りのなかに出てくる場所や人の名前も伏せておいてかまいません。

仮名《かりな》が要る場合はお好きなようにつけてくださってかまいません。何でしたら、わたしもご一緒に考えます――

富次郎がお決まりの口上を述べてゆくと、語り手も静かにうなずいて応じている。

そして、こう口を切った。

「これから語らせていただきますのは、わたしの母方の祖母の話でございます」

母方の実家は、市中で口入れ屋を営んでいた。祖父母夫婦が二代目、語り手の母親が婿をとって継いで三代目になったが、火事で焼け出されたことをきっかけに、その生業《なりわい》からは手を引いてしまった。

「ですから、今さらわたしが昔話をしましても、誰の迷惑にもなりません。仮名はなしでようございますわ」

「お客様ご自身のご家族を憚《はばか》る必要はありませんか」

富次郎の問いに、語り手は軽く右目をしばたたいた。そこで初めて気がついた。この方、左目と瞼の動きがちょっと鈍いようだ。というより、顔の左半分の動きが硬いのか。

「わたしももう隠居で、寡婦の身の上でございますから……」

呟いて、まず顔の右半分で明るく笑う。左半分は、半呼吸遅れてぎこちなく笑う。

「夫が生きておりましたら、そんなお伽話のようなことを他所様で喋り散らすな、みっともないと叱られるでしょう。あの店の大おかみはとんだホラ吹きだと噂になれば、うちの商いにも障ると」

と言ってしまってから、語り手は番茶も出花の小娘のように、ちらと舌を出した。

「ええと、つまりホラ吹きのように聞こえるお話なんでございますの」

富次郎は嬉しくなってきた。夏の盛りの蝿みたいに、手を擦り合わせてしまいそうだ。

「この変わり百物語では、だいだらぼっちでなければ持ち上げて吹き鳴らすことができそうにない大ボラのような話を、いくつも聞きとって参りました」

語り手は戸惑ったようにまばたきをした。また、左瞼の動きが心持ち遅い。

「だいだらぼっち？」

「山に棲む、山よりも巨《おお》きな大男のあやかしでございます」

すると語り手はちょっと顎を引き、目を丸くした。だいだらぼっち——と、その珍しい音を舌先で転がすように繰り返す。白と明るい鶯色《うぐいすいろ》を合わせた絹の重ね衿が、ちりめん皺こそあれ、しみはまばらな色白の頬に映えている。

富次郎はふと、小鳥のメジロを連想した。この方は、差し出す手のひらにひょっこり乗ってくる人なつこいメジロのようだ。

「変わり百物語の聞き手をなさるくらいですから、あやかしやお化けにも詳しくていらっしゃるんですねえ」

そう言って富次郎の顔を見ると、

「それでしたら、富次郎さんは〈猫の刻〉もご存じでしょうか」

は？　ねこのとき。初耳である。

「時の呼び名でございますよね」

「ええ。普通は十二支をあてはめてありますが、そのなかに猫が入る場合があるんでございますの」

一日を十二に分け、夜中（午後十一時）から一刻（約二時間）ごとに子丑寅卯辰巳午未申酉戌亥とあてはめて、時を示す。ちなみに、数字ではこれを四から九の六つの字で数え、真夜中の子の正刻が夜の九ツ、そこから半刻（約一時間）ごとに九ツ半、八ツ、八ツ半と進んでいって、午の真ん中、すなわち正午が昼の九ツとなる。これが富次郎の知っている時の数え方だ。

「十二支のどれかに替わって、猫が入るんでございますか」

富次郎の問いかけに、語り手はかぶりを振ると、「いいえ。そういうことではございません。ただ、あるところに、猫が守っている時の鐘がございましてね。それが鳴り始めたら、猫の刻が始まりますの」

ほかの十二支の場合と同じように、それから一刻のあいだは猫の刻となるのだという。

「猫は夜に狩りをするけものでございますから、猫の刻も真夜中でございます。月も星も消えて見えなくなってしまう、真っ暗な夜」

まっくらなよる。その音を口にのぼせるとき、語り手の瞳の奥も闇になった。

猫が守っている時の鐘か。富次郎は胸が高鳴るのを覚えた。何度聞き手を務めても、話のとば口が見えてくるこの最初の段階が、いちばんわくわくする。

「ああ、なかなか難しいものですわね」と言って、語り手が小さく苦笑した。瞳の奥の闇は散り、むしろ明るいまなざしに戻った。

「いざお話ししようとすると、どこからどう語ればいいやら」

「では、わたしから一つお尋ねしましょう」

富次郎もにこやかに切り出した。

「お祖母《ばあ》様のお話ということでございますが、貴女様がそれを手前どもで語ってやろうと思いついた理由《わけ》はおありですか」

それは大したものではないと、語り手はすぐに答えた。「二年前に、わたしはその祖母が亡くなった歳に追いつきました」

祖母を懐かしむ想いがそうさせるのか、そのまなざしがいっそう柔らかくなる。

「いつお迎えが来てもおかしくありませんから、この世にいるうちに、この話を誰かにちゃんと聞いてほしいと願うようになったんでございます。それで、評判高い三島屋さんの変わり百物語をお侍みしてみようかと」

「ありがとうございます」

富次郎はあらためて平伏した。顔を上げてみると、語り手は人差し指を自分の左目の下のところにあてていた。

「富次郎さん、お気づきでしょうか。わたしは顔の左半分が――とりわけ目のまわりが痺れたようになっておりましてね。右半分のようにきびきびと動きませんの」

やはり、こちらの気のせいではなかった。「ははあ」とうなずいて、富次郎は先を促した。語り手は手を膝の上におろし、

「十七のとき、夏の暑い盛りに、瘧《おこり》（熱病）にかかりましてね。母と祖母の話では、七日七晩うなされていたそうでございます」

八日目の朝に熱が引いたが、身体ぜんたいが痺れて動かない。汗疹《あせも》が広がってそこここが腫れ上がり、節々が固まってしまって、一人では寝返りさえ打てぬ始末だった。

「辛抱強く世話を焼いてもらって、汗疹を治しながら、一日に少しずつ、昨日は右足の先、今日は左膝――というようにほぐしていって、ひと月ほどかかって、ようやく当たり前に動けるようになりました」

枯れ木のように痩せ細っていたので、滋養のあるものを食べて養生を続けたが、血色が戻り、頬がふっくらしても、顔の左半分の痺れだけは消えなかった。

「この歳に至るまで、そのままでございますわ」

「……瘧は恐ろしゅうございますね」

「そのころ、祖父母が隠居し、わたしの両親が三代目の主人《あるじ》夫婦として切り盛りしていた家業の口

入れ屋は、景気のいいときでございましたので、母は妙に気に病んで」

――商売敵のやっかみで、お文《ふみ》が呪われたのかもしれないわ。

「拝み屋を呼んだり、お祓いを受けたりして金子《きんす》を費やしまして、ずいぶんと祖父に叱られておりました」

そこまで言って気がついたのか、

「あらまあ、わたしときたら、まだきちんと名乗っておりませんでしたね。文と申します。祖母も同じ字を書いて、こちらはおぶんと読ませておりました」

名前が近いだけでなく、この祖母と孫娘は仲睦まじかった。

「わたしの上には年子で兄が二人、少し歳が離れて妹と弟が一人ずつおります。父も母もそちらを立派に育てあげることに気をとられていて、真ん中に挟まれたわたしのことは放ったらかしでしたので、自然と祖母に親しみ、わたしは立派な三文安《さんもんやす》に育ちました」

「文《ぶん》の字が二つで、文《ふみ》が通うように心が通ったわけでございますね」

富次郎がまぜっかえし、二人で笑った。

「それにしても、娘盛りでそんな大病に伏したのは、お辛かったことでしょう」

お文は、小娘に戻ったみたいに愛らしくこっくりとして、言った。「……ちょうど縁談が舞い込んでおりましたの。なかなかの良縁でございましてね。わたしも知っていて、憎からず思っていたお相手でした」

踊りのお師匠《つしょ》さんのところで一緒に習っていた、米問屋の三男坊だったそうだ。

「先様も、一度はわたしが本復したことを喜んでくれたのですが」

左半分が痺れたままのお文の顔を見たとたんに、手のひら返し。

「これでも年月の薬で少しはよくなりましたので、当時はもっと……左側だけ膠《にかわ》で塗り固めたような有様でございましたから、すげなくされても無理はありません。わたしがお相手の立場でしたら、後ろめたいと思いつつも、やっぱり同じように断ったでしょう」

　憎からず思っていた相手との縁談が壊れ、顔の痺れは一向によくならず、

「当時のわたしは、一日じゅう、昼日中であっても闇のなかにうずくまっているような気分でございました」

　この先、命だけ永らえていたところで何になろう。極楽往生を遂げ、来世で幸せをつかもうか。そうだ、いっそ死んでしまおう。その方がきりがついていい。

「何か月経っても立ち直れませんで、そんなことばかり考えておりました。家のなかを死人がうろうろしているようなもので、家族も奉公人たちも困っていたろうと思います」

　それこそ日にち薬で、本人が気を取り直すのを待ってみよう。その思いやりで、まわりの人びとはお文を叱咤しなかった。やたらと慰めることも、哀れむことも、甘やかすことも控えた。

「ただ、わたしがめったなことをしでかさぬよう、注意深く見張ってはいたんでしょう」

　冬の初めのある朝、庭先に生じた霜柱を眺めているうちに、お文は、

　――よし、今日がその日だ。これが溶け切らないうちに死のう。

　妙にきっぱりと決心がついてしまい、まずは自分の寝間を片付けて掃除をした。亡骸《なきがら》が見苦しくならぬよう、厠《かわや》を使ってさっぱりして、それから髷を調え下ばきを替え、小袖も上等なものに着替え、

「寝間に戻って戸をみんな閉め切って、墨を磨《す》って短い書置きを記して、それを懐に突っ込んで、さあ首を吊ろうとお気に入りの帯紐を鴨居に掛けていると、唐紙を破るような勢いで、祖母が部屋に飛び込んで参りました」

　おぶん祖母様は、いよいよという間際を捉えて叱ってやろうと、ずっとお文の様子を窺っていた

のだった。

「悔しいけれど、祖母の目論見のとおり、既《すんで》のところで邪魔されましたら、わたしは憑《つ》きものが落ちたようになりました」

どっと涙が溢れ出し、子供のように手放しでわあわあ泣いて、

「くたびれてお腹がすいたところで、祖母がお饅頭とお茶を持ってきてくれました。その美味しかったことと言ったら――」

瞳から明るい光をこぼして、お文は笑う。

「今思い出しても、口のなかに涎《よだれ》がわいてくるようでございますわ」

甘いものの話なのに、聞いている富次郎の喉の奥にはしょっぱいものがこみあげてくる。このメジロみたいに目のぱっちりしたお文さんは、若いころにはさぞかし愛らしいべっぴんだったことだろう。そのべっぴんが絶望し、死を望んだぎりぎりのところで引き止められ、泣き疲れて口に運んだ饅頭。

お文は、富次郎が供した揚げ饅頭の皿にちらりと目を落として、「あのときのお饅頭は、白い蒸し饅頭でした。てっぺんに□の形の焼き印が押してありましてね。なぜかそれをよく覚えております」

――「饅頭を食べる女」という美人画。

いつか蟷螂師匠のお許しを得られたら描いてみたい。もちろん、その焼き印もきちんと描く。目尻に紅を差し、泣き腫らした感じを表せるといい。

「そうしてわたしが人心地ついたところで、祖母が話してくれたんでございます」

おまえが悲しみと苦しみに苛《さいな》まれているうちは、こんな話を聞かせたところで、まるっきり作り話のようにしか受け取れず、針の先で突いたほどの効き目もないだろう。むしろ、祖母様も口から

出まかせを言いなさると、かえって気持ちを荒《すさ》ませてしまうかもしれないと危ぶんでいた——

「でも、一つ大きな山を越えた今のお文なら、聞く耳を持ってくれるだろう。だから話して聞かせてあげる、と」

信じる、信じないはおまえに任せる。だけどこれは、真実本当にあった出来事だ。

「遠い昔、祖母が十九になったばかりのお正月明けのことだったそうでございます」

それはおぶん祖母様がこの家に嫁いで来て、二度目に迎える正月だった。

「祖母は、初めての子を月足らずで亡くしたばかりでございました」

七か月ばかりで生まれるというより流れてしまった赤子は、母親も道連れにしかけた。

「熱病にかかったときのわたしと同じように、祖母は十日以上も生死のあいだをさまよったそうでございます」

その間、おぶん祖母様は目が覚めれば痛みに苦しみ、眠れば悪夢にうなされ、生き地獄のなかを這いずりまわっているようだったそうな。

「早く死んで楽になりたい。いや、自分はもう死んでいて、地獄に落ちているのか。だからこんなに苦しいのか。そう思うと泣けてきて、焼けるような涙が流れる。喉は渇いてからからで、声も出ない。息をするだけで胸が張り裂けそうになり、身体のあちこちからずっと血が流れ出ている感じがする」

お文は一本調子に語るが、聞いている富次郎は身体がぞわぞわして縮みあがってゆく。ああ、たまらん。そんな目に遭ったら、自分など半日も保《も》たないだろう。命が擦り切れる前に、正気が底をついてしまうに違いない。

「ときどき、ふっと息が楽になると、楽しかった子供のころや、小娘だったころのことを思い出すんだそうでございます。ああ、懐かしい、帰りたい——」

一人前の女になるなんて、ちっとも良いことじゃない。子供のままでよかった。小娘のままでよかった。

「この家の嫁になどなりたくなかった、と」

ここでいったん言葉を切ると、お文は富次郎の顔を見つめた。

「祖母はこの話を、後にも先にもこのとき限り、わたしだけにしか打ち明けませんでした。わたしにも、よっぽどのことがない限りは教えるつもりはなかったと、話の前置きに詫びていました」

なぜならば、これはどうしたって身内の悪口になるからだ。

「祖父の両親、つまりうちの家業を興した初代夫婦は、祖母にとっては舅姑《きゅうこ》でございます。祖母のこの話は、そうした人たちの良くないところを語らずには成り立たない内容でございました」

そのあたりは、まだ独り身で男の富次郎にも察しがつく。

「なるほど、わかります」

励ますように一言挟むと、それに勇気を得たように、お文はひとつ息を継いでから続けた。「祖母が最初の子を月足らずで失ったのは、ただ運が悪かったからではございません」

もちろん、本人の咎でもない。

「もともと放蕩息子だった祖父は、妻を娶《めと》っても遊びの方が大事で、しょっちゅう家を抜け出しては飲んだり買ったり……」

博打にだけは手を出さなかったのが、唯一の救いだったとか。

「初代夫婦も、そんな息子を咎めるでもなく、むしろ祖母が至らないからだと責めたそうでございます」

世間にままある悲しい話だ。冷たい夫と、嫁いびりをする舅姑。

「祖母は寂しく、心も身体も置き所がなく、嫁とは名ばかりで、実は日々女中のように働かされるばかり。ときには食事にさえ事欠く有様で、お腹の赤子を育むことができなかった。充分、夫や舅姑を恨む理由になりますわね」

しかし、おぶん祖母様が語る恨み言は、お文にとっては祖父《じい》様親子三人の悪口だ。然るべき理由があっても聞き苦しくて、できれば知りたくないと疎んでも無理はない。

「でも、わたしは聞きとうございました」

この達者で知恵者の祖母にも、若き日にそれほど辛いことがあったのか。今の自分と同じように死の淵を覗き、絶望の闇の底に蹴り落とされることがあったのか。

「気がついたら、わたしは涙を流しておりました。はらはらと涙を落としながら祖母の手を握って、話の先を聞かせてほしいと頼みました。どんなことを聞かされても大丈夫だから、余さずすべてを打ち明けてくださいと願いました」

おぶん祖母様は、お文の願いを受け入れた。

だから、ここから先の話には手加減がない。

*

背中の痛みを堪《こら》えて寝返りを打つと、新しい血が一筋、腿の後ろへ伝い落ちてゆく。

おぶんは低く呻いた。手も足も冷たくて、指先には感覚がない。このまま生き腐れて、手足が失くなってしまったらどうしよう。

——そしたら、手も足もなくて血の気のないお化けになって、この家に祟ってやれるかしら。

それがかなうなら、ちょっとだけ痛快な気がする。力なく笑うと、吐き気がした。

時を戻せるならば、戻したい。子供のころに帰りたい。そこまで遡るのが無理ならば、せめてこ

の家に嫁ぐ前まで、

——そう、猫たちと一緒に暮らした柳川村《やながわ》のあの家に戻れたら。

目を閉じて、そう願った。

おぶんは向島《むこうじま》で青物の仲買商を営む両親のもとに生まれた。上に兄と姉がおり、末娘のおぶんは皆に可愛がられて育った。

大きなお店ではなく、父と兄が足まめに取引きをまとめて成り立つ商いだったから、けっして裕福ではなかった。それでも家族は仲が良く、大きな水害や火難に遭うこともなく、おぶんは幸せな子供時代を過ごした。

最初の縁談が来たのは、十六のときである。先に姉の縁談をまとめた世話焼きの商い仲間が持ち込んできた話だった。

姉は十八で市中の大きな八百屋に嫁ぎ、すぐ子宝に恵まれた。まるまるとした元気な男の子だ。おかげで、姉は立派な跡継ぎを産んだ若おかみとしてお店で大切にされており、夫婦仲も睦まじい。これを親が喜ぶのは当然のことだが、仲人役をした商い仲間まで大喜びして、

——私には仲人運があるんだ。

と、調子に乗っている。で、次はおぶんに良縁を授けるのだと、やたらと熱心になっているのだった。

兄もとっくに所帯を持っており、両親には既に二人の孫がいる。それでも末娘の可愛さはまた格別らしく、とりわけ父が、おぶんに縁談はまだ早い、当分は嫁に出さないと頑なに断った。だが、仲人運とやらを鼻に掛けていい気になっている商い仲間は、へこたれずに次から次へと話を持ち込んできた。

これには、まだ小娘のおぶん本人も辟易した。姉は近所でも評判の小町娘だったが、おぶんは取

り立てて目立つところもなく、どっちかといったらおかめ顔だ。それは本人も弁《わきま》えているし、僻《ひが》んでもいない。なのに、

――不器量だって気にすることはない。私がいいところへ縁づけてやるから。

なんて大声で言い散らされたら、こっちだって面白いわけがない。そのうち、実はこの商い仲間が、姉の嫁ぎ先からお礼を包んでもらっていること、折あらば自分の功をネタにして集《たか》っていることなどが露見して、その欲ったかりぶりにますますうんざりした。

両親と兄夫婦と相談し、おぶんは一時、父が若い頃から懇意にしてもらっている柳川村の地主のもとに、行儀見習いの名目で置いてもらって、身を隠すことになった。季節は秋の中頃で、家族と一夜、中秋の名月を眺めてから、おぶんは密かに生家を離れた。

柳川村は本所《ほんじょ》のずっと北、田圃《たんぼ》と梅の木ばかりの鄙《ひな》なところだ。おぶんが身を寄せたのは地主の本家ではなく、地主の先代夫婦が住まっている隠居所だった。こんもりした茅葺き屋根と、広い庭先に放し飼いにされている鶏たち。隠居所のすぐ傍らを流れる灌漑《かんがい》用の水路で、がっくんがっくんと回っている水車。ぐるりを見渡せば、刈り入れの済んだ田圃と、刈り入れを待つ黄金色の田圃が市松模様に組み合わさっている。あぜ道に沿ってゆさゆさと列をなしている芒《すすき》は、一途にどこかを目指して進んで行こうとする行者たちのようだ。どの景色も町なか育ちのおぶんには珍しく、ときには色鮮やかに、ときにはうら淋しく目に映った。

隠居夫婦は共に八十歳に近く、共に背中が丸まって身体ぜんたいが小さくなって、身を寄せ合って囲炉裏端や縁側に座っているところなど、一対の小さなお地蔵様のようだった。耳が遠く、目もかすんでいるようだが、二人のあいだには通い合うものがあり、楽しく囁きを交わしたり、静かに笑みを浮かべたりしながら暮らしている。おぶんとしては、この老夫婦の邪魔をせぬように心がけるだけで、こちらから何か働きかけるというのは、余計なお世話であるとすぐにわかった。

隠居夫婦の世話は、万端心得た古参の女中が住み込みで、やはり古株の下男が本家から通ってきて、てきぱきとこなしている。だからおぶんはその点でもお客様扱いで、家事などする必要はなかったのだが、一つだけ、少々変わった「仕事」があった。

この隠居所をたまり場のようにして、日々、どこからともなく集まってきてたむろする、たくさんの猫たちの世話を焼くことである。

「それについては、柳川村に行く話が出たときに、父親から、事前に言われていたんだそうでございます」

——おぶん、おまえは確か、猫は嫌いじゃなかったよね。

黒白の間で語るお文《ふみ》は、すっかり寛いだ様子になり、肩から力が抜けている。富次郎も心をほどいて話に耳を傾ける。

「祖母は猫嫌いどころか、むしろ猫好きの方だったそうで」

——猫の世話ぐらい、いくらでもします。

「うるさい押しかけ仲人から逃げられて、可愛い猫と暮らせるなんて、こんな楽しいことはない。喜んで参りますと、まあ、柳川村に行ったわけなんでございますけどね」

そこで、お文は堪えきれぬように噴き出して、明るく言った。

「いざ行ってみたら、思っていた以上だったのだそうで」

隠居所の建物は平屋で、曲尺《かねじゃく》の形をしていた。陽当たりのいい南側に長い縁側があり、生け垣や板塀などの仕切りもなく庭が広がっていて、そのまま外と往来する小道に通じている。

建物の北、東、西側には防風林が植えられており、町なか育ちのおぶんは、女中のお秀《ひで》にいちいち教えてもらった。これが楡《にれ》、こっちは椎《しい》の木で、こっちは欅《けやき》。お嬢さんも松はご存じでしょう。

あのこぶだらけの古木は紅梅だから、咲くときれいですよ。井戸は北側の林のなかにあります。水道井戸じゃなく掘り抜きですから、落ちたら大変なことになりますからね。うっかり水汲みをなさろうなんて思わないでください――

そういう建物の内、外、まわり、茅葺き屋根の上、縁側の下、庭のそこここ、防風林のなか、土間、台所の梁の上、棚の奥、水屋の上、水瓶の蓋の上、納戸の布団袋の陰。お秀が「落ちたら大変」と戒めてくれた掘り抜き井戸の丸石を積み上げた縁はおろか、滑車を吊している仕掛けの上にまで。

ともかく、ありとあらゆる場所に、猫がいるのだった。

何匹いるのか、数え切れない。というか、数えるどころではない。群れだった。色も柄も身体の大きさも目の色も尻尾の長さもとりどりで、おぶんを見てぷいと逃げ出す奴もいれば、知らん顔で居眠りを続ける奴もいる。にゃあと鳴いて寄ってくる奴もいれば、シャアと牙をむいて威嚇する奴もいる。

最初の数日は、ただただ目を回しているばっかりで、お秀に言われるまま、猫たちに賄いをしてやるだけで精一杯だった。

毎朝、本家の下男の伊三《いぞう》が桶にいっぱいの小魚を持ってきてくれるので、それを捌《さば》いて、残った冷やご飯に鰹節や味噌汁の実の残ったのを混ぜて、猫まんまにする。

猫たちの餌を置く場所は何ヵ所か決めてあったので、器もその分だけ用意する。きれいな水も器に汲んで、あちこちに配しておかなければならない。

何日か経って賄いに慣れてくると、猫たちが爪を研いだ跡の木くずや糸くず、そこらじゅうにくっついている抜け毛を掃除したり、奴ばらが厠にしているらしい庭の隅や林のなか、藪の奥（これは何ヵ所もあった）をきれいにしたり（放っておくと虫がわくし、人の鼻になかなか愉快ではない臭いが届くようになってしまう）、誰かが勝手に持ち出して玩具にしていたらしい道具（孫の手、糸巻き、炭挟み、鍋敷き、卵の殻）を拾い集めたり、破られた障子や唐紙を修繕したり（すぐまた破られるわけだが）——と、やるべきことがたくさんあるとわかってきた。

　最初のうちは、いちいちお秀に教わらないと、何をするのも覚束なかったおぶんだが、もともと気働きは利く方だし、家の内のことは母からよく仕込まれている。すぐとこの猫だらけの暮らしに馴染んで、どんどん世話を焼くようになった。

　隠居夫婦は、隠居所におぶんという新参者が加わったことさえわかっていないのじゃないか——というくらいのお人形ぶりだったが、おぶんが猫たちに立ち交じってあれこれ働き出すと、その様を嬉しそうに見やるようになった。で、二人で何か囁き交わすのだ。

　十日ばかり経つと、群れのなかから何匹か、おぶんに懐いてくれる子が現れた。猫好きだから、これは嬉しい。

「この子たち、呼び名はあるんですか」

　問うてみたが、お秀はおぶんほど猫に思い入れがないようで、

「さあ、あたしには見分けがつかないし、旦那様もおかみさんも、特に名前を呼んでいるご様子じゃないわよ」

「じゃあ、あたしが名付けてもいいでしょうか」

「いいんじゃない？　だけど、こいつらみんな野良猫だからねえ。あんまり気を許すと、引っかかれたりして危ないわよ」

「よく気をつけます」

　毎朝おぶんが目を覚まして雨戸を開けると、真っ先に顔を見せてくれる三毛猫がいる。身体は小さめで、尻尾が長くて、両の耳がきれいな茶色のこの子が、茶耳を縮めて「チャミ」だ。お秀と二

人、台所で煮炊きを始めると寄ってくる金目の黒猫が「キンクロ」、キンクロにくっついてくるほっそりとした白猫で、怪我をしたことがあるのか、後ろの左脚を引き摺っているのが「コシロ」。ただの「シロ」だともっと大きいのが一匹、いつも鶏小屋のそばで寝ている。

不思議なことに、ここにたむろする猫たちは、鶏にもその雛や卵にも一切手を出さない。鶏たちの方も、猫たちを恐れる様子がない。互いに互いの姿が見えないみたいに、知らん顔で同じ場所にいるのだ。

それでいて、隠居所のまわりを狩り場として、猫たちはちゃんと狩りをする。小鳥、ねずみ、百足《むかで》や大きな蜘蛛、もぐらに蛇に蜥蜴《とかげ》。虫の類いはいちいち覚えていられないほど。最初のころは、おぶんもそれらの残骸を見かけて、ああ猫たちが狩ったんだなと思うだけだったが、チャミ、キンクロ、コシロたちと交流するようになると、たまに彼らが狩った獲物を持ってきて見せてくれるので、そういうときは褒めてやるようになった。

このあいだ、キンクロが荒縄みたいなごつい百足をくわえて持ってきたときには、たまたまそばにいたお秀が叫んで逃げ出してしまった。おぶんは笑いながらキンクロの頭を撫でてやって、

「毒があるから、食べちゃ駄目だよ。小さい子たちも食べないように、あたしが始末しようか。それともキンクロが捨ててくれる？」

キンクロは、百足の死骸をどこかに持ち去った。おぶんはその夕、特別にキンクロのために魚を一匹捌いて、ご褒美にやった。あんな百足に這い回られて、ご隠居さんやおかみさんが咬まれたら大事《おおごと》になる。キンクロは頼りになる用心棒だ。

何匹か馴染みができると、群れの他の猫たちも、おぶんを受け入れてくれるようになった。もちろん、みんなが懐いてくれるわけではないし、おぶんの方も全ての猫の顔や姿形を覚えているわけでもない。そもそもここの猫たちは、群れとしては隠居所を拠り所にしているが、チャミのように

ずっと棲みついている子たちばかりではなく、餌をもらうためだけに立ち寄る子や、たまに顔を見せるだけの子もいる。来るものはこばまず餌と寝床をあげるが、去るものを追ったり、囲ったりしないのがこの隠居所のやり方だ。

「おぶんちゃん、猫のことをこの子、この子って、まるで猫たちのおっかさんになったようだねえ」

お秀に呆れ顔で笑われても、おぶんは嬉しかった。猫のおっかさん。いいじゃないの。

——だいたい、あたしは縁談なんか、どんな相手でも乗り気じゃないんだもん。

まだ嫁に行きたいとは思わない。いや、一生そう思わないかもしれない。

姉は幸せに暮らしているようだし、兄嫁も夫と子を持って満ち足りているように見える。だけどそれは、たまたまあの二人が運良くいい家に嫁いだからであって、おぶんはどうなるかわからない。もしかしたら、ろくでなしの夫や、鬼婆のような姑を引き当ててしまうかもしれない。どんなに良さそうに見えたって、人の本性を外面で推し量ることはできないのだ。

それに比べたら、猫たちの何と表裏がないことだろう。みんな正直ものだ。あたしはこのまま猫たちと一緒に暮らして、お婆さんになっていきたいなあ——

このとき、おぶんが心に抱いたとりとめない不安のいくつかは、残念なことに後に本当のことになってしまう。遊びほうけてばかりの夫とか、意地悪な舅姑とか。そしてその本当になってしまった不安と不幸のどん底で、止まらない出血に怯え、痛みに呻き、孤独の涙を流しながら、楽しかったころを懐かしむ羽目になる。

今はまだそんな先行きを知る由もなく、柳川村の隠居所で日々を重ね、色づく秋から枯れる晩秋を経て、おぶんは冬を迎えた。

お秀と二人でこまめに陽にあてて、充分にふくらませておいた綿入れやかい巻きが役に立つ。町なかよりはだいぶん冷える柳川村の暮らしを温めてくれる。

「それにしたって、今朝は寒いわ」

朝餉の後片付けを終え、勝手口の戸を少しだけ開けて、空模様を仰ぎながら、おぶんはそう口にした。まわりには誰もいないから、独り言だった。

なのに、それに応じる声があった。

「ホントだねえ。この雲の案配じゃあ、半刻もしないうちに、雪が降ってくるよ」

寒いわの「わ」の口の形のまま、おぶんはその場で固まった。

今の、誰の声だ？

お秀はご隠居さんたちと囲炉裏端にいる。伊三はついさっき来て、薪拾いに出かけた。戻ったら薪割りをするから、裏庭の薪割り台のまわりから猫どもを追っ払っておいてくれと頼まれたばっかりだ。伊三さんは猫嫌いなんだよね。猫が怖いんだって。だって化生《けしょう》のものだぞ、おぶんちゃんはよく平気だなあって。可笑しいったらありゃしない。

「おぶんちゃんは、お正月までこの家にいるの？」

さっきと同じ声が、そう問いかけてきた。口を開けっぱなしのまま、しかし今度は声の源がどこだか見当がついて、おぶんはさっと勝手口から身体を出すと、雨除けの庇《ひさし》を仰いだ。

縁《ふち》がぼろぼろになり、苔がついた板張りの庇の上に、小さな猫がちょこんと座っている。

まん丸な瞳は青みを帯びており、身体は濃いめの灰色、耳の縁と鼻先は桃の花の色で、お腹の毛は真っ白だ。右前脚の真ん中へんに、輪っかを二つはめたみたいな黒い縞がぐるりとついている。

お秀がこれを見て、「まるで島帰りの刺青《いれずみ》みたいだわね」と言ったのがきっかけで、この子は「シマっこ」という名前になった。

子猫ではないが、身体が小さくて華奢なので、「こ」を付けるとぴったりだ。賢い子で、おぶんが「シマっこ」と呼びかけるとすぐに覚えて、なつっこく寄ってくるようになった。

開けっぱなしだった口をどうにかこうにか閉じて、一つ息をすると、おぶんはシマっこに問いかけた。

「……今、しゃべった？」

シマっこは二重《ふたえ》の輪っかの入った前脚を動かし、丸い肉球でぺろりと顔を拭った。そしてつぶらな目をおぶんに向けると、

「びっくりさせてごめんね」と言った。

その言葉を、おぶんは耳で聞いたわけではなかった。耳では、シマっこの猫らしい鳴き声が聞きとれただけだ。言葉は、直《じか》に心に伝わってきた。

「あたいたち、みんなけっこう人の言葉がわかるの。でもシロじいじの言いつけで、わからない、しゃべれないふりをしていたの」

シロじいじというのは、いつも鶏小屋のそばでごろごろ寛いでいる大きな白猫のことだろう。一見して年寄り猫で、ここに集まる猫たちのなかでも長老のような存在なのであろうことは、おぶんも察していた。

「人は、あたいたちが言葉をわかってるって知ると、気味悪がって、いい顔をしてくれなくなるからって」

小声でニャアニャアしゃべるシマっこを見ていると、あまりにも可愛らしくて、おぶんは胸がきゅうと疼いた。

「そう言いつけられているのに、今はどうしてあたしに話しかけてくれたの？」

おぶんも声を落として優しく問いかけた。シマっこは小首をかしげて、

「昨夜《ゆうべ》、ご隠居さんとおかみさんが、いつまでもおぶんちゃんをここに引き留めとくわけにはいかないって、話していたの。それで、おぶんちゃんはここを立ち退いてどっかに行っちゃうのかなって、あたいたち心配になってしまって」

胸が疼くのを通り越して、おぶんは感激した。涙が出てきそうだ。

「みんなで案じてくれたのね。ありがとう」

シマっこはおぶんの顔をじいっと見つめる。分厚い雲でお天道様が隠されているので、猫の瞳も細くなっていない。おぶんもその瞳を見つめ返すと、小さな子供の目を覗き込んでいるような気が

する。

「チャミもキンクロもコシロも――あたいたち、おぶんちゃんが付けてくれた名前が自分のものだってわかってるからね――心配してる。あと、ここに棲みついてはいないんだけど、お尻のところに小さいハゲのあるしましまの猫、わかる？」

おぶんにはすぐわかった。「あたしはシマクロって呼んでるよ。あのハゲは、火傷の痕よね。子猫のころ、囲炉裏に落っこちたんだって、お秀さんが教えてくれた」

それを聞くと、シマっこはちょっと目を細めた。笑ったみたいだ。

「はげクロじゃなくてよかった。シマクロは、おぶんちゃんにほの字だから」

ほの字なんて言い回しも使うのか。くすぐったい。

「心配しないで。あたしはどこにもいかない。ここで、ご隠居さんとおかみさんとお秀さんと、あんたたちと一緒に暮らす」

シマっこの耳がピンと立った。「ホント？」

「うん。ホントに本当よ」

強くうなずいて、おぶんは自分の家のこと、この隠居所に身を寄せることになった事情について、ざっくりと語った。

「あたし、実はここで匿《かくま》ってもらっているのよ」

もしも端《はた》から見ている人がいたら、さぞやおかしな光景だと思うだろうが、おぶんとしては仲良しの友達か可愛い妹に語りかけているような気持ちで、何ひとつ不自然なところはなかった。

「ご隠居さんとおかみさんには、むしろあたしを引き留めてもらいたいわ。もちろん、しっかり働きます。もう実家に帰れなくてかまわないし」

おぶんの言葉に、シマっこは喉をごろごろ鳴らし始めた。手を伸ばすと、冷たい鼻面を押しつけてくる。

「おぶんちゃんは、あたいたちのこと、よく気にかけてくれてるよね。あたいたちも嬉しいし、ご隠居さんもおかみさんも、いい娘《こ》が来てくれてよかったって」

あの囁きを交わすようなやりとりで、隠居夫婦はおぶんを褒めてくれているらしい。

「だけど、ホントにいい娘だからこそ、おぶんちゃんの実家の方だって、いつまでも他所にやっておきたくないだろうって話し合っていたの」

おぶんは鼻先で笑った。「あたしは他所に居っぱなしでも平気だわ。商いのことは、兄さんがいれば大丈夫だもん」

それより、今さらではあるが、実家のことよりも大事な質問を思いついてしまった。

「あんたたちのお世話をすることは、あたしがここに寄せてもらうときからの約束だったの。ご隠居さんとおかみさんは、よほどあんたたち猫がお好きなんでしょうけど、それは何か格別の理由がおありなのかしら」

隠居夫婦が深く愛でるから、たくさんの猫たちがここに集まってくるのか。それとも、この場所はもともと（それもまた何かしらの理由があって）猫が集まるところなのか。

シマっこは白いひげをぴくりぴくりと動かすばかりで、すぐには返事をしなかった。喉のごろごろ鳴りも小さくなってゆく。どうやら、考え込んでいるらしい。

やがて、ゆっくりと噛みしめるように、

「……おぶんちゃんは、矢場で的の真ん中を射るみたいに、いいことを訊くのねえ」

「あら。シマっこは矢場なんて知ってるの？」

ぱちりとまばたきしてから、シマっこは瞳を三日月のように細めた。「知ってるよ。だって、両国広小路の〈飛松《とびまつ》〉って矢場に、何年か棲んでたこともあるもの」

「へえ……」

「あたい、おぶんちゃんが思ってるほどは、若くないからね」

それはお見それいたしました。つい笑み崩れてしまうおぶんの顔を、細い瞳のまま見おろして、シマっこは続けた。「今のお訊ねには、あたいの一存で答えるわけにはいかないわ。シロじいじに相談してみなくっちゃ」

言って、長い尻尾を高々と持ち上げると、その場から腰を上げた。

「それじゃ、またね」

にゃあお〜と鳴いて、たちまち姿を消してしまったのだった。


それからは、これといって変わったこともなく日々が過ぎた。シマっこを含め、猫たちはあくまでも猫たちで、餌をねだり、そこらじゅうに毛をまき散らし、にゃあにゃあ鳴き、日向に集まってごろ寝をしているだけで、おぶんに話しかけてくる子はいなかった。

——これは、神妙に待ってろってことね。

老人の暮らしに、寒気は大敵だ。隠居夫婦が少しでもこの冬をしのぎやすくなるように、お秀と伊三を手伝い、いろいろ教わりながら、おぶんはきりきり立ち働いた。

そうして、柳川村に何度目かの雪が舞い、洗濯場に立てかけてある洗い桶がぱりんぱりんの氷に包まれ、台所の竈《かまど》の火を落としてしまえば煙抜きの縁にさえ微小な氷柱《つらら》が下がる、そんな冷え込む夜半のことだった。お秀と並んで床に就き、うつらうつらとするうちに、おぶんは聞き慣れぬ鐘の音を耳にした。

時の鐘ではない。柳川村では、浅草寺の鐘が鳴るのを受けて、日照寺《にっしょうじ》という小さな念仏寺が村人たちのために時の鐘を打ってくれる。浅草寺の鐘の音も遠くから聞こえてくるし、ちょっと遅れて日照寺の鐘の音が続くわけだが、後者のはやや甲高く、一打ちと一打ちのあいだが詰まり気味で（お秀は「せっかち鐘」と言っている）、だからすぐ聞き分けることができる。

この夜半の鐘は、どちらの音でもなかった。

――きれいな音。

鐘とか小型の鉦《かね》ではなく、風鈴みたいな音色だ。一抱えもある風鈴を、夏の宵の心地よい涼風で鳴らしたらこんな音がするかもしれない。いや、一抱えもある風鈴なんて、見たことも聞いたこともないんだけど。

チロリン、きらりん、カラコロリン。

枕に頭をつけたまま耳を澄ませていると、風変わりな音色のあいだに、かすかに猫の鳴き声が挟まるのが聞き取れた。ちょうど、鐘の音に合いの手を入れるみたいに、

「にゃあ、ニャオウ、にゃにゃ」

何だろう、あれ。猫の声でお経をあげてるみたい。

すっかり目が覚めてしまい、おぶんはかい巻きを身体に巻き付けながら、そうっと床の上に起き上がった。

「んニャ」

すぐそばで声がした。おぶんは座ったまま飛び上がりそうなほどびっくりしたが、よく目を凝らすと、枕の脇にシロが座っているのが見えてきた。

お秀と二人で使っているこの寝間は有り難いことに畳敷きで、六畳の広さがある。雨戸を閉《た》て切ってしまうと真っ暗だが、夜中に急なご用で呼ばれたとき（隠居夫婦の寝間にはそれ用の呼び鈴がある）慌てなくて済むように、座敷の北東の角に常夜灯を一つ点けてある。万に一つも火元にならぬよう、大きめの深皿に水を張って、皿の真ん中に据えた瓦灯《かとう》だ。

その淡くて黄色い明かりを受けて、シロの目が銀色に底光りしていた。

おぶんはふうと息を整え、声を出さずに口の動きだけで、シロに話しかけた。

（こんばんは）

シロはぱちぱちとまばたきをした。

（あたしに何かご用かしら）

さらにぱちぱち。それから、しわがれた老人の声がおぶんの心に聞こえてきた。

「あの鐘の音が聞こえたようじゃね」

わあ。これがシロの声なんだよね。いえ、シロじいじか。

（あなたはシロじいじよね）

シロじいじはひげを震わせる。笑ったらしい。

「あの鐘の音が聞こえたなら、あんたはやはり、ねこがみ様のミコになれる体質《たち》だということじゃ」

ねこがみさまのみこ？　何だそれは。かみって、まさか神様じゃないわよね。みこ、みこって、おぶんはミコという名前の猫になれるの？

（あたしも猫になって、あんたたちと暮らすの？　それも悪くないけど、ご飯の世話ができなくなっちゃうわよ）

シロじいじは大きな身体をぶるりと震わせ、その場で伸びをした。まずは身体の前半分と前脚をぐい～んと伸ばし、次に後ろ半分と後ろ脚を伸ばす。

「では、行こうか」

布団の裾を回って、勝手に寝間を出て行こうとする。

（ちょ、ちょっと待って）

おぶんは大慌てで、かい巻きの足元に広げておいた綿入れ半纏《はんてん》を羽織った。お秀はぐっすり眠っており、ぴくりともしない。

唐紙を開けて、狭い廊下に出る。シロじいじはすぐ足元にいて、ふっさりした尻尾がおぶんの足首をかすめた。

静かに唐紙を閉めると、常夜灯の光が遮られて、廊下は闇に沈む——と思ったら、なぜかまわりが明るい。シロじいじの両目が、小さな一対の龕灯《がんどう》みたいに照らしてくれているのだった。

「ワシについておいで」

足の裏が凍りそうに冷たくて、おぶんは爪先立ちになった。

「不便じゃの」

「そうね。あたしたちには毛皮も肉球もないからね」

小さな声で言い返すと、語尾が震えた。怖いのではなく、とにかく寒いのだ。

「勝手口から外を見るだけじゃ。少しのあいだだけ、我慢、我慢」

「何を見るの？」

「それは見てのお楽しみ」

隠居所の台所に入ると、土間に降りるために、おぶんはすり減った下駄をつっかけた。シロじいじは先に勝手口の前まで行っており、しんばり棒を軽く叩いて、

「開けておくれ」

「寒いわよ。いい？」

しんばり棒を外し、おぶんは思い切って勝手口の引き戸を開けた。一瞬、目をつぶってしまうほどの寒気が押し寄せてきた。

隠居所の裏庭には、うっすらと雪が積もっていた。夜空は晴れて雲も切れている。

おや、今夜は満月だったろうか。隠居所の背後を守る防風林が、墨絵のように黒く浮き上がって見える。

「そら、ご覧」

おぶんの足元で、シロじいじが夜空を仰いで言った。おぶんは目を上げた。

そして、驚きで息を呑んだ。

まん丸なお月様——ではない。

猫の前足だ。でっかい猫の前足。指の位置に、肉球が丸く並んでいる。

夜空に浮かんで、光り輝いている。

「あの鐘の音からちょうど一刻、猫の刻になる」と、シロじいじが言った。「そして猫の刻のあいだは、夜空にあの印が浮かぶのじゃよ」

おぶんはぽかんと口を開けた。舌も凍り付いてしまいそうなほど寒いのに、お腹の底の方から愉快な笑いがこみ上げてきて、それが真っ白な呼気になる。

「ミコには、あれ——猫月《ねこづき》が見える」

シロじいじが喉を鳴らす。どこにいるのかと思えば、下駄履きのおぶんの両足の上に座って、温めてくれているのだった。

「猫月ねえ。じゃ、さっきから何度か言ってるけど、ミコってなぁに？」

「神社におるじゃろ」

巫女のことか！「ねこがみ様」っていうのも、耳で聞いたとおりに解釈すればいいのか。

「猫神様は、あんたたちの神様なのね？」

「左様」

やっと話が通じたと、シロじいじはおぶんの足に乗っかったまま、器用に耳を掻く。

「ワシらの神じゃから、ワシらにしか見えぬ。じゃが稀に、ヒトのなかにも、ワシらの猫神様が見える者もおる」

数はごく少ないが――と言う。

「あたしはその数少ないヒトの一人なのね」

おぶんは声に出して、自分に言い聞かせる。夢のなかのような光景ではあるが、あたしは確かに目を覚ましている。寝ぼけているのではない。これは本当に起きていることだ。

「猫の巫女には、猫の刻を知らせる鐘の音が聞こえて、夜空に浮かぶ肉球が見えて、あと、猫としゃべることができるのね」

「シマっこと話をしたようじゃな」

「腰を抜かしかけたけど、楽しかったわ」

おぶんは膝を折り、シロじいじの背中を軽く撫でた。「これからは、みんなとこうやって話ができるね」

シロじいじは、分別くさい感じで口元をにゅっと曲げた。「あまりワシらとしゃべっておると、まわりの者どもに怪しまれるぞ」

そうなのか。おぶんには訝《いぶか》しい。

「ご隠居さんもおかみさんも、巫女ではないってこと？　あたしよりずっと前から、ここであんたたちと仲良く暮らしているのに」

「隠居もおかみも、ただの猫好きで、ワシらと共に暮らしておるのではない。いや、昔はそうだったのじゃろうが、今は違う」

シロじいじは、おぶんの足の上からのっそりと降りた。

「凍えるのう。おまえに猫月が見えることは確かめたから、早う内へ戻ろう」

囲炉裏に火を焚いてくれ――と言って、首を縮めてくしゃみを一つ放った。爺さまらしく、しゃがれたくしゃみだった。

「夜が更けてゆくなかで、祖母はシロじいじから、猫神様のこと――人と猫との深い関わりについて教わったのだそうでございます」

黒白の間の半紙を背に、お文は語る。富次郎は心のなかに、餅をつくうさぎの形ではなく、猫の手の肉球を浮かび上がらせた満月を思い描きつつ、耳を傾ける。

「まず猫神様というのは、もともとはそこらの猫であって、何もとくべつなものではない。普通の猫がうんと長生きしたり、大きな怪我や病を乗り越えたり、ひどい災難を切り抜けたり、そうした何かしらの経験を得て徳を積むと、猫神様として選ばれて、他の猫たちに拝まれるようになるのだ、と」

猫神様は、この世とあの世とのあいだにある猫神様の宮に座する。宮には猫神様にお仕えする選ばれた猫たちだけが居て、現世の猫は近づくことができない。

「ただし、猫の刻が来ると、そのあいだだけは、俗世にいる猫どもでも猫神様の宮に通ることを許されます」

はて。富次郎は問うた。「どんな用事で伺うんでしょうね」

「そりゃあ、参拝するんですわ。人が神社にお参りするときと一緒でございます。願掛けをして、願いがかなったらお礼参りをいたしますでしょ」

やたらと面白い絵が頭に浮かんできて、富次郎はニヤけてしまう。耳を並べて初詣。尻尾を連ねて初午《はつうま》参り。にゃあにゃあ、フーフー。たまには引っ掻き合いの喧嘩もあったりして。

「うふふ、可愛らしいですなあ」と、呟いてしまった。

お文は頬を緩める様子もなく、口を引き結んでいる。富次郎はバツが悪くなり、せかせかとお茶を淹れ換えにかかった。

「確かに、猫は可愛らしい生きものではございますけれど、一方では魔性のもの、化生のものと恐れられることもございますわ」

つと目を伏せて、お文が続ける。

「猫神様というのも、ただの猫がただの猫ではないものに変化《へんげ》したというのならば、わたしども人がすぐ思いつくのは神ではなく、化け猫の方でございましょう」

ああ、そうか。言われてみればそのとおりだ。

「実際、猫との長い関わり合いのなかで、人は猫神様のお姿を垣間見たり、その御力《みりき》に触れたりした経験から、猫を魔物と畏れ、化け猫に怯えるようになったのだと、シロじいじは話していたそうでございます」

猫神様が源で、「化け猫」は人がそれを解釈した説だというのである。

淹れ換えた湯飲みをお文の前に置き、富次郎は言った。「わたしが知っている化け猫譚は、あるお殿様の愛猫が、無念の死を遂げた主君の血を舐めて化身し、その仇《あだ》を討つという筋書きですから……」

敵にとっては恐ろしい化け猫ではあるが、恨みを晴らしてもらえる主君の側にとっては、頼もしい味方だ。戦ってくれる守り神だ。

「化け猫は猫神様、猫神様は化け猫」

この二つは重なり合い、入れ替わると、お文は言う。

「化け猫はどれほど恐ろしい姿をしていようと、山中に棲まっているだけではちっとも怖くありません。化け猫が化けものになるのは、そこに人びとが居合わせるときだけ」

同じように、猫神様もまた、人と関わりのある猫どものなかからのみ選ばれるという。

「生粋の野良暮らしで、一度も人から餌をもらったことのない猫は、百年生きようと、ただのけものにしかなりません」

猫神様になる猫は、人の暮らしのなかに混じり、人の気を浴びている。

「そして、ある人が——たとえば富次郎さん、あなたにしましょう。あなたは、コマという猫を可愛がり、親しくそばにおいて暮らしていますが」

「はい、はい」

「しかしコマは歳をとり、猫神様に選ばれました。するとあなたのそばから姿を消し、猫神様の宮に入ってしまいます」

「わたしはとても寂しくなりますな」

「ところが、コマと入れ替わるように、あなたのまわりには多くの猫どもが寄ってくるようになります。もともと猫好きなあなたは、自然とその猫どもの世話を焼くようになる。猫どももあなたによくなつきます」

お文の口調に熱がこもってきた。

「そして、あなたには知る由もありませんが、その猫どもは、猫神様となった猫の主人であるあなたを、他の魔性のものや化けものども、禍《わざわ》いから守っているんでございます」

猫神様が次の猫神様に代替わりするまで、その守護はずっと続く。だから猫神様の主人は長生きするし、富貴に恵まれて平穏に暮らすことができる。

なるほど。富次郎は、息を呑み込むようにして大きくうなずいた。

「柳川村のご隠居とおかみさんですな！」

「ええ、左様でございます」

シロじいじの言葉、

――隠居もおかみも、ただの猫好きで、ワシらと共に暮らしておるのではない。それも、すっきり腑に落ちる。

「猫神様に仕える猫を、神の子と書いて神子《みこ》と呼ぶそうでございます」

神子どもは猫神様の宮に仕え、あるいは猫神様の主人のそばに集って守る。

「一方、人の身でありながら猫の刻を知ることができる者が巫女でございます。神子は雄も雌もおりますが、巫女は女に限られる」

――化生のものであるワシら猫の知恵と苦しみと、血の穢《けが》れを帯びた人の女の知恵と苦しみには、相通じるものがあるからじゃ。

知恵と苦しみ。その二つの組み合わせに、富次郎はどきりとした。知恵と無知とか、喜びと苦しみではない。なぜ知恵と苦しみが並べられるのか。

富次郎の引っかかりを、お文は気に留めるふうもない。

「猫神様の主人のもとには、神子が集い、巫女も引き寄せられてくるのです。柳川村の隠居所に猫どもが群れていたのも、巫女である祖母が身を寄せたのも、この理《ことわり》に従っただけのことでございました」

翌朝、おぶんは、囲炉裏端で座ったまま眠りこけているところを、お秀に起こされた。

「いったいどうしたのさ、だらしのない」

おぶんは頭のなかに靄《もや》がかかり、シロじいじの長い夜語りも、夢のなかの出来事のように思われた。ただ、締めくくりにシロじいじが言ったこと（そのときは両の前足をおぶんの腿の上に置き、瞳を覗き込むようにして語りかけてきた）だけは、一粒の黄金のように、その靄のなかで光っていた。

　──今の猫神様の代替わりが近づいておる。隠居もおかみも逝くことになる。ここにいる神子の猫たちも、それを見送ってから散り散りになる。猫神様の御力により、本来の寿命より長らえている神子もいるから、隠居所から立ち去る以前に息絶えてしまうものも出てくるじゃろう。

　──おぶんよ、巫女の情けを以て、そうした亡骸に手を合わせてやってほしい。

「ヒトの巫女は」

　思わず声に出して言ってしまい、お秀がぎょっとする。

「な、何よ？」

「あ、ごめんなさい」

　シロじいじはこう言ったのだ。人の女の身でありながら猫の刻を知る巫女は、人と猫の長い関わりを寿《ことほ》ぎ、そこに信《まこと》あることを証立てる標《しるべ》のようなものなのだ、と。

　心のなかで聞いた、シロじいじのしわがれた声を思い出すうちに、おぶんの目から涙がこぼれた。お秀はいよいよ心配そうに寄り添ってくる。その手をつかんで握りしめ、おぶんは笑った。

「明け方に、はっきりした夢を見たんです。正夢になるんでしょうね。怖い夢じゃなかったから、よかった」

　その年の暮れに、ご隠居が亡くなった。弔いのためにお秀と伊三が奔走し、本家からも人が来て、おぶんが手伝いに追われているうちに、ご隠居の死の床に添い寝するようにして、おかみさんも人知れず息絶えていた。

　本家の墓所に真新しい土盛りが二つできて、木の香が残る卒塔婆が立ち並んだ。

　松の内が喪中となり、隠居所は主人夫婦を喪い、漕ぎ手のいない舟のようになった。

お秀も伊三も空っぽになり、押し黙ったままだるそうに、隠居所の内外を掃除したり、片付けたりしている。何でも億劫がり、おぶんがうるさく言わないと食事もしないし、ちゃんと横になって眠ることもしない。

　それでも数日のあいだに、二人して気がついてくれた。

「ねえ、このごろ猫たちがいないね」

「猫どもの数が足りなくねえか」

　おぶんはとっくに気がついていた。というか、シロじいじの教えを受けていたから、覚悟を固めていた。

　いつも親しんでいたコシロとチャミは、いなくなる前におぶんの顔を見にきてくれた。キンクロとシマクロは、遠くで尻尾をひと振りしてから立ち去った。シロじいじは変わらず鶏小屋のそばに寝そべっていたが、ある朝、急にいなくなった。いつもの場所には、一房の白い毛が落ちていた。おぶんは、シロじいじは霞のように淡く消えてしまい、形見にこの毛を残してくれたのだと思った。

　シマっこは、おぶんがあれこれ立ち働いていると、目の隅に入るように現れた。シロじいじが言っていたとおりに、隠居所の裏庭で、藪のなかで、防風林の根っこの狭間で、息絶えた猫の亡骸を一つ、二つ、三つと見つけて葬るあいだも、シマっこは近くで見守っていてくれた。

「こんなに死んでいくなんて」

　お秀は、おぶんを手伝ってくれながら、涙を隠さずおいおい泣いた。

「みんな、ご隠居さんとおかみさんの後を追ってゆくようだね。忠義の猫たちだね」

　お秀の背中を撫でて慰めながら、おぶんはぐるりを見回してシマっこを探した。シマっこはどのときもちょっと離れた木の陰や藪のそばにいて、

　——ありがとね。

弔いに礼を言うように、丸い目をしばたたいて、長い尻尾をくるりと巻いた。

五日ほどで、数え切れないほど集っていた猫たちが、隠居所とそのまわりから消えてしまった。

三人で囲炉裏を囲んだ夕食のときに、伊三とお秀が本家に帰ることを言い出し、

「おぶんちゃんも、ご実家にお帰りなさい。本家の方から文は送ってあるから、明日にでも迎えの人が来るだろう」

「新しい年の初めだものね。そういうきりだったと思ってちょうだいよ」

いよいよ家に帰るしかないか。ひょっこり他の道が拓けないかと——たとえば、おぶんも本家で奉公させてもらえるとか、そんな目が転がり出てくれないものかと恃んでいたのだが、世の中、そこまで甘くはない。

積もる思い出話に、その夜は伊三とお秀がなかなか囲炉裏端から離れなかった。おぶんは先に寝《やす》むことにした。

寝間で横になってかい巻きを引き上げると、ほどなく、常夜灯の明かりを横切って、小さな影が近づいてきた。

シマっこだ。おぶんの枕のすぐそばに寄ってきて、くるりと丸くなって、顔だけこっちに向けた。

おぶんは夜具から手を出して、シマっこの顎の下を撫でた。ごろごろごろ。シマっこは目を細める。

「もしかして、お別れの挨拶に来てくれたの？」

言葉を口にするそばから、声が震える。おぶんはべそをかいていた。

「んにゃ」シマっこは耳を伏せて、おぶんに顔を近づけてきた。ひげがくすぐったい。

「おぶんちゃんが眠るまで、いるよ」

あったかくて、やわらかい。

「シマっこは、先の猫神様の神子だったんだよね」

「そうよ。シロじいじに教わったんだね」

「ええ。猫神様が代替わりしたら、神子はどうなるの？」

「新しい猫神様にお仕えするの」

「お宮に行くの？」

「わからない。呼ばれたら行くくし、そうでなかったら、新しい猫神様のご主人をお守りするのがあたいの務め」

　これを聞いて、一瞬、おぶんは悔しくて妬ましくてたまらなくなった。新しい猫神様のご主人め、どうしてあたしからシマっこを取り上げてしまうのよ！

「あたしがシマっことといたい、シマっこを飼いたいと願っても、かなわない？」

　シマっこは、おぶんの鼻の頭を舐めた。

「ただの猫なら、好きなようにおぶんちゃんと暮らせる。だけど、あたいはもう神子だから、無理なんだ」

　そんなのひどい。意地悪だ。

「シマっこったら、どうしてあたしと出会う前に、神子になんかなっちゃったのよ」

　ごめんにゃ――と、シマっこは鳴いた。

「先《せん》に話したでしょう。あたい、飛松っていう矢場に棲みついていたことがあるって。あのころ、姉妹みたいに仲良くしていた三毛猫が猫神様に選ばれたの。三代前の猫神様」

　そのとき、あたいも神子になったの。

「猫神様についていきたかったから」

　最初に話をしたとき、シマっこは、おぶんが思っているほど若くはないと言っていた。三代前からの神子だなんて、この子も、猫神様の力で長生きしていたのだ。今回の代替わりで、死なずにいてくれてよかった。

涙で顔を濡らし鼻水をすすりながら、おぶんはシマっこの頭を撫でた。

「これっきりになるのは、寂しいわ。どうにかして、また会えないかしら」

シマっこは、喉を鳴らすのをやめた。

「おぶんちゃんが命がけで、どうしてもどうしても会いたいと思ったときだけなら」

「そんなに厳しいの？」

「あたいは神子だもの」

心に聞こえてきたシマっこの声音の強さに、おぶんは鼻水をすするのをやめた。寝床の上で起き上がり、手の甲で顔を拭った。

「わかった。約束する」

シマっこはおぶんの膝に飛び乗ってきた。そしてその前足を、おぶんの右肘に乗せた。

寝間着の下で、右肘の肌がちくりと痒《かゆ》くなる。温かい。その一点に血が集まってくるみたいな感じだ。

おぶんは目を瞠《みは》った。瓦灯の明かりに、おぼろに見える。シマっこの右前脚にある二重の輪っかが、一重になってゆく。

「これ、あげる」と、シマっこは目を細めた。

おぶんが右袖をめくってみると、肘のすぐ下に、薄墨でぐるりと描いたような輪がついていた。

「――こうして、祖母は両親のいる生家へと帰ったわけでございます」

語りを続けながら、お文は自身の右肘のあたりをするりと触った。

「柳川村を離れて数日経つと、シマっこからもらった輪っかはすっかり見えなくなってしまったそうなのですが」

目に見えぬからといって、消え失せたわけではない。輪っかがそこにあることを、おぶんはいつも感じていた。

「シマっこという猫神様の神子と、祖母を結びつける印でございます」

生家が営む青物の仲買商は堅実に繁盛しており、両親と兄一家の暮らしぶりにも少しゆとりが生まれていた。一方、おぶんをさんざん悩ませたあの「仲人運」の商い仲間は、自分の家のことをお留守にして他家《よそ》にかまけているうちに、女房が病みついてしまったり、娘が嫁ぎ先から戻されてきたりと不運が続き、すっかり音なしの構えとなっていた。

「自分の娘さんが出戻りになってしまったんじゃ、仲人運も蜂の頭もありませんものね」

お文は言って、鼻先で笑った。当時のおぶんも、きっとこういう顔つきで笑ったに違いなかろう。

「ですから、それから半年ほど後に、祖母に祖父との縁談を持ち込んで、仲人として話をまとめたのは、まるっきり別のお方でございました。母方の知り合いで、大きな料理屋を営んでいたとかで」

人を雇う機会が多かったので、数多の口入れ屋との付き合いも深かった。お文の祖父の家は、そのなかでも羽振りがよく、しかも、

「その跡取りの一人息子だった祖父は、欠けるところのない満月のようないい男だったそうでございます」

お文の眼差しがつと泳ぎ、遠くを見た。

「わたしが覚えている限りでも、祖父は上背があり、顔立ちが整っておりました」

富次郎は優しく問うた。「孫娘のあなたには、いいお祖父《じい》さんだったのでしょうね」

「大甘でしたわ」

答えると、お文は富次郎の顔に目を戻して、ほろ苦く笑った。

「わたしたち孫には、およそ目のない祖父で……。ただ、口入れ屋という家業の手前、わたしどもの立ち居振る舞い、行儀作法には厳しいところもございました。人の周旋を生業としている家の子が、だらしなくては恥ずかしい、と」

至極まっとうな躾けである。

「ええ、まっとうな御仁でございました。だからこそ、祖母もすんなり縁談を受け入れて、祖父のもとへ嫁いだのでしょう」

柳川村の楽しかった猫たちとの暮らしは終わった。あれは人生のなかの貴重な一幕。幸せに満たされていたからこそ、長く続くものではない。

人は、人の生を貫くしかない。

「それと、ささやかな内祝言の夜に、祖父が祖母にこんなことを申したんだそうですの」

――おぶんは何をするにも、まるで猫のようにおしとやかで、どたばたと物音を立てたりしないね。私はそこが気に入ったんだ。

「それを聞いて、祖母は感じ入りました。自分は猫の巫女だ。そして猫神様の神子であるシマっこの朋輩《ほうばい》だ。これから夫になろうとしているこの人は、それが何となく判っているのだ。しかも喜んでくれているのだ、と」

これは正しい縁談だ、この人と添うことにしてよかった、と。

「ところがねえ、それから三月《みつき》も経たないうちに、祖父は女遊びを始めました。どうやら決まった相手がいるらしく、その女のところに居続けで、ちっとも家に帰ってこない」

夫はそばにいてくれず、姑にはいびられ、舅には女中扱いされるだけ。奉公人たちも遠巻きにしていて、誰も助けてくれない。

どこが正しい縁談だったんだ？　何が間違っていたんだ？　当惑し、思い悩んで一人で苦しみ、日々の嫁の務めに追われて、夜はぐったり寝床に横たわったと思ったら、ろくに休めぬうちに夜明け前から叩き起こされる。

「そんな暮らしを強いられていても、祖母はお腹に子をはらみました」

それも嫁の務めである。だが、おぶんは嬉しかった。赤子の顔を見れば、夫も改心してくれるのではないかと思ったのだ。

「実際、世間にはそういう例が多うございますからね」と、お文は続けた。「かく言うわたしのご亭主殿も、その口でございました。女房を持ったというだけでは一人前の男になれず、よろずにおふくろ様頼みの倅《せがれ》気分のままだったんでございます」

夫婦になって三年目、ようやく赤子を抱いたことで、目が覚めたように「大人」になってくれたそうである。

富次郎はうなじを掻いた。「わたしなんぞも、きっと同じような大きい子供になりそうでございます」

「いけませんわ。しっかりなさらなくては」お文は言を厳しくする。「娶った妻に、百年の不作のぼんくら亭主だったと嘆かれるようでは、その罪業《ざいごう》で来世では犬ころの耳に食いつく蚤《のみ》に生まれ変わってしまいますよ」

黒白の間で、語り手にこうも叱られるとは。蚤に生まれ変わるのは御免こうむりたい。

「わたしの祖父だって、祖母にした仕打ちを思えば、まず虱《しらみ》に生まれ変わって叩き潰され、次には百足に生まれ変わって踏み潰され、三度目は蛇に生まれ変わって川獺《かわうそ》に食い殺されてもまだ足りぬくらいでございますわ」

語るお文の目の底に、冷ややかな怒りの炎が燃えている。


月足らずで亡くなってしまった赤子は、おぶんの苦しみと悲しみを増しただけだった。

そう感じてしまう己の心が悔しく、この世に命を得ることができなかった赤子に申し訳ない。女の子だったと、産婆は言った。跡取りの男の子を産み損なったのではなくて、まだマシだったと。何と酷《むご》い言葉だろう。

＊

身体が燃えるように熱いのに、背中を悪寒が駆け上がる。冷たい汗が噴き出して総身を濡らす。血も思い出したように流れ出てきて、そのたびに頭がくらりと回った。

このまま自分は死ぬのだろう。それでいい。こんなに辛い暮らしに未練はない。さっさとあの世にいってしまいたい。

もう、誰に会いたいとも思わない。

夫の放蕩と姑の嫁いびりに耐えかねて、仲人に相談したり、その口を介して実家の両親にも助言を請うたことがある。悲しいことに、誰もおぶんの必死の訴えに耳を傾けてはくれなかった。

「嫁と書いて〈がまん〉と読むのだよ」

「もう小娘じゃないんだから、文句ばかり言ってないで、しゃんとしなさい」

父と母からすれば、きちんとした婚家に嫁がせてしまった娘には、そういう訓戒を垂れることしかできなかったのだろう。可哀想にすぐ帰ってこいとか、けしからん婿を叱り飛ばしてやるとか言い放ったり、おぶんを庇うようにふるまったりしたら、父母の方こそがすこぶる付きの親馬鹿と見なされてしまいかねない。それが世間というものだ。

それなら、兄と兄嫁にすがれば、力になってくれるだろうか。だが今のおぶんには、仲睦まじく子供を育て、しょっちゅう笑顔を交わしていた兄夫婦が、この世のものではないように思える。あれはただの幻だったのではないか。遠くに見える虹みたいなもの。めったにない幸運に恵まれた女だけが、ああいう幸せを得ることができる。

——あたしは恵まれなかった。

おぶんの頰を、後悔の涙が濡らしてゆく。

わかってたのに。ちゃんと分別がついてたのに。柳川村にいたときは、考えていたじゃないか。嫁に行きたいなんて、一生思わないかもしれないと。それでいいと。

——あたしはこのまま猫たちと一緒に暮らして、お婆さんになっていきたい。

隠居所が失くなっても、しおしおと諦めて生家に帰ることはなかった。何とかして、どうにかして、猫たちとの暮らしにしがみつこうとすればよかった。何か手立てがあったはずなのに。

どうして、「人」なんて当てにならない者どものなかに戻ってしまったのか。

あの可愛かった猫たちに会いたい。シロじいじ、チャミ、キンクロ、コシロ、シマクロ、そして愛しいシマっこ。

一目でいい。あの子たちに会って、この手であの子たちの温もりを感じて、あのときの別れを悔いていると、あんたたちのそばにいたかったと打ち明けてからでなければ、死んでも死にきれない。

——あたしは猫の巫女だ。この想いよ、どうか猫神様に通じてください。

おぶんは祈って、願った。この祈りと願いに力を使い果たし、ここで事切れてしまってもいい。その寸前の一瞬に、懐かしい猫たちを感じ取ることができるのであれば。

目を閉じてなお涙を流しながら、一心に祈っていると、やがて、右肘のあたりがじんわりと温かくなってきた。

のろのろと右腕を持ち上げてみる。汗を吸い、肌にへばりつく薄い寝間着の袖を、腕を動かし、震える左手の指でめくってみる。たったそれだけの動作で息が切れて、目が回った。

しかし、その目に映ったものは幻ではなかった。確かにそこにあるものだった。触れてみると、そこだけ皮膚が湯のように温かい。

右肘のすぐ下に、シマっこからもらった薄墨で描いたような輪っかが浮き上がっている。

あたしは猫の巫女だ。出し抜けに、おぶんの胸に、勇気と希望が戻ってきた。

あたしは、猫の刻を知ることができる。猫の刻には、猫神様のもとへお参りすることができる。神子であるシマっこは、今の猫神様のそばに仕えているか、今の猫神様の飼い主のそばで守護の任についているはずだ。

きっと、また会える。

だから生きなくては。おぶんは身を起こし、枕元に置かれていた水差しの水を口に含んだ。このまま死んでたまるもんか。

——猫の刻参《こくまい》りをするんだ！

心を決めると、身体がついてきた。それから二、三日のうちに、おぶんは姑と産婆を驚かせるほどの勢いで回復した。意地悪な姑なんぞは、

「わたしらの気を惹こうとして、うんと具合が悪いふりをしていたんじゃないかえ」

などと平気で口に出して、これには万事に知らぬ顔の舅も眉間に皺を寄せた。

おぶんは起き直り、立ち上がり、動き出した。もう赤子を亡くし、死にかけた若い妻ではない。もっと強く、非情なものへと変じたのだった。

そして、夜になると耳を澄ました。猫の刻を報せる、あの不思議な風鈴の音のような響きをとらえるために。

りぃん、りぃいいいん。

死にかけたお産から、数えて九日後の夜更けのことだった。西向きの四畳半、若夫婦の寝間にはおよそふさわしくない殺風景なところで一人床に就いていたおぶんは、その音を聴いた。

かつて柳川村で、初めて耳にしたときとは、少し違う音色に思われた。もしかしたら、猫神様が代替わりすると、猫の刻を報せるこの音色も変わるのかもしれない。猫の鳴き声が、みんな同じようでありながら、一匹ごとに特徴があるように。

枕に頭をつけたまま、おぶんは目を開き、顔いっぱいに笑いを浮かべた。それから素早く起き上がると、身支度を整えた。外は寒かろうし、どこをどれくらい歩くことになるかわからないし、猫神様にお目にかかるのに、見苦しい様では失礼にあたる。

綿入れの前を合わせて紐を固く結ぶ。乱れた髪を撫でつけてから、深い紫色のおこそ頭巾をかぶった。これは実家の母が、赤子ができると髪がごっそり抜けることがあるので、そんなときは使いなさいと、嫁入りのときに持たせてくれたものだった。

寝床の上で膝立ちになり、つとまわりを見回してみる。建付けの悪い雨戸の隙間から、月の光が差し込んでいる。寝る前に雨戸を閉めたときには、雲の隙間から顔を覗かせている月を見た覚えがあったが——

「にゃあん」

甘みを含んだ優しい鳴き声。どこだ？　どこで鳴いている？

この家の近所でも、たまに野良猫を見かけることはあった。ただ、犬猫嫌いで小鳥でさえ嫌がる舅と姑が、奉公人たちに厳しく言いつけて追っ払わせてしまうので、嫁いできてからのおぶんは、猫に触れる機会がなかった。

そうしたいと思う気持ちの余裕もなかった。

「おぶんさん、こっち、こっち」

んにゃにゃ、にゃあん。猫の鳴き声。台所の方から聞こえてくる。おぶんにはちゃんと、言葉も伝わってくる。ああ、わかる。胸が熱くなり、涙が溢れそうになる。

「はい、すぐ参ります」

囁くような小声で返して、おぶんは四畳半を後にした。もうここには帰ってこないかもしれないが、未練はない。

冷え切った廊下を歩み、台所へと向かう。曲がり角の壁に打ち付けてある燭台《しょくだい》に、燃え進んで平べったくなった百目蠟燭《ひゃくめろうそく》が一本灯っていて、その火が投げかける光の輪の端っこに、猫耳の影がちらりと覗いた。

足の裏が冷たい。台所に入り、土間に降りるとき、おぶんはいつもここで履き慣れている下駄ではなく、誰でも使えるように出入口のそばに吊してある草鞋《わらじ》を選んだ。有り難いことに、古い足袋も一緒に吊してあった。

勝手口の引き戸の隙間から、明るい月の光が漏れている。おぶんはそのなかでしゃがんで、手早く足ごしらえをした。かじかむ指に息を吐きかけ、草鞋の紐を結んでいると、すぐ傍らで「にゃ」と声がして、尻尾で軽く背中を撫でられる感触があった。

「できた。お待たせしました」

おぶんは立ち上がり、音を立てぬように用心深く、勝手口のしんばり棒を外した。息を止め、そろそろと引き戸を開けると、

——眩しい！

輝かしい月の光。その光はおぶんの頬を撫で、総身を包み込んだ。

中天にかかっているのは、あたりまえの月ではなかった。柳川村でシロじいじに導かれ、一度だけ目にしたことがある、猫の前足の満月。くっきりと浮かび上がる、愉快な肉球の形。

初春とはいえ、夜更けの寒気はまだ厳しい。嬉しさに、おぶんが思わず「ああ、よかった」と声をあげると、真っ白な呼気が闇のなかへと迸《ほとばし》った。

「さ、行こう」

おぶんの足のあいだをすり抜けて、一匹の鯖トラ猫が姿を見せた。「こっち、こっち」と呼びかけてきた、あの声だ。

「猫の刻参りに行くんだね。巫女さん、おいらが案内するよ」

おぶんは身をかがめ、鯖トラ猫の頭を撫でた。ぐるるる……と喉を鳴らすこの子は、体つきは成猫だが、顔にはまだ子猫の甘さが残っている。人にたとえるなら、十五、六歳というところだろうか。

「迎えに来てくれて、ありがとう。あなたのお名前は何ていうの？」

「おいらのことは、トンボって呼んで」

背中の真ん中に、羽を広げたトンボにそっくりの模様があるからさ。

トンボはくるくるとおぶんの臑《すね》のあいだをすり抜けて、じゃれてみせた。

「寒くないように着込んで、ちゃんと足ごしらえしてきたんだね。えらい、えらい。でも、じきに参道へ入るから、裸足で寝間着でいたって平気なくらいなんだけど」

さ、行こう。トンボは先に立って歩き出す。ほっそりした胴をくねらせ、長い後ろ脚で凍った地べたを蹴って、軽やかに。

おぶんは白い呼気を吐きながら、そのあとに続いた。婚家の口入れ屋の左隣には、お香や線香、様々な蠟燭を扱う小間物屋がある。真夜中、もちろん表戸を閉てきってあるのに、それでも前を通

りかかるとほんのりと白檀《びゃくだん》が匂った。

とたんに、トンボがくしゃみをした。

「おいらたち、こういう匂いが苦手なんだ」

きれいな鯖トラ縞に、先っぽだけが真っ白な尻尾を振って、

「よいっと!」

かけ声いちばん、トンボはおぶんの右肩に飛び乗ってきた。

「このまま、ずうっと真っ直ぐ歩っていいよ。木戸も気にしなくっていい。誰にも見とがめられたりしないからね」

なるほど、ほどなくたどり着いたこの町の木戸では、木戸番の老人がこちらを振り返りさえしなかった。それどころか、おぶんは木戸をくぐる必要もなかった。気がついたら、軽々と木戸を乗り越えていた。

——そうか、あたしは猫と同じになってるんだ。

家の庇を、商家の看板の縁を、お寺の屋根のてっぺんをたどって歩いて、地上の者どもに気取《けど》られることさえない猫たちの歩み。今、おぶんはその力を借りている。

それでも、夜気の冷たさは染みた。鼻の頭が冷たくて、トンボみたいにくしゃみが出そうに——なると思った次の瞬間、むずむずが消えて、青々とした若葉の匂いを感じ取った。その匂いはほの温かい。

春の夜のなかを歩んでいる。

トンボを肩に乗せたおぶんは、婚家の近所とはまったく別の場所へ移っていた。見慣れた町筋が消えた。軒を並べる商家の店先を彩る様々な看板や掛け行灯《あんどん》の明かりも消えた。

ここは広々とした草っ原——いや、緩やかに登っている。柔らかな草に覆われた、なだらかな丘

の小道だ。

目で見ただけでは信じ切れず、おぶんはしゃがんで足元の地面や草に手を伸ばし、触れてみた。トンボはおぶんの肩から飛び降りて、う〜んと伸びをする。まず前脚、次に後ろ脚。

指先でつまんでみた草の葉には、澄んだ夜露が宿っていた。草鞋で踏みしめる小道は、碁石よりももっと小さい真っ白な丸石が敷き詰められてできている。

「この丘のてっぺんが、猫神様のお宮だよ」

トンボの足取りが軽い。おぶんも、歩き続けるうちに身体が温まってきて、おこそ頭巾を脱ぎ、さらに綿入れも脱いでしまった。

振り返ると、背後の高いところにあの猫月がかかっている。春の夜らしく、暈《かさ》をかぶっておぼろな眺めだが、珠のように輝いている。

丘を登る道はどこまでも緩やかで、息も切れないし疲れもしない。それでもちゃんと歩みは進んでおり、やがて前方にこんもりとした森が見えてきた。

夜風に、森ぜんたいがふるふる、さわさわと震える。何の木だろう、あんまり背丈は高くない。目を凝らして見つめて、その正体がわかると、おぶんは思わず笑ってしまった。

すると、トンボもぴょこんとこっちを振り返り、「猫じゃらしだよ！」と楽しそうに言った。

「猫神様のお宮は、巨きな猫じゃらしの森で護られてるンだ」

「あんたたちは、それくらい猫じゃらしが好きなのね」

考えてもみなかったけれど、猫にとってはただの玩具ではなく、尊い意味があるものなのかもしれない。

それにしても巨大だ。茎はどれも一抱えもある太さだし、重たげに頭《こうべ》を垂れている穂の部分なんか、一つ一つが家一軒分よりもまだ大きい。

丘を登るにつれて猫じゃらしの数も増え、森が濃くなってゆく。白い丸石の小道は、その足元を縫うように続いている。

登りが少し急になった。おぶんが足を止めてちょっと休むと、トンボが近づいてきて尻尾を差し伸べた。

「ほら、おいらにつかまっていいよ」

「ううん、大丈夫よ」

額が汗ばんでいる。猫じゃらしの森のなかには、春の夜の気が満ちている。

ふう、と呼吸を整えて背を伸ばすと、その温もりを湛《たた》えた夜の遠くの方から、かすかな声が聞こえてきた。猫の声か——

おぶんはつい身を固くした。その声が、確かに猫の鳴き声らしくはあるが、尋常な響きではなかったからだ。

怒っている。叫んでいる。喚いている。それとも嘆き悲しんでいるのか。ひび割れてささくれ、時に裏返って長々と引っ張る。

町なかで、猫同士の喧嘩やさかりの時季の鳴き声を耳にすることがある。あれもけっして愉快な声ではないが、しかし、今この遠くから伝わってくる鳴き声は、その類いのものとも全く異なっていた。

なんて気味が悪い！　おぶんは、思わず両腕で身体を抱きしめた。猫がこんな声を出して鳴き叫ぶのは、どんなときだろう。おぶんの経験のうちには見当たらなかった。

——だって、人の悲鳴のようにも聞こえるんだもの。

明らかに猫の鳴き声なのに、その底に人語が潜んでいるように聞き取れる。だから気味が悪いのだ。おぞましいのだ。

皮膚に浮いた鳥肌をさすりながら、足を止めて動けずにいると、トンボが後ろ脚で立って、おぶんの膝に前脚をかけてきた。

「巫女さん、しっかりしておくれ」

肉球の感触。温かいし可愛らしい。

「あれは猫神様が唱えておられる祝詞《のりと》だよ。なんにも怖いものじゃないよ。うんと有り難いものだよ」

「この鳴き声が……祝詞なの？」

信じ難いけれど、トンボのまん丸な目を覗き込むと、そこに嘘や偽りがあるとは思えない。怯《ひる》みそうになる心を励まし、おぶんは急な登りに歩を進めた。

また身体が温まり、ちょっと息が上がってきた。祝詞だという猫神様の声も、少しずつ少しずつ、耳に大きくなってきた。それだけ宮に近づいているのだ。

巨大な猫じゃらしの森の隙間に、何やら幕を巡らせたようなものが、切れ切れに見えてきた。蚊《か》帳《や》ではない。布ではない感じがする。ごく薄い……皮のようなもの。それを丸く膨らませ、地べたに伏せたみたいなもの。

形は、何に似ているだろう。歩きながら、見回しながら、思いついたのは紙風船だ。しぼみかけた紙風船。それが森のなかに落ちている。一つや二つではない。そこにも、ここにも。芥箱《ごみばこ》くらいの小さなものから、薪小屋ぐらいの大きさのものまで、様々だ。

さらに、色柄もとりどりだった。茶色の縞、白に黒と茶色のぶち、黒い縞の虎柄、鯖色の縞。そう、全て猫の色柄と同じだ。

——まるで猫風船だわ。

近づいてゆくと、それらの猫風船の内側からも、何匹もの猫たちの鳴き声が聞こえてきた。こちらは音色が様々ながらも、当たり前の猫の声だ。

猫神様の祝詞が高まると、猫たちは静まる。祝詞が途切れると、柔らかく優しく、猫たちは鳴き始める。また猫神様の祝詞が聞こえてくると、猫たちの鳴き声はだんだんと減って、祝詞がいちばん大きくなるときには、みんな沈黙を守る。

それらの光景に息を呑み、まばたきを忘れて見回しながらも、トンボに促されるままに、おぶんは丘を登り続けた。そしてついに、てっぺんの平らなところにたどり着いた。踏みしめる草鞋越しの足の裏に、はっきりとその感触があった。白い丸石を敷き詰めた道から、草地のようなところに出たのだ。

おぶんはゆっくりと目を上げた。

丘のてっぺんの草地に、小山のような、ひときわ大きな猫風船が鎮座している。その内側には煌々《こうこう》と明かりが灯り、ぜんたいが黄金色に光り輝いている。

こうして間近に来ると、猫神様の祝詞が、生々しい猫の鳴き声として、くっきりと聞き取れるようになってきた。唸るような低い声のあとには、苦しそうな吐息や、はあはあと息を切らす様子も聞こえてくる。

「……トンボ」

おぶんの震える声に、トンボが足元に寄ってきた。

「あのお声、あたしの耳には、猫神様が痛みに苦しんでいるように聞こえるの。あれは本当に祝詞なの？」

何かを寿ぎ、良きことを祈る声音とは、とうてい思えないのだ。

すると、トンボはまん丸な目でおぶんの顔をつくづくと見つめた。

「そっか。あんたはこのお宮に来るのは初めてで、猫神様のことをよく知らねえんだね」

「ええ」

「そんなら、ちっと黙って様子を見てておくれよ。おいおい、わかってくらぁ」

当惑しつつも、おぶんはうなずくしかない。一人の巫女と一匹の神子が顔を合わせている夜気の隙間を、猫神様のか細い叫び声がすり抜けてゆく。そのとき、

「おぶんちゃん」

背後から、聞き覚えのある甘い声に名を呼ばれた。

おぶんには、すぐにその声の主がわかった。たとえおぶんが忘れていたとしても、右肘の輪っかは覚えている。呼ばれた刹那に、じんわりと熱くなってきた。

心の臓がとくとくと打つ。胸元を手で押さえて、ゆっくり振り返ってみた。

そこには確かに、シマっこがいた。

身体の大きさは変わっていない。あいかわらず華奢でほっそりしている。灰色の毛並みが少し薄くなり、耳の縁の和毛《にこげ》が白くなったようだ。

「シマっこ」

おぶんが両手を差し伸べると、シマっこも飛びついてきた。顔を寄せると、ひげがくすぐったい。青みを帯びていたシマっこの瞳は、今もそのままだ。この夜のなかでも、宵の明星を抱く夕空のように美しい。

「とうとう来たのね」

シマっこは目を細めて、おぶんの鼻の頭をぺろりと舐めた。

「また会えたのは嬉しいけれど、どうして来てしまったの？　今は幸せではないの？　人の世で、命がけであたいと会いたいと思うほどに、辛い目に遭っているの？」

どこから語ればいいだろう。おぶんは胸が詰まり、だらしなく泣き出してしまわぬように、必死

で息を整えた。

懐かしいシマっこの耳の匂いに、嫁いでからこっちの辛い日々のなかで、汚れた鱗が重なり合うように、少しずつ少しずつ心を鎧《よろ》っていた悪い感情の欠片《かけら》が、一枚、また一枚と剝がれ落ちてゆく。

ふと見ると、ここへ来るまでに見かけた無数の猫風船から、色柄もとりどりの猫たちが現れ出てきて、こちらへと登ってくる。みんな、シマっこと同じ神子たちだろう。

神子たちの輪に囲まれて、おぶんはその場に座り込むと、シマっこを膝に乗せて、柳川村で別れてから今日に至るまでの身の上を語った。できるだけしっかりと、声を励まして語ったつもりだけれど、月足らずの子を亡くしたくだりでは、我慢が切れて手で顔を覆い、泣き出してしまった。

シマっこは、おぶんの指のあいだを濡らす涙を丁寧に舐め取って、慰めるように優しく喉を鳴らした。まわりを囲む神子たちは、静かにそれを見守っている。

語り終えると、おぶんの耳に、また猫神様の呻きや唸り声が入ってきた。自分のことに夢中であるうちは、この不穏な鳴き声も全く気にならなくなっていた。

「おぶんちゃん、それで……これからどうしたい？」

シマっこが、冷たい鼻先をおぶんのほっぺたに寄せて、優しく問いかけてきた。

「どうするって、あたしは何かできるの」

「できるに決まっているじゃない。こうして猫の刻参りに来たんだもの」

そう言われて、腑に落ちた。丑の刻参りが恨みを持つ者の呪いの儀式であるように、猫の刻参りもまた何らかの願掛けであるのだ。

「でも、全てはおぶんちゃんの心次第よ。あたいたちに身の上話をして、気が晴れたのならばそれでいい。この丘を下っておうちに帰りなさい。あたいは猫神様のおそばを離れることはできないけれど、またトンボが送っていくわ」

では、憤懣と愚痴を並べ、恨み言を吐き出して、気が済まない場合には何ができるのか。

「猫神様のお力にすがれば、おぶんちゃんを苦しめる者を懲《こ》らしめることができる」

言い放つシマっこの声音に、これまでの甘やかさはない。

おぶんは身震いした。懲らしめる。そんな言い回し、日々の暮らしのなかで使う折がなかった。おぶんの心の内にもなかったはずだ。

しかし今、それがきわめてまっとうで正しく、望ましいことだと思えてくる。心のど真ん中から取り出された、おぶんにとっていちばん価値のあるもの。

おぶんは小声で囁いた。「夫は、あたしを嫁だと思っていないの。自分と同じ人の身だとさえ思っていない」

なんか置物みたいなものだと思っている。それもがらくただ。

「祝言を挙げてからほんの二月《ふたつき》、三月は、あの人もあたしに好い顔をするのが親孝行だと思ってたんでしょう。嫁をもらうという気分が物珍しくて、楽しかったのかもしれない」

だけどそれにも飽きてしまって、今はまるっきり違う。夫は、おぶんが突然いなくなっても気にしないだろう。目の前で滑って転んで頭を打って死んでしまっても、「最期まで面倒な女だなあ」とぼやきつつ、独り身になれて喜ぶだろう。

「姑は姑で、あたしなんか赤子と一緒に死んでしまえばよかったんだと思ってる」

これはおぶんの邪推ではない。血を流して呻きながら横たわっているとき、世話をしにきてくれた女中を捕まえて、寝間のすぐ外で聞こえよがしにしゃべっているのを聞いた。

――赤子の一人もまともに産めやしないなんて、とんだ外れくじを引かされたもんだわ。

身体が丈夫だというし、骨太でお尻も大きくて、安産が望めそうだからもらってやったのに。そうでなかったら、誰があんな醜女《しこめ》を喜んで嫁に迎えるものか。

——赤子と一緒にあの世にいってくれたら、こんな手間もなくって済んだのに。

一言一句、おぶんは覚えている。心に刻み込まれた言い草だ。

「可哀想に」

シマっこがおぶんの目尻を舐める。これは悲しみの涙ではない。憤怒の証だ。

「それなら、そいつらを懲らしめようか」

シマっこの言葉に、おぶんは目をしばたたく。まわりを囲む猫の神子たちの眼差しが、おぶん一人に集まっている。

猫神様の叫びがすうっと遠のき、おぶんは気を失った。


「次に目を覚ましたとき、祖母は婚家の自分の寝間に戻っておりました」

黒白の間の上座で、お文は語る。

「巨きな猫じゃらしの森の景色。足の裏で踏みしめた白い丸石や草地の感触。ふうがわりな猫風船の数々。膝に乗せたシマっこの重みと、肉球の柔らかさ。自分を取り囲むたくさんの猫の神子たちの瞳が、まるで大きな蛍の群れのように底光りしていたこと」

それらの記憶は鮮やかだったのだが、

「懲らしめようか——という言葉のあと、次に何をしたのか、どのようにして猫神様に願掛けをしたのか、それはまったくわからない。思い出そうとしても、何も出てこない」

ただ、おそらくは別れ際だろう。シマっこがまたおぶんの鼻の頭をちろりと舐めて、

——おぶんちゃんの願いは、必ずあたいがかなえてみせる。悲しまないでね。

「囁きかけてくれたことは覚えていたそうでございます」

悲しまないでね。解《げ》せぬ一言だ。シマっこは神子として、おぶんの切なる願いを猫神様に取り次

ぐ――

「あたいがかなえてみせる」とは、そういう意味だろう。なのに、肝心のおぶんがなぜ、何を悲しむのだ？

「訝しいところはありながらも、懐かしいシマっこの思い出に包まれて、祖母はまた眠りにつきました」

一夜明けると、ずっと看てくれていた女中もびっくりするほどに、しゃっきりと元気になっていた。

「もちろん、たった一夜で全ての傷が癒えるわけはなし、失った血を戻せるわけもございませんけれど」

ただ、おぶんは包まれたのだ。目に見えぬ守護の力に。

「おぶんという若い嫁の上から、別の生きものの皮を一枚ひっかぶった――とでも申しましょうかしら」

その皮は強くしなやかで、隙がない。やすやすと傷つけられることはない。

語りつつ、お文は微笑《ほほえ》んだ。「つやつやした毛並みの猫の皮でございますわ」

富次郎も微笑を返しつつ、心に思い浮かべた。面《おも》やつれした若い嫁が、猫の毛皮をかぶっている様を。おかげで猫のように敏捷になり、その瞳は細い三日月と変じて、化生のものらしく底光りする。

「元気になった祖母に、夫も舅姑も、慰めや労《ねぎら》いの言葉をかけてはくれませんでした。むしろ、そんなに顔色がいいのならば、どうして今までぐずぐず寝くさっていたんだと、叱ってきたそうでございます」

――まったく、役立たずの嫁だ。

「主人夫婦と若旦那のご機嫌を伺ってばかりの奉公人たちも素っ気なくて、祖母はまたこれまでどおり、嫁の務めに追いまくられるだけの日々をすごすことになったわけで」

そこで、お文はしとやかな手付きで湯飲みを取り上げ、すっかり冷めてしまったほうじ茶で喉を湿してから、つと目を細めて続けた。

「このあたりのくだりを祖母の口から聞きましたとき、わたしは自分の身の上と引き比べてしまいました」

お文も命に関わる病を乗り越えた経験がある。そして、それが残した顔の痺れのせいで良縁を逃す羽目になってしまったことが、そもそも祖母・おぶんの身の上話を引き出すきっかけとなった。

「わたしの場合も、病は辛く、本復しきらぬこともまた辛うございました。自分の身体なのに思うようにならず、歯がゆくて苛立たしくて、気が塞いでどうしようもない。朝が来て新しい一日が始まっても、わたしの目の前にだけは真っ暗な夜が溜まっているようで、ただただ悲しゅうございました」

ただ、お文には親身に世話を焼き、慰め励ましてくれる家族がいた。

「それと引き比べたら、祖母は何と酷い目に遭わされたことでございましょう」

お文はその思いを噛みしめて、

「あらためて、死にかけた床から起き上がったときの、祖母の寂しさと悔しさをおもんぱかりました。ですから――」

お文の瞳の奥に、鋭い棘《とげ》が光る。

「ここから先のわたしの語りには、お行儀の悪い〈ざまあみろ〉の響きが混じりますでしょうけれど、ご勘弁くださいましね」

おぶんの夫が、しゃべれなくなった。

最初に気づいたのは、お店の大番頭だった。夫のことは赤子のころから知っている古参中の古参の奉公人である。夫がおぶんを嫁に迎えてからは、次代の主人に口入れ業の勘所を教え込むため、親しくそばにくっついていた。

当の夫は女遊びの方が大事で、金魚のフンのような大番頭を振り切っては夜の遊里へ浮かれ出ていたのだが、赤子が死におぶんが死にかけた出来事の後は、さすがに殊勝ぶって、おとなしく家にこもっていた。それが、おぶんが床を払ったものだから、またぞろ浮かれ出ようと企み、大番頭にその軍資金をせびろうとしたらしい。

なのに、うまく声が出てこない。うぶ、うぶ、と喉に声がからまるばかり。

「若旦那、どうなさったんで」

問われた方も困惑が募り、身振り手振りをまじえながら、必死にしゃべろうとするのだが、どうやっても無理だ。

「うぶ、うぐぐ、うがぁ」

「しびれ毒のあるものでも召し上がりましたか。あるいは、喉に何か詰まっているんじゃございませんか。若旦那、ちょっと仰向いて口を開けて、手前に見せてくださいよ」

おぶんの夫は、子供みたいに素直に不安げな顔で、大番頭に向かって、「あ〜ん」と口を開いてみせた。

覗き込んで、大番頭は卒倒しそうになった。「た、た、大変だぁ！」

おぶんはそのとき、井戸端で洗いものをしていた。盥《たらい》に山積みの下帯、腰巻き、衿当てに、つい昨日まで自分が着ていた寝間着と、たくさんの晒《さらし》。血のついた晒は洗ってもきれいにならない、焼き捨てましょうと女中は言ってくれたのに、

「嫁が汚したものなんだから、嫁に洗わせるのが筋だろう。甘やかしちゃいけないよ」

姑がそう言って、一抱えの汚れ物をおぶんに押しつけてきたのだ。

「大変だ、若旦那が大変だぁ！」

大番頭が廊下を駆けてゆく。慌てるあまりに、口から泡を吹きそうだ。

「旦那様、おかみさん！　若旦那の、若旦那の舌が、失くなってしまいましたよぉお」

たちまち、お店は大混乱となる。おぶんはその全てに背を向けて、洗いものを始めた。堪《こら》えても堪えても、笑いがこみ上げてくる。一度だけ、洗いものをぱんぱんと叩く音にまぎらして、声を出して笑ってやった。

——つまらない悪口や、人の嫌がることばかりを口にのぼせる者は、猫に舌を盗まれちまうんだよ。

あっはっは！　ざぶざぶざぶ。

それから数えて三日のあいだ、評判がいい（つまり薬礼も目の玉が飛び出るほど高い）町医者やら、あらゆる身体の不具合を祓い清めてくれる（これまた祈禱料が天井知らずの）祈禱師やら、思いつく限りの救いの手を求めて、姑は大騒ぎをした。しかし、誰も可愛い倅の失われた舌を取り戻してくれない。なぜ舌が消えてしまったのか、因縁を知ることさえできなかった。

舌がないと上手くしゃべれないばかりか、物を嚙んだり、吞みこむことも覚束《おぼつか》なくなる。つまり、おぶんの夫は一人だけ兵糧攻めに遭っているようなものだ。半狂乱の姑に言いつけられ、おぶんは日に何度も重湯や葛湯をこしらえた。で、姑がそれをふうふう冷ましながら、匙で夫に食べさせてやっているのを横目に、また腹のなかで大笑いをした。

さて、大事な跡取りがこんな不可思議で恐ろしい目に遭っているのに、姑がほんの三日で騒ぐのをやめにしてしまったのは、奇妙なことだと思われるだろう。しかし、これは無理もなかった。姑の身にも異変が起き始め、倅の心配ばかりしていられなくなってしまったのだから。

姑の場合、まず髪が抜けた。倅の舌が消えてから四日目の朝、枕から頭を起こしてみたら、つるっぱげになっていたのだ。

化鳥《けちょう》の叫びの如き姑の悲鳴が聞こえてきたとき、おぶんは台所で飯を炊いていた。火吹き竹をぶう、ぶうと吹くのにまぎらして、思う存分笑った。笑いすぎて竈の薪が燃え上がり、その朝の飯が焦げ臭くなってしまったほどだ。

それもあって、今度はおぶんが笑っていることが、早々にまわりに露見《ばれ》た。しかし、誰もおぶんを咎めなかった。それはまず、舅が何も言わなかったからである。

明らかに、舅はおぶんを怖がっていた。この怪しい出来事は、おぶんのせいだと疑っていた。そして、おぶんを責めたらもっと酷いことが起こると思い込んでいた。その根拠は、後ろめたさだろう。儂《わし》は見て見ぬふりをしてきただけだが（実はそうでもない）、妻と倅は嫁を苛めてきたからなあ。

舅がこういう態度だったから、他の奉公人や女中たちも、おぶんを遠巻きにして口をつぐんだ。大番頭や女中頭は、自分たちの方が若おかみよりもずっと偉いと思っていて、これまではそういう態度を隠そうともしてこなかったのに、いの一番に口を固く閉じて、おぶんと目を合わせようともしなくなった。

皆がおぶんを恐れていた。その笑い方、目の輝き。得体の知れない生きものの皮を一枚ひっかぶったみたいに音もなくしなやかに動き回り、目を光らせているたたずまいを。

つるっぱげになったおぶんの姑は、大泣きしながら町医者や女髪を結ってくれる髪結いに相談を持ちかけたりしていたが、半日もせずに口がきけなくなった。

倅とは違い、舌は無事に口のなかにある。だが、言葉をしゃべれなくなった。何を言おうとしても、しわがれた「ンぎゃあ」という声しか出てこない。もう少しで尻尾の先が二つに割れ、猫又《ねこまた》になりそうなほど長生きした年寄りの猫の鳴き声みたいに。

おぶんは姑の涙と涎を拭ってやりながら、

「何ておっしゃりたいんですか、お姑《かあ》さん。もう少しちゃんとしゃべってくださらないと、あたしは役立たずな嫁なので、どうにも聞き取れなくって困ります」

優しくそう問い返し、それでも「ンぎゃあ」「ぎゃあ〜ぎゃあ〜」としか鳴けない姑の前で肩を落として、言ってやった。

「これじゃ、盛りのついた猫みたいでございますねえ」

おぶんの夫と姑は、揃って奥座敷に閉じこもり、抱き合って唸ったり鳴いたりしていたが、二日ばかりすると耳に毛が生え始めた。耳の穴の中だけではなく、耳の縁にも生えてきた。夫は淡い茶色、姑のは黒色の和毛で、見るからに柔らかそうで、しかし怪しい。

二人は腹を減らして唸り、赤ん坊みたいにはいはいして動き回るようになった。姑には、重湯や葛湯を見せても器をひっくり返してしまうだけなので、女中頭が小魚を焼いて皿に載せて供したら、両手でつかんでむさぼり食った。夫も横から頭をつっ込み、柔らかい身を丸呑みにしている。

女中頭は旬の魚を盥で買い込んで、端から鱗と腸《はらわた》をとって捌いて焼こうとしたが、姑が匂いを嗅ぎつけて台所まで入り込み、生魚に頭から食いついて、尾っぽも背びれもバリバリと嚙み砕いてしまったもんだから、その場にへたりこんでしまった。

——化け猫だ。

おかみさんと若旦那は、化け猫に憑かれた。こうして生魚を食い続けてゆくうちに、人らしいところは欠片も失くなって、猫になりきってしまうだろう。

時には姑よりも居丈高におぶんの前に立ちはだかってきた女中頭が、両手で顔を覆って泣いていた。

おぶんは深く呼吸をした。この家に嫁いできて、初めて胸が晴れた気がした。

数日で、夫も丸坊主になり、髪の毛が抜けたところを和毛が覆い始めた。耳が尖り、手の甲も和毛が生えて、爪の形が変わってきた。

二人は——だんだんと二匹になりかけている二人は、よく鳴いた。濁った声の、およそ可愛らしくない猫の声で。腹が減ったと。身体が痒いと。外に出たいと。

奉公人たちは誰も近寄りたがらなくなってしまったので（あれを世話するなんて死んでも嫌だと逃げ出した女中もいた）、舅は渋々おぶんを呼んで、あいつらを頼むと頭を下げてきた。

「お舅《とう》さん、こんなことであたしに頭なんか下げないでくださいまし。あたしのお姑さんと夫でございますよ。お世話するのが当たり前でございます」

おぶんが神妙にそう言うのに、なぜか舅は顔色を悪くしてうなだれていた。なぜだろう、ホントに。

「お舅さんも、お身体に気をつけてくださいましね」

おぶんは労《いたわ》っているのに、なぜだろう、あんなに冷や汗をかくのは。おかしいったらありゃしない。

おぶんは姑と夫に魚を食わせ、汚れ物の始末をし、背中を撫でてやった。二人がぐったりと横になって喉を鳴らしているときは、耳の後ろも掻いてやった。

「気持ちいいですか。よかったねえ」

おぶんが微笑みかけると、夫はなぜか大粒の涙をこぼした。姑は目をつぶって唸り声をあげた。なぜだろう、ホントに。

それからさらに十日ほど経つと、二人は急に魚を食わなくなった。中途半端な猫への変化《へんげ》はそのままで、治ったわけではない。ただ、餌を欲しがらなくなったのだ。

試みに、白い飯に鰹節を混ぜたり、味噌汁をかけたりして与えてみた。いわゆる「ねこまんま」だ。姑も夫も、どちらにも手をつけなかった。ならばと、重湯と葛湯に戻してみても、口をつけない。


もしや、飢えて死のうとしているのか。

こんな姿になって生き続けるのは嫌だ。浅ましすぎると、思い決めて。

——そいつらを懲らしめようか。

シマっこの愛らしい瞳。まことの約束。

ごらん、これこそが懲らしめだ。

——だけど、ここまで望んでいたかしら。

おぶんは、そっと着物の袖をめくってみた。シマっこがくれた薄墨色の輪っかは、夫の舌が消えたあの日から、少しずつ少しずつ色を変え始めて、今や血の色になっていた。

あたしの肘のすぐ下を一回りする、血の絆。血の輪っかは閉じている。

もう、終わりにする頃合いなんだろうか。

だけどおぶんは、終わりにするやり方を知らないのだった。


「お、おぶんさん」

ある朝、夫と姑を閉じ込めている座敷の外から、震える声が呼びかけてきた。近ごろ雇い入れたばかりの新しい女中だな。おぶんが若おかみだと教わっておらず、臭くてじめじめしていて、昼でも夜でも妙な唸り声が聞こえてくる奥座敷に詰めっぱなしの、気の毒な女中仲間だとばかり思っているのだろう。

「何だえ。どうしたの」

応じた自分の声が、ひどく濁って聞こえた。

「おぶんさんにお客さんが来ています」

は？　どこの誰だろう。

「いい年増で、何年か前におぶんさんと一緒に働いてたことがあるって言ってますけど……」

何だと。それなら一人は頭に浮かぶ。おぶんは大急ぎで身なりを整え、年増女が待っているという勝手口に出て行った。

「ああ、おぶんちゃん」

他の誰であるはずもない。そこにいたのは、お秀であった。

柳川村の楽しかった日々から年月を経て、おぶんは不幸のなかに囚われるまま面相も体つきも悪い方に変わっていたが、お秀は違った。隠居所で一緒に立ち働いていたころよりも若返り、髪や肌の色艶がよくなっていた。身形《みなり》もよく、地味な色柄ではあるが上質な紬を着ている。簪《かんざし》の珊瑚《さんご》玉がきれいだ。

「おぶんちゃん、痩せたね」

台所の上がり框《かまち》に並んで腰掛けると、お秀はおぶんの手を取り、腕をさすりながら、そう呟いた。

今は煮炊きもしておらず、二人の他に誰もいない台所は静かだ。奥座敷の方から、夫と姑の騒ぐ声が、きれぎれに聞こえてくる。最初のころよりはずっと弱々しくて、一声、二声と喚いたかと思えばすぐ絶えてしまうのだが、異様で恐ろしいことに変わりはない。

しかし、なぜかお秀がそれを気にする様子はない。おぶんもまた全てが億劫で、何か言い訳して外面《そとづら》を取り繕おうとか、これまでの辛い出来事を訴えようとか、そんな気持ちにはなれなかった。

もう心が擦り切れている。久しぶりに外から来た人に会って、それがわかった。

なのに、目に涙がにじんできた。涙はきまぐれな雨粒のように、ぱらぱらとおぶんの前掛けの上に滴った。継《つ》ぎ接《は》ぎだらけ、しみだらけの前掛けだ。

おぶんの手を握りしめ、その涙がつくった新しいしみを見つめて、お秀は言った。

「事情はすっかり承知しているよ。コシロに教えてもらってきたんだ」

おぶんちゃん、もうこんなことはやめにしなくちゃいけない――

「チャミにも、あんたを止めてくれって頼まれてきたんだ。みんな心配してる。忘れちゃいないだろう？　柳川村であんたが可愛がっていた猫たちのこと」

お秀の言葉に、おぶんの頭のなかに重たく積もっていた薄暗い雲が揺れ、隙間から陽の光が差し込んできた。

コシロ、チャミ。懐かしい猫たち。

あの子たちのことを思い出すと、細い光の筋は一つまた一つと増えてゆく。雲はどんどん千切れて小さくなり、端から消えてゆく。

おぶんの内側に、ようやく「正気」という青空が戻ってきた。分別が戻ってきた。

すると、お秀の言葉がどうにもおかしいということも判った。あんたを止めてくれって頼まれてきた？

「お秀さん、あの子たちと会ったの？　あの子たちと話をしているの？」

お秀もいつの間にか猫の巫女になったのか。

身体ごと前のめりのおぶんの問いかけに、お秀はまったく慌てる様子がない。

「あの二匹だけじゃなく、キンクロもシマクロも来てくれたよ。年寄りのシロは、だいぶ身体が弱ってしまって、動き回れないんだって。今はチャミが餌を運んだりしているようだわ」

年寄りのシロ――シロじいじだ。

おぶんは驚きに目を丸くした。その瞳を覗き込むようにして、お秀は言った。

「みんな、柳川村であんたの世話になっていた猫たちさ」

そして、シマっこの仲間だった。

「あんたがいちばん可愛がり、心を許していたシマっこ」

この腕の、血の色の輪っか。おぶんは自分の右腕を見おろした。輪っかは確かにある。血の色が、心なしか濃くなったようだ。

お秀は続けた。「そのシマっこは今、猫神様になっている」

だから、シマっこが主人だと――飼い主と認めた人には、シマっこに仕える神子たちの守護がつく。

「あんたには、あの子たちの守護がついていた。なのにあんたはそれに気づかないどころか、あの子たちの守護を寄せ付けず、どんどん真っ暗な方へ曲がっていってしまった」

だから、やむを得ず、神子たちはお秀を頼ることにしたのだという。

「有り難いことに、あたしもあんたとの縁のおかげで、あの子たちから信用があったようなんだ」

もちろん吃驚《びっくり》したさ、最初は。お秀は苦笑する。

「いきなり、猫に話しかけられたんだからね。だけど、やりとりするうちに柳川村の隠居所で過ごしたころのことを思い出して、心が温かくなってきて」

ちっとも怪しいと感じなくなった。心を開き、猫の神子たちの話に耳を傾けることができるようになった。そして、おぶんがシロじいじやシマっこから聞かされたように、お秀も猫たちとこの世の者――とりわけ女たちとの深い関わりについて聞かされ、理解した。

「あんたの身に起きた出来事についても、その経緯《ゆくたて》も、みんな聞いたよ。聞けば聞くほどに心配でどうしようもなくって」

こうして会いに来たんだ、と言った。

「ただ、神子たちはね。できるならばあんたが自然に目を覚まし、進んで人の心を取り戻して、この恐ろしい事態を終わらせてくれるように願っていた。だから、今にも尻《しり》っ端折《ぱしょ》りして駆け出そうとするあたしを、みんなして引き留めていたんだ」

もう二日、あと一日、あと半日だけ、待ってみてください。

「あんたが自分から間違いに気づけるならば、酷《むご》い真実を知らずに済む。知らなければ知らない方がいいに決まっていることだから、それを待ってあげてくださいって」

それでも、どうしても駄目で、もうこれ以上は見過ごせないということになってしまったときには、

——お秀さん、お願いします。

——おぶんちゃんを叱って。説得して。

お秀は猫たちと約束し、辛抱強く事態を見守ってきた。だが、いよいよ放ってはおけぬと判断したから、こうして訪ねてきた。

「このままだと、あんたの姑さんとご亭主は死んでしまうよ」

それも、中途半端な化けものの姿で。人としては、まともに葬ってもらうことさえできずに。

「おぶんちゃん。もう一度、猫の刻参りをしよう。今度はあたしも一緒に行く」

二人で猫神様のお宮に詣でて、おぶんの願いを取り消すのだ。

おぶんはお秀に手を預けたままだった。お秀の、働き者らしい荒れた指と手のひら。おぶん自身の手と言えば、荒れているのではなく、ただただ汚れている。

穢れている。日々、人ではないものへと堕しながら、今や死を望んで衰弱するばかりの夫と姑に触れているから。

あたし自身が願った「懲らしめ」に触れているから。

頭がふらふらする。お秀が語ってくれたことの半分も呑み込めない。

だって――シマっこが猫神様になっているって？

「シマっこは神子よ。猫神様じゃない。猫神様は別の猫よ。あたしの知らない猫」

気がついたら、口を尖らせてそう言い返していた。

お秀はゆっくりとかぶりを振ると、

「あんたのために、猫神様になったのさ」と言った。「あんたの願いをかなえるために」

おぶんの耳の底に、シマっこの声が蘇る。

――おぶんちゃんの願いは、必ずあたいがかなえてみせる。

ああ。確かにそう言っていた。

「だったら、あたしのまわりにも、シマっこの神子たちが――チャミやキンクロたちが姿を見せているはずなのに。どうしてあたしはどの子にも会えていないの」

おぶんの声は濁り、息が切れる。べそをかきたいのか、もっとうんと大声で泣き叫びたいのか、自分でもわからない。

お秀の声が強く尖る。「だから、さっき言ったろうが。シマっこの神子たちは、あんたを守護しようと努めてきたんだよ。なのに、あんたの心は黒い怒りと呪いでいっぱいで、まわりにある善いことや正しいこと、優しいものへと向ける眼差しもなければ、聞きとる耳も塞いでしまっていた」

それだもの、神子たちの存在に気づくわけがない。おぶんもまた化生《けしょう》のものに――化けものになりかけているのだ。

必ず、おぶんの願いをかなえてみせる。そう約束してくれたシマっこは、ほかにも何か言ってはいなかったか。

——悲しまないでね。

あれは、おぶんも化けものになってしまうことを見越しての言葉だったのか。慰めと言い訳？詫びの言葉だったのか。

おぶんは泣き出した。まだ両手をお秀に預けたままだから、顔も覆わず、子供のように泣くばかりだ。

「む、酷いっていうのも、そういう意味なのね？」

泣きじゃくりながら、お秀に問うた。

「それも、さっき言ってたでしょう。神子たちが、知らなければ知らない方がいいって言ったって。シマっこもあたしに、悲しまないでって——」

すると、お秀はつと顔を歪めた。胸が痛くて、苦しくてたまらないというように。

「シマっこはあんたに、そんなことを忠告していたのかえ」

うなずきながら、おぶんはさらに泣いた。ふと見ると、お秀の目にも涙が浮かんでいた。

「なんて辛いんだろう」

柳川村では、あんなに幸せだったのに。

「それもこれも、あたしたちが愚かで弱いからなんだろう。そんな愚かで弱いあたしらを苛める、もっと愚かな者どもがいるからなんだろう」

人なんて、ろくな生きものじゃない。そう吐き捨てるお秀は、しかし悲しそうだった。

「だけど、どうあがいてみたところで、あたしたちは人だからね。人らしくふるまわなくっちゃいけない。おぶんちゃん、猫の刻参りをするよ」

次の猫の刻は、今夜の丑三つ時だ。

風呂に入るどころか、おぶんはもう何日も身体を拭いてさえいなかった。このまま猫神様のお宮に行くのは憚られるので、慌てて行水をつかい、お秀に髪を結い直してもらった。

今の婚家では、おぶんは誰よりも恐れられており、いちばん偉くなっている。客として訪ねてきたお秀を深夜まで留め置こうが、食事を出させようが着替えを手伝わせようが、奉公人も女中たちも誰も咎めないし、逆らわない。お秀は恐縮していちいち挨拶していたが、やがて呆れたようにこう言った。

「おぶんちゃん、あんた、こんなふうに遠ざけられながら、今まで過ごしてきたんだよ。自分でもおかしいと思わなかったのかい」

奥座敷の姑と夫は、おぶんが猫の刻参りをすると決めると、またひどく騒ぐようになった。何かを察しているかのようだった。

夫の訴え。「うぎゃあ、うぎゃあ」

姑の訴え。「んんにゃあ、にゃあああ」

あろうことか、唐紙や板の間に爪を立てて、猫みたいに引っ掻こうとする。だいぶ伸びてしまって先が曲がってはいるものの、二人の爪はまだ猫の爪になりきってはいないので、欠けたり剝げたりひどいありさまで、奥座敷は血だらけになっていた。

おぶんはお秀に手を貸してもらい、姑と夫の世話をした。お秀は、両耳と両手の甲と、足の臑にまで和毛がびっしりと生え、尻の骨が尖って皮膚ごと長く飛び出し、だんだんと尻尾の形になりつつある夫の姿を見ても、歯の大半が抜け落ちて、ただ上の左右の糸切り歯ばかりが牙のように長く伸び、異相へと変わり果てている姑を見ても、まったく動じなかった。

「もうしばらくの辛抱ですからね」

二人に優しく声をかけ、食べ物を与え、汚れ物を片付けた。姑も夫も、おぶんのことはただ恐れる一方なのに、お秀のことは目で追って、何か期待をかけるように、立ち働くその動きを見守っていた。

お秀がそばにいると、姑も夫も騒がずにおとなしくなった。また爪を剝がしたりしてはいけないので、

「出かけるまで、あたしはここで待たせてもらう」

「そんなら、あたしもここにいます」

二人して、姑と夫を閉じ込めている太い格子のこっち側に座った。お秀が「ちょっとごめんね」と断ってから寝そべると、格子の向こう側で姑が同じ恰好をした。夫はその傍らで膝を抱えている。

その姿を眺めていても、おぶんは何も感じない。ただ、夫と同じように膝を抱えて、その上に顎を載せた。眠気がさしてきて、うつらうつらとまどろんだ。

清らかな鐘の音。

猫の刻を報せる、懐かしい音色。

おぶんは目を覚ました。お秀も起きた。二人して眠っているうちに、とっぷりと夜になって、明かりは一つもついていない。なのに、互いの顔が見える。

「あの音、近づいてくるね」

鐘の音が光を含んでおり、響くたびに、おぶんとお秀のまわりを照らしてくれているかのようだ。

廊下からこの奥座敷へと通じる板戸が、かたかた鳴った。以前は唐紙だったのを、姑と夫の鳴き騒ぐ声を少しでも封じ込めたいと、舅が替えさせた板戸だ。

おぶんは立ち上がり、そっと板戸を開けた。ほとんど同時に、臑をするりとこすって何か柔らかいものがこっちに入ってきた。

「おや、チャミだ」

お秀が声をあげた。おぶんは振り返り、思わず胸に手をあてた。

チャミは今も小柄だった。尻尾が長く、両の耳がきれいな茶色の三毛猫。

今は、その身体がほんのりと黄金色の光をたたえている。案内役の光だ。

「おぶんさん、お秀さん」

音もなく床を蹴ると、チャミはおぶんの肩に飛び乗った。ほとんど重さを感じない。

「参りましょう。お秀さん、おぶんさんと手をつないでくださいね」

二人の女は、お遣いに行く小さな姉妹のようにしっかりと手を繋ぎ合い、猫の刻の夜の底へと足を踏み出した。

柳川村の猫の刻。足にじゃれつくトンボ。あの二つの夜の驚きと胸の高鳴りを、おぶんは鮮やかに思い出した。

「ねえ、外に出る支度をしてないけど」

「すぐ参道に入るから、寒くないですよ」

「かなり歩くのかしら」

「猫の脚を借りるから、高いところだって造作なく上れて、疲れませんよ」

二人の女のやりとりを、チャミが笑う。その瞳は三日月のように細く尖り、まばたきすると、くるりと大きくなる。

「猫の刻参りは、人の女子《おなご》と猫のあいだの、ひそかな約定の下に行われるもの」

おぶんの肩の上で、チャミが囁く。

「人の女子も猫どもも、愛でられながら恐れられる。人の女子は血の穢れを忌まれ、猫どもは化生のものであると忌まれる。罪も咎も、女子と猫どもの上にはないというのに」

それ故に、女子も猫も恨むのだ。祟るのだ。

「猫の刻参りは悲しきもの。猫神様はおいたわしきもの」

チャミの囁きに聴き入っているうちに、おぶんとお秀の足は宙を踏んでいた。夜空の雲の上を歩んでいる。

目を上げると、巨《おお》きな猫じゃらしの森が見えてきた。

静かだ。

白い丸石が敷き詰められた小道を歩み、猫じゃらしの森を抜けてゆくうちに、おぶんは気がついた。

猫神様の鳴き声——祝詞が聞こえてこない。

前方の森のなかには、いくつかの猫風船の輪郭が浮かび上がってきた。初めて来たときには、このあたりにさしかかったら、もう悲鳴のような叫びが耳をついたものだったのに、今は静まりかえっている。

おぶんの心は、安堵と不安でよじれた。

可愛いシマっこは、猫神様になっても、あんな恐ろしい声を——人の悲鳴のように聞こえる鳴き声を張り上げ続けてはいないのだと思えばホッとする。でも、「なんにも怖いものじゃない、うんと有り難いもの」であるはずの祝詞を、シマっこが唱えていないのだとしたら、それには何か理由がないはずはない。

もしかしたら、唱えられないのか。それも、あたしの邪《よこしま》な願いのせいなのだとしたら、どうしよう。

だんだんと猫風船の数が増えてきた。おぶんの踵を踏みそうなほど、すぐ背後にくっついているお秀が、ときどき足取りを乱しては、しげしげとその景色を見回している。

そして、小声でこう言った。

「これ、猫の赤ん坊を包んでる膜だよねえ」

頭のなかが別の心配事でいっぱいだったから、おぶんはその小声を聞き取り損ね、とうとうお秀に袖を引っ張られて振り返った。

「なに？　何を言ってるのよ、お秀さん」

「おぶんちゃんは、猫のお産を見たことがないのかい。猫の赤ん坊は、こういう膜に包まれて生まれてくるんだよ。それをおっかさんがきれいに食べてやるのさ」

言って、数々の猫風船に向かって、お秀はぐるりと手を振ってみせる。

赤ん坊を包んでいる膜？　それじゃあ、猫風船のなかから出てくる猫たちは、自分が生まれてきたときの様子を、ここでいちいち繰り返しているというのか。

驚きを噛みしめていると、すぐ傍らの猫風船の裾をするりと抜けて、見覚えのあるきれいな鯖トラ縞の猫が一匹、姿を見せた。ほっそりとした胴、尻尾の先が真っ白。

「あんた、トンボだね」

おぶんが呼びかけると、猫は軽やかに身を寄せてきた。

「物知らずの巫女のおぶんさん、また来たんだね。二度目の猫の刻参りで、何をお願いするつもりなのさ」

びっくり顔のお秀に、

「この子は、あたしが最初の猫の刻参りに来たときに、案内役をしてくれたんですよ」

トンボの方はお秀にも愛嬌を振りまき、膝に顔を擦り付けていたが、今夜の案内役であるチャミの姿を見つけると、慌てて飛び下がった。

「おっと、チャミ様がいらした。こいつはごめんなさい。お邪魔でしたね」

「いいのよ」と、チャミは鷹揚に返し、訊ねた。「トンボ、猫神様のご様子に変わったところはないかい？」

「ございません」

神妙に頭を低くし、尻尾を後ろ脚に巻き付けて、トンボは言った。

「ずっと眠っておられます」

「そうかい……」

チャミは呟き、大きな目をぱちぱちとしばたたかせた。真っ黒に開いていた瞳孔が、三日月の形になって鋭い光を宿す。

「急ぎましょう。ぐずぐずしていたら、お別れを言えなくなってしまう」

チャミは歩き出したが、おぶんはいきなり心の臓を突かれた気がした。

「お別れってどういうこと？」

チャミの足取りはどんどん速くなる。追いすがるためには、おぶんもお秀も走らなければならない。二人と一匹が通り過ぎると、あたりに点在している猫風船が次々と開いて、たくさんの猫たちが姿を現してきた。

息を切らしてチャミを追いかけながら、おぶんはふと気がついた。猫神様の宮であるこの丘には、静けさを乱す無粋な風は吹かない。なのに、あたしの耳にはさっきから風の音が聞こえてくる。

ひゅうう、ひゅううう。

口をすぼめて吹く、かすかな口笛。いや、それよりもさらに弱々しい。病で眠っている赤子の呼気のような、今にも絶えてしまいそうな頼りなさ。

と、その風の音が唐突に高鳴り、一声、二声と甲高く響き渡った。

「きぇえええ！　きゃあああ！」

おぶんとお秀は思わず立ち止まり、互いに抱き合った。お秀の顔には冷や汗が浮き、

「これ、何さ？　気持ちが悪い……」

両手で耳を覆おうとする。ああ、おぶんも初めてこれを聞いたときはそう感じた。

「そんなことを言っちゃいけない。これは猫神様の祝詞なんだから」

おぶんの言葉に、お秀は目を剝いた。

「何を言い出すんだよ、おぶんちゃん」

すると、足元のチャミが二人の女を見上げて、うなずいた。

「確かに、これは猫神様の祝詞でございます」

シマっこの祝詞だ。

「今の猫神様は、もう命が尽きかけておられる。だから力強い祝詞を上げることができず、こんなそよ風のような声が出せるだけ。それ以外はぐったりと横たわり、眠っているときが大半なんでございますよ」

チャミの慇懃無礼な口ぶりのなかには、鋭い非難がまじっている。おぶんの勘違いではない。それはおぶんの肌を刺し、心にも確かに突き刺さった。

「……シマっこは死にかけているの？」

考えたくない。考えてみたこともない。

「お願い、早く会わせて」

おぶんの震えるような嘆願を聞き届けぬうちに、チャミは走り出した。おぶんはその後を追い、戸惑い怯えるお秀が、転びそうになりながら一匹と一人に追いすがる。

猫神様の宮は、ひときわ大きな猫風船だ。見上げるようなその丸い輪郭の内側には、赤みを帯びた金色の光が淡く灯っていた。その赤みは、手のひらをお天道様の光に透かしてみたときの、あの色合いだ。

たどり着くと、おぶんはひどく息が切れていた。胸が苦しくて、猫神様の巨きな猫風船の裾に、へたりと膝を折った。

その刹那、祝詞が止んだ。あたりはいったん静まりかえり、おぶんの耳には自分の騒がしい呼気だけが聞こえる。

お秀が追いついてきて、同じようにぜいぜいと苦しげに息を吐く。

「……ああ、懐かしい」

二人の女の耳に、宮の内側から、囁くような甘い声が聞こえた。

「お秀さんも連れて来てくれたのね。チャミ、ありがとう」

おぶんは顔を上げた。これはシマっこだ。シマっこが語りかけてくれている。

「だけど、ここへ入ってきちゃいけない」

あたいの姿を見てはいけない。

「見ないでほしいの。お願い」

苦しそうに喘ぎながらそれだけ吐き出すと、シマっこはまた、弱々しい風の音のような声を漏らし始めた。

泣いている。鳴き声でも叫び声でもなく、泣き声だ。本当は泣いちゃいけないとわかっているけれど、堪えきれずに泣いている。

自分もそういう経験をしたことがあるから、おぶんにはわかった。

「もうすぐお別れだから、ここでお見送りをいたしましょう」

おぶんに寄り添って、チャミが言った。瞳の三日月が消えている。真っ暗な新月に変わっている。

「この猫神様の命が尽きれば、おぶんさんの願いをかなえている力も尽きます。つまり、おぶんさんの願いは終わります」

それを見届け――いや、耳で確かめたら、踵《きびす》を返して人の世に帰れ。この猫の刻参りは終わりだ。

「あたしのくだらない願いなんて、今すぐ終わりにしてちょうだい」

身を震わせながら、おぶんは言った。

「それで少しでもシマっこの命を延ばせるのならば、そうしてちょうだい。それで足りないというのなら、あたしの命を差し出します。シマっこのために使ってちょうだい」

譫言《うわごと》のようにそう言い並べてから、おぶんはその場で平伏した。

「ごめんなさい。お許しください。夫と姑を懲らしめてほしいなんて、願うんじゃなかった。あたしが間違っておりました」

シマっこ、シマっこ、もう止めて。

「あたしの願いをかなえるために猫神様になり、命を削ってくれたんだね。ありがとう。だけど、あたしは間違っていた。あんたをそんな目に遭わせるくらいなら、あたしなんか死んだってよかったのに」

夜露を含んだ草地を舐めるように這いつくばり、涙を落としながら、おぶんは訴えた。背中に、お秀の手のひらの温もりを感じた。

「もう誰も恨みません。懲らしめたいなんて思いません。シマっこに生きていてほしいんです。どうぞお願いします」

だけど、この願いは誰に向ければいいのか。シマっこは猫神様だ。そのシマっこのための願いは、誰がかなえてくれるのか。

猫神様の宮から漏れ出てくる細い声が、いっそう悲しげに震えてかすれるようになった。

――シマっこが逝ってしまう。

焦燥が、おぶんを縛っていたものを解いた。四つん這いの姿勢のまま、まるで猫のように素早く動いて、チャミにもお秀にも止められる前に、おぶんは宮の猫風船の裾をくぐると、その内へと転がり込んだ。

はっと顔を上げると同時に、毛や皮や肉が焦げる臭いに、鼻が曲がりそうになった。胃の腑がでんぐり返りそうになる。

目の前に、小山ほどの大きさになったシマっこが横たわっていた。

大きな宮にふさわしく、猫神様は身体も大きくなるのか。おぶんの目はそれを見て取った。だけど顔はシマっこのままだ。あの子の顔立ちなら、百匹の猫たちに混じっていたって見分けられる。

しかし——これはどうしたことだ。

シマっこの華奢な身体はよじれ、真っ黒に焦げていた。いや、正しく言うのならば、黒い輪っかの形の焼け焦げにびっしりと覆われていた。

おぶんの右肘の下の輪っかが、ひりひりと痛み出した。その痛みが逃れようのない洞察を開き、おぶんは悟った。

あたしが願った懲らしめが、ひとつかなうたびに。夫が、姑が、ひとつ苦しみを受けるたびに。

シマっこの右前脚にあったあの輪っか、おぶんに一つくれた残りの輪っかが分裂し、竈のなかの薪のように燃え上がり、踏鞴《たたら》のなかの黒鉄《くろがね》のように熱されて、シマっこの皮膚を焼いていったのだ。

一つの懲らしめが生じるたびに、新しい一つの熱の輪っか。夫が叫ぶたびに、姑が泣くたびに、また一つの熱い輪っか。

そうやって、いつしかシマっこは身体ぜんたいを焼かれてしまった。

あたしは、何て取り返しのつかないことをしたんだろう。

——おぶんちゃん。

シマっこの目が動いて、おぶんを認めた。その瞳に涙の膜がかかっている。言葉が心に、直に響いてくる。

──もう悔しくはない？

おぶんは叫んだ。何を叫んでいるのか、自分でもわからない。ただ叫んで叫んで、シマっこに抱きついた。

「やめて、やめて！　この子を元に戻して！　こんなつもりじゃなかった。後生だから、シマっこを死なせないで。あたしがバカでした、あたしを死なせてちょうだい！」

固く抱きしめたはずのシマっこの右前脚。にわかに手応えがなくなった。

消し炭のように砕けて、端から消えてゆく。

「嫌だ、嫌だあ！」

泣き叫びながら、おぶんはシマっこを抱き留めようとした。だが、その腕があたるたびに、指先が触れるそばから、シマっこの身体は砕けて消えてゆく。

──さよなら、さよなら、おぶんちゃん。

シマっこの匂いのする灰にまみれながら、おぶんは狂ったように泣き叫び、やがて声も出せなくなって、その場に倒れ伏した。

シマっこがすっかり消えてしまうと、猫神様の玉座が露わになった。白い絹の布団で、東西南北の縁に、それぞれ違う色の房がついている。

その一つ、若草色の房のそばに、痩せこけて毛が抜けた白い猫が横たわっていた。

「おぶん」

呼ばれて、おぶんは頭を持ち上げた。

こっちを見ている、その顔は。その耳は。

「……シロじいじ」

すっかり歳老いてしまい、動けなくなっていると聞いた。確かに、シロじいじの動きは鈍く、頭を持ち上げ脚を動かすだけで、あちこちが痛んでいるように見えた。

「ワシも、お見送りにきたんじゃ」

シロじいじは、後ろ脚を引き摺って近づいてきた。おぶんも這うようにしてシロじいじのそばに行った。

「もうシマっこは苦しんじゃおらん。泣かんでいいぞ」

そう言われたら、逆にどっと涙が溢れてきた。声を出すどころか、呼吸もできなくなるほどに、おぶんは泣いた。

気がつくと、すぐ傍らにお秀がひざまずいていた。おぶんの肩を抱いてくれている。

見回せば、チャミを先頭に、数えきれぬほどの猫たちが、猫神様の宮の裾を持ち上げて、居並んでいた。

「次の猫神様のために、宮を浄めます」

チャミが穏やかな声音で言った。

「だから、それまであと少しなら、ここにいてようございますよ」

胸を急《せ》かれて気になったから、おぶんは息を詰まらせながらも問いかけた。

「つ、つぎの、猫が、み様は、どこの」

問いが終わらぬうちに、チャミは答えた。「それは、あなた方には関わりのないことでございます」

礼儀正しく優しいが、よそよそしい響き。

「お秀さん、久しいの」

シロじいじが言って、首を持ち上げた。お秀がその顎の下を撫でてやる。

「ワシはこれで神子のお役を解かれ、ただのじいさん猫として死ぬる。寿命はあと一月《ひとつき》ぐらいじゃろうかな。すまぬが、あんたのそばに置いてはくれんじゃろうか」

一も二もなく、お秀は承知して、シロじいじを抱き上げた。

「あんた、軽くなっちゃったのね」

言って、声を詰まらせる。

「おぶん、帰ろう」

お秀の懐に収まり、シロじいじはおぶんに呼びかけてきた。

「立ち上がって、右肘を見てごらん。シマっこにもらったものは失せておる」

確かに、あの輪っかは消えていた。泣いても泣いても涸《か》れない涙が、また溢れた。

「シマっこは、おぶんと交わした約束を果たしただけじゃ。それも、もう終わった」

シロじいじの間延びした声。巨きな猫じゃらしの森がそよぐ、優しい音。

猫の刻参りも、もう終わる頃合いだ。

「祖母が婚家に帰ると、家じゅうが大騒ぎになっていたそうでございます」

お文は語る。その目尻に淡く光るものが見える。富次郎も、シマっこの死に涙がこみ上げてきて、静かに洟《はな》をすすった。

「祖母の夫と姑が、まだ化け猫になり損ねたような姿はそのままながらも、正気を取り戻しておりましてね」

夫の舌は消えたまま、話はできなかったが、少なくとも目には人の分別が戻っていた。

「二人して、おぶんはどこだどこにいる、おぶんを呼んできてくれと騒ぎ立て――」

猫の刻参りから戻ったおぶんは、まだ呆然として泣き腫らした目のままに、夫と姑の前に立った。

二人は、いっそ滑稽なほど必死になって、おぶんに詫び始めたそうな。

「夫はうまく話せませんから、むきになって唸るほどに無惨で可笑しくて、祖母はちっとも心を動かされなかったそうですよ」

おぶんの胸には海よりも深い後悔があった。

――こんなつまらない夫と姑のために、あたしはシマっこを死なせてしまった。

おぶんが夫と姑を呪ったが故に。

「そう思ったら、何を言う気にもなれずに、黙って自分の殺風景な寝間に引き返して、お秀さんと枕を並べて寝てしまったそうです」

もちろん、シロじいじも一緒に。

「ただ、祖母は夫と姑を見捨てたわけじゃございませんでしたし、嫁の立場を捨てることもありませんでした。それから日々二人の世話を焼き、炊事洗濯掃除に駆け回って」

女中の手が足りないことをちょうどいい理由に、そのままお秀には居着いてもらった。家事を切り回すことにかけては、おぶんよりもはるかに手練れのお秀の力で、空気が淀み埃がたまり、汗と血と膿《うみ》とけだものの臭いで満たされていた家のなかが、日ごとに、水で洗われたみたいにきれいになっていった。

「シロじいじは、一日の大半を寝てすごしていて、餌も鰹節を少し食べるくらいでしたが」

二月《ふたつき》近く生きていてくれた。

「その死は穏やかなもので、朝、祖母が起きたら、布団の足元でシロじいじが冷たくなっていたんだそうでございます」

おぶんとお秀は、また抱き合って泣いた。今度は悲嘆のない、静かな涙だった。

「古い行李にシロじいじの亡骸を納めて、裏庭に咲いていた白い小菊を飾って、その蓋を閉じた瞬間に」

おぶんの心の深いところに永いこと居座り、拗《こじ》れに拗れて真っ黒な結び目のようになっていたものが、ふと解《ほど》けた。

「解けたと思ったら、消えて失くなった」

おぶんは、自分の奥に消え残っていた最後の恨みと怒りを、シロじいじが一緒にあの世に持っていってくれたのだと悟った。

「シロじいじを葬るのはお秀さんに頼んで、夫と姑が寝ている座敷に行ってみると」

そのころには、夫も姑も足腰がちゃんと立つようになり、いささか痩せて窶《やつ》れた名残はあるものの、ほとんど回復していた。

「布団を片付けていた夫が、おぶんの顔を見て、出し抜けにぼろぼろと涙をこぼしたんだそうでございます」

――ああ、やっと、元のおまえの顔に戻ってくれた。

「若旦那も、舌が生えていたんですな」

「ええ。以前のような、浮気男の心なくつるつるよく回る舌じゃなくて、一人前の所帯持ちの分別を得た……得ようとしている男の言葉を操る舌が生えておりました」

その日を境に、おぶんの夫と姑は、まるで別人のようになった。夫は真面目に家業の口入れ屋にいそしみ、何かにつけておぶんを労る優しい夫になった。姑は余計な口をきかず、小言も言わず、ゆくゆくはおかみとなるおぶんに必要な知識や経験を、年長者として正しい落ち着きを以て教えてくれるようになった。

一年ほどして、おぶんは身ごもり、月満ちて元気な女の子を産んだ。お秀が、今度は乳母になった。

「こうして、祖母が離縁を選ばず、嫁として残ってくれたおかげで、今のわたしがいるわけでございます」

お文は富次郎の目を見て微笑む。富次郎も微笑を返した。おぶんとお文は、顔かたちや背格好が似ていたのだろうか。祖母と孫娘のひそやかな語らいのときを、富次郎はしんみりと想像する。

「三島屋さん、わたしの下手なだらだら語りで、最初のところをお忘れになってしまったかもしれませんが……」

おぶんが、この辛く悲しく不思議な身の上話を聞かせてくれたのは、病で良縁をつかみ損ない、悲嘆のあまり首まで縊《くく》ろうとしたお文を慰めるためであった。富次郎はちゃんと憶えている。

「でもこの話は、お伽話のような、怪談のような、教訓よりはホラ話に聞こえましたので、わたしは当時、すぐにはどんな感想を述べていいかわからず、戸惑っておりました」

人を恨むな、憎むなというお説教として、すんなり呑み込めたわけではなかった。

「祖母は、シマっこのことを語るとき、昨日の出来事のように涙を浮かべていました。祖母の心には、今も、そのときの悲しみが傷痕になって残っているのだと、わたしも気がつきましたの」

そして、ふと思った。

これほど辛く悲しい目に遭ったお祖母さまも、こうして生きている。生きて、孫娘のわたしの手を取ってくれている。

外側からは、満月のごとく欠けるところのない幸せを得ているように見える人だって、心の内底にはどんな傷を抱いているかわからない。軽々に口に出さず、顔にものぼせずに。淡々と寝起きし、面白いことがあれば笑い、季節の花と月を愛で、生きることを楽しんでいるように見える人の心にも、どんな傷痕があるかわからないのだ。

むしろ、人は誰でも傷だらけなのかもしれない。

「だからこそ、わたしも、今このとき限りの傷心で、残りの人生をなげうってしまってはいけない。

そう思いました」

　そんなことをしたら、つまらない。

「わたしの人生のこの先にも、シマっこのように愛しいものが待っていてくれるかもしれませんのに、ね」

　そう思ったら、それまでの悲嘆の涙とは違う温かいものが眼を濡らした。

「わたしがその考えに至ったことが、祖母にも伝わったのでしょう。お婆さんの皺顔に、花が満開になったような笑みを咲かせてくれました」

　それから二人でひとしきり、猫神様や猫の刻参りについて語り合ったという。

「猫神様とはつまり化け猫のことである。それは一枚の紙の裏表のようなものだけれど、どちらが善でどちらが悪と、簡単に分けられるものではない」

　そのときのことを思い浮かべているのか、遠い目をして、お文は言った。

「猫は愛玩され大切にされながらも、化ける魔物だ、化生のものだ、祟られるぞと恐れられ、忌まれて生きる」

　そこが、美を愛され、子を産み育てる力を尊ばれつつ、老いてゆけば山姥《やまんば》のように恐れられ、月のものと産厄とで血の穢れを帯びると遠ざけられる、人の女人に相通じる。「女心は猫の目のように気まぐれだ」と喩えることを、誰も理屈に合わぬとは思わない。

「だから猫は、女人の守り神になり得る。自身の命を削る、健気で悲しい守り神に」

　お文はまばたきをすると、富次郎に顔を向けた。

「一緒に戻ってきたとき、シロじいじは既にかなり弱っておりまして、あまり話し込むことはできなかったそうなのですが」

　一度、おぶんにこんなことを言ってくれたそうである。

——猫神様とは、鳴き叫ぶもの。業を引き受け、受けた業の数だけ鳴き叫ぶもの。

「祖母が初めて猫の刻参りで訪ねたときの猫神様も、悲鳴のような声をあげて叫んでいました。おぶんちゃんの願いをかなえるために、痛みに苦しみ、命が尽きかけていたシマっこだけではなくて……」

猫神様とは皆がそういう神であり、化生のものである。

「泣きながら、悲嘆に叫びながら、苦界を生き抜き、次の命を産み育ててゆく女人たちのように」

目の前で語るお文もまた、そういう女人の一人である。ここまでその人生を歩み、縁に引かれて黒白の間に立ち寄って、富次郎と相対している。

そのことに気圧《けお》されて、富次郎はしばし息を止め、お文の顔を見つめた。皺の一本一本にまで、女人としてここまで生き、まっとうしてきた役割の重みが刻み込まれている。

この顔に向かって、どんな言葉を投げかけたらいいのだろう。

「わ、わたしも……猫は好きなのですが」

気がついたら、そんな間抜けなことを言い始めていた。

お文が目をぱちくりする。富次郎の額に、決まりの悪い汗が噴き出す。

「み、三毛猫は雌ばかりと申しますが、稀には雄もおりますでしょう。猫神様もたまには雄猫がいて、男どもの切なる願いをかなえてくださることがあってもよろしいかと」

思いますが——と言い切らぬうちに、お文が明るい瞳で笑い出した。

「本当に、おっしゃるとおりでございますわ」

ころころ笑う声音の、何と快いことか。

「わたしも富次郎さんも、猫が好きな者として、この世で悪業《あくごう》を積むと、自分の可愛がっている猫を苦しめてしまうよ——という教訓を身に刻んでおくくらいが、ちょうど良いようでございますわね」

あ、そういえばと、軽く膝を打って、お文はほどけた口調で続けた。

「トンボが、おいらたちは白檀の匂いが苦手だと言っていたので、祖母はうちのなかではけっして白檀のお線香や香を焚きませんでした。わたしは白檀だけを除くのではなく、ぜんたいに、香りがやわらかいものを選んで焚くようにしておりますの」

「ははあ」

「富次郎さんも、この先もしも猫を飼うことがおありでしたら、その子にいちいち訊いてご覧なさい。おまえ、この匂いは嫌じゃないかいとね。惚れた女の機嫌をとるように、まめに訊ねるのがようございますわ」

富次郎はまた汗が出てきて、「はい、心得ておきます」と首を縮めた。

さて、困った。

揚げ饅頭は旨かった。お文さんは、まさに姥桜《うばざくら》という言葉を進呈したくなる語り手だった。去って行ったあとも、しばらくは、黒白の間に美しく温かい気配が残っていた。

何から何まで上等な変わり百物語のひとときだったが、

――この話を、いったいどんな看板絵に仕立てたらいいんだ？

蟷螂師匠からの言いつけだ。しょっぱなから果たすことができなかったら、いくら優しい師匠にだって、見放されてしまうだろう。富次郎さん、本当にやる気がおありですか。

変わり百物語の守り役のお勝は、語り手には内緒で、隣の小座敷に控えている。だから話はほとんど聞いている。それでも、富次郎はこれまで、聞き捨てにするための絵の図案にどれほど悩んでも、胃の腑に穴が開きそうなくらい行き詰まっても、お勝に相談したことはなかった。

守り役を務めるときのお勝は、ただの人ではないからである。三島屋の女中ではなく、変わり百物語に魔を寄せ付けぬための禍祓《まがばら》いなのだ。そこにはいるが、人ではないから、いないのと同じだ。相談相手にはならない。

だが今回、どちらからともなく定めたその禁を破って、

「ねえ、お勝、どうしたらいいと――」

思う？　と訊ねぬうちに、この妖艶な美女はにっこりと大輪の牡丹のように笑って、

「存じませんわ」と言った。

くそ、くそ、くそ。訊いたおいらがバカだった。ええ、そうですよバカですよ。

看板だから、図案だけでなく意匠も考えなければならない。どんな形の看板にして、そこにどんな絵を描いて配するか。

丸看板で、猫の肉球。

おぶんが見上げた肉球の満月。

百人が百人、思いつきそうな案だ。ええ、そうですよ、おいらは凡人ですよバカですよ。

猫の耳を生やした満月。漫画だよ。三日月の形の猫の瞳と、猫じゃらしを組み合わせた絵柄を、猫風船の形の看板のなかに収める。丸看板だけど、満月とは違います。これ？　子猫が生まれてくるとき、こういう膜にくるまれているんでございますよ。

なんじゃ、そりゃ。意味を知らぬ人には通じない。

そう考えていて、当たり前のことに今さら思い至った。師匠は看板を描けと命じた。看板とは何か？　商い物を示すしるしだ。この店では、これこれこういう品を扱っております、うちは○○屋でございますよと、道行く人びとに示すためのものである。

この変わり百物語の聞き捨てで、それと同じことをやるというのは、つまり聞き取った話のいちばんの肝、話の「売り物」になるところをつかみ取って、一枚の絵で表現するということなのである。

猫の刻参りの話の肝とは。

シマっことの別れの悲しみか。

それほどの悲しみを生む土台となった、おぶんと柳川村の猫たちとの絆の尊さか。

人が誰かを恨めば、愛猫が祟ってくれる。だがそれと引き換えに、人も愛猫も大切なものを失うことになるという厳しい教訓か。

神と化生のものは表裏一体であるという、意外な発見か。

女人の業と、それを引き受けてくれる猫神様。これは案外たとえ話であって、猫に限らず、他の生き物とのあいだにも、人はこういう強い紐帯《ちゅうたい》を結ぶことがあるのかもしれない。

なぜなら、煎じ詰めればみんな「命」なのだから。命と命が繋がり合う。

シマっこがおぶんにくれた輪っか。おぶんとシマっこを繋いでいた縁《えにし》の輪。

富次郎は目を見開いた。

それから数日後、画帳を携えて、水道橋の先にある蟷螂師匠の住まいを訪ねた。

その日は通いの弟子達が来ており、師匠は忙しそうだった。

「おお、申し訳ない。どれ、描けましたか」

ちっとも偉ぶらない師匠の目が輝いている。

富次郎は画帳を広げた。

師匠はその丁《ちょう》に目を落とした。

「——これは」

富次郎の図案だ。猫風船を象った緩い凸凹のある円の内側に、二筋の細い紙縒《こよ》りを配して描いた。輪になって、ほんの少しだけずれて重なっている。

変わり百物語で語られた話を、外に漏らすことはできない。富次郎に許されるのは、ただこの看板絵を見せることだけだ。

しばらくして、「なるほど」と、師匠は言った。「この輪が強いのか、はたまた存外に弱いのか、そのほどが伝わってくる絵であってほしかったが」

それこそが売り物のように見えるから。

「しかしまあ、初回だ。良しとしましょう」

第二話

甲羅の伊達

霜月（十一月）十五日は、子の成長の節目を祝う七五三である。もっとも、伊兵衛《いへえ》とお民《たみ》が子供のころは、必ず十五日とは決まっておらず、吉日を選んで行うことが多かったという。

三歳になった子供が髪を伸ばし始めるお祝いである「髪置《かみおき》」。五歳になった男の子が初めて袴をはく「袴着《はかまぎ》」の祝い。七歳になった女の子が、子供用の付け紐のついた着物をやめ、大人の女と同じ幅の帯を結ぶようになることを祝う「帯解《おびと》き」または「紐解《ひもと》き」の祝いを合わせて七五三だ。

親が子の健やかな成長と幸せを願うのは、歳がいくつになったって変わらない。ただ、この七五三の時期は、多くの町家の家族が揃って着飾って氏神様詣でに繰り出すわけで、三島屋のような身を飾るものを商っている店は、当然ながら稼ぎ時である。

まず、普段から番頭や手代たちがまめまめしく御用伺いに通う得意客の場合は、子供たちの歳をきちんと帳面につけてあるので、その年に七五三を祝う子供がいるかどうか一目瞭然だ。で、該当するところには、霜月どころかその年のお年賀のときから、「お支度の方は何卒三島屋にお申し付けください」と挨拶しておくのだ。

三島屋の側で、この祝い事のためにできるもてなしはきめが細かい。たとえば、髪置で子供の頭にかぶせる綿帽子に、その家の家紋や屋号を刺繍する。袴着の祝いでは、子を祝う家族や親族の人びとが、記念に揃いの襟や帯飾りや根付けを身に着けることを勧める。むろん、それは一つ一つ三島屋の作業場で職人たちが手作りするのだ。

女の子のお祝いで華やかな帯解きでは、いちばん大きな商いができるのはやっぱり呉服屋だけれど、半襟や帯揚げなどは三島屋の領分だ。それと帯解きの祝いでは、氏神様のお社に詣でる七つの女の子の頭に白い錘頭巾《おもりずきん》をかぶせる習いもあり、かぶりものと言ったら袋物屋の出番である。錘頭巾とは、風にひるがえらぬよう、左右の端に鉛の錘をつけた頭巾のことだが、帯解きで使われるものは色が白に決まっているので、やはりこれにも記念の家紋や女の子の名前を刺繍したり、この頭巾を作るためだけに織り上げられた上等な反物を使うとか、贅沢のしようはいくらでもある。それと、お参りが済んだあと、いったんはこの頭巾を三島屋で預かっておき、いずれこの女の子が嫁に行くときには仕立て直して角隠しや綿帽子にするという、手の込んだもてなしの策もあるのだ。

こうしたお得意様だけではなく、店頭で買物をしてくれるお客様にも、毎年七五三の売り物というか、三島屋だけの看板商品を用意しておく。その準備も半年ぐらい前から取りかかり、やっつけ仕事にならぬよう知恵を絞っている。そんなふうだから、三島屋で、七五三に限らず、年中行事の商い品を工夫する係になると、一年を常に半年ぐらい前倒しの駆け足で生きている心地になることだろう。

さて、今年の七五三も無事に終わり、帳面を締めてみたら売り上げも上々で、十六日の朝餉《あさげ》では、皆の膳に焼き魚が一品ずつついた。いっそう賑やかになった食事が終わり、洗い物を手伝おうと台所へ向かいかけたところで、富次郎《とみじろう》はお民に呼び止められた。

「ねえ、今日は水道橋のお師匠《つしょ》さんのところへ行く日だったかしらね」

蟷螂《とうろう》師匠のところには、一年じゅう毎日だって通いたいのが富次郎の本音である。だが住まわせてもらい、着させてもらい、食わせてもらい、師匠に払う束脩《そくしゅう》まで出してもらっている身の上のこと、三島屋の商いも家の内の雑事も、身が二つあるくらい率先して手伝い、こなしていかねば居心地が悪くてたまらない。

　というわけで、七五三が過ぎるまでは、絵の稽古よりも店の手伝いに専念していた富次郎、今日は洗い物を終えたら、ひい、ふう、みい、よぉ、実に五日ぶりに水道橋に向かうつもりでいたのだった。

　しかし、ねえ。

　毎朝忙しく、朝餉が済んだらすぐ作業場へ向かい、これから始まる一日の仕事の采配に取りかかるお民が、わざわざここで足を止めて富次郎を呼び、「今日は行く日なのか」と問うてくるということは。

「おっかさん、何かご用がおありですか」

行くついでにどこどこで○○を買ってきておくれ、という用事ならいいなあ。そうであってほしいなあ。これは富次郎の心の声。

　それを知ってか知らずか、お民はけろりとした顔で続けた。

「実はね、あんたも知ってるだろう、鼈甲《べっこう》屋の金巻《きんまき》さん。三月《みつき》ほど前に、ご隠居さんが亡くなったというんだけれど」

　商いものに鼈甲の部品を用いたい場合——たとえば巾着の引き紐の輪っかとか、印籠の房の珠とか、根付けの先の飾り物など、それは三島屋の職人では加工できないので、専門のところに頼む。それが金巻だ。伊兵衛・お民とは富次郎が生まれる前からの付き合いであるらしい。

　金巻屋ではなく、〈金巻〉が屋号だ。お店《たな》は大川の向こう、深川の今川町《いまがわちょう》というところにあり、鼈甲の仲卸と細工・加工を商いとしているが、店売りはしていないので、知っている者でなければ、

そこが高価な鼈甲細工を扱っているところだとはわからない。富次郎は訪ねたことがないが、何度かお遣いに往復している新太《しんた》は、

——仙台堀《せんだいぼり》に面して、お店の裏手に小さい桟橋がございまして、堀に浮かべた猪牙《ちょき》に、いつでも乗れるようになっているんでございますよ。

と、目を輝かせて話していたことがある。荷物を載せるだけではなく、人が足としても使うのだろう。富次郎も、それは便利そうだし風情があって羨ましいと思った。

ともあれ、富次郎の「あんたも知ってる」はその程度である。

「ご隠居さんのことはお悔やみ申し上げますが、その金巻さんがどうしたんですか」

「黒白《こくびゃく》の間《ま》で、聞いてもらいたい話があるんだっていうのよ」

ああ、そうくるか。「どこどこで○○を買ってきてよ」とは正反対のご用命だ。まあ、変わり百物語の語り手ならば大歓迎だが、「いつでも！」というわけにはいかなくなったのが、近ごろの富次郎である。

「それは、近いうちにということでしょうね？」

お民は容赦がない。「今日は都合が悪いのかえ」

「やっぱり、今日ですか」

「だって、金巻さんはほとんど江戸にいやしないのよ。長崎や大坂と行ったり来たりしているからね」

鼈甲のもととなるのは、南洋に棲んでいるタイマイ（玳瑁）という大きな亀の甲羅だ。この国の近くでは採れないので、全て海の向こうから仕入れることになる。だから鼈甲を取引きする問屋の始まりは長崎で、それが国内に広まるようになってから、細工物としては長崎鼈甲、大坂鼈甲、江戸鼈甲という三種類に分かれた。ただ、材料が海の向こうから来るものであることは変わらないの

で（いっとき、奢侈《しゃし》禁止令をかいくぐるため、国内の鼈《すっぽん》が使われた時代があり、「鼈甲」という呼称もそこから始まったものであるらしいが）、金巻がほとんど江戸にはいないというのも、特に不思議はない。

「そういえば、本家は大坂湊にあるんでしたっけね」

うろ覚えで言ってみたら、お民は大きくうなずく。「根っから上方《かみがた》のお人ではないから、今でもなかなか苦労が多いとこぼしていたけどね」

商人の町の競り合いは厳しそうである。

「お招きしてもいいかえ」

富次郎は内心で溜息をつき、答えた。

「どうしても今日でなければということでしたら、そのようにいたします」

お民はちょっと顎を引き、富次郎の顔色を窺うような目つきになった。

「今日はお師匠さんのところで、大事なことを習う段取りだったの？」

大事なことといったら、全てが大事だ。

「そういうわけじゃございません。おっかさん、蠟螂師匠のことを、〈おっしょさん〉とお呼びになるのはご勘弁ください。何だか調子が狂います」

お民は「あらまあ」と言った。「それじゃあ、蠟螂せんせいに、あんたは今どんなことを習っているの」

返答しようとして、富次郎はちょっと詰まった。躊躇《ためら》いが喉につっかかる。

四日間も商いに専念する前まで、連日同じようなことばかりしていたからである。同じものを描いていた。

師匠の描いたお手本の松の木の絵。これを写すのである。

——型を学びましょう。

師匠のお手本は、屏風絵や襖絵などに描かれる松の木の姿形を思わせる、まさに「型」である。それを続けて三度写して描いたところで、ちょうど雨の日にあたったら、師匠はこう言った。

——この手本絵の松の木に、雨が降りかかっているように描いてください。

富次郎は自分の工夫で雨脚を描いた。すると師匠は、松の枝に降りかかる雨の手本絵を描いてくれて、

——今度はこちらを写してください。

写し終えてから、二枚を並べて見比べてみると、精一杯工夫を凝らして雨が降る様を描こうとした自分の絵よりも、師匠の手本絵の方が雨が雨らしく描かれていることが一目瞭然で、富次郎は感じ入った。

これこそが、「習う」ということだ。

だが、それが終わると、師匠の教えはまた振り出しに戻り、最初のお手本絵をそっくり写すことを命じられた。今度は五日ばかりはそれを続けていて、富次郎の目も手も心もだいぶ飽きてきたところで七五三が近づいてきたので、商いに専念する休みをもらったのだ。都合四日も筆と紙から離れたことで、今日もまた同じお手本を写せと命じられても、一から取り組むことができそうな気がしていた。

だがこんな細やかなことを、お民に話してわかってもらえるだろうか。煎じ詰めれば「師匠の描いた一枚の手本絵を写し続けている」というだけの話なのだ。

いや、認めよう。お民はわかってくれるかもしれないし、わからなくても「あら、そうなの」と受け流すかもしれない。それなのに引っかかってしまうのは、富次郎の見栄だ。次男坊の居候暮らしのまま、絵師になるための修業もさせてもらっているのだから、もうちょっと華々しいことを教

わっていると言いたい。そういう見栄と、要らぬ意地だ。

「――型を習っております」

この言い方も、やっぱり見栄っ張りだ。口に出したそばから後悔した。

「そう。蟷螂せんせいがおっしゃることは、今は意味がわからなくても、あとになるとわかってくることがあるからね。いちいち、これは何のために習うんでございますかなんて、賢《さか》しらにお尋ねしないで、教えに従うんですよ」

え。おっかさん、えらく良い台詞を吐いてくれるじゃありませんか。富次郎は素直にびっくりした。

こうなると、この台詞を胸にたたみ込んだまま、ぜひとも水道橋に行きたい。金巻を黒白の間に招くのは明日にしてもらいたい。そう言おうとした鼻先を叩くみたいに、お民は続けた。

「それじゃ、新太を遣って金巻さんにはお返事をしておくから。お勝《かつ》にも言って、黒白の間の支度をしてちょうだいね」

それじゃって何だ、それじゃって。おっかさん、こっちの都合は聞いてござりません。

「お～い、新太」

お民が去ると、富次郎は大声で小僧を呼んだ。はぁいと元気のいい返事がして、本人が顔を見せる。

「おっかさんに、深川の金巻さんにお遣いに行けって言われると思うけど」

「はい、お伺いしております」

おいらに相談する前に、決めてたんかい！

「金巻さんよりも先に、水道橋の蟷螂師匠に、わたしの文を届けておくれ。今日もお稽古を休んでしまうお詫びの文だから、丁重に挨拶してね」

「あい、かしこまりました！」

にわかに語り手を迎えることになり、花屋へ行き来していてはもどかしいと、お勝は鋏を手に三島屋のささやかな庭へ下りていった。しばらくして、富次郎が黒白の間で筆や墨の支度をしているところに戻ってくると、濃い緑色の丸い葉に、黄色い花がにぎやかに咲いている草花を、黒漆塗りの大きな平たい花器に生け始めた。

「……その葉っぱは、蕗《ふき》みたいだね」

「似ておりますわね」お勝は微笑《ほほえ》み、「ですから、石蕗《つわぶき》と名付けられたのでしょうか」

石蕗か。晩秋から初冬に花を咲かせる、庭を彩る下草の一つである。毎日のように目にしているはずなのに、こうして生け花にされると見栄えが違う。

富次郎はふと考えた。庭にある石蕗と、床の間の花器の石蕗を描き分けるにはどうしたらいいのだろう。何を変えたら、見る人の目にすぐ違いがわかるのか。

その違いに拘《こだわ》るのが、模写。その違いに拘らない——描く側にも見る側にも拘ることを忘れさせてしまうのが、「型」か。

「お客様にお出しするお菓子の手配はお済みでございますか」

お勝に問われて、我に返った。

「あてはあるんだ。これから、わたしが買いに行ってくるよ」

誰かに頼んでもいいのだが、胸の奥に灯った考え事の芽を、少しの間でいいから大事に眺め回してみたい。それには、ちょっと外へ出るのがいちばんだ。

こうして、支度は整った。


八ツ（午後二時）の時の鐘の音を聞いてほどなくして、語り手は新太と一緒にやって来た。お遣いに行った新太はなんと、三島屋への帰り道はあの猪牙に乗せてもらったのだと、ほっぺたを赤くして喜んでいた。

「引き留めちまったから、帰りは速い方がいいと思ったんだけど、もしも旦那様に叱られたら、おいらがお詫びするからな」

すっかり仲良しになったようで、明るくしゃべる語り手の歳は十三、四だろうか。同じ年ごろの新太と同じ小僧の角前髪《すみまえがみ》に、丈の短い縞の着物、藍染めの前掛け姿だ。三島屋では、小僧や内働きの女中の前掛けには屋号を入れない。金巻も同じしきたりなのか、語り手の小僧の前掛けも、おろしたてと思しき鮮やかな藍色だが、屋号や印は入っていない。

と、ここまで考えて、富次郎は気がついた。何だよ、おいらもそそっかしいな。この小僧はただの猪牙の船頭で、語り手はそれに揺られてきた金巻の別の誰かなんだろう。その方がはるかに筋が通っている。まさか前掛けの小僧さんが変わり百物語の語り手になるなんて――。

その思いをつるりとすり抜けるように、新太の明るい声音が耳に飛び込んできた。

「小旦那《こだんな》さま、こちらは小僧の爪吉《つめきち》さんで、八つのときに奉公にあがってからずっと、金巻さんの大切な家宝のお世話役を務めているんだそうでございます」

爪吉とはまた変わった名前だが、「金巻の家宝」とその「お世話役」というのも謎めいている。お世話が必要な家宝とは、生きものなのだろうか。

「それは興味をそそられるお話だが、語り手はどちらにおられるのかな」

「手前でございます」

爪吉は屈託がない。富次郎は、つい問いただす口調になった。

「言っちゃ悪いが、おまえさんはお店でいちばん下の立場の小僧さんだろう。金巻さんの家宝の話を、おまえさんが語ってしまっていいのかなあ。あとで叱られたりしないかい」

爪吉と新太は顔を見合わせると、うなずき合った。そして新太が言った。

「小旦那さま、いぶかしく思われるのは当たり前のことでございますが、爪吉さんは、けっして出過ぎたふるまいをしているわけではございません。どうぞ、話を聞いてやってくださいますようお願い申しあげます」

大人たちに比べれば、まだまだ小さい手を畳に揃えて、深く頭を下げる。爪吉も慌ててそれに倣った。

「手前は、金巻さんにお遣いに行くうちに、爪吉さんと顔見知りになりました。それぞれのお店の用事で、別のところでばったり会うこともあったりしまして」

それこそお店でいちばん下の立場の小僧同士だから、ゆっくり話し込む暇などなかったけれど、どうもウマが合うようで、だんだんと親しくなってきた。

「金巻さんの家宝のお話を爪吉さんが語ることにつきましては、金巻の旦那さまからきちんとお許しをいただいてございます。と申しますか、これについて語ることができるのは、今は爪吉さんだけなんでございます」

その理由、所以《ゆえん》のところからして、どうやら話の内であるようだ。富次郎にも見当がついてきた。

「わかった。そういうことなら、つべこべ言わない。水を差して悪かったね。二人とも顔を上げなさい」

ほっとした様子で、二人の小僧はまたうなずき合う。

「それじゃあ新太、お菓子の用意を頼むよ」

「あい、かしこまりました！」

本日のお菓子は、富次郎が自分で足を運んでいって調達したものだ。そのときは、まさか小僧さんが語り手になるとは思いもしなかったが、こうなってみると、子供には特に喜ばれる楽しい一品だったかもしれない。

　新太がお菓子を運んでくるのを待つ間に、富次郎は火鉢にかけた鉄瓶の湯でほうじ茶を淹れた。爪吉はそれを見守りつつ、居心地悪そうにもじもじしている。

　その内心をおもんぱかると、富次郎は微笑をこらえきれない。自分の奉公先では一日じゅう仕事に追われているであろう小僧が、他所《よそ》のお店でお客様として遇され、茶菓をいただこうとしているのだ。身の置き所に困って当然のことである。

「変わり百物語の語り手には、できるだけ楽な気持ちで語っていただきたいので、こちらからお出しする茶菓は大事なおもてなしだ。わたしもあれこれ工夫するのが楽しくて」

　富次郎の言葉に、爪吉は小さくなって下を向いている。ほうじ茶を満たした湯飲みを出してやると、

「あいすみません。ありがたくちょうだいします」

　ますます小さくなってしまった。背丈は新太よりも少し高いが、一重まぶたで目が細く、鼻も口も小ぶりなので、なんとなく人形のような感じのする子である。

　黙りこくって手持ち無沙汰では気の毒なので、富次郎は変わり百物語の決まり事について、ざっかけない説明をした。名前や場所については、仮名《かりな》でかまわないこと。わからないことはわからないと言っていいが、嘘は歓迎できないこと。ここで語られた話は、一切外に出さないこと。変わり百物語のもっとも大事な肝は、「語って語り捨て、聞いて聞き捨て」ということだ――

　それをひととおり聞き終えると、爪吉は少し気をほどいたふうになり、富次郎の顔を見てこう言った。

「手前に、いつか三島屋さんの変わり百物語でこの話を語って聞いてもらいなさいとお言いつけになった大旦那さまも、それらの決まり事についてはよくご存じでございました」

ほほう。

「大旦那さまというのは、三月ほど前に亡くなったご隠居さんのこと？」

「はい。その節は、三島屋さんからも丁重なお悔やみをちょうだいしました。ありがたくお礼申しあげます」

お世話になった取引先の弔い事だ。おろそかにするお民ではない。爪吉も、なかなか丁寧である。金巻も奉公人の躾《しつ》けに厳しく、きちんとしているお店なのだろう。

「それじゃあ、この先のやりとりでは、わたしも大旦那さまと呼ばせてもらいましょう。大旦那さまは、わたしども三島屋の変わり百物語の評判をご存じで、信用してくださっていたんだね」

爪吉の瞳が輝いた。強くうなずく。

「他の百物語では、この話を聞いて笑ったり、信用してくれないお人もいるかもしれない。それでは私があの世にいかれないとおっしゃっていました」

ずいぶんと見込まれたものだ。同時に、これから語られる話には、それだけの重みがあることが察せられる。

「大旦那さまも、遠い昔、金巻に奉公に上がって何年かのあいだは、家宝のお世話役を務めておられたそうで」

それならば、金巻の大旦那は奉公人から出世した入り婿なのだ。

「家宝のことを、今の手前どもはただ〈お甲羅さま〉とお呼びしていますが、大旦那さまは〈三平《さんぺい》太《た》さま〉と、親しく名前で呼んでおられたそうでございます」

ふむ。そんな名前があるということは、人か、少なくとも生きものなのだな。

「お甲羅さまをお世話することができるのは、肩揚げのとれない男の子だけでございまして、さらに、その子の身の丈が四尺五寸（約一三五センチ）を越えたら、お世話役を替わる決まりがございます」

大いに興味を引かれる決まりだ。「それはどうして？」

「お甲羅さま——三平太さまの身の丈がちょうど四尺五寸だったので、それを越えてしまったら、親しくおそばにはいられないんでございますよ」

富次郎は黒白の間のなかを見回し、ああ、床の間に掛けてある半紙を貼った掛け軸の、上の表木《ひょうもく》のあたりまでが四尺五寸かなあ……などと思っていたら、
がらり！

出し抜けに、縁側に続く雪見障子の一枚が引き開けられ、その隙間から中年の男の顔が覗いた。眉間に険しい皺をきざみ、目を吊り上げた怒り顔である。一言でざっくり表すならば、まさしく「鬼のような顔」だ。

黒白の間でどんな語りを聞こうとも、富次郎は驚いて飛び上がったことなどない。ないはずだ。ないと思う。一度ぐらいはあったかもしれないが、それほど大げさに飛び上がったりはしなかった。

今だって、固まっている。

「ここにはいねえぞ！」

鬼のような怒り顔の男は、肩越しに富次郎たちではない誰かに向かって一声張りあげると、さっと消えた。去り際に乱暴に雪見障子を閉《た》てていったので、いったんはぴしゃんと閉まった障子が、跳ね返ってまた同じくらい開いてしまった。

またたく間の出来事ながら、なんという無作法、無礼だろう。

富次郎が岩のように固まっている前で、爪吉は「ひえ！」と声をあげて、腰を抜かした。最初から座布団は畏れ多いと外して正座していたから、足がしびれかけていたのだろう。泡を食って逃げ出そうとしても、うまく動けなくてじたばたしている。

黒白の間は、お勝が手入れをかかさぬ小ぎれいな庭に面している。この庭は建物の東面にあり、他にも伊兵衛とお民の居室や、もう一つの客間からもよく見える。四季折々の花鳥風月を映す景色になる庭だから、日々の世話はお勝に託しつつ、節目ごとにはちゃんと植木屋に来てもらっている。

家の表側からは、横に張り出したお店の部分が立ち塞がっているので、庭には入ることも見通すこともできない。裏庭とは地続きになっているが、ことのあいだは枝折り戸で隔てられているし、馴染みの物売りや商人、奉公人たちの出入りには勝手口と裏木戸を使う（富次郎だってそうだ）。家人と植木屋とお勝でなければ、この庭にはほとんど足を踏み入れることはない。

それなのに、あの鬼のような怒り顔の男はどこのどいつで、どこから来たのだ？

「あなた、これ、庭に入ったんですか。おやめください！」

裏庭の方から大声と、足音が乱れて近づいてくる。うちの手代たちだ。と思ったら、その声に抗《あらが》う新しい叫びが耳に飛び込んできた。「そちらさんが隠し立てするからいけないんでしょう！　早くしずかを出してください。嫁入り前の娘を拐《かどわ》かすなんて、とんでもないことですよ。わかっておいでなのかね！」

興奮して甲高く割れているが、女の声だ。若い女ではない。年増か大年増。

「何度も申しますが、お嬢さんは三島屋においでになっておりません」

はあはあ息を切らしながら、抗弁しているのはうちの大番頭の八十助《やそすけ》だ。今朝も腰が痛むと言っていたのに、気の毒に。

「爪吉、ここにいなさい。何も怖がることはないからね」

言い置いて、富次郎は立ち上がった。爪吉は黒白の間の出入口の唐紙の方まで這うようにして行って、身をすくめている。

富次郎は縁側に出て、庭を見渡した。枝折り戸を挟んで、怒り顔の無礼男がこちら側、向こう側に八十助と数人の手代たち、さらに叫び声の主であろう、歳は四十前後だろうか、島田くずしに結った髪を本当にくずして、顔を涙に歪めていきりたっている女が一人。

「おかみさん、どうぞお平らに。落ち着いてくださいまし」

庭に面した二つ奥の縁側、伊兵衛の居室の方からお民が現れた。この時刻、いつもは作業場の方にいるはずのお民が、前掛けも襷《たすき》も外し、指には指ぬきもなく、身形《みなり》を整えている。では、しばらく前からこの騒がしい連中が来ていて、お民が応対していたのだろうか。

お民は縁側で正座して、膝の上に拳を置き、庭で騒いでいる連中に向かって、涼しい声を響かせた。

「伊一郎《いいちろう》は三島屋の跡取りでございます。もちろんまだ未熟者で、それは親のわたくしどもも重々承知の上、商人《あきんど》として一人前の男として恥ずかしくない立ち居振る舞いをできるよう、日々躾けているところでございます」

だからこそ申しあげますが——と、お民は声を強くする。

「伊一郎は、良縁を得て嫁いでいこうというお嬢さんを未練たらしく誘い出して拐かすなど、愚かで浅ましいことをする男ではございません。万に一つ、百万に一つ、あれが魔物に取り憑かれてそのような所業をしでかした場合には、主人《あるじ》の伊兵衛とおかみのわたくしが先に立って誅《ちゅう》し、厳しく懲《こ》らしめます。伊一郎に加担して気の毒なお嬢さんを隠すような真似は、けっしていたしません」

ここで、島田くずしを本当にくずした大年増が、本格的に顔もくずしてしまって、声をあげて泣き出した。

「お嬢様の行方がわからず、ご心痛のほどはお察しいたします。ですが、しずかさんは当家にはおられません。どうしても納得できぬということでしたら、家じゅうの畳を上げてお捜しくださっても結構でございますが、大切なしずかさんを捜すために費やすべき時と手間を、あたら無駄にすることになると思います。いかがなさいますか」

島田くずしの大年増は何から何までくずれてしまって、もう泣きっぱなしだ。鬼のような怒り顔の男も、だいぶ表情が変わってきた。角張っていた肩が下がって、背中が丸まっている。

「……たいへん失礼なことをいたしました」

怒りを収めた怒り顔の男が、下を向いてぼそぼそと言い出した。落ち着いてよく見れば、裾まわりに市松模様を配した派手な着物の着流しで、高そうな雪駄《せった》を突っかけている。

枝折り戸の向こうには、見慣れぬ芥子《からし》色のお仕着せを着たお店者《たなもの》らしい男たちが、何人か集まってきた。そいつらに囲まれる恰好になって、我らが八十助は顔が見えない。それでも場が収まりつつあることは、富次郎にも感じ取れた。

「わたしどもも、大事な娘を拐かされて取り乱し、まともにものを考えることができませんでした」

怒りを収めた怒り顔の男は、のろのろと目を上げて、決まり悪そうにお民の方を振り返る。当のお民は、しゃんと背中を伸ばして拳を固めたまま、表情と声音は涼やかだ。

「三島屋さんの店先を騒がせてしまったことは、のちほど、あらためてお詫びに伺います。今はこのまま、うちの者たちもすぐに引き揚げさせますから、ご寛恕《かんじょ》ください」

詫びてはいるのだが、まだ何となく上からの物言いがカチンとくる。富次郎は息を吸い込み、一声発してやろうとしたら、

「あんたは黙っていなさい」

ハヤブサが舞い降りるような、お民の一喝。富次郎は開けた口をゆっくりと閉じた。

芥子色のお仕着せを着た男たちが、がやがやと退いてゆく。怒りを収めた市松男は、全てがくずれた島田くずしを抱きかかえるようにして、裏庭の方へと姿を消した。

それをしっかり見届けてから、富次郎はお民に声をかけた。

「……おっかさん」

お民はさっきの姿勢のまま、つと下を向いた。強く拳を握り直す。

「まったく、癪《しゃく》に障るったらありゃしない」

富次郎に応えたのではなく、独り言だろう。吐き出すと、さっと裾を払った。

「富次郎、黒白の間のお客様に、重々お詫び申しあげておくれ」

「は、はい」

「台所で新太がお菓子を用意しているところに、さっきの連中が押しかけてきてね。お盆をひっくり返されて、駄目にされてしまったのさ。代わりのものを買いにやらせたから、ちょっとだけ待っていてちょうだい」

消しきれない怒りと悔しさに、お民の目尻が引き攣《つ》っている。それを見るだに、富次郎はもう何も言えなくなった。

お民が立ち去り、富次郎は一つ息をついて、黒白の間に戻った。爪吉も語り手の座に戻っていたが、尻の下に敷くべき座布団をきつく抱きしめている。

「お見苦しいところをお見せして、怖がらせてしまった。もう収まったからね」

富次郎が向かいに座ると、爪吉もようやく安心したのか、座布団を脇に置いて、そろりと頭を下げた。

「若旦那さまもご心配でしょう。あの、手前の語りは、またの日でも」

遠慮してくれる、優しい子だ。

「いや、このまま語ってください。その方がわたしの――いや、おいらの気も晴れる」

富次郎の心も、もちろん躊躇いに揺れた。だがお民は毅然として、黒白の間のお客様にお詫びしてくれと言った。駄目にされてしまった菓子に替わるものを、すぐ手配してくれた。これはつまり、富次郎よ、先ほどの椿事《ちんじ》に心をとられて右往左往せず、やるべきことをやれと命じられたのと同じだ。

三島屋のおかみの命に叛《そむ》くことはできない。富次郎は下腹に力を入れて背中を伸ばす。

「そろそろ茶菓子も来るんじゃないかな」

と、口先では呑気なことを言ってみせるところに、新太が戻ってきた。大きな菓子鉢を捧げ持っており、

「小旦那さま……」

面目なさげに言いかけるのを、富次郎は笑って遮った。「おっかさんに聞いたよ。おまえも災難だったね」

菓子鉢のなかには、お民が都合してくれたのだろう、白い饅頭が入っていた。てっぺんのところに赤い飾りをあしらってある、法要などにも出す上品な丸饅頭だ。

「こいつはきっと、こし餡だろうな」

富次郎は爪吉と新太のために、饅頭を取り分けてやった。

「さあ、遠慮は要らないから、好きなだけおあがり。思いがけないどたばたに遭って、二人ともびっくりして腹が減ったろう」

その言い回しが可笑しかったのか、二人の小僧の表情がほぐれた。富次郎は新太にもほうじ茶を淹れてやり、自分から進んで饅頭に手を伸ばした。

「うん、こっちも旨いね。わたしが買い置いていた方のお菓子は、司町《つかさちょう》の小さな団子屋が出している〈つるかめ〉という餅菓子だったんだが、それはね――」

葛粉でこしらえた赤子の手のひらほどの平べったい餅で、中には何も入っていない。ただ表面に

黄金色の蜜で鶴の絵を描いてあるものが〈つる〉、黒蜜で亀の絵を描いてあるものが〈かめ〉で、きなこをつけて食べる。

「この鶴と亀、一つずつ菓子職人が手で描くわけだから、十個あれば十個それぞれに、ちっとずつ姿形が違うところが面白いんだ」

鼈甲屋の金巻から来る語り手にはふさわしかろうと思ったし、爪吉のような子供だったら、特に楽しいものだったろう。見せてやれなくて残念だった。

「手前も、包みを解いてお皿に盛っているところでひっくり返されてしまったもんでございますから、ろくに眺めることができませんでした」

新太も悔しそうだ。富次郎は二人の小僧に約束した。

「いつか日を改めて、おまえさんたちに〈つるかめ〉をご馳走するよ。今日の騒動に巻き込んでしまったことのお詫びだ」

「わあ、ありがとう存じます」

爪吉は顔をほころばせ、新太にうなずきかける。饅頭の最後の一口を嚙んでいた新太も、慌てて応じた。

「た、楽しみにしております。では小旦那さま、そろそろ変わり百物語をお始めになりますね。手前は下がらせていただきます」

口上は一丁前だが、口の端にこし餡をくっつけている。

「うむ。それじゃ、語りが済んだら声をかけるからね」

菓子鉢のなかに、饅頭はあと三つ。湯はたっぷり残っている。爪吉には、語りの途中でまたおやつを出してやろう。

心のなかで、二人の小僧のふるまいの正しさに、富次郎は感じ入っていた。

さっきの一幕がどんな揉め事だったのか、今はまだ定かではない。ただ、兄・伊一郎の名前がはっきり出ていることに間違いはないし、「嫁入り前の娘」とか、誘い出して云々のくだりから推すと、しばらく前にお勝から内緒の耳打ちで教えてもらった、成就することがなかった伊一郎の恋と関わりがありそうな感じもする。

いずれにしろ、これは三島屋の内々《ないない》のことだ。新太からすれば「うち」のことであり、爪吉からすれば得意先の若旦那に関わることである。興味も関心もあって当然で、それを顔に出し口に出し、もっと小雀のようにやかましく囀《さえず》って、富次郎に何かしら訊いてきたって不思議はないのに、二人とも口を閉じている。富次郎が「今日の騒動」の一言で片付けたら、それきりにした。

これは、新太がしっかりしたお店者に育っている証だ。そして、いい仲間がいる。三島屋の一人として、富次郎は鼻が高い。

その想いを胸に、あらためて爪吉と向き合うと、鼈甲屋・金巻の（猪牙の船頭も務まる）小僧は、姿勢を正そうとして、うっかり小さなげっぷをもらした。

「うへ、これはとんでもない無作法を」

慌てて口を押さえる。つられて富次郎も甘ったるいげっぷをしてしまい、「慌てて食べ過ぎたなあ」と笑った。

ここからは聞き手になりきる。兄さんのことも、さっきの騒動も、案ずるのは、爪吉の語りを聞き終えてからにしよう。

「さて、最初に不躾《ぶしつけ》なことを聞かせておくれ。おまえさんの〈爪吉〉という名前は、親からもらったの？　それとも、金巻さんに奉公してからの名前かな」

爪吉は目尻を引き締めて、こう答えた。

「手前の名前の由来も、これから語らせていただくお話の筋書きに関わりがあることなんでございます」

＊

先ほども話に出たように、この語りを爪吉に託した金巻の大旦那は、奉公人から出世して主人になった人物だった。こちらが親からもらった名前はいたってありふれたもので、小吉《こきち》という。

「奉公にあがったのは九歳のとき、最初のうちは、そのころ生まれたばかりだった金巻の赤子さんたちのお守《も》りをするのが仕事だったそうでございます」

この赤子たちは双子の兄弟だった。武家や商家では、「双子は内訌《ないこう》のもとになる」「身代を割る」から不吉だと厭う場合があり、片方を養子に出してしまうことさえある。だが金巻ではまったく逆で、

「一度に子宝を二つも授かったのだ。ありがたい、ありがたい」

と、一家をあげて喜んだ。この当時、主人は三十歳、おかみは二十五歳で、夫婦になって七年目。双子の上にも四つの長男と二つの長女がいた。

「毎日、子供たちの世話をするだけでも、目が回るような忙しさでございまして」

足らない人手を増やすために、小吉ともう一人、十二歳の「みぎわ」という名前の女の子を雇い入れたという事情なのであった。

「若いご夫婦の営むお店だが、豊かだったんだね」

富次郎の問いに、爪吉はうなずく。

「もともと、旦那さまのご実家である日本橋常盤町《ときわちょう》の小間物屋から暖簾分けで出来たお店だったそうでございまして」

実家の小間物屋では、袋物に装身具、化粧品、櫛・簪《かんざし》・笄《こうがい》などまで手広く商っていたが、分店である金巻では、鼈甲とその細工物だけを扱うことにした。これがうまく運んで、若い主人夫婦は次々と子をもうけても暮らしに不安はなかったし、奉公人、工芸職人、内働きの女中や小僧たち合わせて十数人の口も、充分に養っていくことができた。

「小吉は良いお店に縁があったんだね」

「はい。でも、育ちは不運だったんでございますよ」

小吉の父親は手間大工で、女房とのあいだに小吉を頭に三人の男の子をもうけた。貧しいなりにも仲良く暮らしていた親子五人だったが、三男がようやく乳離れしたころ、女房が疫病《はやりやまい》に倒れて命を落とした。

「そのころ一家が住んでいた長屋のある大川端の一帯では、ひどい腹下しをおこす病が流行っていたそうなんでございます」

女房に続き、次男もこれに命をとられた。幼い小吉と赤子の三男を抱えた父親は、近所の人たちに助けてもらいながら何とか暮らしていたが、一年足らずの後に、その町筋で起きた火事で死んでしまった。

「父親は小吉を先に風上に逃がして、自分は三男をおんぶして、荷物を抱えて逃げようとしたところで煙に巻かれたようでして」

過去に起こった恐ろしく悲しいくだりを語る爪吉は、逃げるような早口になっている。

「慌てた挙げ句に道を間違ったのか、火と煙から逃げようとしたんでしょうか、亡骸《なきがら》は堀割の水のなかから上がったんだそうで……」

死んでもなお、父親はしっかりと三男を背負ったままだったそうだ。

「一人だけ生き残った小吉は、月番の名主さんのお屋敷や、土地の岡っ引きや差配人さんたちのところをたらい回しにされながらも、何とか育っていきました」

不幸な形で家族を失った小吉だったが、その運命に拗《す》ねてしまうことはなく、真面目な働き者だったし、手習所へ行けば熱心に読み書きも習った。おかげで、金巻という新興の豊かなお店への奉公を口ききしてもらえたのだった。

「金巻では、小僧の立場ではございますが、それまでよりも良い暮らしをさせてもらえました。金巻の旦那さんとおかみさんは、歳もまだお若いし、自分らの子供も小さいしで、小吉の不幸を哀れんでくれたのでしょうね」

——一人だけ生き残ったおまえは運の強い子だ。これからは小吉ではなく、大吉《だいきち》と名乗りなさい。

「という次第で、奉公して一月《ひとつき》足らずで大吉と名を改めることになりました」

ここまで語ったところで、爪吉はほっぺたをふくらませ、ふうっと息を吐いた。

「子供のころのお名前とはいえ、大旦那さまを呼び捨てにするのは、なかなか畏れ多いものがございますね」

「おまえが語りにくかったら、さん付けでもかまわないよ」

「いいえ、それではこのお話が真実《ほんとう》らしくなくなってしまうような気がいたします」

きっぱり断る爪吉は、凜々しい顔つきをしている。大旦那に「三島屋で語れ」と託されたことと、託された昔話を、徒《あだ》やおろそかにはしまいと意気込んでいるのだ。責任を果たそうとしている。富次郎はまた感心した。

「わかった。じゃあ、わたしも余計な茶々は入れない」

爪吉はぺこりと頭を下げ、ちょっと考えてから、続きを始めた。「小吉あらため大吉が金巻に馴染んでゆく一方で、一緒に奉公にあがった小娘のみぎわは、なかなか難しかったようでございまして……」

大吉とは違い、みぎわは金巻の前も女中奉公をしていた。九歳の冬から、鍛冶橋御門《かじばしごもん》の近くにあった油炭問屋に住み込んでいたのだが、

「もともとこのお店は、みぎわのおっかさんが椋鳥《むくどり》として働きにきていたところでして」

椋鳥とは、冬場の農閑期に、上州・野州・越後や甲州あたりから江戸の町へ出稼ぎに来る人びとのことを言う。冬の田畑にはやることがないが、江戸のような大きな町には、寒さに固められ日が短い冬場だからこそ人手がほしい仕事がたくさんある。寒ければ寒いほどかき入れ時となる油炭問屋はその好例だ。

「ずっとおっかさん一人の出稼ぎだったものを、みぎわが九歳になったその冬は、故郷の河和郡《かわかずごおり》は安良村《あら》から一緒に出てきたんでございます」

地名を耳にしたので、富次郎はつい眉を上げてしまった。すると爪吉はすぐ言った。

「心得てございます。この河和郡というところは、今ではございません。安良村の名前も、今は使われていないそうでございます」

察しのいい、頭のよく回る語り手だ。

「そうやって母子で女中働きをしていたんでございますが、年を越し、市中に梅の香が漂うころになって、母親が風邪で寝込んでしまいました」

たかが風邪、しかし万病のもとと恐れられる病である。年越し奉公の疲れも出たのか、母親はなかなか熱が下がらず、しつこい咳に苦しめられ、十日ほど病みついた挙げ句に、蠟燭《ろうそく》の火がふっつりと消えるように死んでしまった。

「出稼ぎの椋鳥たちはばらばらに稼ぎに来るのではございませんで、郡ごと、あるいは村ごとに、必ず束ね役がおります。束ね役は、仲間の椋鳥たちと故郷の家族のあいだの音信を取り次いだり、稼ぎを集めて預かったり、故郷で大きな変事などが起きた場合には、いち早くその報せを受け取り、

江戸の仲間たちに伝えてやる役目を担っているんだそうでございます」

だから、みぎわの母の急死の報も、束ね役の計らいで、すぐさま安良村に届けられた。

「ただ、みぎわとおっかさんは、村にはもう身寄りがおりませんでした」

実のところ、江戸市中でずっと働き口が見つかるならば、このまま安良村には帰らなくてもいいと話し合いながら、母子は江戸に出てきたのだという。

「油炭問屋だけでなく、日本橋界隈には河和郡から渡ってくる椋鳥を働かせている商家が多うございましたので、あちらの様子も多少はわかっております。河和郡は米どころで水もよく、政《まつりごと》は和やか、無体な年貢も課されず、住みよいところであるようでした」

しかし、束ね役を通して安良村から返されてきた音信には、みぎわの母親はそちらで葬ってほしいと綴られていた。みぎわの身の振り方についても、お世話になっているお店の采配にお任せする、と。

「この冷たいあしらいには、実は深い事情があるんでございますが……」

それをまったく知らぬまでも、この冷たさそのものに嫌な手触りを感じた油炭問屋のおかみは、みぎわを住み込みの奉公人として引き取ることにした。

——あんたたち母子は、村八分にでもされていたようだね。

おかみに問われても、みぎわは黙っていた。十《とお》の女の子の言葉では語り尽くせぬ事情があったからだが、この沈黙だけで、世間知のあるおかみには充分だった。

——いいから、うちに住み込みなさい。おまえのおっかさんのために墓を立ててあげることまではできないが、お寺さんにお願いして位牌はこしらえてあげよう。

ここでいったん話を切ると、爪吉は富次郎の顔を見た。「この油炭問屋のおかみさんは、この先も出てくるお方なんでございます。名前があった方がようございますよね」

「仮名をつけるかい？　それなら……わかりやすいところで、おすみでどうかな。火鉢の炭じゃなくて、寿美という漢字をあてるなら、商家のおかみさんらしくなる」

爪吉の顔が納得で明るくなった。「はい、ではそのようにさせていただきます」

こうして、みぎわは一人、江戸に残った。

それから二年、お寿美に鍛えられて油炭問屋で過ごし、小娘ながらも女中としては一人前の身のこなしが板に付いたころ、ここに出入りしていた口入れ屋が、深川の金巻という鼈甲屋で、子守女中を探しているという話を持ち込んできたのである。

お寿美は、みぎわにとってはまたとない働き口だと、すぐに話をまとめてくれた。

「大旦那さまは、金巻で初めてみぎわと顔を合わせたとき、おとぎ話に出てくる雪女かと思ったと仰せでございました」

抜けるような色白で、たたずまいがひんやりとしていて、いるのかいないのかわからぬほど静かな小娘だったからである。

「河和郡は北国の雪深いところなのかな。だから色白なのだとしたら、たしかにみぎわは雪女だね」

明るく言ってはみたものの、十二やそこらの女の子が、雪女のようにひっそりと冷ややかに、温もりもなく薄っぺらく影が薄い様子で座っているところを想像すると、富次郎の胸は痛んだ。生きている乙女を画題にしたのに、出来上がったのは幽霊画だった。それは恐ろしいよりも悲しいことだろう。

大吉と一緒に忙《せわ》しく子守奉公を始めても、みぎわのこの雪女ぶりは、なかなか変わらなかった。口の悪い奉公人たちのなかには、みぎわをまさに幽霊扱いしてからかう者もいたそうだ。

「あるとき、大吉がそれを怒って、しつこくからんでくる年上の奉公人につっかかっていって、たんこぶだらけになるという愉快なことがあってから」

みぎわはようやく、少しずつ打ち解けてくれるようになったのだそうな。

「大吉さんは、殴られ甲斐があったんだ」

富次郎は嬉しくて、大吉、よくやったと声をかけてやりたくなった。もう大吉が好きになり始めていた。

「男は、拳骨をくらって一人前になるんでございますな」

爪吉は大真面目に言う。自分も身に覚えがあるのだろうか。

そんなふうに手間のかかるところもあったみぎわだが、不思議なことに、金巻の子供たちは最初から懐いた。べったりと懐いた。

「双子の兄弟は、起きているときはずっと乳をほしがって泣いているので、おかみさんだけではとうていおっぱいが足らず、乳の出る乳母さんを頼んで通ってもらっていたそうなんですが」

みぎわは、この乳母よりも上手に双子を寝かしつけることができた。さすがにおかみには勝てなかったが、半年ほどして双子が乳離れの重湯を飲むくらいにまで育ちあがってくると、おかみがいなくてもみぎわがいれば、双子は上機嫌でいるようになった。

「双子の上の長男・長女も、毎日忙しく立ち働くみぎわのあとを追い回すくらいの仲良しになりましてね」

そのおかげで、大吉は最初の見込みよりも早く子守奉公の荷が軽くなり、お店者のいろはを教われるようになった。

「二人とも、金巻の奉公人としての足場が固まったんだね」

富次郎の言に、爪吉は大きくうなずいた。

「みぎわはしっかり者で、子供らだけでなく、おかみさんからも可愛がられていたそうでございま

す」

金巻の若い主人夫婦は子福者で、双子の下にも年子で女の子が生まれた。

「お幸《ゆき》という名前の、ほっぺたのまん丸な可愛い子だったとか」

そのお幸がはいはいするくらいになり、いっそう目が離せなくなったころ。

「師走まであと十日ほど、ですから、季節はちょうど今ごろでございますが、あることが、起こりました」

ここで爪吉は、喉をごくりとさせた。

「口を湿らせるかい？」

「いえ、大丈夫でございます。それより若旦那——じゃなくて、小旦那さまとお呼びするのでしたね」

新太から聞いているのだろう。

「拙い語りで、あいすみません。先に申しあげておかなくてはいけませんでした」

この当時の金巻は、今の金巻のお店とは違う場所にあった。

「同じ大川の向こうではございますが、別の町筋でございまして」

また、喉がごくり。そのぴりぴりする目尻を見ているだけで、読み取れた。金巻には何かが起こって、昔のその場所から今のところへ、お店と住まいを移したのだ。いや、移さざるを得なかったのか。

「町名は、はっきり言わなくていいよ」

言って、富次郎も腹の底に力を込めた。豊かな幸せに満たされていた金巻に、どんな奇禍が襲いかかったのだろう。

江戸の町を木枯らしが吹きすぎる。やけに景気よくひゅうひゅうと鳴るのは、木枯らしも腹が減って、おやつをほしがっているからだろうか。

板塀に沿ったお店の脇の路地で、枯れ葉とごみを竹箒で掃き集めながら、大吉は大きなくしゃみをした。今の季節はこの路地に見苦しいごみが溜まる。よく気をつけておいて、掃き清めなければいけない。

次の正月を迎えれば、大吉が金巻に住み込んで四年目になる。十二歳になって、前掛けだけでなく、奉公人の半纏《はんてん》をもらえる。それを楽しみに、毎朝、雑魚寝の奉公人部屋の壁に貼った暦をながめていた。

金巻の半纏は、色こそありふれた藍色だが、袖の形が変わっている。筒袖と元禄袖のあいだぐらいの太さなのだが、肘のあたりが緩く弧になっているのだ。これは、鼈甲の材料である南洋のタイマイという大きな亀の前足の形になぞらえている。だから、一目で金巻の半纏だとわかった。

若い主人はほがらかな顔で、お店の者たちによくこう言っている。

「うちの身代が今の倍くらいに大きくなったら、半纏の色も藍じゃなく、タイマイの甲羅の色に似た茶色にしよう。風雅で贅沢で、いいじゃないか」

藍染めよりも、風流人に好まれる茶色に染めた反物は値が張る。お店者や職人たちの半纏にするにはもったいないのだが、そういうところに凝りたがるのが、日本橋の小間物屋の次男坊として豊かに育った金巻の若い主人の気質《たち》だった。もちろん、商いが上手くいっているからこそ口に出せる台詞でもある。

そのあたりのこと、年かさの老練な商人たちならふふんと聞き流し、どうしても鼻につくときだけはちょっと釘をさして、あとはまた笑って聞こえないふりをしてくれる。その案配を心得ている。だが、世間は老練な商人ばかりでできているところではない。

このころ金巻は、二月《ふたつき》ばかりのあいだに続けて三度も、上野広小路にある〈残月《ざんげつ》〉という櫛屋と商いで争うことがあり、万事に陽気な主人はともかく、まだ幼い五人の子の母親でもあるおかみは、寝覚めが悪いと気に病んでいた。

櫛屋は簪や笄も商うが、金巻とは商いの取引きがなかった。金巻は、鼈甲もその細工物も店先の小売りはしないので、そもそも商売敵でもない。なのに、実家の小間物屋からの紹介を受け、商い物を担いで伺った得意客のところで、なぜか三度も続けて残月の主人と鉢合わせする羽目になってしまった。

実家からの引きがあって参上した金巻が、まず主人自ら挨拶するのは当然のことだが、ずっと以前から出入りを許されているという残月もまた主人が化粧箱を担いで参じていたのは、残月がそれくらいの身代の店だからだ。出入りを許されてはいるが、とくだん贔屓《ひいき》にされているわけでもない櫛屋の一つに過ぎなかった。

得意先は三軒とも、見苦しくなく身を飾る必要のある料理屋や貸席のおかみで、良品を見る目がある。実家から授かった知恵もあり、上等なものを揃えていた金巻はたちまち気に入られた。一方、残月の扱いは変わらない。変わるほどの理由がなかったからである。

育ちのいい金巻の主人は、けっしてその場で残月の主人を見下したりしなかった。丁寧に挨拶をかわし、新参者としてむしろ控えめにふるまったつもりでいた。

だが、残月の主人はそう受け取らなかった。金巻の主人の一から十まで気に入らなかった。歳は大して違わない。残月の主人の方が二つ上なだけだ。しかし、残月の方は親の病死で代替わりしたばかりで、先代の借財を背負った船出で苦労しているところだったし、おかみとのあいだには子に恵まれず、親戚からもらい子をしたものの、どうにも懐いてくれなくて困っていた。

残月の主人は気苦労が嵩んで、疲れ切っていた。その意味で、金巻との出会いはまず運が悪かった。もう少し後に出会っていたならば、素っ気ない挨拶をかわしてすれ違うだけで済んだろう。逆に、打ち解けることだってあり得たかもしれない。

また残月の主人は、親の下で若旦那を張っていたころから、口さがないまわりの人びとに、顔つきが陰気だとか、訥弁《とつべん》だとか、商売っ気がなさすぎるとかクサされているのを気にしていた。病弱だった母親に請われて早くに嫁をもらったが、孫の顔を見せてやれぬうちに亡くしてしまい、それを悲しんだら嫁が姑不孝で悪うございましたと拗ねてしまって、夫婦仲は冷える一方となった。

つまり、恵まれた金巻の主人とは、一から十まで反対だった。不幸な鉢合わせがあった後、残月の主人が金巻の評判を——内証の豊かさとか、主人夫婦がもうけた五人の子供らの愛らしさとか、タイマイの前足になぞらえた風変わりな袖の半纏の話とか、大きなことから小さなことまで聞き集めれば集めるほどに、そう思われてならなかった。

で、思い詰めた。

鉄鍋の底が焦げ付いて抜けてしまうように、心が焦げ付いて穴が空いた。誰にも真実はわからない。だが、そうとでも考えないと、残月の主人がやらかしたことが、どうにも非道すぎてわけがわからないのだった。

さて、掃き掃除を終えた大吉は、竹箒を肩に担いで、裏木戸の方へと歩き始めた。掃除は嫌いじゃないが、箒を使うといつも鼻がむずむずする。指で鼻をつまみながら歩いていって、板塀の角を右に曲がると、

「あ、だいきち」

こっちへ向かってくるのは、金巻の主人夫婦の長男、福一郎《ふくいちろう》だ。ちょうど、近所の手習所から帰ってくる時刻だった。腰にくくりつけたおさらい帳をぶらぶらさせている。すぐ後ろには、内働きの女中頭のお育《いく》がくっついており、こちらは何か包んだものを携えている。手習所の宿題かな。

「一福《いっぷく》さん、おかえりなさいまし。お育さんも、おかえりなさい」

大吉は肩から竹箒をおろし、ぺこりとした。お育は旦那さまの実家から来た古参の女中で、旦那さまのおむつを替えたこともあるそうな。実は、金巻ではこの人がいちばん偉いんじゃないかと囁く向きもある。

「ただいま。大吉、どうして一人でへんてこな顔をしていたのさ」

福一郎は旦那さまをそのまんま縮めたような顔立ちで、気性が明るくてよくしゃべるところもそっくりだ。

「土埃でくしゃみが出そうになったもんで」

「じゃあ、ハックションしてもいいよ」

「一福さんのお顔を見たら、くしゃみはどっかへ飛んでいってしまいました」

福一郎は嬉しそうに笑い、小走りで裏木戸に駆け寄った。扉は枝折り戸になっていて、外側に軽い引っかけ錠を付けてある。泥棒よけではない。起きているあいだは、何か食べているとき以外は家じゅうを走り回っている双子たちが、うっかり外に出ないようにという用心である。

大吉は急いで駆け寄ると、引っかけ錠を外して、枝折り戸を手前に開けた。福一郎が庭へ駆け込んでゆく。悠然と歩み寄ってきたお育は、枝折り戸を押さえている大吉のそばでちょっと足を止めると、

「おやつだよ。あんたにもあげよう」

と、包みを軽く持ち上げてみせた。甘い匂いがして、大吉にもその中身がわかった。菊川町《きくかわちょう》の木戸番で、今の時期だけ売っている栗蒸しまんじゅうだ。

「幸福《さちふく》さんたちは、龍《りゅう》の間にいるんだろうね」

「へえ、お昼寝から起きるころでしょう」

金巻の五人の子は、上から福一郎、幸恵《さちえ》、双子の福二郎《ふくじろう》と福三郎《ふくさぶろう》、末のお幸と、めでたい名前が揃っている。内々では男の子たちのことを「一福、二福《ふたふく》、三福《さんぷく》」と呼ぶが、これはおかみさんがそう呼び始めたのを、みんなが真似した。五人をまとめて「幸福さんたち」と呼ぶのは、お育が始めた。どちらも呼び名として可愛らしいし、めでたさが増す感じがする。

今年、福一郎は朝から昼の八ツまで手習所に通うようになったが、あとの四人の幸福さんたちは、家でみぎわにお守りされながらすごしている。上の三人は遊んで食べて寝て、末のお幸は遊んでおっぱいや重湯を飲んで寝て、起きたらまたみんなで遊ぶ。豊かな商家に生まれた、恵まれた子らの暮らしだ。

みぎわはすっかり手慣れているので、ほとんどの世話を一人でこなしているが、ときどき――男の子たちが大きな芋虫やトンボをとって遊びたがるときや、百足《むかで》や蛾が出たとき、誰かが風邪や腹下しでみぎわがそばについていなければならないときなどは、大吉も呼ばれて手伝う。幸福さんたちから見れば、いちばん大好きなのはおかみさんで、みぎわはおかみさんの一の子分だからおかみさんの次に大好きで、大吉は一の子分のみぎわの子分だから大好きの半分くらいの好き、という感じだろう。

それでもまあ、幸福さんたちは大吉にも懐いてくれている。人見知りせず、癇癪《かんしゃく》を起こすこともない、良い子たちばかりだ。

下の四人の幸福さんたちは、毎日昼過ぎになると、欄間に見事な龍の透かし彫りのある座敷で昼寝をする。子守役のみぎわは、添い寝で双子とお幸を寝かしつけたら、繕いものや細かいものの修繕など、その場でできる手仕事にとりかかる。たまに手が空いているときは、習字とそろばんの稽古をする。習字は墨汁も半紙も使わず、お育が書いてくれたお手本の上を指でなぞって、ひらがなを習う。そろばんは、番頭さんから使い古しの道中そろばんをもらったのを、龍の間の物入れにしまってあるのだ。

龍の間は庭に面した縁側のついた座敷で、南向きだから、この時季でも陽当たりがいい。昼寝するにはうってつけだ。今日みたいな日和には、甘くて旨い栗蒸しまんじゅうをたらふく食べたら、大吉だって昼寝したいくらいである。

栗とまんじゅうの甘みを思うだに、涎《よだれ》が出そうになってくる。鼻ではなく、今度は口元を押さえつつ、大吉は枝折り戸を通り抜けようとした。

そのとき、後ろから思いっきり突き飛ばされて、子ツバメみたいに宙を飛んだ。

本当に飛んだ。なにしろ十一歳の小僧だし、その年ごろの他の小僧と比べても、大吉は小柄でやせっぽちだった。旦那さまが直々に改名してくださったにしても、体格からしたら、もとの小吉のままの方が合っていたと、笑い話のタネにされることもあったほどだ。

宙を飛んで頭から地面に突っ込み、いやというほどおでこをぶっつけて、目から火が出た。腹も打ったせいで息が詰まり、すぐには起き上がることができなかった。

それでも感じた。誰かが背後を走り抜けてゆく。足音と気配。ざっざっざ。

そして次の瞬間には、耳がとらえた。聞き慣れているはずのお育の声。だが、それは尋常な声ではなかった。

「もし、あんた、何の用なの——」

怒りを含んだ「もし」で始まり、その声は尻上がりに叫びになった。「なの」という問いかけは悲鳴と変わって響き渡った。

「やめて、やめて！　誰か来て！」

大吉は必死に地べたを引っ掻き、枝折り戸にすがって立ち上がった。目から出た火は消えたものの、まだ船に乗っているみたいに身体がふらつき、見えるもの全てが揺れている。そのせいか、庭で起こっている出来事はまるっきり悪夢のように思えた。

着物の両の袂の先を帯に突っ込み、尻っ端折《しりばしょ》りの恰好の男が、火吹き竹くらいの長さの棒きれを握って振り回し、一人で大立ち回りを演じている。

いや、一人じゃない。そいつは棒きれでみぎわを殴りつけているのだ。みぎわは片手でそいつの腕にしがみつき、片手でそいつの帯をつかんで、全身でぶらさがっている。棒で背中を叩かれ、棒のてっぺんで頭を打たれ、顔や喉を突かれても、手を離さない。

「やめて、やめて！」

お育は男の足元にうずくまっていて、両腕でその右脚をかき抱いている。その顔に血がはねかかっている。みぎわの血だ。

男がひときわ高い雄叫《おたけ》びをあげ、みぎわを棒で打ち据えてから蹴り上げた。みぎわは吹っ飛ばされて地べたに転がった。お育は男にしがみついて離さずに、「一福さん、逃げてください！」と叫び声をあげる。

「黙れ、このアマが」

男はお育を罵り、今度はその胸や腹を蹴り上げる。そして棒きれを左手に移し、右手を懐に突っ込んで、赤子の肘から先くらいの長さの錐《きり》を抜き出した。霜月の午後の淡い陽ざしの下でも、その鋭い先端が光った。

男は錐をお育の背中に振り下ろした。痛ましい悲鳴があがり、血が噴き出す。一度、二度、三度。そのたびに血が飛び散る。

お育はずるずると庭の地べたにくずおれた。その身体を邪魔そうにまたぎ越し、男は吠えるような声をあげて縁側へと突進した。龍の間に駆け込むつもりだ。

大吉は悪夢のなかを駆けている。ちっとも足が進まない。沓脱《くつぬ》ぎ石の上に一福さんのおさらい帳が落ちている。お育が大事に携えていた栗蒸しまんじゅうの包みは、縁側のあさっての方へ投げ出されている。

「この、この野郎」

大吉の喉からへろへろの声が出てきた。罵声ではなく泣き声だ。

男の背中を追って、龍の間に駆けて行く。

一福さんが前に出て、弟妹たちを背中にかばっている。履き物を脱ぐ間もなかったのか、土足のままだ。その顔色は真っ白で、二つの眼は恐怖で開きっぱなしになっている。幸恵さんは末のお幸さんを抱きしめ、双子の弟たちと身体を寄せ合って縮こまる。

そのとき、龍の間の襖が開いて、金巻の男衆が飛び込んできた。先頭に立っているのは番頭さんで、すぐ後ろに旦那さまがいる。

「うひょひょひょひょ！」

縁側の男が奇声を放った。右手にお育を刺した錐、左手にみぎわを叩き突いた棒きれを握って、背中を丸め腰をかがめ、まるで読み物に出てくる醜い猿神のようだ。そして笑っている。喜んでいる。

「旦那さま、危ない！」

大吉が声を振り絞ったとき、男が手にした錐を男衆めがけて投げつけた。投げる寸前、腕に力こぶができた。それくらいの渾身の力を込めて。

番頭さんがとっさに旦那さまを横に突き飛ばし、飛んできた錐をその首筋でまともに受けてしまった。何だか滑稽なくらいぴゅうっと血が噴いて、番頭さんはくるりと目を回し、横様に倒れてしまった。

男衆が口々に番頭さんの名を呼び、倒れた身体を抱き起こす。みんなの顔から血の気が引く。旦那さまは凄い勢いで身を起こすと、幸福さんたちを両腕でそっくり抱え込んで、背中でかばった。

猿神のような男は棒きれを持ち直し、男衆を威嚇すると、まったく猿のように膝を曲げ背中を丸めたまま横に飛んだ。幸福さんのところへ回り込もうというのだ。大吉は息を吸い込むと、その醜く丸まった背中めがけて飛びかかった。

――おいらはスッポンだ。飛びついてしがみついて、けっして離れねえぞ！

「何だ、この小僧は」

猿神のような男は、背中におぶさった大吉を、口から唾を飛ばしながら罵った。右手を後ろにまわして大吉の髷《まげ》をむんずとつかむと、力いっぱい引っ張る。頭の皮ごと髷を毟《むし》り取られてしまいそうで、それでも大吉は猿神男の背中から離れなかった。このまんま死んでもいい。おいらはスッポンだ！

「いいぞ、大吉！」

「そのまま離すんじゃねえ！」

男衆がわっと集まってきて、猿神男を取り押さえにかかった。猿神男は左手の棒きれを振り回して投げ捨てると、また懐に手を入れて、素早く二本目の錐を取り出した。目にも止まらぬ早業でそれを突き出すと、めちゃめちゃに突きを入れる。男衆もたまらずにひるんだ。その隙に、猿神男は錐を右手に持ち替えると、背中に大吉をおんぶしたまま、旦那さまに躍りかかった。

くそ、くそ、くそ。どうしたらいい？

そのとき、背後から声がかかった。

「みんな、踏ん張って」

どぉん。龍の間のどこか高いところから、大量の水が流れ込んできた。突然、座敷のなかに川ができたかのようだった。

清流だ。水は冷たく澄んでいて、強い流れで白波を含んでいる。どうどうと流れかかってきて、龍の間にいる人びとをびしょ濡れにして、膝下で渦を巻いた。その流れの圧に押されて、大吉は猿神男の背中から滑り落ちてしまった。

ざぶん。水だ。幸福さんたちが、倒れている番頭さんが溺れてしまう。泡を食うあまりにひぃひぃと声を出しながら、大吉は旦那さまと幸福さんのおそばに這っていった。それは間違いなく、川の浅瀬を這う感じだった。

清らかな水に巻かれて、猿神男が龍の間から縁側へ、庭先へと押し流されてゆく。大吉の目と鼻の先を、四つん這いになった男の踵《かかと》が横切っていった。

「これは、いったい――」

旦那さまの声。その目が驚愕でまん丸になっている。旦那さまが見ている先を仰いで、大吉も思わずぽかんと口を開いた。

欄間の装飾の木彫りの龍が、生きていた。

翡翠《ひすい》のように輝くウロコ。錦糸のようなたてがみ。長い牙は白銀色で、目尻の切れ上がった大きな眼は、瞳が漆黒でその縁が赤い。ぎらぎらと燃えている。

龍は大きく口を開いていた。あの清流の出所はここだった。今、牙が上下して龍が口を閉じると、清流も止まった。

水を吐き出すのを止めた瞬間に、活き活きとしていた龍は、木彫りの龍に戻った。欄間の装飾に戻った。

手妻のようだった。

大吉は手で口元を押さえ、喉の奥からあふれ出てきそうな混乱を呑みこんで、気がついた。身体が濡れていない。手も顔も、髪も濡れていない。

見回せば、旦那さまも幸福さんたちも、倒れたまま水に溺れそうだった番頭さんも他の男衆も、髪も身体も着物も乾いている。

これもまた手妻か、夢なのか。

庭先まで押し流された猿神男は、うずくまってぜいぜい喘ぎながら水を吐いていた。ただ流されただけでなく、もっと深い水のなかに無理矢理沈められていたみたいだった。

誰もが呆然として動くことができないなかで、ゆっくりと歩く細身の影が一つ。

みぎわだ。

ひどい有様だった。頭から血を流し、頬は腫れ、鼻血を出している。右眼はほとんど潰れかけて、首筋にも棒で打たれた痕が幾筋も残っている。さんざん蹴り上げられたせいだろう、真っ直ぐに身体を伸ばすことができず、くの字になって、一歩、また一歩と足を運んで、猿神男に近づいてゆく。

みぎわはひたと猿神男を見つめ、まばたきもしない。くちびるを動かして、小さく何か呟いている。聞き取れない。

左手で、何かを握りしめている。細い紐で首から掛けているらしい、お守りだろうか。着物の下で、今まで気づく機会がなかった。

そして右手は肩の高さに上げ、まだげえげえと水を吐いている猿神男に向かって、手のひらをかざしている。

いったい何をするつもりだろう。みぎわはどうしてしまったんだろう。見つめる大吉の目に、

——え？

そんなことがあるわけがないのに。

猿神男に向かってかざしたみぎわの手のひら。その指の股に、水かきがあるように見えたのだ。

それだけではない。みぎわの肌が、みずみずしい瓜のような若草色に見えた。水気を帯びて輝い

ている。

「……相撲をとろう」

みぎわのくちびるが動く。みぎわの声だ。こんな声だったかな。

「なあ、相撲をとろう。おでとおめ、どっちが強いか勝負しよう」

猿神男に話しかけている。何でそんなに楽しそうなんだ？

――みぎわの声じゃねえ。

男の声だ。若い男。しかも金巻の男衆の誰の声でもねえ。

猿神男が、ようやく顔を上げた。這いつくばったまま動けない。腰が抜けているのだ。

「相撲をとろう」

みぎわはもう一度呼びかけた。その顔いっぱいに、笑みが広がってゆく。底抜けに明るく、邪気のない笑み。

「三平太さまは相撲がお好きなんだ！」

高らかにそう言った。それはみぎわの声に戻っていた。その語尾が消えぬうちに、猿神男が誰かの大きな手につかみ上げられたみたいに起き上がり、相撲を取る姿勢になったかと思うと、たちまち高々と持ち上げられて、一度、二度、三度と振り回された挙げ句、庭の枝折り戸のそばまで投げ飛ばされた。

どすん！　という音に一拍遅れて、骨の折れる鈍い音が聞こえてきた。

猿神男は息絶えた。

幸福さんたちが泣き出した。

大吉は目がよく見えなくなってきた。髷はまさに毟り取られる寸前で、頭のあちこちから血が出て顔を伝っているのだ。

もう限界で、力が抜けてしまったのか、みぎわは右手を下ろし、ついで左手もだらりと下げた。ただ指はきつく握りしめたままで、首からさげていた紐の方がふつりと切れて、指のあいだからはみ出していた。

「三平太さま、ありがたや」

みぎわは呟き、そして気を失って棒みたいに倒れた。顔には、嬉しげな微笑みを浮かべたままで。


何という惨事であったか。

富次郎は背中が寒くなってきて、聞きながら思わず懐手をしていた。語る爪吉は額にうっすら汗を浮かべていたが、これも冷や汗に違いない。

「……結局、番頭さんとお育さんは命を落としてしまったそうでございまして」

どうにか無事だった幸福さんたちも、それからかなり長いこと、この恐ろしい出来事の思い出に苦しめられたという。金巻がお店と住まいを移さざるを得なくなったのも、無理はない。

「猿神男……これが言うまでもなく残月の主人だったわけでございますが」

亡骸を検《あらた》めると、肺腑に半分ほど水が溜まっており、首の骨が折れていたという。

「水で溺れさせられた上に、大力で投げ飛ばされて首を折った、か」

当の本人が死んでしまったので、残月の主人がなぜあんなことをしでかしたのか、その胸の内にどんな念が凝《こご》っていたのか、残された者たちで推測するしかなかった。

「ただ、そのころ本人が折々にこぼしていた愚痴や、親しい人に相談していた事柄などを合わせますと、金巻のご一家への逆恨みのようなものがあったのだろうということになりました」

人が何人も死んでいるから、町方役人のお調べも入った。あの棒きれの出所も、残月の主人が番頭とお育を刺した錐が、普段から小間物の細工や修繕に使われている、残月独自の道具だということもわかった。

それでも、この件で残月が表立った――御定法《ごじょうほう》に則った処罰を受けることはなかった。

「意外だなあ」

「金巻の旦那さまのご実家が、できるだけ穏便に収まるように奔走してくださったそうでございます。もちろん、お金もだいぶ……」

「包んだんだろうね」

いわゆる、事件の「引き合いを抜く」というやり方である。

「金巻としても、御番所にあまり強く訴えかけて、そもそも残月さんとのあいだに商いの争いがあったのだろう、これは喧嘩両成敗ではないのかなどとお沙汰されてしまいますと、大いに困りますので」

一方的にやられ損で何とも理不尽だが、仕方がない。

「それじゃあ、残月の主人はにわかに乱心したとか、そんな筋書きで収めたのかしら」

「はい。通りモノに当たった、と」

通りモノとは、文字通りそこらを通っていて、たまたま出くわした人に取り憑く悪いモノ、あやかしのことである。

富次郎は苦笑いしてしまう。「そんなあやかしよりも、みぎわがやってのけた手妻の方が、はるかに怪しいけどね。まるでおとぎ話のようだし」

だからこそ金巻の大旦那も、

――他の百物語では、この話を聞いて笑ったり、信用してくれないお人もいるかもしれない。

と案じて、三島屋の変わり百物語に信を置いてくれたのであろう。

爪吉はいっそう神妙な顔をして、両手を膝の上で揃えたまま、こっくりとした。

「そのおとぎ話が、金巻の家宝のお話」

「三平太さまのお話だね」

――相撲がお好きなんだ！

はいと答える爪吉の瞳に光が宿る。富次郎は聞き手としてここに座り、語り手の瞳にこの光が宿るのを、何度か見てきた。それは誇りと信頼と敬愛の光だ。

「みぎわさんの家族のお話でもあり、故郷の河和郡は安良村に起こった出来事のお話でもございます」

＊

みぎわの怪我は重かった。庭先で気を失って倒れたきり、ずっと目が覚めず、呼吸も浅く、いつあの世にいってしまってもおかしくない状態が何日も続いた。

番頭とお育という柱を一度に欠いてしまい、金巻の一家も、お店の内もまだまだ落ち着かなかった。ただ、幸福さんたちは当分のあいだおかみさんの実家で暮らすことになったので、大吉にはその分だけ暇ができた。仕事の合間にみぎわの顔を見て、慰めたり励ましたり、痣《あざ》や腫れているところをさすってやったり、返事はなくても話しかけたりして、日々を過ごした。

みぎわの左手は、握りしめられたままだった。気絶しているのに、指の関節が白くなるほどきつく握っている。爪が手のひらに食い込んでいるのではないかと心配で、大吉は何度か指を開かせようとしてみたのだが、うまくいかなかった。

日が経つうちに、思わぬ横波を喰らってひっくり返りかけた金巻も、どうにか沈まずに進めるようになった。それでも皆の気持ちは晴れず、朝から晩まで日陰にいるみたいだった。

もちろん、商いの方もよろしくはない。金巻が扱っている鼈甲は、そもそも贅沢品の材料だ。ある意味では縁起ものであり、不吉な出来事がまとわりつくのを嫌うのは当然のことだから、これまで親しく取引きしてきたところからも、やんわりと遠ざけられるようになってしまった。

「今は辛いが、ここで私らが諦めてしまったら、命を落とした二人の供養にもならない。皆、心を一つにして乗り切っていこう」

旦那さまの言葉にすがるような思いで、みんな一生懸命に働いている。早くこの日陰から抜け出せば、幸福さんたちも帰ってこられて、また明るい毎日がやってくる——と。

大吉も、眠ったままじわじわと痩せこけてゆくみぎわの枕元に座るたびに、できるだけ元気な声を出して、今日はばかに冷えるとか、朝の御味御汁《おみおつけ》が旨かったとか、いろいろ話しかけるようにしていた。それでみぎわの様子が変わるわけではなかったが、大吉は諦めなかった。

こうして、残月の主人が引き起こした惨事から、半月ほど経ったころのことである。金巻に一人の老人が訪ねてきた。勝手口から訪《おとな》ってきたので、最初《はな》からお店の客ではない。身に着けている綿入れも股引《ももひき》もくたびれていて貧相で、爺さまだということ以外は、生業《なりわい》も素性もわかりにくい。しかし、たいそう腰が低い。寒さのせいか目は涙目、かぎ鼻の頭は真っ赤だ。両手は指の付け根まで、細く裂いたさらしでぐるぐる巻きにしてあったが、左手の薬指と小指が欠けている。怪我のせいなのか病のせいなのか、どちらにしろ昔の出来事のようで、失われた指の根元はつるつるになっていた。

「わしは、上州河和郡は安良村の生まれで、こちらさまで奉公しているみぎわの遠縁にあたる者《もん》でごぜえます。名は六郎兵衛《ろくろべえ》と申します」

しきりと頭を下げながら、喉にからんで擦《かす》れがちな声で言った。

「安良村の衆は、わけあって、みぎわの家の者とは付き合いを絶っておりましたんで、あれのおっかあがこちらで出稼ぎのうちに死んだときも、一人になったみぎわのことも、放ったらかしにして参りました」

　ただ、それは本当に理由があってのことなので、どうか勘弁してもらいたい――

「ちかごろ、こちらさまで騒動があり、みぎわが怪我をしたとかしなかったとか、出稼ぎに来ている者どものあいだで噂になっておりまして、わしのようなじじいの遠い耳にも、ようやく聞こえて参りました。みぎわが、もしも寝込んで動けなくなっているならば、またこちらさまにご厄介を重ねることになりましょうし、一人で心細がっているようならば、ちっとは慰めてやりたいとも思います。どうか、みぎわに会わせてやってくだせえ。お願えでございます」

　金巻の人びとは仰天した。もとより、これだけ丁寧に懇願してくる老人を追っ払うような薄情な旦那さまではない。すぐさま奥へ通してやって、

「大吉、みぎわにお見舞いだ。案内してあげておくれ」

　六郎兵衛は目もかすんでいるらしく、足取りがおぼつかなかった。いったいいくつぐらいだろう。八十歳過ぎかしら。爺さまの手を引き、背中を押すようにしてみぎわの寝間まで案内して、

「みぎわさん、故郷の人がお見舞いに来てくれたよ」

　声をかけた途端に、もう半月も同じ姿勢で横たわったまま、死人のようにぴくりとも動かなかったみぎわの手が――あの騒動以来、固く握りしめていた左手の指がゆるんで、その中から小石のようなものが転がり出てきた。

「み、みぎわ」

　六郎兵衛が震える声で呼びかけると、今度はみぎわの瞼が震えて、目が半分だけ開いた。瞳も動いているのがわかった。

　さらに、くちびるを動かして何か言おうとした。声は出てこなかったが、明らかに六郎兵衛の呼

びかけに応じようとした。爺さまが誰なのか、ちゃんとわかっているようだった。

ああ、よかった。大吉はほっとして涙が出てきた。

みぎわは半目の奥の瞳を動かし、さらに左手の指もかすかに動かしている。それを見てとったのか、六郎兵衛はさらしでぐるぐる巻きにした手を差し伸べ、みぎわの左手から転がり出てきた小石のようなものを拾い上げた。

そして、擦れた声でこう問うた。

「これが、三平太さまか」

みぎわはまばたきをした。小鼻が震える。

「よう持ってたな。お手柄だど、みぎわ」

小石のようなものは紐にくくりつけてあり、お守りや迷子札みたいに首からかけていたらしい。今は、首にかける輪のところは切れてしまっている。

六郎兵衛は、指を失っていない右手の方も、動きが鈍くなっているようで、小石のようなものを取り落としてしまった。きっと大事なものなのだとわかったから、大吉は急いで拾って渡してあげようとして、

――うぇ！

その手触りにぎょっとして、思わず指を離してしまった。

小石のようなものは、ぬるりとした。生き物のようだった。呼吸《いき》をしているように、大吉の指のあいだで、ふっと膨らんですぐしぼんだように感じられた。

――何だ、これ。

素直な嫌悪感と、自分が「気持ち悪い」と感じていることはみぎわと六郎兵衛に対して失礼なんだろうという遠慮とがないまぜになって、大吉は固まってしまった。

ところが、六郎兵衛の顔を見たら、笑っていた。いや、この爺さまの顔もみぎわとおっつかっつに痩せこけて、頬骨が出っ張っていて目が落ちくぼんでいるから、表情がわかりにくい。でも、おそらく笑いだろうという、柔らかな顔つきになっていた。

横たわったままのみぎわも、枕の上でほんの少し頭を動かし、「ふ、ふ」と息の音を出した。それも、笑っているように聞こえた。

六郎兵衛は、嬉しそうに言った。

「さては、三平太さまが、息をなすったな」

「あ、あの……」

つい上目遣いになる大吉。気味が悪い。ものすごく気持ちが悪い。そして怖い。

みぎわが握りしめていたものは、見た目はまるっきり小石だった。でもそう言い切れず、「小石のようなもの」と言い続けていたのは、その表面の感じと色合いが、どうにも小石らしくなかったからだ。

鳥の卵みたいに、まだらな柄がある。浅いひび割れも見える。亀の甲羅に似ているようでもある。正体がわからない。しかもぬるりと動いて、呼吸をしたのだ。

「おいら、えっと、旦那さまをお呼びしに行ってきます」

逃げるように立ち上がろうとしたところに、六郎兵衛は顔を寄せてきて、

「小僧さん、歳はいくつかね」

と問いながら、大吉の返事がよく聞き取れるように、自分の右耳に右手を添えた。

「十一です」

大吉の返答を聞くと、今度こそ六郎兵衛ははっきりと顔に喜色を浮かべて、さらに問うた。「身の丈はどのくらいかの？　四尺五寸はまだないか」

測ってみたことはないが、大吉は小柄だ。四尺五寸には全然足りない。

「ないと思うけど……」

なんでそんなことを訊くんだ？　大吉はへっぴり腰の逃げ腰だ。でも、いくばくかの好奇心に引っ張られる。

「そうか。しかし小僧さんは、元気な男子《おのこ》じゃのう」

言って、六郎兵衛は軽く目をつぶった。大吉には何も聞こえないが、何か――誰かの言葉に耳を傾けているみたいだった。

みぎわも「ろ、ろ」と声を出す。六郎兵衛を呼んでいるのだろう。だが、爺さまは答えない。そのままじっとしている。

大吉は何が何だかわからず、胸がどきどきして息苦しくなってくる。

と、六郎兵衛が目を開いた。こっちを見る。

「すまんな、小僧さん。名前を教えてくださるかね」

「だ、大吉」

「それじゃあ、大吉さん」

六郎兵衛は、老いて痩せて骨張った身体をぎくしゃくと動かすと、板間に額がつくほど深く一礼した。

「けっして怖いことはねえから、みぎわのために、もういっぺんその……小石、三平太さまを拾い上げて、右手に握ってな。左手をみぎわの額にあててやってくださらんかな」

六郎兵衛の声はかすかすで聞きとりにくいが、口調は優しく丁寧だった。

「う、う」

見れば、みぎわが頭を動かしている。何か訴えかけている。

「いいんじゃ、みぎわ」と、六郎兵衛が言った。「これはわしの思いつきじゃねえ。今、心に伝わってきた、三平太さまからのお言いつけじゃ」

すると、みぎわはおとなしくなった。口元が軽くへの字になっているが、目は閉じてしまった。

「大吉さん、すまんが、やってくれんか」

嫌だと言っても通りそうにない。大吉はのろのろと身を動かし、蛇の卵でもつかむような手付きで、小石みたいなものを拾い、手のひらにくるんだ。そして、左手をみぎわの額にあてた。冷え切って、みずみずしさを失い、紙みたいになっている額の感触に、みぎわはまさに死の寸前にいるのだと思った。

だが――

握りしめた右手から、大吉の身体を通して、みぎわのなかに何か温かいものが流れてゆく。はっきりと感じ取れた。まだ何度も経験していないが、湯屋で背中に湯をかけてもらったときみたいに、温かいものが自分の身体を流れてゆくのがわかった。

その温かいものは左手の指から流れ出して、みぎわの額に吸い込まれてゆく。

さっき触れたときには紙みたいだった額が、すぐと温もりを帯びてきた。そして手触りが、紙から肌へと変わってきた。

みぎわの瞼が動く。六郎兵衛がふところからぼろぼろの手ぬぐいを引っ張り出し、その端っこでみぎわの目を拭ってやった。すると瞼がちゃんと開くようになった。ずっと眠っていたから、目やにで張りついてしまっていたのだ。

「み、みぎわさん」

大吉は胴震いして、その拍子に右手が緩み、小石みたいなものが指の中で動いてしまった。すると、温かいものの流れも断たれた。

「ろ、ろ」

みぎわは囁くような声を出し、六郎兵衛の方に手を差し伸べた。六郎兵衛はみぎわの骸骨のような身体を抱き起こし、寝床の上に座れるように、支えてやった。

「……六おんじ」

みぎわの目が潤み、涙が一筋、げっそりと痩せた頬の上を滑ってゆく。

「三平太さまは、まだお力を残してた。だけど、おらが……もったいない」

「おまえと、このお店の衆のためになったんじゃから、三平太さまは満足しておられる」

大吉はぽかんとするばかり。そこへ、ようやく助け船が漕ぎ寄せてきた。厳しく、強く問いただす声。

「いったい、これはどういうことでしょうか」

障子戸のところに、旦那さまとおかみさんが並んでいた。揃って目を見張り、いささか顔色を失っている。

「みぎわ、目が覚めたのね、よかった」

おかみさんは言って、込みあげてくるものがあるのか、口元を指で押さえた。混乱し、わけがわからず、少なからず怯えてもいるこの時に、みぎわのためには「よかった」という言葉がすぐ出てくるところが、おかみさんらしかった。

「ああ、これはこれは」

六郎兵衛とみぎわは、その場に居住まいを正すと、金巻の主人夫婦に向かって頭を下げた。

「すまんことばかりでございます。わしからこの経緯《ゆくたて》をくまなくお話しして、みぎわのために申し開きしてやりとうございますが、その暇をもらえますじゃろうか」

六郎兵衛のその言にかぶって、大吉は思わず「あ！」と声をあげてしまった。もちろん、六郎兵衛を遮ろうとしたわけではない。まだ右手のなかにあった小石のようなもの、安良村の二人に「三平太さま」と呼ばれているものが、にわかに温もりを失って、かちりと音を立てたのだ。

大吉は手のひらを開いてみた。まるで炭が欠けるみたいにあっさりと、三平太さまは二つに割れていた。そして、大吉の手のひらから転がり落ちた。

みぎわが手をのばし、拾い上げようとした。寝たきりで飲まず食わずだった身体に、その動きは無理に過ぎた。たちまちふらついて、寝床の上に倒れ込んでしまう。そのまま弱々しく泣き始めた。

「お、おらの、せいで……三平太さまのお力を、使い尽くしてしまった」

六郎兵衛はその背中に手を置くと、優しくさすってやった。

「三平太さまは、もうおられない。残されたこのお守りに込められていた力も、いつかは尽きる定めじゃった。おまえはこれから、最後の最後に助けていただいた命を大事にすればいいんじゃ」

金巻の主人夫婦と大吉は、依然として蚊帳《かや》の外である。大吉は、大切な三平太さまを自分が壊してしまったような気がして、また胸がつまって苦しくなってきた。

「わしらが三平太さまとお呼びしているこのお守りは、みぎわが八つのときじゃから、ざっと六年前、安良村を大きな災難から守ってくれたわしらのヌシ様が残された、ヌシ様の身体の一部でございます」

やはり小石ではなく、生きものだったのか。

まだ泣き続けるみぎわを、おかみさんが手を添えて寝かしつけた。旦那さまが懐紙を抜き出し、お守りを拾って包む。

「私どもは、みぎわがそんな大事なものを握っていたとは知りませんでした。ただ、半月ほど前にたいそう不思議な出来事があり、私どもは揃って、みぎわが繰り出した不思議な技に命を救われたんですよ」

欄間の飾り彫りの龍が、みぎわの導きに従って動き出し、大量の水を吐き出して、暴れ狂う残月の主人を押し流してくれた。

「でも我に返ったときには、龍はもとの彫りものに戻り、私どもは誰も水に濡れていなかった。袖の先が湿ってさえおらなんだ」

だから、あれはすべて夢幻なんだと思ってきた。もちろん、大きな声で語り合わず、外に漏らすことも控えてきた。

「なるほど、それは確かに夢幻に近いものではございますが」と、六郎兵衛は言った。「この世の人にも物にも働きかけることができる、三平太さまの御力《みりき》なのでございます」

あのときは、握りしめたお守りからその御力を得て、みぎわが龍の幻を操ってみせたというのだった。

「三平太さまは、水に棲むヌシ様でござえましたから、水に縁のあるものは、何でも思うとおりに操ることができましたんで」

六郎兵衛の目に涙がにじんでくる。

「まっことありがたい、わしらのヌシ様じゃった。最後の一働きに、みぎわに寿命をくださって、今度こそ……消えてしまわれた」

金巻の主人は、懐紙に包んだお守り――三平太さまの身体の一部をうやうやしく拝み、そしておかみと顔を見合わせると、穏やかな声音で言った。

「六郎兵衛さん、安良村の人たちと三平太さまのことを、私どもに話して聞かせてくれないでしょうか」

ここにこうして集い、不思議な御力を目の当たりにしたのも、何かの縁だ。

「わしのようなじじいの拙い語りでよろしければ、いくらでも」

うなずく六郎兵衛の痩せた横顔を仰ぎ、その語りの一言一句も聞き漏らさぬように、大吉は息を詰めた。

河和郡は上州の西の一角、緩やかな連山に囲まれた高地にある。山の上から見おろすと、十六夜《いざよい》の月の形に見える狭い盆地だ。山々の恵みである湧き水が豊かに集まるせいで、遠い昔は湖と湿地であったらしい。それを、戦国のころこのあたりを領地としていた郷士の一族が、人手を集めて山に隧道《ずいどう》を通し、その工事で出た岩石と土で湿地帯を埋め立てて、農地へと改良していった。

これは一朝一夕で成る改良ではない。徳川家によって天下が統一され、この地を治める大名家が新たに定められてからもその努力は引き継がれて、二代将軍秀忠の治世が始まるころ、ようやくここで新田が拓かれるようになった。流した汗が報われたのである。

こうして河和郡は上州では指折りの安定した米どころとなり、大きな災害や政変に巻き込まれることもなく穏やかな年月を重ねてきたのだが、元号が元禄になる直前に、この小さな盆地で恐ろしい惨事が起きたことがある。その中心地が安良村であった。

それは、自ら〈骸党《むくろとう》〉と称する盗賊の一団による襲撃と略奪である。

江戸という一大都市に近すぎず遠すぎぬ外縁に位置するが故に、上州、野州のあたりはそもそも盗賊や博徒、渡世人たちの屯《たむろ》しやすい土地柄だ。農村部からはじき出された者たちと、都市で食い詰めて悪の道へと転がり落ちる者たちとが交差する。江戸とその周辺とのあいだを往来することで、どちらの側の幕吏の目からも逃れやすい。山越えの獣道に通じておれば、関所を避けて行き来することも容易だ——など、これにはいくつかの理由が考えられる。

骸党を名乗る盗賊の一味も、振り出しは、雲助（性質《たち》の悪い駕籠《かご》かき）や、宿場町で旅人の財布や持ち物をくすねる盗人などが、賭場や酒場で何となくつるむうちに仲間になったというくらいの結束の緩い集まりだったものが、頭目になった男の手腕によって、盗賊の一味としてこなれていった。さらにその後、旅芸人の一座で千里眼を売り物に占い師の真似事をしていた鬼眼法師《きがんほうし》を名乗る男が加わったことで、様子が変わってきたのだった。

鬼眼法師は当時二十代はじめの男で、名乗りのとおり旅の僧侶のような身形《みなり》をしていたが、顔は歌舞伎役者のような色男、声もよく口跡も優れており、とりわけ女客から人気があったという。亀の甲羅や香木を焼き、熱によるひび割れや焦げ跡の具合から吉凶を読み取るというやり方で、特に縁談の成否占いを得意としていた。そのうち、結果が「否」の場合には、客の希望に応じて祈禱を行い、その縁談を成就させるという荒技——いずれ詐術に決まっているが、そんな技も使うようになってきた。

縁談が成ったときには大枚の祈禱料をいただき、成らなかったときには一銭も要りませんという潔さが売りである。旅芸人の一座にいるのだから、占ったばかりの縁談の結果がはっきりするまで一つの場所に滞在していなくたっていいわけで、言いっぱなしで逃げてしまえるのだから、まあ、いくらだって潔くなりようがあった。

縁談占いが人気を博すると、気をよくした鬼眼法師は、赤子の性別を判じる占いにも乗り出した。これもまた、男女を判じた上で、その性別を変えたい場合にはさらに祈禱を行い、大金をもらう。赤子は十月十日経たねば産まれてこないのだから、これこそ結果を知るまで長居はせずに、さっさと尻に帆を掛けて逃げ出すのが常套手段だった。

縁談にしろ赤子の性別にしろ、占いや祈禱にすがる側は必死である。そういう人の切ない一念を利用して金を欺《だま》し取る者は、どこかで必ず手痛い仕返しをくらうものだ。鬼眼法師もその伝《でん》で、赤子の性別占いで荒稼ぎを始めて一年半ほど経ったころ、日光街道のある宿場で怒った客の一団に取り囲まれ、袋叩きにされ簀《す》巻《ま》きにされ、川に放り込まれそうになったところを、通りがかりの年老いた行商人に助けられた。

この爺さん行商人は、けちな騙《かた》りの占い師である鬼眼法師のために小判を積んで、怒った客たちを宥《なだ》め、その後、死に体の鬼眼法師を旅籠《はたご》に運び込み、怪我がよくなるまで介抱してやったというから奇特だった。爺さんの売り物が、打ち身・骨折・火傷に刀傷にもよく効く膏薬だったというのも、話が出来すぎている。

しかし、爺さん行商人は、鬼眼法師をただ助けたのではなかった。掘り出したのだ。行商人の正体は、上州から房州、江戸市中までを股に掛ける盗賊一味の手練れの偵察役で、そんな悪党にとって鬼眼法師は掘り出し物だった。その整った面相、一から十までデタラメだとしても立て板に水の弁舌とよく響く声音に、そろそろ足を洗って隠居を考えていた爺さん行商人は、惚れ込んだ。

――こいつなら、仕込めば一流になる。

こうして見込まれた鬼眼法師は、いんちきな占い師から、その外見と能力をめいっぱい活用して無垢な獲物たちのあいだに入り込み、盗人どもを手引きする偵察役へと商売替えをしたのだった。

殺しや叩きで他人の命をもぎ取る者と、騙りや欺しで他人を食いものにする者は、根っこの部分は似たり寄ったりの悪なのだとしても、表《おもて》っ面《つら》はぜんぜん違う。他人を食いものにする悪党は、まず獲物の他人に好かれねば、その喉笛に食いつけないので、一様に人好きがして、好男子だったり美女だったり、親切で剽軽《ひょうきん》なお調子者だったりするのだ。

鬼眼法師はこの点で、まさに生まれながらの逸材だった。

手練れの先達の教えを受け、鬼眼法師はたちまち優秀な偵察役になった。そればかりか、盗賊の一味のあいだでも人気者となった。とりわけ一味の頭目には息子のように可愛がられ、重宝され、信を置かれるようになった。

鬼眼法師が偵察役として加わってから、一味が完全に壊滅するまでの六年と三か月ばかりで、あとから調べ上げられた限りでも、十六件の盗みと押し込みが行われている。最初のうちは小規模な盗みで、誰も怪我をせず、あるいは誰にも気づかれぬうちの犯行だったものが、次第に相手が大きくなり、手口も荒っぽくなってゆく。八件目で初めて殺しがあり、十件目からは毎度当たり前のように何人かの死人を出している。女をさらって連れ回し、飽きると殺したり売り飛ばしたりするという、鬼畜のようなはたらきが始まるのも、初めての殺しがあってからのことだ。分岐点だった八件目に何があったのかと探れば、一味の頭目が老衰で死に、その跡を鬼眼法師が継いだのだった。

お調子者で好いたらしい表っ面の騙り者は、勢いがつくと、ただの粗暴な盗人よりも、もっとうんと恐ろしい化けものになる——という、身も凍るような教訓である。

「気分のいいお話ではございませんので、ここは短くたたむことにしましょうか」

聞き手として、（そこそこではあるが）こなれてきつつある富次郎は、今のところはまだ気分が悪くなってはいなかったが、語っている爪吉の目のまわりは白くなり、こめかみのあたりが冷たい汗に濡れている。

気の毒になって、富次郎は助け船を出すことにした。

「じゃあ、わたしの方からいくつか尋ねていいかい？　まず、その骸党というのは、ずいぶんと忌まわしい名前だが、由来があるのかなあ」

黒白の間のなかに富次郎の声が響いたことで、空気が変わった。しっかり者の爪吉の顔立ちのなかで、いちばん幼さが残っているほっぺたの線がやわらかく弛《ゆる》んだ。

「鬼眼法師を可愛がった頭目がつけた名前だそうでございまして」

骸は文字通り、人の亡骸のこと。つまり、我ら一味は骸の集まりだと称したわけだ。

「もう死んでいる者だから、二度と死なない、と」

「不死身ってことだね」

山猿みたいな盗賊の頭目が言うことにしちゃあ、小洒落《こじゃれ》ている。富次郎は鼻の先でフンと息を吐いた。

「その頭目が、そうは問屋が卸さなくって死んじまって、鬼眼法師が後を継いで――」

「次の頭目の座に納まると、ただの〈鬼眼《おにめ》〉とか〈鬼眼の親分〉と呼ばれていたそうでございます。まだ三十路《みそじ》くらいの歳でしたでしょうにね」

若くして頭目となり、ますます調子に乗ってしまったか。

「……で、元禄の世が始まるちょっと前、盗みだけでなく、殺しや拐かしまでやらかすようになった骸党が、鬼眼を頭に戴いて、安良村を襲ったと」

「秋の稲刈りが済んだばかりのころだったそうでございます」

「米が目当てだったんだね」

「はい。藩の検見役《けみやく》が巡ってきて、年貢を持っていってしまう前に、村の蔵に積み置かれているお米を、根こそぎかっさらっていこうという企みだったようで。先の頭目のころには、農家の作物を狙うなどという、野盗のような真似は一度もしたことがなかったそうでございますから、これも鬼眼の指図でございましょうね」

旅芸人の一座にいて、諸国を巡った経験がある悪党だ。農村にもお宝はある。売りさばく伝手《つて》さえあれば、米や作物はいい金になる。町なかと違い、山間《やまあい》の村なんかは、役人もすぐ駆けつけてくることはできないから、やりたい放題だ――と思いついても不思議はない。

富次郎は声を落として問うた。

「一味が安良村を襲ったとき、そうとう非道なことをやったんだろう」

答える前に、爪吉は指でこめかみのあたりを拭った。睫《まつげ》が震えている。

「刀や弓矢、鉄砲まで持って、ざっと十四、五人で真夜中に馬を駆り、襲ってきたそうでございます。最初は火矢が放たれて」

茅葺き屋根や板戸に刺さった火矢から火が燃え広がり、驚いた村人たちが外へ出てきたところに、鉄砲や弓矢を浴びせる。

「村長《むらおさ》を捕まえて、怯える村人たちを従わせまして、米や作物を運び出させて」

一味の何人かが、村の家々を回って金目のものを漁り、女や少女たちを駆り出して、荒縄で数珠つなぎにする。

「聞いていても胸が悪くなる所業だね」

ざっと百五十年は昔だけれど、とうに天下太平の世の中になっていたころなのに、まるで戦国時代のような荒々しい手口である。富次郎は顔をしかめた。

「ただ、そうした悪鬼のような所業に——それをやらかす一味のなかに、とてもおかしな様子があったんだそうでございます」

爪吉は声を整え、言葉を続ける。

「一味のうちの四、五人が、病にかかっているのか、正気を失くしているのか、とにかく亡者のようなふるまいをしていて」

目がうつろで、高い熱でもあるのか、足元がふらついている。身体ぜんたいがぶるぶると震え、白い泡を吹いたり、涎を垂らしたり、なかにはまともに歩けずに、四つん這いになっている者もいる。

「連中が乗ってきた馬もまたどこかから盗まれたもので、一味に懐いているとは思えなかったけれど、ただ懐いていない以上に、そうした様子のおかしい者たちを怖がり、嫌がって、しきりと嘶《いなな》き後足を蹴り上げている」

もっともおかしなことは、襲撃と獲物探しのさなかに、一味の誰かが村の用水桶を叩き壊したときに起こった。

「その亡者のような四、五人が、いっせいに悲鳴をあげて逃げ出しにかかりました」

用水桶から流れ出した大量の水を嫌っているようだった。

「ぎゃあぎゃあと喚いて怖がり、腰が抜けたようになってもまだ嫌がって……」

そのとき、村の人びとは初めて気がついた。頭目の鬼眼も、水を嫌がっている。他の亡者のような四、五人ほど目立っておかしな様子はなかったが、

「水飛沫《みずしぶき》を見た途端に、鬼眼が鬼にでも襲われたかのように叫び声をあげて逃げ出し、泡を吹き始めたそうなんでございます」

語る爪吉はまた冷や汗をかいているが、富次郎は背筋を上ってくる冷たい戦慄に、息を止めていた。

それらの症状、とりわけ水を怖がって騒ぐとなったら、間違いない。

「鬼眼を含むその盗賊たちは、恐水病にかかっていたんだね？」

恐水病とは、主に犬がかかる怖い病で、人も、これにかかった犬に嚙まれて傷を負うことで感染してしまう。口がこわばり、ものを呑み込みにくくなるのが最初のころの特徴だ。そして恐水病という名前のとおり、水を怖がり、嫌がって遠ざけるようになる。一口も飲むことができないから、渇きでどんどん身体が弱ってゆく。

涎を垂らし、泡を吹き、這って歩き、やたらと飢えて凶暴になり、正気を失ってゆく。犬が獲物に嚙みつくように、これにかかった人もまた、手当たり次第にまわりにいる生き物に嚙みつきたがるようになる。そうして、長く保《も》っても十日ほどで死んでしまうのだ。

治す手立てはない。薬もない。どうしようもないから、普通はまわりのものを害しないよう、可

哀想だが閉じ込めたり繋いでおくしか手がないのだった。

「その夜の鬼眼たちは、ただ凶暴な盗賊であるという以上に危ない、恐水病にかかった者を含む一団だったわけか」

富次郎の言に、爪吉はうなずく。語りながら怖くなってきたのか、下を向いてしゅんと洟《はな》をすすった。

「恐水病は夏に多いというけれど、山犬がうろついている土地では、一年中用心しなくちゃならないよね」

人目につきやすい街道筋や、よく踏みならされた山道を避け、深い森に入り込み獣道をたどることも多いだろう盗賊の一味ならば、なおさらである。

「安良村の人たちも、盗賊どもが恐水病を患っていることに気づきまして、それからはさらに阿鼻《あび》叫喚《きょうかん》となりました」

人殺しをへとも思わぬ人でなしの盗賊と、恐水病で我を失い、自身が盗賊であることすらわからなくなっている輩《やから》。どちらも同じような恐怖の源だけれど、何を差し出そうがどんなに命乞いをしようが話が通じないという点では、後者の方がより恐ろしい。

「前後を忘れて必死で逃げ惑う村人たちを、鉄砲の弾と、弓矢と、消す人手も手段もないまま燃え広がる火の手が追いたてました」

十六夜の月の形を模したような盆地の、秋の夜更け。現世《うつしよ》の全てが静かに寝静まっているなかで、ここにのみ、地の底から地獄が浮かび上がってきたかのような、酸鼻を極める光景が広がった——。

爪吉が小声で言った。「一味の連中が、恐水病にかかった仲間を連れ歩いていたのは、別の意味で正気とは思われません」

それが無知のせいであろうと、悪党なりの仲間への情であろうと、危険きわまりないことだ。

「わたしは書物で読んだ知識しか持ち合わせていないけれど」と、富次郎は言った。「恐水病は、かかってもすぐに症状が出るわけではないらしい。鬼眼の盗賊団は十数人もいたのだし、それぞれの病の進み方には差があっても不思議ではないよね」

襲撃の夜には症状が目立たなかった、あるいは症状が出ていなかっただけで、全員が恐水病にかかっていた可能性だってある。現に鬼眼本人も、用水が流れるのを間近で見るまでは、おかしな様子がなかったのだから。

この盗人一味は、全員が恐ろしい襲撃者であると同時に、恐ろしい病の伝搬者でもあったのだ。

「結局、夜明けまでのあいだに安良村の七割ほどの村人たちが倒されてしまい……」

鬼眼の一味は、米と作物を盗み、女たちを拐かして逃亡した。ただ、安良村の焼跡には、連中の手にかかった村人たちの亡骸にまじって、一味の仲間の骸も転がっていた。

「村人の必死の反撃にやっつけられたんではございません。恐水病で我を失って、火事のなかで煙にまかれたり、打ち壊されて倒れる建物の壁や柱の下敷きになったりしたんでございましょう」

その亡骸の人数を差し引くと、逃げた鬼眼の一味――皮肉なことに、本物の骸党になってしまった忌まわしい盗賊団は、八人しか残っていないことがわかった。

「鬼眼も生き残っていたんだね」

「亡骸はなかったそうでございまして」

水を恐れる症状がはっきり出てはいたものの、命はある状態で、生き残った一味を引き連れ、朝焼けの向こうへと逃亡。

「静かな秋の夜更けの襲撃と火事でございましたから、近くの村がただならぬ物音と煙の臭い、火の手に気づいて」

夜明けになるとすぐに、あちこちから男衆が集まってきた。安良村の惨状を目の当たりに、まだ

息のある怪我人たちの呻きを耳にして、最初のうちこそこぞって助けようとしてくれたものの、

「一味の恐水病のことが耳に入りますと、風向きが変わってしまいました」

恐水病が山犬に噛まれることで感染《うつ》るということは、山里の村人たちも知っている。だが、それ以上の詳しい知識は乏しい。いちばん肝心な「どうすれば感染らないのか」という知恵は欠いているし、それ以前に、感染る疫病はすなわち穢《けが》れと同じである。穢れには近寄らないのがいちばんだ。それが盗賊一味の骸でも、奴らに襲われて深手を負い、死にかけている安良村の男たちや子供らであっても。

その必死の理屈が、頭では判る。それでも富次郎は慄然とした。

「じゃあ、安良村の怪我人は……」

「ほとんど手当てを受けることもできずに、そのまま放っておかれたそうでございます」

その日の午後も遅くなってから、河和郡の農村を束ねる名主と、名主の住まう村に屯所を置く山奉行配下の役人たちがようやく駆けつけてきた。

「山奉行さまの命令で、名主さんの采配のもと、集まってきた近くの村の男衆の手で、安良村は埋められてしまいました」

爪吉の言い方はおかしい。「安良村の衆の亡骸が埋められたんだろう?」

爪吉の表情がしぼむ。口元がへの字になる。「いいえ。大旦那さまはおっしゃっていました。安良村ごと、すっかり埋められてしまったんだと」

焼き払われた安良村の家や小屋や倉や用水桶や井戸や、暮らしの痕跡の何から何まで、亡骸と一緒くたに、河和郡の地面の下に埋められてしまったというのである。

富次郎は呆れて、すぐには声が出なかった。

「……もとは湿地で」

土壌が軟らかい。それが、こんなところで「便利」に働いたか。

固まったようになって座っている富次郎の顔を盗み見て、爪吉は泣きそうな顔をした。

「あいすみません。忌まわしいお話でございますね」

その震える声に耳朶《じだ》を打たれ、富次郎はしゃっきりした。

「いや、いいんだ。変わり百物語では、どんな忌まわしい話だって聞いて聞き捨てにするんだから、おまえが頭を下げることなんかないよ。むしろ、わたしの方が申し訳ない。あからさまに嫌な顔をしてしまって」

聞き手として修業が足らん！

「そういう事情があって、安良村はなくなってしまったんだね」

爪吉は、この問いには首を横に振った。

「いいえ。これも名主さんの采配で、三里ばかり東に場所をずらして、新しく村を拓きまして、また安良村と名付けたんだそうでございます」

惨事のあった村の名前を引き継ぎ、命を落とした先の村人たちの祭祀も引き継ぐ。先の安良村で拝まれていた地蔵様も、お堂ごと新しい安良村に再建したという。

「それを聞くと、ちょっと胸がほっとする」

あまりの恐ろしさに、うっかり開けてしまった地獄の釜の蓋を封印するように埋め立ててしまったけれど、けっしてそれっきりで顔を背けたわけではない。河和郡の人びとは、悲運の安良村をちゃんと弔った。

「それと、逃げ去った鬼眼の一味の方でございますが」

そう、そっちが肝心だ！

「なにしろ恐水病を背負っているわけで、身軽なときのようにやすやすと逃げられるわけもなく……」

　安良村襲撃からたったの五日後に、隣藩との国境《くにざかい》の宿場町で、連れ去られた安良村の女たちが逃げ出したことから、一味の残り八人全員がお縄になった。

「そのころには鬼眼も、恐水病の症状がすっかり露わになっておりましたそうで」

　囚われても、既に吟味に耐えられる容態ではなく、すぐに死んでしまったそうな。

「手下たちも、盗賊団として結束して、頭目を守るどころの騒ぎじゃなかったろうな」

　さらわれた女たちは、運悪く恐水病を感染されてしまった者もいたが、無事な者もいた。病があろうがなかろうが、命からがらであることに変わりはなかったけれど。

「無事だった女たちも、かなり長いこと山奉行さまの屯所に囚われていて、ようやく許されても、故郷には戻れませんで」

　先の安良村を知る者は、河和郡から消えた。「鬼眼の一味の残党も、同じように屯所の牢に閉じ込められているうちに恐水病で死ぬか、病を免れた者は斬罪に処されて」

　連中もまた、この世から消えた。

「鬼眼と手下一味の亡骸は、恐水病の穢れを消すために、火で焼かれました」

　残った灰と骨は、先の安良村がそっくり埋まっている場所へ運ばれて、同じように埋められた。

「二度と田んぼとして耕しちゃならねえ場所だという目印に、塚をこしらえたそうなんでございますが」

　誰が名付けたのでもなく、「鬼眼の骸塚」と呼ばれるようになったこの塚は、「雨が降ると騒がしく声をあげる」とか、「どこへでも穴を掘るモグラが、ここだけはけっして近寄らない」とか、「ミミズもいないし、蝶がこの上を舞うこともない」と恐れられ、忌避される場所となった。

　正視することが辛いほどの惨事が起こり、正しい裁きも、犠牲になった者の救済も得られなかったけれど、とにもかくにも悪の源は断たれた。

「新しい安良村も、よい米のとれる豊かな村になりました」

欲深で凶暴な盗賊団に恐水病が加わったことで、法外な悪が出現してしまった。だが、それももう終わった。済んだ出来事だ。辛い思い出もだんだんと薄れてゆく。

「みぎわの一家と、遠縁の六郎兵衛さんが暮らしていたのも、この新しい安良村の方でございます」

そう、この語りは椋鳥の少女と爺さまの身の上話から始まっているのである。

富次郎は苦笑した。「あんまり恐ろしい出来事があったから、それを忘れかけてたよ」

爪吉も、くたびれたような目をして、ふうと息をついた。「手前が大旦那さまからこのお話を伺った際は、二日に分けて聞かせていただいたんでございますが」

一日目の夜は眠れなくなってしまい、二日目に腫れぼったい目で大旦那さまの前に出て行ったら、謝られてしまったそうな。

「大旦那さまは、優しい方だったんだね」

富次郎は饅頭とほうじ茶を勧め、甘いものを頬張って元気をつける爪吉を眺めて、自分も気力を整えた。

一つの集落が信じ難い禍《わざわい》に襲われ、まるごと危険のなかに放り込まれるという話なら、以前にも聞いたことがある。だが、そうした脅威と恐怖を子供の声で語られると、その怖さは格別だ。

饅頭の助太刀が利いて、爪吉の顔に元気が戻った。きちんと座り直し、語りを続ける。

「どんなにおっかない出来事でも、それが起きたのが元禄の昔——となれば、そこで暮らしている人たちのあいだでも、おっかない色合いは薄れて参ります」

だから、みぎわもその兄妹弟《きょうだい》たちも、先の安良村をめぐる恐怖の昔話に悩まされることなく、河和郡の豊かな水と青空と優しい稜線を描く山々に囲まれて、貧しくはあるが、のびのびと育った。

思いがけぬ横風が、とうに忘れ去られた過去の「おっかない」を揺り起こし、新しい安良村の暮らしが再び大きく脅かされるときが来ることなど、夢にも思わずに。

＊

「兄《にい》や、六郎兵衛おじさんのところへ行ってきたけ？」

顔の前にうるさく垂れかかる前髪を払いながら、みぎわは矢一《やいち》に声をかけた。

安良村の田んぼは、河和郡の地主としては二番手にあたる当野《とうの》家の持ち物だ。だから、みぎわたち一家が暮らしている小作人長屋の入口には、当野家の家紋「三枚楓《かえで》」の焼き印を押した横板が掲げてある。

夏は終わりが近づいていた。昨日は夜半から急な嵐が通り過ぎて、ぐんぐん夜気が冷たくなり、ものすごい横風に、長屋の屋根板が吹っ飛ばされそうになった。幸い、一刻（約二時間）ぐらいで通り過ぎた走り嵐だったから、屋根は無事だったけれど、屋根板よりずっと軽く、丸石の押さえもない三枚楓の横板は、見事に吹き落とされて真っ二つに割れてしまった。

これが当野家に見つかったら、地主様に対する無礼だから、大事《おおごと》になる。幸い、河和郡の名主さんも地主さんたちも、安良村なんかにはけっして住みつかないので、今日じゅうに修理して掛け直しておけば大丈夫だろう。

というわけで、安良村ではいちばん身が軽く、手先が器用な矢一がその修繕に当たっている。ただ、矢一がどんなに器用者でも、きれいな楓の焼き印をこしらえるには、道具が要る。焼き印を仕事にしていたこともある六郎兵衛なら、今でもひととおりの道具を揃え持っているはずだから、借りてこい。もしくは、割れた横板を抱えて六郎兵衛を訪ね、修理から焼き印までやってもらってこい。それがこの長屋の小作人頭でもあるおとっつぁんの言いつけだった。

みぎわの家は家族六人、父親の羽一《はいち》、母親のムロ、長男の矢一が十一歳、長女のみぎわが八歳、妹のみずほが五歳で、弟の風一《ふういち》が三歳だ。六郎兵衛は父方の大伯父にあたる。安良村にいる、みぎわたちの親戚はこの大伯父さんだけなのだが、なぜかおとっつぁんとは反りが合わないらしく、行き来がない。六郎兵衛は小作人長屋も嫌がり、一人で湖畔の掘っ立て小屋に住まっている。

でも、みぎわたち子供は、いちいち「大おじさん」じゃ面倒だから、「六郎兵衛おじさん」「六おんじ」と呼んで懐いていた。若いころには宿場町で働いた経験があり、大工の真似事、鋳掛《いか》け屋の真似事ができて、牛馬の躾ができて、お産まで世話した経験があって、手製の弓矢で鴨を射て、おいしい鍋を食わせてくれたり、燻製をこしらえてこっそり分けてくれたりする六おんじを好きになるな、憧れるなと言われたって無理だ。

みずほと風一はまだ幼いから、好きなように六おんじを訪ねることはできない。矢一とみぎわは、おとっつぁんの目を盗むことさえできれば、いつでも会える。今日なんか、言い出しっぺがおとっつぁんなんだから、目を盗む手間さえない。

なのに兄やったら、どうしてぐずぐずしているんだろう。みぎわが薪を拾いに行くときは、長屋の屋根にのぼっていた。拾い終えて帰ってきてみたら、今度は穀物倉の上にのぼっている。

「どっか壊れてるの？」

下から穀物倉の屋根を仰いで、みぎわは大声で呼びかけた。

矢一は屋根の上で中腰になっており、村の東側の森の方を眺めている。眩しい陽ざしを遮るために、目の上に手のひらで庇《ひさし》をこしらえて。

「ねえ、兄やってば！」

ひときわ大声を放ったら、矢一はぴょこんと飛び上がった。驚いたのだ。

「なんだ、みぎわか」

「なんだじゃないよ。六おんじの小屋へ行ってねえのけ」

「これから行く」

矢一は穀物倉の屋根の上をひょいひょいと渡り、端まで来ると、立てかけてあった棒に取り付いて、するすると降りてきた。この兄には梯子《はしご》なんか要らない。呆れるくらい身が軽く、高いところを怖がらないのだ。

「どうかしたの？」

降りてきた兄は手ぶらで、何かを拾うとか、直すとか、そんなことをした様子がない。みぎわは気になった。屋根の上に乗って、何を見ていたんだろう。

「もしかして、煙が立ってる？」

だったら大変だ。すぐおとうに報せなきゃ。

「いンや、そんなんじゃねえって」

矢一はぱんぱんと手を払い、首に巻いた小汚い手ぬぐいで、ついでのように顔を拭った。

そして、みぎわの背中の薪を見た。

「なんだ、一人で森に行ってきたんか。おらが片しといてやる」

そう言って、薪を載せた背負子《しょいこ》から取り上げようとする。その仕草にも、何となく慌てているような感じがあって、みぎわはますます引っかかった。

――熊か山犬でもめっけたのかな。

矢一は目も耳も、勘もいい。百姓ではなく、狩人の目と耳と勘を持っている。これは祖父《じい》ちゃんでもおとっつぁんでもなく、六おんじ譲りの力だ。

夏の終わりの今ごろに、熊や山犬が村に近づくなんて、ほとんどあり得ないことだけれど、絶対にないとは限らない。嵐の後だから、山のどこかで土砂崩れが起きているとか、川の上流のどこかが倒木でせき止められ、今にも鉄砲水が起きそうだとか、何かしら不穏な変化があると、獣たちは人よりも先に気づいて、いつもとは違う動きをするものだ。

「ほれ、行ぐぞ」

兄に背負子を引っ張られ、小作人長屋の方へと引き返しながら、みぎわは漠然とした不安にとらわれ、ぐるりを見回した。夏空と雲、雑木林と藪と、顔のまわりを飛び交う小さな羽虫の群れ。うっとうしくて頭をぶんぶん左右に振ると、眉よりも上で真っ直ぐ切りそろえてある前髪が汗をかいたおでこに張りついて、さらにうっとうしくなった。

前髪をこんなふうに切る羽目になったのは、誰のせいでもない。自分が悪い。今朝、竈《かまど》の前で雑穀を炊く鍋の火加減を見ていて、一瞬——ホントに呼吸一つするかしないかぐらいのあいだ、ふっと居眠りしてしまった。そしたら頭ががっくり落ちて、長い前髪が竈の前に垂れ下がり、ぱっと火が移って燃え上がったのだ。

すぐに叩き消したから、幸い火傷はしなかったけれど、心の臓が口から飛び出すんじゃないかと思うほど驚いた。そしてその驚きが収まらないうちに、長屋じゅうに響き渡るほどの大声で、おとっつぁんに怒鳴りつけられた。髪の毛が燃えると嫌な臭いがたって、竈の神様に失礼だからだ。

夜の嵐が怖かったのか、昨夜は風一がずっと寝ぐずっていたので、みんなよく眠れなかった。みぎわだって、普段は朝から居眠りするようなだらしない女子《おなご》ではないのに、今朝は起き抜けから身体がだるくてどうしようもなかったのだ。

ああ、早く横になって寝たい。今日は腹減りよりも、そっちの方が切実だ。大あくびを一つ放つと、さっきの漠然とした不安もいっしょに消えてしまった。

ところが、それからほどなくして、今度はもっとはっきりした形のある不安が、みぎわたちの耳に入ることになった。

「——赤根《あかね》村というと、西の国境の村じゃろ。ここらからだと、山二つ向こうか」

そう言って、六おんじが、ほとんど白髪に変わっている長い眉毛をひそめる。額に刻まれた深い三本の皺も動く。

「昔は小さい銀山があった村じゃねえか。とっくに底まで掘り尽くしちまって、銀よりも毒水の方が多く出るようになったってんで、閉山になったと聞いたがな」

六おんじの言に、

「やっぱり、六郎兵衛さんは物知りだな」

目を輝かせてうなずくのは、虫除けの藍染めの旅装束に身を包んだ薬の行商人だ。安良村には三《み》月《つき》に一度ぐらい姿を見せる。名前は清竹《きよたけ》といい、歳は二十五、名高い富山の薬売りではなく、城下町にある〈百薬堂《ひゃくやくどう》〉という生薬屋の平番頭《ひらばんとう》だ。

百薬堂は自分たちのところで調剤し、店売りもするが、流し売りに力を入れているらしく、清竹の他にあと四人いる平番頭たちは、一年の大半を行商して過ごしているという。上州だけでなく、下野《しもつけ》や武蔵、江戸の朱引きの内にまで足を延ばし、薬を売るついでに、各地で新しい生薬の材料になりそうな苗や種を仕入れてきたり、その土地の名産物を食べてみたり、霊験あらたかと評判の神社仏閣や、風光明媚と謳われるところを訪ねてみたりして、その評判記を書く。百薬堂の生薬は、それらの評判記が刷ってある薬袋に入っているのが売りだ。

清竹なんて芸人みたいな名前は、百薬堂で行商を受け持つ平番頭たちの通り名の一つだそうな。今の清竹は三代目。安良村の衆は、村長の心の臓の病によく効く薬を持ってきてくれるこの若者を、

「清さん」と呼んで親しんでいる。

清竹は剽軽な若者で、みぎわたち村の子供らにも好かれているが、それは多分に、「清さんの話は百のうち一しかホントがない」「九十九嘘堂《くじゅうくうそどう》の清さんだ」と言われるくらい、面白いでまかせを吹くからである。去年の今ごろ安良村に姿を見せた際には、江戸に出かけたとき、将軍様に拝謁するために長崎の出島から運ばれてきた「象」という大きな獣を見た！　と大騒ぎをして、身振り手振りでその獣の姿形や、長い鼻を使って水を飲む様などを熱心に語り、みんなが固唾を呑んで聴き入っているのに気を良くしたのか、その長い鼻につかまって背中に乗り、芝浦海岸のあたりをぶらぶらと見物して歩いた——ということまで吹いたところで、みんなが白けた。

上様にお目にかけるために連れて来られた異国の獣に、清竹みたいなただの行商人が乗れるわけがない。身の程知らずもいいところのホラ話である。安良村の子供らは、冬場には椋鳥として江戸市中へ出稼ぎに行く親たちに育てられているから、意外と世間を知っているのだ。

「話をでっかくし過ぎなんだよ、清さん」

矢一が大真面目な顔で言う。村の子供らがいっせいにうなずくと、

「そうかぁ。調子に乗りすぎたかあ」

清竹もしおしおと頭を掻いて苦笑した。

「象っていう獣のことは、読売り（瓦版）で知ったんだよ。絵も入っててさ、蓮の葉っぱをうんと大きくしたみたいな耳と、蛇みたいな長い鼻があって、炭焼き小屋ぐらいの大きな獣でさあ……」

まあ、清竹の作り話は子供らを喜ばせるためのものであって、害はない。当人も悪意のある男ではない。薬屋としても勉強熱心だし、信用できる。

作り話をしたがるこの薬売りを六おんじのところに連れていったのは、矢一である。

「このあたりの土地のことなら、六おんじがいちばんよく知ってる。おんじから面白い話を聞いて、

安良村評判記を書いておくれよ」

そう言って引き合わせたら、物知りが大好きな清竹は、いっぺんで六おんじの弟子みたいになってしまった。清竹が安良村のことを書いた評判記で、百薬堂の薬袋になっているのは、六おんじが語った「五色の沼」という昔話だ。安良村の外れにある小さな沼には、実はこの土地のヌシが棲まっており、ヌシの機嫌や身体の状態によって、沼の水の色が五色に変じる――という細《ささ》やかな逸話である。その薬袋は、今もちゃんと使われているそうな。


こうして、いつも笑顔を運んできてくれる清竹だが、今日はちょっと様子が違った。真っ先に村長の家を訪ね、この先三月分の心の臓の薬のやりとりを済ませると、あとをついてくる子供らに、

「今日は六郎兵衛さんに用事があるんだ。土産話はそのあとにしよう」

そう言い置いて、そそくさと湖畔の小屋へ行ってしまったというのだ。矢一とみぎわもそれを聞いて、六おんじのところに向かった。


村の古老と若い薬売りは、六おんじが石を積んで作った竈のそばで、古い木箱に座って向き合い、話し込んでいた。みぎわは二人の姿を見ると、すぐ大声で呼びかけようとしたのだが、矢一に止められた。

「大事な話をしてるみてぇだ。そうっと行こう」

二人は遠回りをして、藪や葦の茂みに隠れながら、六おんじの掘っ立て小屋の裏手の方から近づいていった。六おんじは歯がだいぶ抜けており、そのせいで話し声がこもってしまうが、清竹は声もいいし歯切れもいいから、聞きやすかった。

「――閉山になったって言っても、手間をかけて坑道を塞いだわけじゃないから、人が入ろうと思えば入れるんだよね。ただ、銀はもう出ないし、ちょろちょろ流れてる水は毒水だって事情を知っている村の衆は、誰も近づかないってだけで」

ところが、半年ばかり前から、そのあたりに人影が出没するようになったという。

「最初のうちは一人か二人で、関所を避けて山越えしようという輩だなあと」

そのうちいなくなるだろうと、村の衆も深く気に留めなかった。だが、日にちが経っても、坑道の出入口あたりに人影がちらつくことは止まなかった。銀鉱石が底を突いてしまって以来、赤根村の衆は杣《そま》や炭焼き、猟などを生業としているから、自分たちの暮らしの土台である里山に、見知らぬ人影がうろちょろしていることは気分が悪い。放置しておけば藩の郷村令《ごうそんれい》に触れて、村の衆の方がお咎《とが》めをくう恐れもあった。

「それで、村の男衆が集まって様子を見に行ってみたそうなんだけど」

そのときは、銀山の坑道の出入口あたりに、人の気配はなかった。焚き火のあとや足跡など、人がいたらしき痕跡も見当たらない。

「だけど、念のために、坑道の少し奥の方まで探ってみると」

いちばん広い坑道が二股に分かれているところで、右の分かれ道の先の方から、人の声が聞こえてきた。

「なんだか、呪文かお経でも唱えてるような声だったそうなんですよ」

何を唱えているのか、言葉までは聞きとれなかったのだが、陽気な調子ではなかったという。

「薄気味悪くなって引き揚げることにして」

木の枝や小さな岩などを集めて積み上げ、荒縄を引き回して、坑道の出入口を塞いでおいた。

「で、銀山を下りて――ずうっと歩いて下りていって、だいぶ離れたところで男衆の一人が振り返ってみたら」

坑道の出入口のところに、人が立っていた。雑木林の隙間から、明らかに男衆の方を真っ直ぐに見おろしていた。

「その怪しい奴がね」

ここで、清竹はちょっと言いよどんだ。

「これは断じてホラ話じゃないから、信じてほしいんです……」

六おんじはもごもごと言った。「わしは最初から信じとる」

ああよかった。清竹はふうと息をついて、

「髑髏《どくろ》の絵柄のついた頭巾をかぶっていたっていうんですよ」

その村人が驚いてまばたきする間に、人影は消えてしまった。だから一瞬見ただけなのだが、

「もしかしたら頭巾じゃなくて、麻袋みたいなものだったかもしれないけど、とにかく、そういうものをすっぽりかぶって、そこに髑髏だか、痩せこけた亡者の顔だかの絵が描いてあったわけだから……」

遠目には、髑髏の顔をした人の姿の化けものか、死んでからずいぶんと月日の経った人の亡骸が、山中にぬうっと突っ立っているように見えたのだそうだ。

「赤根村の銀山じゃ、落盤で坑夫が大勢死ぬような酷いことが起きてはいないし、お化けが出るとか、もののけが出るとか、そんな曰《いわ》くは一切なかったそうなんですよ」

なのに、いったいどうしたっていうのか。みんな怯えてしまって、それからは誰も銀山の跡に近づこうとしなくなった。

「人影は、それからもときどき山の中でうろうろしていたようなんだけど、赤根村に近づいてくることはなくて」

化けものならば、関わり合わぬが得策。山のもののけならば、山から里には出てこない。

「そのまま何か月か過ぎたんだけども、つい先月になって、国境の向こう——と言っても山道を五里ばかり登って下りた先の渡瀬《わたせ》村ってところが、野盗に襲われて一村全滅の憂き目にあったってい

う噂が流れてきたんですよ」

　国境の向こう側なのだから、それはもちろん隣藩の出来事だ。だが赤根村のような領内の端っこで、城下町へ行くより国境を越える方が早いような場所では、藩の領地の線引きよりも、異変が起きた村落がどのくらい近い距離にあるかということの方が重要である。火事だって疫病だって、近いところから広がってゆく。野盗も然りだ。

　自分のしゃべっていることが喉に障ったのか、清竹は軽く咳き込んだ。六おんじは竈にかけてある土瓶を持ち上げ、青竹を短く筒に切ったものに湯冷ましを注ぐと、薬売りに手渡してやった。

　清竹はうまそうに湯冷ましを飲む。そのあいだに、六おんじは低い声で言った。

「このあたりには、その噂はまだ飛んできてねえ」

　水でくちびるを濡らして、清竹がうなずく。

「城下でも、聞いたことはありませんよ。うちの領内のことじゃねえからでしょうね」

　赤根村では、そうはいかない。村長の指図で、野盗に対する守りを固める一方、代官所にすがって、然るべき手当てをしていただけるよう願い上げた。

「俺はちょうどそのとき赤根村に居合わせたもんだから、薬箱を下ろして座ってると尻がそわそわして、落ち着かなくってしょうがなかった。臆病者でお恥ずかしい」

「なんも恥ずかしいことじゃねえ」

　そのころにはもう、二人のやりとりを充分聞きとることができる距離まで忍び寄っていたみぎわは、その会話の意味が全部わかるわけではなかったけれど、一緒に潜んでいる矢一の、今まで見たことがないほど張り詰めた顔つきに、すうっと怖くなってきた。

　六おんじは清竹に問うた。「賢いおまえさんは、すぐ赤根村を離れたんじゃろう。聞き取った噂は、そこまでかね」

そして返答を聞くより先に、こう続けた。

「もしかして、渡瀬村を襲ったというその野盗の一味が、さっきの銀山の話に出てきた妙な頭巾だか麻袋だかをかぶっていた、なんてことはあるまいよな」

清竹が竹筒を取り落とした。竹筒はころころと、六おんじの足元まで転がった。

「な、な、なんでわかるんで？」

「おまえがわしなら、おんなじように見当がつくじゃろうよ」

清竹は目を泳がせ、手のひらでごしごしと顔をこすった。

「確かな話じゃないんですよ。なにしろ、渡瀬村は皆殺しにされてるんで、誰もそのときのことをしゃべれませんからね」

だからこれは、炎に包まれる渡瀬村に向かって馬を駆っていた関所の役人の話だ。役人は二人で、夜明け前のいちばん暗い闇を透かし、せせらぎの音をたてる小川の向こう側に、一団の異様な風体の者どもが駆け抜けてゆくのを目撃したのだった。

——顔が髑髏だった。

——亡者のように手足が白く、ぼろぼろの帷子《かたびら》を着込み、山刀を背負い、弓と矢筒を背中に着け、槍や手槍を構えて馬を駆っていった。

月も星明かりもない夜の底を、馬の蹄の音だけを高らかに鳴らしながら、この世のものとも思えぬ一団が、風を切って走り去っていった。しかも、一団の最後尾の者は、「骸」と大書した旗印をなびかせていたという。

「骸か」

確かめるように、六おんじが言う。清竹はうなずき、ちょっと顎を引いた。

「何か意味があるんでしょうか」

六おんじは口元をへの字にしてから、言った。「河和郡、わしらの安良村にゃあ、格別に忌まわしい意味がある字じゃ」

そのとき、みぎわの傍らで息を潜めていた矢一が、急に起き上がって物陰から出ていった。清竹はびっくりして目を剝いたが、六おんじはこっちに背中を向けたまま、

「やっと顔を出したか」と言った。「みぎわも一緒じゃろう。こっちゃ来い。何の用じゃ」

みぎわも身を起こし、土埃に汚れた顔を手で拭い、その手を野良着の裾で拭いて、そろそろと六

おんじに近づいていった。

矢一は、みぎわのことはもちろん、清竹がそこにいることさえ忘れたかのように、食い入るように六おんじだけを見つめている。そして、小さく押し殺した声で問うた。

「おんじ、おんじが今言った、忌まわしい骸ってのは、〈骸党〉のことか？」

みぎわは六おんじが今言った、忌まわしい骸ってのは、その横顔を仰いでいた。おんじの顔は、風雨に削られた岩の塊のようにも、年老いたフクロウのようにも見える。しかし今、矢一の発したよくわからない問いかけに、おんじの表情が細波《さざなみ》みたいに揺れたように見えた。

「矢一は、誰にその話を聞いた」

六おんじがぶっきらぼうに問い返すと、矢一はちょっとへどもどした。

「義一郎《ぎいちろう》か」

村長を呼び捨てにできるのは、六おんじだけだ。矢一は下を向いたまま、素早く首を横に振った。

「そんなら、円定《えんじょう》和尚か」

河和郡の村の衆はみんな頭が上がらない、山寺の和尚さんだ。弔い事のときだけでなく、子供らに読み書きを教えるため、修行僧のような出で立ちで、自分から村々を巡ってきてくれる奇特なお方だ。とっくに還暦を過ぎ、古希が近いお歳なのに。

矢一は下を向いたまま、またかぶりを振った。「和尚さんじゃない」

六おんじと矢一のやりとりを、訝《いぶか》しそうに眺めていた清竹が、ここで取りなすように割り込んできた。

「よくわからんけど、六郎兵衛さんがそんな怖い顔をするのは珍しいし、矢一がまるで悪いことでもしたみたいにうなだれるのは、もっと珍しいや。いったい――その〈むくろとう〉ですか、そりゃ何なんです？　めったに口に出しちゃいけない事柄なのかな」

わざと茶化すような口調で問いかけたものの、六おんじはむっつりとして答えず、矢一はうなだれて固まったままだ。みぎわは恐ろしくなってきた。

「み、みぎわが怖がって、泣きそうな顔をしてますよ。なあ？」

清竹は助太刀を求めるみたいに、みぎわを引き合いに出した。当のみぎわも、その言葉で何だかつっかえが外れたみたいになり、涙がぽろりとこぼれた。

ようやく、六おんじが太い溜息を吐いた。それと同時に、矢一がそれこそひょうと矢を射るような勢いで、鋭く言葉を放った。

「昔、この土地で起こったことなんだ。縁起でもねえから、口にしちゃ駄目なんだ」

そして六おんじの顔を見ると、一気に吐き出すように言い出した。

「おらに骸党のことを教えてくれたのは、〈開新堂《かいしんどう》〉の久兵衛《きゅうべえ》さんだよ。去年の夏に、名主さんのところへ本を届けに来たら、うちの村長にあてた文を託されたからって、帰り道に立ち寄ってくれたんだ」

開新堂は城下町にある本屋である。書物の売り買いもするし、貸本もする。安良村なんかには用はない。お客は代官屋敷や名主様であって、半年に一度くらいの割合で通ってきて、注文された書物を渡し、読み終えたものを引き取ってゆく。

村の小作人頭の子である矢一には、本来袖すり合う縁もない久兵衛は、いい大人だし、城下町からはるばる歩いて野を越え山を越え本箱を背負って商いをしているくせに、ひどく道に迷いやすい人であった。矢一が初めて出会ったのは、一昨年の春、筍を掘りに里山に入ったときで、久兵衛は竹藪のなかをどんどん足元の危ない斜面の方へ歩いていっており、矢一は大声で呼び止めてやって、彼の命を救ったのだった。

それ以来、こっちの方に用事があると、久兵衛は矢一に顔を見せてくれて、ちょっとしたお土産をくれる。干菓子の包みとか、人気者の役者絵とか、小さい木彫りの犬やうさぎの置物とか。

それを聞いて、みぎわはえっと思った。そういえばときどき、兄やからそういうものをもらったことがある。一つしかねえから、みんなには内緒にしとけ、と。

「去年の夏に会ったときは、村長のうちから道祖神のところまで、一緒にぶらぶら歩ってった。おらもちょうど、かんな原へ草刈りに行くところだったから」

かんな原は、安良村の衆がこれから開墾しようと腐心している土地である。埋もれている固い岩や古い木の根っこが手強くて、なかなか思うに任せない。

「そんでいろいろしゃべってたら、久兵衛さんが言ったんだ。ついこのあいだ城下で、よりにもよって花街を野良犬がうろついて、泡を吹いて吠えまくるもんだから、とうとう奉行所のお役人たちまで出てくる大捕物になったんだって」

野良犬と言っても、狆《ちん》に似た小さな体軀の犬で、どこかで飼われていたものらしかった。ただし、その時点ではどんな野犬よりも危険な存在になりさがっていた。

——水をかけるふりをするだけで、狂ったようになって逃げ出そうとするから、もう恐水病に違いねえ。早く退治してしまわねえと、人が嚙まれたら大事《おおごと》だ。

結局、奉行所のなかでも短弓の名手と言われる捕方の一射で、この哀れな犬は死んだ。

——恐水病にかかっておかしくなったから、飼い主に捨てられちまったんだね。

矢一がそう言うと、久兵衛はうなずいて、

——だけど、哀れんでいる余裕はないよ。恐水病はおっかない疫病だからね。まあ、矢一に向かってこんなことを言うのは、釈迦に説法だろうけど。

それは、山犬や野犬に出くわすことが多い山里暮らしの矢一だから、恐水病には詳しいだろうという意味だと思った。ところが、久兵衛はこう続けた。

――この土地で起こった骸党の禍は、野盗と恐水病という、一つずつでも恐ろしいものが二つ合わさって、いっぺんに襲いかかってきたんだ。村の衆が太刀打ちできなかったのも、致し方ない。それにしても気の毒な話だ。わたしはこの村に寄せてもらうたびに、西の木戸のそばにある地蔵様を、よくよく拝むようにしているよ。

「おらにはさっぱりわからなかった。〈骸党〉なんて言葉も、そのとき初めて耳にしたんだ」

矢一が正直にそう言うと、久兵衛はひどく驚き、きまり悪そうな顔になった。それでも、矢一が骸党の禍のことを知りたがると、

――わたしから聞いたと言わずに、矢一の胸一つにたたんでしまっておけるなら、教えよう。せっかく伏せておいた事柄を、余計な差し出口で教えてしまうことになって、安良村の大人たちにはまったく面目次第もない。

「で、話して聞かせてくれたんか」

六おんじが、のっそりと身体を前に傾けながら問いかける。何をするのかと思えば、さっき清竹にしたように、矢一にも竹筒に湯冷ましを注いでやろうとするのだった。

「うん。おら、すっかり聞いた」

竹筒を手にした矢一に、清竹が腰掛けている木箱の半分を譲ってくれた。二人は並んで座った。

「みぎわはこっちゃ座れ」

六おんじはみぎわを自分の隣に座らせて、腹の底から胴震いするような、大きな咳払いを一つした。

「清竹とみぎわにも〈骸党〉のことを教えてやる。おまえらのおとうやおっかあは知らん話じゃ。知っているのは義一郎ぐらいの年代から上に限られておる」

村長が物心ついたころには、旧安良村を襲った災禍から、五十年ほどの年月が過ぎていた。もう、

恐ろしい過去の伝承にきりをつけてもよかろう。

「それ以降、自分たちより後ろの代には聞かせんようにしてきた。もともと、代官所の耳を憚《はばか》って、大きな声じゃ語れなかったことじゃ。もう忘れていった方がいい、とな」

だから今も残されているのは、久兵衛も言っていたという、村の西の木戸のそばにある地蔵堂だけである。由来を示す縁起書などは掲げられていない。だから子供らはもちろんのこと、みぎわのおとっつぁんおっかさんだって、あの地蔵様はこの土地の鎮守様だとか、湖の神様だとか思っている。

「じゃが……」

夏の終わりの陽ざしの下で、六おんじの目元が暗く翳っている。

「本当にそれでよかったのか、自信が失《の》うなってきた」

そして、六おんじは語って聞かせてくれた。骸党と鬼眼法師と、恐水病に狂った鬼眼の骸党と旧安良村の恐ろしい最期の様子を。

話を聞くうちに、清竹は顔から血の気が失せてしまって、

「……そういえば、昔の安良村は、ここよりもう少し西側にあったんだという話は、聞いたことがありますよ。こっちの方が水はけがいいから、移ってきたんだって」

声音も震えている。矢一の方が、ずっとしっかりしているように見えた。

「開新堂の久兵衛さんは、代官所じゃ、骸党のことを書き記した文書なんか、最初から残してなかったろうって言ってた」

「なんで？」と、清竹が問う。

「だって、自分たちが昔の安良村の衆を見殺しにした証になるだろ」

まだ息のある者まで、恐水病もろとも生き埋めにしてしまった。

「だけど、百年も昔だって、人の口には戸を立てられなかった。久兵衛さんが骸党のことを知ってるのも、そのころの連中が河和郡でやらかした悪行を伝える噂や、それについて書き記した日記とか、道中記とか、読売りみたいなものがあって、それがずうっと残されてきたからだって」

誰かが見て、聞いて、人に語り、書き記していた。それらが年月を渡り、それを読んだ者の記憶となってきたのである。

「そういう文書を通して骸党のことを知る者が、久兵衛さんのような善人ばかりならいいんじゃが」

六おんじが、清竹、矢一、みぎわの誰に向かってでもなく、奥歯を嚙みしめるようにして唸った。

「渡瀬村を襲ったという野盗の一味が、大昔の鬼眼の骸党の悪事を知った上で、やつばらを気取っているのだとしたら……」

百年近く前にこの領内を騒がせ、河和郡の人びとを悩ませ、とどめには旧安良村を焼き討ちした凶悪な野盗ども。いったいどこの誰が、そんな悪党を気取るというのか。

悪は、時として人に魅入ることがある。

「鬼眼法師は、野盗の一味に加わる前は、占い師の真似事をして、たいそうもてはやされていたんだそうじゃ」

千里眼だと、人の心を読み、未来を見抜く鬼の眼の持ち主だと、彼を仰ぐ人びとは信じて疑わなかった。

「広い世間には、そういう輩に心を盗られる人もいますからねえ」

清竹は言って、懐から手ぬぐいを引っ張りだし、額と顔と腕の汗と土埃を拭った。さっぱりするぞ、俺は。

「まあ、俺が耳に入れてきたこの噂だけで、そこまで案じるのは早すぎませんかね。赤根村のことは心配だけど、なにしろ山二つ分は離れているんだし」

自分自身に言い聞かせているみたいな口調だった。考えすぎだ、取り越し苦労だと。

「いンや。赤根村が野盗の一味に備えているなら、わしらも備えにゃならん」

心の内を見せない、ぼそぼそとした口調のままで、六おんじは言った。

「清竹さん、噂を運んできてくれて、ありがてえ。これが笑い事で済めばいいが、済まないときは命に関わる。あんたも重々、気をつけてな」

さっぱりしたはずの清竹の顔に、怯えの汗が戻った。「これからも、何か耳寄りの噂を聞きつけたら、六郎兵衛さんにお知らせしましょうかね」

「頼みます」

六おんじは腰を折って頭を下げ、矢一もそれに倣った。みぎわは戸惑うばかりで、その頼りない眼差しが、清竹のそれと交わった。

「み、みぎわ、おっかないことを聞かせちまって、勘弁してくれな」

みぎわの頭をぐりぐりと撫でて、清竹はわざとのように陽気な声をあげた。

「しかし、なんでまたこんなふうに前髪を切っちまったんだい？　お稚児さんでもあるまいしさあ。あは、あは、あはははは！」

空笑いを響かせて、薬売りは慌ただしく去っていった。

「義一郎には、今夜にでもわしから話す。それまでは、矢一もみぎわも、ここで聞いたことは胸にたたんでおけ。できるな？」

兄妹は大伯父にそう約束した。

「うちじゃ、清さんにも六おんじにも会えなかったから、フナ釣りをしてきたって言う」

「水に近づくときは用心するんじゃぞ」

「うん」

矢一は枯れ葦を引き抜き、そこに懐から引っ張り出した麻糸を巻き付けると、

「みぎわ、羽虫を採ろう」

捕まえた羽虫を餌にして、フナ釣りを始めた。みぎわは矢一のそばにくっついて、しばらくその様子を見物していたが、なかなかフナは食いついてこない。

「しょうがねえ、場所を変えるか」

兄妹は連れだって湖畔を歩いてゆく。六おんじの掘っ立て小屋が見えなくなるほど遠くまでは行かない。

掘っ立て小屋のまわりでは、枯れている葦の方が多かったのに、少し離れたところでは、みずみずしい緑色の葉と茎が夏空に向かって伸びている。葦の根元は泥が溜まっているので、うっかり踏み込んではいけない。

「兄や、きれいな鳥がいたよ」

薄緑色の翼をはばたかせ、葦の林のあいだをくるりと飛び抜けていった。あんな鳥を見るのは初めてだ。

「水に入るなよ」

「うん、わかってる」

水際に沿い、乾いた土と濡れた泥の境目のところをたどってゆく。ときどきしゃがんで葦の茎の隙間をのぞきこむ。

ぼちゃん！　と音がして、みぎわは目を上げた。水滴が跳ねて落ちるのが目に入った。葦の林の先で、水の色が一段と濃くなっているところだ。

見やった先に、目玉が二つ並んでいた。葦の林がつくる影のなかに、光る目玉。

みぎわはぽかんとした。一瞬、水面に自分の顔が映っているのかと思ったのだ。

顔が丸い。目がぱっちりしている。そして何より、おでこにへばりつく、みっともなく短い前髪。あそこに見えている顔も、そういう前髪をいただいている。

——ん。前髪じゃない？

みぎわがそう思い直したとき、それは音もなく水のなかに消えた。二つの目玉が、真っ直ぐにみぎわを見つめたまま、水の下へと潜っていった。

この日を境に、六郎兵衛はしばしば村長と話し込むようになった。

「これは村の大人がなんとかせにゃならんことだから、おまえたちは、今は騒がんでいてくれ。皆に聞かせたいときがきたら、義一郎とわしから、あらためてそう言うでな」

六おんじに頼まれたので、矢一とみぎわは口をつぐんだまま、それまで通りの暮らしをするように心がけた。

円定和尚が読み書きを教えに巡ってきてくれるとき以外は、子供らもおのおのができる範囲で大人たちの仕事を手伝うのが安良村の暮らしである。賢くて身軽な矢一は、ほとんど一人前の働き手として当てにされていた。

小作人長屋の「三枚楓」の横板は、六おんじから道具を借りたらたちまち作り直すことができて、元通りに掲げてある。真新しい木目、鼻を寄せればこがこがした匂いを感じ取れそうな、新鮮な焼き印。

みぎわは妹と弟を含め、小作人長屋の幼い子供たちの世話を焼き、その合間に水汲みをしたり洗い物をしたり、これまた日々忙しい。「骸党」の逸話は確かに恐ろしかったけれど、なにしろ昔の出来事だ。あのときの矢一の張り詰めた表情が少し気がかりではあったけれど、いろいろ忙しくて、深く気に病まずにすごすのは、難しいことではなかった。

湖畔でのやりとりから五日後の朝、みぎわはおっかさんに呼ばれて、村の西の端っこにある空き小屋を片付けるよう言いつかった。

「あんた一人でやるんじゃないよ。サエさんの手伝いをするんだ」

言って、おっかさんは目元だけで笑い、耳を寄せろと小さく手招きした。みぎわが言われたとおりにすると、

「まだ内緒だから、ここだけの話だよ。サエさんに、ご亭主が来るんだって」

サエというのは、みぎわたちのおとっつぁんの前に小作人頭を務めていた忠介《ちゅうすけ》という村人の一人娘で、歳は二十八。町なかならば「中年増《ちゅうどしま》」くらいの言われようで済むだろうが、山の村ではその歳で亭主のいない女など、もう女として扱われない。ただの働き手として頭数に入れられるならばまだいい方で、ひどい場合は厄介者扱いだ。

サエの両親は亡くなっているので、唯一の身寄りである叔母夫婦と一緒に住んでいるが、既に一人前になって嫁もとっている叔母夫婦の倅《せがれ》たち、サエから見れば従兄弟たちに気を遣いながら、小さくなって暮らしている。

その様子を、おっかさんのムロはずっと気の毒がっていた。何かしらサエを助けてやれることがあれば、いつでも進んで手を貸してきた。

——だって、他人事に思えないものね。あんたたちだって、あたしら親がうっかり死んでしまったら、サエさんと同じ立場になるんだからさ。

ちょうど十年前、サエが十八のとき、忠介とその女房がそろって熱病にかかり、何日か苦しんで寝込んだ挙げ句に、どうすることもできずに死んでしまった。夏の盛りの油照り続きのころで、忠介夫婦の熱病の源は何かしらの害虫ではないかと思われた。感染《うつ》る心配もあったので、村人たちは大急ぎで村の西の端、あの木戸のそばの地蔵様のお姿が見えるところに小屋を建て、病人を移した。

湖畔や用水路の水の澱みやすいところでは枯れ草を焚いて煙を流し、害虫を追い払った。

その煙と入れ違いに、忠介夫婦のための線香の煙が立ちのぼり、サエは涙を呑み込んで両親の弔いを出した。このとき、サエには良縁が舞い込んでいたのだが、同じ河和郡の名主の縁戚にあたる若者とのこの縁談は、線香がとぼるよりも早く消えてしまった。

寝込んだばかりで、まだ頭がはっきりしていたころ、忠介は村長を枕頭に招いて、次の小作人頭はみぎわたちの父・羽一にしてくれと頼んでいた。そのころはムロと所帯を持ってまだ数年の羽一だったが、何かと忠介の手足となって働いていたし、村長もそれをよく承知していたから、この話はすんなりまとまった。

さらに忠介は、サエのことも村長に頼み込み、そのときは目に涙を浮かべていたという。村長は快く承知して、安心して養生するようにと言い聞かせた。

だが、いざ忠介夫婦が儚《はかな》くなってしまい、サエの良縁も消えてしまうと、なまじ相手が名主の縁戚であったことが悪い目に出て、

――名主様の面目に傷をつけた娘。

――験の悪い疫病神。

と噂されるようになり、サエは身の置き所がなくなってしまった。

慌てた村長は伝手《つて》をたどりにたどって、どうにかサエの奉公先を見つけた。河和郡から大きな川を越えた先にある宿場町の旅籠で、住み込みの台所女中の口だ。サエは身一つで奉公に上がり、一度も安良村に帰らぬまま何年もそこで暮らしたが、一昨年の春先、名主の家で慶事があったというので、ようやく許された格好になって村に戻ってきた。旅籠の女将《おかみ》には引き留められたらしいし、傍目に見るだけならば、万《よろず》に便がよくて賑やかな宿場町で暮らしていたってよさそうなものだが、サエにしてみれば、そうはいかない。この機会を逃してしまえば、たぶん一生、両親の墓がある安

良村に足を踏み入れることができなくなってしまうのだから。

　こうして、サエは叔母夫婦のもとに身を寄せ、毎日少しばかりの食べ物を恵んでもらい、身を粉にして働くコマネズミのような暮らしを始めた。羽一とムロは何かとサエを思いやり、むしろこっちの一家の方が親戚であるかのような、親しい付き合いを続けた。だから、みぎわもサエの人柄と働き者ぶりをよく知っているし、サエが好きだ。

　一度良縁を逸して、人生そのものが暗転してしまってからこっち、サエには縁談はもちろん、男っ気もなかった。これは傍目には不思議だった。サエはもともと、山間の村娘としてはけっこうなべっぴんなのである。だからこそ最初の良縁もあったのだし、台所女中とはいえ、宿場町に出て暮らしているあいだには、町の水に磨かれて、歳はとりつつも、少しばかり垢抜けた。なのに、浮いた話の一つもなかったのは、本人に己を鎧《よろ》う意思があったからである。

　――目先の楽に流されて、言い寄ってくる男に気を許したら、もっと悪いことになっちまうもの。

　ムロとのおしゃべりのなかで、サエがだいたいこんなようなことを言っていたのを、みぎわは聞きかじったことがある。わかったような、わからないような感じだった。

　ともあれ、そんな身持ちの堅いサエに、亭主ができるとは。今度こそ縁談がまとまるということなのだろうけれど、

「どこのどんな人なの？」

　みぎわが尋ねると、ムロは自分のことのように嬉しそうに答えた。「幸吉《こうきち》さんって、朝日《あさひ》村の生まれでね、城下町で大工の修業を積んで、こっちに帰ってくるんだって」

　朝日村も河和郡の大きな村だ。

「朝日村には大工が足りてるから、どこに住もうかって。それで、うちの村長がぜひ来てくれって頼んでね。そしたら、いい嫁を世話してくれたら行きましょうって」

なんだ、それ。うさんくさく聞こえないでもない。

「歳は四十に近いそうだから、小娘じゃ釣り合わない。サエさんはぴったりだよ」

「そんな歳まで独り身でいたなんて、そいつ、おかしな奴じゃねえの？」

思わず尖ってしまったみぎわの問いかけを、ムロは笑って押し返した。

「生意気なことを言うんじゃないよ。幸吉さんは城下じゃ宮大工の修業もしていて、嫁取りなんかしている暇がなかったのさ」

安良村に来たら、村じゅうの建物を順番に建て直してくれる。西の木戸のお地蔵様にも、あんな日よけの板きれだけじゃなく、ちゃんとしたお堂を建ててもらえる。ムロは浮かれていろいろ言い並べた。

「それより、サエさんのことを大事にしてくれる奴じゃなきゃ、おらは嫌だ」

「あんたが嫌だろうが、これはめったにない良縁なんだよ。やっと、サエさんも幸せになれる」

幸吉が安良村に来たら、とりあえず西の空き小屋——ほかでもない、忠介夫婦が熱病で最期を迎えたあの小屋に住まうという。で、サエとの夫婦暮らしが落ち着いたなら、もっと立派な住まいを建てるとか。

おっかさんは先行きの明るいことばっかり数え上げているけれど、そんなに上手くいくもんかな。六おんじの薫陶あってか、八歳の女子《おなご》にしては分別くさいところがあるみぎわは、不満と疑いをたっぷり懐にしまい込んで、それでも西の小屋の片付けに出かけた。

サエは一足先に来ていて、小屋の外にしゃがみ込んで蚊《か》遣《や》りを焚いていた。

「ああ、みぃちゃん」

みぎわのことを、いつもこう呼ぶ。

「かり出しちゃって、悪いわねえ」

サエは細身ですらりとしていて、うなじの線が美しい。強い夏の日差しに焼かれても、肌はある程度以上は日焼けしないし、髪もちりちりに傷まない。今は頭の後ろでお団子にまとめてあるけれど、ほどいてみたらきっと豊かな黒髪のはずだ。

蚊遣りの薬臭い煙が流れる。

「今の時季の虫刺されは怖いからね」

目を細めてそう言った。きっと、自分の両親のことを思い出しているのだろう。みぎわの胸がちくりと痛んだ。

「はい、これ」

サエはみぎわに、草木染めの手ぬぐいと一揃いの脚絆《きゃはん》を差し出した。

「顔と臑《すね》を守るだけでもずいぶん違うから、ちゃんとつけてね」

「はぁい。どっから片付けようか？」

二人で小屋のまわりの雑草を抜き、掃き掃除をした。思ったほどの手間ではなかった。それから小屋の内に入り、十年前に置き去りにされた細かな道具や夜具をいったん外に運び出し、床板や土間を掃いて拭いてきれいにした。

「屋根は、うちの兄やを呼んできて、雨漏りしねえか見てもらおうよ」

ぱっと見た感じでは、板葺きの隙間からタンポポやホトケノザらしき草がはみ出しているだけで、割れたり緩んだりしている様子はない。重しの丸石もちゃんと載っている。

「わりときれいだよねえ」

「ここはうちの両親の最後の住まいだし、お地蔵様の目に入る場所でもあるから、あんまり見苦しくならないようにって、六郎兵衛さんが気をつけていてくださったおかげよ」

「六おんじが？」

「ええ。こっちに帰ってきてすぐに、村長から聞いたの。みぃちゃん、優しい伯父さんがいていいわね」

「六おんじは大伯父さんだよ」

自慢の大伯父さんだよ、うん。

安良村は、田畑も村の衆の住まいも、よほどの干魃《かんばつ》でもない限り、水に困ったことがない。豊かな湧き水を集めた湖がいちばんの水源だが、もともとが湿地だったところだから、さほど深く掘らなくても井戸を造ることができる。ただ地盤が柔いので、井戸も崩れやすいのは難点だ。

村の西側の端っこ、木戸を挟んでお地蔵様のお顔を眺められるここにも、にわか普請で小屋が建てられる以前から、小さな井戸があった。村の衆も使わないわけではないが、いちばんには、こちら側から村に入ってくる旅人や行商人、巡検の役人と彼らが駆ってくる馬のための水場だ。だから忠介夫婦の看病と、残念ながら死に水をとるために使われたあとも、折々に手入れがされていた（さっきのサエの話と考え合わせると、これも六郎兵衛の計らいだろう）。

井戸の縁にはぐるりと丸石と土嚢が積み上げられており、細い木の枝を組み合わせた二枚の蓋が載せてある。傍らには簡素な滑車の仕掛けが立ててあって、荒縄の先に結びつけてある桶を使って水を汲み上げることができる。おかげで、みぎわもサエも掃除の水には困らなかった。

井戸の口の一端には短い樋《とい》が付けてあり、そこに水を流すと、樋を通った水は、井戸の脇に据えられた細長い水受けのなかに溜まる。幅は一尺、丈は三尺ぐらいある水受けなので、これを一杯にするのは大変だ。旅人や役人が馬に水をやったり、手足を洗ったりするときに使うにしても、ある程度の人数がいないと、かえって手間なだけである。みぎわもサエにも用がなかったが、

「せっかく掃除に来たんだから、この水受けもきれいにしとこうよ」

と、サエが言い出した。まず水受けの底に溜まった土やごみを掃き出し、

「あたしが水を汲んで流すから、みぃちゃん、洗ってちょうだい」

みぎわは、使い古しの縄を短く切って束ねたタワシを使い、水受けの内側をがしがしと洗った。溜まった水はたちまち泥水になる。それを二人がかりで掻き出して、またきれいな井戸水を満たす。小屋の掃除よりも重労働だ。

「ずっと使ってなかったのかねえ」

「みんな面倒なんだよ。もっと便利にならねえか、六おんじと兄やに考えてもらおう」

「みぃちゃんは、六郎兵衛さんと矢一《やい》っちゃんが好きなんだね」

冷やかすように声をはずませて、サエは言った。なんだか明るいぞ。

みぎわはちょっと目を上げて、サエの表情を盗み見た。きれいで優しい顔だちだけれど、影が薄く、喜怒哀楽も薄ぼんやりとしているこの人のことを、

——嫁《い》き遅れの女おばけ。

と笑いものにしている村人がいることを、みぎわは知っている。男だけじゃなく、女にもいる。そいつらに見せてやりたい。今のサエの顔は、内側からうっすらと輝いている。そして荒縄を引き上げ、桶を持ち上げるその肩と腕の動きの、なんとしなやかなことよ。袖をまくり上げているから、肩口までよく見える。健やかに日焼けしている腕の外側と、つきたての餅のように白い腕の内側。躍動する筋肉と、なめらかな節々の動き。

桶に満ちた水がはねて、水滴が飛んだ。夏の日を受けてきらきら輝く。サエの笑顔と夏の水しぶき。なんて美しい。

見惚れる一瞬、みぎわは気がついた。この場に、誰かもう一人いる。いや、もう一対の目玉がある。サエの目が一対、みぎわの目が一対。あとの一対は、

——だれ？

どこにいる。サエの後ろ。みぎわの横。井戸に半身を寄せているサエ。水受けの横にしゃがみ込んでいるみぎわ。

荒縄と桶が上げ下げされているのは、井戸の手前の側だ。向こう側は木の枝の蓋で塞いである。雨水が直《じか》に井戸に入るのを防ぎ、小動物などが落ちないように。木の皮がついたままの枝を結び合わせただけの粗い作りの蓋だが、充分に用は足りている。こっち側の半分も、蓋を取り去ってしまわずに、ずらしただけにしてある。万に一つも、サエとみぎわが中に落っこちたりしないように。

だから井戸の中は、縁のすぐ内側にまで暗がりが満ちている。

三対目の目玉は、その暗がりの中からこちらを窺っていた。こっち側の縁に手をかけてぶら下がり、目から上だけを覗かせている。

ぶら下がっている。

みぎわは、ごく当たり前のようにそう考えた。誰が井戸の縁にぶら下がったりなんかする？　そりゃ子供に決まってる。面白がって危ないことをやるのさ。

そう、子供だ。ぶら下がって覗いているその頭の高さ。目の感じ。おでこの感じ。短い前髪。それは子供のもの。

――この前、六おんじの小屋へ行った帰り、湖の岸辺の葦の生えてるところで見たのと同じだ。はっと思い当たった瞬間、サエが短く鋭い悲鳴をあげた。それと同時に、井戸の縁にぶら下がっていたものが、ぱっと手を離して暗がりのなかに落ちていった。

落ちるとき、濁りのある低い声でこう言った。

「めンごうやで」

「――これは河和郡あたりの独特の言葉で」と、爪吉は語り続ける。「めンごうは女《おんな》っぷりがいいというような意味があるんだそうでございますよ」

それを聞いて富次郎は考えた。やでというのは語尾だろうから、「めんごうやで」は、「いい女じゃねえか、というくらいの言い回しかな」

爪吉はぱっちりと目を瞠《みは》り、「まさに、おっしゃるとおりでございますね。さすがは若旦那さま、判りが早くていらっしゃる」

「お世辞はいいよ。それと、わたしは若旦那じゃなくて小旦那だから」

「はいはい」

語りの興が乗ってきて、爪吉の舌はなめらかに回る。

「さて、この出来事に驚いたみぎわさんとサエさんは、何もかも放り出して小作人長屋まで逃げ帰ってしまいましたが――」


その途中で、矢一と万介《まんすけ》という村の若者に行き会った。二人は、このあいだの野分《のわき》で田んぼのあぜ道が崩れたところが見つかったので、直しに行っていたのだという。

みぎわとサエは大急ぎで事情を話した。互いに急《せ》き込んでしゃべるうちに、サエも、何かが井戸の縁にぶら下がっているのを見て悲鳴をあげたのだとわかった。

「子供ぐらいの大きさがあったの。ちゃんと頭と手足があって」

「ンな馬鹿なことがあるっけ」

万介は笑うばっかりだったが、矢一は真顔になって、

「万さん、様子を見に行こ」と言った。

「熊や猿が井戸にはまって出られなくなってるのかもしンねえ。何も知らずに水を汲んだ人が、襲われでもしたら大変だろ」

いつでも頼れる兄やだが、みぎわには、あの一対の目の持ち主は熊でも猿でもないとわかっていた。ただ、今はそれを云々言い合っているよりも、とって返して調べてもらう方が先だ。

四人で戻ってみると、西の井戸のそばに人影はなかった。みぎわとサエが逃げ出したときのまま、井戸の蓋は半分がずらされており、水受けの底には濁った水が残っている。

だが、サエがびっくりして放り出したはずの桶は、荒縄がきちんと巻き上げられ、水が切れるように井戸の蓋の上に伏せられていた。

みぎわはすぐそれに気づいたし、サエも気がついた。そこで二人とも足がすくんでしまった。

「どれどれ」

万介はずかずかと井戸に近づき、桶を手に取ったり、蓋を持ち上げたりする。無造作に身を乗り出して井戸の中を覗くので、みぎわは首筋がひやっとした。

「何もいねえよ。サエおばさん、男日照りでのぼせたんじゃねえの」

いいいいい、おとこひでりだとぉ？

万介は十七歳。力が強いし働き者だから、その歳でも男衆の一人として頼られている。矢一とあぜ道を直しに行かされたのも、この二人なら大丈夫だと、大人たちが認めているからである。

しかし、みぎわは万介が大嫌いだった。なぜかと言えば、口が悪いから。こいつの母親がまず村一番の悪口雑言おしゃべりババアで、本人はそれに影響されて二番手の悪口雑言おしゃべり若僧になろうとしている。

「サエさんにひどいこと言うな！」

みぎわは素早く言い返したが、すると万介の口の端がひくひくした。

「おめえこそ生意気言うんじゃねえよ、このおしめ洗いが」

みぎわは今よりもっと小さいころから妹と弟と村の赤子たちのおしめを洗ってきた。ちっとも恥

ずかしいことじゃねえ。さらに言い返そうとすると、サエがなだめるようにみぎわの肩に手を置いて、

「喧嘩はやめて。何にもいないなら、あたしの勘違いだったんだわね。万介さんにも矢一っちゃんにも手間とらせてしまって、ごめんしてちょうだい」

矢一は井戸を背に突っ立ったまま、サエの顔を見つめている。みぎわの兄やは、残念ながら、口だけは達者じゃねえ。

「村の男衆に相手にされなくって、寂しいのはわかるけどよぉ」

顎の先を持ち上げ、さげすむような目つきでサエをにらみ据えて、万介は言いつのる。

「おれや矢一ぐらいの小僧なら騙せるとか思ってもらっちゃ困るぜ、おばさん。そんなに独り寝が辛いなら、また宿場町に戻って飯盛りでもやりゃいいじゃねえか」

飯盛りとは飯盛り女。安い旅籠で泊まり客に飯の給仕をするという体裁で、端銭《はしたぜに》で身を売る女のことだ。以前にも、万介のおふくろがサエを指さしてこの言葉を使い（そのときは、飯盛りあがりと言った）、どうせ悪口に決まっているが意味がわからなかったので、あとで六おんじに訊いて教えてもらったから、みぎわはちゃんと知っている。

肩に置かれた手を通じて、サエがはっと身をすくませるのがわかった。みぎわは頭に血が上り、さらにその血が沸騰し、目の裏が熱くなって涙が出てきた。

サエさんをそんなふうに言うな！　もうすぐ、万介なんか足下にも及ばないような立派な旦那さんが来るんだ！

今にも叫ぼうとしたとき、万介が持ち上げてずらした蓋をかすめるようにして、井戸の中からにょっきりと手が出てきた。一人前の男と同じぐらいの大きさの、節くれ立った指が太く、手のひらも厚そうな手だ。

その手も手首もそこにつながっている腕も、苔のような緑色をしていた。さらに、井戸端にもたせかけていた万介の右肘の上をむんずと摑んだその指と指のあいだには、立派な水かきがついていた。

「へ？」

万介も、肘の上を摑まれたことがわかったらしい。つと目を下げて摑まれたところを見た。途端に、目も口もいっぱいに開いて、その表情を顔に貼り付けたまま、井戸の中に頭から引きずり込まれてしまった。

鮮やかな手際だった。物干し竿に掛けてあるさらしやおしめの端っこをつまんで引っ張って取り外すみたいに造作もなく、一人の若者を摑んで引っ張り落としたのだ。

ばしゃん。井戸の底で水のはねる音。

水かきのある緑色の手のひらは、井戸の縁に戻ってきた。まず右手、ついで左手。両の手のひらが揃うと、よいしょ——と指に力がこもり、手のひらの持ち主が現れた。

身軽だった。それでいて力強い跳躍だった。井戸の中の暗がりから、ひとっ跳びで跳び上がって、次の瞬間には井戸の縁に——丸石と土嚢で固められたところに着地して、ちんまりとしゃがみこんでいた。

それの身の丈は、矢一と同じくらい。だけど肉付きはぜんぜん違う。首にも腕にも腿にもふくらはぎにもみっしりと肉が付いていて、見るからに強そうで速そうな感じがした。

頭は丸い。これまた、すぐそばに突っ立ったまま呆然としている矢一と同じくらいの大きさだが、髪は生えていない。みぎわが二度も「短い前髪だ」と思ったのは、それの頭のまわりに、生え際を守るように生えている、細長いひれみたいなものだった。色はそれの顔や身体よりは薄い緑色で、枯れかけたヘチマみたいに黄色みを帯びている。

その丸い頭のてっぺんには、皿があった。そこにきれいな井戸水が満ちている。それ《いい》は今ちょっと首をかしげてみぎわたちを見ているのに、皿が傾いても水はこぼれない。どういう仕組みなのか。それ《いい》の足の指にも水かきがついており、今はぺたりと広がって、井戸の縁をつかんでいる。水かきを濡らしている井戸水が流れ落ちて、井戸の縁に一つ、二つ、筋を描く。

　みぎわがそこまで見て取るあいだ、誰も声を出さなかった。

「めんごうや」

　水鳥の嘴《くちばし》を横に広くしたみたいな、人のくちびるが嘴に化したらまさにこうなるという感じの立派な嘴兼くちびるを動かして、それ《いい》はそう言った。全体に飛び出し気味の目玉が、ぱちりぱちりとまばたきをする。そのたびに目玉がうるうると潤いながら眼窩《がんか》のなかで泳ぐので、どこを見ているのかわかりづらい。だけどこの言葉は、サエに向けられているのだろうと、みぎわは思った。だって、器量よしだって褒めてるんだろうからさ。

「か、か、か」

　固まって立ちすくんだまま、矢一が声を出した。「か、か、かっ」

「おう、カッパ」と、それ《いい》が応じた。

　みぎわも矢一も、水辺にはそう呼ばれるもののけが棲みついている——という昔話なら聞いている。字は「河童」と書くらしい。

　河和郡は水の豊かな土地柄だから、水に棲む妖しいものの言い伝えは数多い。薪小屋ぐらいの大きさの怪魚、旅人を惑わして水に引き込む水蛇、はるばる海から遡ってきて湖に巣をつくる大クラゲに、干魃のときだけ姿を現し、村の衆が金のかんざしと銀の櫛を納めて拝むと雨乞いの歌をうたってくれる美しい人魚。雨上がりに虹を噴き出す大ウナギ。いろいろ逸話があるなかで、河童はさほど目立つもののけではなかった。別名は川赤子《かわあかご》ともいい、子供ぐらいの体格で、頭に皿があり背

中に甲羅を背負っていて、身体が緑色。手足に水かきがついている。放っておけば悪さはしないが、いじめると仕返しされる。そのくらいのことしか知らない。

今、井戸の縁にしゃがんだ「河童」を名乗るそれは、足を踏み換えてちょっと身体の向きを変えた。すると、まさに背中に分厚い甲羅を背負っているのが見えた。

それはうるうるする目を細めて、

「おだら、じぃけけるけ。おげなけあのわらわっでけけるんぞ」

すごいダミ声だ。濁った声で、しかも喉の奥で何かがぐるぐる鳴るような音も同時にしているので、すごく聞き取りにくい。おまけにこれ、訛《なま》ってるのか？

「み、みぃ、みぃ」

今度はサエだ。みぃみぃ呟きながら、みぎわの肩を押して、自分と一緒にしゃがませようとしている。いや、膝をついて正座しようとしているのか。

「みぃ、ちゃん、お、おじぎ」

道ばたに手をついて、サエは頭を下げる。その身体ががくがく震えている。

「み、水神《みずがみ》さま、お、お、おおおそれ多う、ごぜえます」

サエさん、泣きそうになってる。みぎわも頭から血が引いて、くらくらしてきた。

「カ、カ、カッパの、水神、さま」

ぎくしゃくと言いながら、矢一もその場で平伏しようとする。と、カッパを名乗ったそれが、手を出してその肩に触れると、

「ええで、ええ」

平伏するな、やめろと止めたらしい。みぎわたちに向かっても、首を振ってみせる。

「おでは、ヌシど。水神じゃねえ。拝まれんど、だらくせえ」

矢一は平伏するのはやめたけれど、その場に座り込んでしまった。河童でヌシだけど水神ではないと言うそれは、親しげに矢一に顔を寄せると、

「おめ、すもうすきけ」

問いかけているらしい。相撲は好きか？

「す、すもう」矢一が問い返す。

「ん、ん」

「おとうには勝てたことねえ」

「おめのおど、すもうちょうじゃけな」

「六おんじの方が強かったっていうけど」

なんか、やりとりが成り立っている。

みぎわはどうにか息を整えた。みぎわにしがみつきながら、サエも同じことをしている。そしてどうにか自分を立て直したらしく、

「ヌ、ヌシ様」弱々しい声で呼びかけた。

カッパでヌシであるらしいそれは、小鳥みたいにきゅっと首を回して、サエを見た。まばたきが激しくなる。喜んでいるのかな。

「お、お名前を、きいても、よろしゅうございますか」

サエは宿場のちゃんとした旅籠で働いていたから、こういうときの言葉遣いを心得ている。心強くなって、みぎわはひしとサエに身を寄せた。

「おで、さんぺいた」

それはあっさり名乗ってくれた。

「かわかずの、カッパのたいしょう。おでのおやじも、じいさまも、たいしょうだで」

言って、夏の終わりの青空を仰ぐように、軽く顔を仰向けた。

「あめつちが、はじまったころから、おでらカッパは、ここらのたいしょう。ヌシやで」

そしてまたサエの方に顔を向け、矢一に目を移すと、

「おめら、あらむらのしゅうやでな」

安良村の者かと問われたのだろう。まず矢一がうなずき、サエとみぎわが続き、三人で壊れた張り子の虎みたいにぶんぶんと首をうなずかせた。すると、さんぺいた——男子の名前なら漢字は「三平太」だろう——も首をぶんぶん上下させ始め、まず矢一が笑い出してしまい、ついでみぎわも噴き出し、兄妹の笑いは明るく響き、最後にサエがようやくうふふと笑うと、三平太も首振りをやめて笑った。

目が細まり、嘴の両端にしわが寄る。そしてダミ声でこう言った。

「こんごろ、うげな気《け》があるで、おめら、けどれてるけ」

うげというのは、うさんくさい、怪しいという意味だ。河和郡でも古い言い回しで、六おんじがたまに口にすることがある。

「怪しい気配がするけど……気がついてるかって、おたずねなんですか」

真っ直ぐ三平太に向き直って、矢一が訊いた。三平太は丸い頭をうなずかせて（それでも皿の水はこぼれない）、

「おめの、すもうちょうじゃのおど、会えるけ」

おまえの相撲の強いおとうに会えるか、と訊いたのだろう。矢一はたちまち応じた。

「うちのおとうより、六おんじの方がいい」

ああ、やっぱり兄やは話が早いわ。すぐ六おんじを呼んでくる？　おらたちが行く？　あれ、サエさん、何か言いたいの？

「万介さんは……大丈夫なのかしら」

あ。そういえば井戸の中に消えたきりだ。

やりとりが聞こえたのか、三平太はこっちを見て、ぱちりと瞬きをした。と思ったら。その場からぴくりとも動かず、ただ右腕だけをぐわんと伸ばして井戸の中に差し入れ、その腕がまたぐわんと戻ってくると、水かきのついた指が、おでこに大きなたんこぶをこしらえた万介をぶらさげていた。

矢一とみぎわの父親の羽一は、若いうちに小作人頭になったので、年長者に見下されまい、同年代の仲間の妬みを煽るまいと、万事に臆病だ。よく言えば慎重居士である。

河和郡のヌシ（それも三代目！）を名乗る河童の三平太の話など、兄妹とサエが一生懸命に語れば語るほど真に受けてくれない。みぎわたちにしてみれば、おでこの真ん中に見事なたんこぶをこしらえた万介の姿が何よりの証なのだが、当の本人が気絶する前後のことをけろりと忘れてしまっている上に、

「サエに突き飛ばされて、井戸の縁に頭をぶっつけたんだ。ホントにおっかねえお化けババアだ」

と、ありもしないことを言い立てるばかりなので、かえって嘘くさくなってしまった。

「そりゃ、おまえがまたつまらんことを言って、サエにからんだからだろう。二度とすンなよ」

羽一はそう言って万介を追い払い、兄妹の顔を見据えて、

「おまえらが、ああいうクズ野郎の意地悪からサエをかばおうとする気持ちはわかるが、うわごとのような作り話はやめとけ」

そしてちょっと声を落とすと、サエに言った。「新しい所帯を持つのに、入り用なものがあったら言うてくれ」

みぎわは思った。うちのおとうはちゃんとした男だ。サエさんの味方で、万介がくだらねえ奴だって見抜いてる。だけど、ちゃんとしているからこそ、いきなり河童は呑み込めねえんだかな。

「やっぱり、おとうは無理だな。六おんじも巻き込むっていう話なら、村長の方が聞いてくれるかもしれねえ。おら、暇を盗んでお願いしてみる」

矢一も見切りが早く、サバサバしていた。

河童の三平太とは、西の井戸端でいったん別れるとき、矢一が湖畔の六おんじの掘っ立て小屋のそばに立ち、

「三平太さまぁ、相撲長者を連れてきたけ、おでましくだされ！」

と大声で呼びかけたら、また姿を見せてくれる。そのように約束してきた。三平太と六おんじを引き合わせる、その場に村長もいてくれたら、うんと手間が省けるというものだ。

三平太がダミ声で言った「すもうちょうじゃ」は、文字をあてれば「相撲長者」で、相撲が強い人のことを指すのだろうと見当はついていたが、

「旅籠で働いているときに聞いたことがあるんだけど、このあたりのお年寄りのあいだでは、何かの勝負事に強い人とか、芸事や学問に詳しい人のことを、〇〇長者と呼ぶならいがあるのよね。昔の言い回しで、今は廃れてしまっているんだろうけれど」

サエがそう講釈してくれたことで、なるほどと納得がいった。三平太は河和郡のヌシだから、古い言い回しを口にしてもおかしくはない。みぎわたちでさえ聞き取りにくかったあの強い訛りも、落ち着いて考えてみれば、このあたりの古老のそれと似ている。

サエも兄妹も昼間のうちはそれぞれに仕事があるし、六おんじも小屋を空けてどこかへ出かけていることが多い。三人で相談し、日暮れ時になったらてんでに村を抜け出して、湖畔の掘っ立て小屋で落ち合おうという手はずになった。

　みぎわは、こういうときに限ってわからんちんなことを言う妹弟に手を焼きながら、掃除をし、水汲みをし、洗い物を片付け雑穀を石臼でひき、夕餉《ゆうげ》の汁物に入れる団子をこしらえ、昨日のうちに採っておいた野草やキノコを選り分けて洗い、灰汁《あく》抜きをした。食べ物を扱っているうちに、

　——三平太さまは何を食べてるんだろう。

　ふとそう思った。甲羅を背負い、手足に水かきがあるところは亀に近いから、やっぱり亀が食べるようなものかな。水草、苔、虫に小魚。三平太さまの身体の大きさは兄やと同じぐらいあったから、小魚じゃ足りないか。大きなコイやフナ、ウナギやドジョウ。沢にいるカニやエビ。まさかネズミやモグラは食わないよね。蛇はどう？　ヌシの三平太さまが大蛇と戦ったら、どっちが強いんだろう。

　自分で思いついたことに自分でぶるりとしていたら、長屋の外が何となく騒がしいことに気がついた。ちょっと顔を出してみると、村の男衆が何人か、田んぼの方から引き返してくる。そのなかに、商人風の見慣れない男の姿があった。草鞋《わらじ》と脚絆で足ごしらえをしている。

「どうしたんだろうね」

　長屋仲間の爺ちゃん婆ちゃんと見守っていると、男衆は商人風の男をまじえて、鋤《すき》や鍬《くわ》を担いだまま、わらわらと村から出て行った。東の山道の方へ向かったようだ。

　そこへ、矢一が一人で田んぼから駆け戻ってきた。

「みんなどっか行ったよ。兄やも行くの」

　みぎわの呼びかけに、矢一はちょっとつんのめるようにして足を止めると、

「あの商人は、開新堂の人だで。四日も前に、久兵衛さんが名主さんのところに来る約束をしてたのに、まだ顔を見せないそうでさ」

　開新堂は城下の本屋で、久兵衛はそこの番頭である。

「ちょっと急な用事があって、名主さんが遣いをやって久兵衛さんを呼んで、その返事をもらって期日を決めたのに、おかしいってね」

どこかで怪我でもして動けなくなっているのかもしれないと案じた名主のところの家人が捜しに出たところ、河和郡の北東部、街道に通じる山道の雑木林のなか、大きな木の根っこがからまるくぼみの底に、いつも行商のときに久兵衛が背負っている本箱が、血と土にまみれて投げ捨てられていたのだという。中身の本も散乱しており、おびただしい血のしみがついていた。血はすでに乾き、腐臭を放っていたという。

「肝心の久兵衛さんは見つからねえから、開新堂から別の番頭さんもやって来て、ここらの村の男手を集めて捜すんだってさ」

そして矢一は、「おらは村長に会ってくる。この久兵衛さんのことも、清さんが話してた野盗一味と、三平太さまが言ってたことと合ってるような気がしてしょうがねえ」

——こんごろ、うげな気《け》があるで。

このごろ、怪しい気配がある。

短く言い置いて、矢一は村長の住まいの方へと駆けていった。

長屋仲間の爺ちゃん婆ちゃんたちには、意味の通じない寝言みたいな言いようだ。きょとんとする爺ちゃん婆ちゃんに、みぎわは、

「なんかねえ、国境の向こうの渡瀬村ってところが、野盗の一味に襲われたんだって。だから、うちの村も気をつけねえとならねって」

その言を途中で遮って、爺ちゃんが歯のない口をふがふがさせて言った。

「さんぺいたさまちゅうのんは、さんぺいたいけのヌシさんのさんぺいたかね」

みぎわは一度で聞き取れず、何度も言い直してもらった。婆ちゃんの助太刀もあって、やっと理

解できたことといえば、昔の安良村には湖からつながる三平太池という小さな池があり、その名は池のヌシにちなんでつけられたものだったが、百年ほど前、安良村が骸党に襲われて全滅し、湿地に埋められてしまったとき、三平太池も一緒に埋められたので、ヌシはどこかに立ち去ってしまった——というあらすじであった。

みぎわはびっくりした。「爺ちゃんも婆ちゃんも、骸党のことや、前の安良村が埋められちまったこととか、知ってるんだね」

どうしていつもは話さないのと尋ねたら、「おぞげえ（恐ろしい）もの」「言わねば、寝た子も起きんで」

六おんじの掘っ立て小屋がある湖は、「大湖」と書いて「おおいけ」と読ませる。そこそこ大きな湖だけど、まわりには他の湖がないのだから、わざわざ「大」をつけるのはなぜだろうと、不思議に思ったこともあった。

その謎が解けた。「おおいけ」は三平太池と比べて「大きい」からなのだ。

「爺ちゃん婆ちゃんは、三平太池のヌシ様がどんな姿をしてるか、知ってる？」

二人は揃って、「河童じゃろ」と答えた。

「けど、誰も見た者はいねえ。ヌシさんは人の前には現れねえもんじゃで」

「どうして？」

「人気《じんき》を浴びると、力が弱ってしまうでな」

「ヌシさんは、わだしら人の穢れに触れたら、触れた分だけ命が縮んでしまうんだよ」

みぎわの胸には、その言葉がひやりとしみた。鋭い包丁を使っていて、指の爪の端っこを削ってしまったときみたいな、嫌な寒気を感じた。

開新堂の番頭（名は松蔵《まつぞう》というそうだ）と村の男衆による捜索は、夏の長い陽が暮れても続けられた。小作人長屋の木戸のところから眺めても、湖に沿った雑木林のなかで、あるいはその向こうの山道を登って、男衆が手にした松明《たいまつ》がちらちらと光るのが見えた。

　不穏な事態で、久兵衛は見つからぬまま。それでも、村長は六おんじの掘っ立て小屋に来てくれた。その険しい顔と、額に刻まれた深い横皺を見たら、みぎわは、こんな事態だから、村長も矢一が語る「三平太さま」の話を聞き捨てにできなかったのだろうと理解した。怪しい気配は、既に気配の段階を超えて、不気味な出来事となって起こり始めている。

「三角《みつの》村も佐田《さざ》村も、人手を出して、久兵衛さんを捜してくれておるそうじゃ」

　ほら見ろと、村長は湖の対岸に浮かぶ、蛍の光のような小さな輝きを指さした。陽はすっかり落ちて、山の端を彩っていたかすかな茜色の光も消えた。今夜は新月で、薄青い夜空に散らばっているのは星明かりだけだ。

「ヌシ様は、ああいう灯があるのをお嫌いにはならねえか。警戒されんかね」

「今朝は井戸の内から出てきたというんだから、かまわんじゃろう」

　言い合う村長と六おんじは、案山子《かかし》のように痩せて背の高い影と、ずんぐりむっくりして背中の丸い影の組み合わせだ。

　その二つの影の前に出て、履き物を脱いで水打ち際にざぶざぶと進むと、矢一は大きく一つ息を吐いて吸って、口元で両の手のひらを筒の形にした。

　そして、一気に呼気を吐き出しながら、長々と声を引っ張って呼びかけた。

「さん、ぺいた、さまぁ～。すもう、ちょうじゃを、つれてきたけぇ～、おでまし、くだされぇ～」

　湖の水面にさざ波が立つ。遠くの灯がふわりと揺れる。矢一はもう一度吐いて吸って、同じ呼びかけを繰り返した。

「くだされぇ〜」

その語尾が震えながら、夏の夜気のなかに吸い込まれてゆく。

ぽちゃん。どこか近いところで水音がして、もとから身を寄せ合って立っていたみぎわとサエは、互いをぎゅっと抱きしめた。

三平太は現れない。

「……矢一、上がってこい」

三度目に呼びかけようとした矢一を制して、六おんじが言った。矢一はこっちに背中を向けたまま、手を口元から下ろしてうつむいた。

さわさわさわ。湖面が騒ぐ。

「なあ、六郎兵衛よ」と、村長が低い声を出した。「あっちの、西側の森のなかに、松明の列があるよな。ひい、ふう、みい……五つか。いや、今三つになった」

村長が指さす方に、みぎわも目を投げた。対岸の蛍のような（たぶん、場所からして三角村の男衆たちのものでありそうな）光の列よりも、湖の西側に浮かぶその松明の列の方が、ずっと大きい。光も強い。つまり、それだけ距離が近い。

「あんなところに、どこの村の衆がいるんじゃ？　久兵衛さんを捜すにしちゃあ、見当違いの場所じゃねえか」

六おんじがゆっくりと答える。「義一郎がわからんものを、わしがわかるもんか」

そのとき、またぽちゃんと水音がした。

それから、ダミ声が聞こえてきた。

「むくろのやつばらだで」

みぎわは、自分の目が信じられなかった。矢一からちょっと離れた水際に、矢一の背中ぐらいの大きさの甲羅が座っている。いや、正しくはそこに三平太がしゃがみ込んでいて、こっちからは甲羅とその上にちょこんと突き出している頭しか見えないのだ。

——いつ出てきたの？

ぽちゃんという水音しかたてずに。まるで三平太自身が水の塊で、その場に流れてきて形を成したとでもいうかのように。

村長は、今にも目玉が飛び出しそうになっている。六おんじは、何か嫌なことでもされたみたいな不機嫌顔で、口元がへの字に曲がっている。

二人とも無言のまま、申し合わせたようにその場に膝をつき、正座した。みぎわとサエもそれにならった。水際に立ちすくんでいる矢一だけがそのままだ。

「あなたさまが、ヌシの三平太さまであらせられますか」

六おんじが重々しく問いかけると、三平太はちょっと首をひねって、六おんじと村長の方を見た。強い光源はどこにもないのに、丸い目がらんらんと輝いている。頭の上の皿には澄んだ水が満ちており、皿を縁取る前髪みたいな薄緑色のひれも、広い嘴も、水から上がってきたばかりのように、しっとりと濡れていた。

「おでのおやじも、じいさまも、あめつちが、はじまったころから、ここらのたいしょう。ヌシやで」

ダミ声ながらも、三平太の言ははっきりと聞き取りやすい。丸い目が動き、みぎわとサエを捉えると、

「暗うても、めんごうや」

暗いところで見ても、サエは女っぷりがいいと褒めたのだ。サエはくすりと笑い、その笑顔のま

ま三平太に向かって言った。

「おでましくださって、ありがとうございます。三平太さまは、水があるところなら、どこへでも行かれるんでございますか」

みぎわは感嘆した。サエさんは度胸があるし、やっぱ賢いわ。おらなんか、どうやって話しかけたらいいか、何も頭に浮かばんわ。

「河和郡の水脈は、隅から隅までおでの手のひらの内じゃからな」

三平太が広げてみせる右の手のひらは、水かきのせいで、身体の割には大きく見える。指は太く、手のひらは分厚い。

「けども、先《さき》のむくろのやつばらが押し出して来たころには、おではヌシになりたてで、おやじほどの知恵も力もながってな。むくろのやつばらに先手を打たれ、火ぃを放たれてしもては、おでにはどうすることもできなかったで」

ダミ声に、かすかな震えが混じってきた。

「挙げ句に、安良村を失い、三平太池まで埋められるというていたらく。おでは、でくのぼうヌシじゃ」

だから、おでは待っていた——

「いつか仇《あだ》を討つときを。むくろのやつばらをなぎ払い、おでの甲羅から、でくのぼうを脱ぎ捨てるときを」

三平太が黙ると、湖畔の五人を沈黙が包んだ。掘っ立て小屋の戸口に立てかけてある葦簀《よしず》が、湿っぽい夜風にカタカタと鳴る。

「ヌシ様のおっしゃる〈むくろのやつばら〉とは、百年も昔、鬼眼法師と名乗った悪党が率いていた〈骸党〉のことでございますな」

六おんじの問いかける声に、ようやく目が覚めたみたいに矢一が動き出し、水際の三平太のそばに膝をついた。

「けど、そいつらはとっくのとうに退治されたんだろ。今も生きてて、また河和郡の村を襲おうとしてるなんて、おかしかねえの？」

湖の水に膝頭を浸して、三平太の方へ身を乗り出して、矢一は問いかける。三平太はまた首をひねってそちらに向き直ると、

「生まれ変わってきたんだで」と答えた。

「おでらヌシは、おめらよりもうんと長生きだで、たくさんの生き様を見ぃできたが」

河和郡で生まれ育ち、働いて家族を築き、死んで骨を埋めてゆく者ども。出入りする多くの旅人たち。この領内の長である大名や、代官や、その下で働く役人たち。

「そでも、おめら人の生き様は似たり寄ったりだでな。同じような善いことどぉ、同じような悪いことをぉ、繰り返す」

百年も前の鬼眼法師の髏党は、確かに滅んだ。たとえ役人の手で捕らえられなくても、恐水病で死に絶えていたことだろう。

だが、人は同じようなことを繰り返す。今また、ねじけた志を持つ悪党どもが現れて、昔この領内で暴れ回り、河和郡の人びとを震え上がらせ、最後は安良村をまるごと滅ぼしてしまった先達を格好のお手本として仰ぎ、真似をしている——

「悪党には悪党のお手本があるか」と、六おんじがつぶやく。

村長は低く唸って、矢一に言った。「このあいだ、百薬堂の清竹が持ってきた噂話を、六おんじに教えてもろた。あれほど詳しい話は初耳だったが、実はあれより一月《ひとつき》ばかり前の村長の寄り合いでも、野盗の噂は出ておったんだよ」

そのとき話題にのぼった物騒な事件は、全て国境の向こう側で起きたことばかりだったので、

「儂《わし》も、もちろん用心せねばとは思うたけども、すぐと河和郡も危ないとまでは……」

もっと気を引き締めるべきだった。村長の後悔の念が伝わってくる。

「しかし、物騒なことばかりじゃった」

山間の小さい村が野盗に襲われて、倉のなかのものをごっそり持っていかれた。その近くの村々では女や子供の神隠しが起きている。森に棲みついていた獣がにわかにその数を減らし、そのかわり、皮を剝がれた死体だけが藪のなかに捨てられているのを見かけるようになった。真夜中、山の端に煌々《こうこう》と鬼火が列をなしている。静かな森の奥で出し抜けに馬の蹄の音やいななきが響き、驚いて見やると、頭からすっぽりと麻袋をかぶり、ずたぼろを着て背中に大刀を背負った落ち武者のお化けが、痩せた白馬にまたがって、じっとこちらをにらみ据えていた――

「あ、その落ち武者」矢一が目を剝いて、急き込んで言った。「清さんが来てたあの日、おらが東の森の端っこに見かけたのも、そういうなりをしたお化けだったんだ！」

そいつも頭に真っ黒な袋をかぶっていたが、それが麻袋だったのかどうかはわからない。背中に何か背負っていたが、刀だったか弓矢だったか見て取れなかった。馬は栗毛で、遠目ではあったけれど、痩せたり弱ったりしているようには見えなかった。

「あんなところにそんなもんがひょっくり出てくるわけはねえから、おら、陽に当たりすぎて夢でも見たのかと思ったんだ」

ここでちらりと横目でみぎわを見ると、

「あんまりおかしなことを言って、みぎわを怖がらせたくなかったし。だから、すぐには口に出さなかったんだけど」

開新堂の久兵衛さんから昔の恐ろしい事件のことを教えてもらっていたから、心のなかでは、

——気味が悪いなあ。昔話の骸党の奴みたいじゃねえか。

そう思っていたところに、清竹と六おんじのあのやりとりが耳に入ったから、矢一は動揺したのだ。みぎわにも、やっとあのときの兄やの気持ちがわかった。

「鬼火と言えば、あの西側の森のなかの」

六おんじが指さすのは、さっき五つから三つに減った松明の明かりだ。今はたった一つになっている。

「あそこに、今の骸党を名乗る奴らがおるんならば、放ってはおけん。義一郎、話は後回しにして、村の衆を——」

六おんじの声音には、切羽詰まった焦りと怒りと恐怖がまぜこぜになった響きがあった。みぎわは湖畔の薄闇のなかで目を見張った。六おんじでも怖がることがあるんだ。

——放ってはおけん。だが、恐ろしい。

「いンや。今は待て」

三平太がぴしりと言い切る。ただダミ声なのではなく、喉声だから震えて聞こえる。もしかしたら、そもそもおらたちとは声の出し方が違うのかもしれない。

「待て——とおっしゃるかね」

六おんじも村長も固まっている。三平太は二人の方を見ずに、湖の浅瀬のなかに水かきの手を突っ込んで、ざぶん、ざぶんと水をかいて身体に浴びる。

「今夜あそこにおるんは、やつばらの——子供だで」言ってから、三平太は慌てて頭を振り、「子供みたいな、弱いもん」

「子分かい」と、矢一が問う。「それか、下っ端とか」

すると、三平太の目がぐりぐりと輝いた。「したっぱ」

それに、今はもうおらん、と言う。

「松明だけ残して、去《い》ンでしまったで」

六おんじと村長が顔を見合わせる。

「どうしてそげなことを」

堅そうな皮に覆われた首筋から肩、腹に水をかけ終えると、三平太は立ち上がった。と言っても、身の丈はさほど変わらない。後ろ脚はカエルのそれのように膝が深く曲がっているのだ。

三平太は、六おんじ、村長、矢一とみぎわとサエの顔を、順繰りに見回した。

「一つには、おめらを脅かすため」

骸党はここにおるぞと。昔の惨事を知る者は、恐れおののけ。鬼眼の骸党は蘇り、河和郡に戻ってきた！

「東の森にやつばらの一人が現れたのも、村の誰かの目に触れさせて、怖がらせるためだで」

「確かに、国境の向こうでも同じことをやっていたからな」

村長は忌々しげに吐き捨てる。その表情とは裏腹に、首が縮んでいる。

「そして、いよいよ国境を越えて来たんか」

そういえば、赤根村はどうなっているのだろう。

「そういう芝居がかったやり方は」と、六おんじが言う。「昔の骸党の頭目だった鬼眼法師が好きそうなことじゃ。野盗の一味に加わる前は、旅芝居の一座で占い師の真似事をしておった奴じゃから」

大道芸人みたいなものだった。それも、見かけだけ派手な千里眼を吹聴して。

「今の骸党を名乗る奴らは、鬼眼法師のこともよく知っているんじゃろうな」

三平太はまばたきもせず、丸い眼で六おんじを見つめる。そしてこう言った。

「憑《つ》かれとるンだで」

え？

「おめら人は、よう憑かれる。善いことにも、悪いことにも」

今、骸党を名乗り気取っている悪党どもは、昔の骸党に憑かれている。

「今の骸党は恐水病のかわりに、昔の骸党の亡霊という病にかかっとるのか」

遠い昔、たとえ記録は封印しても、人びとの記憶からは消しきることができぬほどの惨事を起こした悪党ども。それは、今の世で村や町を襲い、物を奪い人を傷つけ、夜の闇に紛れて逃げる野盗の一味にしてみれば、

——取り憑かれてしまうほどの、真似てみたくなるほどの、憧れ。

「いいや、義一郎、落ち着かんか。野盗の浅知恵で、骸党を真似れば、わしら河和郡の百姓を手っ取り早く脅しつけられると思っているんじゃ。ただの目くらましじゃ。あんまり、その手に乗せられちゃいかん」

六おんじは村長を叱りつけ、拳を握りしめる。三平太の丸い眼は動かない。

「おめら、人を捜してるで。他所《よそ》から来る商人か」

「うん。開新堂の久兵衛って人だよ」

矢一が事の次第を話すと、三平太はその場でかくりと頭を下げた。

「すまんこっだ」

なぜ謝る？

「そのきゅうべえという商人は、四晩も前に、東の街道からちっと逸れたところで、骸のやつばらに捕らえられてしまったで」

三平太はその様子を聞きつけていたが、久兵衛はすぐに骸党の一味の馬に乗せられてしまったら

しく、聞こえるのは蹄の音ばかりになり、さらにどんどん遠ざかっていって、

「国境を越えたのかもしれんで」

「ちょうど襲われたあたりかな。荷物は見つかったんだ。血だらけだったって」

三平太は丸い目で矢一を見つめる。「おでも、叫び声を聞いた」

「三平太さま、近くにいたんだね？」

「いンや。おではおおいけの対岸の深みにおった。寝とったでな」

そんなに離れていて、どうして久兵衛の悲鳴が聞こえたのか。

「おではこの河和郡のヌシで、もともとは河和郡を流れる水の化身じゃ。河和郡の水が流れ行き、流れ来るところならば、どれだけ離れていようと、おでの耳には音が聞こえる。気配がわかる」

逆に、水が流れてなければお手上げだ。三平太は地上へ姿を現すことも難しい。耳も目も、ずっと弱くなってしまう。

「骸党のやつばらは、きゅうべえという商人を、おおいけからも川筋からも離れた、たぶん河和郡の外にまで連れ去ったんだで」

だから、三平太には行方を聞き取ることが難しくなってしまったのだ。

「でも、本は捨てられてた。銭を奪うだけなら、骸党の奴らはなんで久兵衛さんを連れていくんだ？」

矢一の声が震えている。目が暗い。問いかけながら、ひどく不吉な返答を予想しているみたいに。

「商人は、金のあるところを知ってるで」

三平太はあっさりと答え、「だでな？」と六おんじの顔をのぞき込んだ。

みぎわは初めて目にした。六おんじがすっと青ざめるところを。

「開新堂は、河和郡の名主さまや、お代官さまをお得意にしておる」

河和郡だけじゃない。城下の大きな商家や侍屋敷。

「そういうところを久兵衛さんから聞き出して、襲おうっていうんだね」

野盗も日々、食ったり飲んだりしている。身の回りのものや、武器を買うにも銭が要る。

「やつばらがおでの耳に届くところまで寄ってきて、うごめき始めてから」

三平太は骸党の声と動きを聞き取ってきた。

「今の骸党が何人いるのか、それはおでにも確かにはわからんかったが」

少なくとも十人以上はいる。

「西の森の松明を灯すために残っとったのは、下っ端で」

本隊は今頃、どこかへ稼ぎに出かけている。

夜の闇は、野盗の煙幕だ。

「城下まで押し出して、開新堂さんを襲っていたって不思議はねえか」

村長は低くうめいて、頭を抱えてしまった。

六おんじは何も言わず、矢一も黙っている。みぎわは、ずっと黙りこくったままのサエが心配で、ちょっと身をよじってその顔を見てみた。サエは放心したように、西の森に一つだけ残った松明を見つめていて——

その瞳が動いた。と、サエはみぎわを引き離し、鋭い声を放った。

「あれを見て。三角村の衆の明かりかしら。西の森に近づいていきますよ！」

みぎわたちもそっちに目を投げた。サエが言うとおり、五つほどの松明の明かりが列になって、湖の対岸を進みながら、西の森のなかに一つだけぽつんと灯る光を目指して進んでゆく。

「骸党の下っ端はいねえで」と、三平太が言った。「音がしねえ。声もしねえ。去ンだ後だで」

「だが、何か残されてるかもしれねえ」

我にかえったように、村長が身動きした。

「もっと男手を集めて、西の森へ行かねば。儂らもまず村へ戻ろう」

その声を打ち返すように、矢一が言った。

「おらは三平太さまといる。まだ聞きたいことがいっぱいあるだろ！」

すると、当の三平太がかぶりを振った。

「今夜はここまでだで」

「だけど！」

みぎわの耳の奥に、小作人長屋の爺ちゃん婆ちゃんのおしゃべりが閃《ひらめ》いた。

「兄や、ヌシ様の言うとおりにしぃや」

「みぎわは黙ってろ」

「三平太さまには、おらたち人の気がよくねえんだよ。人の気は、ヌシ様には穢れと同じなんだってば」

矢一がはじかれたようにこっちを振り返る。サエも、六おんじも村長もびっくりしている。「おまえ、何言って――」

口を尖らせる矢一を、水かきのついた手を持ち上げて遮って、三平太はみぎわの方に一歩足を踏み出してきた。

「えらいで」

言って、嘴の端にしわを寄せる。笑っているのだ。

「物知りの女子じゃで」

「爺ちゃん婆ちゃんが教えてくれたの」

サエが近寄ってきて、みぎわを抱き寄せた。三平太はうなずくと、そっと後ずさりして水際に立

ち、さらに後ずさりして、

「おではおおいけの水に戻る」

水のなかに潜るのか。それとも、水そのものになるのか。

「矢一、またおでを呼べ」

「は、はい」

「いつか、おでとすもうをとろう。骸党を追っ払ったら、すもうをとろう。そンときには、おでが河和郡のすもうちょうじゃになるで」

ぽちゃん。水音が立ち、三平太の姿は消えた。水面には薄い波紋が残るだけだった。


「――その夜、西の森では、えらいものが見つかりました」

黒白の間で、爪吉は語る。かつて六郎兵衛が金巻の若夫婦と若き日の大旦那、大吉に向かって語った話を。ここで耳を傾ける富次郎にとっては二重に遠い昔話だが、骸党の恐ろしさを思えばそれが幸いとなり、三平太のヌシらしからぬ親しみやすさを思えばそれが残念になる。

「もしや、久兵衛さんの亡骸とか」

爪吉は張り詰めた表情でごくりと喉を鳴らすと、「遠目で灯の数を数えたとおり、松明は確かに五本立てられておりました。四本は消されていて、三角村の男衆が見つけたときには、残りの一本も燃え尽きる寸前で」

あたりには血の臭いと、胸が悪くなるような腐臭が漂っていた。その臭いの源は、

「筵《むしろ》でぐるぐる巻きにされた亡骸が三体」

女ばかりだった。

「あと追いの噂でわかったことですが、三人とも、国境の向こうの村で神隠しに遭った女たちだっ

たそうで……」

　薄汚れた野良着を身につけ、身体じゅう傷だらけだった。三人とも頭にすっぽり麻袋をかぶせられており、その麻袋には、

「黒々とした太い字で、〈骸〉〈党〉〈鬼〉と記されていたんだそうでございます」

　これほど残虐なことをしでかす新たな骸党は、どんな悪い奴らの集まりなのか。

「渦中にいたみぎわさんたちには、なかなか知る術《すべ》がございませんでしたが」

　後々わかったことをまとめてみると、こんな事情になります——と、爪吉は続けた。

「昔の骸党の所業は、先ほども申し上げましたが、知る人ぞ知る河和郡の闇であり、いちばんの当事者であった安良村では、後世に伝えぬようにしていたほどでございました」

　おぞげえからである。

「これは、領内でいちばんにぎやかな城下町でさえ似たようなものでございましたが、国境の向こう側では、まったく違いました」

　隣藩の領内で、山筋を隔てて河和郡と隣り合っているところは、野島郡《のじまごおり》という。渡瀬村もこの郡内にあった。

　河和郡と野島郡は、百五十年前もみぎわたちの時代も、山の尾根を境界と定めてはいたものの、そこに厳しい見張りをつけていたわけではない。この山筋の険しい斜面と硬い地質では、田畑に開墾できる見込みも、植林して杉や檜《ひのき》を育てられそうな旨味もなかったから、大らかといえば大らか、いい加減といえばいい加減だったのだ。

「百五十年前も、みぎわさんたちのころも、骸党が好き放題に暴れ回ることができたのは、この大らかさのおかげでございました」

　一味にとって、二つの郡を隔てるこの山筋の抜け道、獣道、洞窟や岩場は大いに使い勝手のいい

ものだった。

「となると、まずは昔の骸党のとき、一味に襲われたのは河和郡の村々だけじゃなく、こちら側に詳しく伝わってこなかっただけで、野島郡もそうとう酷い目に遭わされていたんだね」

富次郎の言に、爪吉は大きくうなずく。

「そして隣藩では、その被害のほどと骸党の恐怖をつぶさに記録として残し、野島郡ばかりか領内に広く知らしめておりました」

二度と同じようなことがあってはならぬ、という戒めのために。

「恐水病にかかった骸党を安良村の村の衆ごと埋め殺してしまったこちらと違って、隣藩には隠し立てしなくちゃならないことがなかったもんな」

「まったくそのとおりでございましょう。ところが皮肉なことに、そうした記録と言い伝えが、百年も経って、後から生まれた別の悪い奴の目に触れたとき、何と申しますか……」

言葉に迷っている爪吉に、富次郎は言った。「見事なまでの悪のお手本となった」

爪吉の目が晴れた。「お手本」と繰り返す。

「見事なお手本に憧れ、それを目指して精進し、いつかは乗り越えてやろうというのは、芸事や習い事をする者なら誰でも心に抱く気持ちだ」

絵師を志す富次郎のなかにも、その思いは確かにある。

「そういう思いが、悪人と悪事のあいだにも生じる。恐ろしいけれど、それは充分にありそうなことだと、わたしは思うよ」

骸党という輝かしい悪の華に憧れ、その「業績」を継ごうとする後代の悪党。

「なるほど、だから今度の新骸党は、国境の向こう側から現れ出てきたわけだ」

源があちらにあった。

「ちっぽけな野盗の一味が、昔の骸党にかぶれたのが振り出しかな」

爪吉は、ぽかんと富次郎の顔を見ている。

「違うかい？」

「いえ、ええと、そういうことだろうと思います。大旦那さまが六郎兵衛さんから聞いたお話では――」

新骸党の前身は、野島郡やその周辺で生まれた貧しい若者たちの集まりで、

「最初のころは三、四人、もっぱら牛馬を狙う盗人だったんだそうでございます。見つかって追われれば、尻に帆を掛けて逃げ出すくらいの気弱な連中で」

それがあるとき、にわかに目覚めたように山間の村や宿場を襲い始め、人を恐れず、すぐと残酷なこともやらかすようになった。

「頭目は、やっぱり鬼眼法師と名乗っていたのかい。それとも、それはおこがましいからと、別の通り名を持っていたのかな」

「鬼首《おにこべ》法師と名乗っていたそうでございますよ」

鬼のこうべ、縮めて〈おにこべ〉だ。

「眼じゃなくて、頭まるごとか。まあ、洒落たつもりなのか、へりくだっているのかいないのか」

富次郎は苦笑したが、爪吉がまた呆れたみたいにまん丸な目をしている。

「若旦那――じゃなくて小旦那さまは、ちっとも怖がっておられませんね」

その口調に、かすかではあるけれど、感嘆ではなく非難の響きを感じて、今度は富次郎が首を縮める番だった。

「もちろん、やたらに怖がっていたら聞き手は務まらないけれど、不遜な態度でいては、もっといけない。失礼いたしました」

富次郎が座り直し、一つ頭を下げると、爪吉は大慌ての風情となり、

「お、お、鬼首法師は」

「そいつも怪しげな卜占《うらない》をしたり、千里眼を売り物にしていた？」

「いいえ。ただ、たいそう美しい顔立ちをしていたそうなんでございます。声音もよく、賢くてつるつると弁が立ち」

人をそらさぬ魅力があったとか。

「当人にとってはそういう全てが仇《あだ》になり、実の親の手で人買いに売られ、城下の怪しげな茶屋に買われて云々と……これは確かめることが難しい、ただの噂でございますが」

役者のようないい男。しかも若くて活きがいい。鬼首法師と名乗り、手下というよりは仲間と集まって、一つ非道なことをすれば一つ悪の階段をのぼり、二つ非道なことをすれば悪の花が開く。

――当人にとっては、最高に心地よい生き様だったろう。

同じようなことは（規模の大小を問わず）、いつどこで起きてもおかしくない。

人は皆、先達が成し遂げてきた事物を学び、それに憧れ、それをさらに熟達させ推し進める努力を重ねることで、世の中をよくしてきた。しかし、同じ理屈は悪事の方にもあてはまる。なぜなら、どちらも人の心の力が起こすことだからだ。

富次郎は訊いた。「鬼首法師は、いにしえの鬼眼法師の真似をして、恐水病にかかるほどの馬鹿ではなかったのかい」

「望んでかかれる病ではございませんから」

大真面目に言って、爪吉はちょっと声をひそめた。「それでも、恐水病にかかった人の真似をすることはできますでしょう。犬のように吠え立て、歯を剥き出して嚙みつき、人の言葉が通じないようなふりをすることはできますでしょう」

ふりをしているうちに、本当に狂気にとらわれたようになってしまうこともあろう。百五十年前の骸党は、恐水病にかかってしまって、否応なしに理性を失った。新骸党は恐水病を抜きに、進んで理性を捨てた。

「……新骸党は、そう思わずにいられないほど残酷な所業を重ねていた？」

「はい。隣藩の野島郡を荒らし回り、国境を越えて河和郡に押し出してくる時機を計っておりました」

目指すは安良村である。

「かつて鬼眼法師が手下を何人も失って、後に自分も囚われる羽目になった、つまずきのもと」

一味にとっては、おしまいに通じるけちのつき始めの村。

「その昔、膝下に置いてしまうことができなかった安良村を、今度こそ根こそぎ討ち滅ぼす」

鬼眼法師がし残した悪事を、鬼首法師がやり遂げる。百五十年前についたけちを打ち消して、河和郡に新しい闇の歴史を刻みつける。

今度こそ、安良村の血と悲鳴を肥やしに、悪の大輪の花を咲かせる。

「赤根村の近くでこれみよがしに怪しげな姿を見せたり、西の森に女たちの亡骸を捨てたりしたのは、新骸党の狼煙《のろし》みたいなものだったのだね」

俺たちはここにいる。これからおまえらのもとへ行くぞ。

おまえらを待ち受けている運命は、この女たちの亡骸に訊いてみろ。

爪吉は、自分を励ますように肩を揺すってみせてから、続けた。「西の森の出来事があってから、七日後のことでございます」

安良村の村長のもとに、赤根村が新骸党に襲われたという報せが飛び込んできた。

凶報を運んできたのは、赤根村の村長の孫息子だった。歳は十二、まだあどけない顔をしていたが、山歩きは達者で、沢渡りや木登りも上手い。その芸が身を助けた。

安良村の村長は孫息子を自分の家に招き入れ、台所で飯や湯を与えて、話を聞いた。六郎兵衛と矢一もその場に駆けつけた。

「一味はやっぱり、銀山の坑道の奥に棲みついていたらしくって」

薬売りの清竹が話していたとおり、国境の向こうの渡瀬村の惨事を受けて、赤根村では野盗の襲撃に対する備えを始めていた。村のまわりに落とし穴を掘ったり、鳴り物をつけた縄を張ったり、男衆が交代で寝ずの番をしたり、村には武器らしい武器などないから、いざというときは農具で戦えるよう支度をしておいたり、女子供を逃がす手はずと場所を決めておいたり。

「だけど、奴らはまるでお化けみたいにいきなり現れたんだで。おじじが、古い坑道の出口から村の近くに通じてる抜け道があるから、そこを通ったに違いねえって言ってる」

さらに赤根村の人びとを驚かせたのは、新骸党の一味がまるで芝居に出てくる役者のように着飾っていたことだ。

「派手な着物や合羽《かっぱ》を着込んで、顔におしろいを塗ってる奴もいた。みんな、立派な大刀や槍を振り回していやがった。あいつら、うんと金を持ってる」

それを聞いて、六郎兵衛と安良村の村長は、最悪の読みが当たってしまったことを悟った。

「開新堂の久兵衛さんが、商いものの本箱と血のりを残して、姿を消したきりなんじゃ」

新骸党の一味が、多くの得意先を持つ久兵衛から、金のありそうな店や家を聞き出すために、連れ去ったのではないか。久兵衛は知っていることをあらかた絞り出されて、今ごろは無残な亡骸となり、どこかにうち捨てられているのではないか。

「奴らが着飾り、立派な武器を見せびらかしているのは、近ごろ実入りのいいところを襲ったからに決まってる。まさか名主様のところじゃあるまいが……」

「いくらなんでも、それなら耳に入るだで。だが、逆に城下のどこかだと、かえって儂らにゃわからねえ」

その「どこか」を襲って荒稼ぎをし、その金で支度を調え、英気を養ってから赤根村に姿を現した。ここまでの日にちで、充分できる。

「赤根村の衆はどした」

「半分ぐらいはどうにか逃げたけど、男衆はほとんど駄目だ」

孫息子はぼろぼろと泣いた。

「おじじは連れてかれちまった。きっと道案内役にされるんだ」

山二つ越えて、安良村へ。

「よくぞ報せてくれた。手当てしてもらって、ゆっくり休め。おめの命は、おらたちが守る。おじじもきっと取り返してやる」

孫息子が去ると、村長の台所の水瓶の蓋を内側から押し上げて、三平太がのそりと顔を出した。

「赤根村の鉱山の奥には水がおうおう（たっぷり）溜まっとるが、毒水じゃ。昔は活きとった水脈も、村の衆が新しい坑道を掘るたびに断ち切られちまっただで、みんな死んでもうた」

言って、嘴の端に深いしわを寄せる。渋面だ。

「毒水と死んだ水脈で、おでにもあの坑道の奥のことはわからん。見落としとったで、あいすまん」

三平太は、河和郡の水を通して何でも感じ取り、知ることができる。また、水があるところならば、どこにでも移動することができる。水瓶でも、三平太の身体が入るくらいの大きさなら大丈夫だ。どういう仕組みなのか、その場で見ていてもわからないが、いったん水になって、流れたり染み込んだりして、水のある場所へ吸い寄せられていくみたいな感じだった。

仕組みはどうであれ、矢一はもう慣れた。六おんじと村長はまだのようで、今も二人してびっくりしている。

「ああ、三平太さま、おられましたか」

「今、聞いた。赤根村の鉱山の坑道には、おでの力は届かん。後手にまわったで」

水瓶のなかから手を出して、ぐいっと頭の皿を撫でた。三平太は悔しがっている。

「奴らの住処がわかっても、鉱山の毒水が仇になるとはな……」

らしくもなく気落ちしている六おんじに、矢一は言った。「そりゃ悔しいけど、赤根村の仇《かたき》は、おらたちがここでとろう。どうせあっちから押しかけてくるんだし、坑道なんて狭苦しいところより、広いところの方が、おらたちだって戦いやすいし」

実際、この七日のあいだに、三平太と矢一たちはいろいろ相談して、作戦を立ててきたのだ。備えも始めている。

「戦いやすいだと」

今度は六おんじが渋面になる。「またそんなことを言うて、野盗とやり合うのに、誰が子供の力をあてにするか。おめえには、おっかあやみぎわを守るという――」

「おらは三平太さまと一緒に戦う。なあ、三平太さまはお許しくださったよな」

矢一が顔を向けると、河童のヌシ様は水瓶の縁に手をかけて、ざばりと外に出てきた。

何を思うのか、矢一は濡れそぼったヌシ様のそばに立ち、「六おんじ、三平太さまと相撲をとらねえか？」

六おんじは面食らっている。「や、今はそんな場合じゃぁ」

三平太が太い腕を伸ばし、水かきのついた手を六おんじに差し伸べた。六おんじはたじろぎ、三平太を押しとどめるように両手を身体の前に挙げた。

三平太の深い苔色の指は、六おんじのつぎはぎだらけの野良着の袖をかすめて、見えなくなった。空に消えたみたいになった。

「こ、これは」

六おんじは驚き、三平太をいたわるように手を差し出した。その指先は、三平太の肩をつるりとかすめただけで、何にも触れることがない。

矢一は言った。「今の三平太さまは、本当の三平太さまじゃねえんだ」

ヌシの力の源である三平太池が埋め立てられ、消えてしまったから。

「おでは弱ってしもた」と、三平太は言った。

「おめらにまじっていればいるほど、もっと弱るで」

今の三平太は、長いあいだ人にまじり、その気に抗することができない。西の井戸で初めて姿を現したときは、万介の首根っこをつかんでぶら下げることができたが、今はもう無理だ。大好きな相撲をとるなんて、もってのほかだ。

「でも、この骸党をやっつけて仇を討ち、三平太池を元に戻すことができたら」

三平太は万全の力と身体を取り戻すことができる。もう、人気《じんき》にはびくともしなくなる。

「だから、おら一緒に戦う。骸党をやっつけて、三平太さまと相撲をとるんだ！」

多くの人の気にまじることと、「火」が大敵の三平太に、存分に暴れてもらう。

その目的を第一に計画を立てるのならば、悔しいけれど、矢一が意気込むほどに「一緒に戦う」のは難しかった。三平太と安良村の衆の役割分担を決めて、いざというときもそれをしっかりと守って果たす。それができなければ、三平太の力も活かしきれないし、村の衆は犬死にするだけだ。

村長は、この大事な戦の支度をするために、六おんじのほかには、どうしても必要な数人の男たちにだけ事情を打ち明けた。そのなかに、矢一とみぎわのおとう・羽一が入ってたのは、兄妹にとっては誇らしいことだった。

突拍子もないヌシ様ご登場のお話に、最初のうちはただ面くらい、当惑するばかりだった羽一たちも、話の途中で、村長の家の台所の水瓶の蓋を持ち上げて三平太が姿を現すと、みんなして目をひん剝いた。薄ら笑いを浮かべていた者も、険しい疑いのしわを鼻先に寄せていた者も、いっぺんに表情が変わって、顎ががくんと下がった。

「こンだけたまげられたンでは」

三平太は目をぐりぐりさせ、嘴を軽く突き出した。

「あほら（愉快）すぎて、おめらの尻子玉を抜いてやりとうなるで」

三平太のダミ声を聞き取ると、羽一たちは今度はいっせいに騒ぎたて、我先に逃げ出しにかかった。三平太が勝手口のそばにいるので、羽一たちは反対側へ逃げ、土間から板の間に上がろうとする。が、その板の間の隅には、一杯に水を張った大きな盥《たらい》が据えられていた。もちろん、村長が事前にそうしておいたのだ。

三平太は大盥へと移り、その水からぬるりと抜け出して、我先に板の間に飛び上がってきた羽一たちの前に立ち塞がった。後ろ脚の膝が曲がっており、甲羅のせいで猫背だから、背丈は矢一と同じくらいしかない。しかし体軀は頑丈でまん丸く、水と苔と川魚の泥の匂いをまとっている。飛び出し気味の大きな目玉が、ちょうど魚の目玉と同じで、真っ直ぐ前を向いていても、どこを見ているのかわからぬのも恐ろしい。

ついでに言うと、河童というあやかしが、人の「尻子玉を抜く」というのは、「生き肝を抜く」あるいは「人の精気を吸い取る」というぐらいの意味だろうが、いずれにしろ河和郡の言い伝えではない。他所から入ってきたおとぎ話だ。だけど印象が強烈だし、「尻」「玉」「抜く」という言葉の並びだけで、河童のことなんか何も知らぬ者でも、けっして良い意味ではないと、直感で察することができるだろう。ちなみに羽一に関しては、あとで矢一が訊いてみたところ、「河童が川で泳いでいる人の尻子玉を抜く」という昔話を聞き知っていたことがわかった。

ともあれ、逃げられずに腰を抜かした羽一たちは、それから半刻（約一時間）も経つと、落ち着いて三平太と向き合い、村長の立てた計画について話し合えるようになった。

老若男女を問わず、事前に三平太に引き合わせることができる人数は、これが限界だ。これ以上は、三平太を弱らせるという害の方が勝ってしまう。

だからここから先は、村長を筆頭にしたこの男たちが、他の村の衆を説得しなければならない。女子供は逃がし、収穫物などの村の財産は隠す。男たちは周到に準備を整え、そのときがきたら死力を尽くして戦い、三平太が思いっきり力をふるうことができるよう賢く立ち回って、新骸党の奴らをこちらの構えた罠のなかにおびき寄せるのだ。

赤根村を襲った後、新骸党はいったん河和郡から離れたようだった。水を通して三平太が聞き取れる限り、やつらの動きは消えた。名主のところから来た遣いの話を聞いても、遅まきながら安良村の衆に注意を呼びかけに巡ってきた代官所の役人（騎馬の侍が一人と、その従者が一人）の偉そうな説教を聞いても（野盗に年貢米を盗まれることがあれば、それはおまえたちの咎《とが》となるぞ）、赤根村に現れた一味は十人前後で、薄汚い餓狼のような集団ではなく、赤根村の村長の孫が報せてくれたとおり、着飾って真新しい武具や防具を備えており、馬も元気であったらしい――とわかってきた。

今の一味が満ち足りており、そこへ赤根村から奪った収穫も加わっているのならば、次の襲撃まではしばらく間があくだろう。それは嬉しい報せだ。安良村は、その貴重な暇をめいっぱい有効に活かそう。

三平太の企ては、はっきりしていた。

「昔の安良村がそっくり埋められとるところに、新骸党のやつばらを導いてくんろ」

旧安良村は、今の安良村の西側。そこにはかつて、三平太池もあった。

「やつばらが攻めてきたならば、おではおおいけの水を操りながら、三平太池に戻る。やつばらがおでの手の内に入れれば、あとはもうおめらに厄介をかけることもねえで」

安良村の北西、北、北東部は三平太の言う「おおいけ」、湖に面している。この湖は横長で、村の側には浅瀬もあるが、対岸にはぎりぎりまで岩場が迫っている場所が多く、水深もかなりある。

これまでの様子から見て、新骸党はもっぱら馬を使っているから、船で湖を突っ切ってくることはなさそうだ。

「鬼眼法師の骸党がやっとらんことは、鬼首法師の骸党もやらん。わしはそこに、これからわしが食う飯をぜんぶ賭けてもええ」

六おんじの言に三平太もうなずいて、

「やつばらが船で来るなら、おではもっとうんと楽になるで。けども、やつばらは船は使わん。知恵があるなしじゃなぐで、憑かれとるからだで」

というわけで、安良村の側としては、村の東から南西部にかけての守りを固め、新骸党をそちら側から寄せ付けぬようにすればいい。馬では通りにくい斜面や深い森は最初から除いていいし、道らしい道は限られている。そこに土手を築いたり、倒木を重ねたり、落とし穴を掘ったり、いろいろと策はある。

一味の接近をいち早く察知できるよう、村のまわりの要所に簡素な櫓《やぐら》を建てたり、高い木の上に足場をこしらえて、少なくとも夜のあいだは交代で見張りをしなければならない。その人員を確保しながら、昼間は守りを固める作業に励む。田んぼも放っておくわけにはいかない。いつあるかわからない襲撃に緊張が続き、慣れない作業に身体は疲れ、村の衆の気が塞ぎ始めたころ、外から救いの神がやってきた。

その日、村長が羽一たちに計画を打ち明けてからは八日目、野良仕事を終えた夕暮れどきだった。みぎわとサエが小作人長屋の井戸端で泥だらけの手足を洗っていると、人の気配が近づいてきた。目を上げると、藍染めの筒袖を着て何か大きな箱を背負い、手甲脚絆に草鞋ばき、頭には豆絞りの手ぬぐいをかぶった、真っ黒な影が立っていた。

「小作人長屋のサエさんは、あんたかね」

真っ黒な影がしゃべると、口元に真っ白な歯並びが覗いた。すると、ただの影ではなく、目鼻立ちや背格好が見えてきた。

「うへ」と、みぎわは声を出した。「猿《ましら》がべべ着とる」

サエはゆっくりと腰を伸ばし、身をよじって、声の主を見やっている。その目がだんだん大きくなっていく。

「えらく待たせちまって、すまんかった。俺は幸吉だ」

この言を聞いてもまだ、みぎわには声のぬしが猿にしか見えなかった。それにしても、なんてよく日焼けした猿だろう！

「こ、こ、こう、きちさん」

サエは裏返ったような声を出し、あわてて両手で髪をなでつけ、顔を拭った。村の女は誰も髷なんか結ったことはない。丸めてお団子にするか、ひっつめて結んで端布《はぎれ》で包む。今日のサエはお団子にしていて、きれいな額に後れ毛がたれていた。井戸水をふくんだ後れ毛からしずくが滴り、きらりと光った。

——こうきちさんって？

みぎわの頭のなかで小さく火花が散った。城下から来るっていう、サエさんの旦那さんになる男《ひと》の名前だ！

「ど、どうして」驚きのあまりか、サエは顔色を失っている。「こちらの文が届いていませんでしたか？　あたし、頼んでおいたんですよ。これから安良村は危ないことになるし、城下からこっちへ来る道中も不安だし」

安良村は野盗の一味に狙われており、この先どうなるかわからない。このご縁はなかったことにしてほしい。サエは、そのように断りを入れていたというのである。

そんなもったいないこと。だって、幸吉さんって腕のいい大工なんでしょ。頭のなかで忙しく考えつつも、みぎわはどうしても、目の前に立っている小柄で引き締まった体つきで真っ黒に日焼けしたこの男が、お猿に見えてどうしようもない。

「骸党を名乗っている悪党一味のことなら、城下でも悪評が広がってるさ」

なんと、城下町の外れにある大きな酒蔵が襲われたばかりなのだという。話を聞いてゆくと、それは、本屋の開新堂の久兵衛が河和郡で姿を消した少し後のことであるようだった。

「やっぱり、城下のお金持ちも襲われてたんだ！」

大声をあげたことで、みぎわもやっと目が晴れた。お猿さんそっくりに見えるけど、幸吉さんはちゃんとした男の人だ。歯並びがいいし、声もいい。

「相手が馬に乗った野盗の一味じゃ、どこにいたって危ねえことは一緒だし、俺は道中の自分の身を守ることぐらいはできる。それよりあんたのことが心配で、本当ならもっと早く駆けつけたかった」

幸吉が日焼けした手でサエの手を取った。この縁談がどういう段取りでまとまったものなのか、みぎわは詳しいことを知らない。だけど、サエと幸吉の仲はもうすっかり出来あがっているような感じがした。

そっとこの場を離れよう。みぎわが後ずさりして井戸の縁に触れたら、別の感触のものがそこにあった。

水かきがついた、三平太の右手だ。また、井戸の縁にぶら下がって、すっかり顔を出している。

「あら！」

びっくり声に、サエと幸吉がこっちを見た。サエの目が別の光で輝き、笑みがこぼれた。

「三平太さま、また、そんなところからいらして」

一方の幸吉は、いぶかしげにサエの横顔を窺っている。で、井戸の方を見る。みぎわの顔も見る。

「井戸に何かいるのかい？」

幸吉がそう尋ねてくれたので、みぎわにはわかった。そうか、この人は他所者だから、ヌシ様のお姿が見えないんだ！

「サエさん、早くうちのおとうとおかあのとこへ行って」

にぃっと笑って、二人を追い立てた。

「挨拶して、今夜から幸吉さんがここに住めるようにしてあげねえと。茶碗とか箸とか夜着とか、うちには余分があるはずだから、おかあに訊いてみて」

サエは夕暮れ時の淡い光のなかでもわかるほどに頰を染め、幸吉を促した。二人で小作人長屋の方へと歩いてゆく。幸吉の後ろ姿を見て初めて、背負っているのは大工の道具箱だと、みぎわは悟った。村じゅうの家を建て直してくれるって、おかあは勝手に恃《たの》んで楽しみにしてるよなあ。

——それより前に、この村が生き残らないといけない。

心にひやりとした決意を抱いて、みぎわは三平太を見た。なぜか三平太は半目になっており、嘴をちょっと突き出している。

「めんごうなサエさんには、夫婦《めおと》になる男が決まってたんでごぜえますよ」

みぎわがちょっとおどけて言ってみせると、三平太の目が丸に戻った。

「おめのおとうを呼んでこ」

「何か急ぎのご用ですか」

「おめらが案じてた、商人の亡骸を見つけたで」

開新堂の久兵衛さんだ——。

「おんじの小屋のところまで、引っ張ってきてあるで」

みぎわは大急ぎで羽一と矢一を呼んできた。三人で六おんじの小屋に駆けつけると、六おんじは浅瀬に横たえられている亡骸の頭のところで線香を焚いていた。

「気の毒じゃが、今から円定和尚を呼ぶことも、この人を城下の開新堂まで運んでいくのも難しい」

亡骸はひどく傷んでいるからと、矢一とみぎわは見ることを許されなかった。

「おでに預けてもらえるか」

水際でしゃがみ込み、足先を水に濡らして、三平太が言った。

「おでの手で水に還して、おでの力になってもらって、この商人にも仇を討たせてやりてえ」

羽一が六郎兵衛の顔を見た。六おんじは静かな口調で言った。「ヌシ様にお考えがあるならば、死人《しびと》も否とは言わんでしょう」

みぎわたち家族は、三平太が久兵衛の亡骸を引いて湖の深みへと潜ってゆくのを、けしつぶのような線香の赤い光のそばに立ち、手を合わせて見送った。

熟練した大工の幸吉が加わったことで、安良村の計画にもいくつかの変更が加えられることになった。

「変更というよりも、よりよい工夫と言った方がようございますかね」

長い語りになっているが、爪吉に疲れた様子はない。いよいよ新骸党との一戦を前にして、富次郎の心も逸《はや》る。

「ただ、幸吉さんには三平太さまのお姿が見えなかったので、ゆいいつ、その点ではどうにも話がなめらかには進みませんでした」

幸吉は、野盗と戦い、村の守りを固める手段については、いくつも良い策を練り、それを実現するための段取りを整え、村の男衆に指示を出して、上手に動かしてくれた。

「ただ、なぜ村の西側に敵をおびき寄せねばならないのか、その肝心なところは、三平太さまのお姿を目のあたりにしない限りは、なかなか納得できるものではございません」

確かに、西側に集めてそこで戦うというのならまだしも、集めてしまえばあとはヌシ様任せだというのは、肝心のヌシを見ることができない幸吉には、どうにも不可解な計画に思えたろう。

河和郡のヌシ様である河童が、我々の大将で軍師でもあるんですよ。ほら、すぐそこにおられるでしょう。いや、幸吉さんの目には見えないかもしれないが、わしらには見えている。この計画は、三平太さまのお力がなければ成り立たない。わしらだけでは、凶悪な野盗が相手の戦なんぞできねえ――

「だから、どうにも嚙み合わなくて。まあ、幸吉さんは賢いお人で、安良村の衆は新骸党を恐れるあまり、昔話に出てくるヌシにすがってしまっているんだと解釈してくれたようでございましてね」

いやいや、もらったばかりの「めんごうな」サエの言うことを――おそらくは懸命の説得を信じたのだろう。富次郎は内心で（にやりと）思う。

「嚙み合わぬなりに、戦の支度は着々と整って参りました」

そして、ついにその時がやってきた。

鬼首法師の新骸党が、まもなく安良村に押し寄せてくる。その報せを運んできたのは、百薬堂の清竹だった。

この生薬屋の商売熱心な平番頭は、今回はただ安良村に来たのではなかった。途中で草鞋が脱げて裸足になり、背中の荷を失いながら、命からがらたどり着いたのだ。早朝のことではあったが、村長の家の裏庭へ、急を聞いた六おんじと羽一も集まり、ムロの目を盗んで矢一とみぎわも追っかけて駆けつけて、

「これ、持ってきたんだ」

兄妹でさらしや傷薬を差し出して、誰に叱られることもなく、清竹の足の手当てをした。

「あ、ありがとう、ありがとう」

清竹は泣きそうな声で言った。

清新な朝日の下、秋の気配のそよ風が心地よいのに、清竹は頭から水を浴びたように汗びっしょりで、ぶるぶる震えていた。早くしゃべろうと焦っているが、くたびれきっていて舌がもつれてしまう。

「ああ、命があってよかった。ど、どどどど、どうか聞いておくんなさい」

清竹は安良村までのこの道中で、二度、馬に乗った不審な男たちを見かけた。最初の男たちは二人連れで、特に急ぐ様子はなく、道や地形を確かめながら馬を走らせているように見えた。

次に行き会ったのは、木箱を積み上げた荷車を馬に引かせ、そのまわりを固めて進む三人連れの男たちだった。湖の東側の丘の中腹を、ゆっくりと北に向かって進んでいたという。

「二度目のときは遠目でしたが、一度目はごく近くって、奴らの話し声まで聞き取れました。まったく生きた心地がしませんでした」

どうにか距離が空いてから、身軽になるために荷を捨て、男たちに見つからぬよう身を低くして藪に潜り、歩きやすい道は避けて森へ分け入り、時には小川に膝まで浸かり（それで草鞋を失ってしまった）、死に物狂いで安良村を目指してきたという次第だった。

「あの男たち、あと二晩もかければ支度はできるとしゃべっておりました」

——いよいよだな。

——水呑百姓どもの首を狩るなど、藪を刈り取るより造作もねえ。おかしらの悲願がかなうんじゃ。盛大に火を焚いて祝わねば。

清竹の言を聞くうちに、村長と六おんじの顔色が石のようになった。

「あと二晩か」と、羽一が唸る。

「へえ。俺がそのやりとりを聞いたのが、昨日の真夜中のことでした」

ということは、今夜、明日の夜で二晩だ。明後日の夜には襲撃があると見ていい。

「それにしても、清さん。あんた、なんでそんな真夜中にほっつき歩いていたんじゃ」

六おんじの問いに、清竹は目を伏せると、

「城下でも、鬼首法師の新骸党のことは、いろいろ噂になってまして……」

「だったらなおさら、なんでわざわざこっちに？　おまえさん、命が惜しくねえのか」

汗か涙かその両方か、ぐしょぐしょに濡れた顔を上げて、清竹は言った。「て、てててて、てめえのい、命も惜しいけど、皆さんのことも心配で」

なんとまあ。安良村のみぎわたちは、ぽかんとして黙った。清竹は一人、つんのめりそうな勢いでしゃべり出した。

「新骸党のれ、連中は、遠からず安良村を襲って、百年前の鬼眼の骸党の恨みを晴らすつもりでいる。その話はけっして当て推量じゃなく、奴らの襲撃を生き延びた者が何人か直に聞いていて、お役人にも話しているそうなんです」

清竹自身も、得意先を回っているうちに、その耳で直に聞いた話がある。

四日ほど前、城下から野島郡を目指し、急ぎの用で夜道を歩いていたある旅人は、真夜中の峠道で新骸党の一味が野営をしているところに出くわしてしまった。遠くから焚き火の炎が見え、馬のいななきも聞こえてきたので、野宿だろうかと、とりわけ深く用心することもなく近づいていった。それほどに、新骸党の奴らの方にもまわりを警戒する様子がなく、堂々としていたというのである。

「ところが、連中の顔が見分けられるくらい近くに寄ったところで、焚き火を囲んで座っていた男たちのうちの一人が、麻袋を取り出して頭からすっぽりかぶってみせた。その麻袋に髑髏の絵が描いてあったんで、旅人にもすぐと奴らの正体がわかったというわけなんですよ」

新骸党の奴らは馬を休ませ、自分たちもくつろいで武器をおろし、焚き火で魚を焼いて酒を飲んでいた。装備の手入れもしていたようで、麻袋をかぶった奴も、そこに描いてある髑髏の眼の部分に空けた穴の具合を確かめているらしかった。

「その旅人は、俺と違って賢かったんでしょうね。すぐに逃げ出したりしなかった。その場で藪に隠れ、新骸党の奴らが酒に酔って寝込んでしまうまでじっと潜んでいて――」

見張り一人を残して一味が寝入り、その見張りもこっくりこっくりと船をこぎ出したのを見定めて、ようやく藪から抜け出した。ただし、逃げ去る前に、一味が積み上げていた荷物の中身をざっと調べてみた。

「金目のものは、もっと大事に身につけているのか、見当たらなかったそうで。ただ、とにかく火薬の包みと、鉄砲の弾がたくさんあったということでした」

賢い旅人は火薬の小さな袋を一つくすねると、今度こそあとも見ずに逃げた。

「もう野島郡を目指すのはやめて、回れ右をして城下へととって返しました。そして、途中で行き会った河和郡の代官所のお役人に、かくかくしかじかと事情を打ち明け、火薬の包みを見せたんですが」

ほとんど相手にしてもらえなかった。

「いえ、お役人さま方だって、新骸党がこの土地を荒らし回っていることはわかってる。夢や幻、ただの噂じゃないってね」

だが、本腰を入れて一味を退治するつもりはないのだ。

「この土地でいくつ村が襲われ、大事な作物が盗まれたところで、お代官さまは痛くもかゆくもないですからね」

――野盗に年貢米を盗まれることがあれば、それはおまえたちの咎となるぞ。

「年貢米の代わりになるものを、着るものから夜具まで村の衆から引っぺがして持ち去って、それでも足りない分は来年の年貢に上乗せすりゃあ事足ります」

「だけど、城下町じゃ、大きな商家が襲われているんでしょ。そんなの、見て見ぬふりができるわけねえ」

矢一が強い声を出して、六おんじに軽くおでこを小突かれた。

「六郎兵衛さん、叱らないでください。矢一っちゃん、あんたは知らなくても無理はねえけれど、河和郡の代官所は河和郡を治めているだけで、城下町のことには関わりがないんだよ。むしろ、下手に関わろうとしたら、お代官さまだってお殿さまに叱られちまう」

村長の用意してくれた白湯《さゆ》を飲んだり、ふかし芋を口に入れたりして、清竹も少しずつ元気を取り戻してきた。

「城下町のなかじゃ、立派なお役所の怖いお役人さま方が、今度新骸党が現れたら、一味を一人残らずひっくくってくれようと待ち構えていなさるはずだ。だけど、それはあくまでも城下町のなかだけの話でさ。河和郡の村が野盗に襲われたところで、その方たちが出張ってきてくださるわけはねえ」

ましてやこの新骸党は、最初のうちは隣藩の領内で暴れており、今もしばしば国境をまたいで行ったり来たりしているらしい。ますます、城下町のお役人方にはぴんとこない。

「お殿さまは、おらたち河和郡の村人が困ってても、助けてくださらねえってことかい」

いっそう声を強めて、矢一が問う。六おんじが、今度はその額を小突くのではなく、頭の上にそっと手のひらをかぶせた。

「河和郡のわしらが頼りにするべきは、代官所のお役人じゃ」

「だって、代官所のお役人はやる気がねえんだろ？」

いいや、やる気がねえのはどっちもだ。矢一ほど熱くなっていない分、みぎわの方が冷静に大人たちの話を理解していた。

お城のお殿さまに仕えるお役人も、河和郡の代官所に仕えるお役人も、成り行きを見守っているうちに、新骸党がどっかでどうにかなって消えてくれればいいと恃んでいる。いちばんいいのは隣藩に戻っていってくれること。その次にいいのは、襲撃を繰り返すうちに一味が怪我や病や仲間割れで弱っていって、自然と解体されること。実際、野盗というのは、一時はどれほど派手に立ち回ろうと、たいていそんなふうに冴えない手じまいをするものなのだ。

とにかく、自分たちで捕まえたり退治したりするなんて、面倒で命の危険があることは、ぎりぎりどうしようもなくなるまでやりたくない。それがお役人たちの本音だろう。

「昔の骸党のように、一味が恐水病にかかって全滅してくれたなら、手間が省けてありがたい」

村長が吐き捨てるように言った。「役人なんざ、その程度の了見じゃ。ならば、邪魔さえされねばいい。役人の力など、最初からあてにしておらん。儂らには、三平太さまがおる」

そうだ。新骸党を迎え撃つ準備は着々と進んでいる。

清竹は腕組みをすると小首をかしげ、「四日前に旅人が見かけたとき、新骸党の一味は火薬と鉄砲の弾を持っていたけど、鉄砲はその場にはなかったんですよ。だからね、昨夜俺が見かけた荷車が積んでいた木箱の中身が鉄砲だったんじゃないかって――」

そこまで言ってから、自分の頭のなかいっぱいに満ちている「言いたいこと」の隙間に、やっとこさ「さんぺいた」という言葉が引っかかったのだろう。

「さん、ぺいた？」

言って、村長と六おんじの顔を見た。それから羽一と矢一とみぎわに目を移し、

「もしかして、村を守るための用心棒でも雇ったんですかい？」

これを聞いて、安良村のみぎわたちは小さく笑った。誰が正しい答えを教えてあげるんだろう。おらが言ってもいいのかな。

「うん。用心棒は用心棒でも、ヌシ様だよ」

言って、みぎわは村長の家の裏庭を見回した。いつもの水瓶は勝手口のなかだし、庭には水がたまりそうな大きな容れ物は見当たらない。三平太さまが現れてくだすったら、余計な話は要らないのに。

「みぎわ、清さんにはヌシ様のお姿が見えねえ」と、羽一が言った。

あ、そうか。他所者の目には見えないんだっけ。

「命からがら、わしらを案じて駆けつけてくれたのに、すまんな。だが、話だけならできる」

六おんじが、これまでの三平太さまとの経緯《ゆくたて》をざっくりまとめて語っていくと、聞き入るうちに、

清竹の目がどんどんまん丸になっていった。三平太さまの目玉とそっくりだ。

「お、俺は、九十九嘘堂の清竹で」

安良村の女子供をホラ話で喜ばせ、笑わせ、ときどき叱られてきた清竹で。

「皆さん、そんな俺を一度こらしめてやろうと、思いっきり大ボラを吹いていなさるんですか？」

「そう思うなら、命を大事に、今すぐこの村から離れた方がいい。案じてくれて、ありがとう」

村長が手を貸して、羽一もそれに手を添えて、ずっとへたりこんでいた清竹を立ち上がらせた。

どうやら、ひどい打ち身や骨折はないようだ。

「ちょ、ちょっと待ってください。俺も、ただ心配しに来ただけじゃなくって、皆さんのお役にたちそうなものを持ってきたんですよ」

清竹は慌てて着物の前をはだけて、腰に巻いていた風呂敷を解いてみせた。取り出したのは、ちょうどみぎわの両手に収まるぐらいの大きさの、目の詰んだ白い紙袋に入った包みだった。重さはたいしたことがない。

「この中身は、うちのお店では〈おから〉と呼んでるんですが、食い物のおからじゃありません。うんと細かい紙くずなんですよ」

城下の紙問屋から、わざわざ金を出して買っているくらい、上質の紙くずだという。

「生薬の材料で、朝鮮人参みたいに高価なものや、附子《ぶし》（トリカブト）みたいに扱いの難しいもの、鳥の卵の殻みたいに壊れやすいものを容れ物にしまうとき、これを詰めておくと湿気を吸ってくれるし、中身を守ってくれるんで、一石二鳥なんです」

ただし、注意しなければならない点が一つある。この〈おから〉はきわめて燃えやすいのだ。

「火薬と同じくらい、よく燃えるそうで。しかも、いっぺんにたくさん燃やすと、火薬みたいに爆《は》ぜるそうなんですよ」

安良村には、凶暴な野盗の一味に抗する武器がない。せめてこの火薬並の使い道がある〈おから〉が何かの役に立つのではないかと思って持ってきた――

「お店に内緒で盗んできたの？」

みぎわが問うと、慌てて首をぶんぶん振る。

「いや、紙くずだから！」

「だって、お金を出して買うほどいい紙くずなんだろ」

矢一に言われて、清竹はしゅんとなった。

「清さん、お店には帰れないね」

少なくとも、今すぐ帰ったら盗みがばれる。

「その前に、帰り道でまた新骸党の奴らと行き会ったら、今度は無事じゃ済まねえかも」

どっちにしろ、清竹には村に残ってもらうしかない。

「俺も、そのつもりで来たんです」

清竹は言って、ぶるんと胴震いをした。

「行商人同士で、若僧の俺にいろいろ教えてくれた開新堂の久兵衛さんの仇も討ちたい。お願いします、村の皆さんの戦いに交ぜてください。何でもやって、お手伝いします」

みぎわたちの背後から、快活な声がかかった。「じゃあ、お願いしようじゃありませんか」

振り返ると、庭の隅を巡って幸吉が近づいてくる。サエの大事な旦那だが、みぎわはやっぱり会うたびに、（猿だ）と思ってしまう。とっても賢くて、善いお猿さん。

「村長はこちらだと聞きまして、すみません、勝手に通って参りました」

ついでに言うなら、声もいいお猿さん。

「火薬のようによく燃えて、爆ぜる〈おから〉か。ありがたい。難問が、これで解決したような気がしますよ」

清竹がすっとんきょうな声を発した。「あんた、どなたです？」

村長がちょっと仲立ちすると、清竹と幸吉はすぐに手を結んだ。あ、サエさんのご亭主で。それはおめでとうございます。

「俺もあんたと同じ他所者で、三平太さまというヌシ様のお姿を見ることができないんだ。ただ、三平太さまは水を操り、火が大の苦手だということは教えてもらったんで」

「ヌシ様は火が苦手なんですか？　だったら、俺が持ってきた〈おから〉なんか、まるで使い道がないや！」

「とんでもない。逆だよ」

百年前の鬼眼法師の骸党は、旧安良村を襲撃したとき、最初に火矢を射かけてきた。

「それをどうやって防ぐべきか、ずっと頭を悩ましてきたんだが」

おからを上手く使えば、道が開ける！

一晩、二晩と慌ただしく過ぎて——

三日目の夕暮れどき、安良村から遠く見渡すことができる西の空に、かぎ針でひっかいたような茜色の光が残るころ、みぎわと矢一は六おんじの湖畔の小屋へ行った。

風はなく、空気は冷たい。鼻先が冷える。今夜は新月だ。散らばる星の光はまだ淡い。

水際に立って三平太に呼びかける。湖のかなり遠いところでぽつんと波紋が生まれ、三平太の頭が浮き上がると、ゆっくりとこちらへ近づいてきた。

「北の丘の麓で、馬の足音がいくつも重なって聞こえとる」

水辺にしゃがんで、みぎわと矢一には背中を向けたまま、三平太は言った。

「やつばらは、野島郡の方から、国境を越えて降りてきたんだで」

矢一が進み出て、三平太のちょっと後ろにしゃがみ込む。人の気がヌシ様にはよくないと知ってからこっち、二人はいつも三平太にくっつかないよう気をつけていた。

「……それなら、今夜のうちにはこの村まで来れねえかな」

矢一の問いかけに、三平太はかぶりを振って、「今は日ごとに夜が長うなる。やつばらは安良村の衆をなめくさっとって、襲いかかれば半刻ぐらいで平らげてしまえるとたかをくっとろうで」

今夜のうちに、必ずやって来る。

「おではぎりぎりまで、おおいけに潜っとる。矢一は打木《うつぎ》でおでと村の男衆をつなぐ——」

三平太の言葉の途中なのに、思わずという感じで矢一は片膝をつき、恭しく頭を下げた。

「へえ、命がけで伝令を務めます」

その矢一の首には、三平太の言った「打木」がかかっている。みぎわも首からぶらさげている。

打木は、河和郡の男たちが漁や猟をするときに使う道具で、「うづ」という灌木の枝を手頃な長さに伐《き》り、二本を一組にして紐でつないだものだ。漁師や猟師はこれを首にかけて湖や山に出かけ、何か危ないことがあったときには、力いっぱい打ち鳴らすことで、まわりにいる仲間たちに急を報せる。「うづ」の枝はとても硬いが、内部に空洞があるので叩くといい音が出て、遠くまでよく響くのだ。

使い方が簡単だから、熊や山犬に用心しなければならない季節には、獣よけとして女子供でも持ち歩く。その簡便な名物道具が、この戦では伝令のために役立つことになった。

「とンでもねえ、矢一も、みぎわも、誰も命をかげではいかんで」

三平太は言って、嘴の端にしわを寄せた。けっこう大きな、ほがらかな笑みだ。

「まずは命を大事にしろ。伝令の、ほかの子供らも」

「みんな怖いもの知らずの、おらの仲間ばっかりだから、平気じゃ」

矢一と仲のいい男の子たち。伝令役の合図をずっと打ち合わせ、前もっておさらいもしてきた。彼らの動きがちゃんとしていて、内容に伝わり間違いがないかどうか、みぎわも一緒に見て、覚えてきた。

「おらもおります」

みぎわが声をあげると、三平太はまた嘴のところで笑って、腰を上げ、右の手のひらで頭の上の皿をぞろりと撫でた。皿のなかの水がはねて、三平太の鼻先でしずくが光る。

「じゃあ、おではいく」

ダミ声の言葉尻が消えぬうちに、三平太は湖の水面の下へ、溶け込むように消えた。

矢一は水際から引き返してきて、六おんじの小屋の出入口のところで膝をかかえた。

みぎわは六おんじの小屋のなかに引っ込んだ。土間の上に筵を敷いただけの床に、武器が並べてある。投げることもできる細くて軽い竹槍、砂を詰めた麻袋を荒縄でくくり、縄の部分を持って振り回したり放り投げたりできるもの。すぐ都合できる材料を使って、思いついた限り、作れた限りのものだ。

母のムロは弟と妹と一緒に、村長の家に隠れている。子供や年寄りとその守り手である女たちは、みんな村長の家に集まっているのだ。最初のうち、ムロはみぎわも連れていきたがったけど、みぎわは頑固に突っぱねた。それでもムロが諦めてくれず、ついには父の羽一どころか六おんじまでもが折れそうになったので、みぎわは叫んだ。

「おらは三平太さまの巫女じゃ。おらが逃げ隠れするわけにはいかん！」

あとで六おんじが、そのときのみぎわには威厳があったと言った。矢一には「勝手なことをふかすな」と叱られた。

だけど、みぎわはけっして口からでまかせを言ったつもりはない。本当に三平太さまの巫女になって、湖の底で三平太さまに仕え、ずっとずっと暮らしたっていいと思った。そしたら、村の暮らしでは見えないものが見えるだろう。水底から仰ぐ河和郡の空は、どれくらい蒼く見えるのだろう。

サエにこの話をしたら、

――みぃちゃんは三平太さまに憧れているんだね。

と、教えてくれたろう。まだ恋には至らぬ幼い気持ちだが、混じりけのない想いだ。

土間に隙間を見つけて座り込み、身体を小さくして、みぎわは目を閉じた。

打木はお祭りや盆踊りのときにも使われる。豊作を祈るでんでん踊りのときは、踊り手が二人一組になって、それぞれ一本ずつ打木を手に持ち、踊りの合間に拍子をとりながら、相方の手の打木と叩き鳴らし合うのだ。

みぎわはまだ、おとうや矢一としか踊ったことがない。いずれは似合いの若者と踊るのだろうと思ってきたけれど、今はそんなふうには思えない。踊るなら三平太さまがいい。三平太さまじゃなけりゃ嫌だ。

かちん、かちん。打木を鳴らして相方と左右を入れ替え、かちんと鳴らして元に戻る。入れ替わるとき、小柄な女は大柄な相方の男の袖の下をくぐり、男は女の肩を抱いてやる。かちん、かちん。

三平太さまとみぎわは踊る。くるくる回る。打木を鳴らして――

かちん。

みぎわははっと飛び起きた。真っ暗で、自分がどこにいるかわからない。ああ、六おんじの小屋だ。

かち、かちかちかち、かっちん！　外から打木を鳴らす音が響いてくる。

みぎわは小屋から飛び出した。兄やの姿が見えない。かちん、かち、かちかちかち、かっちん！

さっきと同じ響きの繰り返し。頭上からだ。見上げると、矢一は六おんじの小屋の屋根に上っていた。両手をいっぱいに広げ、思い切り力を込めて打木を鳴らしている。

かちん、かち、かちかちかちが三つ、そしてかっちん！　この符丁は、新骸党の奴らが北から現れ、東の出入口に向かっているということを示している。大急ぎで決めた符丁だけれど、かちんは北、かちは東、かちかちかちは「敵は馬に乗っている」、かっちん！　とは「用意せよ」の意味だ。

六おんじの小屋の次の伝令がいるのは、村の中ほどにある火の見櫓の上だ。耳を澄まさなくても、みぎわには聞こえた。矢一がやってみせたのと、同じ音の繰り返し。少し経つと、村の南側からも、東側からも聞こえてきた。合点承知、伝わった。

みぎわは湖の水面に目をやった。いつの間にか夜は更けて、月明かりのない湖面は墨を流したように暗くなっている。

だけど、真っ平らではない。なんだか——水面が毛羽立っている。

ごく小さな、針で突いたみたいな波紋。水鳥でさえこれほど小さな波はつくれない。

つま先が濡れるほど水辺に近寄ると、それらの極小の波紋がさやさやと音を立てているのが聞こえてきた。そして、ようやく気がついた。どこにも光がないのに、おらはどうしてこんな暗い水面の様子が見えるんだ？

かちん、かち、かち。小屋の上で矢一が打ち鳴らす。一味が北から湖沿いに東へ回っている。近づいてきている。

——兄や、なんでそれがわかるのさ。

みぎわは目をしばたたき、さらに目をこらした。そしたら、出し抜けにわかった。ちゃんと見えたのだ。

見るべきものは、極小の波紋ではない。それらの波紋は動いて形を作り、その形が刻々と移動しているのだ。

円座ぐらいの大きさのゆがんだ丸い影。それが一、二、三——数え切れない。十を超えている。

後先になりながら、揺れながら水面の上を動いてゆく。

北北東から東に向かって。

これは、新骸党の奴らの動きだ。湖に潜った三平太さまが、水を使って奴らの居場所を知り、移動してゆく様を知り、それを水面に映して、伝令の矢一に報せているのだ。

明かりは要らない。湖の水そのものがほのかな光を放って、波と影を浮かび上がらせている。

黒い丸が近づいてくる。村の東の出入口に。

「兄や、おら、様子を見に行ってくる！」

言い置いて、みぎわは駆け出した。


何があっても湖畔の小屋を動かず、三平太が報せてくれる新骸党の動きを、村の男衆に伝えること。そして、村の東や南で起きる一味との戦いの様子を、その場の伝令から受け取って、確実に三平太に伝えること。それが矢一の役目だ。矢一がこれを果たせねば、一味を迎え撃つために用意した仕掛けや武器が空撃ちになってしまう。三平太も一味を捕らえ損ねてしまう。

みぎわが駆けているうちに、村の東側の闇のなか、おそらくは森を抜けてすぐのあたりに、松明の列が現れた。ざっと数えて十四の松明。人が走る速さよりもずっと速い。馬だ。

近づいてくる。一列から二列になり、ちょっとバラつき、また集まって二列に戻り、駆けてくる。

みぎわが目指す村の出入口には、土嚢や丸石を積み上げた、にわかづくりの壁がある。矢一だったら一蹴りで登れてしまうくらい、せいぜい軒の高さだ。こんなもので野盗の一味の侵入を防げるわけもない。

この壁の用途は別にあるのだ。

「ひょおお〜、うひょおお〜」

「うおおお、おおおおお」

乱れる馬の蹄の音。奇妙な雄叫び。奴らだ。卑しい盗人の、人殺し野郎どもの喚声だ。今から、牛馬よりもおとなしく言うなりになる安良村の連中を襲って、頭から食い尽くしてやるぞぉ～と。

矢一たち伝令が放つ打木の音。かち！　東！　かちかちかち！　一味は馬に乗り、大勢。

息が切れて、みぎわは足を止めた。まだ出入口までは遠い。火の見櫓に上ろう！　梯子をつかむ。恐怖も迷いもない。

「わ！　みぃちゃんじゃないの」

驚いたことに、火の見櫓に陣取る伝令は、矢一のやんちゃ仲間ではなく、サエだった。

「サエさんこそ、なんで？」

「うちの人の仕掛けが働くところを、この目で見たいの。どうしても、どうしても見たいの。だから無理をいって、ここの子に代わってもらったのよ」

それはどうかな。ここの伝令が怖じ気づいて逃げてしまったのかもしれない。まあ、そんなのどうでもいい。

かち、かちかちかち！　湖畔から聞こえてくる。東、大勢。だがすぐに、まるで気が触れたみたいな「かかかかかかか」という打ち方になった。

「大変！」

サエが自分の打木を叩く。みぎわは村の東へと目を飛ばす。

あの――あの小さな火の列は。

火矢だ！　奴らは今にも火矢を放とうとしている。百年前の襲撃のときも、最初に火矢を射てきた。それで、火が苦手な三平太さまはどうしようもなくなってしまった。

だけど今度は、そうは問屋が卸さない。

「放て！」

壁の手前側で、誰かが手を上げて合図した。村長か、幸吉か。すると、壁のこちら側に隠れていた村の投擲《とうてき》係が、いっせいに動き出した。

二日とちょっとで、幸吉が図面を引き部品を作ってくれた投擲機を、ざっと十台用意することができた。男一人で持ち運べるし、扱うこともできる大きさの道具だ。バネ仕掛けで、〈おから〉を丸めたものを奴らのところまで飛ばすことができる。〈おから〉だけでは軽いので、芯には丸石を詰めておき、くくった糸を長くして、投擲機に結びつけてある。

バネをはじくと、この〈おから〉砲弾は糸を引いたまま弧を描いて目標の方へ飛んでゆく。あくまで目標のすぐ近くまで飛ばせればいい。あてる必要はない。

砲弾が飛び、糸が限界まで引っ張られると、パンとはじけて〈おから〉を振りまく。

目標の新骸党の一味は、村に射かけようとして火矢を構えている。松明も掲げている。そして、たぶん一味は今夜も——いや今夜こそ、百年前の骸党を真似て、麻袋に髑髏を描いた頭巾をかぶっているだろう。

そこに、火薬のように燃えやすい〈おから〉が、粉雪さながらに降りかかる。

かなり距離のある火の見櫓の上からでも、夜の闇が格好の背景となり、みぎわはありありと見て取ることができた。

空《くう》で燃え上がる〈おから〉は美しかった。炎の線を描き、その線がくねり、一味の頭巾に、着物の肩に、汚れた野袴《のばかま》の腿にまといつく。手妻でも見ているかのようだった。

〈おから〉砲の最初の一発がはじけたところに、炎の花が咲いた。続けて次の花が咲いた。三つめが咲く前に、炎の花は蛇の舌と化して、新骸党の一味の火矢に飛びかかった。松明に乗り移った。

ぼわん！　数えきれぬ炎の花が一斉に咲き乱れ、みぎわはその音を聞いた。残念ながらほんの刹那だけ。なぜなら、そのすぐあとに、一味の悲鳴とわめき声が続いたからである。

「やった！」

サエとみぎわは手を取り合った。東の伝令から、かん、かん、かん！　の音がくる。サエは打木を叩いてそれを報せる。湖畔の矢一からも、かん、かん、かん！　を聞き取ったという復唱がきた。

新骸党の一味は炎に包まれ、隊列を乱して逃げ出しにかかった。ざっと七、八人が、身体や装備についた火を叩き消し、何人かはいぶる頭巾を脱ぎ捨てて、馬をせかして南側の森の暗闇へと向かってゆく。

残りのうちの一人は総身を火に包まれ、馬から転げ落ちた。逃げ去る馬の鞍の端にもまだ火がついていた。さらに二人が馬にまたがったまま火に焼かれ、かろうじて頭巾をむしりとったものの、目が見えないのか闇雲に遠ざかっていって、かなり離れたところで落馬した。馬は無事だといいのにと、火の見櫓の上でみぎわは祈った。

あと四人、火を恐れる馬に振り落とされ、尻や腰を打ってすぐには起き上がれずに、次々と降ってくる〈おから〉の火の粉にまかれた連中が、地べたをひっかくようにしてどうにか立ち上がると、恥も外聞も悪党なりの誇りもなしに頭巾をかなぐり捨てて、こけつまろびつ村の北東側へと退却してゆく。

すかさず、北側の伝令が打木を鳴らした。か、か、か、か、かか〜ん！　四人、退却！

村の北東側には、まさにやつらが馬を走らせてきた野道の途中で、ぐっと湖畔に近くなっている場所がある。火傷を負った奴らは、水を求めてそちらに走っているのだ。

湖のなかには、三平太が待ち受けている。

みぎわはサエと身を寄せ合って、火の見櫓の上から湖の方を見渡した。夜空も山も森も暗く、湖の水面も大きな黒い水たまりのように静まりかえっていた。

その黒く凪《な》いだ水面に、小さな三角波が立った。一つ、二つ、三つ。すぐに数を増して、みぎわの目が追いつかなくなった。

火傷を負ったあの四人の盗人どもが、北東側の湖畔に姿を現した。闇のなかから転《まろ》び出て、四つん這いになって水辺へと進んでゆく。遠く離れたみぎわの耳にも、「水、水、水！」と叫ぶ奴らの悲鳴が聞こえてきそうだ。

ぴしん！　三角波のてっぺんが鋭く尖った。ぴしん、ぴしん、ぴしん！　続けざまに一つ、二つ、三つ。次から次へと尖って、

――水から、何かが飛び出してきてる！

その「何か」に飛びかかられ、盗人の一人が水辺で転がりまわる。いったいどうしたのか、癇癪を起こした幼子みたいに手足をばたつかせ、水辺のぬかるみから泥を撥《は》ね上げる。何か叫んでいるらしいが、ちゃんとした言葉になっていない。

みぎわが息を呑んで見守るうちに、あとの三人も同じように暴れ始めた。四人四様の不可解な取り乱し方で、ある者はいったん立ち上がり、両手で顔を覆ってぐるぐる回り、岸辺ではなく湖の深い方へとざぶざぶ進んでいって、姿を消した。ある者は水辺の泥のなかでのたうち回ったあげく、動かなくなる。ある者は水辺から離れて湖に背を向け、そこで膝をついてひれ伏した――いや違う、上半身が失くなっただけだ。膝立ちになった下半身はその場に残っている。

最後の一人は、おからの火で燃やされてぼろぼろになり、さらに泥水を吸った着物の残骸を身体からぶら下げて、手にした短刀を振り回しながら、水際を逃げてゆく。あの短刀で何を切っているのか。そいつが逃げてゆく先々で、湖の水面は次々と新しい三角波を生み出し、その先端から何かが飛び出してくる。

夜空を塞ぐ分厚い雲が切れて、かすかな星の光が地上を照らした。その瞬間、いちだんと大きな

三角波が立ち、その先端から飛び出したひときわ大きなものが、最後の一人の盗人の顔めがけて飛びかかるのを、みぎわは見た。サエも見た。二人は思わず悲鳴をあげた。

三角波の先から飛び出しているのは、三平太の手のひらだった。いや、湖の水が一時的に三平太の手のひらの形になって、指と水かきを広げ、まるで飢えたカエルか大きなミズグモみたいに、逃げる盗人に襲いかかっているのだった。

みぎわは、久兵衛の亡骸を引き取ったときの三平太の言葉を思い出した。——ヌシ様の水の力だ。死者の無念を含んだ水の力だ。

まともに顔に飛びつかれた最後の一人は、短刀を放り出し、激しく両手を振り回して、三平太の手のひらを引き剝がそうとした。剝がれるわけがない。それはただの水だ。円座ぐらいの大きさがあったけれど、奴の顔にぶつかった瞬間、ただの水に戻って飛び散った。みぎわの目には、その様がしっかりと見てとれた。飛び散る水しぶきの一滴一滴の輝きまで見えた。なのに、盗人の方はまだ何かに襲われ嚙みつかれていると感じているのか、自分の両指で顔をかきむしり、ついには前のめりに倒れ込んで動かなくなった。

「す、すごい」

サエが押し殺した声を出し、震える手で打木を鳴らし始めた。北へと逃げ戻ろうとした四人は退治した。もう、いない。四人、やっつけた。

みぎわは火の見櫓の手すりにつかまって、うんと身を乗り出し、湖を見渡していた。まだ星明かりがさしている。巨大な黒い水たまりのようだった湖は、今また不思議な明るみを湛《たた》えて、全体が大きな一つの生き物であるかのように、ゆっくり、ゆっくりとうねっていた。三角波の群れは、もういない。

「三平太さまはああやって、思うままに水を操れるんだわ」

打木を手に胴震いをして、サエが言う。夜の闇のなかに立つ火の見櫓の上で、サエの瞳の輝きもまた星の光のようだった。

みぎわはまだ湖から目が離せなかった。四人の盗人の亡骸が転がっているであろう水辺に、さっき逃げ散ったうちの数頭だろう、馬がばらばらと近づいてきて、尾を振り首を上げ下げしながら、まわりの様子を窺っている。

馬たちが水辺に寄ると、水面を渡って静かな波が寄せてきた。蹄を水が洗う。馬たちはためらう様子もなくざぶざぶと足を踏み入れ、水を飲んだり、身体に浴びたりし始めた。

「三平太さまは、馬には優しいんだ」

馬たちは元気そうだ。もしかしたら、火傷や転倒したときの傷が、あの水の力で癒やされているのかもしれない。それくらいの力、三平太さまは持っているに決まってる。

かん、こん、かんかん！　打木の音が響き渡り、みぎわは我に返った。

「南の伝令だね！」

おからの火をすり抜け、村の東の出入口から走り去った一味の残りは七人。全員、落馬もしていなかった。態勢を立て直して、村の南側へと回っているらしい。

村長と六おんじ、戦い手になる村の男衆、そこに城下からわざわざ来てくれた清竹もまじって、今日のこのときまで、いざ戦いが始まったらどのような展開になるか、考えられるだけ考えて、知恵をしぼれるだけしぼってきた。そのなかでいちばん楽観的だったのは、村の東でおから攻撃を仕掛けたら、新骸党は怯えて退却していくだろうという説だった。

奴らがただの野盗の一団ならば、それもあるだろう。予想外の反撃を受け、大損害を出してまで、安良村にこだわることはない。

だけど、新骸党は違う。頭目の鬼首法師は、百年ほど昔、鬼眼法師の骸党が「やっつけ損ねてけちをつけた」安良村に、執心を抱いている。鬼眼法師の骸党は恐水病に取り憑かれていたが、鬼首法師の新骸党は、鬼眼法師がひととき咲かせた悪の花への憧れと、その無念を晴らしてやろうという熱い思い込みに中毒してしまっている。

一味は、そうやすやすと安良村を諦めはしないだろう。こっちも腹をくくって立ち向かわねば。東で〈おから〉を見せてしまった以上、同じ手は通用しない。それに、新骸党の奴らは鉄砲も持っている。奴らを計画どおり旧安良村の場所へと追い込むまでは、村を守るため、三平太を守るために、火矢と鉄砲の両方に備えなくてはならない。

村の南側には、馬を連ねて走る新骸党の奴らが通りそうなところに、いくつか落とし穴が掘ってある。奴らが一人か二人でも落ちてくれればありがたいが、まともに落ちなくても、そこらに落とし穴があると気づかせれば、牽制になるだろう。

次の打木が鳴り、村の男衆の雄叫びが盛り上がってきた。南側で投擲機がびゅんびゅんうなり、〈おから〉の包みが夜空に弧を描いて撃ち出されてゆく。

すかさず、矢が飛んできておからの包みを撃ち落とす。鉄砲を放つ轟音がして、おからの包みが宙で破裂する。

よしよし、一味め、両方使ってきやがった。

「撃て撃て、ひるむな！」

あれはうちのおとうの声だ。みぎわの胸が高鳴った。おとう、頑張れ！

おからの包みは次から次へと夜空を舞う。一味はどこに潜んでいるのか、確実におからを撃ち落とす。いや、もう清竹が持ってきてくれたおからはさっきの分で品切れだ。この先、一味がおからだと思い込んで撃ち落とすのは、

「ぱん！」と弾けて籾殻《もみがら》の雨を降らす包み。

「びちょ！」と弾けて臭い臭いしずくをまき散らす肥やしの包み。

「ぺん！」と粘った音をたてて破裂して飛び散る油の包み。

　そのあとを追いかけるように、村の側から一斉に火矢が放たれる。幸吉のおかげで、二日のあいだにたくさんの弓矢を作って備えることができた。見てくれは雑だけど、ちゃんと遠くまで火を飛ばせる。

　村の南側の闇のなかで、一味らの叫び声があがった。馬たちも甲高くいななく。驚いている。動揺している。ふふん、山ンなかの百姓だって、教われば弓矢を作れるし、使えるんだよ！

　ごおお！　投擲機がうなる。今、撃ち出しているのは、ぼろ布を丸めて油を染み込ませ、火をつけたものだ。火の玉だ。くらえ！

　籾殻と油も撃ちつくし、もっぱら肥やしの包みばかりが飛んでゆく。火の見櫓の上にいても臭いくらいだ。これは火矢みたいな威力はないけれど、一味の動きを邪魔することぐらいはできるだろう。

　安良村も三平太も、火が怖い。ならば、こっちが燃やされる前に、新骸党の奴らを先に燃やしてしまえばいい。先手を打って火を味方につけるのだ。

　一味は隊列を乱し、村の南方へと逃げてゆく。こっちから射かけた火の玉、油とまじって燃える籾殻、奴らがまさに射ようとしていた火矢や、奴らが身に帯びていた鉄砲の種火が連中の側で燃え広がり、大混乱が起きている。

　よし。みぎわは強く拳を握った。

　村の南側には田畑が広がっている（だから、その近くに落とし穴があると不便だったし、うっかりして誰かが怪我するんじゃないかと思うと不安だった）。百年前の骸党の奴らも、今の新骸党の奴らもそうだろうが、汗水垂らして田畑を耕していない者たちは、平気で田畑を踏み荒らす。馬の尻を叩いて走らせ、畝を蹴散らし作物を踏み潰す。もちろん、馬に罪はない。火で怖がらせてごめんよ。

真面目に田畑を耕したことがねえ野盗の皆さんよ、知らんだろうから教えてやろう。田畑は、土と作物の種や苗さえあればできるわけじゃねえんだよ。

水が要るんだ。田畑のあるところには、必ず水を引くための工夫がある。安良村の田畑の場合は、用水路が。

水は、三平太さまそのものだ。

あとになって、村のみんなとこの夜のことを振り返ったとき、ようやく思い至ったのだが、このとき安良村の衆は、一人一人が三平太のヌシの力の働きかけを受けて、そろって千里眼みたいになっていたらしい。闇のなかでも目が見えたし、遠くの音もよく聞こえた。それどころか、見えるはずのない場所のものまで見えたし、とうてい届くはずのない音も聞き取れた。

元から見通しのきく火の見櫓の上にいたみぎわとサエには、あたかも二人で星になり、天の高みからこの戦いを見おろしているかのように、何から何までつぶさに見えた。

南側の雑木林との境目に、ちょっと歪んだ台形の田んぼがある。ここが南の田んぼのいちばん端。いちばん日当たりが悪くって、幅半尺足らずの用水路もここがどんづまり。行き止まりには大きな桶が埋めてあり、野良仕事のあと、村のみんながここで泥だらけの道具や手足を洗う。使い終えた水は、桶から溢れるままに、雑木林の奥の傾斜地へと流れてゆく。

そこに、銀色の大蛇の頭が、のっそりと起き上がった。真っ赤な舌がちらりと覗く。

のっそり。南の田んぼの奥の方で、また別の大蛇が身を起こした。そっちの頭はもっと大きく、道具小屋の陰に隠れきらない。

のっそり。また一匹。のっそり。もう一匹。用水路の数だけ、その用水路の大きさに見合った大蛇が現れる。最初の半尺の大蛇など、大きいうちに入らなかった。

田んぼから生まれた大蛇たちは、地上に小さな満月を散らしたみたいに、てんでに白目を剝いている。底光りする白目が、田んぼの畝を照らしてゆく。大蛇たちは探している。安良村の田んぼへ踏み込んできた不届き者どもを。

そして見つけた。新骸党の奴らを。

田んぼからうねうねと生え出た大蛇どもの白目に、尖った瞳が現れた。鋭く金色に光る。音をたてて素早く出入りする舌は血の色だ。大蛇どもは身をくねらせ、途方もなく太い鞭のようにしなやかに、野盗の一味に襲いかかった。

みぎわの耳は悲鳴を聞いた。命乞いを聞いた。恐ろしいはずの景色なのに、目を離せない。顔を背けることもできない。

次から次へと、一味の奴らが大蛇に呑まれてゆく。頭から、肩口から、馬を捨てて走って逃げ出した奴は横っ腹をくわえられて。

その場には馬たちだけが残される。馬たちは驚いて立ちすくむ。でも、まったく怯えてはいない。水の気配を喜んでいる。

そう、用水路から起き上がった大蛇たちの正体は、もちろん水だ。大蛇たちに呑み込まれた新骸党の奴らは、大蛇の胴体の形をした水のなかで、もがいているだけなのだ。それぞれがかぶっていた麻袋が脱げる。口からごぼごぼと泡を吐く。逃げようと手足をばたつかせると、手の先やつま先が大蛇の身体から外に飛び出す。ただの水だから。本物の大蛇の腹のなかに呑み込まれてしまったわけではないから。

それでも奴らは逃れられない。大蛇の形をした水のなかで溺れながら、どこかへ運び去られてゆく。どこへ？　昔の安良村があった場所へ。

村の南側を守る男たちの前を、新骸党の七人を呑み込んだ大蛇たちが横切ってゆく。大蛇の七匹目、呑まれた奴らのなかでは七人目が、先端に鉤《かぎ》を結びつけた縄を繰り出して、通りすがりの木の幹に巻きつけた。巨体をうごめかせて先へ進む大蛇の胴から、その七人目の男はざぶんと飛び出してきた。

悪運の強い奴だ。こいつだけは、まだ頭巾もかぶっていた。何で染めたのか真っ黒な頭巾に、髑髏の絵柄を浮かび上がらせている。裾長の真っ赤な陣羽織。手の甲から肘の下まで革紐を巻きつけている。派手な市松柄の野袴と、やはり革製の脚絆。背中には弓を負い、鎌の刃みたいな形の刀を腰にさし、今、大蛇の腹から転がり出たところで立ち上がると、ちょうど間近に落ちていた手槍を拾い上げ、再びこいつを呑み込もうと迫ってくる大蛇の頭めがけて投げつけた。

手槍はまっしぐらに飛び、大蛇の開いた口のなかに飛び込んで、突き抜けた。その瞬間、大蛇は木っ端みじんに砕けて無数の水滴となり、雨のように降り注いだ。

そこらに燃え広がっていた火が、その雨の一撃で消える。じゅうじゅうと音が立ち、湯気が立ち上る。

「くそ、くそ、どん百姓どもめ！」

男は調子っぱずれの高い声を張り上げて、安良村の男衆たちを罵った。

「百年もの長き恨みを買《こ》うておきながら、なぜ恐れ入らぬ！　この期に及んでなぜ逆らう！　不届き者めら、我は鬼眼法師の生まれ変わりぞ！　ひれ伏せ！」

ああ、この赤い陣羽織が鬼首法師なのだ。

そのとき、田んぼの反対側の端から、新たな大蛇が迫ってきた。その胴体をなす透き通った水は、今にも弾けそうなほどぱんぱんに膨らんでいる。馬を二頭、そっくり呑み込んでいるのだった。

その大蛇は、一瞬ひるんで動きを止めた鬼首法師ににじり寄ると、ぐわっと大口を開いて総身をわななかせた。次の刹那には、大蛇まるごと一匹分の水の塊と化して、滝のようにその場に流れ落ちた。

その流れに乗って、溺れもせず火傷や怪我もなく、二頭の馬がどさりどさりと出てきた。いったんは地べたに倒れたものの、すぐ身をもがいて起き上がる。二頭目の馬が起き上がる拍子に、後足で鬼首法師の背中を蹴った。鬼首法師はべしんと地にたたきつけられ、派手に泥水を撥ね上げた。

今の水で、ちろちろと燃え残っていた火も全て消えた。村の男衆が歓声をあげる。

鬼首法師は四つん這いから立ち上がると、男衆に向かって吠えるような声を放った。その目はらんらんと光り、口の端からは涎が糸を引いている。身を丸めて低く唸ったかと思えば、くゎっと口を開いて舌をべろべろ突き出してみせる。せわしなく前後左右に動き回るのは、まるで見えない何かに引き回されているかのようだ。

頭から泥水を浴びても平気で、泥水だまりのなかを行き来していることを除けば、恐水病にかかった犬にそっくりだった。みぎわは足元から恐怖が波のようにこみ上げてくるのを感じた。たとえ話ではなく、鬼首法師は恐水病みたいな疫病にかかっているのではないか。この盗人野郎の魂は疫病に冒されており、もう取り返しがつかぬほど正気を失っていて、うかつに触れたら村の衆にもその疫病が感染《うつ》ってしまうのではないか。

サエも同じことを感じているのか、身を固くして打木を握りしめ、

「みんな、逃げて」と叫んだ。

あうぉーん！

どこかで犬の遠吠えが起こった。鬼首法師と対峙する男衆がざわつく。あの場にいるみんなにも、この遠吠えがどこから聞こえてくるのか見当がつかないのだ。

あうぉーん、あうぉーん！

一頭ではない。数頭でもない。数えきれぬほどの犬が吠えている。吠え立てながら、こっちに近

づいてくる——

鬼首法師の足元の地面から、ずぼん！　と何かが飛び出してきた。みぎわは火の見櫓の手すりをつかみ、痛みを覚えるほど強く握った。これは夢だ。夢に決まってる。

ずぼん！　もう一つ、別の場所に飛び出してきた。

それは生首——人のそれではなく、犬の生首だった。ぜんたいに水の色をしており、しかし両目だけが赤く燃えている。剝き出される牙は、ぞろりと白銀に輝いている。

二頭の生首に吠え立てられて、鬼首法師は逃げ出しにかかった。弓矢は落としてしまったのか、背中にはもう何も付けていない。野袴は水を吸って重たげにたるんでおり、その腿の部分に鎌みたいな形の刀がぶつかって、歩きにくそうだ。

慌てるあまりに転びかける鬼首法師を、さっき立木に巻き付けた鉤付きの縄がぴんと張って引き戻した。当人はその縄のことを忘れていたらしく、あたふたしてただ闇雲に引っ張る。そのあいだにも、地面からは水でできた犬の生首が飛び出してくる。重なる遠吠えが耳を聾《ろう》するばかり。

ぶん！　と音がして鉤が外れ、鬼首法師は縄と鉤を引きずりながら駆け出した。

いいぞ、村の西へと逃げてゆく。大蛇たちが鬼首法師の手下どもを連れ去ったところへ。もう他に行くところはない。犬の生首たちと、村の男衆が退路を断ち、田んぼからのっそりと起き上がった大蛇どもが目を光らせている。

鬼首法師がこけつまろびつ逃げ去ると、犬の生首たちは一斉にかき消えた。その場には小さな水たまりが残る。もう、そこに映る火の色はない。夜は漆黒に塗りつぶされ、この地を支配するのは三平太の操る水だけだ。

かん、か〜ん、か〜ん。サエが打木を鳴らし、あちこちから同じ音が返ってくる。安良村の衆よ、敵をヌシ様の手のひらの内に追い込んだぞ！

「いこう、みぃちゃん」サエがみぎわの手をつかんだ。「あたしら、みんなで見届けなくちゃ。三平太さまの仕上げの大仕事」

二人で火の見櫓の梯子を下りてゆくと、村の他の場所を守っていた男衆や、伝令役の男の子たちがこっちにやってきた。みんな、鬼首法師の新骸党の末路——一味を駆り立てた鬼眼法師の骸党の記憶が、百年も前にこの村に襲いかかり、ずっとからみついてきた嫌なけちが消えてなくなる瞬間を見届けたいのだ。

うぉーん、あうぉーん！

村の南西に広がる田んぼと、その向こうの深い森。今は真っ暗闇にふさがれているそのなかで、また犬の吠える声が行き交い始めた。

鬼首法師はあの方角には逃げられない。村の西へと向かうしかない。安良村の衆はしっかりと一団になり、まわりの気配の変化に用心しながら、村の西の出入口へと向かった。みぎわとサエが初めて三平太と出会った井戸は、この戦いの影響を受けることもなく、無事だった。地蔵堂にも変わった様子はない。通りがけに、みぎわはお地蔵様の顔を拝んだ。今、どうしても手を合わせておきたいと思った。

そして驚きに息を呑んだ。お地蔵様のお顔がのっぺらぼうになっていたからである。

「サエさん」サエの手を引っ張り、一緒にお地蔵様の顔を確かめた。今度は、丸い石の上に刻まれた素朴な目鼻と口がちゃんと見えた。

「どうしたの？」

いぶかしげなサエに、みぎわは何も言うことができなかった。きっと、ただの見間違いだ。一生に一度あるかないかの騒動のど真ん中にいて、興奮しすぎているのだ。

安良村の衆が、旧安良村のあった場所にたどり着いたとき、夜空の真上にいちだんと濃い雲がかかって、あたりを漆黒の闇の底へと沈めた。

そこは普段から、今の安良村の衆にとっては「近づかない方がいい場所」だった。百年ほど前の骸党によって引き起こされた惨事について何一つ知らない子供らでも、このあたりには足を踏み入れなかった。何の用もないし、薪ひとつ拾えないし、鳥の声もしなくて薄気味が悪いし、何だかうら寂しくてしょうがないからだ。

あたりに広がる森とその下藪が、この場所だけいびつに消えていて、はげちょろけた草地がむき出しになっている。旧安良村があったころには、もっと広々と便利に開拓されていた場所だが、村が生き埋めにされてしまったことで、また森や下藪の方が勢いを盛り返してきた。なのに、どんなしぶとい下草でも、このはげちょろけた草地を覆うことはできない。ここは「死」そのものが埋め立てられた場所で、命あるものは近づけないのだ。

しかし、今はその景色が一変していた。

いびつな草地があったところに、きれいな丸い池が出現している。

——三平太池だ。

みぎわにはすぐわかった。旧安良村と同じように埋められてしまった、ヌシ様の池。

——地べたの底から戻ってきたんだ。

夜の闇のなかで、池の水も真っ黒だ。その黒い水面に、さっき大蛇どもに呑まれて連れ去られた新骸党の奴らがぷかぷか浮かんでいた。気絶して浮かんでいる者もいれば、呆然としつつも目を開き、水面から肩から上だけを覗かせて、立ち泳ぎしている者もいる。気絶したまま沈んでいきそうになっているところを、仲間につかまえてもらっている者もいる。

連中が身に帯びていた武具の類いは全て失くなり、着物も脱げて、全員がほとんど下帯一つの格好だ。髷は乱れ、顔は蒼白で表情が引きつり、

――髑髏みたいな顔してる。

こけおどしのふざけた麻袋などなくても、本人たちが生きたまま骸骨になってしまったみたいだった。実際、目を開いている者もふぬけになったようで、声もあげず、黒い水からあがろうともしない。

村の衆は真っ黒な池の水辺にひしめき、恐怖と畏怖と驚きに、こっちもこっちで顔色を失っていた。

「みんな、木に登れ。高いところに上がれ」

てきぱきと命じるその声は、六おんじだ。「間違っても、この水に触れちゃいかん。ちっとでも高いところに上がれ」

上がれ、上がれ！　叱咤された男たちが、目が覚めたみたいになって、我先にと森の木に登ってゆく。みぎわは誰かに背後から抱えられ、手近な立木の枝の上に担ぎ上げられた。

「サエさん！」

サエと別れたくなくて、みぎわは枝の上から手を伸ばした。そこに別の声が飛んできた。「サエ、無事か」

幸吉だ。他の男衆のあいだをすり抜けて、サエのそばに駆けつける。なぜか闇のなかでも顔が煤《すす》で真っ黒けになっているのがわかる。白目と歯ばかりが白く浮き出ている。

「おまえさん！」

サエは幸吉に手を取られ、ちょっと離れた木に登っていった。あれなら安心だ。あとは、えっと、矢一は？　兄やはどうしたろう。どこにいる？

「六おんじ、おとう、兄やはどこ？」

自分では思いっきり叫んだつもりだったが、弱々しい声しか出てこない。誰かの泣き声が聞こえる。男の子の声だ。伝令役の一人か。

うおおおおん、うおおおおん。

森の木立の奥から、犬の一団の吠える声が近づいてきた。南の方から迫ってくる。

「うおおおおお!」

森の木立のてっぺんに、犬の生首が躍り出た。水の塊でできている、あの首だ。口を開き、輝く牙と血の色の舌を見せつけて、ひときわ高い声で吠え立てると、糸を引くような勢いで黒い池めがけて降ってきた。

それが合図になったように、森のなかから続々と犬の生首が飛び出してきて、黒い池のなかに飛び込んでゆく。ざばん! と水しぶきが立つ。黒い池の水が、犬の生首を吸収してゆく。

そこでようやく、池に浮いていた一味の方が正気づいた。動転してぎゃっと叫び、水をかいて池から上がろうとする。気絶したまま水面に浮かんでいる仲間には頓着することなく、無造作に押しのけてゆく。黒い水が騒いで波立つ。降ってくる犬の生首が、逃げようとする一味の背中に直撃する。

一味の誰も池から上がることができない。そのときになって、みぎわはようやく気づいた。黒い水はただ凪いでいるのではなく、ゆっくりと動いている。池の縁から中心に向かって、とろりとろりと巡っているのだ。

跳ね上がるしぶきも、泡立つ様も、ごく普通の池の水に見える。だが、その正体は何か別のものだ。もっとどろりとしていて、粘ついていて、重たいもの。

たとえば、血のように。

ずずん。地響き。ずずずん。森の木立が揺れる。木の枝がかすかに鳴る。まるで恐怖で歯が鳴っているみたいだ。ずずずん。枯れ葉が落ちる。夏の名残りの青いままの葉も散らされる。

気がつけば、さっきまで空を覆っていた大きな黒雲が消えていた。星明かり。

そのかすかだが清らかな光が、別の大きなもので遮られた。犬の首の群れが飛び出してきた南側の森の木立の上に、何かがぬうっと起き上がってきた。

振り仰いで、みぎわはそれと目が合った。

三平太だ。その姿が大蛇と化している。

田んぼで現れた大蛇どもの大将だ。図抜けて大きく、胴も太い。だが、首から上は三平太の顔だった。飛び出し気味の大きな目。太い嘴。初めて見たとき、みぎわの（みっともない）前髪と同じだと思った、あのひれみたいなもの。その上に乗っているお皿。

三平太は、その太い嘴のあいだに、鬼首法師をくわえていた。新骸党の頭目は上半身裸になり、野袴も右脚が裂けて失くなっており、脚絆と履き物も脱げていた。手槍も刀も見当たらないが、あの鉤がついた縄だけが、本人の腰にぐるぐる巻きになっている。自分の縄に捕らえられたみたいだった。

大蛇と化した三平太は、森の木によじのぼり、鈴なりになっている安良村の衆を一瞥すると、目元をほころばせた。みぎわには確かに、その笑みが見えた。

三平太はぐっと顎をそらせると、鬼首法師をくわえたまま、頭から黒い池のなかに飛び込んだ。大蛇の巨体が優美に宙をよぎり、夜空の星がその瞬間だけ、透き通った水を通して眺めるみたいに、かすかにぼやけて見えた。

一瞬だが、その姿は美しかった。夜空を舞う龍のようだった。まばたきするあいだだけ、中空に清らかな滝が現れたかのようだった。

清新な水の匂いが弾けて、黒い池の水がだばん！　と持ち上がり、大きく波立った。そのなかでもがいていた新骸党の一味は、誰も池から抜け出すことができぬまま、激しい水の動きに翻弄されている。気絶したまま完全に溺れてしまった者もいるらしく、顔が水の下に沈んで、乱れた髪だけが見えている。

みぎわは目がまわりそうだった。見えるものが多すぎ、聞こえるものが多すぎ、こみ上げる感情も多すぎた。それでも、短いあいだながら親密に過ごした三平太との時が、みぎわの直感となって警告を鳴らした。

何かおかしい。三平太さま、何かが変だ。

水を操るその力。苦手な火に邪魔されることさえなければ、怖いものはない。だって、ご覧よ、今のこの戦いっぷり！　新骸党の奴らなんか、三平太さまの前では赤子みたいなものだ。

何もおかしくはない。何も不安はない。

「この不届き者めらが」

新骸党の一味を翻弄する黒い水の底から、三平太の声が響いてきた。いや、池の水そのものが三平太の声を放っているのか。

「河和郡のヌシの池を穢し、ヌシの治めるこの地を耕す者どもを虐げ、疫病を広め、多くの嘆きと苦しみを生み出して、まだこの地に執着する愚か者どもめ」

苦しめ。三平太の声は宣告した。

「おではおのれらを、このまま地獄へ引きずり込んでくれようぞ」

黒い池から三角波が飛び出す。その先端だけはなぜか骨のように白い。

その先端には本当に骨が潜んでいた。人の肘から先の骨。五本の指も、全部揃っている。それを広げて、新骸党の一味につかみかかる。

その勢いに引っ張られ、腕に繋がっている骸骨も現れる。

さらに一つ、二つ、三つの三角波。たちまち数え切れなくなる。全ての波から骨の腕が現れ、その腕に身体がついてくる。頭蓋骨までついてくる。うつろな眼窩に闇を溜め、顎が外れそうなほどに大きく口を開き、がちがちと関節の継ぎ目を鳴らしながら、黒い水を泳いで一味に襲いかかる。

百年前、骸党の襲撃とその後の恐水病の難に遭い、無慈悲な山奉行の命令で、村ごと埋められてしまった悲運の人びとだ。身は朽ち果て、骨だけになっても、怒りと恨みは残っていた。

ヌシの三平太は、その怒りと恨みの溶けた水を操る。河和郡を流れる澄んだ水の底に長いあいだ隠されてきた罪を暴き、鬼眼の所業を繰り返そうとする鬼首の息の根を断ち切るのだ。今度こそ、禍根は残さぬ！

「お、お慈悲を～」

悲痛な声をあげながら、新骸党の一味は黒い池に呑まれてゆく。骸骨の群れにしがみつかれて、連中はもう顔さえほとんど見えない。

地獄絵のような光景なのに、血は一滴も流れず、火はちろりとも燃えていない。刀も弓矢も槍もない。水は静かでしなやかで、押し包むものすべてを清める力を持っている。池の水が凪いでゆく――

「ぐは！」

村人たちが木立の枝に鈴なりになっている側の水面に、突然、人の頭が一つ飛び出してきた。髪が乱れて顔に張り付き、左腕が利かないのか右腕だけで水をかいて、池の縁へと寄ってくる。

「わ、我は、鬼眼法師の御力《みりき》を継ぐ者ぞ」

水をかきながら、ずぶぬれの男はわめく。

「人もどきのカエルもどきなんぞに負けてたまるか。うぉら！」

凄むようなかけ声と共に、木立に向かって何かを放った。

それは目には見えなかった。何であるかわかったのは、サエが悲鳴をあげたときだ。

「きゃ！」

水辺から一間ほど引っ込んだところに生えている古木。太い枝が横に流れている。その上に座っていたサエの首に、あの鉤つきの縄が素早く巻きついた。鬼首法師はしぶとく、最後の最後まで、あの投げ縄だけは手放さずにいたのだ。

鉤縄はサエの首だけでなく、サエが首にかけていた打木をつないだ紐にもからんでいた。だから、すぐそばにいた幸吉でも、縄を外すのに、ほんの二手間余計にかかってしまった。

その余計な二手間のあいだに、鬼首法師が強く鉤縄を引いた。

サエは今度は声も出せず、息を強く吐くような音をたてただけで、木の枝の上から引きずり下ろされた。闇のなかで鉤縄が一瞬ぴんと張った。残酷で容赦ない力を表す、直線が張った。

その力に、細身のサエは身体ごと持っていかれた。腰から地面に落ちると、体勢を立て直す間もないまま、三平太がつくりあげた暗黒の池のなかへと引き込まれてゆく。

「いかん、サエ、サエ！」

幸吉が枝から黒い水へと飛び込む。暗黒の水がうねり、真っ白な水しぶきが跳ねる。サエと幸吉の動きにかき乱され、沈んでいた骸骨たちが浮かびあがってきた。その骨の手足に捕らわれている新骸党の一味も、溺れて気絶し血の気も精気も失せた顔、顔、顔が、ざぶんと水面に飛び出してきた。

「ちくしょうめ、道連れだ」

呪詛の声。見れば、鬼首法師は黒い水にもまれながらも鉤縄を巻き取り、既にサエの首根っこをつかんでいた。サエの髪が乱れ、顔が見えない。がっくりと垂れたその頭を、鬼首法師は水の下へと押し込もうとする。しかも、愉快そうに高笑いしながら。

「やめろ、この人でなし野郎が！」

水をかいて鬼首法師とサエに近づこうとする幸吉に、二体の骸骨がしがみついてくる。幸吉はその勢いに押されて水の下に沈んでしまう。

「幸吉さんは安良村の人だよ！　野盗じゃねえ！　邪魔しないで、助けてやって」

声を限りに、みぎわは叫んだ。骸骨どもに向かって叫んだ。旧安良村の村人たちの恨みを呑んだ骸骨は、幸吉を新骸党の奴らと間違えてるんだ——

いいや、この黒い水、黒い池のうねりの中に落ちてしまえば、そんな区別はなくなってしまうのか。善悪がわからなくなる。

だからこそ、六おんじは言ったのか。水から離れろと。

ああ、どうしよう、どうしたらいい？

一度は凪いだ黒い池が、また騒いでいる。闇と見分けがつかぬほど暗い水の底から、白く痩せ細った骸骨たちが浮かび上がってくる。その手足にからみつかれ、あばらがむき出しの胴体にぎしぎしと乗りかかられて、サエと幸吉はもう姿が見えない。鬼首法師も、折り重なった骸骨どもの狭間から、鉤縄をぐるぐるに巻いてつかんだ拳を一つ突き出しているだけだ。

「三平太さま、やめてくれ！」

矢一の声。一筋の矢が闇を貫き、飛んでゆく。

「ほんの少し、今だけでいい。水を操るのをやめてくれ！」

もう一筋の声の矢を放つと、矢一は頭から黒い池に飛び込んだ。村の男たちが何人かあとに続く。木の上に逃げている村人たちも、木の幹や枝にしがみつきつつ、帯を解いて男たちに向かって投げかけた。

「つかまって、つかまって」

「おらたちは野盗じゃねえよ、ご先祖さま、お助けくだせえ」

黒い池の水はいっそう激しく騒ぎ、骸骨どもは生者に襲いかかってくる。新骸党の奴らはもう息絶えている。鬼首法師でさえ、沈んでしまったきりだ。命ある者は、今の安良村の衆だけなのに、どうして骸骨どもはおとなしくなってくれないんだ？

矢一は一度水面に浮かび上がると、胸いっぱいに息を吸い込んで、また潜った。みぎわは枝の上に立ち上がった。

みぎわがよじ登っていた木は、まわりの木々と比べていちだんと背が高く、枝も高いところにある。目がくらみそうだ。今までこんな高さの木に登ったことなどない。よっぽど無我夢中だったのだ。気がつけば、みぎわをここまで登らせてくれた村人たちの姿はなく、みんなもっと低いところへ——水辺や水のなかに下りていて、みぎわは一人きりだった。

太い枝の上で、木の幹にからみついている蔦《つた》にすがって立っていると、顔の高さが変わったせいで、それまで見えなかったものが目に飛び込んできた。

黒い池の底の方に、二つの丸い光が並んでいる。それが今、ぱちりとまばたきをした。ぐりりと動いて、水面の方を見た。

——三平太さまの目玉だ。

ということは、この黒い水に無数の骸骨たちを含んだ池は、

——三平太さまの頭のお皿なんだ！

この修羅場が始まる前に、三平太が姿を現したとき、みぎわは何かがおかしいと感じた。いつもの三平太とは違っていると。

あれは、三平太の頭のお皿に、澄んだ水が湛えられていなかったからだ。皿は空っぽだった。それはたぶん、三平太にとっては良いことではなかろうはずなのに。

そして今、三平太は巨《おお》きな頭のお皿だけの姿になり、水底で目玉ばかりをぎょろぎょろ動かして、頭のお皿の黒い水に捕らえた人びとを、善人も悪人も区別なしに呑み込んで溺れ死にさせようとしている。

矢一の声は届いていないのか。水底の三平太の目玉が、大きくまばたきをする。

みぎわの足に、蔦にすがっている手に、震動が伝わってきた。

黒い水の深みで、三平太の目玉がまん丸に見開かれる。今にも飛び出しそうに。

ずずずずずず。丸い暗黒の池が持ち上がり始めた。そうとしか言いようがない。池と地べたの境界線が持ち上がり、その丸い縁からは木の根っこや下草の群れみたいなものがぶら下がっている。

三平太の頭のお皿と、そのまわりを縁取るひれみたいなもの。初めて会ったとき、みぎわが自分の切り損なった前髪と見間違えそうになったもの。

夜の底で、巨大な三平太が地の底から生え出てくる。首から上がすっかり地上に出ると、三平太はぶるんぶるんと頭を振った。お皿である黒い池の水が溢れ、池に飛び込んだ村人たちが流れ出てきた。骸骨どもも一緒くたになって流れ出てきた。

「助けろ！」

誰の声だ。村長か六おんじか。

「手を貸してくれ！」

幸吉だ。小脇にサエを抱えて身を起こす。激しく咳き込んで水を吐き出す。サエは気を失っていて、手足が力なく垂れている。あとから飛び込んだ村人たちも次々と見つかって、ずぶ濡れの姿で助け起こされる。

地上に吐き出された骸骨どもは、すぐとその形を失って、むなしく水に還ってゆく。そして地べたに吸い込まれて消えてゆく。

巨大な三平太の頭は、またぶるんぶるんと震え始めた。目玉がうわずり、目尻のところから一筋、二筋——涙が流れる。

そして、巨大な頭はまた地べたに沈み始めた。大きなお皿が池に戻ってゆく。

見えてきた。黒い水を失い、空っぽになった池の底に、新骸党の一味の亡骸が七体。

その真ん中に、おどろ髪の鬼首法師がうずくまっている。今や下帯一つの姿になったその胴に両腕両足を回して、矢一がしがみついている。鬼首法師の背中で固く組み合わされた十本の指。腰のところで重ね合わされた左右の足首。死んでも離すもんかという一念が伝わってくる。

「兄や！」

みぎわは枝から下りようとして、足がすくんだ。登るときには誰かが手伝って、押し上げてくれたのだ。一人じゃ下りられない。

「兄や、兄や！」

「矢一ぃ！」

みぎわの叫びに、羽一の叫びが重なる。おとうは新骸党の一味の亡骸をかき分け、踏んづけて、必死に矢一に近づこうとする。

「ああ、ああ、なんてことだ、矢一！」

みぎわにも見えた。信じたくない光景が見えてしまった。

全身で矢一に捕らえられた鬼首法師は、鉤縄で矢一の首を絞め上げていた。縄のどっちの端からも、鉤は失われている。残っているのは細いが強靭そうな縄だけで、それが一巻き、二巻き、矢一の首に巻き付いていた。戦いのあいだは打木をかけていた首に、忌まわしい縄が食い込んでいる。

そして、首の骨は折れている。そうでなかったら、あんなふうに頭が傾いたりしない。

「このくそ野郎め、矢一を離しやがれ！」

羽一が泣き叫びながら鬼首法師を足蹴にし、他の男衆も手伝って、今にも鬼首法師の手足をばらばらにしてしまいそうな勢いで、矢一を引き離した。縄を外すために動かすと、矢一の首がぐらぐらした。

みぎわは気づいた。兄やの目が半開きになってる。口元が緩んでる。

――笑ってるんだ。

鬼首法師の手から、サエを助け出すことができたから。

泣きながら、羽一が矢一を抱き上げた。また新骸党の一味の亡骸を踏んづけて、池だったところの大きな円の外に出てきた。

「みんなも離れろ。逃げるんじゃ」

六おんじの命じる声の尻をかむように、地の底から震えが伝わってきた。

「すまねえ、やいち、すまねえ」

三平太の声だ。泣いている。

どこにいる？　その身体は今どこにある？

「すもうをとりたかったのに、なあ」

その嘆きの声が合図になったみたいに、地震《じぶる》いが始まった。立木の枝までゆさゆさと揺さぶられる。みぎわは枝の上で立っていられなくなった。

「みぎわ、何でそんなところに」

「飛び降りろ！」

覚悟を決めて飛び降りるより前に、足が滑って落ちてしまった。誰かが受け止めてくれたおかげで、どこも痛くしなかった。

地震いはますます激しくなり、さっきまで黒い池の縁だったところの立木が、根っこから持ち上げられ、幹がへし折られて倒れてゆく。そして、全て呑み込まれてゆく。

水を失ったあの池の底、三平太の頭のお皿の真ん中。

まず、鬼首法師たちの骸が吸い込まれて消えた。そのあとを追いかけるように、土が、泥が、藪が、木々が吸い込まれてゆく。まるで、うんと大きな蟻地獄の巣を見ているかのような景色だ。

安良村の衆は逃げた。三平太の嘆きの声、泣き声が聞こえなくなるところまで。

最後に一声。

「すまねえ。おでは、しくじってしまった」

三平太の別れの言葉だ。

そして、地べたの動きが止まった。立木も藪も、それ以上は吸い込まれなくなった。

安良村の人びとは、すぐには動くことができなかった。三平太の御力の働きが消えると、夜空には弱々しい星明かりがあるだけで、あたりは真の闇に閉ざされてしまった。

みぎわは、ふらつく足を踏ん張って、どうにか羽一に近づいた。おとうは息絶えた兄やを抱いている。矢一の頭は、おとうの左肩にもたれかかっていた。

矢一は完全に目を閉じていた。でも、口元にはまだ笑みが残っていた。みぎわは指を伸ばし、兄のくちびるの端に触れた。その笑みを感じ取りたいと思ったから。

そしたら、矢一の念が伝わってきた。

——しくじってなんかねえ。

みんなを助けた。サエを道連れにしようとした、鬼首法師の最後の悪意にも負けやしなかった。

——みんな無事だ。

兄やのほかは。兄や一人だけは、命を落としてしまった。

「おい、あれ……何だ？」

村人の一人が、三平太のお皿の池の方を指さしている。矢一の頰に指先で触れたまま、みぎわも目を上げてそちらを見た。

真っ暗闇のなかで、何かが光っている。

星の輝きのような、白い光だ。小さい。とても小さい。小石ぐらいの大きさ——と思ったら、だんだん大きくなってゆく。光の輝きも増してゆく。

しばらくすると、同じ場所に立ち尽くしているのに、また村人同士の顔と顔を見分けられるようになってきた。みんな命は拾ったものの、ひどい有様だ。

「おまえさん、あたしをあの光のところへ連れてって」

サエの声だ。我に返ったようで、幸吉におぶさっている。

「何も怖いことなんかないわ。あれはきっと、三平太さまの光よ」

その言葉にうなずいて、幸吉が足を踏み出した。夫婦を照らす白い光は、満月にも負けぬほど輝かしく、強くなっている。

「おとう、行こう。おらたちも、兄やを連れて行こう」

みぎわは羽一を促した。おとうは頭から泥水をかぶったみたいで、汚れていないところなど全然ない。ただ、矢一を失って流した涙の跡だけが、頬の上に筋となっている。

一組の夫婦と、一組の親子。白い光に引かれて、巨大な三平太の頭のお皿だったところへ、黒い水が満ちていたところへ、無数の骸骨を吐き出したところへ、新骸党の一味が呑み込まれていったところへ近づいてゆく。

白い光の正体は、甲羅だった。

みぎわたちが出会い、言葉を交わし、嘴のところにしわを刻んで笑い、井戸の縁や水瓶から顔を覗かせて人を驚かせる、あの三平太が背中にしょっていた甲羅だった。

甲羅だけが、ぽつりとそこにある。身体はない。頭も手足もない。

近づいて跪《ひざまず》き、みぎわは甲羅に触れてみた。すると白い輝きが消えた。光が消えた。

——たっしゃでな。

三平太の言葉が、みぎわの耳の奥で響いた。

残された甲羅も、傷んでぼろぼろになっていた。ちょっと強く触るだけで、表面が剝げ落ちてしまう。下手に持ち上げると、真ん中から割れてしまうかもしれない。
三平太は、こんなになるまで力をふるってくれたのだ。御力を使い果たし、河童の姿形を保つことができなくなるまで、安良村の衆のために戦ってくれたのだ。
百年もこの村にからみついてきた、悪因縁を断ち切ってくれた。旧安良村の衆の仇を討ってくれた。

みぎわはその場で平伏した。

「三平太さま、ありがとうございます」

羽一が、幸吉が、サエがそれにならった。他の村人たちも近づいてきて、みんなが同じように平伏した。村長は男泣きしていた。

六おんじが言った。「これからは、三平太さまがわしらの鎮守様じゃ」

山の端に、夜明けの淡い茜色の光が差した。一夜の闇のなかで起きたすべての奇跡が、悲劇が、悪い夢だったように思えた。

残された甲羅を慎重に運びつつ、人びとが安良村へと引き揚げると、黒い池があった場所に、冷たい清水が湧き始めた。朝の光の下、澄み切った水に満たされて、新しい三平太池が誕生したのだった。


「三平太さまは、しくじってなどいない」

黒白の間の静けさのなかで、爪吉がそう言った。

「六郎兵衛さんも、その語りを聞き取った小僧の大吉――後の大旦那さまも、きっぱりとそう言っておられました」

矢一を死なせてしまった。それは痛恨の出来事だ。しかし、矢一の顔には得意そうな微笑があった。ついに退治されるぎりぎりのところで、サエを地獄への道連れにしようとした鬼首法師。その企みを、たった十一歳の村の男の子が打ち砕いてやったのだ。

「うん。わたしもそう思う」

富次郎はうなずいて、目を閉じた。地の底で光る三平太の大きな目玉。憎い敵と味方の見分けがつかなくなり、ひたすらに黒い水の力を猛《たけ》り狂わせてしまった。それは強大なヌシの眼であり、ヌシ様から見れば芥子粒《けしつぶ》のような村人一人一人の顔を映すことができる瞳ではなかったのだ。

だが、死んでしまった矢一も、みぎわも知っていた。サエを「いい女だ」と褒める、気のいい河童の三平太の瞳を。

富次郎は思う。矢一を失ったとき、きっと三平太は泣いたに違いない。土地のヌシ様は涙を流して悲しみ、人よりもはるかに強大で獰猛《どうもう》なものから、人と同じ身の丈のものに変わったのだ。ヌシ様から、「おで」と名乗る三平太に戻ったのだ。

だから力を使い果たし、甲羅一つを残して姿も消えてしまった。

「安良村を守るために何もしてくれなかった代官所の役人たちは、事がすっかり終わったあとで押し出して参りまして」

村の西にできた新しい三平太池や、村のまわりで戦いがあった痕跡を確かめて、大いに狼狽したかと思えば、居丈高に怒りだした。

「安良村の男たちが武器を取って戦ったということは、どんな理由であれ、お代官様に逆らったことになるんでございますね」

理不尽だが、それが掟《おきて》だ。

「村長が、このたびの事は全て自分が村人たちにやらせた、皆は村長の命令に従っただけだと申し開きをしまして……」

とはいえ、村長一人の首を差し出せば済む話ではなく、

「六郎兵衛さんと小作人頭の羽一さんも、代官所に引っ立てられていってしまったそうでございます」

安良村の側でも、そういう事態はしっかり覚悟していたので、事前にいろいろと相談し、考えをまとめてあった。

「村の今後のことを託すためにも、まず幸吉さんを守らねばならないと」

幸吉の知恵と技は、新骸党との戦いに、もっとも有益なものだった。それは固く秘しておいて、村の将来のために役立ててもらわねばならない。

「三平太さまのことは何一つ隠さない。そのかわり、幸吉さんの知恵と技、清竹さんが持ち込んでくれた〈おから〉が役立ったことは、口に固く閂《かんぬき》をして漏らさない、と」

おかげで、騒乱の前に城下から安良村に来たばかりの「他所者」の幸吉は、まったく追及されることがなくて済んだ。

「清竹さんに至っては、村長たち三人が捕らえられるよりも前に、こっそり村から逃がされて、城下のお店に帰り着いておりました」

戦いに加わり、消耗し擦り傷切り傷だらけだった清竹は、お店に帰ると「安良村から城下に戻る道で山犬の群れに追いかけられた」と作り話をした。山犬は作り話でも、命がけの一夜を過ごしたことは事実だったから、その語りには真に迫ったものがあり、おかげで清竹は無事にもとのお店者暮らしに戻ることができたという。

「清竹さんとのつながりが保たれたのも、その後の安良村にとっては、たいそう助かることでした」

聞き手としても、胸をなで下ろしたくなるような話であった。

しかし、代官所に囚われてしまった村長、六郎兵衛、羽一については、そうはいかない。

「引っ張られてしまってから半年あまりも、三人の消息は、まったくわからなかったんだそうでございます」

安良村は、三人の不在の不安と恐怖を押し隠し、代官所の役人たちに見張られながら、少しずつ村の内外を修繕し、崩れた用水路とあぜ道を整え、田畑を耕した。

「翌年の春、山の花々が一斉に咲いて散ってしまうころ――新しい三平太池の水面にも、ヤマモモやアンズの花びらがたくさん浮かぶようなころになりまして、六郎兵衛さんと羽一さんの二人が解き放ちになり、村に帰されて参りました」

それでようやく、その間の事情が知れた。

村長は、囚われて十日も経たぬうちに、手ひどい拷問に心身をへし折られて絶命してしまった。残された六郎兵衛と羽一は、一筋の陽光さえ差し込まぬ土牢に繋がれ、酷いお調べを耐え忍ぶ日々が続いた。

「六郎兵衛さんも羽一さんも、安良村で何が起きたのか、村の衆がどうやって新骸党の一味を滅ぼしたのか、一から十まで本当に起きたことを申し述べるしかありませんでした」

それはつまり、ヌシ様である三平太の御力を、包み隠さず語ることだった。

しかし代官所の役人たちは、河童だと？　ふん、世迷《よま》い言《ごと》か作り話だと決めつけて、六郎兵衛と羽一を苛《さいな》んだ。本当の事を白状せい。どこから武器を調達した？　それとも武芸者を雇ったのか。そんな隠し金をどうやって貯め込んだ？

「ところが、二人が土牢に放り込まれてから三月《みつき》か四月《よつき》――あるいは五か月以上も経っていたかもしれませんが、なにしろ二人は過ぎる日々を数えることさえできなくなっておりましたので」

それくらい経ってから、初めて代官本人が出張ってきて、藩の検見役と共に二人の尋問に立ち会った。検見役というのは、領内の農地の管理や年貢の取り立てを主に執り行う役職である。広く領内を巡検し、領民たちの暮らしぶりを監督する一方、代官や名主、地主たちの行いにも監視の目を光らせる立場にある。

「お城の偉いお役人さまから見れば、新骸党の横暴残虐も、そいつらをやっつけた安良村の必死の戦いも、自らの管轄するところでそんな騒動を起こさせてしまった代官の抜け作ぶりも、藩主に対してけしからんという点では同じでございますから」

「お城からお目付役が、雷を落としに乗り込んできたわけだね。それでやっとこさ、代官本人が取り調べに立ち会ったと」

ろくなもんじゃない。富次郎は、頭の隅でちらりと、以前に聞き捨てにした悪代官の話を思い出した。あれも辛い話だったよなあ。

広いこの国には、もちろん優れた代官もいるのだろう。悪い奴、無能な奴ばかりのはずはない。いつかは、善政を敷いて民の尊敬を集める代官の話も聞いてみたいものだ。

「その検見役のお役人という方が、もう何度目になるかわからない、六郎兵衛さんと羽一さんの申し述べる三平太さまの話に、初めてちゃんと耳を貸してくれたそうなんでございます」

検見役は、だてにあちこち巡検しているわけではない。少なくとも領内については見聞が広いし、地理にも歴史にも詳しい。

――ヌシの三平太のことならば、私も古い言い伝えを耳にしたことがある。

遠い昔、河和郡の大半が湿地で、「大湖《おおいけ》」と呼ばれる湖が今よりひとまわりも大きかったころ、

――湖の西側にある小さな池に、ヌシである河童が棲んでいたそうだ。十歳ばかりの男子と同じくらいの背格好だが、頭の上には丸い皿をいただき、頑丈な甲羅を背負っていて、力持ちで相撲が大好きだった。どんな大男でも、三平太と相撲をとると、あっけなく投げ飛ばされてしまうのだそうだ。

そして、三平太池は三平太の住まいであると同時に、三平太そのものでもあった。

――十歳の男子のような三平太は、人の前に現れるときのかりそめの姿であって、ヌシとしての真実の姿はもっとずっと大きい。その巨体は湿地のなかに潜っており、河和郡の土や水脈から天然の力を吸い上げている。そのとき地上に現れている頭の上の皿が、三平太池になる。だから、池の

面《おも》から底の方をよく覗いてみると、地面の底で光っている三平太の双眸《そうぼう》を確かめることができるという。

「それは、まったく安良村の人たちが目にした景色そのものじゃないか！」

富次郎はつい声を大きくし、爪吉も大きくうなずいた。

「六郎兵衛さんと羽一さんは嘘をついているわけじゃない。作り話をしているわけでもない。真実を申し述べている。河和郡のヌシの三平太は、その御力で安良村を野盗の脅威から守った。大切な作物と、百姓たちの命を守り抜いた」

――領内を荒らす不届きな野盗の一味を平らげたヌシは、その行いによって我が殿に忠誠を示したのだ。忠義のヌシを敬い、その守護を受け得た安良村の百姓どもは、そうすることでこれまた我が殿への忠誠と恭順を示したことになる。

――この二人を解き放ち、安良村に帰してやれ。今後も安良村の者どもは、これまで以上の忠勤に励み、三平太池を守るべし。

検見役の鶴の一声で、六郎兵衛と羽一は土牢から解放されることになった。

「二人とも餓鬼さながらに痩せさらばえて、髪も歯も抜けて」

六郎兵衛は、何がどうしたのか想像したくもないが、左手の薬指と小指を失っていた。残っている指も曲がってしまって動かなかったり、爪が剝がされていたりした。

「羽一さんは、片目が潰れておりました」

喉も潰れていたので、声が出なかった。

「残された目に涙を浮かべ、嗄れた声を振り絞って家族の名を呼んで……。女房子供の顔を見てほっとしたら、気が抜けてしまったんでしょうか。気の毒に、ほどなくして亡くなってしまったんだそうでございます」

酷い取り調べが続き、食べ物も水もろくに与えてもらえない日々を、年若い羽一は、年かさの六郎兵衛をかばい、いたわりながら乗り越えた。その分、皮肉なことに、六郎兵衛よりもさらに衰弱していたのだ。

「六郎兵衛さんは、それをひどく気に病みましたそうで」

——面目ねえ。こんな逆縁があっちゃいかん。わしが生き残っちゃ、何にもならん。

「身体がよくならないうちに、むしろそれを口実にしまして、宿場町の知り合いを頼って他所で療養する——という理由をこじつけて、安良村を出ていってしまいました」

六郎兵衛も消えてしまったのか。みぎわたち一家にとっては、辛い喪失ばかりが続いたことになる。長男の矢一。父親の羽一。頼りにしていた六おんじ。

「安良村の村長には、村人みんなに推され、地主の当野家にも認められまして、めでたく幸吉さんが収まりました」

幸吉とサエは村長とその妻として、安良村の立て直しに努めることになった。

「ご亭主の羽一さんを亡くした女房のムロさんは、みぎわさんと幼い妹弟、みずほと風一を抱えて、女手一つではとうてい暮らしていけませんでした」

新しい小作人頭に収まったのは、年若くして小作人頭になった羽一に含むところがあった男で、ムロたちに意地悪こそすれ、親切にはしてくれなかった。

「心配した幸吉がいろいろ手を尽くし、伝手《つて》を使って、地主の当野家へ住み込みの女中奉公にあがる、もちろん子供は三人とも連れてゆく、みぎわも子守奉公する——という話をまとめてくれたんですが、それですとムロさんたちは安良村を出ていかなきゃならない」

当野家はもっと拓けた大きな村に屋敷を構えている。

「ムロさんにとっては、羽一さんが命を懸けて守った自分たちの村。みぎわさんにとっては、兄やと三平太さまの思い出の残る村。離れがたいですよねえ」

語りながら、爪吉はちょっと目を潤ませている。

「それで奉公話が滞っているうちに、一方でですね、なぜだか当野家の差し金で、三平太池の畔《ほとり》に、石でできた三平太さまの像が祀られることになったんでございます」

素朴と言えば素朴、雑と言えば雑な作りの石像で、大きさは子供の身の丈くらい。甲羅はただつるりとしていて、本物の三平太が背負っていたそれとは大違いだった。顔も不細工で、

「みぎわさんは、顔を真っ赤にして怒っていたそうでございますよ」

きわめつけは、その三平太像が胸に（ちょうどお地蔵様のように）赤いよだれかけを掛けていたことである。しかもそのよだれかけには、当野家の家紋「三枚楓」が染め抜かれていた。

富次郎は呆れた。「安良村の危急のときに、代官所と同じくらい何にもしてくれなかった地主だろ？　なのに、ちゃっかり三平太さまの首に家紋を掛けるなんて」

図々しいにもほどがある。

「はい、まったく」

言いながら、爪吉の目が笑っている。

「こんな図々しいお話はありません。ですから、三平太さまもお怒りになりました」

そう、はっきりと怒りを示した。

「ちょっとお話を戻しますが、先ほど、新骸党との戦いが終わった後には三平太さまの甲羅だけが残されていた、と申し上げました」

まばゆく白く輝いていた。

「あの甲羅は、取り急ぎ村の穀物倉に運び込まれたんでございますが」

倉に収められて一晩、二晩と経つうちに、甲羅のひびが深くなり、すぐと端からぼろぼろ欠ける

ようになった。

「旱《ひでり》で干上がった田んぼの土がひび割れるように割れ、触れば触ったそばから欠けて砕けて細かな塵になってしまって……」

ああ、三平太さまの御力が尽きてゆく。

「日ごとに甲羅の形を失い、土塊《つちくれ》みたいなものになっていってしまいますが、やはりそのままでは恐れ多いので、幸吉さんが杉の木で櫃《ひつ》をこしらえましてね。それに収めまして、村長の家の奥の間に安置しました」

幸吉とサエが村長夫妻として住まうようになってからは、日々サエが奥の間の掃除をし、朝夕に櫃の前に水を供え、手を合わせるようになった。三平太さまを拝みたいという者は誰でもそこに来て拝むことができたが、手と顔を洗い、行儀良くふるまわねばならない。

「で……そうこうしているうちに、池の畔に三枚楓のよだれかけをした三平太さまの像が立てられてしまいまして」

あんな像は偽物だ。仏造って魂入れずもいいところだ。いくら地主が偉かろうが、知りもしない三平太さまのことをあんなふうに利用していいわけがない！

「というようなことを、村の誰かさんと誰かさんが、櫃の前で手を合わせるついでに口を尖らせてしゃべっておりましたらね」

いきなり、櫃がごとんと動いた。内側でぼそりと音がした。

「そしたら、ちょうどそのとき、仏造って魂入れずの三平太さまの像のところにいた別の村人が、見たんでございますよ」

三平太池の凪いだ水面に、いきなり鋭い三角波が一つ立って、その水しぶきが、三枚楓のよだれかけを吹き飛ばすところを。

「よだれかけは、ただ吹っ飛ばされて空に舞い上がっただけでなく、真っ二つに裂かれていたそうでございます」

安良村の衆はざわめきたった。

「村長になったばかりの幸吉さんは、知らん顔はできませんのでね。当野家に遣いを走らせて、よだれかけのことを報せました。すると、地主さんも懲りませんでね。新しいよだれかけを作ってよこして、また掛けろと」

二枚目のよだれかけも、掛けたその日に吹っ飛ばされて引き裂かれてしまった。

「そのときも、櫃は動いたそうでした」

二枚目がおしゃかになると、地主は三枚目を作ってよこした。それは掛けるところまでいかなかった。

「三枚目のよだれかけを掛けようと、地主さんの家人が池の畔に近づいた途端に、水面がざぶざぶと騒いで、大きな波が石像のところに寄せてきて、たちまちひっくり返してしまったんだそうでございます」

石像は壊れていくつかの石の塊になった。爪吉は痛快そうに、どぶん、ごろん、ばきんばりん！と手振りをつけて語った。

「地主さんはともかく、その家人はヌシ様の力を憚るお人だったんでしょう。大慌てで逃げ帰っていきましたそうで」

それから、二度と石像なんぞが立てられることはなかった。当野家の方が、それどころではなくなってしまったからだ。

「石像が壊れたその日の夜中に、当野家のお屋敷が、どこからともなく襲来した鉄砲水に流されてしまいましてね」

爪吉も今度は、あけっぴろげに痛快千万！　という顔をしてはいない。

「よく調べてみたら、屋敷の裏庭の井戸が溢れて、なぜかしら一時《ひととき》に大量の水が流れ出たということがわかりました」

当野家は浸水でえらいことになり、家財も駄目になったが、人死には出なかった。

「そんな次第で、ムロさんとみぎわさんの女中奉公の話も立ち消えとなりました」

さて、安良村の周辺がそんなこんなで騒々しくなっていたとき、代官所でも異変が起きていた。

「誰も気づかぬうちに、代官所の地下にある土牢――」

村長と六郎兵衛と羽一が押し込められていた暗闇の底である。

「穴を掘って柱を立て、脆《もろ》いところを岩で補強した程度の雑な造りのものだったそうでございますが、代官所の建物のちょうど真ん中あたり、敷地の半分以上を占めるほどの広さがありましたそうで」

その土牢に、少しずつ水がしみ出していた。「雨のせい、地下水のせいだというには異様な速さで、じわじわと確実に、水が溜まっていたのでございます」

富次郎は（不謹慎かもしれないが）期待でわくわくした。「それは、いつごろから？」

爪吉も、子供らしくないワルの顔をして、鼻歌をうたうように答えた。「ちょうど、六郎兵衛さんと羽一さんが安良村に帰り着いたころからのようで」

正しいことがわからないのは、代官所の役人は誰も、土牢の隅々までまめに調べたりしていなかったからである。

「土牢の床や壁から水がしみ出てくる、おかしいということにも、奥の一角につながれていた罪人がうるさく騒ぎ立てたから、ようやく気がついたというていたらく」

「おまけに、ちゃんと取り合わなかったんじゃないの？」

富次郎がさらにわくわく問いかけると、爪吉も笑み崩れて、

「ええ、本当に期待を裏切らぬ抜け作揃いの代官所でございますよね～」

二人であっはっはと愉快に笑った。

「結果はどうなったの？」

「時期としては、三平太さまの石像のよだれかけが吹っ飛ばされる騒ぎと前後しまして」

「うん、うん」

「土牢に溜まった大量の水のせいで、代官所の建物が沈んでしまいました！」

人に喩えるなら、尻餅をついたような感じで、そこそこ頑丈そうな砦の造りになっている代官所が、「おっとっと」とのけぞるみたいに傾いてしまったのだという。

「なかにいた役人どもは大慌てで外に飛び出しまして、これはいかんと悟ると、大事な武具や道具や文書などを内から運び出し始めましたが、そうしているあいだにも建物は沈み続け、砦の一階と二階、その上にある物見の間《ま》をつなぐ階段が、めきめきと音をたててへし折れていくのです」

期待を裏切らぬ抜け作揃いの頭である代官は、何の用事があったのか、まさにてっぺんの物見の間にいた。

「梯子が次々とへし折れて、どうやっても階下《した》へ降りることができません」

そこで思い切って地面へ飛び降りるぐらいの勇気がある侍ならばよかったが、

「あいにく、そういう人物ではなかったようでございまして」

あれよあれよという間に地面の下、広い土牢に満ちた水のなか、地の底に生まれたにわかづくりの池の底へと沈み込んでゆく代官所から逃げ出すことができぬまま、

「半日ほど経って、ようやく建物の沈下が止まり、お役人たちが代官を捜しますと」

土牢の一角で泥水に溺れ、人事不省の状態となっていたという。

「命はありましたが、寝たきりになり、その後はどうなったのかわかりません」

代官が溺れていた土牢の一角は、村長と六郎兵衛と羽一が繫がれていた場所ではなかったろうか。それでは話ができすぎか。

これ以上わくわくしては、さすがにあとでばつが悪くなりそうなので、富次郎は黙って茶を淹れ替えることにした。

「代官所の椿事は、数日遅れて安良村のみぎわさんたちの耳にも届きました」

爪吉もまた神妙な面持ちに戻って続ける。

「わざわざ口に出すまでもなく、みぎわさんもムロさんも、幸吉さんもサエさんも、それが三平太さまのお怒りによる業《わざ》だとわかりました」

だからこそ、みぎわは心配になった。

――そんなに一気に力を使ったら、残っている甲羅がもっと傷んじまう。

四人は櫃を開け、甲羅を検めることにした。「案の定、甲羅のかけらはもう、そのへんに転がっている小石ぐらいにまで小さくなってしまっていました」

もう、三平太さまに力を使わせてはいけない。この小さな甲羅は安良村の宝、河和郡の宝だ。大事にお守りしなくては。

「まあ、憎い代官所にも、役立たずの地主にもげんこつを食らわしてやって、あとはもう安良村の復興を待つばかりでございますから」

その後は大きな異変はなく、村の衆は次の作付けに取りかかることができた。

「あとに残った問題は、ムロさんとみぎわさんと妹弟の生計《たつき》の道でございます」

そうだった。住み込みの女中奉公の話は潰れてしまったんだし、亭主を失ったムロと三人の子を丸抱えで養えるだけの余力など、復興途上の安良村にはあるまい。

「ムロさんは、幸吉さんとサエさんとよくよく相談した結果――」

まず、幼いみずほと凧一は、幸吉とサエに託されることとなった。

「村長夫婦の養い子として育ててもらった方が、ずっと幸せになれるだろうと」

幸吉もサエもそこそこ年増になっているから、これから赤子に恵まれるかどうか心許ない。みずほと凧一なら、養い甲斐もあれば親しみもある。

「頭を下げて頼むムロさんに、この二人は羽一さんの忘れ形見、矢一さんの大事な妹弟なのだから、きっと立派に育てると、幸吉さんは約束したそうでございます」

サエは何も言えず、ただムロとみぎわを抱きしめて涙したそうである。

「その話をまとめたとき、季節は秋の終わり。毎年、田畑の仕事を終えた村人たちが、江戸へ出稼ぎにいく頃合いでございましたので」

ムロも、それまでの冬場と同じように、江戸へ向かうことにした。出稼ぎ先で得られる金は貴重だったから、所帯を持ち子を産んでからも、子が乳離れすればすぐ出稼ぎに出てきた働き者である。今は、そうした積み重ねが、他に頼る当てのない母娘のよりどころになってくれる。

富次郎は言った。「江戸の町は女が足りず、男ばっかりが余っているから、近在からの出稼ぎには、女の方がうんと重宝がられるし、いい金を稼げると、わたしも聞いたことがあるよ」

ムロにとって、鍛冶橋御門そばの油炭問屋は、実にありがたい奉公先だった。おかみにも気に入ってもらえている。

「だから、母子二人でまた出稼ぎに行くというのは、ちっともおかしな案じゃないと思うけどさ」

富次郎には、やや引っかかることがある。

「ムロさんたちは、村を守るために、夫と長男を失っているわけだよね」

羽一と矢一は尊い犠牲者である。

「それで残された家族なんだから、ホントのところ、安良村でそっくり養ってもらったって、ばちは当たらないんじゃないのかな」

　これは町場生まれ町場育ちの富次郎の考え方であって、田畑を耕し年貢を納め、自分たちの食べるものは自分たちで作る農民の実感とは違うのかもしれない。だから強くは言えないのだが、どうしてもちょっと引っかかるのだ。

　すると、爪吉は思いのほか心外そうな顔をした。

「いや、ごめんよ。わたしの言い分はおかしいんだね」

　爪吉は口をへの字にして、ぐい、ぐいと首を横に振った。そして言った。「実は手前も、小旦那さまと同じように思いました」

　え、そうなの。

「六郎兵衛さんが安良村を離れたのは、羽一さんが死んで自分が残ってしまったことを、あくまでもムロさんたちに対して申し訳ないと思ったからであって、それはまあ、手前にもわかるんでございます」

　うん。富次郎にもわかる。

「だけど、ムロさんたちは、安良村の衆に、もっと大事にしてもらっていいんじゃねえのか。幸吉さんが村長になったんだし、サエさんという味方だっているんだし、何も下の子供を二人養子にもらってもらうだけで、自分たちは他所で稼いで生きていくなんて、遠慮するもんじゃねえと」

　しかし、安良村の理《ことわり》は違っていた。

　呟く爪吉は、本当に悔しそうだった。

「三平太さまの力を借りて新骸党を追い払った。それは、安良村の大きな名誉でもある。万々歳でございます」

しかし、諸手を挙げて喜んでばかりいられないのが、矢一という犠牲者を出してしまった羽一とムロ夫婦の一家だ。そして三平太もまた、実はこの戦の犠牲者、戦死者として数えることもできる。

「代官所に殺された村長や羽一さんとは違う、戦そのものの死者でございます」

矢一は特別だ。三平太と同じくらい特別だ。

「ヌシ様の力に近づき、それによってヌシ様を死なせ、自らも共に死んだ矢一さん」

富次郎はつい目を剝いてしまった。ヌシを死なせた、という言葉を使うのか。

「古いヌシ様は、もう充分に怒って暴れて、鎮まって消えた。新しい三平太池ができて、河和郡には新しいヌシ様が生まれる。お姿は見えないだけで、どこかにいらっしゃる」

ヌシとは本来、そういうものだ。人と関わり、共に戦うなど、あってはならない、あり得ないことだった。

もう忘れた方がいい。敬して遠ざけたい。

村が復興し、豊かな実りと穏やかな暮らしを取り戻していけばいくほどに。

「もちろん、安良村の人たちが、こんなことをはっきり口に出して言ったわけじゃございませんでしょう。でも、日々一緒に暮らしているムロさんとみぎわさんには、伝わった。感じ取れた」

――全てが終わり、平穏が戻ってきて、あたしらは悪い思い出の切れっ端になってしまったんだ。

――忌まれている。今はうっすらとではあっても、次第に強く疎まれるようになるに違いない。

そうなる前に、何とかしないと。

富次郎は胸の前で腕組みをすると、唸ってしまった。

ムロが亡くなったときの、安良村の出稼ぎ束ね役の冷たいあしらいに、油炭問屋のおかみ、お寿美は言ったという。

――あんたたち母子は、村八分にでもされていたようだね。

金巻での出来事のあと、六郎兵衛もこう言っていた。

——安良村の衆は、わけあって、みぎわの家の者とは付き合いを絶っておりました。

富次郎にはわからない。つるつると呑み込みたくない。嫌な出来事から遠ざかるのはわかる。今更のようにヌシの死に恐縮し、恐れ入る気持ちもわかる。だからといって、心細く残された母子を忌むなんて。

しかし、ムロはそうした村の衆の負の心の機微も解して、がんぜない幼子二人は頼れる村長（しかもこの新しい村長は出自が他所者だ）に託し、気丈な長女だけを連れて、故郷を離れることを決めた。

——離れたって、何も忘れない。おとうのことも、兄やのことも、三平太さまのことも。

そう言って、みぎわも母親を励ましたという。村に居残ってお荷物になるよりも、江戸でしっかり稼いで生きていこう。

雪女みたいに色白で、ひんやりとしていたというみぎわの心の、何と強靱で温かなことだろう。まさしく、三平太の巫女にふさわしかった。

「——これで話が一巡りして、油炭問屋さん、金巻さんのところに戻ってくるんだね」

油炭問屋で母ムロと死に別れ、新たな奉公先の金巻で、あわやの大惨事に巻き込まれたみぎわ。そのとき起きた不可思議な救いの奇跡。

「母子の心細い旅立ちの朝、幸吉さんとサエさんが二人を呼んで、四人揃って三平太さまの櫃へ手を合わせに行ったそうでして」

お参りを終えると、幸吉は櫃を開けた。いつか見た小石くらいの大きさの、甲羅の残り。あれからは減っていないようで、みぎわはほっとした。

と、幸吉がその小石をそっとつまみ上げ、驚くみぎわとムロの目の前で、サエが取り出した懐紙にそれを包み、絹の小袋のなかに、丁重な手つきで落とし込んだ。

「昨夜、あたしの夢のなかで、三平太さまの思し召しがあったの」

在りし日の姿の三平太は、旅支度をして、村の東側の出入口のところで、早く出立しようと誰かをせかしているみたいに、ぴょんぴょん跳ねていたそうな。

「夢から覚めたとき、思わず微笑んでしまうくらい、楽しい気分になっていました」

サエは言って、みぎわの手のなかに小袋を握らせた。

「三平太さまは、江戸の町を、みぃちゃんの住むところ、働くお店を見たいのでしょう」

サエの夢のなかの三平太は、背中の甲羅の上に丸笠を付けていたという。

「ムロさんとみぃちゃんも、丸笠を忘れずにね」と、サエは言ったそうである。

「こうして、みぎわさんは三平太さまと共に江戸へ出てきたんでございます」

母子はなじみのある油炭問屋に奉公し、ムロはそこで亡くなり、みぎわは親切なおかみのお寿美の計らいで鼈甲屋の金巻に移った。子守奉公で穏やかな日々を得たものの、商売敵の残月の主人の狂乱で命を奪われかけ、三平太の甲羅に残されていた不思議な力で、主人一家と自らの身を助けることになった——。

富次郎は問うた。「みぎわさんたちの災難を聞いて金巻を訪ねてこられたんだから、安良村を出て行った六郎兵衛さんも、その後は江戸で暮らしていたんだね」

爪吉は笑顔でうなずくと、「はい。六郎兵衛さんについては、まったく捨てる神あれば拾う神ありでございまして」

六郎兵衛は安良村どころか、河和郡からも出てゆくつもりでいたので、当座の雨露をしのぎつつ小銭を稼ぐために、宿場町の問屋場《といやば》で下働きをしていた。そこを、本屋の開新堂の番頭に見つけられ、

「事情を聞いた開新堂のご主人の口利きで、江戸へ出ることになりましたそうで」

安良村の衆が命がけで新骸党をやっつけたことは、河和郡の人びとだけでなく、城下まで広く知られていた。開新堂は、安良村が殺された久兵衛の仇を討ってくれたと深く恩に着ており、六郎兵衛にもすぐと手を差し伸べてくれたのだった。

「六郎兵衛さんも、最初のうちは遠慮していたそうですが」

――おまえさんが野垂れ死にしたところで、ムロにも子供たちにも何ひとつ良いことはない。早く身体を治して、ちっとずつでも稼いで仕送りしてやる方がよかろうよ。

過酷な土牢暮らしで、六郎兵衛は指を数本失い、身体も弱っていた。問屋場の力仕事はきついし、冬場は大雪が積もり、全てが凍りつく山間での暮らしはもっときつい。開新堂の主人の説教は、六郎兵衛の心身に効いた。

「江戸では、開新堂さんの遠縁が檀家筆頭を務めているお寺さんで、寺男をしていたそうでございまして」

あいにく、ムロたちに仕送りしてやれるほどの稼ぎはなかったが、ともあれ無事に暮らし、河和郡から江戸へ出稼ぎに来ている他の村の人びととの繋がりも保っていられた。

「六郎兵衛さんは結局、金巻のこの騒動があった翌年に、そのお寺さんで亡くなったということでございます」

一人になってしまったみぎわは、従前と同じように、金巻の主人一家のためによく働いた。年頃になると、色白で器量よしのみぎわには縁談も舞い込んだというが、

「自分はどこにも嫁にいかない、命の尽きるまでこちらで奉公させていただきます、と」

金巻の子供たち、幸福さんたちに仕える。幸福さんたちを救うため、最後の力をふるってくれた三平太の思い出に仕える。みぎわは巫女なのだった。

「力を失った三平太さまの甲羅のかけらも、ずっと肌身離さず身につけていて、よんどころないと

きだけ、大吉さんに預けていたそうでございます」

大吉は安良村の縁者ではないが、三平太の不思議な力で救われた者の一人だ。

「それに、大吉さんが身につけていると、三平太さまの甲羅のかけらの色艶が、ほんの心なしではありますが、よくなるように思われたとか」

富次郎はつと胸を突かれた。当時の大吉は、矢一と同じくらいの年格好だったはずだ。三平太が救いきれなかった矢一。戦いのなかで、三平太と共に死んでくれた矢一。

そして金巻には幸福な年月が流れる。

「立派に育ち上がった長男の福一郎さんが跡取りの若旦那になり、お嫁さんを迎えて、最初の赤子――男の子が生まれたときは、産後のお嫁さんと赤ん坊の世話を、みぎわさんが一手に引き受けたんだそうで」

夫婦のあいだには、その後女の子も一人生まれた。福一郎の妹である幸恵は良縁を得て嫁ぎ、双子の片割れである福二郎は、元服するとすぐに、跡継ぎに恵まれなかった本家の養子に入った。残った福三郎は、誰に似たのかそろばんよりもやっとうが好きで、町人にも稽古をつけてくれる剣術道場に通い詰め、とうとう師範代にまで上って、師範の娘と夫婦になった。

「金巻の皆さん、それぞれにお幸せになり、お店もますます繁盛していたのですが」

福一郎の長男が十二歳の年の冬、深川で起こった大火に巻き込まれ、お店も一家の住まいも焼け落ちてしまった。

「残念なことに、福一郎さんとお嫁さんと末の女の子はその火事で亡くなってしまいました。ご長男も熱い煙を吸い込んで肺腑をやられて、何年か療養したものの、両親のあとを追う格好になりまして……」

あまりの成り行きに、富次郎は言葉が出てこなかった。水の力で奇禍から逃れた金巻の人びとは、火の力の前にはあまりにも脆かったのだ。

「みぎわさんも火傷を負い、傷が膿《う》んでしまって弱っているところに風邪を引き込んで」

「い、いけなくなってしまったのかい？」

「はい。火事のあと、数日のあいだのことだったそうでございます」

目に見えぬ鯨幕が張り巡らされたかのように、黒白の間を忍びやかな静寂が包み込む。

その静けさのなかで、ふと思い至ったことがあり、富次郎は思わず「あ」と声をあげた。

「その火事で、金巻はお店を今のところに移したんだね！」

残月の主人による奇禍ではなく、その後の幸福な年月の後、あざなえる縄のごとく降りかかってきた火難にこそ耐えかねて。鼈甲をもたらしてくれる貴重な亀には、水が宝で火が仇であるように、鼈甲で身上を築き上げてきた金巻にも、水が味方で火は敵なのだ。

「そうして、あんなにも眩しかった金巻の幸福さんたちは、末のお幸さんだけになってしまいました」

姉と双子の兄たちは、それぞれ別の人生を歩んでいる。今さら金巻に戻すわけにはいかないし、仮にそうできるとしても、暇がかかる。

「そこで本家とご親戚方、お得意さま方が集まって相談して、そのころには番頭になっていた大吉さんをお幸さんの婿にとり、金巻を継がせようという話になりました」

小僧の大吉が番頭になり、ついには入り婿で金巻の主人になったわけである。

「このとき、誰よりも強くその縁組みを望んだのは、お幸さんだったそうでございます」

お幸は、三平太の御力で危ういところを救われた当時はまだ赤子だったから、何も覚えてはいない。ただ、長じるうちに両親や兄姉たちから話を聞かされて、みぎわと三平太の不思議な力、その場から逃げずに自分たちを守ろうとしてくれた大吉の忠義について、よく理解するようになっていたのだった。

「もちろん、奉公人としても骨惜しみせぬ働き者で、大吉以上の婿はいないとおっしゃったそうでございます」

お幸の人を見る目に間違いはなく、大吉は金巻という船を乗りこなして、自身が大旦那と呼ばれるころまでに、往時と変わらぬ商いを張る店へと立て直したのだ。

「大吉さん——大旦那さまは、みぎわさんの最期を看取りました際に、三平太さまの甲羅のかけらを託されておりました」

既に力を失い、空っぽになったかけらではあるが、大吉にとっても命の恩人、救い主がこの世に残したものである。

「お幸さんの婿となり、金巻の主人となると、大吉さんはすぐに、このかけらを家宝として祀ることを決めました」

大吉とお幸はあちこちに相談を持ちかけ、家宝を納めるにふさわしい筐《はこ》や絹の座布団、花台や燭《しょく》台《だい》なども揃えたのだったが、どんなに丁重に祀ろうが、みぎわから離れた三平太の甲羅は、ますます乾いて脆くなり、遠からず、一握りの砂と化してしまいそうな様子であった。

「ところが、あるとき遊びに来た親戚の男の子が、大吉さんから三平太さまのお話を聞いて、興味を持ったのでしょう」

——相撲が好きな河童さんの甲羅は、このなかに入ってるの？

「三平太さまが納められている筐をぶしつけに指さして尋ねたところ、筐のなかでこつんこつんと応える音がしました」

急いで筐を開けてみると、端っこのごく一部ではあるが、甲羅のつやが戻っていた。

「三平太さまは、それぐらいの年頃の男の子がお好きなんだな」富次郎は言った。「矢一の思い出につながるからだね」

そこの男子《おのこ》、相撲をとろう。男子はみな相撲が好きだろう。おでも大好きだ！

「それ以来、家宝のお甲羅さまのお世話役は、十歳ばかりの小僧と決まりました。ただし、大きくなって三平太さまの体格を越えてしまいますと、交代いたします」

さらに、その世話役の小僧は代々「爪吉」と名乗る。これも大吉、金巻の大旦那が決めたことだそうな。

「昔、みぎわさんが何の気なく話してくれて、大旦那さまの心に強く焼き付いたことがございました」

――三平太さまは、爪がとてもきれいだったんだよ。

「手足は大きく、水かきは分厚く、指も太くて頑丈で戦いに適していたけれど、爪だけは乙女のような色合いをしていた、と」

その思い出話になぞらえて、「爪吉」。

今、ここまで語ってきた爪吉。血色のいい顔、健やかな体つき。何代目なのだろう。

そして、今もまだ爪吉なのか。

「大旦那さまは、三月《みつき》も前に亡くなられたよね」

「はい」うなずいて、思い出したように爪吉の目元が震える。

「お甲羅さま、三平太さまは今、どうなっているんだろう」

爪吉は下を向いて、指先をちょっといじった。それから、小さな声で答えた。

「大旦那さまには、ずっとずっと、お甲羅さまがそこにあると思ってお世話するようにと言いつかって参りました」

筐の蓋を開けず、中身を確かめず、大切にし続けるようにと。

「ただ、亡くなる少し前に、大旦那さまがおられなくなった後は、旦那さまのお言いつけに従うように。旦那さまが、この筐はもう家宝ではないとおっしゃったなら、そのように始末しなさい、と」

——おまえが気に病むことはない。

「そういう言い方をするってことは、今の旦那さまは、大旦那さまの息子じゃないのかな」

「大旦那さまとお幸さまのあいだには、お子さんがおりませんでした。旦那さまは福二郎さんのお孫さんで、本家から養子にきて金巻を継がれたのです」

なるほど。直系の子孫が、ぐるっと回って戻ってきたのだ。

「かつて三平太さまの御力に救われた幸福さんたちは、皆様、大旦那さまほどの長命に恵まれず、先に旅立っておられます」

大吉が最後の一人だった。

「大旦那さまが亡くなれば、遅かれ早かれ、お甲羅さまも忘れ去られる……」

だから、大吉は爪吉に言い置いた。安良村の三平太の話をすっかり聞かせるから、おまえは三島屋の変わり百物語で、そっくり語ってきてくれと。

それは、安良村と三平太の思い出を成仏させることだ。幼かった大吉の目に飛び込んできた摩訶不思議と、その後も心のなかに在り続けた憧れと畏怖も。

「爪吉さん」

呼びかけて、富次郎は座り直した。

「いいお話をありがとう」

膝に手を置いて頭を下げる。爪吉も姿勢を正すと、ぺたりと平伏した。

「語りの締めに、ここで一番、相撲をとったら楽しかろうが、唐紙を蹴破って、わたしはたちまち勘当されてしまうなあ」

爪吉は笑って、「それはいけません」

――相撲をとろう！

ヌシと人を隔てるもののない天上に昇り、三平太と矢一はようやく、好きなだけ相撲をとって遊んだことだろう。その光景を思い浮かべると、富次郎の心も温かなものに満たされてゆくのだった。

気がつけば陽は暮れて、夕焼けの切れ端を背負って深川のお店に帰ってゆく爪吉に、見送りに出たお勝が、小さく包んだものを持たせていた。あとで聞いたら、大旦那のための線香だという。まったく気の利く女《ひと》だ。

富次郎は水道橋の蠟螂師匠から、変わり百物語で聞き取った話を聞き捨てにするための絵を、「看板」仕立てにすることを言いつけられている。今回で二作目になるが、爪吉が去るとすぐに案が浮かんできた。

――そのまま金巻の店頭に掛けてもらえるような意匠にしよう。

つまり、土台は鼈甲屋の看板にするということだ。

変わり百物語で聞いた話の内容を漏らすことはできないから、蠟螂師匠は富次郎がどんな話を素にしてこの看板絵を描いたのか知る由もないわけだが、それでも面白みや説得力があれば「良し」と評していただける。

――見る角度によって、違う絵柄が浮かんでくるようにしたいな。

正面から見れば、亀の甲羅の柄。右から見れば、その甲羅の筋の組み合わせに、三平太の横顔が浮かび上がる。左から見ると、矢一かみぎわ、どちらかの横顔。そしてきわめつけは、この看板絵を逆さまにして見たときだ。

――髑髏の頭巾をかぶった鬼眼法師、鬼首法師の顔が見えてくるというのは、どうだ。

この趣向には、色使いも肝になる。鼈甲の材料となる南洋の亀の甲羅や爪は濃い黄土色だそうだが、三平太の甲羅はやっぱり湖の水の色、深い碧《あお》か、優しい水色だろう。そこに若草色と苔のような深緑色と朱色で甲羅のひびの線を描き、角度によってどの色が濃く目立つか細やかに変えてゆけば、図柄として見えるものも変わるはずだ。

このところ、師匠と対面の稽古の際は、ひたすら庭木や花を描いて見てもらっている。目で見たままを描く「素描き」のあと、師匠の手本絵を、富次郎なりの構図を考えて描き直す。好き勝手に描き散らすのではなく、「型」を学ぶのだ。

いそいそと黒白の間を出てゆくと、廊下の先の四畳半ほどの小座敷に、人影が見えた。唐紙が指三本分ほどの幅だけ開いているので、帯と足袋をはいたつま先が見える。

おや、おっかさんだ。こんなところで何をしているのか。

おっかさんと、素直に声をかけるのがためらわれた。首を伸ばして様子を窺ってみる。と、お民は同じように正座した伊一郎と向き合っていた。二人の顔は陰になり、表情が見えない。言葉を交わしているようではあるが、声も聞き取れない。

と、お民が急にこちらを向いた。富次郎はどきりとしたが、お民は素早く手を伸ばし、唐紙を閉め切っただけだった。それまで、半端に開いていることに気づいていなかったのだろう。慌てたふうだった。

富次郎の胸に、もやが湧いてきた。今日、爪吉を迎えて語りを始めようという、その出鼻をくじいた不愉快な椿事。母と兄が暗い顔を突き合わせているのは、きっとあの件のせいだろう。

気になる——けれど。

二人がさしで話しているのは、その必要があるからだ。今はその邪魔をしてはいけない。胸の不穏を卵のようにそっと抱えたまま、富次郎は忍び足でその場を離れた。

第三話

百本包丁

案に相違して、富次郎《とみじろう》の凝った意匠の甲羅の看板絵に、蟷螂《とうろう》師匠がくだした評価は厳しかった。

「頭でこしらえて、描き手が一人で悦にいっている気配が感じられる」

表情は穏やか、口調も優しく、しかし錐《きり》で突くような言葉を吐いて、それを聞いて固まる富次郎に、こう続けた。

「私だけでなく、これを見る全ての人に、まず〈何が売り物なのか〉判りやすい図柄と意匠でなければ、看板絵というものには意味がありません」

思わず抗弁しようと口を開きかけた富次郎を手で制すると、

「鼈甲《べっこう》が売り物ならば、ごく当たり前の土色と黄色、鼈甲色を使うべきで、碧《あお》や緑には用がないはずでしょう」

「いや、それは語りのなかに――」

「その語りは、私を含め、看板絵を見るだけの人びとには、一切関わりがないことです」

富次郎はぐうの音も出なかった。

「おっしゃるとおりでございます……」

うなだれて呟くと、軽やかだった心が水に沈むように暗いところへ落ち込んでゆく。

――やっぱり、変わり百物語を聞き捨てしながら絵の修業もするなんて無理なのかな。

内心の水底から、そんな後悔もにじみ出てくる。

と、何やら楽しげな含み笑いが聞こえた。蟷螂師匠が笑っている。

「念には及びませんが、言っておきます。あなたを笑っているんじゃありませんよ」

「はあ」

「あなたが絵師の修業と変わり百物語の聞き手という二刀流をふるうことを、早くも後悔しているのが顔に出ていて、慰めたいような、愛おしいような、恥ずかしいような、いろいろな想いが入り交じって、笑みが出てしまったのです」

富次郎は何も言えず、口元をへの字に結ぶばかりである。

蟷螂師匠は続けた。「他に生業《なりわい》を持ちながら絵師を目指して修業する者は、珍しくもありません。ここに来て私の前に座り、筆を執るほんの少し前までは、そろばんを弾いていたり、商いものを包んでお客と小銭のやりとりをしていたり、高いところに上がって鋸《のこ》や金槌を使っていたりする」

働きながら、蟷螂師匠のもとに通っていれば、そういうことになるのは当たり前だ。

「絵を描くのに気が散るからと生業を捨ててしまえば、私に束脩《そくしゅう》を払えなくなるどころか暮らしていけなくなりますから、いつか晴れて絵師として食べていけるようになるときがくるまでは、ずっとそうして働きながら修業を続けることになる。それが辛いだなんぞ、愚痴をこぼしている余裕はありません」

富次郎の胸の水面に、小さく鋭い三角波が立った。への字だった口も尖る。

「わたしは、自分が恵まれた身の上であることは重々弁《わきま》えております。日々へとへとになるまで働かずとも衣食住が足り、師匠に束脩を納めることもできて、こうして修業に打ち込めるのですから」

うんうん、それで？　とでもいう感じで、蟷螂師匠はにこにこ顔のままだ。

「そ、それでも！」

自分を奮い立たせるために、富次郎は声を張った。

「師匠がわたしに命じられたこの看板絵の課題は、世間のどこにもここにも普通に転がっているものではございません。もっとずっと珍しくて難しい課題ではありませんか」

師匠は温和なまなざしで問い返す。「ほう。なぜですか」

「な、な、なぜって、百物語の怪談を、看板絵に、仕立てるんですよ。それも、師匠には話の内容を伏せたまま」

師匠はゆるゆると首を横に振り、「私が話の内容を知らないのだから、あなたは聞き取った話のなかから、自分の好きなところを取り出して描くことができる。ずいぶん気が楽ではありませんかね」

瘦せぎすで顎が尖っており、ぐりぐり目玉がよく目立つ。子供のころからこのご面相で、カマキリとあだ名されたのが雅号の由来であるという蟷螂師匠。けっして怖い顔ではないが、腹の底の本音を読み取りにくい顔ではある。

「富次郎さん、多くの絵が――著名な絵師の手になるものから、無名の素人の落書きのようなものまで含めて、およそ絵という絵がそれを見る人の心を動かすのは、なぜだと思いますか」

おいそれとは答えられぬ問いかけだ。富次郎は口を閉じ、心の内で唸る。

「そこに、び、美があるからでしょう」

かすれ声で答えると、師匠はつと笑みを消し、口調はいっそう柔らかにして言った。

「いいえ。絵のなかに、千古不変があるからですよ」

千古不変。いにしえの昔からある、あまねくすべてのものに共通するものごと。

「美だけではありません。醜や愚、苦や悲もある。およそ世の中にあり、人の心のあるところに生じるすべてのものが、絵師の筆で描き得るのです」

それは素晴らしい格言だが、話がずれてきているような気がする――と思っていたら、

「変わり百物語で語り手に会い、その話を聞くたびに、あなたは心を動かされますよな」

問いの向きが変わった。富次郎は慌てて、大きく何度もうなずいた。

「三島屋さんの奥に通し、顔を合わせる寸前までは、どこの誰とも知らぬ赤の他人だった語り手の話に、あなたは夢中になって聴き入り、心を奪われて深く感動する。それはなぜでしょうか」

「なぜと問われましても――」

「どこの誰とも知らぬ絵師が描いた絵にも、一目で魅せられることがある。忘れられぬこともある。それと同じではありませんか」

そこまで言われて、やっと富次郎の理解が追いついてきた。

「わたしが聞き取る語り手の話――それは多くの場合、ご本人や身近な人たちの数奇な身の上話なんですが」

それは確かに不可思議でめったになく、ちょくちょくあっては困るほど恐ろしかったりするのだけれど。

「しかし、そのなかに生きている人びとの心と想いは」

江戸の神田三島町、袋物屋の次男坊として日々を生きている富次郎にとっても、いつだってけっして他人事ではなかった。

千古不変だ。

変わり百物語のなかにも、美も醜も愚も苦も悲もある。

「私はむしろ富次郎さんに、やさしい課題を出したと思っているのですよ」

易しい。そして優しい。

「絵師が追い求める千古不変に、変わり百物語を通して、あなたはしばしば触れている。私だってうらやましい立場です」

師匠がおいらを、うらやましいって。

「現にあなた、前回はいい仕事をしてきましたからね。まあ、初回だから、欲を出すほどの余裕がなかったのが幸いしたんでしょう」

猫の刻参《こくまい》りの話だ。富次郎は、話のなかに出てくる女たちと猫たちの絆の強さを表すために、二重の紙縒《こよ》りを意匠にした。

「あの看板絵は、何かと何かを結びつけるものを扱っておりますと、きわめて明瞭に表していました。まあ、あの紙縒りらしきものの強さがもっとはっきり判るようだと、さらに良かったんですが」

額にも顔にも首筋にも冷や汗が噴き出てきて、富次郎はたまらずに懐紙を取り出した。

「私はそこそこ褒めましたよね。そしたらあなたは気をよくしたのか、今回は洒落《しゃれ》た意匠でもっと褒められることばかりに腐心し、つまらない看板絵を描いてきました」

いや、そこは違います。富次郎は恥じ入る。もっと褒められたいと思ってはおりませんでした。むしろ今回は、すぐと妙案を思いつき、優れた意匠を作れた、褒められるに決まっていると得意になっていただけです――

今までいちばん明るく笑い、しかし出っ張り気味の目玉はぎろりと光らせて、蟷螂師匠は富次郎に言いつけた。

「では、描き直し」

富次郎が水道橋から三島屋に帰り着くと、灯庵《とうあん》老人の口入れ屋から女中が一人お遣いに来ており、台所の上がり框《かまち》でお勝《かつ》と話をしているところだった。灯庵老人のお店《たな》は奉公人が居着かないのか、それともえらく大勢雇われているのか、同じ顔がお遣いに来ることがほとんどない。この女中さんも新顔だ。とはいえ若い娘ではなく、四十路《よそじ》に近い感じだ。ちょっと色黒で、背が高くて痩せている。

「お帰りなさいませ。いかがでしたか」

お勝の問いかけに、富次郎は素直にかぶりを振ってみせた。

「描き直しだ。だから、まだ次の語り手をお招きすることはできないよ。女中さん、わざわざ来てくれたのにすまないね。灯庵さんにはそう伝えておくれ」

すると、女中はお勝と目と目を合わせて、何やら相談するようなふうである。

「何か他に用件があるのかい？」

あるなら聞こう。富次郎も女中と並んで上がり框に腰かけた。

「はい、あのぉ……」

女中は言い迷う。顔も痩せていて、首筋にしわが多い。もしかしたら四十路も越えているかな。申し訳ないけど、若い頃から「ゴボウ」とあだ名されてたんじゃないかな。

「うちに来るのは初めてだよね。灯庵さんのところは、奉公人がよほど大勢いるの」

女中は目をぱちくりしてから、歯を見せずにふふふと笑った。

「いえ、うちの旦那様は、口入れを頼んで来る者をお客様に周旋する前に、手元で半月ばかり雇って、働きぶりを見ることがよくあるんでございます」

だから、しょっちゅう新顔が来るのである。この女中さん自身も、そういう試し奉公の最中なのだそうだ。名はおげんと言い、歳は三十五歳。お勝よりも若いのだ。老けて見積もってしまって、すまねえ。

「で、おげんさん。どうしたんだい？」

　富次郎の打ち解けた問いかけに、迷いが切れたのだろう。おげんは両手を膝の上で揃えて、あらためてこちらを見た。

「それでは、たいへんぶしつけなことをお尋ねいたしますが、先日、三島屋さんには、人を捜しているという名目で、ずいぶんと乱暴な男どもが押しかけて参りませんでしたか」

　今度は富次郎の方が、お勝と目を見合わせた。お勝は小さく肯《がえ》んじる。

「うん、確かにそういうことがあったよ」

　黒白《こくびゃく》の間《ま》の縁側に面した雪見障子を勝手に開けて、ぬうと顔を出したいかつい男。富次郎にとっても語り手にとっても静謐であることが大事な黒白の間に、土足で踏み込まれたみたいで不愉快きわまりなかった。

　あの椿事《ちんじ》にはどんな事情があるのか。どうやら兄の伊《い》一郎《いちろう》にからむ揉め事のようだったが、富次郎が断片的に聞き取れた「しずか」という娘の名前、嫁入り前の娘を拐《かどわ》かすなどという物騒な物言いにも、言い知れない不安感と不快感がつきまとう。

　あの日、お民《たみ》と伊一郎が二人で話し合っているのを垣間見たら、それもまた大いに不穏な感じだった。気になって仕方なくて、お民から詳しいことを教えてもらおうと、富次郎も頃合いを計っており、つい昨日の夕餉《ゆうげ》の前に、ちょっと水を向けてみたところ、

　――ごめんね。でも心配しないでおくれ。一段落したら、必ず富次郎にもちゃんと説明するから、今は見守っていてちょうだい。

　いつも気丈でからりとしているおっかさんに、拝むようにしてこんなことを言われてしまったら、

しつこく問い詰めることなんてできなかった。

「三島屋さんはもう神田の名店でございますから、あの一件はたちまち噂になって、すっかり広まっております」

言いながら、おげんは眉をひそめる。

「うちの旦那様の耳にも早々に入ってきまして、旦那様はそういう……揉め事と申しますか荒事と申しますか、それらは口入れ業の商いにも関わって参りますので、もっと詳しく知りたいと、いろいろ伝手《つて》をたどって」

「野次馬をしてくれたんだね、蝦蟇《がま》仙人は」

富次郎の言いっぷりに、お勝は噴き出し、おげんはへどもどする。

「が、がませんにん」

「年老いて霊力を持った蝦蟇みたいな顔をしてるじゃないか、灯庵さんは」

楽しそうに笑い続けるお勝と、忌々しそうに腕組みをするも、やっぱり目は笑っている富次郎を見比べて、おげんも笑み崩れた。

「はい、まったく……旦那様は蝦蟇の妖怪そっくりで……」

「妖怪はいけない。仙人と言ってあげなさい。それが思いやりというものだ」

三人で明るく笑い、お勝は腰を上げて台所に立った。急須と客用の湯飲みを出す。

「喉が渇いた。ほうじ茶がいいな」

「はい、かしこまりました」

おげんは手で顔をこすり、「あたしがこんなに笑ってしまっては。本当に失礼いたしました」

「いいよ、いいよ。で、野次馬な灯庵さんは、うちの揉め事やあの無作法な男たちのこと、詳しくつかんだんだね？」

「はい、だいぶん、そのようで」

三島屋のことを、いたく案じてくれているのだそうだ。

「この揉め事の収め方を間違ったら、三島屋さんの看板に大きな傷がつく、と」

そこまでの大事《おおごと》なのか。

「おいらの兄さん、伊一郎が巻き込まれている揉め事なんだよね？」

おげんは困ったように首をひねる。「うちの旦那様の申しようでは、巻き込まれたのではなく、むしろ伊一郎さんが大元になって引き起こした揉め事だと……」

「まさか。そんなことがあるもんか」

そんな寝言を聞き込んで案じているなんて、さすがの蝦蟇仙人も耳が遠くなってるんじゃねえのかい？

「三島屋の富次郎若旦那さん」

おげんは面倒くさい呼びかけ方をする。

「おいらは小者の小旦那《こだんな》で結構でござんすよ。何だい？」

「今、三島屋さんのなかに、本当に本当に、しずかという若いお嬢さんを隠してはおられませんか」

富次郎が唖然としていると、お勝がほうじ茶を満たした湯飲みを持ってきてくれた。

「うちに、若い娘さんを、隠す？」

拐かすとか隠すとか、まったく何なんだよ。

「うちはこのとおり、ぐるりと見渡すことができる限りの住まいだし、地下牢があるわけじゃないし、まあ作業場はあるけど、あそこにはざっと二十人の職人や縫子たちが出たり入ったり寝たり起きたりしているから」

人ひとり、どうやったって隠せるもんか。

「そんなことはできっこないし、やらないし、あり得ない」

言って、富次郎は頭をぐりぐり掻いた。

「ああ、もう不躾《ぶしつけ》も蜂の頭もなくていいからさ、何がどうなってるのか、洗いざらいしゃべって教えておくれよ、おげん！」

今般の不穏な出来事の源は、やはり伊一郎の恋であった。全てはそこから始まったのである。

伊一郎は十六のとき、「商いの武者修行」として、日本橋通油町《とおりあぶらちょう》の小間物屋〈菱屋《ひしや》〉に奉公にあがった。その歳で既に伊一郎の頭の良さと弁舌の爽やかなこと、機転も気も利く働き者であることは誰の目にも明らかで、菱屋でもたちまち重用されるようになった。ちなみに富次郎も十五歳で他店に奉公に出て、真面目な働きぶりを買われはしたものの、兄ほど周りを感嘆させたことは一度もないと胸を張って言える。

さて、三島屋の伊兵衛《いへえ》とお民としては、あくまでも跡取りの長男を他店の釜の飯を食う修業に出しただけのつもりだったが、年月が経つうちに、いよいよ伊一郎に惚れ込んだ菱屋の主人夫婦からは、どうか婿にくれないかと頼まれることが何度かあった。

「菱屋さんには、伊一郎さんより二つ年上のお嬢さんと、うんと歳が離れてまだ十歳の息子さんしかおりませんからね」

そのあいだに何人か子はいたのだが、病などで亡くしてしまったのである。

商人として、商家の主としておかみとして、伊兵衛・お民も菱屋の気持ちはわかる。が、その都度きっぱりと断った。伊一郎本人も、他のお店に入るつもりはみじんもない、自分は三島屋の跡を継ぐと腹を決めていると言い切ったので、とうとう菱屋夫婦も諦めざるを得なくなった。

そんなことがあっても、伊一郎の忠勤ぶりは変わらなかった。ざっと二十人ほどの店者《たなもの》を抱え、大奥御用達を拝命する名店の菱屋で、十九歳で番頭になった。菱屋夫婦が涙を呑んで婿取りを完全に諦めたときが二十二歳で、その翌年には、古参の大番頭の次に重きを置かれる立場にまで上がった。

「菱屋のご主人は、娘の婿にすることは諦めても、伊一郎さんを気に入っていることに変わりはなかったので、神仏詣でや物見遊山、習い事など、何かというとご一緒にお連れになったそうなんです」

おげんは、自分の言をいちいち嚙みしめるようなしゃべり方をする。ちょいちょい語尾があがるのは、生まれた土地の訛《なま》りなのかもしれない。

「一昨年……といいますと、伊一郎さんはおいくつでしょうかね」

今二十五歳だから、二年前は二十三歳である。

「神無月（十月）の中頃に、菱屋さんがお得意さまを何軒か誘って、品川へ紅葉狩りにお出かけになりましてね」

そこに、伊一郎も伴っていった。

「品川には、海晏寺《かいあんじ》という江戸でいちばんの紅葉の名所がございます。皆様そこで紅葉見物をなさり、近くの料理屋に移って宴席を囲むという段取りで」

いいなあ。旨いもの好きの富次郎は、つい思った。紅葉は目のご馳走で、豪勢な料理はお腹のご馳走だ。

「で、その紅葉狩りで、伊一郎さんは出会ってしまったんですよ」

菱屋の上得意客のうちの一軒、日本橋青物町《あおものちょう》の〈白井屋《しらいや》〉の娘、静香《しずか》に。

しずかという名前が、やっと出てきた。

「白井屋さんは、青物のなかでも上等の水菓子を扱う仲卸商で、今のご主人で六代目という歴史ある名店でございます」

取引先は大名屋敷や市中の名刹古刹、大地主や豪商ばかりであるという。お店の構えこそ小さいが、商いも身代も大きい。

「白井屋のご主人とおかみさんとのあいだには、娘さんが二人おります。長女は真咲《まさき》さん、次女が静香さん。お歳は、二年前のそのときで、二十歳と十七歳でした」

真咲と静香。商家の娘というより、武家の娘のような品格の高い名前だ。

「咲く花の匂うがごとき美人姉妹——と決まっているよね。そうでなくっちゃ艶消しだ」

兄の恋路の話。先日の出来事を引きずって、不穏な雰囲気はもちろんあるが、いささかこそばゆいような、恥ずかしいような心地もある。それをまぎらすために、富次郎はわざと軽くそんなことを口にしてみた。

しかし、おげんはなぜか首を縮める。お勝はつと目を見開いた。

「そうであったら、いろいろと拗《こじ》れずに済んだでしょうにね」

え。違うのか。

「順繰りに申しますと、まず、真咲さんと静香さんは腹違いの姉妹なんですよ」

真咲の母親は白井屋主人の前妻で、真咲を産んでほどなく病で死んでしまった。静香の母親は、そのあとに入った後妻なのである。

「白井屋さんは男の子に恵まれませんでしたから、いずれはこの姉妹にお店の将来を託さなくちゃなりません。ですから、ご主人とおかみさんは、真咲さんと静香さんを大事に大事に育てました。これについては、まわりの人たちもみんな認めています」

後妻であるおかみが、静香ばかりを可愛がって真咲をないがしろにするようなことはなかった。姉妹は等しく、白井屋の掌中の珠《たま》として育まれた、と。

「ただ、これぱっかりはどうしようもないことですけど」

真咲は、お世辞にも美人とは言えなかった前妻に生き写しだった。一方の静香は、美貌の後妻から、少しばかり権高に見えるという欠点を取り除き、かわりに花の露のような優しさ愛らしさを加えたような、百人おれば百人の目を奪う美しい乙女なのだった。

「当然ですけれど、静香さんには良縁がばっさばっさと降ってきます」

それらの良縁は、静香の幸せだけでなく、白井屋の先々の利益にもつながる話だ。ただ上得意客が増えるというだけではない。有力大名、幕臣の名家、豪商、地主、人気興行主。様々な立場で世間に発言力と影響力のある家と、静香を通してしっかりと絆を結ぶことができる。

ただし、白井屋には姉妹しかいないから、どちらかは嫁にいかずに婿を取り、店を継がねばならない。

「白井屋のご主人は順序を重んじて、真咲さんに婿を取り、静香さんは外に嫁がせたいと考えておいででした」

しかし、後妻であるおかみの考えは違っていた。真咲を嫁に出し、静香に婿を取らせたい。いくら目もくらむような良縁でも、肝心の静香を嫁がせてしまっては、白井屋は嫁の実家として一段も二段も低いところに置かれてしまう。それでは旨味も減ってしまうし、つまらないではないか。

「静香さんを妻にと望む大勢の男たちに、静香は嫁にやらぬ、白井屋に婿入りし、白井屋の娘としての静香を幸せにしてくれる男でなければ用はない——と言い切って、彼らを存分に競り合わせ、勝ち残ったいちばんいい男に、静香さんを託せばいい」

いちばんいい男、ねえ。

富次郎はちらりとお勝の表情を窺った。お勝は謎めいたような半目になっていて、富次郎の眼差しに気がつくと、

「まるで『竹取物語』のようでございますわね」と言った。

お勝らしくない軽薄な台詞だ。わざとそうしているのかもしれない。実は富次郎もさっきから、おげんの話を聞きながら、あんまり怖い顔をしないように気をつけている。こっちが深刻に受け取れば受け取るほどに、伊一郎が巻き込まれているこの一件が、より剣呑になってしまいそうな気がするからだ。

おげんは言った。「同じことを、白井屋のおかみさんもおっしゃっていたそうでございますよ」

――静香は竹取物語のお姫さまなんですよ。ただ、あのお話とは違って、月に帰ってしまわずに、この世で帝のような素晴らしい夫を得るんですの。

そして一族郎党を富み栄えさせる、とな。

「――うちの兄さんは、品川の名所へ紅葉狩りに出かけて、そんなお姫さまに出会っちまったんだね」

富次郎の言に、おげんが瘦せた顎を深くうなずかせる。お勝はおげんの手元にあった湯飲みを取り上げると、ぬるい白湯《さゆ》を満たして戻ってきた。富次郎の分も置いてくれる。

二人はしばらくのあいだ、黙って白湯で喉を潤した。

「紅葉狩りには、白井屋姉妹のお二人ともおいでだったのでしょうか」

お勝の問いかけに、おげんはなぜか、ちくりとつねられたみたいな顔をした。

「いいえ、ご両親と静香さんだけだったそうでございます。真咲さんはいつも、妹さんと連れだって出かけるのを嫌がっていて」

しゃべりながら、ますます痛そうになる。我慢が切れたみたいに、けんけんと続けた。

「あたしもこのとおりの不器量女ですから、真咲さんの気持ちはよくわかります。美人の妹とくっついて歩いて、わざわざ比べられるなんて、まっぴらごめんでございますよ」

その口調に圧《お》され、富次郎もお勝もつい顎を引いた。おげんは意固地な口つきになって、

「男も女も、誰かを好いたらしいと覚えるのは、まず見た目でございましょ。あたしみたいなゴボウ女は、最初《はな》っから勘定の外」

怒っているのではなく、悔しがっているのでもない。そういう世間に——男どもに、幻滅しきって疲れている。失望しつくして、くたびれてしまった。そんなふうに、富次郎には聞こえた。

「真咲さんもきっと、何度も何度もそんな想いを味わってきたんでしょう。おまけに、一人でいれば一で済む惨めさが、静香さんがそばにいると、十にも二十にもなるんですから、たまりませんよ」

富次郎は思わず言ってしまった。「おげん、ゴボウ女だなんて……」

おげんはきっと富次郎を睨んだ。「誰も思ってないよ、なんておっしゃいますな。恨みますよ」

富次郎は口を閉じた。おげんにはっきり見てとれるように、きつく閉じた。絶対に申しませんから、恨まないでください。

「わたくしも、このとおりのあばた女でございますから」

やわらかな口調で、お勝が言い出した。富次郎もおげんもお勝を見た。微笑《ほほえ》んでいる。

「若いころには、ずいぶんと惨めな想いをいたしました。からかわれるのも辛いけれど、妙に優しく慰められるのも嫌でしたわ」

場がしんとした。火の気のない台所は、ただ冷えるだけでなく、妙に寂しい。

「真咲さんは、暮らしのために世間へ出て稼ぐ必要はないお嬢さんですから、できる限り人交じりを避けて、一人で過ごしてきたのでしょうね」

それとは反対に、美しい静香はまず両親の愛を受けて輝き、その光に包まれて世間の人に交じり、賞賛と羨望の眼差しを浴び続ける。

妬みやそねみをかうこともあろうが、若さがそれを撥《は》ねのけてしまう。

「お察しするだに、わたくしの胸もうずきます。女子《おなご》は悲しゅうございますね」

お勝の言に、おげんの（申し訳ないがそれこそゴボウみたいに突っ張っていた）身体から、つと力が抜けた。

「あたしときたら、余計なことを申しました。お許しください」

反省しきりで、うなだれる。富次郎は軽く咳払いをした。ともかく、おげんには話の続きを聞かせてほしい。

「兄さんと静香さんは紅葉狩りで出会って、すぐ恋に落ちたのかな」

伊一郎もまた美丈夫で、声もよければ立ち居振る舞いもさっぱりしている。麗しい乙女の静香とはお似合いだ。

「しかも、兄さんは見かけだけの男じゃない。おつむりもきれるし、商人としても利け者だ。娘の婿にと白井屋さんに見込まれたって、おかしかないよ」

いささか自慢する口調で、富次郎は言い張った。お勝の頬が微笑で緩む。

「おげんさん、内緒でお教えしますね。伊一郎さんのことをこの世でいちばん好いているのは、ここにいる小旦那の富次郎さんなんですよ」

おげんは目をぱちくりすると、ぎこちなくではあるが、笑った。もちろんお勝は戯《ざ》れ言《ごと》として言っているのだが、富次郎はちょっと冷や汗をかいた。

「まるで絵双紙の一場面を見るような伊一郎さんと静香さんの姿は、美しくて、仲睦まじくて、確かに紅葉狩りの人たちの目を引いたようですね」と、おげんは続けた。「でもね……」

伊一郎は今は菱屋にいるとはいえ、いずれ三島屋に帰る身だ。菱屋の熱心な婿入り話を、ぴしゃりと断ってきたという前例がある。それは当然、白井屋の耳にも入っていたろう。

「静香さんに婿をとらせたい後妻さんにとっては、他の条件がどんなに良かろうと、それだけで伊一郎さんは埒外《らちがい》ですよ」

白井屋の側から、伊一郎と静香の縁談を進める理由は全くない。むしろ、親しくなったところで先はないのだから、付き合ってはいけないと制するくらいの相手だ。

「ですからお二人は、こっそりと会うようになったらしくて」

静香がまず、自分が習っていた踊りのお師匠さんに頼んで、装飾品や小物を買いたいからと、菱屋を呼ぶように計らってもらった。もちろん、「他の番頭さんじゃ気が利かなくて駄目ですよ。伊一郎さんを寄越してくださいね」と。

こうして、恋の道が開けた。最初の一手を打ったのは静香だが、すぐに伊一郎の方からも口実をつくり、いろいろ工夫して、ほんのひとときでもいいからと、静香と忍び会う時をつくるようになっていった。

「賢い恋でしたから、二人の間柄は、二人が知ってほしいと思う者にしか知られませんでした」

そして二人の密かな仲を知る者は、この恋が実るようにと願った。及ばずながらと、知恵を絞ってくれる者もいた。

「この際、菱屋はもう放っておいて、白井屋と三島屋を商いの上で結びつけてしまえば、静香さんと伊一郎さんの縁談もうまく運ぶんじゃないか」

高級水菓子を扱う白井屋と、袋物では江戸で三番目の名店——つまり、やたらと高級ではないところに商いの筋がある三島屋とは、これまでまったく関わりがなかった。しかし、しいて屁理屈をつけるなら、どちらも「美しいもの」を扱う商いである。打てば響くようにわかり合えるところもあれば、顧客を融通し合って互いの益になる可能性もある。

「それで、菱屋のお得意さんで伊一郎さんを贔屓《ひいき》にしていた、日本橋のある呉服屋のおかみさんが、しきりと白井屋に三島屋を売り込んでおりましたら――」

白井屋の主人がだんだんと興味を示し始め、一度、伊兵衛やお民に会ってみたいと言い出した。それで去年の夏の、袋物や小間物の名店がいくつか集った暑気払いの会で、伊兵衛は白井屋の主人と初めて顔を合わせた。

「うちのおとっつぁんは、そういう裏があることには気づいていなかったんだろうね」

「はい。三島屋さんの商いぶりに、白井屋のご主人が感じ入って、ぜひ挨拶したいとお望みだという触れ込みでしたので」

そういえば、ひどい油照りの日に伊兵衛が羽織を着込んで出かけていって、

――今日は珍しい話をいろいろ聞けたが、へそのまわりに汗疹《あせも》ができちまった。

なんて愚痴っていたことがあった。

去年の夏といえば、おちかのおめでたが判って、三島屋のみんなが舞いあがっていたころだ。普段、ただの懇親という名目で他店の主人たちと集うことには乗り気でない伊兵衛が、そのときの集まりには出かけていったのも、気分が浮き立っていたからだろう。

「白井屋のご主人も、三島屋の旦那さんと親しく語らううちに、そのお人柄に感じ入ってしまわれたみたいで」

本気を出し、人と金を使って周到に、今の三島屋の商いの様子や家の内のこと、伊兵衛とお民の夫婦仲、それぞれの人柄、ぶらぶら居食い暮らしの次男坊のこと、三島屋から嫁にいった姪のおちかのこと――等々しっかりと調べ上げた。わけても、三島屋が長く続けて評判をとっている変わり百物語については、興味だけでなく警戒心も抱いたのか、

「旦那様のところへの問い合わせがしつこくて、それでうちも事情を知ったということなんでございます」

灯庵老人の口入れ屋にも、存外と迷惑をかけていたらしい。まあ、富次郎はこの蝦蟇仙人にちくちく意地悪されてきた身なので、申し訳ないなんてこれっぽっちも思わないが。

「それで……本当に皮肉な運びなんですけれども」

おげんは、言いにくそうに口の端を曲げる。富次郎は先回りしてやることにした。

「すっかり三島屋をお気に召した白井屋さんは、長女の真咲さんと、うちの兄さんを添わせたい――と思ってしまったんだね」

このころ、水面下で双方の親には知られぬまま、伊一郎と静香の秘密の恋は進んでいる。それを助けようと思う人が、三島屋と白井屋を親《ちか》しくさせようと計らったのも、方針としては間違いではなかった。しかし、振ったサイコロは、望み通りの目を出してはくれなかったのだ。

「白井屋さんが仲人を立て、正式に三島屋の旦那さんとおかみさんに縁談を持ちかけたのは、去年の秋ごろだったそうです」

七五三の大きな商いの支度で三島屋が大わらわの時期では、落ち着くまい。さりとて、年越しを待つほど気長にしてはいられない。

「それくらい、白井屋さんは三島屋さんを気に入られて、伊一郎さんのことも見込まれたんでしょう」

「ぐずぐずしていて、他所《よそ》の娘に先んじられても悔しいだろうしね。その気持ちは、わたしにもわかるよ」

まあ、蓋を開けてみれば、他所の娘どころか真咲の妹の静香に、とっくに先んじられていたわけであるが。

「小旦那さんは、一年ぐらい前にそんなこんなで、ご両親が慌ただしくしていらした覚えがおありですか」

おげんに問われ、富次郎はちょっと考えるふりをした。

「全然、覚えがない」

お勝が笑い出し、うんうんとうなずく。

「そういうところ、うちの両親は隠し事が上手いんだ」

当の本人の伊一郎も、去年の秋では、まだ菱屋にいた。菱屋の番頭の一人だ。実家である三島屋が、勝手に縁談を決めることはできない。そういう（筋を通す）考えもあって、伊兵衛とお民はこの縁談を三島屋の内の者たちの耳に入れなかったのだろう。

「ただ、今思えば――ということはあるよ」

ちょうどその頃だったろうか。いったん奉公に出たならば、十年はうちに帰ってきてはいけないと口癖のように言っていた伊兵衛が、まだ十年には二年ほど足りない伊一郎を、

――そろそろ三島屋に呼び戻そうと思う。

と言い出したのは。

「わたし自身も、喧嘩の仲裁で思わぬ怪我をしたという事情はあったものの、十年保《も》たずに出戻ってきた身だからね」

伊一郎だって、十年にこだわることはない。あのとき富次郎も、早く兄さんに戻ってもらい、ついでに身を固めてもらった方がいいと思った覚えがある。

「え、小旦那さんは怪我をして、奉公先から戻られたんですか」

おげんはびっくりしている。そこに気遣いの色があるのが、富次郎は嬉しい。

「うん。今じゃ笑い話だけど、当時は眠ったまんま、なかなか目が覚めなくってね。おだぶつかもしれないって心配をかけて、親不孝をしたもんだ」

おげんはまだ目を剝いていて、それはただ驚いているという以上に、何かを恐れているようなふ

うに見えた。

「どうかしましたか」と、お勝が優しく問いかける。

おげんは、なんだか後ろめたそうな顔をした。「うちの旦那様が……」

「蝦蟇仙人が何か言ってるのかい」

「三島屋さんみたいに一代でにわかに大きくなったお店は、お金と名声だけじゃなく、しばしば災難も引き寄せてしまうもんだって」

早口にそう言ってから、我に返ったみたいにぺこぺこ謝った。「あいすみません、縁起でもないことを申しました！」

「ふん、蝦蟇仙人のご託宣だろ？　あのクソじじいの言いそうなことだ。おげんが気に病むことはないよ」

実際、富次郎はへいちゃらだった。

「うちには、お勝という強い守り役《やく》《も》がいてくれるからね」

当のお勝は、すまし顔でしんなりと座っている。

「どんな災難だって、お勝にはかなわない。なにしろ疱瘡神様《ほうそうがみ》のご加護をいただいてるんだから」

へえ……と、おげんはつくづくとお勝を上から下まで眺め回す。

「それは恐れ入りましたぁ」

「押し込みを追っ払ったこともあるんだよ」

もう三年ほど前になるか、三島屋が押し込みの一味に狙われたのを、神田の町筋を縄張りとする岡っ引きの紅半纏《べにはんてん》の半吉《はんきち》親分と、おちかの知り合いの剣の腕が立つ手習所の若先生と、あの偽坊主(今は本物になっているらしいが)の大男・行然坊《ぎょうねんぼう》が迎え撃ち、散々にやっつけてとっ捕まえたことがあるのだ。富次郎は、そのころ三島屋にいなかったのが残念で仕方ない。

「あれはわたくしの手柄ではございません」と、お勝が慌てて口を挟んだ。

「でも、変わり百物語が続いていたからこそ、あの心強い若先生たちとも縁が繋がったんだろう？」

「左様でございますね。もっとも、あの夜誰がいちばん豪胆だったかと申しますなら、騒ぎのあいだじゅう、ぐっすり眠っていたおしまさんがいちばんでございましょう」

確かにそうだと、二人で笑う。おげんの口元にも笑みが戻ってきた。

「いやいや、笑ってばっかりもいられないんだよね。ともあれ、おとっつぁんが急に宗旨替えして、菱屋から兄さんを呼び戻そうなんて言い出した理由《わけ》がわかったよ」

いよいよ縁談まで舞い込むようになった伊一郎の身柄が菱屋にあるままでは、何かと不便だ。菱屋の娘婿の話を蹴っ飛ばした過去がある手前、ふるまいを慎重にしていて、あたら良縁を摑み損ねるなんてことがあったらつまらないし。

「白井屋の真咲さんとの縁談も、傍から見れば、これ以上ない良縁だもんな」

伊兵衛もお民も、もしかしたら、これが伊一郎の最初で最後の縁談で、すんなり運んだら幸せだと思ったんじゃないか。

しかし、実際にはそうはいかなかった。

「三島屋の旦那さんとおかみさんが仲人さんと会って、そのときにおかみさんが」

――親同士で決めて、本人同士は何も知らぬ縁談にはしたくありません。はばかりながら、わたしも夫の人となりを信じることができたからこそ、迷うことなく添うことができました。女には、これは大事なことでございます。

「ぜひ、当人たちを引き合わせ、それぞれの気持ちを聞いてみないことには、うんとも否とも申せませんとおっしゃいまして」

さすがはうちのおっかさんだ。おいらは大向こうから声を投げちゃうよ。よ、三島屋！

「白井屋さんの方でも、真咲さんに伊一郎さんとの縁談のことを打ち明けましたら」

とても不幸な誤解が起こった。

その話を聞きかじった次女の静香が、成り行きからいくと無理もないかもしれないが、両親が自分と伊一郎の内緒の恋を知り、正式な縁談のお膳立てを整えてくれたのだ——と、頭から思い込んでしまったのだ。

「喜びにのぼせた静香さんは、これまでの伊一郎さんとの内緒の恋路について、頰を染め目に涙を浮かべて語りに語りましたそうで。白井屋さんのご両親は面食らうばかりで」

しかし、後妻である母親の方はすぐと立ち直ると、静香よりもくらくらとのぼせ上がり、愛娘をひしと抱きしめた。

——それならばこの縁談、静香のものにいたしましょう！

三島屋さんには次男さんもいるのでしょう。伊一郎さんには婿に来てもらえばいい。こちらの無理を通す分、今後の商いの上で悪いようにはしませんし、支度金もうんとはずみましょう。ねえあなた、それでようございましょう？

しかし、腹違いの姉娘の真咲は、

——毎度毎度、わたし一人をいじめるために、ずいぶんと手の込んだことをするんですね、お義母さん。

冷たくそう吐き捨てて、その場を離れて自室に引きこもってしまったという。

「真咲さんが赤ん坊のころから世話をしてきた乳母役の女中が様子を見にいってみると、ご自分の顔を爪でひっかき、髪を引き抜いて泣き崩れていらしたそうです……」

その狂乱ぶりには、いささか腰が引ける。素晴らしい良縁に恵まれたかと思った次の瞬間に、その良縁の相手は仲のよくない妹の想い人で、自分は邪魔者に過ぎぬと思い知らされた——そんな真咲の心中を思えば、荒れ狂うのも当然だとも言えよう。

「だけど、白井屋のおかみさんが、なさぬ仲の長女である真咲さんをいじめるために、わざとこの縁談話を立てた——とまで言い張るのは、ちょっと難癖に過ぎるよねえ」

それとも、真咲がとっさにそう受け止めてしまうほど、白井屋の後妻と真咲のあいだには、ねじれて拗れた悪感情が溜まっていたのだろうか。

ぱっとしないという以下の——ままよ、この際はっきり言うなら不器量な姉娘と、光り輝く美貌と愛嬌のかたまりの妹娘。どれほど気を使っても、ちょっとしたことで小さな火花が散る散る二人姉妹に、妹娘を溺愛する実母が寄り添っている。

たとえ三者の誰にも、雫《しずく》ほどの悪意がなかったとしても、揉めるなという方が無理だ。

ともあれ、三島屋の側は困惑した。まずは伊一郎の秘密の恋に。次には、この不幸な成り行きに。

富次郎はだんだんと思い出してきた。

「去年の秋口、兄さんがおちかを見舞いに行って、ついでにわたしと話したいことがあるって、呼び出されたことがあったんだ」

あのときは、池之端《いけのはた》の茶屋で会った。伊一郎がすんなりおちかを見舞うことができて、まだ遠慮していた富次郎は文句を言い並べた覚えがある。

「わたしも、相手が兄さんだから気がほどけて、おちかの幸せを心から喜んでいるし、亭主の勘一《かんいち》はいい奴だとわかっているけれど、やっぱり可愛い従妹《いとこ》を横取りされたような気がして嫉妬してしまうんだ、なんて情けないことを言ったんだ」

今、振り返ってみれば、ただただ恥ずかしいばかりである。

「そしたら兄さんは、その嫉妬を解消するのは造作もない、おまえも嫁をもらえばいいんだと言った。だけどさ」

　――身を固めるなら兄さんが先だ。

「わたしが言い返したら、兄さんも混ぜっ返す様子はなくて、聞きようによっては、兄さんの縁談はもう決まっているように受け取れなくもない台詞を吐いたんだ。問い詰めてみたら、そこまではっきりした意味ではなかったんだけど」

　しかしあのとき、伊一郎の胸の奥には、前年の紅葉狩りでの出会いから一年近く逢瀬を重ねてきた静香のことがあったのではないか。妻に迎えるならば、静香しかいないと。そして、白井屋の次女を嫁に迎えたい、どうか話をとりまとめてくださいと、伊兵衛とお民に相談を持ちかける頃合いを計っていたとか。

「それくらい、兄さんは真剣に静香さんを想っていたんだなあ」

　富次郎にはまだ理解の届かぬ、男が真心を尽くす恋のことである。

「それだもの、皮肉な行き違いで縁談の相手が真咲さんになってしまっても、じゃあ乗り換えましょうなんて無理だよね」

　同じ白井屋の娘なんだからよかろう、ではない。この場合、同じ白井屋の娘だからこそ、なおさら無理なのだ。

「本当に……伊一郎さんも静香さんも真咲さんも、誰も悪いわけじゃないのに、お気の毒なことです」

　おげんが両の眉を引き下げ、口の両端も惨めに下げて、困り顔になって言う。まるで、その当時の白井屋で、姉妹のそばにいた奉公人たちの困りようをなぞってみせるように。

「でも、白井屋のご主人のお考え次第では、話はまとまりますわよね」

　お勝もこれまた、その場で白井屋夫婦を宥《なだ》める女中頭みたいなふうに言う。

「長女の真咲さんに婿をとることにして、次女の静香さんを、静香さん本人が望むとおり、伊一郎さんに嫁がせる。何も難しいことはございません」

富次郎はおげんの顔を見た。お勝も、話の続きをせがむような目をする。

「確かに、旦那さんが一言そうおっしゃれば、話は決まります」

おげんは下を向いて、ぼそぼそと応じた。

「でも——旦那さんは後妻のおかみさんと違って、真咲さんも実の娘ですからね。真咲さんが髪の毛を引き抜くほど心を乱しているのに、妹の静香さんばっかり幸せにしていいものかと、迷いがあったんでしょう」

富次郎の腹の底に、その言葉はずしんと落ちてきた。

男の真実の恋は、まだわからん。でも、兄弟姉妹のあいだに取り返しの付かぬ深い溝を刻みたくない、どちらの幸せも平等に祈ってやりたいという親心ならば、富次郎にもわかる。自分の両親に、そのように育ててもらってきたからだ。

いや富次郎とて、つい最近までは、自分は出来物《できぶつ》の兄さんほど大事にされてはいないと思っていた。ささやかな僻《ひが》みも抱いていた。だが、絵の修業をしたい、蟷螂師匠の弟子になりたいと、頭を下げて父・伊兵衛に相談したとき、海のように広い心でそれを認めてもらい、励ましてもらい、これから先に富次郎が負うべき自分の人生の責任について説いてもらって、初めて目が覚めたのだ。そうした僻みは、己の愚かで狭い心から生まれた貧しい妄想に過ぎなかったと。

だが、真咲はどうだろう。父の迷いを受けて、父の愛情を信じることはできたか。

悲しいかな、否だったようだ。

陰険な上目遣いになって、おげんはこう続けた。「しばらくの狂乱が冷めると、真咲さんはこう言い出したんだそうです」

――わかりました。わたしはその縁談をお受けいたします。三島屋の伊一郎さんに嫁ぎましょう。

ええええええ。

富次郎はお勝と顔を見合わせた。ただ、お勝は驚いているふうがない。

「ちょ、ちょっと待っておくれよ、おげん」

鼻の頭をほりほり掻きながら、富次郎は頭のなかにある記憶をさらってみた。

「ええとね……去年の暮れ、師走の中頃だったかな。兄さんは、前触れも何もなしにうちに帰ってきたんだ」

――ただいま。

「一時の里帰りじゃない、もう菱屋の奉公からは上がったって。これからは跡取りとしてうちに根をおろして、おとっつぁんの下で袋物屋の商いに励むって」

それを聞いて、富次郎は自分のためにも両親のためにもほっとしたものだった。

「そのころって――わたしは何にも知らなかったけれど、もう白井屋姉妹とのこの問題が起きて、ごたごたが始まっていた頃合いだよね？」

おげんは打てば響くように応じた。「ええ、頃合いも頃合い、まさにごたごたが煮えたぎっていたころですよ。だからこそ、菱屋を巻き込まないために、伊一郎さんもさっさと奉公を辞めたんでしょう」

なるほど。あの唐突でけろりとした「ただいま」の裏には、伊一郎にとっては辛い事情があったのだ。

「でね、それより半月ぐらい前だったかな。お勝、覚えているかい？　おとっつぁんおっかさんには内緒で、わたしの耳に、兄さんが縁談と内緒の恋のことで困っているって教えてくれただろう」

確かにそういう事実があって、だから富次郎も、相手の名前や白井屋の屋号までは知らなかった

ものの、妹娘と恋をしていたら姉娘との縁談が来てしまったという伊一郎の困難については、おおかた知っていたのだ。

「はい。わたくし、小旦那さまにお話しいたしましたわ」

「そうだよね。だけどあのときは、姉娘の方は兄さんとの縁談を嫌がってる、断られたってことじゃなかったかしらん」

「はい。当時わたくしは、そう聞いておりましたから」

お勝はうなずき、おげんの方に目を投げた。それを受けて、おげんは細い目をなお細めて、陰険そうな表情をこしらえてみせた。

「お勝さんは聞き違いなんてしていません。でも、あたしが申し上げていることも違っちゃいません」

つまり、真咲の言うこと一つをとってもそれぐらい二転三転したほどに、この縁談と恋物語は、こっぴどく拗れてしまったというのである。

「伊一郎さんという方は、お若いけれど胆力があるし、情もあれば実もあるお方なんでしょうね」

おげんの素直な褒め言葉が、富次郎の胸にしみた。

「ありがとう。ごたごたのなかで、うちの兄さんは、そう言ってもらえるようなふるまいをしていたのかな」

「ご立派だったそうですよ。ちゃんと物事を見極められる人ならば、この件で伊一郎さんを責める人は、一人もいません」

反面、見極められぬ人たちからは、いろいろ責められたということだろう。

「伊一郎さんはまず、真咲さんに丁重に詫びて、妹の静香さんと恋仲になっている自分が、姉の真咲さんとの縁談に乗ることはけっしてできない、それは人の道に外れたことだ――とおっしゃったそうですよ」

　真っ直ぐで爽やかな、正しい言い分だ。

「だけど真咲さんは、意地になったんでしょうね。引き下がらなかった」

　――うちのおとっつぁんは、わたしを嫁に出し、静香に婿をとって白井屋を継がせると、ずっと前から決めていました。ですから伊一郎さん、あなたが静香と添いたいのならば、白井屋に婿に来るしかありません。三島屋の跡取りでありたいのならば、静香を諦め、わたしとの縁談を受け入れるしか手はありませんよ。

「真咲さんが強気でこう言い張ることができたのには、白井屋さんが頼んだ仲人さんが、白井屋さんにとっては下にも置くことができない恩人で」

　共に銀髪の爺様婆様の老夫婦だそうなのだが、年寄りだけに頭が固かった。

「縁談は何よりも筋を重んじるものだと、真咲さんの肩を持ったんです」

　伊一郎と静香の恋など、しょせんは野合だと切って捨て、

「伊一郎さんは真咲さんを妻に迎え、三島屋の跡取りとなり、妻の実家である白井屋のことも重んじる。それこそが道理にかなった生き方だと」

　――縁談で重んじるべきは、筋である。他のことなど埃のような些事に過ぎん。

　白井屋の奥に関わりのある者一同を集めて、頭ごなしに大説教をかましたというのだから、恐れ入る。

「うちのおとっつぁんとおっかさんもそこにいたのかい？」

　そんなはずはあるまい。その局面で、恭順《おとな》しく座って説教を聞いているたまではないぞ、うちのお民さんは。

「いえ、三島屋さんのご夫婦はいらっしゃいませんでした。伊一郎さんが、今はまず自分の裁量に

任せて、見守っていてくださいと言ったとか」

富次郎はまたお勝と顔を見合わせた。今度は互いに、同じ表情を見つけることができた。ああ、よかった。うちのお民さん激怒の大暴れとか、あんまり世間にご披露したいものではない。

「伊一郎さんと静香さんが互いを想い合う心が、野合でございますか」

ため息交じりに、お勝が呟く。

「埃のような些事でございますか。伊一郎さんはもちろんですが、静香さんはどんなにか悲しかったことでしょうね」

おげんも、すっぱいものを噛むような口つきになった。「最初から涙、涙のご様子だったそうですけど、仲人さんが、静香さんにもすぐ良い縁談を見つけてやるから案じるな、と言い出したとき、たまりかねて泣き伏してしまったとか」

その場では、伊一郎も静香に寄り添って慰めてやるわけにはいかない。代わりに、白井屋の後妻がいきり立ち、愛娘と一緒に泣きながら、声を絞って言い出した。

――静香がそんな理不尽と苦しみを呑み込まねばならぬというのならば、ようございます、旦那さま、わたしを離縁してくださいまし。わたしは静香を連れて実家《さと》に帰ります。そして、あらためて実家から三島屋さんと伊一郎さんに縁談を持ちかけてもらいます。

おお、その手があるか。富次郎は心のなかで膝を打った。

「後妻さんの実家も商家なのかな」

「芝は天徳寺《てんとくじ》の門前町にある仏具屋さんだとか。身代は小さいですが、あのあたりでは古株で、今は後妻さんの兄さんの代になっているそうです」

お勝が目をぱっと見開く。「だったら、後妻さんと静香さんをいったん引き取って、あらためて三島屋と縁談を――というのも、夢物語じゃございませんわね」

だよね？　いいじゃないか。

「これには白井屋のご主人が慌ててしまって、そう簡単に離縁などと口にするものじゃないと後妻さんを叱りつけ、その場はお開きになりました」

で、話は膠着してしまった。

一の案。これまでの案のとおりで、仲人爺婆の言うとおり道理を重んじ、真咲を伊一郎に嫁がせる。静香には婿を取らせる。

二の案。静香を伊一郎に嫁がせ、真咲に婿を迎えて白井屋を継がせる。

三の案。後妻が静香を連れて実家へ帰り、実家から三島屋へ静香を嫁がせる。白井屋の主人は男やもめとなるから、長女の真咲にはやはり早く婿を取らせたいところだ。

二か三ならば、静香と伊一郎は幸せだ。ただし、二では恩人の仲人爺婆を敵に回し、世間体もかなり悪いことになる。三も外聞が悪いのは同じこと。白井屋ばかりではなく、そこまでの無理を通して恋を成就させた三島屋の若夫婦に対して、世間の目は温かいばかりではなくなるだろう。それは当然、三島屋の商いにも影を落としてくるはずだ。

両家の商いの先行きを重んじるならば、仲人爺婆の大説教を容れて、一の案を採るのが妥当となる。そもそも商家や武家の縁談は、本人たちの意向なんてあずかり知らぬところでまとめるものだ。先に本人の気持ちを聞こうとしたお民の姿勢の方が珍しいのである。これは、伊兵衛とお民も（爺婆の言葉を借りるなら）野合で生まれた夫婦だったからだろう。富次郎はそれを自慢に思うけれど、世間には逆の考えを持つ人びともまた多かろう。

「三すくみの格好だよね」

鼻息を吐いて腕組みをする富次郎。その横で、お勝が急にしょんぼりと肩を落とす。

「どの案を採っても、真咲さんは傷つきっぱなしでございますよね」

富次郎は、やっぱり伊一郎と静香のことばかり先に考えてしまうから、真咲のことまで気が回らない。確かに、気の毒な立場だとは思うけれど。

「最初は縁談を受けると言い張っていたのに、どのへんから、どうして、嫌だ断ると言い出したんだろう」

富次郎の問いかけに、おげんは座り直した。「うちの旦那様の地獄耳が聞き取った限りじゃ、三島屋の旦那さんとおかみさんが、他の誰のことよりも——大事な伊一郎さんのことよりも、もっとずっと真咲さんのお気持ちを案じて、いろいろと心を砕いたことが響いたんだろうってことです」

行き違いが引き起こした問題があらわになると、伊兵衛はまず白井屋の主人に掛け合い、結論を急がずに時を置いてくれるよう頼み込んだ。

——若い人たちの一生を左右することだから、皆さんがカッカしたままで結論を出すのはよくありません。少し時を置くことで、自ずと結論が出てくる場合もあるでしょう。

「伊一郎さんにも、このとき、できるだけ早く菱屋を辞めて三島屋に戻ってくるよう言いつけられたみたいですよ」

ちなみに、地獄耳の蝦蟇仙人がこの縁談騒動の端緒を耳に引っかけたのも、この段階だったそうである。

「白井屋の女中頭のおばさんが、あいだに何人か人を介してだけど、うちの古株の女中さんと繋がってるとかで」

——おたくの上得意の三島屋さんが、跡取りの縁談がらみで大変な揉め事に巻き込まれてるわよ。

「それで、うちの旦那様も耳の穴をいっそうかっぽじっておくようにしたんだって、鼻の穴をおっ広げて威張ってました」

働きぶりのほどを確かめるために、お試しで女中奉公をさせられているおげんだから、口入れ屋の灯庵老人に対しても遠慮がない。富次郎には痛快だ。

ここでお勝が、「ごめんなさい、ちょっと口を挟みますが」

おげんに声をかけてから、富次郎の顔を見た。「あのころ、わたくしが漏《も》れ聞いていたお話では、旦那さまもおかみさんも、伊一郎さんが嫌がっているのなら、縁談を白紙にしてしまえばいいとおっしゃっていましたの」

うん、富次郎もそう聞かされた覚えがある。

「当時はわたくしもそこまで推し量れませんでしたが、これは、とにかくいったんは何もなかったことにして、伊一郎さんと静香さんのご縁については、相応の時を置いてまた考えればいいという意味でもあったんでございましょうね」

二人のための前向きなことは、もろもろの煮えたぎっているものが冷えてから、ゆっくり決めればいい、と。

感じ入ったようにうなずきながら、おげんが言う。「おかみさんは、真咲さんにお詫びに伺ったそうですよ」

「うちのおっかさんが、どうして詫びなんか」

こっちは巻き込まれただけで、悪いことなんかしていないのに。

「親の立場で、伊一郎さんと静香さんの秘密の恋について少しでも察していれば、こんな間の悪い行き違いを防ぐことができたからでございましょう。真咲さんも、巻き込まれた側でございますからね」

ごたごたが起きた当初は、真咲はお民に会ってさえくれなかったそうだ。それでもお民は何度も足を運び、真咲が閉じこもっている座敷の唐紙ごしに、辛抱強く説きつけた。

「この縁談は、本当に不幸な偶然が重なったもので、誰かがあなたを傷つけようと企んだものではない。白井屋のおかみさんも、静香さんも驚き、とりわけ静香さんは、あなたと同じくらい傷ついて途方にくれていますよ、って」

その説得が実を結び、真咲はようやく意地を張るのをやめて、

「白井屋の旦那さんに、仲人さんに頭を下げて、この縁談を断ってくださいと頼んだそうです」

——わたしはこのお話に心が向きません。三島屋さんには嫁ぎたくない。固くお断りしたいので、どうぞなかったことにしてやってくださいまし。

静香が三島屋の跡取りと恋仲になっていることなど、真咲は知らない。何も知らない。ただ、自分は袋物屋なんぞへ嫁に行きたくない。絶対に嫌だから、断ってくれ。

ああ、そういう段階で出てきた「嫌だ」だったのか。ここでようやく、富次郎にも真咲の辛さがわかってきた。ことさらに強い言葉で拒否して、真咲は真咲なりに騒動を収めようとしてくれたのだ。

「白井屋の旦那さんが仲人爺婆に頭を下げにいくときは、三島屋の旦那さんもご一緒して、並んで手をついたって」

それでも、仲人爺婆はなかなか折れない。これまた時をかけるしかなさそうだったが、いちばん要《かなめ》の真咲の心が和らいだことで、先に光明が見えてきたと、皆が思った。

「これが去年の師走の中頃だったそうですから、伊一郎さんも三島屋にお帰りになってましたよね」

「うん」富次郎はうなずき、にわかに身の置き所がなくなったような気がしてきた。

「どうなさいましたの、もじもじして」

お勝が目ざとく問うてくる。

「あのとき、わたしは兄さんに、偉そうなことを言っちゃったんだ」

もちろん、口から出任せではない。本気で紡いだ言葉だった。

——繋がる縁《えにし》なら、どんな困難だって乗り越えて繋がる。

「だから、繋がらなかったのは縁がなかったんだ。誰も悪くない、って」

富次郎なりに、当時知っていた限りの事情をおもんぱかり、伊一郎を慰めようと思って口にした台詞だった。

「あのころの兄さんはやつれて元気がなかったから、てっきり惚れた娘さんと別れちまったんだろうって思い込んでたんだ」

実際には、縁談騒動はまだ拗れたままではあったけれど、いくらか明るい方に向かっていたのである。富次郎の説教臭い言を聞いて、伊一郎はどう思っただろう。

「小旦那さまの思いやりは通じましたわ」と、お勝がにっこりしてくれた。

さて、水面下で悩んだり煮えたり冷えたりしていても、年は暮れ正月はやってくる。どこの商家でも、年始回りや年賀の客のもてなしで、三が日は大わらわとなる。

「白井屋さんにも、お得意様やご親戚筋が代わる代わる訪ねてこられまして」

そのなかに、いったいどういう勘違いなのか、真咲と三島屋の長男の縁談が「まとまった」と誤解している向きがいた。それも少なからぬ人数で、「めでたい、めでたい」と慶びの挨拶を投げかけてくる。

白井屋の側は、誤解を解くために、客たちの前で泣き出す静香を慰め、またぞろ蒼白になって部屋に引きこもり髪をかきむしる真咲を宥めるために、新年早々冷汗三斗《れいかんさんと》の大慌てとなってしまった。

「うわぁ」富次郎はつい呻いてしまった。「せっかく、いい方向に進みそうになっていたのに、何でまたそんな余計な蒸し返しが起こるんだろう」

「白井屋さんの側から、ご親戚筋のどなたかに、中途半端な話が漏れていたということでしょうか」

憂い顔のお勝が呟くのに、おげんは陰気なふうにかぶりを振った。

「もちろん、少しはそういうこともあったんでしょう。でも、ちょっと聞き合わせをしたら、この間違った噂の出所はすぐはっきりしたんでございます」

どこだと思いますかと問われて、富次郎にはまるで見当がつかない。一方、お勝はしばらく思案すると、

「いちばん嫌な当て推量をしますと、菱屋さんじゃありませんか」

ええええええ。ただ面食らうばかりの富次郎をよそに、おげんは手放しでお勝を褒め称えた。「さすがだわ！　やっぱり三島屋さんの女中頭となると、世間をよくご存じですね」

富次郎にとっては変わり百物語の守り役一途のお勝も、外から見れば三島屋最古参の女中頭なのである。

「それほどたいした推量じゃございません。菱屋さんは一度ならず、伊一郎さんに婿入りを断られているし、もとはといえば伊一郎さんが内緒の恋をしていたことで、今般のごたごたでは大なり小なり迷惑も被った側でしょう。白井屋さんとの縁談のことを、わざとあやふやに他所へ漏らすぐらいの意趣返しはあっても不思議じゃないと思いました」

詳しく言うならば、噂の源は、伊一郎に婿入りを断られた菱屋の娘であった。二つ年上のこの娘は、伊一郎との話が消えるとすぐに、婿取りは諦めて、赤坂溜池《ためいけ》にある小間物屋に嫁いでいた。婚家は武家屋敷に得意先を多く抱える老舗で、嫁の躾にも厳しかったらしい。伊一郎と真咲の縁談が起こったちょうどこのころ、菱屋の娘は最初の子を授かったばかりで、ひどい悪阻《つわり》に悩まされており、たびたび里帰りしてきては身を休めていた。

「ははあ……。兄さんたちのごたごたを、かぶりつきで見物できていたんだね」

自分をすげなく袖にし、恩があるはずの菱屋の両親にも不義理なことを平気でやってのけた伊一郎が、密通さながらの恋で不始末を起こして困っている。ふん、ざまあみろだ。

「知らぬ者はいない美貌の静香さんではなく、不器量な真咲さんと縁談がまとまった――という噂に仕立てたところに、菱屋の娘さんの底意地悪さが見えますねえ」

おげんのこの言には、富次郎はすぐとうなずくことができなかった。確かに意地悪な噂だけれど、その底にあるのは、ほとんど門前払いのように婿入りを断られた菱屋の娘の悔しさ、心の傷だろう。伊一郎は美丈夫で、気が利いて頭が回り、人をそらさず弁舌も立つ。でも、そういう文句なしの人物であるからこそ、老若男女を問わず、自分の心が「これ」と認めた道の上にいる相手でないと、無造作にあしらってしまう場合がある。

するとそこには、あしらわれた相手の怒りや恨みの、芥子粒《けしつぶ》ほどの火種が残る。うんと小さいから、すぐ燃え上がりはしない。いつか伊一郎の側にその火種に風を吹きかけるような何かが起きなければ、ずっとそのまま温和《おとな》しくしている。だが、消えはしない。

「小旦那さま」

お勝の呼びかけと、肩口にやんわり触られて、富次郎は我に返った。

「ああ、ごめんよ。正月早々、兄さんがどんなにか頭を抱え、胸を痛めていたろうかと考えてみたんだけど、あんまり思い当たる節がないんだよね」

実際、今年の正月の伊兵衛、お民、伊一郎の様子に、とくだんの変わったところはなかった。伊一郎の顎はこけたままだったが、面やつれは消えていたし、伊兵衛と共に年始回りに出かけて、顔を赤くして帰ってきた。富次郎が台所の板の間に火鉢を据えて、お勝や小僧の新太《しんた》、他の女中たちと餅を焼いているのを見つけると、「私の分はないのか」と寄ってきて、結局いちばんたくさん焼き餅を食べてしまった――。

「年が明けて、いよいよ、おちかお嬢さんのお産が近づいていましたからね」と、お勝が優しく言った。「わたくしどもも、頭はいつも安産祈願でいっぱいでございました。楽しみでしたし、不安でしたし、喜びでしたし、心配でもありました」

ああ、今思えばそのとおりだ。富次郎の胸のなかも、「今年は、おちかの赤子が生まれる年だ。特別の年の始まりだ」という想いで満たされていた。どうか安産であるように。どうか元気な赤子が生まれますように。

「おとっつぁんおっかさんも、兄さんも、わたしらの目先をごまかすのに、そんなに苦労はなかったかもしれないね」

そうであったらよかった。おいらなんか、「え？ 何か起きてたんですかい？ ぜ～んぜん気づかなかった」という昼行灯《ひるあんどん》でいたことが、いちばんの孝行だったような気がする。

「あたしも、小旦那さまとお勝さんの言うとおりだと思いますけど」

しんみりしてしまった富次郎とお勝の顔色を見ながら、おげんがまた口を切った。

「三島屋さんの側は、旦那さんが白井屋さんにしばらく時を置きましょうとおっしゃってからこっちは、また何が揉めようとも、とにかくこちらは静かに見守ろうと、そういう態度を貫き通しておられたみたいですよ」

白井屋にはさんざんな正月だったろうが、それで三島屋がまた出張っていって話し合うとか、仲裁するとか弁解するとか、そんな余計な真似は一切しない。

「あとは時をかけてじっくりと、伊一郎さんと静香さんの仲を認めてもらえるかどうか、白井屋さん側にも考えていただければいい」

静香を嫁にもらうために、三島屋の側、伊一郎の側から誠意を見せる必要があるのならば、きちんと応えよう。

「そういう腹が決まっていたから、三島屋のお店の内の皆さんにまで悟られるほど、あわあわされることはなかったでしょう。まあ、伊一郎さんの胸の内はお察ししますけれど」

そうだよなあ……。富次郎はいっそう深く腕組みをして、考えてしまう。今年の初めから、春、夏、秋、そして師走に入ろうかという今まで、お店の、家族のみんなの前で、伊一郎はどんな表情を見せてきたろうか。

——雪の降る寒い日に、襟巻きや肩掛けを着けて店先を練り歩く人台《じんだい》（モデル）をやらされたっけ。

本人は朗々といい声で往来を行く人びとに口上を聞かせ、おなじみさんからは「お帰りなさい」なんて声をかけられて、

——ありがとうございます。帰って参りました、三島屋の伊一郎でございます。

この神田は三島町から、日本橋青物町の白井屋まで、たいした距離があるわけではない。走っていけば、恋しい静香に会うことは造作もないけど、それをすればまた事が拗れ、互いに辛くなるだけだ。

忍の一字。

「やっぱり、兄さんにはかなわない」

富次郎の口から、言葉がこぼれた。

「もしもわたしがそんなにも辛い恋をしたら、時を置いてじっと我慢することなんかできやしないよ」

この言に、お勝もおげんも何も言わなかった。三人が頭を寄せ、ちんまりと座り込んでいる台所は冷えてきた。

「——ああ、ごめんごめん。わたしのことなんかどうでもいいんだ」

富次郎は二人の女中に笑いかけた。

「おげんの話には、まだ続きがあるだろ？　もう腰を折らないよ」

するとおげんが今までいちばん辛そうな顔をした。白目がちで、目尻の上がった、陰険そうになりやすい眼差しのなかに、いたわりや同情の色が浮かんだ。

「もう大して先の話はございません」

白井屋の側は、なかなか仲人爺婆の怒りを解くことができず、親戚連中や得意先を沸かせた正月の噂とそれを収拾するための奔走とお詫び行脚で疲れ果てた。主人と後妻のおかみは夫婦仲が冷え切り、真咲は病人のように寝付いてしまい、静香は豊かな黒髪に若白髪が混じるほどに衰弱して、こちらも家にこもりきりになった。

「それでも、蟬時雨《せみしぐれ》が聞こえる夏の盛りになって、ようやく出口が見つかりました」

一連のごたごたで、たぶんいちばん深く傷ついたであろう真咲が、健気にも立ち直った。

「泣いて泣いて泣きながらも、きっと深く考えたんでしょうねえ」

本人の意思で手強い仲人爺婆に会いに行き、

——亡き母の菩提にかけて、わたしは白井屋の跡取り娘でございます。その本分を忘れ、他家に嫁ごうなどと、危うく道を踏み迷うところでございました。どうぞこの真咲には、婿入りしてくださらない三島屋の伊一郎さんではなく、白井屋の跡継ぎになるにふさわしい婿を探してくださいませ。今度こそ、お仲人さまの選んでくださるお方に、喜んで添うことにいたします。

三つ指をついて訴えたのだという。

「これでようやっと仲人爺婆も機嫌を直して、正式に三島屋の伊一郎さんと真咲さんとの縁談はなくなりました」

仲人爺婆は、一転して上機嫌になったというから、やれやれである。

「真咲さんは白井屋のお父さんにも、自分の婿になってくれる人が決まったら、静香が三島屋さんにお嫁に行くことを許してやってくださいとお願いしましたそうで」

静香本人に向かっても、真咲は謝った。

——あなたについ意地悪をしたくなって、一度は伊一郎さんとの縁談を受けるなどと言い張ってしまいました。わたしがあんな意固地を言わなければ、このごたごたはとっくに片付いていたはずなのに、ごめんなさい。

なんだよ。いい娘さんじゃねえか。富次郎は鼻先がつんとしてきた。

「それで、まあ、えっと」

やっと良い話になってきたのに、おげんの口調が淀むのはどうしてだ？

「仲人爺婆さまが真咲さんに良縁を見つけてきてくれれば、万事おさまってめでたし、めでたしというところまでこぎつけたんですけども……」

おげんの目つきまで、また陰険な感じに暗くなっていく。

「その目処は、まあ、この年の内から来年の初春でしょうか」

「だろうねえ。どんなに急いだって半年はかかろうさ。犬の子のやりとりじゃないんだから、真咲さんの縁談も軽々しく決められない。白井屋の身代を背負う婿さんを選ぶんだからね」

それだって、せいぜい半年だ。富次郎の言に、お勝もうなずく。おげんは、いっそう陰惨な顔をする。

と思ったら、とうとつに謡《うたい》か何かの一節をうなった。

「……待つ身の宵は、月の色も、ぬしさんの肩越しに仰いだあの色に、したたる涙をうわぬりの……」

すまないが、下手くそだ。富次郎はちょっと笑いそうになったが、お勝は真剣そのものに、片手の指先を膝のところについて身を乗り出し、問いかけた。「その月日を、待つ身が辛かったお人がいるんですね」

おげんは、がっくりと頭《こうべ》を垂れるようにしてうなずいた。

「静香さんが」

富次郎は、自分の胸の底が抜けたような感じを覚えた。え。まさか。そんなばかな。ひゅ〜んと、身体の中身がそっくり下へ落ちてゆく感じ。

「小旦那さま、しっかりなさいまし」

お勝の声に、はっとした。

「白井屋さんには、忠勤ぶりを買われ、次代の大番頭としてお店の縁の下の力持ちになるだろうって恃《たの》みにされていた、善之助《ぜんのすけ》という番頭がいるんです」

四人いる番頭のなかではもっとも若く、二十二歳だ。身の丈はやや小柄だが、

「白井屋のお得意さんのあいだでは、役者のようないい男だと評判だったそうで」

傷心の静香は、伊一郎と引き離されている寂しい日々のなかで、この善之助と恋に落ちてしまったのだという。

ごたごたが始まった去年の今頃からこっち、静香はそりゃあ辛かったろう。寂しかったろう。それまでは忍ぶ恋とはいえ、会いたいと思えば伊一郎に会う算段をつけることはできた。しかし、二人の仲が表に出てからは、「時を置く」という三島屋側の強い意向もあって、それまでのようにやすやすとは、伊一郎と会うことができなかったはずだ。

こればっかりは、本人に聞いてみないことには確かなことは言えないが、伊一郎の気性からして、白井屋を驚かせ、真咲を深く傷つけ、白井屋の恩人である仲人爺婆が怒っているという騒動のさなかに、静香と逢い引きするのは憚《はばか》っただろうと思う。そういうところ、伊一郎は情ではなく道理の

人なのだ。

人を介して文のやりとりぐらいはしただろう。だが、会うことはできない。今は辛抱しよう、この先の二人の幸せのために。自分の心にも、静香にもそう言い聞かせる。それこそが伊一郎らしい。

しかし、年若い静香には、それが辛すぎた。寂しすぎた。

「善之助と出来てしまったのは、今年の桜の咲くころだったらしくって」

つまり、真咲が立ち直り、静香と伊一郎の縁が結ばれるよう進んで道を開いてくれる、二月《ふたつき》以上も前のことである。

「静香さんは家にこもりきりでしたから、まわりにはお店の者しかいない。逆に、お店の男となら、好きなように会えたでしょう」

真咲が立ち直ってくれる以前に、こちらの新しい恋は熟れてしまっていたのである。

「夏になって、解決の道が開けたところで、静香さんがすぐ伊一郎さんに会えるわけじゃありません。二人が必ず添えると決まったわけでもありません」

寂しく不安な静香と、善之助の恋は続いた。だが、真咲がしっかりと立ち直ったことで、騒動の出口はもう見えた。真咲の婿が決まれば、静香はまた伊一郎と会える。その案が揺るがぬ、信じていいとわかってくると、

「静香さんの心は揺れ始めた。だけど、雲の上の人だったお店のお嬢さんと、いっときの夢であれ一度は通じてしまった善之助の方は、そうはいきません」

こうして、事はようやく先日の騒動へとつながるのである。

「静香さんは、寂しさのあまり善之助に心を許してはしまったものの、いちばんの想い人はやっぱり伊一郎さんなんでしょう。真咲さんの決心があり、自分は晴れて三島屋に嫁に行き伊一郎さんの妻になれるという目が出てきたところで、心は大いに乱れ始めた。迷いながら日々をすごすうちに、

善之助から離れようというふるまいを見せたり、また心が揺れ戻ったりする静香さんを固くつなぎ止めるために――」

善之助は、ついに静香を連れ出して、白井屋から逐電した。これが半月ほど前の出来事だった。

「それにしたって、静香さんもどうして温和しく善之助に連れられていったんだろう」

富次郎には納得がいかない。

「大声の一つでも出せば、店中の者たちが駆けつけてきて、大事なお嬢さんを助け、不埒者の番頭を取り押さえてくれるだろうに。だって、お店者が主人の娘を拐かすなんて、下手をしたら斬罪の大罪だよ」

訝《いぶか》る富次郎の前で、おげんは顔を歪めている。お勝は口を一文字に結んでいる。

富次郎は不安になってきた。「わたしは何かおかしなことを言ってるかい？」

「いいえ、小旦那さまはしごくまともなことをおっしゃっています」

でも――と、おげんは陰鬱きわまる眼差しで台所の隅っこの闇を見つめて言った。

「静香さんのお腹には、赤子が宿っているというんですよ」

富次郎はぽかんとした。お勝は（やっぱり）というふうに深くため息をついた。

「ずっと逢瀬がなかった伊一郎さんの子ではありませんわよね」

確かめるような口調に、苦々しさがにじむ。

おげんは、自分の恥であるかのように身を縮めた。「はい、もちろんですよ」

静香と善之助の――富次郎はあえてこの言葉を使うことにする――過《あやま》ちの赤子だ。

「それで善之助は静香さんに、奉公人と通じて子をなすなんて、まわりに知れたらお嬢さんは勘当ものだし、もちろん今度という今度は伊一郎さんとの縁談なんか木っ端みじんになってしまう、だから、とりあえず手前がお店から連れ出してどこかへ匿《かくま》って差し上げると言って、口説き落としたとかで……」

その子細が、なぜ白井屋の側（ひいては灯庵老人の口入れ屋あたり）にまで知られているのかといえば、

「静香さんが、真咲さんにだけは事情を言い残したからなんですよ」

真咲の方は、とうてい隠したままにしておけない。で、今まで以上の大騒動が起こってしまったというわけである。

「白井屋さんは、ついさっき小旦那さんがおっしゃったまさにその理由で、善之助と静香さんが通じたことも、駆け落ちしたことも、ましてや赤子が出来ていることも、けっして認められません」

富次郎はまたぽかんとするばかりだ。頭のなかでぽかんぽかんと、紙風船を叩くような音がする。

「どうしてさ。わたし、さっきそんなようなことを言ったかい？」

答えにくそうなおげんを、横合いからお勝がそっと助けて、口を挟んだ。

「若い番頭がお店のお嬢さんと通じて駆け落ちした。それは、お嬢さんの罪じゃございません。番頭の罪でございます」

「うん。そりゃそうだろう」

「ですから、その番頭を躾け損ね、色恋に前後を忘れる愚かな不逞《ふてい》の輩《やから》に育ててしまった白井屋のご主人とおかみさんは、お上からその罪を厳しく問われる立場にあるんでございますよ」

ここでようやく、富次郎はあっと声をあげそうになった。まったく、おいらはおつむりの回りが鈍いったらない。そうだよ、そうに決まってるじゃないか！

お店の主人とお店者、奉公人たちとの関わりというのは、文句なしの上下関係であり、どんなときでも主人の側が絶対に偉い。しかし、もしもお店者や奉公人が悪事に手を染めた場合――それも盗みや放火《つけび》、人殺し、お店者や奉公人にとってはもっとも慎むべきことである主人の命令への反逆

などの大きな罪を犯した場合は、当の本人だけでなく、主人の側も「仕置不行届」の罪に問われるのだ。極端な話、お店者が主人殺しを犯した場合は、その理由の如何を問わず、主人を殺されたお店の側も処罰を受けるのが、今の御定法《ごじょうほう》なのである。

つまり、善之助が「主人の娘の拐かし」という斬罪に処されてもおかしくない大罪を犯したとなれば、白井屋も無事では済まない。過料（罰金）で済めば軽い方で、それだって大金となれば負担になろうし、江戸所払いや闕所《けっしょ》（身代まるごとお取り上げ）に処されようものならば、白井屋は土台から成り立たなくなってしまうだろう。

「白井屋さんは、どんなことがあっても、静香さんが善之助と駆け落ちしたと認めることはできない」

お勝が、まじないでもかけるような抑揚をつけた口調で復唱した。

「だから、静香さんは三島屋の伊一郎さんと駆け落ちをしたことにしてしまいたい。それしか望ましい解決法がないし、何が何でもそうあってくれなくては困る。だから、世間様に向かって派手にそう言い立てて、大騒ぎをしてみせているんでございますわ」

先日のあの乱暴狼藉は、いわばそのための見世物だったのである。

「静香を出せ」「どこに隠しているんだ」「居所を知っているんだろう」などと喚いて凄んだ男たちは、それが猿芝居だと百も承知で騒いでいたのだろう。

「あいつらは、白井屋に雇われていたのかな。それとも、気の荒い親戚連中とかかね」

富次郎の問いかけに、おげんはあたりを憚るように目をきょときょとさせてから、声を落とした。

「白井屋さんは、まず静香さんを捜し出して取り返さなくちゃなりませんから、日本橋を仕切っている岡っ引きに泣きついたので」

皮肉なことに、通油町の菱屋の近くで女房に紅おしろいの小商いをさせているので、〈化粧《けわい》屋の音松《おとまつ》〉と呼ばれている親分だそうな。歳は三十五、六だというから、日本橋のような広くて富裕な町筋を仕切るには、ちょっと若い。

「噂なのではっきりしませんが、どうやら御家人くずれのようなんです。若いころに放蕩して勘当をくらって、刀を捨てて——という身の上で。紅おしろい屋も、もともとおかみさんの実家のようですよ」

そんな臑《すね》に傷持つ親分だから、三島屋に押しかけて一芝居打たせるためのごろつきも、すぐに調達できたというわけか。

「岡っ引きまで駆り出していて、肝心の静香さんはまだ見つからないのかな」

おげんは険しい顔でかぶりを振る。その隣で、お勝も今までにない険のある目つきになっている。

「どうしたんだい、お勝」

「静香さんも善之助も、とっくに見つかっているのかもしれませんわ。いえ、見つかっているのだろうと、わたくしは思います」

ただ、この二人をお天道様の下に引っ張り出すためには、善之助が罪人にならぬよう、ひいては白井屋も罪をかぶらなくて済むように、作り話を固めておく必要がある。

「だから、その支度が調わないうちは、白井屋さんの計らいで、どこかに匿われているのでしょう」

ここに至って、富次郎は迷った。頭を抱えてうずくまろうか。それとも、天を仰いで嘆こうか。

「白井屋さんは、とことん、静香さんを連れ出したのも、お腹の子の父親も、うちの兄さんだということにして事を収める気でいるわけだよね」

お店の存亡がかかっているのだから。

「うちとしては、その作り話を呑んでやれるかどうか、じっと思案しているというところか」

白井屋のために、静香のために。

それが確かに伊一郎のためにもなるならば、否と突っぱねる伊兵衛とお民ではあるまい。白井屋が潰される羽目になったら、こっちだって寝覚めは悪い。

だがしかし、それではお腹の子も伊一郎の子として認めることになる。

――一度は夫婦になろうと思い決めるほど、惚れて惚れられた女が、自分と離れているあいだに、他の男と通じて子を妊《はら》んだ。

それを許せるか。受け入れられるか。

「おとっつぁんもおっかさんも兄さんも、このところずっと、この難問におでこをぶっつけて暮らしてきたのか」

朝に、昼に、夕に夜に真夜中に。三人それぞれ、お城の石垣におでこをぶつけるようにして考えて悩んで、また考えてきた。

「わたしは……そこまでの大事《おおごと》になってるなんて、鼻ちょうちんを吹きながらの居眠りの夢でさえ思ったことがなかった」

ぜんたい、富次郎よ。おまえはどこまでお気楽風船野郎なんだ。去年の秋から今まで、三島屋という船がこれほど危険な岩場にさしかかり、幾度も横波に揺さぶられ、逆風に遮られて難儀していたことに、ほとんど気がつかぬまま過ごしてきてしまったんだぞ。

もちろん、おちかのお産を案じ、無事に小梅《こうめ》が生まれたことで、心が舞い上がっていたところはある。だけどそれ以上に、いつも富次郎の心を占めていたのは何だったか。

変わり百物語と、そこで聞いた話を絵にすることと、絵師になりたいという夢と、それを諦めるべきかどうかという煩悶。それればかりだった。この神無月のはじめ、ある語り手の話に心を打たれ、ついに腹を決めて伊兵衛に頭を下げて、晴れて蠟螂師匠のもとへ通うことを許されてからは、なおいっそう絵のことばかり、師匠に教わる「型」と、師匠から与えられた看板絵の課題のことで、心も頭もいっぱいだった。

自分、自分、自分のことばかり。

情けなくて恥ずかしくて、涙も出ない。

かわりに、小声でこう言った。「お勝は、ここまで詳しい事情は知らずとも、うちの家族も、三島屋のお店も、これから相当の困難を乗り越えていかなくちゃならないってことは察していたんだよね」

だからこそ、伊一郎の縁談が拗れてしまったことを、こっそり富次郎に教えてくれたのだ。あのとき、お勝は何と言ってたっけ。

――この恋にからんで、万がいち若旦那に何か困ったことが出来《しゅったい》したとき、すぐさま小旦那さまが力になれるようにと思いまして。

たった二人だけの兄弟だから、と。

左様、伊一郎のたった一人の弟の富次郎は、かくもごろうじろの役立たずでございます。

おげんが、かすれ声で言い出した。「うちの旦那様も、つくづく業が深いというか、疑い深いお方でして」

――こういうことは、念には念を入れるもんじゃ。

気がつけば痩せた拳を握りしめ、うっすら涙を浮かべている。

「おまえ、三島屋さんに行って、本当の本当に静香という娘がいないか調べてこい、誰でもいいから捕まえて聞き出してこい、あのうちはみんなお人好し揃いだから、おまえが心配顔をしてみせれば、黙《だんま》りのまま追い返したりできないはずだからって」

揃ってお人好しかどうかは知らないが、実際、おげんの泣きべそに、富次郎は申し訳ない気持ちになっている。

「あたしはうちの旦那様に、働きぶりを試されている最中ですから、旦那様の言いつけを果たせなかったら、いいところへ口入れしてもらえません。だからって、意地汚く探りを入れたりして……」

おげんは土間に降りると、その場で手をついて頭を下げようとした。

「おいおい、やめなさい」

富次郎は慌てたし、お勝もすぐおげんに寄り添って、その手を上げさせた。

「いろいろ教えてもらえて、こちらは助かりました。灯庵さんには、三島屋には静御前の舞扇の一つも隠されてございませんと、きっぱりお答えすればよござんすわ」

気丈な口ぶりも、いつもながらの優しい眼差しも、しゃんと伸びた背中も、変わり百物語だけでなく、三島屋そのものの守り役となったようなお勝であった。


三島屋の水面下でぐつぐつ煮えていた変事を知り、富次郎の心の目が開いたせいだろうか。おげんが引き揚げていった翌日、

「小旦那さまがうちに引きこもって悩んでいても、何も解決しませんわ。それより、修業に励んでくださいまし」

お勝に背中を押され、水道橋の蟷螂師匠を訪ねようと裏木戸から出ると、入れ替わりに紅半纏の半吉親分が訪ねてくるのが目に入った。富次郎の見送りで、木戸のところに残っていたお勝が挨拶を交わしている。

富次郎も、すぐ踵《きびす》を返そうかと思った。だが、今の段階で自分が賢《さか》しらに出しゃばったところで、両親と兄の心労を増すだけだろう、あちらから全てを打ち明けてくれるまでは、今までどおり知ら

ぬ顔の紙風船野郎でいた方がいいのだ――と思い直し、それを自分の胸の底へたたき込んで、先を急いだ。

こっちも半吉親分に出張ってきてもらえるのなら、うんと心丈夫だ。日本橋のおしろい親分に好き放題になんぞさせるものかと、強気になれる。

――この神田界隈を仕切る半吉親分は、筋目正しい岡っ引きなんだからな。

岡っ引きとは、「岡惚れ」の「岡」と同じく、横合いとか端っこの意味があり、町方役人の探索を横から手引きをするので、そう呼ばれるようになった。源《もと》をたどれば「蛇《じゃ》の道はへび」で、悪人を知るには悪人が役に立つと、昔の岡っ引きには、島帰りだったり、重罪で罰を受けた証である腕の入れ墨持ちだったりすることが、珍しくなかったそうだ。

半吉親分は、先代親分から十手を託されるまでは湯屋の釜番で、今でも釜焚きには一言ある御仁だということを、おちかから聞いた覚えがある。

――親分の生国は、讃岐の金毘羅宮の近くなのですって。どうして江戸へ出てきて湯屋に住み込むことになったのか、そこまでは伺ったことがないけれど、親分の通り名の由来は、その土地の習いなんだそうですよ。

捕り物に関わる者が、草木染めの紅半纏を着込んでいるなんて、西国には風流な土地があるものだ。いつか絵にしてみたいなあと憧れたことを、富次郎は思い出した。

さて、蟷螂師匠のところでは、弟子たちの画室の十畳間の隅っこで、漆の塗りの剝げた花入れに投げ込まれた、枯れた白菊の花を描くように言いつけられた。先に来ていた通い弟子仲間も同じものを描いていて、

「今日は師匠の奥様のお母様の命日なので、菊がふさわしいというお言いつけです」

「はあ。それにしても、もっと生き生きした菊の方がよさそうですがね」

富次郎の呟きに、歳のころは十七、八の通い弟子仲間は、ちょっとぶるったような顔をして、こう囁いた。

「師匠にとっては義母様で、たいへんな鬼ババアだったから、枯れた菊でちょうどいいんだということでした」

鬼ババアかいな……。

富次郎は昨日から何度目かの「ぽかん」をしたが、このぽかんには笑いが含まれていた。

「新参者の弟子の身で、訊いてみたことさえないんだけど、もしかしたら師匠《せんせい》は入り婿さんなのかしら」

年若の弟子仲間にこそこそ問うてみると、やっぱりこそこそ声で、

「婿養子ではないけれど、師匠が絵師として独り立ちできるまで、この義母さんがずいぶんとお金を出して、師匠を支えてくださったんだそうですよ」

うらやましいですねと、まだ一人前の男になりきらぬ幼顔で、弟子仲間は呟いた。

「手前も、そういう義母さんがほしいものでございます」

富次郎はちょっと笑っただけで、その言に応えはしなかった。お金を出してくれる鬼ババアは、お金をむしり取る鬼ババアよりはマシだけれど、それなりに怖いぞ。

その日の蟷螂師匠には来客が多く、忙しそうにばたばたしていて、富次郎と弟子仲間の「菊」の出来映えを見てくれたのは、もう稽古時間の終わりのころだった。

「しっかりした線を描けるようになった」

そう褒めてもらって、弟子仲間は嬉しそうに道具を抱えて帰って行った。

「あの子のお店は筆と紙と顔料を扱う文具屋でしてね。亡くなった父親が絵師で、生きているうちに払いきれなかった売掛金のために、長男のあの子が奉公に出されたんですよ」

いわば借金のかたに売られたわけだが、文具屋の主人が試しにあの子に筆を持たせてみると、やっぱり筋がいい。むしろ、亡くなった父親よりも大器じゃないかと見込まれて、お店の後ろ盾を得て蟷螂師匠のところに通っているのだという。

「師匠のお弟子さん一人をとっても、様々な身の上があるものですね」

あの素直そうな、少しのほほんとした顔をした弟子仲間も、背負っているものがある。傍目にはわからないだけなのだ。

富次郎の枯れ菊は「少し萎《しお》れすぎ」で、師匠が手を入れてくれた。

「草花が枯れているのと、萎れているのは違うのですよ」

枯れるのは、その草花の寿命が近づいているからなので、これは取り返しようがない。しかし萎れるのは、水が足りなかったり、強い日差しを浴びすぎたりしたせいなので、若い草花でもなるときはなるし、適切な手を打ってやればみずみずしく蘇る。

師匠が細い筆で色や線を直してくれるのを間近に見ていると、確かにその差がわかる。だが、富次郎はそらではこう描けなかった。

「……今日の富次郎さんは、顔色が優れませんね」

自分の動かす筆の先に目を据えたまま、師匠が言った。

「課題の描き直しが、よほど難航しているんですか」

安良《あら》村の守り神、河童の三平太《さんぺいた》の話を看板絵に仕立てて、まだ師匠から「良し」をいただけていない。確かに難航している。そう、今日はその件をまず師匠と話さなければならなかったのに、いろいろあったせいか頭から抜け落ちていた。

「はい。お恥ずかしいのですが、もう少し考えてみてもようございますか」

「富次郎さんが次の語り手の話を聞く障りにならないのなら、私の方は好きなだけ時間をかけてもらってかまいません」

　ここで師匠は筆を引き、顎も引き、半身を起こして、手を入れた絵を見渡した。ため息をついて、富次郎は言った。「確かに、ちゃんと枯れた菊に見えます。わたしが描いたのは、萎れた菊でございました」

　すると蟷螂師匠は、富次郎の方を向いて薄く微笑んだ。

「うむ、やっぱり顔色が悪い。風邪でも引き込みましたかね」

　いやいや、今の富次郎が引き込んでいるのは、とんだ紙風船野郎だった自分自身への嫌気《いやけ》風邪だ。もちろん、師匠に向かって開陳することができる心情ではない。

「ご心配をおかけして、あいすみません。朝晩は凍えるようになって参りましたから、師匠もお風邪を召されませんように」

　丁寧に頭を下げたら、ごく何気なく、師匠はこう続けた。

「風邪の種類によっては、小上がり絵師風情の私でも、よい手当てを案配してあげられることもあります。よほど困ったら、遠慮せずに言ってくださいよ」

　手当て、という語調には含みがあり、富次郎の心の臓がどきんとした。慌てて顔を上げてみたが、師匠は痩せた肩をちょっと怒らせて、そそくさと十畳間を出ていくところだ。目と目が合わぬよう、わざとそうしてくれたのだと、勘でわかった。

　――師匠の耳にも、三島屋と白井屋のごたごたの噂が届いているんだ。

　これまでは、富次郎の様子に変わったところがなかったから（何しろこちとら紙風船野郎でございます）、師匠も口をつぐんでいてくれたのだろう。でも今日は、明らかに富次郎の顔色に優れぬところがあって、きっと師匠はぴんときたのだ。

　――私にも力になれることがあるかもしれないから、困ったことがあったら言いなさい。

手当てとはそういう含みだ。押しつけがましくない思いやりが感じられる。

小上がり絵師というのは、蟷螂師匠が自らをへりくだって言うときの地口みたいなものだ。自分は、大きなお寺さんの本堂の天井絵とか、豪商の屋敷の襖絵などを手がける絵師のような大器ではない。自分に描けるのは、台所の小上がりの座敷にある引き違いの唐紙の絵ぐらいのものだ、という意味である。

水道橋を後にして、神田三島町への帰り道。水戸様の広大なお屋敷の方から吹き付けてくる霜月も末の北風は、魂が縮み上がってしまいそうなほど冷たかった。それでも、富次郎の心のなかには小さな温かいものがひっそりと灯っていた。

その灯のおかげと、大番頭の八十助《やそすけ》と小僧の新太の三人で囲むことができた夕餉の旨さに、富次郎はその夜、きちんと眠ることができた。そして一夜明けると、心の動揺も収まっていた。

それから四、五日のあいだ、冬物の襟巻き肩掛け、膝掛けを売って売って売りまくる稼ぎ時に、暮れや年始回りの進物を包む特別あつらえの風呂敷の注文取りなどが加わって、三島屋は大いに忙しかった。伊兵衛と、絵の修業の合間に家のことはできるだけ手伝うと約束してあるから、富次郎は身体が二つあるみたいな獅子奮迅の働きぶりをしてみせた。

忙しい方が余計なことを考えないし、ちょっとひと休みの時でさえ、両親や伊一郎と向き合って座るような局面を作らずに済んだ。今はとにかく、母・お民に頼まれたことを胸にたたんでおく。一段落したらちゃんと説明するから、今は見守っていて、と。そしていざというときがきたら、次男坊として皆の力になれるよう、しっかり心構えをしておこう。

それに富次郎には、河童の三平太の看板絵という難題もあった。幸いこちらは、文机《ふづくえ》に向かってうんうん唸っているときではなく、水道橋の師匠のもとへ通う道々、お茶の水あたりで川の水の鈍《にび》色《いろ》を眺めていたら、ふと閃《ひらめ》きが訪れてくれた。

大福帳に使われる丈夫な西ノ内紙《にしのうちがみ》を選び、それにまず薄い水色をかけた。そして素直に、河童の甲羅を真ん中に描いた。きっと三平太の甲羅がそうだったであろう、鮮やかな緑色と淡い翡翠《ひすい》色が混じり合う、美しい甲羅を。次にはそのまわりに、恐ろしい野盗どもと渡り合った運命の夜、村の勇敢な子・矢一《やいち》が首にかけていた「打木《うつぎ》」を配した。鳴らして音を出す一対の木の部分を上に（ちゃんと打ち合わせる形にして）、首にかける紐の部分を下に、甲羅をぐるりと囲むように。

さて、この先が肝心だ。まず、左右の打木と紐の結び目に、朱色の点を打つ。この色はうんと小さくていい。次に入れる朱色を映えさせるための呼び水だから。

大きく息をつき、勇気を溜めてから、美しく仕上げた甲羅の上に、三平太さまの双眸《そうぼう》を描き入れる作業にかかった。深緑色にほんの少し墨を混ぜ、細筆で、まず右目。次に左目。先に描いた甲羅の色で、白目の部分は緑色に見える。瞳はその上に深緑色を重ねて、しかし真ん中に一筋だけ、深紅の筋を引くのだ。これは三平太さまの怒りの赤であり、安良村に生きる人びととヌシの命が燃える色だ。

看板絵は、それを見る人びとに、何が売り物なのか伝わらなくては意味がない。

——この看板のもとには、人びとを守り得る神秘の力が在るんでございますよ。

残念ながら売り物ではない。だが、ここに在る。在ることを知らしめる。世の人びとよ、信じることを諦めてはいけない、と。

描き上げて乾かし、画板に挟んで水道橋に持参した。蟷螂師匠は一目見て、ぐりぐり眼をいっそう剝いてみせると、

「何やら、めったにない鼈甲を売るお店のようですねえ」

と言ってから、にっこり笑った。

「よろしい。いい仕事です。この看板絵をいただきましょう」

師走の朔日《ついたち》、富次郎が新太と二人でお店のまわりの掃き掃除を済ませ（一緒になって霜柱を踏んづける遊びに興じていたので余計な暇がかかったことは内緒だ）、台所の竈《かまど》のそばで暖まっていると、お民に呼ばれた。

「おはよう。富次郎、旦那様の居間に来ておくれ。わたしらは朝餉《あさげ》もそこでとることにするから、お勝、頼んだよ」

富次郎は胃の腑の上の方がきゅっと縮まるような気がして、

「はい、すぐ参ります」

返答する声が軽く裏返った。

——とうとう、話があるんだ。

ふと見れば、台所に居合わせている女中たちも新太も、何となく顔が強ばっている。いつもと変わらぬふうなのはお勝だけだ。

「それじゃ、手早くお支度しましょう。新太、指のかじかみはほぐれた？　朝っぱらから外で遊ぶと、しもやけがひどくなりますよ」

軽く叱っておいて、てきぱきと動き出す。富次郎は竈の前にしゃがんで火吹き竹を握っている今朝の飯炊き番の手代の肩をぱんと張って、代わってもらった。

「わたしが炊くと、極上のおこげができるよ。火加減をよく見ておきなさい」

本当は、心の臓のどきどきを収めるために、肺腑いっぱいに息を吸い、火吹き竹を吹きたかっただけである。

伊兵衛とお民の顔色に、いつもと変わったところはなかった。伊一郎は、久々に朝日のなかで顔と顔を突き合わせてみると、目の下にうっすらと隈《くま》が浮いている。鼻の両脇に刻まれた皺も、これまでは気づかなかった。顔が急に痩せると、こういう皺が寄る。それは富次郎自身、昏倒するような大怪我をしたときに、自分の顔に指で触れてみて実感したことだ。

「こうして家族四人で朝餉の膳を囲むのは、ずいぶんと久しぶりだね」

朝日が眩しいのか、伊兵衛は目を細めて箸を使っている。お民も優しい笑顔で、伊一郎は背筋《ひっ》をぴんと伸ばして、黙々と食事を続けた。一家の傍らで給仕役を務めているお勝は、まるでお櫃やしゃもじの仲間になったみたいに静謐にふるまっていたが、一度だけ、飯のおかわりを差し出してくれるとき、富次郎の目を真っ直ぐに見て、励ますように微笑んでくれた。

新太が膳を下げ、お勝は三島屋の一家四人のために番茶を淹れる。長火鉢にかけた鉄瓶の口から立ち上る湯気は、ほんの一寸《ちょっと》ばかりしか見えずに、すぐ消えてしまう。今日は冷え込みが強く、乾いているのだ。

「ありがとう、お勝。すまんが、隣で待っていておくれ。用ができたら声をかけるから」

「はい、かしこまりました」

お勝がしとやかに下がり、隣の三畳間との仕切りの唐紙を閉めた。とん、と音がした。

「――飯、焦げ臭かったなあ」

いきなり、伊一郎が言った。

「今朝の飯炊き当番は誰だったんだろう。親の仇みたいに火吹き竹を吹きまくったに違いない」

自分たちが食べる飯を自分たちで炊けば、有り難みがよくわかる。それに、男の太い息で火を熾《おこ》したり鎮めたりした方が、火加減にメリハリがついて飯が旨くなる。そんな理由で、三島屋では朝の飯炊きは手代たちの仕事となっている。

「あいすみません、わたしの番でした」

富次郎は首をすくめた。

「寒かったんで、やたらと火を熾してしまいました」

お民がくすっと笑って、「朝っぱらから、新どんと霜柱の踏んづけ比べなんかするから、冷えたんですよ」

「ホントにそうですね。いやあ、参ったな、あははははは」

月代《さかやき》を指で掻きながら、富次郎はそら笑いをした。目が泳いでしまう。何をやらかしてもすぐバレてしまうのが、家族というものだ。

「あは、あは、ははは……はあ」

呼吸が尽きて、富次郎の笑い声がしぼんだ。

伊兵衛の居間を、番茶の香ばしい香りを含んだ沈黙が包み込む。

こうして内っきりの四人だけになるのは、一年や二年の物差しじゃなく、十年以上もなかったことじゃないか。伊一郎と富次郎がうちにいなかった歳月には、おちかという花が彩りを添えてくれていたけれど、両親と兄弟の四人きりというのは、三島屋がここに看板を揚げたとき以来のような気がする。

「おとっつぁん、おっかさん」

つと居住まいを正し、面《おもて》は伏せたまま、伊一郎が切り出した。

「本当に、本当に申し訳ございません。富次郎、おまえにも先に詫びさせてくれ」

兄の平伏を、どのように受けたらいいのかわからない。富次郎は固まってしまう。

だが、変わり百物語の聞き手を務めることで、曲がりなりにも培われてきた胆力が、紙風船野郎の富次郎を支える芯となってくれた。

「お詫びするのはわたしの方だよ、兄さん。おとっつぁんにも、おっかさんにも」

声は裏返らず、震えてもいない。

「昨年の秋からこっち、三人が心を悩ませてきたことに、爪の先ほども気づかなかった。もっと早くに察しているべきだったことを、つい先頃知ったばっかりでございます」

お民は驚くどころか、小さくうなずいた。伊兵衛は率直に驚きを表し、伊一郎の顔には痛みに似たものが素早く浮かんで消えた。

「こうしてわたしも呼んでいただけたということは、白井屋さんとの揉め事に、どのように結着をつけるのか、こちらの腹が決まったということでしょうか」

富次郎はわざと、兄の方には目を向けなかった。真っ直ぐに両親の顔を見て言った。

「道が決まったのでしたら、この富次郎、おとっつぁんおっかさん兄さんのため、三島屋のため、できることは全力で務めます。何なりとお申しつけください」

「事情をみんな、知っているのか」

問い返す伊一郎の声音には、痛みを堪えているような圧がこもっていた。

「はい。ですから兄さん、わたしの前で詫びるのも恥じるのも、やめてください。それより、先のことを考えましょう」

白井屋の静香は今、番頭の善之助とは引き離され、後妻のおかみの姉の嫁ぎ先である、下目黒《しもめぐろ》村の地主の屋敷に預けられているのだという。この地主は豪農なので財力があり、人手にも困らない。身重の静香をゆっくり静養させるには、とてもいい場所だそうな。

善之助は、静香の手を取って駆け落ちする前に、当座の生活に要る金と、身を隠す場所だけは算段していた。それは善之助がこれまでの奉公で貯めた給金の二両余と、彼の幼友達が住み込みで奉公している深川の木賃宿という、およそ頼りない算段であった。

案の定、ひそひそと相談を持ちかけられているうちは面白半分に加担していた幼友達も、いざ本当に善之助が静香を連れて転がり込んでくると、髪の毛が逆立つほどに驚き恐れてしまった。二日間はどうにか二人を匿ったが、雇い主である木賃宿の主人に怪しまれるにいたって、もう辛抱できずに息せき切って白井屋に駆け込み、二人の居所をご注進に及んだ——というお粗末な顛末である。

静香は白井屋がしつらえた屋形船に移され、身を隠し続けるために、水路で下目黒村へと向かった。善之助も木賃宿から連れ出されると、深川十万坪と謳われる広大な新田のさらに先にある、小さな村の念仏寺に身柄を預けられた。この寺の和尚は、白井屋とは何の関わりもない。日本橋の岡っ引き、化粧屋の音松親分の知り合いで、これまでにも親分に頼まれて面倒を引き受けたことがある。つまり和尚もただの念仏坊主ではないのだ。ただ、寺はお化けでも棲みついていそうなおんぼろ寺だという。

そこまで聞いて、富次郎は何だかくらりと目が回りかけてしまった。

「白井屋さんが静香さんを見失っていたのは、正味はたった二晩だったんですねえ」

先日、三島屋に狼藉男たちをけしかけてきたときには、とっくの昔に静香を手の中に取り返し、善之助も捕まえていたわけだ。

「よくもまあ、知らん顔してうちを巻き込んでくれたもんだ」

きつい口調で言い捨ててしまってから、富次郎は慌てて表情をやわらげ、剽《ひょう》げてみせた。

「いや兄さん、わたしはね、ほんの数日前、一連の事情を聞いたときには、静香さんと駆け落ち相手の道行きは、せいぜいこんなことだろうと考えついておりましたよ」

白井屋が三島屋に——伊一郎に駆け落ちの濡れ衣を着せようとしたのは、一にも二にも世間体のためであることも。

「まあ、世間体を守りお店を守ることが、ひいては静香さんや真咲さんを守ることになるんですから、白井屋さんのお気持ちもわからないじゃありません」

富次郎が奉公先から怪我をして戻ってきたとき、お民がどれだけ心配してくれたか、忘れようがない。あれが親心というものだ。

「とにかく、静香さんが無事でよかった。お腹の子にも障りはないんですよね」

富次郎の問いかけに、伊兵衛はちょっと眉間に皺を寄せて黙っている。お民は何か言いかけてためらい、伊一郎の顔を見た。富次郎の兄は、口の端を強く引き結んで、何を嚙みしめているのか。

富次郎の胸に、暗い懸念がわいてきた。

「赤子も無事なんですよね？」

もう一度問うと、伊一郎は思い切ったように顔を起こした。しかしこちらの目は見ずに、

「その子の父親のことを承知しているんだろう？　無事でいいと思うのか」

富次郎はしげしげと兄の整った顔立ちを見つめた。己の目玉が乾きそうになるほどに見つめた。それから言った。

「赤子は世の宝です。どんな事情を背負っていようと、無事に生まれぬ方がいい子なんかいるもんか」

そんなことを思ったら、うりんぼ様に罰をあてられて、口から火を吐く老婆の顔をした大百足《おおむかで》の化け物に、頭からむさぼり食われてしまうぞ――と叫びたいところだが、これは富次郎がとっくに聞き捨てにした話だ。二度と口にのぼせてはいけない。

もっと他のことを言おうと思うのに、喉がひりついて声が出てこない。

すると、伊一郎がようやく富次郎と目を合わせてくれた。

兄の切れ長の目尻に涙が宿っていることに気づき、富次郎の胸は波立った。欠けるところのない満月のようないい男、伊一郎の涙。

「……ありがとう。心から礼を言う」

伊一郎はもう一度、富次郎の前に手をついた。涙が一粒、畳の上に落ちた。

「私は静香を嫁にして、お腹の子の父親になりたいと思っている。よくよく考えたけれど、どうしてもそうしたいという以外の想いがわいてこなかった」

富次郎は身体の内側から震えてきて、それを堪えるために両手を強く握りしめた。

兄の決心を心から喜びたいと思う。だが躊躇《ためら》いもある。それどころか、本人はどれほど熟慮したと思っていても、そんな決心は浅はかな短慮だ、どうして今の静香を妻にして兄さんが幸せになれようか、三島屋の先行きだって暗くなるに決まっていると、全力で兄の袖にすがりついて翻意を促したいという思いもこみ上げてくる。そのどちらも表すことができないから、富次郎は固まってしまうしかないのだった。

「……富次郎、ついては、伊一郎は三島屋を継ぐわけにはいかない、跡取りの座はおまえに譲ると言い出している」

父・伊兵衛の声が耳に入ってきても、すぐには理解できなかった。は？　おとっつぁん、何をおっしゃってるんですか。

「すまない、富次郎」伊一郎はまた詫びる。「おまえが絵師を志していることは知っているよ。だが、絵はいくつになっても習うことができる。私に代わり、まずは三島屋の二代目になって、お店を背負ってくれないか」

絵はいくつになっても習うことができる。

確かにそうだ。凡手であれば、三十歳で絵師になろうが、還暦で絵師になろうが、世の中に何の影響ももたらさない。むしろ当人にとっては、ちゃんとした生業が他にある方が幸せかもしれない。

だが問題は、富次郎が、自身が凡手であるか、秀でた才を持っているかなんてことにかかわらず、絵を描きたくてたまらないということだ。ようやく学べるようになった今の立場をまた諦めて、袋物屋の商いのことだけ考えて暮らしていくなんて、

——できない。

それこそ短慮で浅慮となじり返されるかもしれないが、そう思った。

しかし、伊一郎は低く落とした声で続ける。「静香のお腹の子には、私の血は流れていない。残念だが、これは確かなことなんだ」

お民は語る伊一郎の横顔に目をあてているが、伊兵衛は辛そうに顔をそらした。

「なかなか信じてもらえないかもしれないが、私は静香を大事に思っていたから、白井屋さんにきちんと縁談を申し入れ、お許しをもらうまでは、静香と男女の仲にならぬと決めていたから——」

「お腹の子の父親は、白井屋の善之助という若い番頭なんだそうですね」

富次郎が相手の名前まで承知していることに、伊一郎は驚いたようだ。口調こそ落ちついているが、白い能面のような顔に、少しだけ血の気が浮かんだ。

「そうだよ。知っているなら話は早い」伊一郎の声がかすれる。「私がもっと早くに静香の不安と寂しさを察してやり、手を打っていれば、そんな羽目にはならなかった」

自分のせいだ。静香は悪くない。伊一郎はそう言い張る。

「そうですか。だから、兄さんはお腹の子ごと静香さんを嫁にとる。ならばその子の父親は兄さんだ。兄さんの血が流れていないなんて気にするのはおかしいし、善之助なんて野郎はお呼びじゃない」

なぜか、富次郎は急に腹が立ってきた。いきなり絵筆を捨てろと言われたことに？　それもいたく神妙に、心痛に満たされた風情で。いちばん辛いのは伊一郎で、父と母と富次郎の辛さは、それには全然かなわないと匂わされていることに？

「そう思い決めることができないなら、静香さんをもらっちゃいけない。少なくとも、お腹の子ごともらうのは無理だ。かえって不幸になるだけでしょう」

中途半端によい子ぶるのはやめろ。

富次郎の内心から、くっきりした言葉が浮かび上がってきた。あたかも心の怒りの炎によるあぶり出しのように。

「兄さんは正式な縁談が決まる前に静香さんと出来合ってしまい、赤子もできた。それを白井屋さんが許してくれないもんだから、駆け落ちの真似事までやってのけた。おかげで、白井屋さんもこの三島屋も大迷惑だ。駆り出された日本橋の岡っ引きも、こっちの半吉親分だって、たまったもんじゃない」

変わり百物語の聞き手を続けて、聞き上手にはなってきた富次郎だが、もともと弁舌が達者なわけではない。訥弁《とつべん》ではないというくらいの、言ってみれば凡弁《ぼん》だ。それが今は、自分でも心地よいくらい立て板に水だ。

「大騒ぎの末に、ようやく白井屋さんの勘気が解けたし、うちのおとっつぁんとおっかさんは兄さんには甘いし、やっとこさ静香さんとお腹の子と新しい所帯をつくろうって段取りになったんでしょう。なのに、どうして兄さんが三島屋を捨てる必要があるんです？　身内に迷惑をかけて済まなかったというのなら、これからうんと働いて、三島屋の身代を今の倍にも三倍にもしてくださいよ。おいらがよぼよぼになるまで下手な絵の修業に血道を上げていても、食うに困らぬくらい稼いでみせてくださいよ」

表向きも内向きも、そういうことでいいじゃないか。

生まれてくる子は、まだ男の子か女の子かわからない。大事にしなければ、元気に生まれてきてくれるかどうかだってわからない。いや、大事にしてたって思うようにいかぬ場合がある。そういう悲しみが世の中には厳然としてあるから、青瓜不動様《あおうりふどう》は畑のなかから現れてくださったんだ——。

ああ、もう何を考えてるのか、何を言いたいのか自分でもよくわからなくなってきた。鼻水が出てきたぞ、みっともない。

「ぶ、無事に生まれてきてくれるなら、おいらはその子を抱っこして、頬ずりしてやりますよ。赤子にゃ罪はありません。世の宝なんだからね。兄さんも、いい加減で男らしく矢面に立って、何から何までひっかぶってさ、誰にどう言われようが幸せになって三島屋を富ませりゃいいんだって、高笑いの一つもしてみたらどうなんだよ!」

言い切ったら息が切れて、鼻水がつつつっと糸を引いた。

ぷぷっと、誰かが噴きだした。

お民か。下を向いて、指で口元を押さえている。伊兵衛は? 口元を歪めているのは、笑いを堪えているのだ。

お民よりもほんの一呼吸早く、お民が笑ってしまえるように道を開くため、控えめながらはっきり聞こえる笑い声をたてたのは、唐紙の向こう側に控えているお勝だ。三島屋の守り役であり、守り神だ。

「ふふ、あははは」と、お民は開けっぴろげに笑い出した。「ありがとうよ、富次郎。まったくあんたの言うとおりだ」

伊兵衛も堪えきれずに破顔して、分厚い手のひらで伊一郎の肩を音をたてて張った。

「そうだな。白井屋さんが静香さんを嫁にくださると、やっと許してくれたんだ。これまでの経緯《ゆくたて》は水に流して、おまえは堂々と自分の想いを貫けばいい」

これで万事、丸く収まる。白井屋は奉公人の仕置不行届の罪を免れ、静香は奉公人との密通の不名誉を免れる。三島屋という船は、ここにきて思いも寄らぬ世間の好奇の目に流され、薄暗い噂の三角波に揉まれてきたが、これでようやくもとどおり、流れの健やかなところへ戻ることができたのだ。

その夜、終《しま》い湯の間近になって一人で近所の湯屋に駆け込み、路地の入口にぽつりと灯る明かりと旨そうな出汁《だし》の匂いに惹かれて、屋台のかけ蕎麦《そば》をたぐっていると、富次郎の鼻先に小雪が舞い始めた。

「もう師走でございますねえ」

屋台の親父が白い呼気を吐きながら呟く。富次郎は、雪見かけ蕎麦としゃれ込むことにした。

「親父さんは、明日の晩もこのへんに出ているのかな」

「ご用命をいただけますなら、お近くに」

「じゃあ、頼むよ。うちはこの先の袋物屋の三島屋。明日は若い者を何人か連れてくる」

少なくともこの半年くらい、三島屋で働く者たちは、大なり小なり世間の目にちくちくと刺され、居心地の悪い想いをしてきたはずだ。事情はほとんどわからぬまま、ただ好奇や猜疑、時には怒りや嫌悪の眼差しを向けられることもあったのではないか。

――みんなに、済まなかった。

いっぺんに全員をもてなしてやることはできないが、まずは番頭・手代たちを順番に連れ出して、旨い蕎麦でねぎらってやろう。

「おかわりには、もみ海苔《のり》をのっけてよ」

「へえ」

蕎麦を茹でる親父とやりとりをしていたら、ふと背後に気配を覚えた。富次郎が座っている長い腰掛けの後ろにあるのは、雪がちらちらと降る夜の路地だ。商家の塀と塀に挟まれて、五間ほど先で行き止まり。そこは焼き板を立て巡らせた板塀で、天水桶《てんすいおけ》が据えてある。

夜鳴き蕎麦の屋台の提灯の明かりで、路地の半ばぐらいまではよく見える。さらに右側の商家の勝手口が路地の奥にあり、そこに小さな掛行灯があるので、天水桶のところまで、その弱い明かりが届いている。

　長腰掛けの上で首をよじって振り返った富次郎は、だから、天水桶の前に人影があるのを認めたとき、その勝手口から誰か出てきたのだろうと思った。雪の具合と空模様を確かめに。あるいは自分と同じく、出汁の匂いに誘われたのかと。

　その人影は、夜目にも隆《りゅう》とした身なりをしていた。つややかな銀鼠《ぎんねず》色の絹物の羽織と着物。帯の織り地がほのかな明かりを反射して、氷の粒のように光っている。

　月代をそり上げ、鬢《びん》も整えてある。町人髷《ちょうにんまげ》だが小ぶりで上品で、若者ではない。顔は陰になって、目をこらしても見えないが——

　わかった。誰なのかわかった。

　その人物は、足袋も雪駄《せった》もはいていない。冬の夜更けに、赤裸足だった。

（富次郎さん、お久しゅう）

　呼びかけてくる。富次郎にだけ届く声。蕎麦屋の親父には聞こえていない。

（近いうち、あんたは私に用ができます。取引きの用だ。あんたはお忘れかもしれないが、私は商人《あきんど》だからね）

　そんな話を聞いたことがあったろうか。おちかは、こいつの正体を知っていたろうか。

　富次郎のうなじの毛が逆立ち、冷え切った夜気のなかでなお、両腕に鳥肌が浮いた。

（だが、押し売りとは違う。だから富次郎さん、私を呼びたくなったら、夜のこの時刻に、あんたのお好きな黒白の間の縁側から、丑寅《うしとら》の方角に向かって、片手で闇を拝んでくださいよ）

　慇懃無礼な愛想を含んだ声。富次郎の耳朶《じだ》の奥で軽やかに囁いて、たちまち消えた。

（それじゃ、お目もじできますように）

あとに残るのは、夜と小雪ばかり。

＊

様々なことが重なってしまった今年の暮れ、皆、いささかくたびれた。変わり百物語の次の語り手を招くのは、年が明けておとそ気分が抜けてからにしよう。

富次郎がお勝とそう話し合っているところへ、またぞろ灯庵老人のところからおげんが遣わされてきた。ゴボウのような色黒の痩せた顔も、引っ込んだ目元も、先日よりずいぶんと晴れていたから、こっちからかくかくしかじかと説明する必要がないことは、すぐとわかった。

「おめでとうございます。これが……いちばんお幸せな大団円でございますよねえ」

世間様には、これも年が新しくなってから正式にお披露目することになっている伊一郎と白井屋の娘・静香との結婚だが、当然のことのように、あっちこっちから話が漏れている。先夜の小雪みたいに軽く舞う噂話から、下駄の裏にこびりついたどぶ泥のような汚い悪口まで、まあこれも様々だ。腹を決めた三島屋としては、どちらも受け流すだけである。

富次郎はおげんに問うた。「ところで、奉公先は決まったの？」

おげんは、灯庵老人のもとで「お試し」の女中働きをさせられているところだと言っていた。

「あい。おかげさまで、うちの旦那様のお眼鏡にかないました」

お勝がぱっと笑みの花を咲かせる。「あら、じゃあ灯庵さんの口入れ屋さんで働くのね。これからも何かとご縁がありそうだわ」

よろしくお付き合いしてね、とにこやかなお勝に、おげんは口をすぼめる。

「何か引っかかるのかい」

「旦那様はあたしのこと、間者みたいにお使いになるつもりなんですよ」

先日まさに三島屋に対してそうしたように、ごたごたが起きている先におげんを遣って、内々《うちうち》の様子を探らせたり、話を聞き出させたりする、と。

「そりゃあ見込まれたものだ。くノ一だね」

富次郎が冷やかすと、おげんはぎゅっと顎を引いて、

「よしてくださいよ、小旦那さん。こんな地黒の、色気も素っ気もないくノ一なんかいるわけがありません」

「別に、色気ばかりがくノ一の得意技じゃあるまいさ。でもまあ、うちに来るときはただの女中でいいから、気楽においで」

「それでしたら、ありがたく気楽に言わせてもらいます。旦那様から言いつかって参りましたんで」

いったい、次の語り手をどうするのか。

——米食い虫の富次郎さんは、もう今から寝正月の気分かもしれないが、世間はまだ師走の大忙しの最中なんだよ。

「ちょうど、だいぶ前から順番待ちをしている人から問い合わせがあったところで、そろそろ周旋しないとうちだって体裁が悪いって、旦那様が」

どうするか、富次郎は軽やかな返事ができなかった。もう寝正月気分の米食い虫という悪罵も、あんまり刺さってこない。

おげんは富次郎ではなく、お勝の顔をうかがい見た。お勝は小首をかしげる。

「灯庵さんはご存じないんでしょうが、小旦那さまも年の瀬はお忙しいんですよ。またにしていただきましょうか、ね」

と、かばってもらうのも、男がすたるような気がする富次郎。

「このところ二人続けて、自分の身に起きた話ではなく、お祖父さんお祖母さんの代から、さらに昔話を聞いた人の語りだったんだよね」

どちらも興味深く、聴いているあいだは面白かった。だが、二度あることは三度あるで、三人目もそういう昔々話だったら、ちょっとつまらないなあ――なんて言い訳しているそばから、自分が嫌になってきた。

今まで、こんな想いは切れっ端も心に浮かんだことがない。やっぱり、呑気な小旦那ながらも気疲れがかさんでいるせいだ。

何より、あの商人の不穏な台詞のせいだ。

夜の闇を、丑寅の方角に向かって、片手で拝めって。そんな不吉なことをしなければならない、どんな変事がこの三島屋に――富次郎の身辺に起きるというのだ。

縁起でもない。腹が立つ。だが、それ以上に心が不安でうそ寒い。こんな気持ちのまま、酷《むご》い運命や悲しい別れの話を聴いたら、うまく聞き捨てできないかもしれない。

弱気の虫が、富次郎の胸を噛んでいる。

「今のわたしに活力をくださるような語り手だったら、一も二もなくお招きしたいんだけど、そんなの会うまでわからないし……」

すると、おげんは計るように目を細めた。

「だったら、先に会えたらいいんですか。そんなら今ちょうど、こちらの店先で買い物をなさってるところだと思いますけど」

へ？

「その方、三島屋においでなんですか」

お勝の問いに、おげんはうなずく。

「そもそも、今日はうちの口入れ屋にも、三島屋さんに行くついでに立ち寄ったっておっしゃっていたんですよ。変わり百物語の方はどうなってるのか、まだだいぶ待たないといけないのかって」

それで、おげんは三島屋の店先まで、語りを希望するお客と連れだって来たのだという。

「以前からうちをご贔屓にしていただいてる方なのかな」

「そのようですねえ。お店とお住まいが、雲母橋《きらずばし》のそばにあるそうですし」

三島町から真っ直ぐ南に下って、日本橋よりは手前のあたりだ。

「近くじゃないか。そういうことは、いの一番に言ってくれなきゃ困る」

富次郎は着物の裾を払うばかりでなく、尻《しり》っ端折《ぱしょ》りするほどの勢いで立ち上がり、店先へと足を向けた。

「小旦那さん、その方を探すなら、三十路《みそじ》ちょっと前の小柄な年増で、髪を布天神《きれてんじん》になさってますからね！」

布天神とは、銀杏《いちょう》返しの髷の真ん中に、布を縦に掛けた髪型のことである。銀杏返しそのものは、少女から二十歳ぐらいまでの乙女の髪型だが、布天神にすると婀娜《あだ》っぽくなるので、粋筋の女だと三十路ぐらいまでは普通に結ってみせる。

ありがたいことに、今日も三島屋の店先は押すな押すなの混み合いを見せていた。先日の小雪のせいか、首回りを温める襟巻きや肩掛けを求める客が多いようだ。大番頭の八十助が見守るところで、若い番頭や手代たちが様々な商いものを広げて応対している。伊一郎の姿が見えないかと思ったら、奥の衝立の陰で、上品な媼《おうな》とその連れであろう若者と向き合い、正月用の礼装品を広げていた。

「いらっしゃいませ、本日もありがとうございます。押し詰まって参りましたね。お気に召すものがおありでしたら、どうぞお気軽にお申し付けください」

にこやかに挨拶を投げながら、富次郎は店先を見渡した。と、隅っこに設けた小さな陳列台のところで、色あせた綿入れを着て、小ぶりな銀杏返しに柿色の布を掛けた小柄な女が、売れ残って年を越してしまった襟巻きをいくつも広げて品定めをしている。

値が張る肩掛けではそんな思い切ったことはしないが、襟巻きや頭巾では、その年の干支を刺繍した品物を売り出すことがある。これはその干支の年でなければ意味がないので、次の干支になったら思い切って半値で並べる。すると、たいていの場合は、その年の干支に関係なく、自分の生まれ年の干支のものが欲しいという客が喜んで買っていってくれる。

布天神の女も、そういう思案をしているらしい。いろいろ手に取って、広げたり結んでみたり、ちょっと首に巻いてみたりしている。

襟巻きは、素材になる布を一から織ったり染めたりして作る高級なものから、他に使い道のない端布《はぎれ》をはぎ合わせて仕立てる安価なものまで幅がある。おまけに、この小さな陳列台に並べてあるのは値下げ品だ。それでも、一つ一つ襟巻きをためつすがめつして、手触りや首に巻いた感じを確かめている布天神の女の横顔は、ただ楽しそうだという以上に、

——幸せそうだ。

富次郎は自然に微笑んでいた。

他の番頭や手代たちは忙しすぎて、布天神の女は一人きりでいる。ならば自分があの人の買い物のお世話をしようと富次郎が前へ出かけたとき、別の客が引き揚げていった後片付けをしまった小僧の新太が、布天神の女に気がついた。

「いらっしゃいませ。どれかお気に召した襟巻きはおありでございますか」

声をかけられると、布天神の女は目を細め、「あら、ごめんください」とにっこりした。頬がふ

っくらと丸くなる。

「うちのおっかさんと子供たちに新しい襟巻きを買ってあげたいんだけど、目移りしてしまって決められないのよ」

はきはきとして、温かみのある声音だ。一目見たときから感じの良い人というのは、男女を問わずいるもので、布天神の女は、富次郎にとってそういう人のようである。

「左様でございますか。それはありがとうございます」

新太は丁寧に挨拶すると、すばしっこく立ち回って、まず腰掛けを探してきた。陳列台のそばにそれを据えると、

「どうぞおかけくださいませ」

布天神の女を座らせて、自分は陳列台にある襟巻きをざっと検分し、近くの商品棚から、別の襟巻きを並べた盤を出してきた。

「こちらの襟巻きは、去年と一昨年の干支が刺繡されておりまして、お得なお値段でお出ししております。今並べました品物の方は、意匠が少し変わっておりましたり、色柄の組み合わせが派手だったりして、なかなか我の強いお品なものですから、お好きな方に選んでいただければ幸いと、お値段は勉強してございます」

後者の品物のことは、富次郎は知らなかった。袋物を縫う作業場の長でもあるお民は、ときどき思い切って斬新な意匠のものを作らせることがある。そうやって出来たものは売り物にならない場合もあると、伊一郎がこっそりぼやいていたのを思い出した。

「お子さまには、頭巾と襟巻きが対になっているものもございますよ」

新太が次々と品物を広げてみせると、布天神の女の表情はますます明るくなった。

「うちの子は七つと六つの年子なの。上が男の子で、下が女の子。手習所に通うのに、朝は寒いか

らね、襟巻きがあるといいかなって思うんだけど」

「このところ、ぐっと冷えますからねえ。女の子さんにはこちらの千鳥の模様はいかがでしょう。波に千鳥ですと夏の模様でございますが、これは雪の地模様の上に千鳥をあしらってございます。裏側は弁慶格子の紬《つむぎ》で仕立ててございますので、どちらを上にしても可愛らしゅうございますよ。男の子さんには、こちらのいろは紋などいかがでしょう」

つるつると商いを進める新太は、「ぐっと冷える」早朝に、富次郎と霜柱の踏んづけくらべをして遊んでいたりするのだ。だけど、

──一人前になりやがって。

「お客さまのお母さまにも、襟巻きをご所望でございますか」

「ええ。おっかさんと言っても姑ですけどね。還暦が近いけどまだまだ達者で、毎朝の仕入れには姑が行かないと、倅《せがれ》だけに任せておかれないからって」

うちの亭主も、おっかさんには頭が上がらないんですよと、女は笑う。

「そうしますと、お二人で真っ暗なうちからお出かけになるんでございますね。特に暖かな素材を使った襟巻きがようございますね」

「ええ。手ぬぐいでほっかむりしても、耳が冷たいらしいの」

「では、頭巾もご一緒にかぶっていただくと暖こうございますよ。お客さまもご一緒に早起きなさるんでしょう。おそろいになさってはいかがでございますか」

新太がどんどん襟巻きや頭巾を広げて、

「わあ、こんなのもあるのね」

布天神の女の笑顔が輝く。そして、襟元で軽く両手を合わせて拝むと、

「ごめんなさいね。うちはちっぽけな一膳飯屋ですから、ホントなら三島屋さんの商いものなんて、

手が届かないのよ。だけど、年に何度かこうして値を下げてくれるから、そういうときだけ店先を覗きに来てるんです」

卑屈ではなく、妙な謙遜もない口調だった。質素ではあるがきちんとした身なりや、健やかな顔色。達者な働き者の姑を囲み、一膳飯屋という小さな商いの身の丈に合った暮らしをしている夫婦と子供たちの姿が、富次郎の目に浮かんできた。

新太は、正座のままぴょんぴょん飛び跳ねそうだった。「年に何度もお運びくださるなんて、お得意さまでございます。ありがとうございます！」

布天神の女と新太は熱心に相談し、女は姑のために頭巾を、夫のために幅広の襟巻きを、二人の子供のためにも襟巻きを選んだ（結局、自分のためには何も買わないところが泣けた）。新太は手元のそろばんをはじくと、それを手に帳場の八十助のところへ行く。八十助は新太の話を聞き、そろばんの玉を一度、二度と動かして売値を決め、新太はそろばんを押し頂くようにして女のもとへ戻った。

「え。このお代でいいの？　小僧さん、あとで叱られない？」

女が大いに心配するので、今こそと思い、富次郎は陳列台のそばに近寄った。するりと新太に並んで座すと、めいっぱい好い声を出して挨拶した。

「お客さま、お買い上げありがとうございます。これはうちの小僧の新太と申しますが、一人でお客さまのお相手をして、これだけお買い求めいただきましたのは初めてでございます。なあ、そうだな」

新太は浄瑠璃の人形になったみたいにこっくりとうなずいた。

「お客さまからは、小僧が一人前になってゆくための習練の場をいただきました。お代はこれで充分でございます。今、品物を包ませますので、もう少々お待ちくださいませ」

新太は頭巾と襟巻きを大事そうにかかえて、奥に引っ込んだ。

「ああ、嬉しい。今日は吉日だわ」

女の笑顔は、間近に見ても健やかだった。子供のころにうんと日焼けしたのだろうか、目の下と鼻のまわりに芥子粒を散らしたようなそばかすがある。それもまた愛嬌になっていた。

「去年の春先に、おっかさんと店先を覗きにきたときは、高価なものばっかりで手も足も出なかったんですよ。でも、おっかさんが、こんなきれいな袋物を見ただけで寿命が延びたって喜んでくれたので、嬉しかったわぁ」

富次郎は笑みを返した。それから、ちょっと声を落として続けた。

「もしもわたしの勘違いでしたら、お許しくださいませ。お客さまは、三島屋の変わり百物語の順番待ちをしてくださっている、灯庵さんのお客さまでもいらっしゃいますね？」

布天神の女は目を瞠《みは》ると、富次郎の顔を眺め回した。

「え、はい。どうして……」

とても素直なびっくりだ。

「わたしは三島屋の次男坊の富次郎、変わり百物語の聞き手を務めております。どうぞお客さま、明日でも明後日でも、お好きな日時においでください」

今の自分には、この人の語りを聞くことが必要だ。きっと楽になる。直感という以上の強い確信で、富次郎は言い切った。


布天神の女《ひと》は、それから二日後の昼過ぎに、語り手として三島屋に足を運んできた。

もっとも、この日は小ぶりな島田髷のままで、布天神にはしていなかった。その理由は、黒白の間に落ち着いて向き合うと、すぐにわかった。

「いきなりで不躾ではございますけど、これから語らせていただくお話にも関わりがございますので」

そう言って、女は富次郎の方にひと膝近寄ってくると、

「ふだん店に出ているときは、手ぬぐいを姉さんかぶりにしてますし、町なかを出歩くときは、おとついのように掛け布をして……」

頭を下げ、髷の真ん中の部分を富次郎に見せてくれた。

「これが見えないようにしているんです」

ちょうどその部分の束ねた髪のなかに、くっきりとした白髪の筋と、熟れた酸漿《ほおずき》の実のような朱色の髪の筋と、まさしく烏《からす》の濡れ羽色のような、磨《す》ったばかりの極上の墨のようにぬれぬれと黒い筋が通っていた。

いつか美人画の稽古をするようになれば、もっと肌もあらわな人台の美女を間近にする機会もあるかもしれないが、今のところそんな経験のない富次郎は、女の髪に目を近づけて観察するだけでもどぎまぎしてしまった。

「こ、これは、そ、染めて」

「この色に染めているのじゃございません」

顔を上げてにっこり笑い、女は言った。

「あと二十年もすれば、そっくり白髪になってしまうのでしょうけれど、今のあたしの髪にはっきりと見える白髪ができたのは、八つのときでございました。次に朱色の筋ができて、三番目に墨色の筋ができて、四番目には金色の筋ができたんでございますが、その金色の髪だけは、あたしとおっかさんが山のお屋敷から去るとき、きれいに消えてしまったんでございます」

山のお屋敷。そして、母娘の物語なのか。

富次郎の胸は期待でふくらみ、このところ常に心の一角を占めていたしっこり硬い不安が、ふっと消えたように感じた。

「かしこまりました。どうぞ、語りやすいところからお始めになってください」

今日の語り手のためには、香り高いほうじ茶と白絹のように口当たりがなめらかな饅頭を用意してある。ちなみにこの白い饅頭は、〈ゆきうさぎ〉という名前で売り出されている上野池之端の銘菓で、白い饅頭にうさぎの赤い眼になぞらえた赤い点が二つ打ってある。老夫婦二人で営んでいる小さな菓子屋の看板商品なのだが、一日に三百個しか作らない。で、百個目ごとに、その赤い点を金色の点に変えるそうで、それに当たった客は福を得るという評判がある。饅頭は一個ずつ薄紙に包まれているので、いざ開けて食べるまでは点の色がわからぬというところにも興趣があるのだった。

女に茶菓を勧めながら、富次郎は変わり百物語の決まりを説明した。名前や屋号、地名などは仮《かり》名《な》でかまわず、伏せておきたいことは伏せたままでいいこと。語っていて気が変わり、止めたくなったら、いつでもそう言って切り上げていいこと。

「わたしの方は、ここで聞いたお話をけっして他所にはもらしません。この黒白の間の変わり百物語は、聞いて聞き捨て、語って語り捨てが身上でございます」

すっかり慣れた口上を言い並べる富次郎を、子犬のようにまん丸な目で見守って、語り手の女は肩口の高さに軽く手を挙げた。

「ようございますか？」

「はい、どうぞ」

「ここで語るお話は、それぐらい厳しく封じられるということで……。それならば、他所でしゃべったことがあるお話は、いけませんのでしょうか」

他所で既に語ってしまった話？

「他所の百物語で、という意味でしょうか」

女はめっそうもないというふうで、手をひらひらと振った。

「いえいえ、そんな大げさな場所じゃございません。うちの亭主やおっかさん……姑ですが、それと子供たちです。子供には、ちょこっとさわりだけでございますけど」

はあぁ。富次郎は口を半開きにしたまま固まった。

これまで黒白の間に座した語り手たちは、ほとんどの場合、その話を密かに胸の内に封じていた人びとだった。恐ろしい話、忌まわしい話ではなくとも、軽々に他人様には聞かせられぬ、身内ならばなおのこと言いにくい、そういう話を背負っていた人びとが、ここで語って荷をおろしていったのだった。

——先に家族にしゃべっちゃってるなんて。

「う〜んと、さて」

何となくの仕草ではなく、富次郎は本気で腕組みをしてしまう。

「逆に伺いますが、お身内に語って聞かせられるようなお話ならば、何もわたしどもの変わり百物語を選ばれる必要はございませんよね。しかも、ずいぶんと首を長くして順番を待ってくださっていたようですが」

すると、女の目がくるんと動いて、いたずらっぽい笑顔になった。

「つまらない……」

「亭主や姑だけが相手じゃ、つまりません」

「うちのお客さんで、謡だの三味線だの踊りだの、なんだかんだお稽古事をしている人たちは、口を揃えて言ってます。内々でやって見せるだけじゃ、稽古に励む甲斐がない。たまにはおさらい会やお披露目会をして、知らない人にもお目にかけないと、張り合いがないって」

富次郎は、いったん閉じていた口をまたぽかんと開けた。今度は全開に近い。顎ががくんと下がった感じである。

――おさらい会ときたか。

「三島屋さんは、これまでたくさんのお話を聞いてきて、耳が肥えていらっしゃるでしょう。その方に、あたしなんぞの話がどれくらい面白がってもらえるのか、試してみたいという気持ちもございます」

言って、女は殊勝な面持ちになった。

「……というのは、いけませんか」

全開に近い口をぐいと噛んで元に戻したついでに、富次郎は噴き出してしまった。こんな語り手、初めてだ。陽気でいいじゃないか。心労続きだったこの年の瀬の凝りをほぐしてくれそうだ。

やっぱり、この人を招いてよかった。

「いいえ、ちっともいけなくございません」

にこやかに言って、富次郎は自分の耳たぶを引っ張ってみせた。

「ここまで鍛えたこの耳で、お客さまのおさらい会の見物客を務めます。感じ入ったら、大向こうから声をかけますよ」

富次郎の言に、女はころころ笑った。

「それじゃ、つつしんでしゃべらせてもらいます」膝の上に手を揃え、一礼すると、

「あたしは田舎者でございますし、今は一膳飯屋のおかみで、やりくりに追われるその日暮らしの身でございます。三島屋さんのお耳には汚く感じる言葉や、みみっちい話も出てくるかもしれません。お許しくださいまし」

富次郎も礼を返した。「わたしの名は富次郎、当家の次男坊でございます。跡取りの若旦那ではなく、しがない小旦那でございますが、どうぞよしなに」

これもいつもの口上だが、女は楽しげに一つ、二つとうなずいて、

「おとつい、あの小僧さんも言ってましたよ。毎朝いっしょに外の掃き掃除をしていらっしゃるんですってね。だから小旦那さんは、その日の暑さ寒さを誰よりも先に知って、店先の目立つところに並べる商いものを選べるんだって」

新太の奴め、お客さんを相手に、そんな自慢話をしていたのか。

「遅くなりましたが、あたしは初代《はつよ》と申します。歳は、お正月で二十八になります」

これから語る話は、ちょうど二十年前のことになる。

「あたしのおっかさん――母親の名前は松江《まつえ》と申しました。この話のときはもう三十路で、子供が五人おりました。みんなあたしの上の兄姉で、あたしは末っ子でございます」

語りながら、胸元に手をあてる。

「おっとさんは、名を芳蔵《よしぞう》と申します。おっかさんの松江とは同い年で、娘のあたしが申しますのも憚られますが、腕のいい木工細工の職人でございました」

そこで、初代の目がちょっと迷った。

「あたしたちが住んでいた村は……ええと」

「場所はおおまかでかまいませんよ」

富次郎の助言に、軽くうなずく。

「馬淵《まぶち》村という名前でした。甲州の北の方の、そりゃあ山深いところだったんでございます。年寄りから若い人まで、職人が七、八人おりまして、それぞれ家族や弟子がおりますから、そこそこの集落でした」

耳で聞くだけでは把握しきれないので、漢字を教えてもらって、頭のなかで書いてみる。

「なるほど。主にどんな品物をこしらえていたんでしょう」

「お椀や鉢などの器や、杵《きね》とか麺棒のような道具まで、暮らしのなかで使う道具でしたら、何でも一通り作れる職人たちでした」

ただ、この職人たちにとってもっとも大事で、大きな稼ぎになる細工物といったら、

「お蚕さまの寝床になる木枠でございました」

甲州は養蚕が盛んである。絹糸を吐いてくれる蚕を「お蚕さま」と呼んで尊び、大切に育てる。

「お蚕さまが充分に育ったら、三寸四方ほどの大きさの木枠に一匹ずつお納めすると、そのなかで繭をつくってお休みになるんです」

馬淵村の木工職人たちが得意としていたのは、この小さな木枠を組み合わせて畳半畳ほどの中枠に仕立て、それをいくつも縦に並べて収めることができる大枠を作り上げることだった。

「ざっと二十から三十ばかりの中枠を立てておける大枠でございましてね。その下にコロがついていて、日当たり、風当たりがよくて暖かいところへ、好きなように転がして動かすことができます。とても静かに転がるので、音もたちませんし、もちろんお蚕さまの繭を損なうこともありません」

半畳ほどの中枠にはそれぞれ取っ手がつけてあるので、それを引っ張って取り出し、繭の様子を見ることもできる。

「へえ……そういう木枠のことは、初めて耳にしました」

富次郎が諸国評判記や風土記などをめくって知っている限りでは、甲州の養蚕はしばしば大きな屋敷の屋根裏で行われるということだ。その方が暖をとりやすいからである。

「馬淵村のあった甲州も北のあたりは、なにしろ山がちでございましたから、茅葺きの大きな家を建てることが難しい場合は、人の住まいとは別にお蚕さまのための小屋を建て、そのなかに木枠を

置いてお世話するという形が多かったんでございます」

なるほど、聞いてみなければわからないこともあるものだ。

「初代さんのお名前もそうですが、おっとさんもおっかさんも立派な名前をお持ちだ。兄さん姉さん方も、そうですか」

「立派かどうかはわかりませんが、みんな漢字で、幾松《いくまつ》、寺壱《てらいち》、美好《みよし》、佐々凪《ささなぎ》」

予想していた以上の風格ある、そしてちょっと変わった名前だ。

「これは、お蚕さまの寝床を作る職人が、甲州のそのあたりでは立派な仕事として仰がれていたからなんでしょうね」

富次郎の問いかけに、初代は驚いた表情を見せた。

「小旦那さんは、物知りですね」

確かに、馬淵村の職人たちは、赤子が生まれると、山の神を祀る神社の湧き水で産湯を使わせ、禰宜《ねぎ》を通して神託を受けてその赤子の名前をつけるという習わしがあったという。

「その禰宜さんは、山主《やまぬし》……他の土地だと地主や名主に当たりますかね、その土地では下手するとお殿様よりも古い家柄の当主が務めていて、学もあれば、たいそう権威もあったんだそうでございます」

大いに納得して、富次郎は感じ入る。

「まずお蚕さまが山の神からの賜り物であり、山の神のお遣いでもあらせられる。そのお住まいを作る職人は、生まれ落ちたときから山の神の加護を受けて、その御許にお仕えするということなんでしょうね」

江戸という町場に生まれ育ち、商家の暮らししか知らぬ富次郎には、おそらく終生縁が繋がることがなかろう立場だが、うらやましいような、労《いたわ》しいような気がする。

「とはいっても、毎日の暮らしのなかでは、誰も偉ぶっちゃおりませんでした。他の道具を作る仕事もございましたし、お蚕さまの寝床である木枠は、その繭から糸を採ったら用がなくなりますので」

新しいお蚕さまには、また新しい木枠が作られるのだ。

「古い方はばらして、組み合わせて、大きなものだと文机《ふづくえ》や裁縫箱、小さいものだと文箱《ふばこ》や文庫（小物や書籍を容れる箱）を作りましてね。自分たちで近くの宿場町まで背負っていって売ったり、道具屋さんに卸して売ってもらったりしたものです」

初代の父親は健脚で、村の他の男衆の半分の時間で山道を往来することができたので、しばしば宿場町へ商いに行った。儲けが出ると、土産に団子や饅頭を買ってきてくれるのが楽しみだったという。

「おっかさんの松江は、馬淵村の南に山二つ分離れたところの生まれで」

実家もお蚕さまを生業としていたが、馬淵村よりはるかに貧しい寒村だったので、

「嫁に来たらまるまると太って、子供は五人ともつるりと安産でございましたそうで。あたしの祖母、おっかさんにとっては姑にあたる婆さまが、よく笑い話にしておりました」

――こんな図々しい嫁もそうはおらん。

「おっかさんと姑さんは仲が良かったんです。姑さんは早くに舅さんと死に別れて、女の身ながら山歩きも怖がらずにこなしましてね、おっとさんを頭に三人の倅を育て上げた女丈夫でした」

で、当の姑さんもまたふくふくとしていたそうである。

「山間《やまあい》の村の人びとが、みんな食い足りていたというのは、なかなか珍しいお話ですよ」

「やっぱりそうでございますか。今、こうして日銭稼ぎの商いで食っておりますと、ふるさとは豊かだったと、あたしもしみじみそう思います」

初代は言って、自分の頬に手をあてた。

「村ではお米はとれませんでしたけれど、お蚕さまを養っている他所の村から、木枠を売ったお金で買うことはできました。そういう取引きができていて、三月《みつき》に一度くらいの割合でしたかね、印《しるし》半纏《ばんてん》を着た男衆が荷車に積んで届けに来てくれたんですよ。狭い山道ですから、えらい骨折りだったろうと思います」

雑穀は村の畑で収穫できたし、木の実は山の森が豊富に恵んでくれた。

「鳥や狸、鹿の肉もよく口に入りました。鶏や家鴨《あひる》は放し飼いにしていて、卵を産ませていました。その世話は子供らの仕事で」

遠い目になって、初代は昔を懐かしんでいる。富次郎もしばし、家禽《かきん》の鳴き声と木工職人たちがふるう木槌や鋸の音がにぎやかな、山間の村の情景を心に思い浮かべた。

「順々にお話ししますが、この村の豊かさにも、山の神さまとつながる理由があったんです」

山里とは思えぬ豊かな暮らしは、山里だからこそ受けられる加護によるものだった、ということなのだろう。

「あたしたち一家八人、風邪や腹痛《はらいた》、ちょっとした切り傷や打ち身ぐらいの怪我はあったものの、だいたい達者で暮らしておりました。馬淵村の職人たちが作る木枠の評判も上々で、疫病《はやりやまい》の心配もなくて、本当に穏やかで楽しい毎日だったんでございます」

とはいえ、深い山のなかの暮らしだったから、物騒なことがまったくなかったわけではない。熊や山犬が村を脅かしたこともあれば、地崩れで山道がふさがれ、何か月も他村と往来できないこともあった。

「あたしは三つぐらいのときだったんで、ほとんど覚えていないんですが、お米と油が切れそうになって、みんな冷や汗をかいたそうでございます」

少し前に、米どころの村を襲う野盗の話を聞いたばかりだったから、富次郎は尋ねた。

「それだけ豊かな馬淵村ならば、盗賊には狙われませんでしたか」

するると、初代の眼差しがちょっと揺れた。嫌なことを尋ねられたというふうではなく、戸惑っているようだ。

「盗賊……ではなかったんですけど」

考えて、言葉を選んでいる。

「大事なものを盗まれたってことでは……あったのかもしれない」

初代の戸惑いが大きくなっていく。富次郎はすぐに詫びた。

「あいすみません。お話の腰を折ってしまったようでございますね」

「いえ、いいんです、いいんです」

初代も慌てて、富次郎の謝罪を押し返す。

「たいしたことじゃないんですよ。ただ、みっともないというか恥ずかしいというか」

実際、初代の顔には苦々しい笑いが浮かんでいる。一つ息をしてその苦みを吐き出すと、続けた。

「村でいちばん腕のいい職人——職人頭と言えばいいですかね、この人には倅さんが二人いました。兄さんの方は、おっとさん譲りで手先が器用で、細工物の才もありました」

弟の方は兄ほどではなかったが、小柄で細身だった兄より体格がよく、力仕事もどんどんこなすことができた。

「あと、兄さんは優男だったんです。鼻筋がすっと通っていて、眉毛が形良く揃っていて、目元が切れ上がっていてね。弟さんの方は、なんて言うか……」

熊みたいだったそうである。

「毛深くって、骨太で」

富次郎は真面目に思案した。「町場では、もちろん兄さんの方が女にちやほやされるでしょう。でも山間の里では、頼りないと嫌われる場合もありそうですよね」

初代の目がぱっと広がった。「そうなんですよ！　それまでは誰も、兄さんの方ばかりをもてはやしたり、兄弟を比べて弟さんを下げたりなんて、けっしてしませんでした。そんなこと、村の女子供はもちろん、誰も思いつきもしなかった」

それまでは。その「それ」とは。

「村の細工物をいちばんたくさん買い上げてくれていた、お城にも御用達の細工物の仲買商がいたんですが。ええと……」

初代は言い迷う。富次郎は助け船を出す。

「仮名が要りますか」

「いいえ」きっぱり首を横に振って、「伊元屋《いもとや》のままでようございます」

ままということは、それが本来の屋号なのであろう。

「今もちゃんとお店はあるそうですけど、この話は遠いご先祖のことだから、気をつかわなくたってかまわないでしょう」

ん。富次郎はちょっと引っかかった。

初代は正月がきたら二十八歳だと言い、今語っている出来事は、二十年前、七歳か八歳ぐらいのときに起こったことだそうだ。だとすると、伊元屋という仲買商に限らず、語りに登場する人びと全てにとって、「遠いご先祖の話」とまで言うのは大げさにすぎる。

だが、今それを問い返すと、またぞろ初代がゆるゆると漕ぎ出そうとしている話の水の流れを乱すことになってしまう。黙って耳を傾けていよう。

「その伊元屋さんに、美人で評判の娘さんがいましてね。名前も美々しくて、花蝶《かちょう》さん」

富次郎はつい笑った。「芸者のようですね」

「ねえ」初代もあの素朴で明るい笑みを浮かべる。「ただ本当に、おとぎ話に出てくる天女みたいな美女だったんですよ。なにしろ、お城に上がってお国さまになるところだったんですから」

藩主の側室だ。大名家の正室は江戸を離れることはない。地方の領地に住まい、藩主の二人目（あるいは三人目かそれ以上）の妻の役割を果たす女人は、国元にいるから「お国さま」と呼ばれる。その呼称が尊称になるか、恐怖や憎しみが込められた蔑称になるのかは、そのお国さまの心がけとふるまい次第だ。

「伊元屋さんも美人の娘が大自慢で、うんと着飾らせて店先に出したり、絵双紙をたくさん摺らせて引き札（ちらし）がわりにばらまいたりしてましたから、それがお殿さまの目にとまって、花蝶さんはお城の春の歌会だか踊りの会だかに召し出されて」

一目で花蝶に惚れ込んだ藩主は、この美女をまず藩の旧家でもある城代家老の養女に迎えさせ、表向きの身分を与え、一通りの武家の作法を身につけさせた上で、奥に迎え上げようとした。

「そのとき、花蝶さんはおいくつでしたか」

「確か、十五か十六だったはずです。お殿さまは三十半ばぐらいでしたかね」

大名家の主ともなると、いい想いができるものだと、富次郎は余計なことをちらりと考えた。

「だけどね、養女にいって半年も経たないうちに、花蝶さんは伊元屋に返されてきちゃったんです」

「それはまた……。何か差し障りがあったんでしょうか」

「ええ。何でも、城代さまの奥方様と、お城の奥を仕切る古株のお女中――しわくちゃな婆さんだったそうですけど、その二人がものすごく反対したもんだから、花蝶さんがお城に上がる話は取り消しになったんですって」

とりわけ、お城のお局《つぼね》からの反対は、大きな力を持っていたらしい。
——この女、既にして生娘にあらず。性《しょう》、佞奸《ねいかん》にして貪婪《どんらん》。厳に遠ざけるべき魔性のものなり。

「と言ったんですって。漢字のところは難しくて、あたしには今も意味がよくわからないんですけど」

もう一度、ゆっくり諳《そら》んじてもらってから、富次郎もゆっくりと解説した。

「佞奸というのは、ずる賢くて腹黒いというような意味です。貪婪とは、よろずにおいて欲深い、欲張りだという意味ですね」

ひどい悪罵だが、十五、六の商家の箱入り娘が「既にして生娘ではない」というのも、ぎょっとすることではある。

「それにしても、お局さまが吐いたそんな厳しい評価を、あなたはよくご存じでしたね」

初代は、そばかすが散った鼻のまわりにしわを寄せて、

「本人が自慢そうに口に出していたので、すぐ噂になっちゃって、あたしたちの耳にも入ってきたんですよ」

「本人と申しますと……」

「花蝶さん。馬淵村に嫁にきてからね」

お城の奥に上がる話が潰れたあと、外聞をはばかる伊元屋の計らいで、花蝶はしばらく領内の尼寺に身を隠していた。

「そのお寺さんも、尼さんたちがお蚕さまを育てていて、馬淵村の木枠を使ってくれていたんです」

尼寺で暮らすうちに、少しは養蚕の手伝いをするようになった花蝶は、そもそも自分の生家が商いで扱っていた木枠に初めて触れることになったという。

「おまけに、そのお寺さんには、城下町の伊元屋よりも、山のなかの馬淵村の方がずっと近かったもんで」

伊元屋を通さず、馬淵村の誰かが直《じか》に木枠を運び入れ、取引きをしていた。

「で、会っちゃったんですよ」

職人頭の倅たち、兄弟が。

不謹慎だが、富次郎は少しわくわくする。「この先は、兄さんを太郎《たろう》、弟さんを次郎《じろう》と呼びましょうか」

「はい。ホントの名前もそれに似てるし、覚えやすくっていいわ」

初代の笑顔。だがその瞳の奥に、針の頭ほどに小さいが、これまでは見えなかった硬い光がある。

「実は、最初は次郎さんで、太郎さんは二番目だったたって噂もありましたけど、どっちが先だって一緒だわ」

馬淵村の兄弟は、同じように魅せられてしまった。既にして生娘ではなく、腹黒くて欲深く、天女さながらに美しい若い女に。

「ただでさえ、町育ちの女の人は、山の村の者の目には、みんな天女みたいに見えましたもの」

それに加えて、地味な尼さんたちに交じっていることで、花蝶の美貌がさらに際だっていたのかもしれない。

「普通だったら、太郎さんと次郎さんがどれだけ花蝶さんに熱を上げたって、とうてい結ばれるような縁談じゃありません。だけど、花蝶さんはいっぺん、最高の縁をつかみ損ねてますからね」

「しかも性、佞奸と非難されて」

「そうそう。金襴緞子《きんらんどんす》で着飾るどころか、どんらんとか叱られちゃって」

「上手い地口です」

「これも花蝶さん本人が言ってたそうですよ。お酒を飲みながら、可笑しそうに笑って」

花蝶を愛し、自慢にしていただけに、手ひどい失敗の後はこの愛娘を扱いあぐねていた伊元屋は、馬淵村の職人頭の倅たちが花蝶を嫁にほしがってくれていると聞いて、欣喜雀躍《きんきじゃくやく》した。

「二つ返事で許して、話が決まると早々に、持参金も弾んでくれたそうでした」

家内の序列を重んじる職人頭は、花蝶の縁談相手には長男の太郎を選んだ。もちろん次郎は怒ったが、やがて花蝶本人が太郎に嫁ぐことを望んでいるとわかると、くちびるを噛んで引き下がるしかなかった。

「花蝶さんは優男を選んだんですね」

「まあ、順番としてはね」

初代の口調に小さな棘《とげ》が含まれ、瞳の奥の小さくて硬い光が強くなった。

花蝶の輿入れが決まると、馬淵村はにわかに騒がしくなった。

「職人頭の家が、お嫁さんを迎えるためにいろいろ支度するのはわかるんですけど、それだけじゃなかったの」

厳しい山道を踏み越えて、村にはひっきりなしに様々な職人たちが訪れた。大工、左官、井戸掘り、糸繰りや機《はた》を造る職人。

「太郎さんと花蝶さんのための新しい家を建てたり、新しい井戸を掘ったり、花蝶さんが機織りをするからって、まず機屋を建てるための土地を切り開くって」

ついでに耕作地も増やし、新しい畑で芋や根菜を育てられるよう、苗屋まで連れてきてくれたりした。

「すべて伊元屋さんの計らいでしたか」

「ええ。やっぱり花蝶さんが大事だったんでしょうね。馬淵村で娘が大事にしてもらえるように、嫌われないように、あたしたち村人に、うんと袖の下をくれたようなものです」

職人たちの往来を易くするため、近くの大きな宿場町と馬淵村をつなぐ山道が手入れされ、崩れやすいところは土固めされ、敷石で舗装され、馬や荷車がぐっと通りやすくなり、たいていの雨や雪には耐えられるくらいになったのも、地味ではあるがありがたいことだった。

「そうそう、荷車の数も増えたし、馬も三頭連れてきてくれたんですよ。寒さと山道に強い馬だって、毛がふさふさでね。ちゃんと厩《うまや》も建ててもらえました」

すべての支度が済んで、時は五月の半ば、山の緑が冴え、花々がそれを彩り、澄んだ水が滴り、清浄な風が森を吹き抜けるころ、花蝶は馬淵村に嫁入りしてきた。

「ぜんぜん着飾っていなくて、びっくりだったんですよ。草鞋《わらじ》を履いて、脚絆《きゃはん》もつけて、ちゃんと自分の足で歩いて村に入ってきました」

だが、町からきた美しい娘の後ろには、嫁入り道具を積んだ荷車や、行李や木箱を背負った人足たち、村で花蝶に仕える女中や下男たちが連なっていた。

「花蝶さんは自分の身の回りのものも持ってきましたけど、木箱の中身はほとんど、村のあたしたちへのお土産でした」

地べたを這いずって働いている馬淵村の女たちに、天女が衣類や髪飾り、化粧に使うおしろいや紅などを授けてくれたのだ。

「尼寺の暮らしでほとぼりを冷ましているあいだに、花蝶さんは十八歳になってました。うちのいちばん上の兄が十六でしてね。いちばん下のあたしは七つでしたけど、間近に花蝶さんの姿を見てから、たっぷり三日ばかりはぼうっとしてた兄ちゃんのこと、よく覚えてます」

花蝶はまず客人として、伊元屋が娘のために建てた新居に落ち着いた。

「村で一軒だけ、焚口のある湯船がついてる家だったんですよ。そんなの、村長《むらおさ》どころか山主さんのお屋敷にもなかったのに」

新居の暮らしは女中と下男たちに支えられ、花蝶は旅の疲れを癒やした。そのあいだに、山を一つと大きな河を一つ越えて、この婚礼の立会人となる山主が馬淵村を訪れた。

「もうお歳がいってたから、来るだけでも大変だったと思います」

「伊元屋の主人とおかみは、愛娘についてこなかったんですか」

初代はうなずく。「来なくて済むように、山主に任せたんですよ。お金もたんと積んだろうと思います。やっぱり、伊元屋さんからすれば可愛い娘だとしても、世間から見れば、お城に上がり損ねたばかりか、えらい勘気を被った親不孝娘ですものね」

山深いところにある馬淵村に閉じ込めて、どうか静かな一生を送ってくれと願うだけ。せめて幸せに、できるだけ楽に暮らしてほしいから、金を費やし人手をかけて、娘のためになりそうな物は建てたり作ったりした。もうそれ以上手を出すことはできない。

「山主が来てから、いよいよ太郎さんと祝言となりましてね」

これまた大騒ぎでしたと、初代は笑う。

「村を挙げてのお祝いで、いやまあ、あのとき口に入ったご馳走といったら！　今思い出しても涎《よだれ》が出てきそう」

指で口元を押さえてみせて、

「花蝶さんのお供のなかには、料理人もいたんですよ。子供のあたしは料理を食べてばっかりでしたけど、上の姉さんやおっかさんは、城下町の料理人の包丁さばきを見物にいったりして、ずいぶんと楽しんだようでした」

いつもなら旨いものの話に惹きつけられる富次郎だが、今日はちょっと勝手が違う。問わずにいられない。

「花蝶さんの花嫁姿は、さぞ美しかったんでしょう」

ご馳走の味の思い出に輝いていた初代の顔に、ふと影がさした。

「この世のものとは思えないくらいに」

あれは、魔性のものの美だった——。

「婆さんお女中の眼《まなこ》は、正しく見通していたんですよ。そんな眼力を持ち合わせないばっかりに、村のあたしたちは、さんざんな目に遭うことになるんですけど」

実のところ、花蝶が馬淵村で暮らしたのは、せいぜい一年と七か月にすぎなかった。

「あんまりいろんなことがあったから、もっと長かったような気がしていたんですが、たったそれくらいだったんです」

語る初代は、軽く下くちびるを噛む。その十九か月ほどのあいだに、何かできなかったものか——と考えているのだろう。富次郎は、ここの語り手たちがこんな表情を浮かべるのを、もう何度も目にしてきた。諦めがつききれぬ後悔を噛みしめる顔を。

「いざ太郎さんの嫁になると」

花蝶は何もしなかったのだそうだ。

「言葉通り、ホントに何にも」

強いて言うなら、毎日「楽をしていた」だけだった。

「家事も、夫の身の回りの世話も？」

「実家から連れてきた女中たちに任せっきりでした」

「機織りはどうなったんですか。わざわざ機屋まで建ててもらったのに」

初代は軽く肩をすくめる。「機屋に近づくことさえありませんでした。でも、中には立派な機と糸繰り機が二台ずつありまして、すぐにも使えるようになってましたので」

もったいないからと、村の女衆が見よう見まねで機を動かしてみるようになった。

「村の機は、台なんかついてない雑な造りのものでしたから、みんな戸惑ってしまって」

やがて村長の妻が伝手《つて》をたどり、ちゃんとした機織りを教えられる人を探して招いて、

「うちの下の姉とか、若い娘が集まって、半年ばかり習いましたかねえ。教える人が上手だったのか、うちの姉なんかわりとすぐに手を上げて、一年も経ったら絹織物まで織れるようになりました」

糸は木枠を買ってくれる養蚕家か、絹糸・木綿糸を扱う仲買人から仕入れた。最初は染めた糸ばかり買っていたが、機織りの手が上がってくると、好きな色の糸を自分たちで工夫したいという欲も出てきて、

「今度は草木染めを始めたんです。これも、最初のうちは師匠を招いて習いました」

富次郎は感じ入った。新しい機と糸繰り機という「道具」に誘われ、新たな技術を身につけていこうとする人びと。馬淵村の衆は、何と健やかな働き者だろう。

「だけど、肝心の花蝶さんは」

村の南側の日当たりのいい場所に、伊元屋が娘夫婦のために建てた新しい家——通称「伊元屋御殿」の奥にこもって、楽をしているばっかりだった。

「ごろ寝して、寝床にお酒や贅沢な肴を運ばせて、昼間っから呑んで、また寝て起きて」

真っ赤な襦袢《じゅばん》や、桜の花びらを染め抜いた薄紅色の腰巻きなど、しどけなくて美しく、淫らな格好のまま明け暮れていた。

「どうしてそれがわかったかと言うと、花蝶さんはその姿で、平気で縁先や井戸端にまで出てくるもんですから」

とんだ天女の乱れ衣である。

「それに退屈すると、たまにはお琴を弾いたり、嫁入りのときに運び込んだたくさんの着物や帯を広げて、次から次へと着替えてはしなをつくって見せたりして……」

「誰に見せるんです？」

富次郎は問い、初代はくるりと目を動かす。

「最初のうちは、太郎さんが相手でした」

昼寝酒も美食も、気まぐれに着飾るのも、琴をつまびくのも。

「太郎さんもまるっきり骨抜きでしたから、もう目もあてられないくらいでれでれで、仕事なんかそっちのけだったみたいです」

まあ、一目惚れで見初めた天女のような嫁をもらったばかり、その嫁は馬淵村をまるごと一年養ってもおつりがくるくらいの持参金をくれたのだし、半月ぐらいは大目に見てやろう。父親であり舅でもある職人頭も、最初のうちはそう思っていた。

「だけど、半月どころか一月《ひとつき》経っても、太郎さんはでれでれのまんまでした」

若夫婦のことだから、寝所にこもってぐうぐう寝ているのではない。もちろん、閨《ねや》のことをしているのだ。

「その度がすぎてるんでしょう。太郎さんはやつれ始めて、だんだん死人みたいな顔色になっていっちゃったんですよ」

ここまで呑気に聞いていた富次郎も、胸に嫌な臭いの霧がかかるのを感じた。

「なるほど、花蝶さんは、そうとうに多情だったわけですね」

初代は「たじょう」という言葉に引っかかったのか、それでいいのか確認するような目をして、ちょっと考え込んだ。

「うちのおっかさんは、そっちの方では天女じゃなくて化け物だと言ってました」

――太郎さん、たいへんな嫁をもらってしまったもんだ。

「そんなことは、ずっと早くに、ずっと切実に、職人頭のご夫婦も感じていたわけで」

この痩せようは肺病かもしれぬなどと言い張って、太郎を花蝶と引き離した。花蝶は粘着する様子もなく夫と離れたが、独り寝をするつもりなどないことは、すぐにわかった。

「ええと、順番でね」

弟の次郎の番であった。ここで「順番」という言葉がものをいう。

「これは花蝶さんばっかりの咎《とが》じゃなく、次郎さんの方もずっと兄嫁さんを狙っていたんです――って、嫌な話でごめんなさい」

詫びる初代を手で軽く制して、富次郎はほうじ茶を熱く淹れかえた。初代が遠慮して手をつけないようなので、先に立って〈ゆきうさぎ〉を手に取り、包みをはいだ。

「赤い眼だ」と言って、白い饅頭につけられる赤と金色の点について説明した。初代も手元の小皿に饅頭を取り、包みを開けた。

「あら、金色！」

おおっと、富次郎は歓声をあげた。〈ゆきうさぎ〉には小遣いをつぎ込んできたが、この目で金色の点を見たのは初めてだ。

「初代さんは、やっぱり何かこう、明るい光みたいなものを背負っているお人なんですね。それが幸《さち》を引き寄せるんだ」

富次郎の言に、初代は目を丸くする。「そんなこと、言われた例《ため》しはありませんけど……」

「初代さんのそばにいる方たちは、慣れっこになってしまって気づかないんでしょう。わたしは、初代さんが店先にこられたときから、この方のまわりは明るくて温かいなあと感じておりましたよ」

あれ？　この言い方、一つ間違うと口説いているみたいに聞こえて、不躾かな。

「や、いや、えっと」

すると、初代は元気よく声をあげて笑った。あはははは！

「小旦那さんって、面白い方ですね。小旦那さんこそ、まわりを元気づけるお人ですよ。ご自分では気づいてないようだけど」

富次郎は頭を下げた。「ありがとうございます。互いに褒めくらべで一息ついて、お茶を飲みましょう」

そして、また座り直して語りへと戻る。

「次郎さんと花蝶さんが出来てしまうと、花蝶さんはそういうことを隠さない女でしたから、すぐと太郎さんにも、職人頭ご夫婦にも知られるところとなりました」

腕の立つ父親の下で切磋琢磨する、見た目も気性も対照的ながら、良き兄弟――だったはずの太郎と次郎の関係は一変した。

「二人がむき出しの嫉妬で争うようになると、村の空気そのものが濁ってきました」

太郎に味方する者もいれば、次郎の肩を持つ者もいる。ただ冷やかして煽る者もいる。女衆は兄弟どちらも愚かで嫌らしいと顔をしかめる者が多く、職人頭夫婦に同情的だった。男衆は芝居でも見るように面白がる者と、我が事のように怒ったり悩んだりする者とが混じり合った。

肝心要、濁りの源の花蝶はどうだったか。

「本人はけろりとしてました。相変わらず、毎日しどけない格好のまんまで、気候がよくなると、村のまわりの森や草地をうろつくようになったりして」

花を摘み、歌をうたい、草地のなかで女中に持たせた酒肴を楽しむ。一人だけ、つましい村の暮らしとはかけ離れた、浮ついた日々を送っていた。

そして、その美貌にはますます磨きがかかっていった。

「女衆は花蝶さんを嫌うようになりましたけど、男衆はそういう風が強くなればなるほどに、花蝶さんをかばうようになりました」

それは、馬淵村の男衆と女衆のあいだをも、じわじわと確実に険悪なものにしていった。

「子供のあたしにも、あのころの村の衆がおかしかったことは、よくわかりました」

頭でわかったのではない。夏の夕立の前、にわかに風がひんやりするように、秋の虫の音が日ごと夜ごとに数を増してゆくように、冬の朝の呼気の白さで雪雲が近づいてくるのが計れるように、春の花の気配をまとった山という山の胎動を感じるように、指先で、まぶたの端で、頬に触れる風で、吸い込む匂いで知ることができた。

村の衆を繋いできた絆がほころび、傷み始めていることを。その傷みから、腐臭が漂い始めていることを。

「太郎さんと次郎さんが互いをやっつけることばかりに夢中になってしまうと、花蝶さんは退屈してしまって」

村の別の男たちを伊元屋御殿へ手招きするようになるまで、時はかからなかった。

「さっき、あたし、大事なものを盗まれたって申しましたよね」

初代の問いかけに、富次郎は無言でうなずいた。

「うちのおっとさんだったんです」

その言の意味がわからないのではなく、わかりたくなかったので、富次郎はすぐには何も言うことができなかった。

「花蝶さんのいる閨に、いつ招かれたんだか知りません。合わせて何度通って飽きられて捨てられたのかも知りませんけど」

家族が気づいたときには、初代の父親もまた太郎や次郎と同じような骨抜きにされていた。

——あのお方は天女じゃ。何も悪いことはしとらん。おまえら土臭い女に何がわかるか。

「泣いて責めるおっかさんに、酔っ払ったみたいに顔を赤くして、言い返してましたよ」

初代たち兄弟姉妹は母親の味方につき、明らかに言動がおかしくなっている父親から守ろうと努めたが、やがてその結束もまたガタついてきた。

「兄さんたちが、ね」

長兄は、父親を連れ戻そうとして伊元屋御殿に入り込み、そのまま呑まれる経験をしてしまった。次兄はその兄を責め、激しい喧嘩を繰り返すうちに長兄に大怪我をさせられて、足腰が立たなくなってしまった。

「おっかさんも姉さんたちもあたしも、おっとさんと上の兄さんの人が変わってゆくのを止めようがなかったし、下の兄さんが何日も薄汚れた夜着をひっかぶって泣いていて、どんどん骸骨みたいになってゆくのをどうすることもできませんでした」

この恐ろしく悲しい事態は、さらに恐ろしく悲しいことに、初代の家のなかだけに限らなかった。村中のあちこちで、これまで仲睦まじく暮らしていた夫婦や兄弟や家族のあいだで、同じことが起きていた。

花蝶という美しい毒が、村の男衆の体内へ染み込んでゆく。その毒は男衆の正気を失わせ、女子供たちから寄せられていた情や信頼を裏切り、馬淵村を土台から腐らせてゆく。容赦なく腐食が進む音が、風の音よりもはっきりと聞こえる。

「それがとうとう、これ以上は持ちこたえられないというところまで行き着いてしまって、あの夜の出来事が起こったんです」

初代が八歳の冬、師走の朔日の夜更けのことだった。

「あの年は梅雨も短かったし、夏は旱《ひでり》気味でした。秋になってまとまった長雨がありましたけど、いつもよりも駆け足で寒さが寄せてきたと思ったら、最初の雪のひとかけらを見たあとは、身を切るような北風が吹く、雲一つない晴れが続くようになってしまって」

江戸市中の冬もそういう感じだ。乾いていて空が青く、雨が少ない。上州や野州では、それに加えて強い風が吹き抜けるという。甲州も似たような気候なのだろう。

「馬淵村のあたりは、もともと雪はそんなに多くなくって、とにかく凍りついて寒いというか、底冷えします。そういう冬に慣れていたんですが、それでもその年の冷たい乾きっぷりときたら、村の年寄りたちも覚えがないって言ってたくらいでした」

台所の焚き付けも、村のまわりのそこらじゅうにある藪も、森の下草も木の根のあいだに積もった枯れ葉も、村の衆が身につけている野良着や髪を包む手ぬぐいでさえも、からからに乾いていた。こんなとき、何よりも気をつけねばならないのは、火の始末である。

「あたしたち子供でさえ、厳しく言い聞かされていました。凍えるほど寒くても、竈や囲炉裏に火を焚きっぱなしにして寝てしまうなんて、うかつなことはできません」

しかし、村のそういう規範を、花蝶はやっぱり気にもとめなかった。

「村の暮らしは早寝早起きですから、星明かりが見えるくらいの時刻には、もう鼻をつままれたってわからないくらい真っ暗ですよ」

そんな暗闇のなかで、花蝶が住まう伊元屋御殿だけには、煌々《こうこう》と明かりが灯っていた。

「火を焚いて暖を取って、蠟燭《ろうそく》や行灯をいっぱい灯して明るくしていました。城下町育ちの花蝶さんは、山の中の村をすっぽり覆う暗闇が嫌いだったらしくってね。月々、蠟燭や油に大枚を叩《はた》いていたようです」

このころ、花蝶が気に入っていたのは村の男衆の誰かではなく、まさにその灯火用の菜種油で商いをしにくる行商人だった。歳は二十歳ぐらい、なよなよした女形みたいな美青年で、花蝶は人形を抱くようにこの若者を抱いていた。

「太郎さんと次郎さんは、あいかわらず互いを嫉妬し合い、憎み合い睨み合っていましたけれど、どっちも花蝶さんには嫌われたくないんですよ。だから、花蝶さんがどんなにだらしないことをしていても責めないし、むしろご機嫌とりをしておいて、喧嘩は兄弟のあいだだけでしておりました」

同じ男として、富次郎はいたたまれない。女に骨抜きになると、そこまで情けなく、一人前の人としての矜持《きょうじ》も分別も失ってしまうものなのか。

「花蝶さんが村の他の男衆に手を出すと、太郎さんも次郎さんも、もちろん面白くありません。でも、村でいちばんの職人頭の倅で、木枠作りの腕前にも誇りを持ってる兄弟でしたから」

——俺たちが馬淵村を食わせてる。

「くらいに思ってる二人が、目下の男どもに嫉妬をあらわにするなんて、面子があってできませんよ。結局、兄弟のあいだで憎しみと焼きもちを消化していたんだけど」

相手が外からきた行商人となれば、話はまったく別だ。

「堂々とやっつけてやってかまわない。だから、このときだけは久しぶりに兄弟が息を合わせて、なよなよの行商人を袋だたきにしてやろうと、魂胆を温めていたんでしょうね」

狭い村のなかとはいえ、夜更けの伊元屋御殿へ、太郎と次郎の兄弟が殴り込みをかけたときには、八歳の初代は母と一つ布団にもぐって眠っていたから、事の詳細はわからない。

「目が覚めて、掘っ立て小屋に毛が生えたようなうちの住まいから飛び出すまでもなく、大変なことが起きてるってわかったのは、障子や板戸の隙間から、真昼みたいな明かりが差し込んでいたからでした」

伊元屋御殿が炎上していたのだった。

火事と喧嘩が華だと気取る江戸の町で生まれ育った富次郎ではあるが、幸いなことに、これまでは命からがら焼け出された経験はない。何度か、噴き出す黒い煙と炎が見える程度の火事に遭ったくらいだが、そのときのことに照らしてみても、夜中に目覚めたら燃えさかる炎の色で障子が真っ赤に光っていたというのは、総毛立つほど恐ろしいことに違いない。

「うちの小屋も村の南側にあって、風よけの林と、共同井戸と洗濯場や物干し場を挟んで、伊元屋御殿は目と鼻の先でした」

幼かった初代の目に、御殿を包み込んで燃え上がる炎の柱は、巨大な赤いウワバミのように見えたという。

「そんな昔話があったんでございます。うろこの一枚一枚が丸い鏡のようで、赤銅色に輝いているウワバミが、村外れにあった淵の底に棲んでいて、その畔《ほとり》を通りかかる旅人や牛馬を丸呑みにしては、肥え太っていたって」

あるとき、旅の修行僧がこのウワバミに襲われた馬子《まご》と馬を助け、手にしていた樫の杖で、唯一うろこに覆われていない眼を突いて退治した。すると、濁った水を湛《たた》えていた淵は一昼夜で干上がり、その底には無数の馬の骨が沈んでいたという。

富次郎は膝を打つ。「ああ、だから馬淵村なんですね」

「はい。とても恐ろしい昔話でした」

しかし、この夜更けの火災に命を脅かされているのは、馬ばかりではなかった。強い風と乾気を餌として、炎はごうごうと肥え太り、力を増しながら馬淵村を舐めてゆく。人びとはちりぢりに逃げ惑っていた。

「うちのおっとさんと兄さんたちは、目についた大事なものを外へ運び出したり、村の衆に、あっちへ逃げろ、こっちには行くなと大きな声を掛けたりしていました」

外からさしかける炎の照り返しのほかは、真っ暗闇の夜だった。

「新月だったんです。雲が多くて、星明かりも乏しい夜でございました」

凍えるように寒くはあったものの、初代が眠りについた時刻には、静かな夜だった。なのに、火事にたたき起こされてみれば、まるで野分《のわき》のような風が吹きすさんでいる。

「大火事は大風を呼ぶといいますね」と、富次郎は言った。

初代はつと口元を引き締めると、一つ、二つとうなずいた。「竜巻みたいに、強い風がぐるぐる渦巻いていました。火の粉や灰を巻き込んだ真っ黒な風で、あたしは今でもたまに、あのときの怖かったことを夢に見ます」

恐怖にもたついていた初代と母親を、父親と長兄が助けにきてくれた。そのときには、一家の簡素な住まいは、大風に揺さぶられてみしみしと音をたて始めていた。

「上の兄さんがあたしをおんぶしてくれて、おっかさんの手を引いて」

——西の山へ逃げよう。みんな先に逃げてる。岩場へ入ってしまえば大丈夫だ。

「馬淵村は山と森に囲まれていましたけど、西側の山には、大きな岩がごろごろしている斜面があったんです。そこを越えてゆけば、また森があって沢があって」

強い風もそこまでは届かない。初代たちは、恐怖に耐え息を止めて村の西側へと走った。

「前の方で、近所のおばさんがしきりと手を振ってるのが見えました。火の手はあたしたちのすぐ後ろまで迫っていて、こっちを向いてるおばさんの顔も、夕焼けみたいに真っ赤に照らされていて」

——あ、危ない！

「おばさんが叫んだとき、その声にかぶるようにして、後ろから女の悲鳴が聞こえてきたんです」

初代はここで、これから語ろうとする事柄に備えるように肩に力を入れ、息を整えた。

「今ここでは〈悲鳴〉なんて言葉を使いますけど、あの夜のあたしは物を知らない八つの子供で、村の暮らしのなかじゃ、女の悲鳴なんか耳にする機会もありませんでした」

だから、その女の「よくわからない声」も、

「最初は、けたたましい笑い声に聞こえたんです。箍《たが》が外れたみたいに笑い転げてる。まさか今そんなわけはない。ああ叫んでるのか。いったいどうしてあんな声で――」

長く尾を引き、大火による旋風《つむじかぜ》にもかき消されず、逃げ惑う馬淵村の衆の耳の底を震わせ、魂を凍らせるような声。

「子供のあたしだけでなく、兄さんもおっかさんも、おっとさんもぎくりと立ち止まりました。みんなで振り返ると、目に入る限りの広さのところをいっぱいに埋めて、伊元屋御殿が火の中で焼け崩れてゆくところでした」

どどどど――どおん。その崩壊の力があたりに立つ火柱の大半を押しつぶし、初代の幼い双眸に見える景色から、火の色が消えた。暗黒の闇が戻った。

「だけど、一つ息をするあいだに、また火は蘇ってきました。地べたを舐めるみたいに、無数の小さな蛇の群れが走るみたいに」

そして、その群れを従え導くように、人影が立っていた。

「ゆっくり動いていました」

炎を背に、真っ黒な影になっている。しかし人影が手足を動かすと、その白い肌に炎が赤々と照り映えた。

「花蝶さんでした」

腰巻き一つの半裸で、裸足であった。背中の半ばまである長く豊かな黒髪は風に乱され、ときには渦巻いて逆立つ。

「笑っていました」

目を細め、口の片端を吊り上げ、右手の白く長い指先をくちびるにあてて、左手は優雅に宙に泳がせている。踊っているようでもあり、腕を動かして風を招いているようでもあった。

「あたしたちが凍りついているところへ、花蝶さんはゆっくりと近づいてくるんです。瞳はくっきりと黒く光って見えましたが、目はどこを見ているのかわからない。だけど、足取りだけは、確かにあたしたちの方へ向かっていました」

そして、また甲高い声をあげた。悲鳴のようであり、笑い声のようでもあるあの声。

「花蝶さんがこっちに一歩踏み出すたびに、炎の明かりに照らされて、足の裏が見えるんです。おかしなくらいにくっきりと、はっきりと見えるんですけれど」

その足の裏は焼けただれ、火傷の水ぶくれが無数にできていた。

「とてもじゃないけど、普通に足の裏を地べたについて歩けるような様じゃなかった。なのにあの女は、笑いながら、裸の半身をしならせて、水のなかを泳ぐみたいに腕で熱い夜気をかきながら、あたしたちに近づいてくるんです」

花蝶が大きく腕を振ると、豊かな白い胸乳《むなぢ》が揺さぶられる。そこに炎の色が映え、火花を含んだ風がよぎっていって、ぱちぱちと弾ける。

「あたしたちはみんな、石になっちまったみたいに立ちすくんでいました」

そのとき。

「潰れてまだ燃えさかる伊元屋御殿の瓦礫《がれき》を越えて――いえ、もしかしたら瓦礫をはねのけて、その下から出てきたのかもしれない。とにかく一瞬のことで、気がついたらそこにいたんです」

頭のてっぺんから足先まで真っ黒に焼け焦げた、一人の大男が現れたのだった。

「右手に、村の男衆が山歩きのときに腰に差している、山刀《さんとう》を握りしめていました」

馬淵村の男衆が使う山刀は両刃の直刀だが、形は匕首《あいくち》に似ている。ただし匕首より刀身が長めだ。持ち主それぞれの使い勝手がいいように、手製のつばを付けたり、獣の皮をなめして作った紐を柄に巻き締めたりするので、親しい人が使っている山刀ならば、見ただけで持ち主がわかるという。

「そのときあたしも、真っ黒に焼け焦げた人じゃなくて、その山刀の長さでわかったんでした」

職人頭の次男、次郎であることが。

「次郎さんは大柄で腕も長くて、力持ちでしたからね。山刀も一尺ほどあって、刃が幅広でした。猪や熊を斬り殺すことだってできそうな、おっかない刀だった」

焼け焦げて目鼻も定かでない次郎は、その山刀を右手に構えて花蝶の背後に迫っている。

「さっきのおばさんと同じ、危ない！　って言葉が、あたしの喉元までこみ上げてきました」

だが、誰が危ないのだろう。次郎と花蝶のどちらに危険が迫っているのか。

「とても長い間《ま》に感じましたけど、そんなはずはないんですよね。瞬く間のことだったはずなんです」

真っ黒焦げの次郎の顔に、炯々《けいけい》とした目が開いた。真っ白な白目、大きな黒目。

――ああ、ホントに次郎さんだ。

「次の瞬間、次郎さんが何か短く吠えるように叫んで、山刀をふるったんです」

白刃がきらめき、花蝶の首を斬った。右から左に、見事な一閃《いっせん》。

「首は鞠《まり》みたいにぽ～んと飛んで、花蝶さんの足が止まりました。そしたら次郎さんが、背後から花蝶さんの身体を羽交い締めにして」

次郎の身体の熱が移ったのか、すぐに花蝶の身体も燃え始めた。白い肌が焼けてゆく。

「次郎さんの手から、山刀が落ちました。それでも二人は立ったまんま燃えてた」

初代たちはまだ、呪われたように動けなかった。だがしかし、何かがおかしいことはわかっていた。ひどくおかしい。どうしようもなくおかしいことがある。

花蝶の首はどこへいった？

「出し抜けに、あたしたちの真上から、またさっきみたいなけたたましい笑い声が降ってきました」

笑い声であり、悲鳴であり、泣き声でもある。今度はずっとずっと近くから聞こえた。

「見上げると、あたしたちの頭の上に張り出していた木の枝のあいだに、花蝶さんの首がひっかかっていて、こっちを見おろしてた」

黒白の間の上座で、初代は右手の指先を額にあてた。

「首だけになって、まだ目を開いて笑っていました」

富次郎の背中を冷たいものが駆け上り、うなじのあたりでうずくまる。

「あたしと、おっかさんと近所のおばさん。その場にいた女三人は、それまで花蝶さんの顔を、そんなふうに近くでまじまじと見たことはありませんでした」

同じ村のなかに住まっていても、花蝶は身分が違う女人だったのだ。

「だから、あの首と目と目が合っても平気だった。あたしなんか、兄さんにおんぶしてたんで、頭が高いところにありましたから、本当に息がかかりそうなところに花蝶さんの首があったんだけど、惑わされなくって済んだんです」

しかし、たった一度であれ、数度であれ、花蝶の気まぐれに酔わされ、その色香に迷わされたことがあった男たちは、違った。

「おっとさんも兄さんも、たちまち魂を抜かれたみたいに、その場に腰を抜かしてしまったんです」

兄のおんぶの腕から力が抜け、初代はずるずると地べたに下ろされた。触れていた兄の背中の薄い肉が、死にかけの蛇みたいにうねうね動いているのを感じて、ぞっとした。

「兄さんの顔を見てみると、だらしなく笑っておりました」

ぐずぐずしてはいられないのに、大火が迫っているのに。逃げなければ、次郎と同じように真っ黒焦げに焼かれてしまうのに。

——おまえさん、おまえさん！

——兄ちゃん、起きて、早く、逃げるんだよ！　何してるの！

懸命に呼びかけ、腕を取って引っ張っても、叩いても揺さぶっても、父と兄は動かない。夢を見ているような薄ら笑顔で、花蝶の首と見つめ合うばかりだった。

「もう、本当に、どうしようもなくなって」

語る初代の声が震える。

「近所のおばさんが、まず逃げ出しました。もう無理だよ先に行く！　って。あたしとおっかさんは——」

初代の言葉が切れた。

「ごめんね、ごめんねって」

富次郎は静かにうなずく。それに励まされたように、あるいは許されたかのように、初代は続ける。

「おっかさんがあたしの手を握って、痛いくらいに強く握りしめて」

——逃げるよ！

「その場から、山の森の暗闇の方へ向かって、二人で駆け出しました」

初代は膝の上で、左右の指をつないで握りしめている。その夜、母の手をきつく握ったときと同じように。

「走り出したら、まわりには火の粉がいっぱいでした」

息を吸い込むと、鼻の穴ばかりか喉の奥まで焼けそうだ。初代は母と二人、できる限り身を低くして先へ進んだ。暗がりの方へ。火のない方へ。夜気が冷えている方へと。

「頭を上げてまわりを見ることができないから、どこを走ってるのかもわからない」

村から離れられたのか。自分たちはどっちへ向かっているのか。このまま走って、西の岩場に着けるのか。考える余裕がなかった。

「登ってるのか下ってるのかもわからなくなってしまって、とにかく、逃げていけば村の誰かに会える。きっと誰かが見つけてくれるって、必死でした」

初代が転べば、母が抱き起こしてくれた。母の足が鈍れば、初代が焼け焦げだらけの寝間着の背中を引っ張ってせき立てた。

「無我夢中で進んでいくうちに、あるとき急に、息をするのが楽になりました。火の粉が顔にちくちくすることもなくなって……」

気がついたら、母娘は深い森のなかにいた。足元を見れば、道らしいものはない。二人は枯れて潰れた藪のなかを這っている。

「身体を起こしてみたら、思わず後ろによろけてしまうほどの斜面にいたんです」

いったいぜんたい、どこをどう登ってきてしまったのか。そもそもどこの山なのか。

「おっかさんと二人ではあはあ息をして、息が鎮まってくると身体が震えだして、寒くてたまらなくなってきました」

斜面に足を踏ん張り、あたりを見回してみた。もう火事の気配さえ見えず、臭わず、感じ取れない。夜更けの森は暗く、少しばかりじめついていて、静まりかえっていた。

——とにかく、もうちょっと登ってみよう。

高いところに行こう。

「また何も考えずに、一生懸命に登るうちに、夜が明けてきました。薄い絹織物の端布みたいな頼りない光だったけど」

その光が夜の森の闇の奥、母娘が向かっている先に、あるものを浮かび上がらせた。

森を抜ける道は行く手でがくんと左の方へ曲がっており、右側は木々の列が消えて、下藪ばかりになってゆく。それもそのはず、右側は進むほどに急な斜面になっていて、その切り下がってゆく先には深い谷が待ち受けていた。

夜明けのほのかな光がなく、これに気づかずしゃにむに足を進めていたならば、母娘のどちらかが斜面に足をとられて、谷底へと転がり落ちていたかもしれない。それを思うと、初代はうなじの毛が逆立つのを感じた。

同じことを思うのか、松江も足を止め、息を切らしながら、眼下の景色を見渡している。そして、あるところでふと目を凝らすと、手をあげてそちらを指さした。

「初代、あそこに何か……あるのが見える？」

初代はおっかあの指の示すところへ目を投げた。薄紙一枚ずつ剝がれてゆく夜の暗闇。入れ替わりに一枚ずつ足されてゆく曙光。その下で、斜面を覆う細かな緑の葉のなかに隠れるように、何か白っぽいものが横たわっている。

そう、横たわっている。頭を右に、足先を左にして、ほぼうつ伏せになって。

人の躰《からだ》——いや、骨か。頼りない朝の光に、白く浮き上がって見える。谷へ降りてゆく途中でつまずき、そのまま倒れて命が尽きてしまったみたいに、野ざらしになっている。

右側に丸く見えているのは頭蓋骨——なのだろうけれど、それにしてはおかしなところがあった。角が生えているのだ。額の上、髪の生え際に、不格好な逆さまの牙みたいな一本角。倒れ伏している肩のあたりの骨の形も、人のものにしては出っ張りすぎている。緑の葉のなかからちょっとだけ飛び出している片足の先も、形が人のものとは違う。指が長すぎるし、爪が猫のそれみたいに丸まっている。

その奇っ怪さに目を奪われていた初代は、松江に触れられてびっくりした。松江は初代を抱き寄せながら、右手で目隠ししようとしてくる。

「ごめんよ、何にも見えないよね。おっかさんの見間違いだった」

そんなことはない。あれは変な——そう、化けものみたいにおかしな骨だよと言いかけて、初代は黙った。松江が震えていることに気がついたからだ。おっかあは怖がってる。でも、おらまで怖がらせちゃいけないと思ってるんだ。

母娘は足元に注意を払い、斜面の方に寄らぬように心がけながら、再び森のなかを抜けていった。無心に歩き続けると、進んで行く先に、剣呑な崖や谷や不気味な骨などとはまったく違う景色が現れてきた。

「お祭りで神楽を踊る巫女さんの指みたいにすうっと反り返った、瓦葺きの屋根の端っこがね、森の木立のあいだから、夜明けの空に透けて見えてきたんです」

——お寺さんだ。

「おっかさんと顔を見合わせて、つい笑いました。あんな大きなお寺がある山は、馬淵村の近くにはありません。あたしたち、命からがら、いくつの山を登って越えてきちゃったんだろうって」

それでも、お寺ならすぐ助けてもらえる。村の衆の誰かも、先にたどり着いているかもしれない。そう思いながら枯れ藪を登ってゆくと、今度は母娘の後ろから、野太い声が呼びかけてきた。

「おい、そこの女子《おなご》ども」

初代も母の松江も、一瞬その場で固まった。すぐに膝を折って姿勢を低くし、額が地べたにくっつきそうになるほど頭を下げた。

野太く威圧感のある男の声。お役人だ。馬淵村のあたりで見かけるのは、年貢を取り立てにくる検見役《けみやく》とその下役、材木の切り出しと植林を司る山奉行配下の番士である。どちらもえらく威張っているし、村人たちにとっては煙たい役人たちだが、村の暮らしのなかでこれらの侍たちと顔を合わせる場合、こっちには別にやましいところはないから、やたらに恐れる必要はない。

だけど、今は場合が違う。初代と松江は火事に追われ、思いがけぬほど遠くまで逃げてきてしまったようなのだ。もしかしたら、知らぬ間に、越えてはいけない境界を踏み越えているのかもしれない。ついさっき、夜明けの薄い光のなかに仰ぎ見た立派な瓦屋根から推しても、それは充分にありそうなことだ。

背後の声の主が、あの屋根を戴く建物の警備の番士であるならば、この一挙手一投足に命がかかる。無礼なふるまいをすれば、言い訳はできない。

とっさにそれだけ頭を働かせたから、松江は地べたに這いつくばった。初代もおっかさんに倣った。まだ華奢で小さな身体は頼りなくよろめく。斜面だし、数日前に降った雪が消え残ったものが、あちこちで氷の塊になっている。必死に逃げているうちは気にならなかったが、硬いのに滑りやすく、真っ直ぐ立っているのも易しくはないところだった。

そこに額《ぬか》ずく母娘の目の端には、意外すぎるものがちらりと映った。

獣の——脚だ。

すらりと長い。地べたに踏ん張っている足先の部分は、大人のげんこつほどの大きさと肉付きがある。今、爪が出ているかどうかまではわからないが、飛びつかれ、強く叩かれたら無事では済まなさそうな足先だ。

そう、人ではなかった。そこにいるのは、一頭の山犬だった。「匹」ではなく「頭」。その数え方がふさわしいほどの図体だ。もしも初代がこの山犬の背中にまたがったとしたら、両脚がぶらぶらしてしまうだろう。

その身を覆う毛皮は、鍋底の煤《すす》のような黒色の地に、餅の焦げ目のような茶色の筋がいくつもうねりながら走っている。艶はない。この距離で見ても、ごわごわと強《こわ》そうな毛並みだ。鼻筋は真っ直ぐで、口は細く、目もきりりと切れ上がっていて、ほとんど瞳が見えない。くすんだ色合いのなかで、ピンと三角に立った耳の内側だけは、春咲く花のような薄紅色である。

山犬は口を半開きにしていて、そこからほのかに白い呼気が漏れていた。舌先がかろうじて覗いているが、だらしなく口から外にはみ出してはいない。

その口が動いて、声を出した。

「おい、女子ども。どこから来よった」

初代は身体を固めたまま、目玉だけを動かして、松江の顔を盗み見た。松江は、今にも目玉が飛び出してしまいそうだ。口も丸く開いていて、こんなときでなかったら、わざとおどけているみたいな顔だ。

「その様子じゃ、火に追われたな。村の火事か。それとも山火事か、噴火か」

山犬の言葉は流暢《りゅうちょう》で、最初の驚きが過ぎると、その野太く強い声には頼もしさも含まれていると感じた。

――おらたちのこと、案じてくれてる。

初代は自分の両手を見おろした。血がにじんでいるし、煤で汚れている。寝間着も煤にまみれ、あちこちがボロボロに焦げており、初代は半ば裸みたいなものだった。

山犬は返事をしない母娘に焦《じ》れたらしく、強そうな足を横に踏み換え、首を倒して、初代の顔を覗き込んできた。

「めぇこ、歳はいくつだ？」

めぇこって何だろう。聞いたことがない言葉だ——と思っていると、松江が山犬に目を釘付けにしたまま口を開いた。

「古い言い回しで、小さい女の子っていう意味だよ。この山犬様は、初代の歳を尋ねていなさるんだ」

震える声でそう言っておいて、初代より先に「次のお正月で九つになります」と答えた。「名前は初代と申します。おらはこの子のおっかあで、歳は三十三、松江と申します」

山犬は首を立てると、フンフンと鼻を鳴らした。さっきよりも濃い白色の呼気。生きている犬であって、物の怪《もののけ》のたぐいではない。また地べたを軽く蹴って、母娘との距離を詰めてきた。とっ。音がたつ。

大きいから恐ろしい。きっと凄い牙を持っているはずだ。だけど、その動きはよく躾けられた猟犬のように賢そうで、人に馴れた犬だけが身につけている、分別くさくて慎重なところがあった。

「おっしゃるとおり、この子と二人、火事から逃げて参りました。雁沢《がんざわ》に近い、馬淵村というところでございます」

松江は、村長や伊元屋の誰かと口をきくときみたいに丁寧な口調で続けた。

「大きな火事で、村の建物はみんな燃えてしまったかもしれません。もう下火になったのか、それとも山火事にまで燃え広がっているのかどうかは……」

くたびれたみたいに、のろのろとかぶりを振って、

「山犬様はご存じありませんか。このあたりからでも、火と煙が見えるほどの大火事でございまし

たから」

山犬「様」。松江の馬鹿丁寧な呼びかけに、山犬は鼻面をちんと縮めて、鼻から息を吐いた。人が短く笑ったみたいな感じだった。

「このあたりを、どのあたりだと思っているんだ、松江」

気さくに名前を呼んで、またちんと鼻息。

「このあたりは、おまえらが暮らしていた山のどのあたりでもない。おまえらが居たところで大火事が起きていようと、ここからは何も見ることなどできん」

山犬の声には、親切に教え諭すような響きがあった。そこに惹かれて、初代は問うた。

「そんなら、なしておらたちが火に追われてきたってわかったん？」

山犬は鼻面を上下に動かし、初代の身体を頭からつま先まで指し示してみせた。

「おまえら二人とも、煤だらけ、火傷だらけ、足の裏にまで火ぶくれができている」

すると、松江は思い出したように両手で自分の身体をさすり、足の裏まで検《あらた》めた。

足の裏。初代の目の奥には、燃え上がる炎を背負い、ゆっくりとこっちに近づいてくる花蝶の姿が浮かび上がった。あの女の優美にほっそりと形良かった足の裏にも、火ぶくれがびっしりと浮いていた。

一瞬の記憶に、総身に鳥肌が浮いた。初代が震えあがると、山犬は軽やかに地べたを踏んで、すぐそばに寄ってきた。

「よほど怖い目に遭ったらしいな」

それから、考え込むような半目になった。もともと細く切れ上がった形の目で、瞼が薄いのに、器用に半目になれるのが不思議だ。

「実際、妙な気配もする……」

独り言のように呟き、その声音に怯えつつも見蕩《みと》れている初代と松江に気がつくと、山犬はしゃんと頭を持ち上げ直した。

「よし、ぐずぐずしとらんで、御館《みたち》へ行こう。ついてこい。おまえらは傷の手当てをして、飯を食い、一晩は休まねば力が出まい」

み、みたち？

「あの屋敷だ」

山犬はしなやかに首を振り、夜明けの空を切り取る瓦屋根の一角を示した。

「このあたりがどのあたりかと言うならば、いちばん正しい言い方は、〈御館の裏庭〉さ」

山犬は先に立って歩き始める。松江と初代は、思わず互いの手を取り合って、その後に続いた。

「ど、どなた様のお屋敷でございましょうか」

「主人《あるじ》は誰かということか」

「はい。おらとこの子は、どちらかの尊いお方の領地に土足で踏み込んでしまったんでしょうか」

松江の問いかけには、深刻な恐怖がこもっていた。足の裏にあたる霜柱のざくざくした感触と同じくらいはっきりと、初代はそれを感じ取ることができた。どちらかの尊いお方。初代たち山の村の民になんぞ、思い描くことも憚られるほどの高みに住んでおられる清いお方。

「まあ、それはおいおいわかる」

山犬は足を踏ん張り、初代を振り返った。

「初代、俺の背に乗れ。松江は俺の首につかまれ。引っ張ってやろう」

母娘が言われたとおりにしやすいよう、少し身を低くしてくれる。

「俺の名は山桃《やまもも》だ。似合わぬ名だと、笑うなよ。さあ、早く背に乗れ」

初代の指が触れた黒と茶色の毛皮は、思いのほかふかふかと柔らかな手触りをしていた。毛皮の下に、山犬――山桃の確かな体温を感じることもできた。その背にまたがれば、疲れ切って傷ついた子供の身でも、さらに一つ、二つと山を越えていけそうな気さえするほどの、力強いぬくもりがあった。

近づいてみれば御館は、幼い初代の目にもわかるほど、堂々としたお屋敷だった。だが、お寺ではない。鐘撞き堂も経蔵もなく、平屋で瓦屋根の下に格子窓が並んでいる。こちら側は裏手だからだろう、薪小屋と物干し場、それと屋根付きの井戸があった。水を汲み上げるための滑車が付いていて、その金具が朝日を受けてほのかに光っている。

「この先には厩もある」

隣を歩いている松江に、山桃は言った。

「今は何もおらんがな。そのうち、馬や牛が繋がれるときがあったら、世話をしてやらねばならん」

山桃の背中で、初代はとにかく目を瞠ってばかりいた。山主や村長どころか、郡代様のお屋敷だって、こんな立派な構えではない。建物の要所を支える柱は太く、大人の男の腕でも一人で抱えることはできなかろう。土台の部分はお城のそれに似た石垣で固められており、その上に立つ板壁は墨を染み込ませたような濃い灰色だ。この板の一枚一枚も幅が広い。

「これは、火除けの煤板でございますね」

御館を見回しながら、松江が言った。

「そうだ。よく知っておるな」山桃は応じて、背中に乗せている初代に、「煤をよくなすって馴染ませた板壁は、火に強いのだ。毒虫や毒蛇のたぐいも寄せつけぬ」

親切に教えてもらっても、初代にはよくわからなかった。ただ、こんな色合いのお屋敷は初めて見たなあ、と思うばかりだった。

窓は十文字をたくさん組み合わせたみたいな格子窓で、格子で作られた小さな四角が、ところどころ黒い板きれで塞がれている場合もある。内側には障子紙か、もっと分厚い唐紙でも貼ってあるのだろう。目を凝らしても、何もうかがい見ることはできない。

「表側に回ると立派な門と玄関があるが、あとでいい。こっちから上がれ」

井戸端を通り過ぎると、板壁の一角、浅い庇《ひさし》の下に引き違いの板戸があるのが見えてきた。この板戸は壁よりずっと黒く、煤の色だ。格子窓を塞いでいる板きれの色と同じだ。「松江、開けてみろ」

松江が引き手に手をかけると、引き戸は音もなく開いた。敷居に油を引いてあるみたいだ。初代はあんまり目を瞠り続けていたので、涙が出てきてしまった。

「あ、雨戸なんだわ」

その黒い板戸の奥には、腰高障子があった。雪のように真っ白な障子紙が眩しい。

「まあ、物騒なときもあるのでな。勝手口にも雨戸がついている。他にもいくつか戸締まりできる窓や出入口があるが、それもおいおい教えてゆく——初代、何が悲しいのだ」

初代の両目は涙で溢れ、頬まで濡れていた。山桃に問われて、慌てて手で拭った。

「悲しくねえ。目ン玉が乾いちゃった」

すると、山桃は愉快そうに「シ、シシシ」と笑った。もちろん山犬の笑い声など知らないけれど、切れ長の目をいっそう細めて、優しい声を出したから、きっと笑ったのだと思った。

「こんなお屋敷、見たことねえ。立派だけど、珍しいや。なあ、おっかあ？」

そうだね……と返す松江も、目が開きっぱなしだ。震える手を伸ばすと、腰高障子もするりと横に開いた。

初代を背に乗せて、山桃が内に入る。敷居を踏まず、ちゃんとまたいだ。松江がそれに続きながら、思わずというふうに身震いした。

母娘ともに、警戒する気持ちはまったく失っている。身震いが出たのは、障子戸の内側が暖かかったせいだ。冷え切っていた身体が、温気で震えを起こしたのである。

子供の初代は、身震いより先に大きなくしゃみをした。「はっくしょん！」

一度で止まらない。二度、三度、四度とやらかして、鼻水と涎まで盛大に飛び散らかす始末である。

「と、とんだことを」

松江が慌てて初代の鼻と口を押さえる。初代が「はっくしょん！」とやるたびに、いちいち耳を伏せ首を縮めていた山桃の、

「やれやれ、かなわん――」

という嘆きの台詞を、今度は母娘が揃って放った驚きの声がかき消してしまった。

「うわあ……」

何だここは。いったい、どこだ、ここは。

母娘は呆れるほど広々とした土間に立っていた。足元は土がきれいに均《なら》されていて、火ぶくれだらけの足の裏に、ひんやりと優しい感触が伝わってくる。

ここの内側の壁は、太い柱や梁が出ているところ以外は、漆喰塗りになっていた。母娘の右手の側は、天井に近いところに走っている梁に提灯箱が並べてあるだけだが、背中側の方には作り付けの重そうな棚があって、そこに大小様々な形の木箱や籠、蓋のついた笊《ざる》や鍋釜などが整然と収められていた。いちばん下の段には小さい石臼や薬研《やげん》など、重そうなものが並んでいる。

だだっ広い土間の中央の部分には、立派な台所が造られていた。食材を置いたり、捌《さば》いたり、出

来上がった料理を器に盛り付けたりするための台があり、その下部は物入れの開きになっている。手前の台の上には大中小の分厚いまな板が三枚、横向きに揃えて立ててある。

　奥の壁際には焚口が三つある大きな竈。上部は吹き抜けになっており、煙抜きの穴も三つ。その隣には初代がすっぽり入ってしまえそうな大きさの水瓶が二つ据えてあり、さらにその並びには、外のどこかから樋《とい》を引っ張っていて、簡素な石造りの水受けで、その水を溜めたり流したりして洗い物ができるようになっていた。あとで教わってわかったけれど、これは〈水道〉という設備であった。

「足が辛くなければ、少し歩いてみるか」

　山桃が初代を下ろしてくれた。

　母娘は手を繋ぎ合って、おそるおそる足を運び、台所に配置されている調度や備品、道具などを見て回った。何もかもが新品で、笊や籠には埃ひとつ宿らず、金物は清らかに光っている。

　この台所のある土間から上がる場所は、最初に入ってきた勝手口の反対側で、足場になるように小さい簀《す》の子《こ》が置いてある。上がったところは板の間で、その正面と左手側にまた引き戸が立っていた。

　板戸はどちらのものも、上半分が細い格子になっている。それでも、向こう側は闇だ。見えそうで見えない。その様に、初代はかえって怖じ気づいてきた。ホントにここはどこなんだろう。安心して踏み込んでいいのだろうか。

　軽くおっかあの手を引っ張ってみると、松江はこっちを見おろし、励ますように微笑みかけてきた。明るいところで見ると、母の顔は土気色で、髪の毛が焦げている。うなじにも頬にも火ぶくれが散っている。初代は笑い返そうとしたけれど、上手くできずに泣きべそをかいてしまった。

「ここには今、誰もおらん」

初代の怖じ気を察したかのように、山桃が声をかけてきた。振り返ると、大きな山犬は勝手口のすぐ脇に尻をおろしていた。くるりと巻いた尻尾の先が、背中についている。尻尾は黒と茶色の縞模様で、先端だけが白い。

「おまえたちの村の誰も、ここにはたどり着いておらん。松江と初代の二人だけだ」

山桃のよく響く声の感じからは、母娘を慰めようとしているのか、二人しかいないのだからしっかりせいと叱っているのか、よくわからないのがもどかしい。

「奥へ入れば休めるところがある。腹を満たすには、そっちの倉に米も餅も芋もある。火を熾して、好きなように煮炊きするがいい」

山桃が鼻先を振って示して見せたところは、竈のある側の奥だ。引き返して覗いてみると、確かに土間から直に続く倉の扉があった。食物庫だろう。村長の住まいに、こんなに立派なものではないけれど、似たような扉があるのだ。いざというとき、馬淵村の衆を一人も飢えさせぬよう、日頃から穀物や芋を蓄えているのだと、村長のおかみさんが話していたことがある。

「入ってみてもいいんですかね」

「遠慮は要らん。この先、おまえたちに使いこなしてもらわねばならん場所だ」

山桃の言の意味がまたわからないが、母娘は手を繋ぎ合って食物庫に進んだ。重たい扉を、松江が体重をかけてうんと引っぱり開け、内部に踏み込むと、二人して声を呑んだ。

四畳半ほどの広さのところに、頑丈そうな棚が三台据えてあり、その棚の全ての板の上に、食べ物がぎっしり詰められていた。麻袋に入っているのは米、麦、稗《ひえ》、粟《あわ》、栗やどんぐり、胡桃《くるみ》、蕎麦。大笊には山芋、長芋、大きな八《や》つ頭《がしら》。葱《ねぎ》は白くて太いものと青みの強い細いもの。大きさがとりどりの大根、蕪《かぶ》、赤蕪、菜っ葉が何種類も。生姜《しょうが》、茗荷《みょうが》、唐辛子、山椒《さんしょう》に柚《ゆず》、青くて小さいみかん。小さいの大きいの平たいの丸いの黒いの白いの茶色いのひらひらしたの、様々な茸《きのこ》。

その隣の棚には、木蓋のついた小さい壺がいくつも整列している。手前から一つずつ蓋をつまんで見てみると、塩だけでも何種類かあった。粗塩、藻塩、薄紅色の桜塩。醬油もさらりとしたものからどろりとしたものまで、それぞれ香りが違うようだ。もっと凄いのは味噌で、ざっと十種類ぐらいはありそうだった。さらには油。灯火用ではなく、口に入る料理用の油がいくつか。松江は魅入られたみたいに、何度も何度も木蓋を開け閉めしていた。

初代の方は、後ろの棚に収められているものに、腰を抜かしかけていた。ちょうど初代の目の高さに、大小形も様々な笊が並んでいる。平たい笊の底に杉の葉を敷き詰めたものの上には、初代には名前も種類も分別しきれぬ、たくさんの青魚。丸い笊に横たえてある、大きな白身の半身は、海の魚だろうか。その奥には獣肉。何の肉だかわからないが、血の臭いがぷんとする。鶏や鴨らしきものは、くっついている足からわかった。

「生きてる……」

棚の上に気をとられて、突き当たりのところで何かに躓《つまず》きかける。見れば、一抱えもありそうな火鉢に水をたっぷり張ったところに、太いウナギとドジョウがうようよ泳いでいる。その隣には大小の二枚貝とたくさんの巻き貝。沢ガニと小エビが浅い水のなかで動いている。

それら全てを見回しながら、松江が感嘆のため息をもらした。

「全部ぴちぴちしてますけど、今朝獲ってきたんですか」

「それを話すと長くなる。とりあえず、今はおまえらの腹を満たすことを考えろ」

山桃にあっさり言われて、松江と初代は顔を見合わせた。

「何が食べたい？」

「お、おかゆ」

初代はくたびれていた。おっかあも同じだろう。鍋で煮て、すぐ口に入るものがいい。

「それじゃ、芋がゆにしようか」

松江は棚の麻袋の前に立って、目を泳がせる。「山桃さん、お米ももらってもいいんですか」

山桃はちんと鼻を鳴らした。「好きなものを食え。粥には餅を入れて煮溶かすと、腹持ちがよくなってあったまるぞ」

山犬が、なんでそんなことを知ってるんだ。初代はつい笑ってしまった。すると山桃は耳をぴくりとさせて、

「いや、俺は知らん。先に来た客の受け売りだ」

餅がゆが好きな客が来たのか。どんな人だったのだろう。行商人か、杣人《そまびと》か。こんなお屋敷に来るのだから、もっとうんと偉い人か。お侍さんに、お姫さま。

「ええと、容れ物が……」

戸惑う松江に、山桃は鼻面で示した。

「小さい笊や手鍋のたぐいは、棚のいちばん上に並んでいる。茶碗や椀、箸や杓子や匙は、土間から上がったこっち側の部屋にあるぞ」

必要な食材を抱え、母娘は土間から上がると、左手の引き戸を開けた。そこは二畳ほどの狭い部屋だが、壁に戸棚や物入れが作り付けになっており、山桃が言ったとおり、ありとあらゆる器が揃えられていた。いちばん下の段には脚の形や意匠も様々なお膳が積んである。端っこに二つだけ、塗りのない素朴な造りの、しかし真新しい箱膳があった。

「その箱膳が、おまえたちのものだ。好きに使え」

山桃は、食物庫の側から器部屋の方へぴょんと飛び上がってきて、言った。

「こっちの板戸の先に、囲炉裏が切ってある板の間がある。炭も焚き付けも揃っているし、鍋もあるから早く粥を煮てやれ。俺には、初代は今にも飢え死にしそうに見える」

そして軽く斜《はす》な目つきになり、

「実を言うと、俺も餅がゆは好きだ。俺の分もこしらえてくれると、恩に着る」

その言に、松江は顔ぜんたいを緩ませて笑った。昨夜からこっち——いや、大事な夫であり子供らの父であり、一家の柱であった芳蔵が花蝶の誘惑に我を失い、一度ならずその蜜に溺れてしまったことがわかってから、松江がこんな顔で笑うことはなかった。


黒白の間の初代は、懐かしそうに目を細めて語りを続ける。

「台所のそばの囲炉裏は小さなもので、真新しい円座が二枚置かれていました」

松江はすぐ火を熾し、米も芋も餅もたっぷり煮溶かして、味噌味の粥を作ってくれたという。

「村では近所のおばあさんが味噌作りをしていて、とてもおいしいので、うちはいつも分けてもらっておりました。おっかさんは、そのおばあさんの味噌に似た風合いの、赤味噌と白味噌を合わせたような色のものを選んで使ったたって言ってましたけど、まあホントに驚いたことに、ちゃんと漉《こ》してあって、味噌かすが一欠片《ひとかけら》もないんですよ。それだけでも、絹みたいな喉ごしでございました」

聞いているこちらも、涎がわいてきそうだ。こういう話、富次郎の大好物である。

「山桃も一緒に食べたんですか」

初代も笑顔になる。「はい。ちゃんと山桃の飯皿がありましたので、それに盛って、ふうふう冷ましてあげました。旨い、旨いと唸っておりました」

それもまた微笑ましい光景である。

「近くに小さい納戸があって、薄い褥《しとね》や夜具、かいまきなんぞから半纏や前掛け、たくさんの手ぬぐいや晒《さらし》、浴衣に下帯まで、きれいにたたんで積んでありました。あとで気がついたんですが、これも円座と同じで、どれも二人分だったんです。それと、立派な薬箱も見つかったので、助け合って傷を拭いて、擦り傷や打ち身に軟膏を塗って、おっかさんと二人で一枚の夜具を一緒にかぶって、囲炉裏端で横になりました」

囲炉裏の火を消したくなかった、と言う。

「やっぱり心細くて、火の色と暖かみがほしかったんです」

とうてい眠れまいと思ったが、目を閉じて、すぐ傍らで丸くなっている山桃の鼻息を一つ、二つ

と数えたところで、糸が切れたみたいに眠ってしまったそうな。

「翌朝——といっても、目が覚めたらお天道さまは頭の上にまで昇っていたんですけど、とにかく一夜休んだら、傷めた手足もだいぶ楽になっていました」

山桃は姿を消していたが、松江がまた粥を炊き始めると、どこからともなく戻ってきた。

「一緒におかゆを食べて、そしたら山桃があたしたちの顔を見比べながら、こんなことを言ったんです」

——まあ、あと二、三日はこうやって、食って寝て休んでおれ。

「松江は左側の肋《あばら》にひびが入っている。初代は煙を吸い込んだせいだろう、昨夜は寝ながらひどく咳をしていたぞ」

初代も松江も、自分のことながら、まったく気がついていなかった。松江は左の肋骨を押さえてみて、飛び上がるほど痛いところがあることにびっくりした。

「あたしにもおっかさんにも、充分に休めと労《いたわ》ってもらえるのは、そりゃありがたいことでした。だけど、命が無事だったからには、自分たちだけいつまでもそこに留まっているわけにはいきません」

花蝶の生首に脅かされ、ちりぢりになって逃げたあと、父や兄姉たちはどうしているだろう。無事だろうか。ひどい怪我をしているとしたら、看てやりたい。村のほとんどの人たちが焼け出されてしまったはずだ。もしかしたら、何かの形でお咎めを喰らうことだってあるかもしれない。

「あたしたちは山桃に、自分たちの事情をすっかり打ち明けました。おっかさんもあたしも山のなかの村の者ですから、言葉は知らないし、物言いも乱暴です。それでも必死に頭を下げながら、一晩助けてもらえたことは本当にありがたいし、感謝しているけれど、自分たちはもう馬淵村に帰りたい、帰らなければならないんだと、一生懸命に訴えたんです」

すると山桃は、鼻息のちんではなく、明らかに「はあ〜」と聞こえるため息を口から吐いた。野太く響きのいい声で流暢にしゃべる言葉よりも、その一つのため息の方が、はるかに人間くさかった。

「毎度毎度、これがいちばん気が重いんだ、俺は」

これまた、嘆くというよりもこぼす感じの、まさに愚痴だった。そして、その愚痴の口調を引っ張ったまま、言い出した。

「あのなあ、おまえたち母娘は、自力でこの御館にたどり着いたのではなく、御館に呼ばれたのだ。御館は今、新しい庖丁人を必要としているからな」

庖丁人。それは料理をする人のことだ。料理とは、山間の馬淵村で村人が煮炊きして食べる汁や飯ではなく、宿場町の飯屋が供するぶっかけ飯でもない。お殿様や奥方様やお姫様が箸をつける食べ物、いくつもお膳を連ねてたくさんの美麗な器に盛り付ける食べ物のことである。

「松江はこれまで働き者だったのだろう。初代も、つまらぬ悪さをせずに、父母や兄姉たちの言いつけをよく聞く女子なのだろう。だから、御館に呼ばれて無事にここまで来ることができた。そして、来てしまった以上は、おまえたちの好きに立ち去ることはできん。御館からお許しがあり、年季が明けるまで、二人ともここで働くのだ」

何を言われているのか、初代にはさっぱりわからなかった。松江は理解しているらしく、優しかった頬の線が引きつっている。

「ここで……働く」

「そうだ。松江は庖丁人になる。初代は、それを手伝う女中になる。この御館には、やるべき仕事が山ほどある。おまえたちはそれを担わねばならない。御館がよしと認めて、お許しをくださるまでは」

山桃の声音は昨日よりもさらに野太く、頭から決めつけて言い切っているから、厳しいしおっかない。だけどよく見れば、尻尾の先の白いところがしきりとぱたぱたしていて落ち着かない。やっぱり山犬だ。わんこだ。そう思うと、初代はつい尋ねてしまった。

「そしたら、山桃もここで働いてるの？　山犬の仕事って、どんなことなの。山桃にも年季があるの」

山桃は、思わずという感じで口をくわっと開いた。ずらりと並んだ鋭い歯と、目立つ牙。熟れすぎたザクロみたいな赤黒い舌。

とっさに、初代は目をつぶって身を縮めた。山桃に吠えられる（怒鳴られる）と思ったのだ。が、山桃は色の濃い舌でべろりと宙を舐めると、ちょっとうなだれて、また「はぁ」とため息をもらした。

「これだから、子供がおると調子が狂う」

大人の嘆き節だ。初代は年長者に囲まれて育ってきた女子だから、こういうところはおませに感じ取れる。

「ごめんなさい」と、素直に謝った。

と、松江が噴き出した。慌てて、囲炉裏端で小さくなって頭を下げる。「ご無礼しました。お許しくだせ、山桃さま」

山桃は、ちん、ちんと二度鼻を鳴らし、尻尾を持ち上げて巻き直すと、少し姿勢を楽にして、腹ばいになった。

「おまえたちは、〈迷い家《が》〉や〈山の御殿《どてん》〉という昔話を知っているかね」

初代はそんな昔話を知らない。聞かせてもらったことがない。

松江が答えた。「おらが生まれ育ったところは、馬淵村よりもっと山深くて、貧しい村でございました。縁あって馬淵村に嫁に行くと決まったときには、ずいぶんと羨まれたものでございますけど」

　そのとき、故郷の村の古老から聞かされた話があるという。

　――馬淵村の木工細工は、このあたりでも飛び抜けて優れている。それはどうしてかというとな、村のある男が子供のころに山で迷い、〈山の御殿〉にたどり着いて、そこから帰るとき、重箱を一つ持ち帰ったからじゃ。その重箱の素晴らしい造り、精巧な細工を手本にして、そいつは優れた職人になり、他の職人にも教えていって、それはやがて馬淵村ぜんたいの技となっていったんじゃ。

「そのお爺さんの話では、〈山の御殿〉というのは山の神様のお住まいで、道に迷った者に一夜の宿を貸して助けてくださるとか」

　御殿のなかには誰もいないが、大広間には山海の美味を集めたご馳走が並べられており、ふかふかの布団も、きれいな着物も、心地よい温泉風呂もある。金銀財宝が蓄えられた蔵や大金庫もある。

「欲深い者が金銀財宝や大金庫を荒らすと、帰り道ではまた迷ってしまい、何一つ持ち帰ることができず、命を落としてしまう。でも、心正しい者が御殿の計らいに感謝して、心からお礼を述べて立ち去るときは、無事に村や里まで帰ることができる、と」

　詳しく知っているのだな――と、山桃は感心してくれたようだった。

「この御館も、そういう御殿の一つなのだ」山の神様がその力を以て造り上げ、迷い込んできたり逃げ込んできたりする人びとを助け、安らぎを与えてくれるところ。

「おらと初代も助けていただきました」

　松江はきちんと正座して、また山桃に頭を下げた。「このご恩は忘れません。けども、馬淵村のこと、ちりぢりになった亭主やほかの子供らのことが気がかりで」

　その気持ちは、もちろん初代も同じだ。

「おらたちは、この上ここから何か持ち帰るなんて、おそれおおいことはしません。ただ、村に帰らせてくだせ。お願いします」

母娘二人でぺこぺこすると、山桃はくるりと立ち上がり、困ったように尻尾を振り回して、しばらくするとまたぺたりと座った。

ふう……と、ため息のような鼻息を一つ。

「どこの〈山の御殿〉もそういうものなんだが、この御館は、実は馬淵村の近くに在るわけではない」

これを聞いて、母娘は顔を見合わせた。

「やっぱり、逃げる勢いで、山をまるまる一つ越えちまっていましたか」

「いや、そういう意味ではないのだ」

「まさか、山二つ――」

「山の数ではないと言っておる」

焦れたのか、山桃は耳を左右に張って、ぴんと尖らせた。急に狼に似て見えた。

「御館は、馬淵村の在るこの世にはない、という言い方をすれば、わかりいいのかな。いや、だからといって、あの世に在るわけではない。おまえたちは死んでおらん。ちゃんと命がある」

ただ、山の御殿はこの世の場所ではない。山の神様の御力《みりき》が座している、特別なところなのである。

「だから、仮におまえたちが勝手に逃げ出したところで、どんなに走っても、遠くまで歩いても、馬淵村に帰り着くことはできん。山の神に招かれ、命を助けられたおまえたちは、おまえたちに与えられた年季を果たすしか、他に道はないのだ」

松江の目元がぴりぴりと攣《つ》るのが、初代には見えた。おっかあがこんなふうになるのは、怒ったときじゃない。喧嘩でも相談事でも、相手の言い分と自分の言い分がどうやっても折り合わなくて、困り果ててしまったときだ。

　初代は、小さい頭で思いつく限りのことを考えた。

「山の御殿に一晩泊めてもらった人たちが、そのまま年季奉公するなんてどういうことさ。庖丁人と女中って、何さ？　おっかあとおらが、なんでそんな目に遭うんじゃ！」

　山桃は耳の角度を元に戻すと、鼻の穴を小さく閉じて、初代の方に首を差し伸べてきた。

「だから、俺が、その理由《わけ》を、じゅんじゅんと、言うてやろうとしているのに、おまえたちが、ぺこぺこして、ぎゃあぎゃあして、邪魔して、おるんじゃろうが」

　低い声音で、言葉をちょっとずつ区切りながら、唸って言った。

「す、すみません」

　母娘は身を寄せ合って座り直した。山桃は首を立て、鼻をちんと鳴らした。

「松江が言うとおり、〈山の御殿〉に迷い込んだ者は、悪心を起こさぬ限り、無事に出てゆくことができる。それはこの御館でも同じことだが、ただ、庖丁人の交代の時期に当たってしまったときは、事情が変わるのだ」

　全てが山の神様の力で維持されている山の御殿、この御館でも、迷い込んだ者をもてなし、空腹を癒やして活力を取り戻させるために必要なたくさんのご馳走だけは、人の手で作らないことには調達できない。

「料理というのは、人の技だからな。山海の珍味の材料だけは、神力でいかようにも集められるが、それに手を加えるには人力がなくてはならぬ」

　だから、御館は料理する庖丁人を必要とする。そしてこの庖丁人の年季は、

「御館の台所で使う包丁が百本を数えるまで、と定められておる」

松江と初代は、揃って口をぽかんと開けた。それから今度は声を揃えて、

「包丁を百本も使い潰すんでございますか？」

「もったいねえ。研げばいいのに」

バラバラなことを言った。

「そう、百本だ。もちろん研いで使って百本を使い潰すまでという意味だ」

包丁が潰れるというのは、どんなに研いでも刃が立たなくなり、使えなくなってしまうということだ。それを百本分も？

そんなの、気が遠くなるほどの年月じゃねえか。初代は頭がくらくらした。松江が膝の上に揃えていた手をそっと伸ばしてきて、初代の手を握った。不安を分け合い、母娘はしっかりと手をつなぎ合った。

「なぁに、案じるな」と、山桃は鼻をひくりとさせた。笑ったのだ。「御館の庖丁人は、毎回山のようなご馳走をつくる。一本の包丁は、十日も保たずに駄目になるさ。まあ、松江の使い方にもよるが」

もう話が決まったみたいな言い方だ。いや、決まっているのか。

「御館の先の庖丁人は、おまえたちが招かれてくる二日前に、百本の年季を終えて出ていったばかりだ。好きなものを一つ、土産に持ち出してな」

そこだけは、〈山の御殿〉に助けられた、ただの善男善女と変わらない。

「御館の庖丁人の座が空いた。そこに、おまえたちは招かれたのだ」

たまたま庖丁人の交代の時期に当たってしまったというだけで、えらい不運だ。松江と初代だって、一夜の宿をいただいたら、お土産をひとつもらって帰りたかった。

その不満を読み取ったのか、山桃はまた小さく鼻先で笑ってから、言った。

「言っておくが、無料《ただ》働きではないぞ。ちゃんと年季奉公の褒美がある」

御館で働いているあいだは、松江も初代も歳をとらない。そして、それまで身体にどんな不具合があったとしても、持病でも怪我でも傷跡でも、きれいに治って健やかになる。ということはつまり、寿命が延びる。

「それに加えて、おまえたちが奉公しているあいだは、故郷の馬淵村はありとあらゆる災難から守られ、全ての作物の豊作と豊猟が約束される」

大雨も大風も干魃《かんばつ》もない。火難も降りかからず地震《じぶる》いも起きない。どんな疫病も寄せつけないし、害虫はわかず、獣害もない。お蚕さまは上質な糸を吐き、どんどん増える。

「一つだけ例外は、戦だがな。これればかりは、地上の愚かな人びとが招来するものだから、山の神様の御力ではどうにもならん」

戦なんて、初代はもちろん松江の代でも昔話だ。松江のひい祖父《じい》さんが、戦国のころには落ち武者狩りで名を馳せたとかいう話を耳にしたことはあるが、眉唾ものだ。

「山の神様はそれほど尊い力をお持ちなのに、料理はおできにならねえんだね……」

まだぽかんとしたように目を宙に浮かせて、松江が呟いた。あ、ホントだ。おっかあ、いいことに気がつくなあ。

初代が感心していると、松江はふっと身震いして、山桃に訴えた。

「山桃さま、おらも料理はできません。人の技っておっしゃるけど、おらたちみたいな山の村の者《もん》には、料理なんてのはあずかり知らねえ贅沢なことだもの。とんと縁がねえ」

そうだ。そうだよ。初代も勢いづいた。

「山桃、おらたちがふだん、どんなものを食ってるか知らねえの？　米と餅のおかゆ、旨かったよ。あれがおらたちにはご馳走なんだよ。そりゃ山で採れた野草とか、茸とかは食べるよ。キジやウサギとかイノシシとか、口に入るときもあるけど……」

それだって、馬淵村が他所よりは豊かだからこその贅沢なのだ。

「山海の珍味を料理できる人をお求めなら、お城の料理番とか、大きな宿場町の料亭の、それこそ庖丁人とかを招かれたらええ。おらみたいな貧しい村人じゃ、何をどうすることもできません」

「そうだよそうだよ。山の神様の御力で、それぐらいのことはできるだろ？」

どうだい、言い返したぜ。さあ、お土産なんか要らねえから（いや、ちょっとはほしいけど）、おらたちを村へ帰してくれろ。そんな気持ちで鼻息荒く、初代は山桃をにらみつけた。しかし、

「おお、それなら案ずるな」

山桃はあっさり返してきた。

「すまん、さっきは俺の言い方が悪かったな。料理は人の技だ——ではなく、料理は人の手を介さずばできん、と言うべきだった」

同じことじゃないのか。

「松江にも初代にも、言葉どおり手を貸してもらえればよい。おまえたちが何もせずとも、御館の力で料理は自然とできるようになる」

つまり、松江と初代の手は、料理する力を働かせるための「道具」なのだという。

「御館には、料理する力があるの？」

「あるとも。御館の内を取り仕切るため、隅々にまで満ちている力だ。今この場でも、呼べば答えてくれようぞ」

言って、山桃は鼻面を天井の梁が走っている方に向け、

「うぉん、うぉ〜ん」

と唸るような声をあげた。それから言葉でこう呼びかけた。

「御台殿《みだいどの》、お聞きのとおりだ。ここな二人は松江と初代という、馬淵村の女ども。これから御台殿の御手《みて》としてご用を承る。しかと躾けてやっていただきたい」

　すると、梁の上から細かな煤が落ちてきた。囲炉裏からあがった煙の煤だ。柱がみしりと鳴り、漆喰の壁から白い欠片がぱらぱらと落ち、板敷きの床が軽く軋んだ。これらのことが一斉に起こった。まるで、今の山桃の呼びかけに応えて、この建物ぜんたいが身じろぎしたかのようだった。

「わかりの悪い女子どもじゃ」

　声が聞こえてきた。凛としていてよく響く。でも、若い女のそれではない。松江よりもうんと年かさのおババの声だ。

「揃いも揃うて、魚《うお》のように目を開けっぱなしにしておるな。むしろ耳の穴を開けてよう聞きおじゃれ」

　なんか威張ってるけど、言葉づかいがヘンじゃねえ？

「わらわが御台じゃ。この御館の奥を取り仕切る大局《おおつぼね》ぞ。これ、口まで開けて、ますます魚のようではないか、はしたない！」

＊

　御台様とは、偉いお方の奥方のことである。御台所《おだいどころ》を治める、つまり家政を取り仕切る、その家のなかでいちばん位の高い女人のことだから、御台所様。それを縮めて御台様だ。

　山桃は山の神様の家来同士として対等だから「殿」でいいのだろうけれど、松江と初代はそうはいかない。声だけおババのことを、御台様と呼ぶようになった。

　声はすれども姿は見えず――というか、定まった姿を持ち合わせていないらしい御台様は、その点ではお化けみたいなものなのに、ぜんぜん怖くなかった。偉そうな口をきく（まあ、口があるかどうか定かでないのだけど）ものの、何かと親切だし、おしゃべりでお節介だった。その点でも、馬淵村のバア様たちを思い出させるところがあった。

　山桃は、数日はゆっくり休めと言ってくれたけど、御館の囲炉裏端で三度おかゆを食べたら、松江も初代もすっかり元気になった。痛かったところ、痣《あざ》、傷、何もかもが癒えて、身体が軽くなった。

「そうであろう、そうであろう」

　御台様は自慢そうに言って、うっふっふと笑った。御台様はいろいろな場所でよく笑うので、それを耳にするたびに、初代は、口元に手の甲を（そもそも手があるかどうかも定かでないのだけど）あてて、ふんぞり返って笑うでっぷり太ったおババ様の姿を思い浮かべるようになった。

「それが御館の食の力じゃ。飢え渇き、命が尽きる寸前の者でさえ、御館にたどり着き、御館のなかのものを何かひとかけらでも口に入れれば、たちまち生気を取り戻す」

「そんなら、迷い込んでくる人たちのために、わざわざたくさんのご馳走をこしらえなくても、お鍋にいっぱいの芋汁や餅がゆでいいんじゃねえの？」

「それはそなたたち僕《しもべ》の食事じゃ。僕にはならぬ迷い人たちには、膳を連ねたご馳走を供し、御館の神力を示さねば」

　その膳を連ねるための大広間は、初代たちが寝起きしている囲炉裏のある板の間から、途中でくたびれてしまいそうなほど長い廊下をたどっていった先にあった。廊下の左右にも座敷が連なっており、豪奢な濃絵《だみえ》や大きな図柄の墨絵が描かれた唐紙で仕切られている。唐紙は開いているところもあって、通りがけにのぞくと青畳の匂いがふっと香った。

　座敷によって、一抱えもありそうな大皿が飾ってあったり、花器に季節外れの山桜や大牡丹が活けてあったり、立派な文机に硯と墨と筆が配されていたりと趣向は様々だったけれど、そのどこにも初代たちは足を踏み入れることができなかった。閉まっている唐紙や障子を開けることも、すだれや几帳《きちょう》を巻き上げることもできなかった。

台所と寝泊まりしている板の間を除いて、松江と初代が中に入り、そこで何かすることができるのは、大広間だけだった。

大広間は、畳の数を数えてみたら三十枚あった。他の美麗な飾りもののあるところとは違い、白漆喰の壁と、塗りの柱と、寄せ木細工の天井板のほかには、これという特徴のないさっぱりした座敷だ。床の間さえなく、ただ要所に無地の白行灯が配され、柱の上の方に燭台《しょくだい》が打ち付けられて、太い蠟燭が立てられているだけだった。

御台様は言った。「余計なものがない方が、料理が引き立つからのう」

「こんなに灯りがあるならば、油もたくさん使いますねぇ」

その贅沢さにため息をついて、松江が言った。「油を足したり蠟燭を替えたりするのも、おらたちの仕事でございますね」

「いいや、それは御館の神力による。つまり、わらわの差配ということじゃ。おまえたちは、ただ料理を作り、膳を並べるだけでよい」

「それは、えっと、誰かが迷い込んできてから取りかかればいいの？」

「それでは間に合わぬ。おまえたちが働く気でいるのならば、わらわはすぐにも料理に取りかかろうぞ」

「だって、誰もいないうちから用意したって、食べ物は腐っちゃうよ。もったいねえよぉ」

初代が言い返すと、御台様は、山桃そっくりの「ちん」という鼻息を響かせた。

「頑固でわかりの悪い、おまえの頭は岩じゃな。わらわの言葉は雨。つるつると上っ面を流れるば

「お許しくだせえ、御台様」松江が初代の頭を押さえて、ぺこりとさせた。「何でもおっしゃるとおりにいたします」

「ふむ。よいか、初代。母を見習い、わらわの言うとおりにするのじゃぞ」

こうして、三日目の朝から、松江と初代は御館の台所に立った。まずは支度だ。髪の毛が落ちないように手ぬぐいをかぶり、赤い襷《たすき》で袖をくくり、水道の水で入念に手を洗い口をすすぐ。緊張するけれど、お祭りやお正月みたいにわくわくした。

支度した母娘を前にして、山桃が切り出した。「迷い込んできた客人のためのご馳走は、五の膳まで作るぞ」

お膳を五つ並べて、一つ一つに趣向をこらしたご馳走を載せる。客人が一人だったら、これを二組。二人だったら四組、三人だったら六組調える。

「まあ、一度に二人で迷い込んでくることさえ、めったにあるものではない」

松江と初代は、めったにない母娘だったらしい。

「たいていは、一人の客人に二組のご馳走で間に合うだろう」

「どうして二組作るんでございますか」

「客人がおかわりをしたくなったときのためだ」

「それだと、三杯目のおかわりはねえってことになりますね」

「おかわりは一度で、腹が充分ふくれるように作るのさ」

初代はおっかあの顔を見上げた。このやりとりが意味するところに、松江は気づいていないのか。

初代は手をあげて、問うた。「山桃、そしたらおらたちは、客人のために飯や汁をよそってやらなくてもええのか」

山桃は片っぽの耳をひらりと動かすと、

「初代、それは〈給仕をする〉というのだ。左様、給仕はしなくていい。そのあたりのことはあとで詳しく話してやる。さて」

母娘はまず、台所脇の小部屋から、お膳を十客選んで運び出さねばならない、と言った。

「えっと……料理はしねえの？」

「作った料理を載せる膳と器を決めてから、献立を決める」

料理ってそういうものなのか。面倒くさいんだなあ。生まれてこの方、そんな上等で上品なものとはさっぱり縁がなかった初代にはわからない。松江は真剣な顔をして、山桃の言うことに聞き入っている。

山桃は、きびきびと続けた。「御館のなかでは、季節というものが気にならん」

季節がないわけではないが、感じ取れないから忘れてしまうんだって。

「ただ、おまえたちもそうだったろうが、迷い込んでくる者たちは、おのおのが居た場所の春夏秋冬を背負ってくる」

松江と初代は、凍るような寒気と乾いた風が吹きすさぶ馬淵村からやってきた。

「だから、おまえたちの最初の料理を載せる膳は、冬の風物が描かれたものにしよう」

小部屋にぎっちりと収納されている様々な道具や什器《じゅうき》は、いい具合に古色がついているものもあれば、塗り物などはたった今仕上がったばかりのように見えるものもあった。ただ、どれにも埃の一粒、糸くずの一切れでさえくっついていない。

初代が馬淵村で目にしたことがある膳というものには、猫の足先みたいな脚がついていた（あれはそう、花蝶が太郎に嫁いできてまもなく、伊元屋の肝煎りで、村の鎮守様の神楽舞台で若夫婦のお披露目会を執り行ったときだ）。道具の小部屋にも同じ形の膳が十客揃っていたが、もう一種類、もっと太くて複雑な格好の脚がついている膳もあった。

「この形は蝶足膳《ちょうあしぜん》という」

初代がしゃがんでその膳を眺めていると、御台様の声が教えてくれた。

「重たい大皿や大鉢などを載せたとき、猫足膳よりも坐りがよい」

声はすぐ頭の上から聞こえた。御台様、どこから見ているんだろう。

「おらたちは、どっちを使ったらいいんでしょうか」

小部屋の床に正座した松江が、何となく棚の上の方を見上げて問いかけた。

「好きな方を選んでよいが、どちらか一方に揃えるのが美しい。まぜこぜは見場がよろしゅうないからの」

「はあ……。かしこまりました」

おっかあ、そんな丁寧な言葉づかいを知ってるんだなあ。おらも真似しないといけないかしら。

「か、かこ、かしこっこ、あれ？」

山桃が耳をぴんと三角に立てると、くしゃみみたいな鼻声を出した。

「初代はかしこまらんでいい。松江、どっちの膳にする？」

松江は蝶足膳を選んだ。「おらも初代も山出しでございます。坐りのいいお膳の方が、何かと安心でしょう」

「良い心がけじゃな」と、御台様が言った。「漆塗りのものは、金銀の箔や螺鈿《らでん》細工で飾り、顔料で絵をつけてある。木地のままで磨きをかけ、艶出しをかけてあるものは、膳の縁や脚の部分に彫りがほどこしてある。それぞれ、扱いにはよく気をつけるのだぞ」

松江の目元にぴりりと緊張が走った。「もしも粗相をしてこわしてしまったら、ばちが当たりますか」

こっちは真剣に問うているのに、

「道具の一つや二つ、いいや百でも二百でも、神力で瞬く間に作り出せる。壊したところでどうということもないが、美しいものを損ねるのは、おまえたちが惜しかろう」

御台様の声音には笑みが含まれていた。

「今度は初代に選ばせてやろう。塗りと彫りと、どちらが好きじゃ」

好きも嫌いも、こんなに立派なものを間近に見るのは初めてだ。初代はおろおろして松江の顔を見た。おっかあは、一つうなずきを返してきた。初代は息を止めて、

「ぬ、ぬ、ぬぬぬり」

金銀のきらめく絵柄を見てみたい。その思いを吐き出したら、言葉を嚙んでしまった。

「ならば、ぬ、ぬ、ぬぬぬりの膳を運び出すがいい」

初代の口まねをして、御台様は笑っている。

意地悪な笑いではない。楽しそうだ。

母娘はおっかなびっくり、黒漆塗りの蝶足膳を抱えて、台所の土間を上がった板の間まで運び出し、慎重に並べた。

「わあ、きれい……」

小部屋の暗がりから朝日の差し込む板の間に出てきて、つぶさに見えるお膳の美しさに、初代はつい大声を出してしまった。

初代が重ねて運んできた二客の膳は、一つには水仙が、もう一つには大きな橙《だいだい》が描かれていた。

花や実ばかりか、葉っぱや茎までが美しい。橙はお正月の飾り物だろうか、小さいしめ縄に紅白の紐が蝶結びにしてあるものがあしらってある。水仙の方は絵柄は花ばかり——と思ったら、花の根元に近い真っ直ぐな茎の陰から、小さな生き物が顔を覗かせていた。ホントに小さく、初代の親指

の爪くらいの大きさだ。

「これ、かなびっちょ？」

初代が指をそっとあてて尋ねると、

「トカゲか、と訊いているのなら、それは違う。ヤモリじゃ。水仙が咲くような寒い季節に、そこらをうろうろしている生き物ではないが、縁起物なのでな。絵柄になっておる」

「ヤモリは縁起がいいの？」

山桃は初代の隣に移ってきて、並んでその膳の絵柄を眺めながら、

「ヤモリは漢字で〈家守〉と書くからな」

初代はもちろん、松江も漢字は教わったことがない。まさにちんぷんかんぷんだ。

「おら、わかんねえ」

「そうか。おまえたちは無筆、読み書きができないのだな」

山桃は何気なく言ったように聞こえたけれど、松江が急に身を縮めた。

「立派な漢字の名前をもらってますのに、お恥ずかしゅうございま――」

松江の言を遮って、御台様が言った。「何の恥じることがあるか。おまえたちの住まっていた村では、赤子が生まれると、山の主殿《ぬし》から名を頂戴するのであろう。ありがたく、めでたいことじゃ。加えて、おまえたちが日々の生業に励んで漢字を習う暇がないことは、山の主殿の氏子である山の民としてまことに正しいふるまいであって、恥じるようなことではない。胸を張りゃれ！」

とうとうとした説教であった。松江は感じ入ったように胸の前で手を合わせ、

「へえ、御台様のおっしゃるとおりに、胸を張ります」と言った。目元がほんのり赤くなっている。

初代はなんか照れくさいような嬉しいようなお尻がむずむずするような感じで、しかし頭の隅っこでは、

――御台様が言ってる〈山の主殿〉って、山の神様のことだよね。したら、御台様は山の神様の奥方様なのかしらん。

なんてことを考えていた。

「山の神様からいただいた名前を身に帯び、山の御殿から持ち帰られた重箱の逸話が残る馬淵村から来たのだから、おまえたちは二重、三重に御館と縁が深い」

なぜかしら、山桃は得意そうに耳をそらして言った。「きっと、これまでのなかでも最上の庖丁人になるだろう。さあ、膳を選んでしまおう」

松江が重ねて運んできた三客の膳は、〈波頭の上にかかる三日月〉〈小雪のなかに並ぶ松明《たいまつ》の列〉〈半ば凍った水面のすぐ下にいる大きな鯉〉という絵柄だった。その水面に向かって、小さな赤い実のついた一枝が差し伸べられている。

「これはセンリョウだな」と、山桃が教えてくれる。「そっちの雪のなかで並んでいる松明は、狐火の行列だ。初代は狐火を見たことがあるか？」

夕暮れ時や夜が更けてから、山野や墓場などに灯る青白い火のことだ。美しいけれど、薄気味悪いものだという。初代は知ってはいるけど見たことはない。

「その火は、狐が口から吐いているのだと、人間どもは言うておるな」

「本当は違うの？」

「やつばらは、火など吐くことはできんさ。灯りが要るときには、松明を口にくわえるか、前足で持って歩くのだ。それでも、火を怖がらず使いこなしているところは、鼬《いたち》や狸どもよりもずっと賢い」

「山桃は物知りなんだね。狐よりも賢いんだろうね」

「フン、比べものにならんほど、俺の方が賢い。そもそも俺は目がいいから、月も星もない真っ暗闇のなかでも、松明どころか蠟燭の火だって要らんぞ」

ちょっと威張りんぼうではないかい？

山桃と初代が無駄話をしているうちに、松江は御台様と相談し問答しながら、お膳を決めたようだ。

「きれいな花の絵柄のものを四客と、この南天の絵柄のもの」

松江は自分の前に一客ずつ並べながら、花の名前を挙げていった。「うめ、すいせん、つばき、それとこの黄色い花は、ろうばいというお花だそうよ」

水仙はさっき見たけど、梅や椿、枝に小さな黄色い花が並んで咲いている「ろうばい」という花の絵柄は見かけていない。今し方、初代がよそ見をしているうちに現れたみたいだった。それと、橙と小さなしめ縄の絵が消えている。あれ？　と見回していると、ついさっきまで初代と山桃の目の前にあった「雪と狐火」の絵も消え失せて、満開の紅梅と白梅、その花陰に隠れているメジロの絵柄に変わっていた。びっくりだ。

「御台様は、おとぎ話のなかの仙人みたいな術を使えるの？」

初代がちょっと声を裏返して問いかけると、御台様は朗らかに笑った。手の甲を口元にあてる慎みさえ忘れて、嬉しげに笑っている感じがした。

「松江が選んだこの四種類の花々は、海の向こうの大国、唐《から》の国では昔から〈雪中四大花《せっちゅうしたいか》〉と呼ばれ、尊ばれておる」

厳しい冬の寒さのなか、雪に凍えず咲き誇る花だから。

「それに加えた南天は、枯れることのない緑の葉と、薬効もある愛らしい赤い実と、〈難を転じて福とする〉という謂《いわ》れのある名前とで、やはりめでたいものじゃ。松江の庖丁人としての船出を飾るにふさわしいのう」

梅、水仙、椿、蠟梅、南天。その絵柄の蝶足膳が二組。いつの間にか、きっちり揃っている。やっぱり仙術だ。

「では、献立を整えよう。まずは一の膳じゃ。これには白飯と汁が必ず入るぞ」

汁は味噌汁で、具は蕪や大根などの根菜とマイタケやシメジのような茸。彩りにあられかまぼこを添える。

「あられかまこぼ？」

「蒲鉾は食したことがあるかえ？　魚を使った練り物じゃ。形はいろいろあるが、この御館の味噌汁には、霰《あられ》のような小さい粒にしたものを用いる」

ちゃんと紅白になっているそうな。御館に迷い込んだ客人は命拾いしたわけだから、それを祝うのである。

「あとはなますと、煮物が一鉢。これに香の物を添える」

なますとは、酢で軽く締めた白身の魚だという。器に胡麻で風味をつけた酢を敷き、その上に一口大に切った魚の切り身を配して、キュウリや生姜を針のように細く切ったものを添える。

「煮物の具は、揚げ豆腐ときくらげ、ごぼうとにんじんに決まっておる」

「揚げ豆腐って……」

「豆腐を菜種油か胡麻油で揚げたものだ」

旨いぞ、と言ってから、山桃は耳をぴくりとさせた。「知らんか」

「トウフって？」

困り顔の松江と初代の前で、山桃はちんと鼻を鳴らした。「これはすまん。では御台殿、豆腐から教えねばなりませんな」

「おまえたちは、油揚げも知らぬか」と、御台様がお尋ねになる。

松江がまた身を縮めて恐縮しているので、初代もその真似をした。馬淵村は、優れた木工細工の技のおかげで貧しくはなかったが、村人たちが日々の暮らしのなかで多様な食材を味わえるほど豊かだったわけではない。

ただ、花蝶が嫁に来てからというもの、太郎たち職人頭の家は、贅沢なものを食べていたようだ。花蝶は実家の伊元屋から料理上手な女中を連れてきていたし、それでも飽きるからと、夫にねだっては高い食材を取り寄せたり、料理人を雇わせたりしていた。

初代たちは伊元屋御殿のすぐそばに住んでいたから、その台所の煙抜きから漂い出てくる美味しそうな匂いに、しばしば驚かされたものである。甘辛い匂い、香ばしい匂い、糀《こうじ》の風味の強い味噌の匂い、揚げ油の匂い。その源である料理のことを知らず、見当もつかないのがかえって幸いで、少しでも知識があったら、羨ましいと思うよりも苦しくなってしまっただろう。

「香の物は——蕪のぬか漬けにしよう。食物庫にあるからの。塩昆布も添える、と」

松江は口のなかで御台様の言葉を繰り返し、覚えようとしている。

「では、一の膳の料理を盛る器を決めよう。二人とも、また道具部屋へ来りゃれ」

一の膳では、すべての器を塗りで揃えるのが決まりだという。朱色にするか、朱色に金色の縁塗りをつけたものにするか、黒漆に銀の縁塗りをつけたものにするか。

「また初代に尋ねよう。どれが好きかえ」

初代は迷わず、縁塗りのない朱色のものにした。「縁に金銀がついてると、金気《かなけ》の味がしそうだから」

思ったことを素直に口に出しただけなのに、御台様はいたく感心してくださった。

「その心配は無用じゃが、そのように気配りをする心がけはよろしい」

こうして二の膳、三の膳——と、献立と器を決めていった。生まれて初めて学ぶことに、松江の眼差しは真剣そのもの。初代は、すぐと楽しくなってきた。

五の膳まで料理を決めたところで、今度は食材を選び出さねばならない。松江が大小の笊や皿を手にして、御台様と相談。初代はそれを横目に、山桃に見守られながら味噌や醬油、薬味などを選んでは台所に運んだ。

「初代、豆腐を忘れておるぞ」

えっと、さっき聞いたばっかりの知らない食べ物だ。「どこにあるんだろ」

「向かって右端の小さい水瓶の木蓋を取って、のぞいてみろ」

言われたとおりにしてみたら、水のなかに白くて四角いものが沈んでいる。

「壊れやすいものだから、よく気をつけて笊にあげるんだぞ」

言われたとおりにしたつもりだったけれど、豆腐というものは水のなかで逃げるので、慌てて指に力を入れたら、潰れてしまった。

山桃は初代を叱らなかった。

「それも、あとで使い道がある。柄のついた小笊を使って、器にすくっておくんだ」

そんなことをしたら他の豆腐も駄目にしてしまわないか。初代は大汗をかいたが、思い切って小笊を水に入れると、きれいに豆腐の欠片をすくい取ることができた。

「豆腐とは、不思議な食材であろう」

御台様が楽しそうに呼びかけてきた。

「食すれば、他のものにはない味わいがあるぞよ。楽しみじゃのう」

今はそんなことまで考えられないし、そもそもこの料理は自分たちが食べるためのものではない。汗を拭い、初代は襷を締め直した。「よろしい、これで食材は揃った」

御台様の声が響く。

「松江、初代。そこに並んで立ち、目を閉じ頭を下げておれ」

母娘が命に従うと、御台様は一段と強い声を放つ。

「御館の台所に立つ馬淵村の女、松江。その娘、初代。そなたらに包丁を授ける」

この瞬間、山桃がちんと鼻を鳴らした。

「直ってよいぞ。目を開けてごらん」

母娘は顔を上げ、それぞれの目の前に、長さも刃の幅も異なる包丁が一本ずつ置かれているのを見た。

目を閉じるまで、そこには何もなかった。今は包丁が鎮座している。

「これは……」

松江が指先で包丁の柄に触れた。

「おらの名前が入っています」

初代も自分の包丁に顔を近づけた。ホントだ。生木の色合いをそのまま活かした柄の横腹に、〈はつよ〉とひらがなが彫られている。そうっと裏返してみると、反対側には〈初代〉とある。

「初代、おらたちの名前を漢字で書くと、こうなるんだね」

松江は瞳を輝かせている。おっかあの包丁は、柄も刃も長い分、〈まつえ〉〈松江〉という彫りも、初代のそれよりも一回り大きい。

「これからは、この包丁が二人それぞれの身体の一部となる」

御台様が歌うように節をつけて言う。

「では、一の膳から始めようぞ」

松江はまず米を研ぎ、煮物や味噌汁のための出汁をとる。初代がすくい上げた豆腐は「水切り」といって、布巾で包んでまな板に載せ、その上に重しの大皿をかぶせた。

初代はといえば、献立に要る野菜を水洗いして笊に上げ、水道からきれいな水を汲んで、様々な用途ですぐ使えるように支度しておくだけで大わらわだった。それが一段落すると、

「初代、飯炊きをしたことはあるかえ」

「こんな真っ白な米ばっかり炊いたことはいっぺんもねえ」

山桃が口を出す。「ございません、だ」

「へえ、ございません」

「誰にでも、何事にも初めてということはある。そして初めてのことはめでたい。初代、言祝《ことほ》ぐぞ。火吹き竹を持ちゃれ」

初代が竈の前にしゃがんで飯炊きに打ち込んでいるあいだに、松江は味噌汁を仕上げ、揚げ豆腐を作り始めた。

「松江、初代がすくっておいた壊れ豆腐も、よく水を切っておくように」

「かしこまりました、御台様」

上手に米を炊くには、一にも二にも火加減が肝心だ。最初のうちは弱くして、米が煮えてきたら中ぐらいの強さを保つ。馬淵村の家で雑穀を炊く（というか煮る）ときには、いつも蓋を取って加減を見ていたのだが、

「俺が、いいと言うまで、けっして、蓋を、取るな」と山桃が凄むので、初代は火吹き竹をしっかり握って堪えていた。

飯の炊ける匂いがしてきた。うちで木の椀によそい、かき込んできたどんな雑炊や混ぜ飯とも違う、とろけそうな甘い匂いだ。

松江が煮物にかかりきりになっているので、飯が炊き上がると、初代は蕪のぬか漬けを切って器に盛ることになった。

「それと、なますに添えるキュウリの細切りも、初代に頼もう」

え、え、え？　おらが包丁を使うの？

「当たり前だ。そのために、おまえの包丁もそこにあるんだろうが」

「だけどおら、こんなの使えねえよ」

馬淵村の家では、何をするにも小刀で用が足りていたし、食べ物の見栄えを気にしてきれいに切るなんて、教わったこともなければ考えてみたこともなかった。

「まあ、やってみればできる」と、山桃は呑気なことを言う。

ぬか床から蕪を一株取り出し、水道の水で念入りに洗って、水を絞って笊に上げる。包丁に合った小さいまな板に蕪を載せ、

「最初に、葉っぱと実を切り離すのかな」

「食べやすいよう、口に入りやすいように考えて切ってみろ」

胸がどきどきして、手が震える。切り損なって無駄が出たらもったいない。力加減を誤ると包丁の刃が横に滑り、自分の指にあたってしまう。怖い。

――でも、ちゃんとできてる。

初代は上手に包丁を使うことができた。手は自然にてきぱきと動き、要らないことはしない。していいないということが、自分でわかった。どうしてわかるんだろう。

「はあ、いい匂い」

並びの台では、煮物を仕上げた松江が、にんじん、ごぼう、きくらげ、揚げ豆腐を塗りの器に盛り付けながら、ため息をついている。

「おっかあ、それ、おっかあが揚げたんだよね？」

初代の手のひらぐらいの大きさに切り分けた豆腐に、衣をつけて揚げたもの。生まれて初めてこ

しらえた――ばかりか、聞いたことも見たことも初めての食べ物だというのに、びっくりするほどちゃんとできている。

「そうだよ。おらも自分で信じられねえ」

松江はもう一つため息をつくと、台所の天井に近いところへ向かって呼びかけた。

「御台様、これが御台様のお力なんでございますね」

返事はすぐには聞こえてこなかった。初代の隣にいた山桃が、きゅっと頭を持ち上げ、耳を三角にする。どうやら、驚いたみたいだ。

「もう、それを察することができるとは」

御台様の声は優しく、笑みを含んでいた。

「……松江は聡《さと》い女子《おなご》じゃのう。馬淵村の衆は、あだやおろそかに山の主殿から名を賜っているわけではないのじゃな。いや、感心、感心」

何の話なのか、初代にはわからない。松江を見ると、またあの大真面目な顔つきになっていた。初代が見てきた限りでは、村の暮らしのなかで、おっかあがここまで強く眼差しを澄ませ、真顔になったことはなかった。

「初代も、いきなり上手に包丁を使えた。白い飯も焦がさずに炊けた。これは、おらたちの技じゃねえ」

急《せ》き込まず、慌てず、言葉を選んで探しながら、確かめるように言った。

「これは御台様が、おらや初代の身体を操って、料理をなさっているんだ。そうでございますよね、御台様」

え。おらたち、御台様にお仕えしてるんだろ。そうじゃなくて、使われてるの？

松江は、自分の両手を胸の高さにかざしてみている。手のひら、手の甲、指の先。じっくりと検める。初代もそれを真似てみる。見た目には、何も変わったところはない。小さな火傷も傷もない。指の叉《また》に湿り気が残っているだけだ。

ゆっくりと、松江は続ける。「そういうことでもなければ、おらや初代がこんなに上手に、あれこれこなせるわけがねえ。御館で客人をもてなす料理を作るには、人の手を介さねばならねえと山桃さまはおっしゃっていたけれど、まさに御台様はおらたちの手だけがお入り用なんだよ」

御館の台所は静まりかえった。松江と初代がここにたどりつくまで登ってきた「裏庭」は険しい斜面で、深い森に覆われていた。だけど今は、そこを吹き抜ける風の音も聞こえない。木立が揺れて枝と枝をこすり合わせ、葉を散らすときのささやかな気配さえも感じられなかった。

——御館は、おらたちがただ足で歩いて来られるようなところにあるのではない。

おっかあゆずりの聡いところがある初代の脳裏に、山桃の言が浮かんでくる。御館はあの世ではないが、この世にはないところ。その静けさよ。こんなに立派な建物の内にいるというのに、まるで無のなかに佇んでいるかのような静けさよ。

「松江よ。おおよそ、おまえの推量どおりではあるけれど」

御台様のお声もまた大真面目ではあったが、限りない慈愛を含んでいた。その優しさが、じかに心に触れてくる。

無のような静けさはたちまち遠のき、初代の耳には、自分の心の臓がとくんとくんと打つ音、山桃の尻尾が土間を打つ音、松江の息づかいも聞こえてきた。

「さりとて、〈手〉を借りられるならば、誰でもよいというわけではない。そなたも初代も心正しき働き者で、山の主殿を厚く敬う馬淵村の衆であるからこそ、わらわの良き〈手〉になり得るのだということを胸に刻み、誇りに思うてくりゃれ」

「へえ。胸にたたんで忘れません」

松江が深く頭を垂れる。初代も慌てて身を折った。そのとき横目でちらりと見えた山桃が、ちぎれんばかりに尻尾を振っているのが可笑しかった。

「では、続けよう」

一の膳を仕上げると、山桃の先導で、松江と初代はそれぞれ一つずつ膳を抱え、長い廊下をたどって大広間へと運んでいった。

「膳は奥から置いてゆく。向かい合わせにな。……初代、おまえの方の膳が少し斜めになっておる。そうそう、それでよい」

炊きたての飯、まだ熱い味噌汁と煮物。旨そうな湯気があがっている。

「では、戻って二の膳にかかるぞ」

初代は気がかりで我慢できない。「ねえ、山桃」

「なんだ。なぜ地団駄を踏んでいる？」

「だって、もったいないよ。せっかくできたてなのに、ここにほったらかしておくの？」

「おまえたちがここに居座っておっては、次の膳が作れまい」

「だけど！」

山桃が細い目を半目にして初代を睨む。

「おまえは本当に、ものわかりの悪い岩のような頭の持ち主だな」

それ、御台様にも言われたっけ。松江も困ったように苦笑して、

「おいで、初代。今は御台様と山桃さまのおっしゃるとおりにするんだよ」

要るのは〈手〉だけだから。文句は要らないんだから。ふん、だ。

二の膳はうずらの味噌焼きと、ぜんまいと糸こんにゃくの白和《しらあ》えと、白身魚を使ったすまし汁の三品を載せるという。

「白和えで、さっき初代が潰してしまった豆腐を用いる」

潰した豆腐に白味噌で味をつけ、そこに具を入れるのが白和えという料理なのだそうだ。「すごく手間がかかるんだね」

言いながらも、初代は手際よく白和えをつくり、すまし汁の下ごしらえをした。ホントの本当に、迷うことも間違うことも手を止めて考えることもなく、すいすい料理を作ることができる。自分でしていることなのに、自分の技とは思えない。

「けど、一つめのお豆腐は潰しちゃった」

「あれで豆腐の扱い方がわかったろう。おまえたちも、ただ御台殿の御力に身をゆだねておるばかりではなく、自身の技や知識を身につけてゆくつもりでいるといい」

二の膳も、出来上がるとすぐ大広間へと運んでゆく。で、初代はしゃっくりが出てしまうくらいびっくりした。なぜって、一の膳の飯や味噌汁や煮物の器から、まだ湯気があがっていたからだ。

「さ、冷めないの？」

御台様がうふふと笑った。「わかりの悪い岩頭の女子よ、三の膳を作るぞ」

三の膳は大皿に刺身を何種類か盛り付ける。さより、まぐろ、湯引きした海老。ひらめの薄造りには、卵の黄身だけを炒り卵にしたものをまぶして、〈山吹平目〉に仕立てる。松江がそちらにかかり、初代は下に敷く海草と大根の千切りを調え、わさびをおろし、薄造りに添える梅肉の叩きをこしらえた。

四の膳は焼き物と和え物を横長の角皿に盛り付ける。この角皿を通称「硯蓋《すずりぶた》」というので、こうした寄せ盛り料理のことも同じように呼ぶのだそうだ。

松江は穴子の白焼きと車海老の山椒焼きで手一杯になったので、初代は長芋の梅酢和えと二色卵《にしきたまご》を作った。これはゆで卵を白身と黄身に分け、それぞれを細かく刻んで塩と砂糖で軽く味をつけて、四角い型に上下二段に敷き詰めてしばらく重しをかけ、固まったら端から食べやすい厚さに切ってゆくという——馬淵村の暮らしのなかだったら夢にさえ出てこない、なんで卵にそんな手間暇をかけるかわからない、笑ってしまうような意味のない料理で、しかし作ってみたら見蕩れてしまうほどきれいな一品だった。

しめくくりの五の膳は、「鉢肴《はちざかな》」ともいう、尾頭付きの焼き魚だ。

「今日は松江の初陣じゃ。鯛を塩焼きにしよう。初代はゆり根で付け合わせを作りゃれ」

松江がごりごりと音を立てて、立派な鯛のうろこをとっているとき、初代は横でゆり根を塩ゆでにして、一つ一つを椿の花の形に飾り切りにしていた。鯛が焼き上がるまで、これを砂糖水に漬けておく。

鯛の塩焼きは、涎が出そうなほどいい匂いがした。馬淵村の住まいでも、これと比べたら笑えるほど小さな尾頭付きを一度だけ見たことがあり、家族で味わったことがある。初代は思い出した。

——花蝶さんが太郎さんのお嫁に来たときの引き出物だった。

村の一世帯に一つずつ、豪奢な折り詰めが配られたのだ。そのなかに、鯛の尾頭付きが入っていたのである。松江がそれを出汁にして囲炉裏の大鍋で雑炊を作ってくれた。鯛の身は細かく粉々になって、粟や稗のあいだにまじっていたけれど、兄ちゃん姉ちゃんたちと、ありがたがって食べたのだった。

五の膳まで仕上げ、大広間に五つの膳を二列に並べ終えると、松江も初代もぐったりと疲れた。寄り添って支え合う。そこへ御台様の声が飛んできた。

「二人とも頭の手ぬぐいを取り、襷をはずして身なりを整え、そこへ座りゃれ」

まだ何かあるのか——と思ったら、

「ご苦労であった。では、召し上がれ」

母娘はてんでにぽかんとした。

「ンへ」と、返答にしても問いかけにしても無礼な声を出したのは、初代が先だった。

「御台様、今なんておおせだぁ？」

松江が慌てて初代の頭を押さえて、

「お許しくだせえまし、御台様。初代には、おらが口のきき方をおしえ――」

そのとき、その声を圧する大きな音で、松江の腹が鳴った。追っかけて、初代の腹も（やや控えめな音で）鳴った。

途端に、御台様が大笑いをした。見れば山桃も、牙の隙間から「し、し、ししし」とおかしな声を漏らしている。そして説教くさく、こう言った。「おまえたち、御台殿のこのような笑い方のことを、呵々大笑《かかたいしょう》というのだ」

「はあ」

「腹の底からの、一点の曇りもなく清々《すがすが》しい笑いのことだ。よかったな」

さあ、ご馳走を食べろ。山桃は嬉しそうに母娘を促す。

「食べてみなければ、ご馳走の真の有り難みはわからぬ。わからぬままでは、客人のために心を込めて作ることもできん」

「だから、御館の庖丁人となった者が最初にこしらえた料理は、当人が食するのじゃ」

食べよ、食べよ。御台様のお言葉に押されて、松江と初代はそれぞれの膳に向かった。

「いただきます」と、母娘は声を合わせた。

初代は手が震えて、きれいな朱塗りの箸を何度も取り落としてしまった。松江は、初代がちゃんと箸を持てるまで待っていてくれた。「まず、白飯を一口だよ」

やっぱり、まったく冷めていない。炊きたてのまま、温かな湯気をたてている。甘い匂いを放っている。

　口に含んだら、どっと唾がわいてきた。

「ンまい！」

　頭のなかのどんな考えも消し飛んで、初代は食べることに夢中になった。

　食べる、食べる。口と箸を動かす。四の膳の穴子の白焼きまで進んだところで、ずっと潜っていた水の底から顔を出して呼吸するみたいに我に返り、穴子を一切れ口に入れたまんま目を上げてみると、松江も四の膳にまで進んでいた。初代が作った二色卵を箸でつまんでいる。

「きれいな卵焼きだね」と、こっちを見て言った。頬を染め、目には涙が浮かんでいる。

　初代の胸にも、あたたかい波が寄せてきた。顔いっぱいに笑って、こう言った。

「焼いたんじゃねえよ。ゆでたんだ。次は、おっかあに作り方を教えてあげる」

　母娘がご馳走を堪能しているあいだ、御台様は優しい気配を漂わせているだけで、何もおっしゃらなかった。が、山桃は次第に我慢が切れてきたのか、

「おまえたち、俺にも味見をさせてやろうという親切心はわいてこないのか？」なんて言い出した。

「もちろん、どうぞ味見してくだせえ。何がよろしいですか」

「海老と鯛と、ひらめとまぐろ。白飯に味噌汁をかけてくれ。空いた器でかまわん。洗ったようにきれいに食ってやるぞ」

　夢のようなご馳走をすっかり平らげると、松江も初代も身体の隅々まで血が巡り、背筋が伸びて深く正しい呼吸ができて、頭のなかが澄み渡った。松江にいたっては、ちょっと若々しくなったように、初代の目には見えた。山の神様、〈山の主殿〉の気が、母娘の疲れて傷んだ身体を生まれ変わらせてくださったのだ。

　膳を下げて器を洗い、水気が残らぬよう丁寧に拭き清めて、道具部屋の元の場所に片付けを終え

ると、御台様がまた呼びかけてきた。

「さあ、本日の仕上げじゃ。身なりを整えて大広間へおいで」

母娘が大広間に戻ってみると、入ってすぐ左手の、これまで漆喰の白壁しかなかったところに、丸い引き手のついた引き戸が一枚現れていた。

「ここが包丁の間だ」

いつの間にか母娘のすぐそばに付き添って、山桃が言った。「御台殿から包丁を賜り、最初の料理を作って食して、おまえたちもここに入る資格を得た。中を見てみるといい」

松江と初代は手をつないで、その引き戸の敷居をまたいだ。

包丁の間は板敷きで、幅は一間半ほどだ。しかし奥行きはおそろしく長くて、入口からどこまでもどこまでも遠くへと延びていた。部屋というよりは、むしろ廊下のようだ。

左側は大広間と同じ白漆喰の壁で、一間ごとに柱が立っており、その上の方に燭台が打ち付けてあって、ほっそりとして優美な――まるで美しい女の指のような蠟燭が、これまた奥へ奥へと列をなして灯っている。初代はその数を数えてみて、すぐ諦めた。指の数がぜんぜん足りない。

右側は壁ではなく、作り付けの棚になっていた。棚は一段だけ、ちょうど初代の頭の高さのところにあり、その上には包丁立てが整然と並べられている。

「これは……」

いちばん手前、出入口の引き戸に近いところの包丁立ては、大きいものと小さいものを二つ組にしてある。で、空っぽだ。だけど、その一つ向こうから先は、すべて包丁で埋まっていた。刃を下に、柄を手前に向けて、きちんと収められている。

蠟燭の明かりで、一つ向こうの包丁の柄に刻まれているひらがなが見えた。〈ういちろう〉。男の名だ。

「今は空いている大小二つの包丁立てが、松江と初代のものだ」と、山桃が言う。

「年季を終え、御館を去るとき、ここにそなたたちが使った包丁を収めてゆくのだよ」

御台様の声音に、少し寂しげな曇りがまじっている。

「これまで来ては去って行った庖丁人を、わらわは一人残らず覚えておる。皆、よう励んでくれた——初代、危ない」

初代はびくっとして、〈ういちろう〉の包丁に触れようとしていた指を引っ込めた。

「年季を終えた庖丁人の包丁は、傷んでいる。うかつにいじると、怪我をするぞ」と、山桃が言い添える。

「わかった……じゃなくて、かしこまりました。やたらに触りません」

松江はちょっと腰をかがめ、〈ういちろう〉の包丁をじっくり眺めると、その一つ奥、さらに奥と、そろりそろりと横歩きをしながら検分していった。

「みんな、刃が錆びておりますね」

「わかるかの」

「手入れのために、おらが研ぎましょうか」

「いや、その気遣いは無用じゃ。宇一郎の包丁はまだしも、それ以前のものは、どれも研いだら刃が折れてしまうじゃろう」

「柄も割れたり、欠けたり、腐り始めているだろう？」

松江と御台様と山桃、二人と一頭のやりとりを聞きながら、初代はまた遠くまで続く蠟燭の明かりを数えようと試みた。左右の指を折って十まで、次は逆に指を開いていって二十まで——で、そこでおしまいだ。足の指はこんなふうに動かせない。

ちん、ちんと音がした。山桃が鼻面に皺を寄せて笑っている。

「初代、料理の御用がないときは、俺が読み書きと数を教えてやろう。どうだ、習ってみるか」

「習えば、おらも自分の名前が書けるようになる？」

「なるとも。蠟燭の数も、ここに見えている分くらい、たやすく数えられるぞ」

一同は大広間に戻った。「最初の御用は、これでしまいじゃ。二人とも、今夜からは囲炉裏端ではなく、小座敷にきちんと布団を敷いて寝《やす》むのじゃよ」

「おやすみなさいませ、御台様」

料理に夢中で、格子窓の外がすっかり暗くなっていることに気づかなかった。やっと歩き慣れてきた廊下にも、その左右に在る（唐紙や障子が開いていたり閉まっていたりする）いくつもの部屋にも、それぞれ明かりが灯されている。

山桃が母娘を案内してくれた小座敷は狭かったけれど、縁側がついていた。外は真っ暗な夜の森だ。足元に置かれた瓦灯《かとう》を頼りに縁側をたどってゆくと、右手の奥には厠《かわや》と手水鉢《ちょうずばち》が、左手の奥には何と、こぢんまりした岩風呂があった。細い竹を並べて組み上げてある丈の高い垣根の内側に、温泉の匂いが漂い、濃い湯気が溜まっていた。

「わあ、お湯だ！」

「走ると滑って転ぶぞ」

言わんこっちゃなく、初代は足を滑らせて尻餅をつき、そのままの勢いで、小袖を着たまま岩風呂のなかに飛び込んでしまった。

「初代ったら」

松江が笑い、山桃が首を伸ばしてつかまらせてくれる。湯はほどよく熱くて、身体だけではなく、心にもしみた。

おかしいな、お尻から飛び込んだのに、お湯が顔にもかかったのかな。おらのほっぺたを、あったかいものが流れ落ちてく。

「御館の庖丁人の暮らしは、けっして悪いものではない」

鼻面を湯気で光らせて、山桃が言った。

「残してきた家族が懐かしくなり、心配になることもあろう。しかし、おまえたちにくれぐれも言っておくぞ。年季が明ける前に、勝手にここから立ち去ってはいかん。森へ逃げ出してもいかん。何一つ、良いことはないからな」

その夜、初代はぐっすりと眠った。

＊

聞き手の座で、富次郎は焦っていた。深く息をして、腹の底に力を込める。そうしないと、大きな音でぐるぐるぎゅうと鳴ってしまいそうなのだ。

うかつにしゃべれないので、黙って鷹揚なふうでうなずきながら、新しい茶を淹れる。何か動作していると、腹鳴りのご機嫌をとりやすくなる。

「今もあの夜のご馳走の味と、岩風呂の心地よかったことを夢にみます」

黒白の間の初代は、富次郎が初めて見かけたときと同じ、明るく健やかな雰囲気を身にまとっている。馬淵村を襲った恐怖の一夜を語っているときは、少し表情が硬かったが、今はそれもほどけた。

「いやはや、羨ましい」

急須に蓋をして、富次郎は慎重に声を出した。「わたしなど、夢のなかでさえあんなご馳走には縁が――」

ぐるぐる、ぎゅううううう。

隠しようがなく、腹が鳴った。胃の腑が文句を言い立てている。耳で聞かせるだけでなく、食わせろ〜と。

新しい茶で満たされた急須を中途半端に捧げたまま、富次郎は石になった。

つかの間、初代もそれに付き合って石になった。それはほんの一瞬だった。すぐさま、

「あははは！　ああ、よかった」

と声をあげ、片手を胸にあてて、大きな安堵の息をついてみせたのだ。

「よ、よかったとおっしゃいますか」

富次郎も石から人に戻り、恥ずかしさで顔が熱くなってくる。

「はい。今まであたしがこの話を誰かに語って聞かせると――姑もうちの人も、子供たちだって、ここのご馳走のくだりでは、みんなお腹が鳴ってしまったんです。子供たちなんか、涎まで出しちゃって」

しかし富次郎は、つい今さっきまでは平気の平左の顔をしていた。

「だから、富次郎さんには、この話がつまらないのかなあって心配になっていました」

そう言われては、聞き手として大いに申し訳ない。「とんでもない。わたしも腹が鳴りそうで、涎を垂らしてしまいそうで、でもそれはあまりにみっともないと、どうにかしてごまかそうとしていたんですよ」

黒白の間の二人は声を合わせて笑い、熱い茶と、それぞれ二つめの〈ゆきうさぎ〉を味わった。

「そういえば、御台様は、お菓子はほとんどお作りになりませんでした」

松江と初代の手を借りて、作らせることはなかった、と。

「四の膳や五の膳に盛り合わせる甘味のもの、のし梅とか、干し柿をたたいて伸ばして、栗きんと

んをはさんで巻いたものとか」

「それは充分、手が込んだお菓子のように思えますが」

「でも、焼き物や和え物に添えて盛り付けますと、お菓子という見かけにならないんですよね。食べれば甘いけど、あくまでもお料理の一品に見えるんですよ」

やわらかく目を細めて、初代は言う。

「お料理は、口と舌だけでなく、目でもいただくものなんですよね。だから、盛り付けは本当に肝心なことでした。味の組み合わせ、色の組み合わせ、形の組み合わせ。御台様は、そのあたりのことを、よくよくおっかさんとあたしに教え込んでくださいました」

富次郎もつられて微笑んだ。「今の商いでも、その教えを役に立てておいでですか」

すると、初代の目がくるんと丸くなった。

「まさか！　うちは一膳飯屋でございますよ。お客さんたちには、見た目がどうのこうのより、同じお代で盛りがいい方が喜ばれます」

それはそうだろうが、初代とご亭主が営む店は、江戸市中の他の一膳飯屋にはない「はなやぎ」があるのではないかと、富次郎はそれこそ夢想せずにいられない。

「作ったご馳走をおっかさんと二人で食べたのは、最初のそのときだけでした。あとは、客人がいようがいまいが、小さい囲炉裏の火で、自分たちの分のご飯を作りました」

そのために必要な道具類は、二人のための箱膳のなかにしまわれていた。

「立派な包丁はなくて、切るというよりは叩き切るための、菜切り包丁と鉈《なた》が合わさったみたいな刃物でしたけど、村ではそういうのを使い慣れていましたから」

自分たちの食事を作るときは、御台様の御力を借りていない。なので、村にいたときと同じような献立――なんて言葉もおこがましい、鉄鍋一つで煮られる汁物と、魚を串でさして炉端で焼くぐらいの簡素なものを作った。

「それはそれで美味しかった。一度ご馳走を口にしてしまったら、もう粗末なものは食べられない、なんてことはありませんでした」

身に過ぎた豪華な食材を、好き放題に食い散らかそうとも思わなかった。

「まあ、お米とお餅は好きなだけ使えましたし、お魚も選び放題でしたから、その点では贅沢すぎるくらいでしたけど」

その小さい囲炉裏で、一つだけ作った甘い物が、小豆汁《あずき》だったそうである。

「他所ではお汁粉とか、ぜんざいと申しますよね。馬淵村では小豆汁で通っていました。砂糖で甘くして、隠し味に塩をちょっぴり。実には白玉団子を入れます。お汁粉みたいに滑らかにはせず、ぜんざいみたいに小豆粒が全部残るようにもせず、半分くらい形が残るように煮るのが、村のやり方でした」

御台様の料理の御力抜きでも、松江の手で、これは旨いものが作れた。

「山桃がとても気に入りましてね。おっかさんが小豆を研いでいると、その音を聞きつけてやってきて、これから煮るのかって、嬉しそうに耳をぱたぱたさせたものでした」

甘やかで温かな初代の思い出の、さて本題に戻ることにしよう。

「おっかさんとあたしが庖丁人とその下働き——女中であり子分ですわね、その立場になって、三日後のことでした」

御館に、迷える客人がやって来た。

その朝、松江と初代は、御館に身を寄せてから初めて雨音を耳にした。ささやくように優しく、やわらかな音だった。庇から滴り落ちる大粒の雨の雫は、玉のように美しい。

お天道様の光の案配で、昼夜は明らかな御館だけれど、最初に山桃が教えてくれたとおり、季節はほとんど感じられない。それほど居心地がいいのだ。さらに、御館のなかには暦がないので（あったとしても普通の暦とは違っているだろうし）、自分たちの身の回りのことをして、御館の内（それも母娘が立ち入りを許されているところ）に異状がないかどうか見回るというだけの穏やかで単調な一日を過ごしていると、今日が何日なのか、自分たちはどのくらいここにいるのか判らなくなってきそうで、ちょっと怖かった。

そこで母娘は、囲炉裏のある部屋の柱の一本に、毎朝炭でしるしを付けるようにした。雨音を聞いたのは、そのしるしが六本目になった朝であった。

「おおい、起きたか」

山桃が慌ただしく囲炉裏端にやってきて、

「今日は客人が来るぞ。すぐ朝飯を済ませて、もてなしの料理に取りかからねば」

松江と初代は大慌てで粥をかき込み、手と顔を洗って身支度を済ませた。包丁をいただいてからは、母娘ともに、御館のお仕着せを着るようにしている。肌着や手ぬぐいなどは岩風呂の湯で洗い、縁側の隅に縄を張って干しているが、お仕着せや寝間着は、脱いでたたんでおけば、翌日にはまっさらに、袖を通すだけになっている。これも御台様の御力、お計らいだろう。

松江はさっそく御台様と相談して献立を決める。初代は米を研ぎながら、

「客人が来るってこと、どうして山桃にはわかるの？」

「どうしてって、御館を囲む山と森は、俺の縄張りだからな。ほれ、初代。そんな手つきではいかん。米を洗うではなく研ぐと言うのは、ちゃんと意味があるのだぞ」

ほどなくして献立が決まったので、材料を揃え、器も調えた。初代は野菜洗いにとりかかった。五の膳までの組み立ては、母娘が最初にこしらえた内容と大きな違いはなかったが、鉢肴の鯛が小ぶりだったので、うずらの松風《まつかぜ》焼きを添えることにした。

食物庫で松江が独活《うど》を見つけ、

「この前は見当たらなかったような……」

「旬のものの先取りじゃ」

独活は春の食べ物だ。

「村では、灰汁《あく》を抜いて茹でて、味噌和えにして食べておりました」

「ここでは、もう少しご馳走らしいものをこしらえようか。独活素麵という」

「そうめん?」

「糸のように細いうどんじゃ。喉ごしが滑らかで、出汁によく合う」

独活をよく洗って灰汁を抜き、歯応えが残るくらいに茹でて細切りにする。薄めに仕立てた鰹出汁に、梅干しで塩気と香りを足して、そこに茹でた独活を加える。鰹出汁をとるときは、血合いの部分のない、身の部分だけの鰹節を使うのが肝心だ。臭みが出ない。

「これを二の膳の清《す》まし椀にする。今回は硯蓋に焼き物ではなく白魚の揚げ物を入れるから、その手伝いをできるよう、初代は今のうちに二色卵を作っておくれ」

広い台所で、庖丁人とその手下として立ち働くのはまだ二度目。だが、最初のときよりも万事がいっそう板について、無駄なく動き、包丁や焼き串や菜箸を操ることができた。御台様のお言いつけも、山桃の添え口も、耳から入って手に抜けるという感じで、滞ることがない。

忙しく働きながら、初代はときどき自分の手さばきに見蕩れてしまった。今こうしている初代は身体だけで、その身体を操っているのは御台様の御力であり、本来の山出しの女子である初代の魂は、台所の宙にふわふわ浮いて、この様子を見物している。そんな気がした。

とりかかって一刻(約二時間)ほどで、五の膳までの料理がすっかり整い、大広間に二組の膳が並んだ。昼前だけれど、雨模様のせいで薄暗いから、御館のなかには無数の灯火がともされている。

燭台の蠟燭、大小の行灯、要所で手元足元を照らす小さな瓦灯。

　こうして眺めると、照らしきれない暗がりが生じている分だけ、明るい陽ざしに満たされているときよりも、御館は広々として奥行きが深く感じられた。水の底に沈んでいるみたいな静けさと、眠気を誘うような遠い雨音。

「客人が、御館の門にたどり着いたぞ」

　山桃がぴんと耳を立て、母娘に言った。

「ここから先は、おまえたちは手出し無用だ」

「ご苦労であったな」と、御台様もねぎらってくださる。

「囲炉裏端に引きあげて、飯を食い、ゆっくり休め。松風をこしらえたときに残ったうずらの肉と茸と葱で、味噌鍋を作るというのはどうだ」

　山桃は自分が食べたいのだろう。ベロをへらへらさせている。松江は笑った。

「はい、そうしましょう。初代もはらぺこだろうよね」

　だが、初代は素直にこの場を離れる気になれなかった。「ホントに客人の世話をしなくていいの？」

「その必要はない」と山桃は言う。「そもそも、初代が世話をしてやることもできん」

「どうして？」

「客人にはおまえたちの姿が見えん。俺のことも見えん。俺たちは御館の御力の内に溶け込んでいるから、外から迷い込んできた客人と関わることはできないのだ」

　初代は目を丸くした。とっさに自分の両手を広げてみて、身体も見回してみる。ちゃんとここにある。呼吸もできるし、ほっぺたを引っ張ってみたら、ちゃんと痛い。

「それだから、山桃さま、おらたちが客人に給仕することもないとおっしゃっていたんですね」

松江はすんなり呑み込んでいるようだ。初代の手を取ると、

「おらたちもご飯にしよう。初代はうずらを食べるのは初めてだろう。おいしいよ」

囲炉裏で松江が手早くこしらえてくれた味噌鍋は、本当に旨かった。山桃は仕上げに煮溶かした餅を三つも食べて、ベロを火傷した。

鍋は空っぽ。囲炉裏の火は赤々と、雨音は優しい。松江は座ったまま舟をこぎ始め、山桃も丸くなって眠っている。

お腹がくちくなって、初代も眠たい。でも、そのまま横になってしまうのはもったいなくて、強いて目をこすり、手のひらで頰を軽くぱんぱんと叩いて、そっと立ち上がった。

外から迷い込んできた客人は、どんな人なのか。

子供らしい不安があった。客人が怖い奴や悪い奴だったら困るじゃないか。同時に、子供らしい好奇心もあった。ホントに、客人の目にはおらが見えねえのかな。すぐそばに寄っても？　そういうのって、どんな感じなんだろう。

囲炉裏端を抜け出すと、大広間に通じる廊下の端っこまで行ってみた。がらんとしてどこまでも長い廊下は薄闇に満たされ、村祭りの夜のように無数の灯りがともっている。

人影は見えない。物音もしない。

廊下に沿って並んでいるたくさんの座敷は、これまで松江と初代が大広間へ往復したときには、出入口の唐紙や障子が閉まっていたり開いていたり、気まぐれだった。それが今は、全てきっちり閉められている。

しぃん。

初代は裸足の足を一歩踏み出した。腰を落とし、足音を忍ばせて、そろりそろりと廊下を進んでゆく。座敷の一つ分を進んだとき、

「はっぐしょん！」

左手の遠くの方で、くしゃみが弾けた。初代がその場で凍り付いていると、続けて二度、三度。聞き苦しいくらい、遠慮がなく行儀の悪いくしゃみだ。

「ううう、寒い」

低い呟きが聞こえたかと思ったら、三間ほど先の唐紙が開いて、人が出てきた。

——ホントにいた！

前屈みになって身を縮めているが、立派な大人だ。大人の男だ。藍染めの風呂敷に包んだ大きな荷を背負い、合羽《かっぱ》を着込み、手甲脚絆をつけている。草鞋は脱いで泥だらけの裸足なので、男のうしろに足跡が残っている。泥水に濡れた草鞋もどこかに脱ぎ捨てず、笠と一緒にわざわざ手にぶら下げているので、そこからも雨水と泥水が滴っている。

——行商の人かな。

背中の荷が売り物だろう。何が入っているのかな。初代はじりりと足を前ににじらせた。

男は廊下で足を止めると、左右を見まわしている。用心しいしい、首をすくめて身構えている。その目はちゃんと瞬《まばた》きをしており、曇っているふうはない。見えているはずだ。

——でも、おらのことは見えてねえ。

男の眼差しは、初代を通り過ぎていくだけだ。引っかからない。

背中の荷を包む風呂敷にも、背負い紐にも雨がしみている。肩に食い込んで重そうだ。

男は洟《はな》をぐしゅぐしゅとすると、頭を巡らせ、口元に手をあてて、呼びかけた。

「ごめんください、どなたか、おられませんかぁ」

声まで震えている。それを耳にして、初代は気がついた。この人、用心してるだけじゃなくて、ものすごく怖がってる。

「あいすみません、勝手に上がり込みまして、まことに恐れ入りますが」

男は疲れ果てており、顔色は死人のように白く、懸命に張り上げる声もかすれている。それでも律儀に、

「山で迷い、雨に降られ、このお屋敷の屋根と門を見つけて、命からがら這うように登って参りました。ここで一休みさせていただきたく、平にお願い申し上げます。どなたかおられませんか、お邪魔しております、どなたもおられませんかぁ〜」

男が半分泣きそうなので、初代は気の毒になってきた。

「そんなに大きな声を出さなくていいよ。ここは山の御殿だから、怖がらなくていいんだよ。ゆっくり休んでいいんだよ」

思わず声に出して返事をしてみたが、相手の耳にはまったく届いていないらしい。男は合羽の裾から雨の雫を滴らせながら、廊下を奥の方へ進み始めた。ときどき首を伸ばして、左右の座敷の内を窺っている。

初代はその後ろをついていった。ついさっき男が現れたところもそうだったが、初代たちには開けられなかった唐紙や障子も、男ならば開けることができるらしい。さらに、今までは閉め切りだったところが、何ヵ所か開いている。つまり、これらの座敷は客人のための場所なのだろう。

「ああ、何だこりゃ」

あるところで、男が声を上げて後ろによろけたので、初代は慌てて距離を詰めた。この唐紙も、普段は閉め切りのところだ。

ちょっと覗いただけで、初代は目の玉が飛び出しそうになった。凄い！　千両箱が山と積み上げてあり、いくつかは横倒しになって蓋が開き、大判小判がこぼれ落ちている。

——お殿様よりお金持ちだ！

さらによく見てみると、千両箱の後ろ側には色とりどりの宝玉や紅珊瑚《べにさんご》、真珠や金銀の細工物を詰め込んだ宝箱まで並んでいた。

初代は我を忘れてしまい、客人の男が背負っている大きな荷に近づきすぎて、頭をごつんとぶつけてしまった。初代の方にはその手応えがあったのに、男は何も感じていない。

「これは……もしかして」

身を縮めて立ちすくんだまま、男はぶるぶる震え出す。

「おれは、山の神様の御殿に迷い込んでしまったのかもしれない」

血の気のないくちびるで、そう呟く。初代は男の前に回り込んで、顔をのぞき込んだ。

「そうだよ。おじさん、大当たりだよ。だから遠慮しないで、まず濡れたものを脱いで身体をあっためて、旨いものをたんと食べなよ。この先の大広間に行けば、ご馳走が待ってるからさ」

男には聞こえないらしい。まったく、歯がゆいったらありゃしねえ。

「おじさん、もう助かったんだってば。それだけじゃねえ、すごく運がいいんだよ。悪いことしなければ、お土産まで持って無事に帰れるんだ」

言っても言っても男には聞こえず、初代の気配を感じ取ってもらえることもない。だが男は、急に正気づいたみたいになって、大慌てでいったん荷を下ろし、濡れた合羽を脱ぎ始めた。

「土足であがりこみ、御殿を汚してしまいました。お許しください。なにしろひどい雨で、山越えの道が崩れてしまい、心当たりの迂回路を通ったつもりが、いつの間にか迷ってしまっておりました」

もう二日も森をさまよっていたと、男は言い訳がましく独りでしゃべっている。ああ、もう！

初代はじれじれに焦れてしまい、男の尻っぺたを蹴っ飛ばしてしまった。わかったから、早く大広間に行けって！

初代の足は空を切り、勢い余ってすってんころりん。客人の男は前屈みに身を縮めたまま、廊下を先に進んでいってしまった。

「あ痛ぁ」

初代が尻をさすっていると、御館のお仕着せの後ろ衿をぐいとつかまれた。

正しくは、嚙みつかれた、だった。山桃だ。

「無駄な上に、無作法なことをするな」

「ご、ごめんなさい」

「客人のあしらいは、御台殿にお任せしておけばいい。おまえの手出しは無用だ」

「それはわかってるんだけど、どんな人なのかなあって思って」

山桃は鼻先で「ちん」と笑うと、

「商人だな。あの匂いからして、荷箱の中身は染料だろう」

そうか。山桃は客人の匂いを嗅ぎ分けることができるのだ。

「藍染めの風呂敷に、屋号か店の名前が染め抜いてあるかもしれん。遠くの客先へ行く途中で雨に遭ったか」

山道が塞がれてしまうほどの大雨だなんて、ずっと御館にいる初代には信じられない。

「外は今、そんなに大変なお天気になってるんだね。静かな雨だと思ってたのに」

山桃が何か言おうとベロをちらりとさせたとき、大広間の方から、客人の男の驚きの声が聞こえてきた。

「料理を見つけたようだぞ」

「うん。お腹へってるんだろうから、うんと食べてくれるといいな」

「あいにく、すぐには食らいつけぬものだ。大広間で十の膳を見つけた客人は、十人のうち八人まで、腰を抜かすのが先なのだよ」

初代は山桃と一緒に笑った。それから山桃は、「先《せん》にも教えたが、覚えておらんようだから、もう一度言っておく。御館はこの世のどことも違う場所にあるから、客人が嵐や雷から逃げてきたとしても、御館には何の関わりもない。今日の雨は、たまたまだ」

そうなのか。初代には、今ひとつピンとこないのだ。

「わからんか」

そこで、山桃はつと首を巡らせた。

「ならば、そうだな……いいものを見せてやろう。ついてこい」

裏庭で山桃に出会い、勝手口から御館の内に入った初代たちは、あれっきり御館の正面側の様子を知る機会がなかった。ただ何となく、御館のなかで母娘が歩き回れる場所は、御館全体の広さから比べたら、かなり限られているのだろうと感じていた。

その感じに間違いはなかった。山桃のあとをついていくと、台所の先から、これまでまったく知らなかった廊下が延びていて、その突き当たりを曲がると、行き止まりにある板の間にぶつかった。四畳半ぐらいの広さで、壁は板壁。左手側は格子窓になっているので、外からの光が入ってくる。そして正面の壁は一面に階段簞笥《だんす》になっており、それを上がっていった先に、上げ板が設けられている。

「ここから屋根裏に上がれる」と、山桃が言った。「屋根裏には連子窓《れんじまど》があるが、灯りはない。今日のように陽ざしがないと薄暗いかもしれん。それでも上ってみるか」

正直言うと薄気味悪かった。「じゃ、お天気の日にもういっぺん来てみていい？」

山桃は三角の耳を片っぽだけ伏せると、

「さあな。俺は犬だから、物覚えが悪い。またの機会にしたら、ここのことなど忘れてしまうだろうな」

そんな意地悪言ってさ。でも、山桃がこのことを忘れなくても、また初代を連れてきてやろうとは思わないかもしれないし、こういう（料理とは関わりのない）場所には、山桃が一緒でないと来られないという決まりがあるのかもしれないと、初代は思った。

――ここまで歩いてきた廊下だって、そうだった。今までおらが気がつかなかったんじゃなくて、山桃や御台様が、おらやおっかあに見せてもいいと思わないと、現れない場所なんじゃねえか。

指の爪をいじりながら考えあぐねていると、山桃は両方の耳をぴんと戻して、

「やはり、おまえは賢いな」と言った。

「え？」

「今、おまえが考えているとおりだ。御館はおまえの目と頭ではとらえきれぬほど広い。御台殿と俺がよしとせねば、松江とおまえだけの力では踏み込めぬどころか、そこにあると知ることさえかなわん場所の方が多いくらいだ」

その声音に不機嫌や叱責の響きはない。初代は黙って指をしまうと、頭を下げた。

「そんなら、お願いします。おら、屋根裏に上がってみてえ」

「よし。では行こう」

山桃はたん、たんと弾むような足音をたてて階段簞笥を上り、天井の上げ板を鼻面でやすやすと押し上げると、ひらりと飛び上がってしまった。初代は慌てて追いかけて、階段の傾斜が急なことに驚いた。這って上がらないと怖いくらいだ。これ、降りるときはもっと怖い。尻でずっていかないと。

上げ板から顔を覗かせてみると、意外や意外、すぐ下の板の間よりもずっと明るい。理由は簡単で、一続きになっている細長い屋根裏部屋の左右には、障子紙を貼った引き違いの連子窓が何対も

横に連なっているのだった。連子の隙間は大人の拳の大きさくらいで、格子子《こうしこ》も細い。だから、雨模様とはいえ昼間ならば、外からの光がふんだんに差し込んでくるのだろう。障子紙の白さが眩しいほどだった。

ちんちん、ちんと、山桃が笑っている。

「怖くはないか」

「うん！」

初代は上げ板から身体を引っ張り出し、屋根裏部屋の床に立った。縦長の部屋で、広さは——大広間の横幅を心持ち狭めたくらいの感じだ。天井は部屋の中心がいちばん高くて、そこから左右に低くなっている。いちばん高いところで、初代の背丈ならば少し余裕がある。ただ、初代が山桃の背にまたがると、首を縮めても頭がぶつかってしまうだろう。

まるっきり、がらんどうだった。家具も道具もない。綿埃さえ見当たらない。

「何に使ってるの？」

ぐるりを見回しながら、初代は尋ねた。

山桃は、首を下げて窓際に寄っていった。天井がいちばん低くなっているから、図体の大きい山桃は身を伏せるようにしないといけない。そして言った。

「ここからは、御館を囲む山と森を見張ることができるのだ。この窓からは、おまえたちが迷っていた裏庭を。向こうの窓からは、御館の門と玄関につながるあたり一帯を」

山桃の縄張りを、すっかり見張ることができるというのだ。

「窓を開けて？」

「そうだ。開けてみろ」

「いいの？　雨が吹き込んできたら、床が濡れちまうよ」

「その心配はない。こっちに来て、目を近づけてよく見てみろ」

初代は両手両膝を床につけ、そろそろと這っていった。すぐに、あっと思った。間近に見ると、連子窓に貼られている真っ白な障子紙は、無地ではなかった。無数の漢字や印、符号みたいなものが浮き上がって見える。

「これ、紙をすくときから、こういうふうに工夫してあるの？」

山桃は初代の顔に顔を並べた。「おまえは紙すきを知っているのか」

「うちの村ではやってねえよ。いいコウゾが手に入らねえから。けど宿場町では、うちの村の木枠や細工物と同じくらい、紙が高く売れるんだ。きれいなすき紙でも、汚れたり折れたりしちまうと、安値で買えるからさ。おとうがおみやげに買ってきてくれたことがあったんだ」

そんなものは暮らしの足しにならないと、おとうはおっかあに叱られていたけどね。

「兄ちゃんたちはうちの村で木工細工をするけど、姉ちゃんや従姉《いとこ》たちは他所へ嫁にいく。木工細工だけじゃなく、金になる技のことを知ってて損はねえって、おとうは言ってた」

そう、「言ってた」。言い切ってしまって、諦めてしまっていいのか。あの大火のなかで別れ別れになった父親とは、もう会うことはできないと。

その思いに呑まれて、つかのま、初代の心はあの劫火《ごうか》の夜に、空を覆う火花の群れに、そして、こっちに向かって泳ぐようにゆっくりと歩いてくる、半裸の花蝶の記憶のところへと引き戻されてしまった。おとう、兄ちゃん姉ちゃんたち。叫びながら逃げてゆく馬淵村の人たち。花蝶の首を斬った瞬間の、次郎のぎらぎら底光りしていた両の眼。そして宙を舞う花蝶の首。真っ赤な血の糸を引きながらも、その顔には淫らな笑みが——

「ひゃ！」

初代は飛びあがり、我に返った。山桃が初代の頬に、冷たい鼻の頭をくっつけたのだ。

「やだなあ、鼻水がつくよ」

「無礼なことを言うな。ちゃんと顔を上げて、よくよく窓を見るんだ」

不可思議な漢字と印と符号。障子紙の上に舞い散っている。

「これは御台殿の物見と守護の呪文だ」

ものみと、しゅごの、じゅもん。

「これがある限り、御館には邪《よこしま》なものは入り込めん。近づいてきてもいち早く察知され、この呪文で跳ね返されてしまうからな」

「窓を開けても平気なの」

「やってみるがいい」

連子窓の桟の端には凹みが刻んであり、指をかけることができる。初代の小さな指でもはみ出してしまうような細い凹みだが、そこに指をあてて軽く横に引いただけで、窓は音もなく開いた。ちょうど、初代が顔を覗かせることができるくらいの幅だ。

思ったよりも、外は明るい。窓からいきなり頭を出すのは怖いので、上目遣いに仰いでみると、空を塞いでいる雨雲は思いのほか白く、薄べったいように見えた。馬淵村での経験がここにも当てはまるのならば、もうじきに、この雨はやむ。

雨粒も、微細な霧のようになっていた。初代のおでことほっぺたに、さわさわと降りかかる。冷たいけれど気持ちがいい。

御館に入ってから、こんなふうに、まるっきり外の風にあたったことはない。要るものは何でも建物のなかに揃っている――なにしろ水道まであって、川や井戸へ水くみに行く手間はないし、薪も土間の奥に山積みになっており、使っても使っても減らない。だから、外へ行く用事がなかった。岩風呂と厠のある小さい縁側だって、丈の高い竹垣に囲われている上に、明るい昼間に見てみると、竹垣の向こう側には御館のどこかに当たるらしき瓦屋根が続いていた。つまり内庭の一部なのだ。

「こっちは裏庭の方だって言ったよね」

「ああ、そうだ」

透けるような霧雨の帳《とばり》の向こうに、真っ直ぐな杉木立が並んでいる。おらとおっかあは、あんなところを必死で登ってきたのかな。杉林があったかな。そう思いながら瞬きをしてまた目をやると、森は幹も太い枝も節くれ立った椎《しい》の大木と、背丈も葉の形もとりどりの様々な木々が入り交じった雑木林に変じている。びっくりして瞬きをすると、そのたびに森は種類と姿形を変え、ただ木立を揺らす風の音だけが変わらない。

「少し落ち着け。おまえの心が静まれば、森も鎮まる」

山桃の忠告に、初代は胸に手をあて、目をつぶって大きく呼吸をした。それから目を開けてみると、森は定まっていた。懐かしい馬淵村を囲んでいる森の景色に。

「ホントだ。きれいな森だね。だけどあの客人は、玄関の側から来たみたいだったよ」

「裏庭から勝手口を通って御館に入るのは、庖丁人になる者だけなのだよ」

なんだ、そういうことか。初代が笑うと、息が白くなった。

「顔が冷たいや。もう閉めてもいい？」

そのときだった。初代の目の隅――詳しく言えば左目の下の方を、何かがよぎった。藪が鳴り、雨の雫がぱっと飛び散るのも見えた。

片手を窓の桟にかけたまま、ちょっと固まって、次の瞬間には、初代は思わず頭を外に突き出していた。さっきは怖いと思ったのに、今はそんな分別も用心も飛んでいた。

だって――今、目の下をよぎっていった「何か」は。

頭を出し、さらに首を伸ばして見回しても、雨と森と藪と下草しか見えない。

いや、でも、左手の奥の方でまた水しぶきがあがった。ばしゃばしゃ！　音もする。

「初代、首を引っ込めろ」

言うが早いか、初代がそうするよりも前に、山桃がお仕着せの後ろ衿を咥《くわ》えて引っ張った。初代は窓の枠に頭をぶつけて、横様に倒れそうになった。

だけど、その寸前に見た。確かに見た。

「おば、おば、おば」

口がわななないて、うまくしゃべれない。お化けではない。

「おばあさんが、這ってた！」

白髪を振り乱し、ぼろぼろの着物を身につけるというより、着物の残骸を身体からぶら下げて、四つん這いになって走ってた！

山桃は前足で器用に窓を閉め、初代の顔に顔を近づけると、ため息を吐いた。

「老婆ではない。あれは……山姥《やまんば》だ」

やまんば！

「し、知ってるよ。深い山に棲んでるモノノケで、人をとって食うんだ。生き血を呑んで、人の髪の毛を編んだちゃんちゃんこを着てるんだよ！」

「そうか。おまえの馬淵村では、そういう昔話になっているのだな」

山桃は落ち着き払っているけれど、初代は恐ろしさに震えていた。御館に来て、初めて心の芯から怯えていた。

「御館を囲む森には、山姥がいるんだね？　いつからいるの？　ずっといるの？　おらとおっかあも、山姥に遭ってたかもしれねえんだよね？　あ、だから山桃はおらたちを迎えに来てくれたの？山桃は山姥より強いだろ？　ね、ね、強いよね？」

山桃は初代の前で、あんぐりと口を開いた。長い舌をべろべろさせる。変な顔。

「なんでそんな顔するのさ」

すると、またため息。「やっと黙ったか。まあ、おとなしく聞け。あれは確かに山姥だが、おまえたちが御館の内にいる限り、何の心配もない」

山姥は、御台様の守護の呪文に撥ねのけられて、御館に足を踏み入れることができないから。けっしてけっして、できないから。

「外に出ない限りは、平気なんだね」

「ああ。何一つ怖がることはない」

それを聞いて安心したら、にわかに閃いた。「ねえ、今日のお客人がここに来たときすごく怖がっていたのも、途中で山姥に追っかけられたからじゃないのかな」

それはないと、山桃はすぐに首を振った。

「そんなことがあれば、俺が気づく。今日の客人は、大雨と地崩れのせいで道に迷い、疲れ果てて凍えていただけさ」

とはいえ、これから先に御館にたどり着く迷子の客人たちのうちには、山姥に出くわして逃げてくる者もいるだろう。

「山姥はいつも、山と森のなかをうろついておるからな」

ああ、嫌だ。初代はぶるりとした。

「ときには襲われて、傷を負っている客人も現れるかもしれん。だが、御館に入ってしまえばもう何も恐れることはないし、傷も恐怖も全てが癒える」

それは初代もこの身で知っている。

「だから――言っておく」

何をさ？

「おまえは聡いし、子供のくせに妙に強気なところもある。おまけに知りたがりでそそっかしいときている」

えらい言われようである。

「俺と御台殿の目の届かぬところで、おまえが思いもかけぬ大胆なことをやらかし、大慌てする羽目になるのも小癪《こしゃく》だからな。先によく言い聞かせておこうと思って、ここへ連れてきたのだ」

山桃の声音が、なぜか少し悲しげに曇った。

「初代、あのとおりの醜く恐ろしい姿をしている山姥だが、憎んではいかん。嫌ってもいかん。ましてや、おまえたちの手で追っ払おうとか、懲《こ》らしめてやろうなどとは、けっして考えてはいけない」

まるで打ち返すみたいに初代の口から飛び出したのは、「なんで？」という反問だった。「なんでいけないの？　山姥は人を喰らうモノノケだよ！　御館から見たら敵でしょ？」

唾を飛ばさんばかりの勢いで、拳まで握って言いつのる初代の前で、山桃は両の耳をぺたりと伏せた。

「足音が遠ざかっていく。今ならよかろう。もう一度窓を開けてみろ。山姥が見える」

初代は窓の桟に飛びついた。それでも慎重に片方の目の幅の分だけ開けたのは、見たいけど怖いからだ。

山姥はこっちに半ば背中を向けて、杉林のなかを去っていくところだった。斜面に足をとられるのか、片手で木立につかまっては放し、つかまっては放し、そのせいでいちいちよろけながら進んでいる。

歪《いびつ》に丸まった背中。腰は深く折れて、手足は骨張っているのに、力こぶのできるところだけが太って出っ張っている。ざんばらの白髪頭は雨に濡れ、ぼろい着物と同じように垂れ下がっていた。

知らず知らず、初代は思い切り顔をしかめていた。山桃は隣に来て、惨めで醜い山姥の後ろ姿が消えてしまうのを見届けてから、さっきよりもさらに悲しげにこう言った。

「あの山姥も、かつては御館の庖丁人だったのだ」

里心がついたり、単調な暮らしに飽きがきたりして、年季が明けるまで務めきれず、勝手に御館を出て逃げようとすると、必ずまわりの森で迷う。三日三晩迷い、飢えて凍えて正気を失い、

「その逐電者が男の場合は、谺《こだま》と化してしまう。女の場合は、山姥になってしまうのだ」

山桃の重々しい言には、初代がぱっと聞いてぱっと理解しきれる以上の難しい言葉があった。

「えっと……正気を失うっていうのは、気がおかしくなっちまうことだよね？　ちくでんは、逃げること」

「そうだ。覚えておくといい」

「こだまって、山の中で大きな声を出すと、その声が返ってくること？」

「そうだが、おまえが知っているこだまと、今俺が言っているこだまは、字が違う」

山桃は尻尾の先を筆のように使って、屋根裏部屋の床に字を書いて見せてくれた。

「おまえが知っているこだまは〈木霊〉と書く。木の魂という意味だな。だが、俺の言っている、男の逐電者が成り下がってしまう化け物のこだまは、〈谺〉と書く」

谷に、牙。丁寧に教えてくれるが、あいにく初代は漢字を知らない。

「……ごめん。わかんねえ」

山桃はため息をつかなかったし、ちん、ちんと笑いもしなかった。

「そうか、すまんな。まあ、谷底を這い回る角と牙の生えた化け物だと思ってくれ」

その説明で充分だ。うわぁ、怖い！

「だけど、同じように逃げ出しても、どうして男と女じゃ違う化け物になっちまうの？」

初代の問いに、山桃は耳をぴんと三角に尖らせた。「おまえはやっぱり、面白いことに気がつくな。確かに不思議なことだが、今までは問われたためしがなかった」

ふうん。おら、もしかしたら知りたがりなのかな。

「人の男はもともと獣の気《け》をたくさん持っている生き物だから、獣の化け物になるのさ」

容赦のないことを、ごく軽い口ぶりで、山桃は言った。「人の女は、化け物になってもまだ女の気を残しているから、女の姿の山姥になる」

「じゃあ、谺と山姥はどっちが強いの？」

今度の問いには、山桃はちんちんちんと笑った。けっこうな大笑だ。

「俺から見れば、どっちもどっちだ。だが、道具を操るだけの知恵を残している分、山姥の方が強かろうな」

「あ、そうか。おらが知ってる昔話のなかでも、山姥は囲炉裏で鍋を煮てたり、大きな包丁を研いでたり、髪の毛を編んだちゃんちゃんこを着たりしてるもんね」

一方の谺は、獣の化け物としても、熊や山犬よりもずっと弱いから、谷底を這いずっていても、長くは生きられないのだそうだ。ただ、その身体は山の神様のお怒りを受けて穢《けが》れているから、他の獣が谺の肉を食らうと病んでしまう。獣たちもそれを心得ているから、谺の亡骸《なきがら》はその場にうち捨てられて、やがて山の土に還ってゆく。

それはずいぶん哀れじゃないか。初代は口を尖らせた。

そのとき、パッと明かりが点くみたいにあることを思い出して、目を見張った。

「なんだ、面白い顔をしてみせて、俺を笑わそうというのか」

茶化す山桃に、初代はぶんぶん首を振った。

「違うよ！　こ、こだま！　おらもおっかあも、見たことがあるよ！」

朝の空に浮かび上がる御館の屋根を見つけて、山桃と出会う前、まだ森に迷い谷底へ続く急な斜面に怖じ気づいていたとき、細かな緑の葉の群れのなかに倒れ伏していた、人のものにしては奇妙な骸骨を見つけたこと。それを山桃に語って聞かせると、大きな山犬は、

「そうか、見ておったか」と言った。「それが谺だ。谷底まで行かずに息絶えてしまったのか、一度は落ちた谷底から森へ這い上がろうとしていたのか」

どのみち、生き延びる術はない。穷はそれほどに弱い化け物なのだという。

「御館のなかにいれば何も困ることはねえのに、わざわざ逃げ出して、罰をくらって、そんな情けねえ化け物になっちまうなんて……」

「人は愚かなことをするものだな。おまえは、それに倣うのではないぞ」

「はい、わかりました」初代は神妙な心地で言った。「山姥のことは、おっかあにも話していい？」

「隠す理由はない。だが、御館の外のことは、年季が明けるまではあまり考えぬことだ」

そっか。そうだよね。初代は連子窓をぴたりと閉めた。雨の音が消えた。

下のどこかで、松江が初代を呼ぶ声が聞こえてきた。

「つい長居をしたな。降りよう」

山桃は軽やかに、初代はおしりでずって一段ずつ、急な階段簞笥を降りていくと、ちょうど松江が廊下の角から顔を出した。

「こんなところにいたの。山桃さま、初代が何かいたずらをしましたか」

「俺が屋根裏に上がってみるかと誘ったのだ。初代は何も叱られるようなことはしておらん。松江、客人の今の様子はわかるか」

松江はうなずくと、口元に指をあててそっと笑った。「お湯につかっているみたいですよ。鼻歌をうたいながら、もうだいぶ長いこと出てきません」

「え、おらたちの岩風呂？」

初代は飛び上がった（だって嫌なんだもん）が、松江と山桃、それに一拍遅れて御台様の笑い声まで合わさった。近くにいたなら、もっと早く声を出して教えてよ。びっくりするじゃねえか。

ひと笑いしてから、御台様は言った。「客人用の風呂場は、また別に設けてある。わらわのしつらえた檜《ひのき》風呂じゃから、竜宮城にいるような湯心地であろうよ」

りゅうぐうじょう？　どこだろう。

「それより初代、台所へ行こう。お客様が眠ってしまったら、すぐ次のお膳を並べられるように段取りを始めておかないと」

松江が初代の手を取った。五の膳まである料理を二組作るのは、けっこうな手間と時がかかる。客人がいると、忙しいんだなあ。

「あの客人は身体が薄かったから、滋養をつけてやりたいものじゃ。鉢肴として猪肉《ししにく》の生姜味噌炊きを入れようかの」

「はちざかなって、お魚じゃなくていいの？」

「漢字で書くと、〈鉢肴〉という字をあてる。大皿に盛った一品の料理のことをいうのじゃ。音はさかなでも、魚でなくてかまわぬ」

「御台殿、初代は漢字を知らんので、そう言われても、メジロのようにきょときょとするだけだ」

山桃の言に、松江がぽんと手を打った。「そうそう、山桃さまにお願いしようと思っていました。初代だけではなく、おらにも読み書きを教えてくだせえ」

やりとりしながら、台所の方へと引き揚げてゆく。そのにぎやかさと楽しさが、初代の心をふわりと温める。ここにいれば安心だ。逃げ出すなんて、どうかしている。

さて、こうして松江と初代が初めてもてなした客人は、御館に二晩泊まった。二日目は朝から元気を取り戻し、御館のなかをあちこち見て回っていたが、何度も何度も声を張り上げて、

「ごめんくださいい、お邪魔しております、ここの主様か、どなたかおられませんか〜」と呼びかけるので、気の毒なくらいだった。

「山桃、出て行って教えてあげなよ。あの人、今に声がかれちゃうよ」

「俺の姿を見たら、かえって驚かせてしまうだろう。いいさ、かまわずにおけ」

三日目の朝、大広間で朝餉を済ませると、客人は身支度を整えて、御館の玄関の方へ向かった。藍染めの風呂敷で包んだ荷はそのまま背負い直し、笠は荷の端に結びつけ、きれいに乾いた雨合羽は手に持っていた。

松江と初代は、（その必要がないことはわかっていながらも）自然と足音を忍ばせて、客人のあとをついていった。広々とした玄関は静まりかえっており、宙に舞う埃の一片もなく、つるつるに磨き立てられた式台に朝日が照り返していた。

客人は荷を負ったまま、式台から三和土《たたき》に降りて、正座した。手をつき、額もつきそうなほどに深々と頭を下げると、また大きな声で御館ぜんたいに向かって呼びかけた。

「たいへんお世話になりました。おかげさまで命拾いをいたしました。手前は香月《かつき》城下の飾物屋・前原屋で番頭を務めております、平治郎《へいじろう》と申します。花山村に新しく建てられた神楽殿のお飾りをお届けするために、村長をお訪ねする途中で山道に迷ってしまいました」

廊下と玄関広間の境目で、（その必要がないことはわかっていながらも）ちょうどそこに置かれている一畳ほどの大きさの衝立の後ろに潜み、客人を見守っていた母娘は顔を見合わせた。香月城下って、どこだ？　花山村はどこだ。

「地崩れで通れなくなった道を避け、知らぬ道へ一人で踏み込み、あげくに迷ってしまいましたのは手前の不心得でございましたが、このお屋敷にたどり着いたことで命がつながりました」

屋敷の主はどんな方なのだろう。きっと富貴で心優しい方であるに違いない、山の貴人のお住まいに足を踏み入れることを許された己は、めったにない果報者である――と口上のように述べる。

「とうとうお目通りがかなわぬまま去る非礼をお許しくださいませ。心地よい寝床と温かな湯と、目がくらむほどのご馳走に、どれほどお礼を申し上げても追いつきません。ありがとうございました」

そして懐から小さな白い包みを取り出すと、式台の上に丁寧な手つきで置いた。

「これは前原屋から新しい神楽殿にご寄進するつもりでした、天井の縁飾りでございます。ささやかなものではございますが、このお屋敷のどこかに——見事なご馳走のお膳が並んでいたあの奥の間の片隅にでも掛けていただけますことを願い、ここに納めさせていただきます」

それではお暇《いとま》いたしますと、もう一度平伏してから、客人は玄関を出て行った。重々しい両開きの扉ではなく、脇の潜《くぐ》り戸を通って。その開け閉めのあいだだけ、まぶしい朝日が初代の目を射た。ひた、ひた、ひた、ひた。足音が遠ざかり、すぐと聞こえなくなった。

「あの人、新しい草鞋をはいてたね」

初代のささやきには、松江ではなく御台様が答えてくれた。「あれは、わらわが用意してやったものではない。当人が荷に入れていた替えであろうよ」

「今度は迷わずに行けるかな」

「案ずるな。山桃が、里人《さとびと》の行き来する山道に出るところまで道を踏みしめておいてやった。雨も風も止み、霧も晴れ、今朝の山々は御仏のような慈悲深い顔をしておる」

山桃がふいと後ろから呼びかけてきた。「客人がくれた礼とやらを見てみよう」

松江が進み出て、客人が式台に残していった白い包みを拾い上げ、開いてみた。

「わあ、きれい」

梅の花をかたどった、一つ一つは初代の小指の爪ほどの大きさの金細工を絹糸で繋いで、ざっと二間ほどの長さにしたものが出てきた。

「神楽殿の天井の縁飾りだって言ってたね」

「これ、花山村ってところに届けるものだったんだよね。勝手に残していっちゃって、お店の偉い人に叱られないのかな」

その心配は無用だと、山桃が言った。「あの客人――前原屋の平治郎は、お店でも花山村でも、この御館で命を救われたことを話すだろう」

姿を見せぬ、山の貴人の豪奢な屋敷のことを。

「その不思議さと有り難さに感じ入り、誰も平治郎を責めたりせんさ。むしろ、礼の品物を置かずに帰ったとしたら、その方がこっぴどく叱られるに違いない」

そんなもんかなあ。

「あの人、御館のなかのものを持ち帰りませんでしたね」と、松江が言った。小首をかしげている。

「欲のないお人だぁ」

すると、御台様がふくふくとした笑い声を響かせた。「香月城下というところでは、これから先、山の御殿という不思議話は真実《まこと》のことだと、人びとの口から口へと広まってゆくであろう。平治郎はそういう評判を持ち帰ったのじゃ」

御館は、現世《うつしよ》のどこでもない。御館は御館しかない場所にある。そこに迷い込む者たちは、てんでんばらばらの遠くから来るのだ。初代はあらためて、そのことを胸に刻んだ。

二人目の客人は、三日後にやってきた。ごま塩の総髪に、長い眉毛と顎ひげはほとんど真っ白。顔だけ見るならば、これまた昔話やおとぎ話のなかの仙人のようだった。

残念ながら、服装は上品な衣ではなく、裾のつぼんだ袴《はかま》の上から革袴をはき、袖のない綿入れを着込んで、革の手甲をつけていた。商人や農夫、山里の者ではなかろうが、両刀がないから武士でもない。

「町に住む茶人か絵師か、俳人かな」と、山桃が言った。「爺さまだが、足腰は達者だぞ。山姥を振り切って、ここまで登ってきたのだからな」

今度こそ、山姥に出くわしてしまい、命からがら逃げてきた客人なのだという。それを聞き、初代もどたばた走って玄関まで出迎えに行ったのだが、もちろん客人にはこちらの姿が見えないし、何も聞こえていない。初代は、間近にしゃがんでしげしげと観察することに徹した。

この爺さまは前原屋の平治郎よりも激しく息を切らしており、「用心しいしい」ではなく、まさに玄関の潜り戸から御館の内に転がり込んできたようだった。三和土の上に這いつくばっている。革袴のおかげで目立った擦り傷などはないが、草鞋と脚絆、両手の汚れ具合からすると、何度も転んでは起き上がってきたようだった。

「いやはや、命拾いした」

震える息を吐きながら、胸を押さえて低く呻くように言った。額にびっしょりと汗をかいている。顔色は青白く、くちびるは土気色だ。命を脅かされると、人はこんなふうになるのだ。

「一息ついたら、ゆっくり起き上がって、中に入って休むといいよ」

無駄だとは知りつつ、初代は爺さま客人にそう声をかけてやらずにはいられなかった。だって爺さま客人は、今にも潜り戸を蹴破って（あるいは食い破って）山姥が追いかけてくるのではないかと、目をひん剝いて警戒しているのだ。

「もう大丈夫だよ。山姥は御館には入れねえからね」

一人で走っていってしまった初代を案じてか、松江も追いついてきた。幼い娘の肩に手を置くと、

「あんまり近づいたらいけねえよ。客人のことは、御台様にお任せしておかなくちゃ」

大広間の料理は支度が済んでいる。次の料理に取りかかるまでのあいだは、母娘も自分たちのことにかまけていられる。

「囲炉裏端へ行って、山桃さまがこしらえてくれたお手本を見ながら、手習いをしようよ」

まだ始めたばっかりだけど、初代よりも松江の方がずっと熱心な習い子だ。御台様も感心してお

られて、二人がまずはひらがなを完全に読み書きできるようになったら、御台様がそれぞれに上等な紙巻き筆と、小さな算盤《そろばん》をくださるという。

「わかった。おら、厠に寄りたい。先に行ってて」

長い廊下を戻ったところで、初代はまた一人になった。途端にそろりそろりと抜き足差し足、屋根裏部屋へと向かった。囲炉裏端に戻る途中で思いついたのだ。爺さま客人を追いかけてきた山姥は、まだ御館の前庭や裏庭をうろついているかもしれない。もう一度、あの姿を見てみたい。

どうしてそう思うのか、自分でもよくわからなかった。子供だから、ただ怖いもの見たさが強いのかもしれない。山姥の惨めな姿をよくよく目に焼き付けて、教訓にしたいのかもしれない。まあ、今のところ初代にとって御館は極楽に近いくらい居心地がいいから、逃げ出そうなんて針の頭ほども思わないのだけれど……。

もしかしたら、山姥に胸がむかむかするような哀れさを覚えてしまって、その気持ちをうまく自分一人で丸めることができないから、もういっぺん見たいのかもしれなかった。

――呼んだら、こっちに気がつくのかな。

だけど、なんて呼ぶんだ？　お〜い、山姥？

両手両足を使って階段簞笥を這い上る。今日は好天だから、白い連子窓がまぶしく輝いている。初代は用心深くそろそろと、御館の表側を見回せる方の窓を開けてみた。

鳥の声が聞こえた。いくつかの種類がまじって鳴いたり、さえずったりしている。森はまだ冬枯れの風情を残しているけれど、ぜんたいに若緑色、桜色に染まりつつもある。

春が近づいているんだ。母娘の勘定ではまだ半月も経っていないのに、御館の外では季節が移っている。鼻先に触れる風は冷たいが、そこにも花のつぼみの香が含まれている。初代は窓から顔を出し、目を閉じて、胸いっぱいに呼吸をした。

そのとき。

ひゅん！　という気配がして、生臭く鋭い突風が頬をかすめた。目を開くと、初代の目に目を合わせ、鼻の頭を触れ合わせんばかりの間近に、女の白い顔があった。

あの、花蝶の生首だった。

風のない静かな日和であるはずなのに、花蝶の長く豊かな髪は逆巻いている。そこだけ別の生き物、真っ黒な長虫の群れのようにうごめいている。

花蝶の生首と目が合うと、初代の心は一瞬のうちに馬淵村の大火の夜へと引き戻された。腰巻き一つの胸もあらわな格好で、火ぶくれのできた足の裏を見せつけながら、一歩また一歩と水を掻いて進むように、初代たちに近づいてきた花蝶。その背後の瓦礫の山をはねのけ、身体じゅう真っ黒焦げの次郎が鬼神のように立ち現れて、山刀をふるい、花蝶の首を横様に斬り飛ばすと、生首は鞠のように夜空をよぎって飛んでいって、木の枝のあいだに引っかかった。

——そんで、おらたちを見つめてた。

あのとき、花蝶の目は笑っていた。くちびるも笑っていた。白目がほとんどなくなって、目玉そのものが真っ黒になっていた。

だが、今目と目を合わせているこの生首の目は、真反対だ。両の瞳は点のように縮んでいて、白目だけがゆで卵の白身のようにぬめりと光っている。その白目ばかりの目玉を、今にもこぼれ落ちそうなほどに大きく見張っている。ほっそりとした小鼻が開き、くちびるも半開きだ。

——びっくりしてるんだ。

信じがたいことだけれど、初代には生首の感情がわかった。それはたぶん、花蝶の顔に初代自身の表情がそっくり映っていたからだろう。

いいいいいいいい
どうして花蝶がここにいるんだ？

花蝶の生首は、素早くまばたきをした。半開きの口の奥で、白い歯が光った。そして言った。

「ああ、見つけた」

馬淵村の雲上人であったころの花蝶が、誰かと普通に話している声を、初代は耳にした覚えがない。風よけの林をすり抜け、共同井戸と洗濯場を越えて、伊元屋御殿から漏れ聞こえてくるのは、嬌声《きょうせい》か笑い声ばかりだった。ころころと高く、甘く響いて美しい声ではあったけれど、それは初代たちにとって、正体のわからぬ鳥の声のようなものでしかなかった。

しかし、花蝶はちゃんとしゃべるのだ。言葉を使う。甘く美しい声で。

「こんなところにいたんだね、芳蔵の娘」

初代の父親の名を呼んで、花蝶の生首はくちびるをにゅうっと左右に引っ張るようにして笑った。くちびるの隙間から赤い舌先が覗き、蛇の舌みたいにちろちろと出入りした。

「出ておいで。一緒に、もっといいところへ行こう。あたしが連れて行ってあげる」

初代は声が出なかった。喉元のぎりぎりまで、息ではないものがみっちりと詰まってしまって、吸うことも吐くこともできなかった。両手で喉をつかんで、ただ立ちすくんでいた。

出し抜けに、すぐ後ろで山桃が吠えた。それまで聞いたことがない、怒りと敵意を剝き出しにした恐ろしい咆哮《ほうこう》だった。

「失せろ、化け物めが。御館の庖丁人に近づくことは、この山の守りが許さん！」

山桃の巨体が跳躍し、初代を窓の前から突き飛ばすと、そこで頭を低くして身構えた。総身の毛が逆立っている。黒と茶色の入り交じった毛並みが、さざめきながらうねっている。

初代が転んでいるあいだに、花蝶の生首は逃げ去ったらしい。山桃が鼻面で連子窓の縁を押し、閉め切った。山桃の身体の緊張が解けても、毛並みのさざめきはまだ残っていた。

「あ、ありがとう」

初代は身を起こし、ぺたりと尻を床につけたまま、山桃の首筋に触れた。山桃は耳の先と尻尾の先を尖らせていたが、初代が背中をなでているうちに、もとに戻った。毛並みの動きも静まった。

「あの生首は……」

身体が震え、まだ喉が詰まったみたいになっていて、初代はうまくしゃべれなかった。山桃は初代に寄り添ってくれた。ぬくもりが嬉しい。

「あれが、他所から馬淵村に嫁いできた疫病神の女のなれの果てなのだな」

疫病神というより、いっそ邪神と言おうかと、山桃は腹立たしそうに言い捨てる。

「あの女《ひと》の首を斬ったのは、あの人のご亭主の弟でね、あの女はどっちともいい仲になってたんだよ」

これまでのあいだに、御台様と山桃に、自分たちの身に起こったことは、ひととおり打ち明けてきた。でも、あんなふうにけしからん有様の生首が目の前に現れてしまうと、あれを説明する——なんであんなものがいるのか、その理由をすっかりわかってもらうには、今までの言葉では足りないような気がしてきて、初代はもどかしかった。

山桃は、もうすっかり落ち着いていた。

「ともかく、階下《した》へ降りよう。あの生首のことは、松江にも知らせておかねばいかんだろう」

山桃と連れだって囲炉裏端に戻り、今さっきの出来事を話すと（おっかあ、落ち着いてね）、それを聞いた松江は真っ青になった。

「怯えるのも無理はないが、御館の内にいれば、どんな化け物であれ、おまえたちを害することはできん。だから安心していいぞ」

「わらわの守護の呪文が、御館を包み込んでおるからの」

御台様も慰めてくださる。母娘は身を寄せ合って、囲炉裏の火にあたった。

「実を言うと、おまえたちが御館にやってきたとき、怪しい気配がつきまとっていることは、俺も感じていた」

山桃の言に、初代は御館の裏庭で山桃に声をかけられたときのことを思い出してみた。何か、そのようなことを言っていただろうか。

「山姥とは違う気配のように思えたから、俺もいぶかっていたのだが、それが何なのか、あのときは判然としなかったのだ」

花蝶の生首が木の枝にひっかかり、初代たちを見下ろして笑った――という恐ろしい出来事のことを聞いて、ようやく得心がいったという。

「だけど、どうしておらたちを追っかけてきたんでしょう」

松江の押し殺したつぶやきに、山桃が答えた。

「花蝶という女は、首を斬られて命が絶える寸前に、無垢な女子《おなご》の顔を見た。その女子を守ろうとする母親の姿も見た」

木の下に逃げ込んでいた、初代と松江である。

「人としての命の末期にその二人の姿を目に焼き付け、花蝶は死して化け物となった。花蝶の内に凝《こご》っていた現世の欲がその魂を毒し尽くし、化け物へと変えてしまったのだ」

まだ生きていて、うまいものを食いたい。きれいなものを身につけたい。そして多くの男どもを惹きつけ、肉欲のおもむくままに溺れたい。そんな欲望が、花蝶の魂をむしばんだ。

「化け物というものは、これは花蝶の生首に限らず、山姥や冴もみんな同じだが」

ひどく飢えている――と、山桃は言った。

「飢え渇いて、それを満たすことを欲しているのじゃ」と、御台様も言葉を添えた。「己が化け物と変じて失ってしまったもの――優しさ、清らかさ、正直さ、あたたかさ、まわりの者にかける思いやり、何かを分け与えることの喜び、辛くても正しいことをする勇気」

大きさも強さもとりどりながら、人ならば誰でも持ち合わせている「善」の光。

「花蝶の生首も、それに飢えている。そして、たまたま最期に目と目が合った初代と、その母の松江に執着することになってしまったのだろう」

母娘にとっては災難でしかない。初代はおっかあの手を強く握りしめた。松江はまだ青ざめた顔のまま、くちびるを引き結んでうなだれている。

「うちのおとうも、兄ちゃんも、花蝶さんにたぶらかされちまっていたんだ」

初代が小さな声で言うと、松江は身をこわばらせた。

「ごめんよ、おっかあ。恥ずかしいことだけど、ちゃんと言っとかねえと。花蝶さんがおらたちを追っかけてるのは、そのせいもあるかもしれねえ」

すると、山桃が鼻を鳴らした。ちんではない。気詰まりなとき、人が咳払いするみたいな、そんな感じだった。

「花蝶の化け物が男衆に執着しているのなら、そっちを追っていくさ。だから、おまえの父親も兄も、このこととは関わりない。化け物となった花蝶は、己が人としての命と共に捨て去ってしまった、清らかで正しいものを欲しているだけだ」

それは山姥や豺と同じだ、と言った。

「山姥は、人の身の女であったときを恋い、庖丁人の務めをなげうって逃げ出したことを悔いるあまりに、再び御館に受け入れてもらおうと、惨めな姿でさまよい続ける」

自ら投げ捨てたものを欲しているのだ。

「豺は、人の男としての分別を捨て、目先の欲望に急《せ》かれて庖丁人の務めから逃れた結果、食い物とつがう相手を求めて這いずり回る、惨めな獣の化け物になってしまう」

そこで、松江が顔を上げた。何かに思い当たったかのように、胸に手をあてる。

「初代もおらも、どうして御館から逃げ出す者がいるのかと、不思議に思っておりました。でも」

「うむ」と、山桃が重々しく応じた。「つまり、男の庖丁人のなかには、独り寝の寂しさに耐えられぬ者がいるということさ」

「女の庖丁人も、家に帰って亭主やいい仲の男に会いたいという場合があるが……」

御台様の声音が、今までになく沈んでいた。

「残してきた子に会いたい、どうしても顔を見たいという願いに急かれて逃げ出すことが多いのう」

それを聞くと、松江は手で顔を覆った。それから、初代の身体に腕をまわして抱きしめた。

「おらも、この子とはぐれていたら、きっと、辛抱、できなかったと思います」

松江の声が泣いていた。

「他の子供らのことも心配だし、会いたいけれど、でも、おらはひとりぼっちではないから、まだ我慢ができております」

それは初代も同じだ。おっかあと一緒だから、いつ明けるかしれぬ「年季」というものにも耐えられる。少なくとも今は、苦にならない。だけど、一人きりで迷って御館にたどり着き、ここまでのことをすべて一人で学んで、こなして、庖丁人として明け暮れることを強いられたら、

——おらも、逃げ出しちまうかも。

そんなふうに考えてみたことはなかった。自分と同じ小さい女子が、もしも自分とは違う立場に置かれたらどうだろう。そのように思いを巡らせながら育ってゆくには、馬淵村の暮らしは平穏だけれど狭すぎた。女子の生き方も、そのごく狭いところに閉じ込められていて、誰もそこから抜けだそうなどとは思いつかなかった。

唯一、とんでもないやり方でそこから抜け出したというか、それをぶっ壊したのが、伊元屋から嫁にきた花蝶であった。皮肉で無残な成り行きだ。そう考えると、理解できぬまま胸につっかえていたものが外れる感じがした。災難の連続で、この世とは違う御館に来たことで、初代はもっと広いところを見る目をもらったのである。

「おまえたちのことは心配なくとも、あの生首を放ってはおけない」

御館にたどり着く前の、山や森で迷っている客人たちを驚かせるだけならまだいいが、脅かすことだってあるかもしれない。なにしろ、おどろ髪を振り乱して飛び回る女の生首なのだから。

「どうやったら退治できるのか、あるいは追い出せるのか、様子を窺いながら、俺も考えてみることにするよ」

山桃の横顔、尖った耳と薄紅色の耳の内側、まっすぐな鼻筋、太い首、引き締まった脚。それをぐるりと見て、初代はちょっと微笑んだ。

「なんだ、何がおかしい」

「山桃はさっき、花蝶さんの生首に向かって、自分のことを〈この山の守り〉って言ってたよね」

このやまのまもり。やま、まもり。

「それを縮めて言いやすくして、〈やまもも〉って名前になったの？」

松江も山桃の顔をのぞき込む。御台様は何もおっしゃらない。当の山桃は、急に後ろ脚をあげて耳の後ろをがしがしと掻き始めた。

「わあ、細かい毛が舞うよ！」

「俺の和毛《にこげ》は縁起物だぞ。お守りにもなる」

なんて言う山桃の目つきは、照れくさがっているのだった。

「昔、もうどれぐらい前だったか忘れてしまったくらい昔のことだが、松江よりも若い母親が、初代よりもずっと幼い男子《おのこ》を背負って、御館にたどり着いたことがあった」

折しも、御館は庖丁人の交代の時期だった。若い母親はうってつけだが、問題は幼い男子の方で、

「なにしろ繦褓《むつき》をあてており、指をしゃぶって、よちよちと伝い歩きをしておった」

松江の顔がほころんだ。「まあ、かわいい」

「そんな幼子がやって来るなど、御館の悠久の歴史のなかでも、数ある例ではないのじゃがね。あのときは……」

御台様の声音に、ちょっと苦味がまじる。

「おまえたち現世の者どもが、戦ばかりしているころであった。それ故に、指をしゃぶる幼子を抱えた若い母親が、身一つで山に登り森を分けて逃げるなどということも多かったのじゃろうて」

戦もまた人の欲と欲のぶつかり合いから生まれる悪だ。人の世から生じ、同じ世を生きる人びとの命を害する暗闇だ。

山桃が言う。「母親が庖丁人として忙しく料理しているあいだ、仕方がないから、俺はよくその幼子の守《もり》をした」

山の守りが、よちよちの子のお守り役になったのだ。

「元気のいい、よく遊ぶ子でな。いろいろなことをして相手してやっても、飽きてしまってだだをこね始めると、あとはもう背中に乗せて走り回ってやらない限り、てこでも機嫌を直してくれなかった。まったく、人の幼子は化け物よりも手強いものだ」

松江と初代、御台様まで一緒に笑った。山桃も照れ笑いのふうで、鼻先にしわを寄せている。

「その幼子が、何度教えても、俺のことを〈やまもも〉と呼んだ。舌が回らんので、〈やまのまもり〉と言えんのだ」

みんなで笑うと、心が安まる。花蝶の不気味な白目と点のような黒目が、初代の脳裏から薄れて

ゆく。

「その母子は、無事に年季明けまで勤めることができたんでございますか」

山桃はまっすぐに松江を見つめて、優しい声音で答えた。「できたよ。立派に勤め上げ、山の主殿と御台殿から褒美の宝をいただいて、また男子を背負って故郷へ帰っていった」

それはよかった！　山姥や冴の話だけでなく、こういう話もしてくれなくっちゃ。そんなことを思いながら、初代はふと気がついた。

「その男の子も、ここにいるあいだに大きくならなかったの？」

囲炉裏端が静かになった。薪のはぜる音だけがする。

「そうじゃ。その子だけではない。誰も大きくならず、誰も歳をとることがない」

それは、山の神様のお慈悲だ。

「しかし年季は必ず明ける。迷い込んだ客人が、御館から何かを持ち帰ればそれによって富貴を得るように、おまえたち奉公人も、御館を去るときには多くの福富を約束されていると思っておじゃれ」

逃げれば化け物になってしまうという、怖い罰だけが仕掛けられているのではない。大きな幸も待っている。

「あの母子が去ってから、俺は自ら〈山桃〉と名乗ることにした」

それは俺がもらった幸だと、山桃は言う。

「仲のいい母子だった。手がかかるが可愛い男子だった。おまえたち二人とのあいだにも、そういう思い出を残せるといい」

なんか、山桃って良いことを言うじゃねえの。こういうの、粋っていうんだかな。

まだ初代の肩を抱きしめたままだった松江が、きちんと座り直した。初代も手と膝を揃える。

「おらたち、客人をおもてなしするための料理に励みます。御台様と山桃さまのお心にかなうよう、せいいっぱい務めます」

短いあいだに、おっかあは言葉遣いもよくなってきた。お女中みたいだと、初代はこっそり思う。おらも真似しなくっちゃ。

ちん、と大きな音で鼻を鳴らし、山桃が言う。「俺は腹が減った。餅がゆが食いたいなあ」

松江が腰をあげる。「すぐ支度いたします」

「ねえ、山桃。客人のことほったらかしだよ。餅がゆが煮えるまで、ちょっとぐらい様子を見にいってみない？」

そのころ総髪の爺さま客人は、すでに大広間のご馳走を見つけており、もりもり食べているところだったから、心配無用であった。


「その客人は、ある大きな城下町で大勢の患者を診ている町医者の先生でございました」

黒白の間の語り手の座で、初代は続ける。

「あのときは隠居なさったばかりで、かねがね訪ねたいと念願していた山の中の湯治場へ行こうとして、道に迷ってしまったようでした」

今度もまた、馬淵村とはあさっての、どこか他所の土地から来た迷い人であった。

「ただ、言葉の訛りに少し似たところがありましたから、大きくくくれば同じお国の方だったんでしょう」

いい先生でしたと、初代は微笑んだ。

「御館の薬箱を見つけると、他のどんなものを目にしたときよりも強く目を輝かせて、入念に中身をお調べになっていました」

そしてその品揃えに感じ入り、しんと静まりかえった御館の堂々たるたたずまいに驚きつつも、早々に納得したような顔をして、こう言った。

——なるほど。これが音に聞く山の御殿というものか。

「おお！　この先生も、御館がどういう場所なのか心得ておられたんですね」

「はい、昔話をご存じでした。御館のなかの造りや調度にいちいち感心しては、大きな声で独り言を」

——長生きはするものだ、ありがたい、ありがたい。

面白いので、先生が逗留しているあいだ、初代は暇を盗んでは様子を見にいくようになった。

「もしかしたら、この方にはおらの姿が見えているんじゃないか、気配ぐらいは感じられているんじゃないかと思うことがありました。はっきり、こっちを見て話しかけられたりしましてね」

たまたまだったのかもしれないし、医者には医者だけの特別な眼力があったのかもしれない。

「山姥に追われて逃げてきて、ご当人にお怪我はなかったんですか」

「軽く足首をひねったぐらいで済んでいましたけど、だいぶ恐ろしかったようです」

命を脅かされた分、客人先生は山姥に興味を抱いたようだった。

「御館のなかを検分しながら、いろいろ思案していましたよ」

客人は、包丁の間に入ることができない。そもそもその存在に気づかない。庖丁人の姿はもちろん、小座敷や囲炉裏、岩風呂や縁側を見ることもできない。

「だから何の手がかりもないはずでしたが」

——山神様の御殿があるところに、わざわざ山姥がうろついているのは、何かしら意味があるのだろうなあ。

——さては、山神様が山姥を退治されず、ああして放っておかれるのにも、理由があるのだろうか。

「難しい顔をして、呟いていました」

わざわざと気づくところが鋭いな。「おつむりの回る先生ですねえ」

初代はうなずき、ふっと思い出し笑いをした。「それと、お歳のことを考えても、たくさん食べる方でした。おいしそうに、やっぱりいちいち感嘆の声をあげながら」

料理する松江も初代も、張り合いがあったそうである。空っぽの飯びつや、山桃も顔負けなほど、洗ったようにきれいに食べてある煮物の器を見ると、心の底から楽しくなった。

足首の痛みがとれて、楽に歩けるようになるまで、何ならまた山姥に追われても走れるぐらいの自信がつくまで、客人先生は御館に四泊していった。出立する日の朝に、

「ここが山神様の御殿であるならば、ここから持ち帰るものには大きな福分があるはずだから、とおっしゃって」

同じ薬箱のなかから、血止めと痛み止め、水あたりに効く腹薬を一服ずつ抜き取って、大事そうに懐に収めた。

「それと入れ替わりに、たたんだ書き付けを薬箱にしまい込んだんです」

――僭越ながら、山神様の薬箱には、熱冷ましの頓服とかゆみ止めが足らぬようにお見受けいたしましたので、その調合を記しておき申した。お役立てくだされ。

つくづく、よくできた医師のふるまいだ。

「先生が発つときも、山桃が前もって道を踏みしめていましたけれど、あたしは心配で、屋根裏から外を見ておりました」

連子窓を開けると、また花蝶の首が寄ってくるのではないか。心の臓が口から飛び出しそうなほどにどきどきした。でも、どうしても気がかりで、客人先生の後ろ姿が森の奥へ消えてゆくのを見

守らずにはいられなかった。

「そしたら、少し離れたところから、山桃が送り狼みたいについてゆくのが見えたので、ほっとして目を移したんですけども」

そのとき、視界の隅に別のものも引っかかった。別の——一体が。

「山姥でした」

御館を囲む森のなか、枯れ落ちていた下草も藪も、少しずつ緑の芽を含み、ふくらみ始めている。山姥はその奥にしゃがみ込んで身を隠していたが、

「肩から上はまる見えで、ざんばら髪が藪に絡みついた枯れ蔦《つた》みたいに見えました」

山姥は、客人先生と、その背中を守る山桃を見つめていた。一人と一頭が遠ざかってゆくと、だんだんと首を伸ばし、藪の中で腰を浮かせながら目で追ってゆく。

「なのに、追いかけて襲ってやろうとか、食いついてやろうというふうには見えませんでした」

今は山桃がくっついているから、客人先生を食らいたくても、怖くてできないのだろう。諦めが悪い化け物だ。そんなに人を食いたいのか。そんなに飢えているのか。

——自分から庖丁人の役目を放り出し、御館を逃げ出したくせに。

情けなくて、みっともねえ。

くちびるを尖らせ、棘のある言葉をベロで潰して、ふんと鼻息を吐いて終わらせようとしたとき、初代は気がついた。

「山姥が、手で顔をこすっていたんです」

ぎくしゃくしたその動きで、乱れた髪が、ぼろぼろの着物が藪にひっかかり、一緒に揺れる。

「泣いていたんです。手で涙を拭っていました」

拭っても拭っても涙は涸《か》れず、しばらくのあいだ、山姥は藪のなかから立ち上がることがなかった。

三人目の客人を送り出したところで、松江と初代の最初の包丁が駄目になった。

「百本のうちの始めの一本。まだまだ、先は遠いと思いましたけれど」

母娘が料理に慣れ、御台様の「手」としての経験を重ね、御館に駆け込んできては休息をとって去ってゆく客人たちを、一人また一人と送り出してゆくうちに、

「包丁が潰れる間隔が、どんどん短くなって参りました」

五日のあいだに三人の客人が裾を触れ合わせるようにして来たときなど、その五日で二本の包丁が駄目になってしまった。

「山桃は心得たような顔つきで」

——まあ、そういうものなのだ。おまえたち母娘が良き料理人である証でもある。

気がついたら窓の外は夏を迎え、次に気がついたら山という山が紅葉していた。

客人は老若男女、生業も立場も様々な人びとだった。御館に対する知識を持っているかいないか、どのようにふるまうか、それもまた様々だった。

「ああ、命拾いした」

「ここはきっと、昔話に出てくる山の御殿でございますね。とうに亡くなった手前の母が、寝る前に語って聞かせてくれたことがございます」

「このご馳走をおいらがいただいていいんかえ？」

「これは大変だ！　どうしよう、何を持ち帰ったら、村のみんなに福分を分けてあげられるかな」

とりどりの言葉を吐き出して、こっそり様子を見ている初代を笑わせてくれたり、いい気分にさせてくれたりした。

そうした客人たちの三人に一人ぐらいは、山姥の姿を見かけたり、山姥に追われたりして御館に

逃げ込んできた。そういう客人の場合は、様子ですぐわかる。初代は屋根裏に駆けのぼって、山姥の姿を探した。たいていは、客人を取り逃して悔しそうにうずくまったり、御館のまわりをうろついている山姥を見つけることができた。

だけど、泣いていたのは、あのとき一度限りだった。それが、ささくれみたいに初代の心にちくちくした。同じように初代の心を騒がせる花蝶の生首の方も、やはり唐突に現れたあのとき限り、二度目の出現はないままに、月日がすぎていった。

こうして、母娘が使う包丁が十本目を越え、さらに勢いを増して二十五本を数えて、御館の窓の外に小雪が舞い散るようになったころ、ささやかだけれどそれまでとは違う出来事が、一つ起きた。

その日、御館に駆け込んできた客人は、侍だった。笠をかぶり、薄い綿入れの陣羽織を着て、野袴をはいていた。手甲脚絆は分厚く、草鞋は臑まで編み上げる形のものだった。

これまで生きてきて、数えるほどしか「お侍さま」に会ったことがない初代には、ぱっと見ただけでは、この侍の歳が見当つかなかった。ただ、馬淵村の夏祭りのとき、子供らが引き回す(たった一台しかなかった大事な)山車《だし》の、夜になると明かりをともすところに描かれていた武者絵の顔によく似ていたし、その武者は目元涼しい若者だったので、この客人もきっと若侍なのだろうと踏んだ。

若侍は両刀を手挟《たばさ》むほかに、腰に鞭をさしていた。ならば馬に乗ってきて、どこかではぐれてしまったのだろう。

侍は息を切らしていたし、明らかに目をつり上げていた。きっと山姥に追われてきたのだ。

――お侍さんでも、山姥は怖いのか。

それはそれでびっくりだと思いながら、いつものように衝立の陰から顔を出して覗いていると、若侍は式台のところにかがみ込んで、陣羽織の懐から何かを出した。というか、陣羽織の前を開いたら、何かが出てきた。

ぴょこん。耳の長い、薄い茶色のもこもこした、二つの丸い目がきょときょとしている生き物。右の前足を怪我しているのか、毛が血に染まっている。

野うさぎだ。怪我のせいなのか、置物みたいに丸まってしまって動かない。

「ほら、もう安心だぞ」

若侍は野うさぎの頭を指先で軽く撫でると、すぐに身を起こし、たった今開けて入ってきた潜り戸の方を振り返った。と思ったら、風のように素早くまた御館の玄関の外へ出ていってしまった。

へ？

初代は当惑した。あんまりびっくりしたので、身についていたはずの分別がちょっと消えてしまい、衝立の陰から飛び出すと、前後を忘れて潜り戸を開けた。そして、そこから半身を出して外を見回した。

思いがけぬほど近いところに、若侍はいた。刀を抜き目の前に構えて腰を落とし、足先はしっかりと砂利の多い地面を踏みしめている。小雪はまだ淡く、積もるほどではないが、若侍の着けている笠と、陣羽織の肩の上には白い粒が散っている。

若侍は何かを斬ろうとしている。

その鋭い眼差しの先には、山姥がいた。

初代の目に映った山姥は、いちだんと薄汚れて痩せこけていた。着物はさらにぼろぼろになり、裾のあたりなどみんな失くなってしまって、膝小僧が丸見えだ。傷だらけ痣だらけで、臑の骨がくっきりと浮き出した、枯れ木みたいな膝と足だった。

両手を下げ、肩を丸めて突っ立っていた山姥は、その場でのろのろと座り込むと、砂利の上に両手をついた。汚れて乱れ、もつれた長い髪に、小雪が次々と舞い落ちてはくっついてゆく。

「お、おゆるし、くだせえ」

山姥の声だ。潰れてはいるが、老婆のそれではない。女の声だと、すぐに聞き取れる。

「はら、が、へって、おります。おゆるし、くだせえ」

山姥の言葉で、ようやく初代には前後の出来事がわかった。若侍は、山のなかで迷い歩くうちに、御館の建物を見つけたのだろう。そしてこちらに向かっているあいだに、近くのどこかで山姥が野うさぎを捕らえて食らおうとしているところに出くわしたのだ。

そこで野うさぎを助けて懐に入れ、山姥を追い払った。それでも山姥が意地汚く追いかけてくるし、野うさぎは血を流しているしで、若侍はまず御館に駆け込んで野うさぎを置いてから、あらためて外に出たのだ。

山姥を斬り、退治するために。

それは今まで、初代は考えたことがない。

御台様も山桃も、やろうと思えばできるのだろうけれど、やってこなかった。

なぜなら、山姥は御館から逃げた女の庖丁人のなれの果てだから。放っておいていい。あんなふうに飢えて山をさまよっているのは、罰なのだから。

——どうしよう。

初代は喉が干上がり、血が冷たくなるのを感じた。止めに入った方がいいのだろうか。山姥を斬らないでやってくださいと、お願いした方がいいのだろうか。

——だけど、このお侍さんにはおらの姿が見えやしねえ。

いや、外に出たら違うのでは？　潜り戸から外に飛び出せば、御台様の守護の呪文も及ばなくなって、初代の姿も普通に若侍の目に見えるようになるのではないか。

潜り戸にしがみつき、首から上だけ外に突き出して、初代は震え出した。駄目だ、怖い。

「……してくだせえませんか」

山姥が若侍に何か言っている。頭ばかりか半身を上下させて、何か訴えかけている。

構えを解かぬままの若侍の横顔に、訝るような色がつっとよぎる。

「どうぞ、おたのみ、もうします」

山姥は地に伏せた。小雪が舞い落ちて、肉の薄い背中を覆うぼろぼろの着物に白い模様を描く。

山姥の躰から漏れ出てくる、呻くような声。その断片が、ようやく初代の耳にも引っかかった。

「おらを、みたちに、このおやしきに、入れてくだせえ。ほんの一足で、かまいません」

おねげえでごぜえます、おたのみもうします。

山姥は、御館に帰ってきたいのだ。初代は寒さのせいではなく、その言の意味に胴震いをした。御館という呼び方を知らぬはずの若侍のために、わざわざ「このおやしき」と言い換えるなんて、山姥は人間《ひと》の知恵を残している。化け物に堕ちきっているわけではないのだ。

――お侍さん、どうなさる？

震えながら見守る初代の前で、若侍は刀を下ろした。鋭い目つきで山姥を見据えたまま、脅しつけるようにこう言った。

「立ち去れ」

山姥は伏したまま動かない。

「山中に忽然《こつぜん》と現れた、ここはおそらく、山の主《あるじ》の居所《きょしょ》なのであろう。おまえのような穢れた化け物が足を踏み入れてよい場所ではない。命は助けてやる。そのかわり、二度とここには近づくな」

立ち去れ。雪のように冷たい声音だった。

若侍は刀を腰の鞘に収めた。静けさのなかで、かちんという音を、初代は耳にした。

「我が名は伊吹源之助《いぶきげんのすけ》。上野《あげの》藩城代家老佐伯《さえき》右衛門介《うえもんのすけ》様付の馬廻《うままわり》役だ。この場でおまえの首を斬らぬ温情と、おまえの願いを容れずここから追い払う非情とを秤にかけ、非情を恨むのならば、いつでも受けて立とう」

まったく知らない藩の名前だ。毎度のことなので、初代ももう驚かない。いいお声だな、と思った。

そのすがすがしい口上の残響が消えないうちに、山姥は起き上がると、ねずみのように音もなく、小雪の帳の向こうに逃げていってしまった。

山姥が消えても、若侍はしばらくのあいだそこに佇んでいた。と、御館の前庭の森の奥の方で、山桃の遠吠えが起こった。

しまった！　山桃には、おらがここにいることがバレてる。初代が慌てて首を引っ込めようとしたとき、今度は馬の蹄の音がたった。どんどんこっちに近づいてくる。

「おお、いづるぎ！　探したぞ」

若侍は声をあげ、駆け出した。小雪のなかに白い鼻息が見え、それから森を抜けてくる葦毛《あしげ》の馬の姿が現れた。

厩の支度をしなきゃ。初代は潜り戸の内側に引っ込んだ。式台にぴょんと飛び乗り、その勢いのまま廊下を駆け去ろうとしたとき、

「この、言うことをきかぬ岩頭娘め」

どこからともなく、御台様のお叱りが飛んできた。ぜんぶバレばれ、そりゃそうだ。はい、わかってましたよ、わかってましたけどさ！　初代の胸の奥は、大いに騒いで乱れていた。

伊吹源之助が懐に入れて助けた野うさぎは、幸いたいした怪我ではなかったのか、皆が山姥に気をとられている間に、広い御館のどこかへ逃げていってしまったらしい。姿が見えなくなった。

「兎の一羽ぐらい、どこで遊んでいても一興じゃ」

御台様が鷹揚におっしゃるので、そのままとなった。一方、伊吹源之助の葦毛の馬は、再会してみれば、首の付け根に傷を負っているのがわかった。どうやら、この人馬主従が山姥に出くわしたとき、最初に噛みつかれたらしかった。

人よりも大きな馬の首っ玉にいきなり噛みつくなんて、山姥はどうかしている。馬の首筋に残っている歯形もおぞましい。それを目の当たりにして、初代の心はさらにかき乱され、なかなか静まってくれなかった。

さて、いづるぎ――漢字では「出剣」と書くこの馬は、厩に引き入れて落ち着いてからよく見ると、額に白い星があり、馬体は凜々しく引き締まっていた。おまけに、とても賢かった。出剣には初代の姿が見えているらしく、飼い葉をやったり水を替えたり、厩の掃除をするために出入りすると、すぐとそれを察するようになり、目で追いかけてきては、鼻を鳴らして足踏みをした。おそるおそる試してみると、初代の手で出剣の鼻面や背中を撫でてやることもできた。これは嬉しい驚きだった。

松江と初代が来てから、御館の厩を使うのはこれが初めてだったが、牛馬の世話に要るものはすべて揃っていた。乗り手の馬具や馬沓《うまぐつ》を修繕する道具一式、牛馬のための傷薬や虫刺されの薬。そのおかげで、出剣の傷は膿《う》むこともなくきれいに塞がったし、源之助の方も、大広間の料理と熱い風呂で疲れを癒やし、英気を養うことができたようだった。

源之助は、先の町医者の先生のように昔話の山の御殿のことを知っていたわけではなかったが、山姥に向かって言い放っていたとおり、御館が山の主の尊い場所であることは察していて、終始一貫、礼儀正しいふるまいを通した。大広間のご馳走に手をつけるときも、こっちが恐縮してしまうくらい深々と頭を下げ、うやうやしい箸使いをして、粛々と料理を味わっていた。

「人の身で、神饌《しんせん》のお裾分けに与《あずか》る機会を与えられることになるとは、夢にも思わなかった」

館の主にはかたじけない、それにしても何という美味だろう、実家《さと》の母にも、一口でよいから分けてやりたいものだ——と感嘆していたから、上野藩というところの城下町で、独り身で母親と暮らしているのだろう。それを知って、初代は、御館にたどり着いたこの若侍の幸運を喜んだ。この方の身に何かあったら、おっかさまも生きていかれないだろうからね。

だから、源之助と出剣の主従が、御館に三泊して出て行くとき、初代はそれを喜んで送り出すべきだったのに、実際にはぼろぼろ泣いてしまった。たったの三泊のあいだに、出剣と仲良しになっていたからである。

「まあ、馬はまた来るさ」と、山桃が慰めてくれた。「どうしても寂しいというのなら、俺の背中に乗ればよかろう。そこらを走り回ってやる」

「ありがとう。おら、山桃のことも大好きだよ。けど、山桃は馬じゃねえ」

「文句の多い奴だな」

ごめんね、山桃。でも初代は、心のけっこう真ん中に近いところにすかすかの穴があいたような気がしてしまった。それくらい、出剣が人心をつかむ名馬だったということである。

ところで、出剣が厩で傷を養っているあいだに、伊吹源之助は何度か一人で、玄関脇の潜り戸から外へ出ようと試みた。そのたびに失敗し、なぜ出ることができないのかと、しきりと訝っていた。

「この山の災いであり穢れでもあるあの化け物を、私の手で退治しようとするのは、屋敷の主の意にそわぬことなのだろうか」

あの化け物。もちろん山姥のことだ。

「私があの化け物の願いにほだされ、屋敷の内に招き入れることがあってはならないからだろうか。あるいは、せっかく助けてやったこの青侍が、あの化け物の哀れな口車に乗ってうかうかと近づき、喉笛を食い破られてしまう羽目になっては哀れだと思し召しなのか」

独り言で訝る源之助と同じくらい、初代もそれが心に引っかかってしょうがなかった。だから、何度目かの源之助の独言を聞いたあと、

「ねえ、御台様」と、問いかけてみた。「どうして伊吹様を閉じ込めておくの？　あの方は、山姥を退治しようって意気込んでるみたいだよ」

御台様の返事はわかりやすかった。「源之助が外へ出たところで、山姥には会えぬ。山姥は今、ひどく恥じ入っているから、源之助が御館にいるあいだは、もう近寄ってはこない」

いつもそうなのじゃ、と言った。

「山姥は飢えと渇きに苦しみ、生き血や肉の臭いに正気を失って食らいつこうとする己を御してくれそうな相手に出会うと、途端にああして殊勝に頭を垂れ、御館に入れてくれと頼み込む。だが、それがうまくいった例《ため》しはない。山姥は醜く恐ろしいし、此度《こたび》もそうであったように、頼み込む相手の連れや牛馬に襲いかかったりしているから、信用してもらえぬのじゃ」

そしてすげなく追っ払われると、ほんの刹那であれ人間《ひと》の知恵と言葉を取り戻したことを恥じて、どこかへ姿を隠してしまうのだそうだ。

「それでも、外へ出ることを許せば、源之助は山姥を探し回るだろう。足腰が達者で賢い男のようじゃから、根気よく探し続けて、見つけてしまうかもしれぬ。そうなっては困る」

「どうして困るの？」

初代の問い返しに、御台様はしばらく黙り込んだ。それから、ため息まじりで言った。

「初代は、伊吹源之助が強い侍だと思うかえ」

もちろん思った！

「おらは剣術のことなんか知らねえけど、それでも伊吹様の立ち居振る舞いは、昔話のなかに出てくる剣豪みたいだと思いました」

「しかし、まっこうから立ち向かったならば、飢えに狂った山姥にはかなわぬ」

御台様の口調は冷酷でさえあった。

「刀を持っていようが、大弓を携えていようが、両手で鉈を振り回そうが、山姥の鋭い牙と大熊のような大力の前ではひとたまりもないわ」

伊吹様も、あっという間に負かされて、むさぼり食われてしまうというのか。

「それでは、いたずらに山姥に罪を重ねさせることになるだけじゃ」

御台様のその言葉に、初代は胸を突かれた。本当に、誰かの指先で心の臓の上を強く押されたような感じがした。

いたずらに、人を殺して食ったという罪を重ねさせるだけ。

「おまえたちも同じじゃ。松江も初代も、山姥の罪業を増さぬために、おとなしく御館の内にいておくれ」

言って、御台様は、今度は深々とため息をついた。「この話はしまいじゃ。初代も放念せよ。ああ、これは気にかけるなという意味じゃ」

御台様のお言いつけだから、初代は素直にそのようにしたかったけれど、そうはいかなかった。だいたい、放念せよとはおっしゃるけれど、御台様だって隠し事をなさらない。尋ねれば教えてくださるし、「かまうな」「おまえが知る必要はない」などと突き放すこともない。山桃も同じだ。初代の知りたがりにちゃんと応じてくれるし、山姥を蔑んでくれるなと、はっきり言っていた——。

伊吹源之助と出剣を見送り、忙しい台所仕事も一休みとなると、寂しさが吹き抜ける初代の心の穴に、山姥に対する物思いが、ますます重なって溜まっていった。どうしても考えてしまう。首をひねってしまう。胸を塞いでしまう。

一人でこっそり屋根裏部屋に上がり、連子窓を細く開けてみた。窓の向こうに広がる山と森は、今や真っ白な綿帽子をかぶっている。すがすがしいほど凍てついた景色。鳥の声も聞こえない。曇り空で小雪が舞い散る日和から、ほんの四日ぐらいで真冬になってしまった。

そこらじゅう真っ白で、人の足跡も、獣の足跡らしきものも見当たらない。

そのとき、初代はあっと思った。本当に「あっ」と声が出た。

「野うさぎ！」

あの小さな生き物も、御館のなかに閉じ込められているのだろうか。だったら寒気はしのげても、餌はどうしているのだろう。あるいはどこかから外に抜け出したとしたら、いきなり真冬になってしまった山と森のなかで、凍えているのではないか。

急いで階下へ降りると、御台様御台様と呼びかけた。

「伊吹様が助けてやった野うさぎは、今どこにいるの？　御台様にはわかるんでしょ？」

すると、御台様は笑い出した。

「おまえの心は額に星のある馬の思い出に染め上げられて、身近にあるものが見えず聞こえずであるようじゃな」

松江に聞いてごらんというご返答に、初代は慌てておっかあを探した。おっかあ、おっかあと呼ぶと、台所の道具部屋から声がした。

「初代、どうしたの」

なんとまあ、松江はそこに、野うさぎと一緒にいた。木箱のなかに藁を敷いたものが、野うさぎの急ごしらえの住まいになっている。

「おっかあ、いつこいつを見つけたの？」

「今朝、台所の隅でまるまって震えていたんだよ。言ったじゃねえの。聞いてなかった？」

出剣のこと、山姥のこと、いろいろ考え込んでいて、初代は頭も心もお留守になっていた。

「御台様が、外が春になるまで、この子を養っていいとお許しをくださったよ。しおれた葉っぱをあげると、もりもり食べるからね。餌には困らない」

「確か、怪我をしてたよね」

「今は大丈夫のようだよ。獣は、小さい傷なら舐めて治してしまうから」

松江は優しい目をして、野うさぎに大根の葉っぱを食べさせている。初代は鼻先がつんとした。おらも、出剣と一緒にいるときはこんな感じだったっけ。生き物のぬくもりで心がほっこりして、温かいものが通って、楽しかった。

「この子、なんて呼ぼうかねえ」

松江は目を細めて言う。野うさぎの呼び名ねえ。馬や犬とは違う方がいいのかなあ。

「山にいるうちはただの獣だから、名前なんか要らねえ。けど、ちっとでも一緒に暮らすなら、名前がなくちゃ――」

そのとき、おっかあの言葉におっかぶせるように、初代はまた「あっ」と声を出してしまった。さっきの屋根裏部屋の「あっ」よりも大きかった。

「ど、どうしたの」

松江は目を丸くしている。初代は口をきこうとして、にわかに思い直して声を呑み込んだ。

「な、何でもねえ。しゃっくりが出たんだ。おら、ちょっと水を飲んでくる」

後ずさりして道具部屋から離れると、水道にも水瓶にも近づかずに、初代は大広間の方へと向かった。

「御台様、御台様」

小声で呼びかけていると、目と鼻の先の座敷から、山桃がのっそりと姿を現した。確か、掛け軸や置物がたくさんある座敷だ。

「何の用だ。おまえ、気安いぞ。うるさく御台殿を呼ぶものではない」

「山桃！」

初代は、一人でひゅうっと汗をかいた。

「あのさ、山姥の名前、わかる？」

静まりかえった御館のなか、長い廊下の途中で、巨体の山犬と、すっかり台所女中の出で立ちが板についた八歳の小娘が向き合って、
しばしの沈黙。

「おら、今までぜんぜん思ってもみなかったけど、山姥にも名前があるはずだよね。今はただの山姥だけど、ここの庖丁人だったころには、ちゃんとした名前で呼ばれてたんだよね」

「……なぜ、そんなことを気にするのだ」

山桃は低い声で問うてくる。初代はちょっとたじろいでしまった。

「なぜって、ただ知りたいんだ」

言っているうちに、頭が回ってひらめいた。

「そっか、包丁の間を調べてみればいいのかな。山姥が使ってた包丁が残ってるはずだよね」

すると、山桃はドクダミの葉でも噛んだみたいな顔をした。

「え、違うの？　逃げ出した庖丁人の包丁は、ここにはねえの？　捨てられちまうの？」

山桃はドクダミの葉を噛んで飲み込んだみたいに口を半開きにして舌を出し、

「……一緒に来い」

先に立って包丁の間に入っていった。

初めて足を踏み入れて以来、なんとなく畏れ多いような、おっかないような気がして、初代はここには近づいていない。松江とも、年季が明けてここに包丁を納めていただけるときまでは、やた

らに覗いたりしないと話し合っていた。

「お邪魔いたします」

つい抜き足差し足になってしまう。そんな初代を置いてけぼりに、山桃はどんどん包丁の間の奥へと進んでゆく。

鰻の寝床みたいに細長い部屋だ。行き止まりが見えない。御館と御館を囲む山と森は何から何までそうだけど、度外れていて尋常ではない。外の物差しが通用しない。

「山桃、おらを置いて行かないでよ！」

心細くなって、初代は大きな声を出した。なんだか、すごく遠くへ離れてしまったように感じる。

壁際に並んでいる無数の包丁立て。それらを照らすほのかな光。神々しくもあり、誇らしげでもあり、冷ややかでもある。刃物が含んでいる金気のきんとした硬さと、鋭い切れ味の怖さ。それがなぜか初代の口のなかに、血の味になって広がってゆくような気がする。

山桃は、犬の置物ぐらいの大きさに見えるほどのところで、ようやく立ち止まってこっちを振り返った。初代は泡を食って小走りに走りかけ、

「そこだ！」

出し抜けに吠えられて、びっくりしてつんのめって転んでしまった。

「な、何すんだよ！」

「おまえが通り過ぎたそこに、近年、谺になってしまった男の庖丁人が使っていた包丁があるぞ」

え、うそ、ほんと、どこ。初代は起き上がり、包丁立てが並んでいる棚に顔を近づけた。ぶつけた膝頭が痛くって、さすりながら。

「どれ？　どの包丁？　おお、痛ぁ」

粗忽者《そこつもの》めと、山桃が遠くで笑う。

「目で見てわからんのなら、鼻を近づけてみろ」

嗅いでみろってこと？　包丁を？　半信半疑ながら、首をのばしてくんくんしてみると、臭い。魚のはらわたが腐ったみたいな臭いだ。

見回せば、二間ほどの幅のところに、包丁立てが五つ。包丁も五つ。松江が使っている包丁に似ているものが二つで、幅広の菜切り包丁が一つ、細身で両刃の珍しい形のものが一つ、背が分厚くて、ずんぐりむっくりした形のものが一つ。

臭っているのは、このずんぐりむっくりだった。

よくよく目を凝らしてみると、ずんぐりむっくりの包丁は、刃の部分は赤さびに覆われてぼろぼろになり、柄は腐って形が崩れていた。刻まれているはずの名前も、ひらがなの方はどこにあったのかさえわからない。漢字の側はどうかと覗き込んでみると、こちらはかろうじて文字の形が残っている。

「山桃、この字読める？」

「その男は博徒だった」

「ばくと？」

「博打打ちだ。馬淵村には、そんな不届き者はおらんかったか」

要は堅気の働き者ではなかったということだと、素っ気なく言う。

「関所破りで獣道に入り、うっかり迷ったとぼやいていた。三日と保《も》たずに御館から逃げ出し、谺に成り果てて、さらに三日と保たず、谷の底まで行く前に、冬眠前の熊に食われてその生を終えた」

恐ろしくも惨めな最期だ。

「谺や山姥に堕ちた庖丁人の包丁は、そのようにして腐ってゆく」

それもまた罰なのだと、山桃は言った。

「見事に勤め上げた庖丁人たちにまじり、塵になるまで恥をさらし続けることがな」

気が遠くなるほど長い年月を表す細長い部屋に置かれた、無数の包丁のなかで、臭いにおいを放ちながら。

「あの山姥の名を知りたいと思うなら、このなかから、おまえの力で探し出せ。面倒でやってられんというのなら、やめることだ」

好きにするがいいと言って、ちんと笑った。


「その日から、あたしは包丁の間を調べ始めたんでございます」

黒白の間で語る初代の瞳には、ひそかな探索に乗り出した時もきっとそうであったはずの、星のような光が宿っていた。

「もちろん、客人が来ているときは、そんな暇はありませんからね。おっかさんと二人のときに、こそこそっと」

山姥や谺のことでむやみに松江を不安にさせたくなかったし、ましてや自分がそれらに興味を持ち、いくらか同情もしているだなんて、内緒にしておきたかったからである。

「読み書き算盤は、怠けずにきっちり習っていましたから、ますます探索に使える時は限られてしまいました」

夜、松江が寝てしまってから、一人でそっと寝床を抜け出し、包丁の間に行くのがいちばんやりやすかった、と言う。

「でもね、結局はバレてしまったんですよ」

初代はくすぐったそうに笑い、自分の髷の真ん中の部分を指でさした。最初に見せてくれた、白髪と朱色と烏の濡れ羽色の三本の筋があるところを。

「この白髪ができてしまいましたので、隠しようがありませんでした」

御館に入ったときは八つだった女の子の髪に、こんなはっきりした白髪の筋ができるのは、確かに異様だ。

「初めは一本二本でしたが、包丁の間に出入りするたびに数が増えてきて。おっかさんに問いただされました」

——これ、いったいどうしたの？　いつからあるの？

「あたし、空とぼけていたんですけど」

松江が御台様と山桃に大真面目で問いかけて、

「初代は何か病にかかってるんじゃないでしょうか、どうしてやったらいいんでしょうかと」

泣かんばかりの様子なので、後ろめたくて我慢ができず、白状してしまったそうな。

「そしたら、山桃も一緒に謝ってくれました」

山桃は、自分が覚えている限りでは、御館に奉公していて、こんなふうに山姥に心を寄せる者は初代が初めてだ、と言った。

——包丁の間についても、これまでの庖丁人たちは、その連れの子供も含めて皆、ひたすらに畏れておったしな。

「だから山桃も、ひんぱんに包丁の間に出入りすると白髪ができてくるなんて、知らなかったし思いがけないことだった、と」

「御台様は何とおっしゃったんですか」

子を案じる松江の気持ちはわかる。だが、そんなに怯えることはないと、苦笑していらしたそうな。

「包丁の間には、永き年月が封じ込められておる。十年二十年ではない。百年、二百年をひとくくりとするほどの年月じゃ」

山桃でさえ、全てを把握してはいない。「覚えている限り」と前置きするくらいの、永劫の時。

「まだ育ち上がっていない初代の身体がそこに触れれば、何かしらの〝あと〟が残るのも不思議ではないが、それは病や怪我とは違う」

――むしろ、初代がこれまでの誰よりも深く御館の懐に入った証と受け止めるがいいぞ。

そんなこんなで、初代は（松江の心配顔をなだめながらも）いっそう熱心に包丁の間を調べるようになった。

「でも……最初のときに、谺に成り果ててしまった博打打ちの包丁を見つけられたのは、山桃が教えてくれたからであって」

初代一人では、そうやすやすと二本目の「腐れ包丁」を見つけることはできなかった。

「腐れ包丁ですか、なるほど」

富次郎は合いの手を入れた。わかりやすい。

「臭いですぐと気づきそうなものですが、存外難しかったのですね」

「はい。臭さだけに限らず、何かを嗅ぎ分けるというのは、そういうものじゃございませんか。ずっとくんくんやっていると、わからなくなってしまうんです」

言われてみれば、確かにそうだ。鼻は慣れてしまいやすい。衣替えの時期にだけ売り出す三島屋の匂い袋も、中に入れる薫香の素のあんばいが難しいのは、そのせいである。

「当時のあたしは背が小さかったので、ちょうど頭の高さに包丁の棚があって、いちいちしゃがんだりせずに済む分だけ嗅ぎやすかったのですけどね。それでも、難しくって困りました」

なんか臭くないか？　と思っても気のせいだったりする。嗅ぎながら夢中で奥へ奥へと進んでしまって、くたびれて戻ってくる道がものすごく遠く、へたり込んでしまったこともあった。

「包丁の間の出入口までの距離が、遠いんですか」

初代はうなずく。「永い年月の分だけの道のり、ということでしょうね。あのころのあたしには、理屈がよくわかりませんでしたけれど」

飢え渇いて死にそうになり（いや、笑い事ではなく）、行き倒れて泣いていたら山桃が迎えに来てくれたことも、一度ならずあった。

――どうした、どうした。もうへこたれたのか。

「山桃とあたしでは、鼻の利きが違うんです。山犬と人じゃ、比べようがありません。今さらのようにそのことに思い当たって」

半べそをかいて、「山桃の意地悪！　先に教えといてくれればよかったのに」「手伝ってよ」と頼んでみたが、すげなくフラれてしまったそうだ。

――おまえがやろうと決めたことだ。おまえ一人でやるがいい。最初の一つを助けてやったのは、俺の温情だ。

「あたしもきかん気な子供でしたので、じゃあもう頼まない！　と言い返して、一人で包丁の間に入っていって、また行き倒れ」

語りながら、初代が楽しそうに笑うので、富次郎も一緒にあははと声をあげたが、いや、これホントに笑い事ではなかったろう。

「そのころで、白髪はもうあたしの指二本分くらいの幅にまで増えていましたから、このままじゃ十《とお》にならないうちに頭が真っ白になっちまうって大騒ぎ。おっかさんには本気で叱られました」

そんな愉快なごたごたをしている間にも、客人は一人また一人、時には二人いっぺんに、御館に迷い込んできては、松江が作り初代が手伝った料理を腹一杯食べて、元気を取り戻して去っていった。

「出剣みたいな馬は、残念ながら来ませんでした。あと、おっかさんが助けた野うさぎは、あのあと無事に山へ返して……名前は、うさで済んでしまいました」

御館にたどり着く客人たちの素性はとりどりだったし、山姥に遭った者もいれば、ただ迷っただけの者もいた。御館という場所にひどく怯える場合もあれば、面白がる場合もあった。

「客人がどんな人なのかにかかわらず、おっかさんの包丁はつつがなく本数を重ねていきました」

松江と初代でもてなした客人の数が増えてゆくにつれて、包丁が潰れる早さも増してゆくようだったという。

「一人の客人に、夕餉と朝餉を一度ずつこしらえたら刃が潰れてしまったこともありました」

松江自身も数えていたが、正しい数はいつも御台様が教えてくださった。松江、次の包丁を授けよう。今壊れたものが、三十一本目じゃ。

――よう励んでおるな。おまえは良き庖丁人じゃ。わらわは鼻が高いぞ。

そこで、語る初代の目がちょっと細くなった。

「その次の三十二本目を使っている時期に、山姥に襲われた人の亡骸を、山桃が見つけたことがありました」

その場で埋めてしまったそうで、松江と初代は亡骸を見ていないし、どこにあったのかも知らない。ただ、山桃の言はよく覚えている。

――これでしばらく、山姥はおとなしくなる。亡骸の主は、骨の太さから見て、きっと肉付きのいい若者だったはずだ。あれをまるまる喰らったのだから、何か月かは姿を見せんだろう。

「いったい、その亡骸はどんな有様だったんだろう。そんな肉付きのいい、きっと力も強かっただろう若者を襲って食ってしまうなんて、山姥は恐ろしすぎる。その夜は怖くて怖くて、おっかさんと一つの布団で眠りました」

そのときばかりは、もう山姥にこだわるのはやめようかと、弱気になったという。

「出剣の首についた歯形を見たときにも、もちろん充分に怖かったんですよ。だけど、人を一人食い散らしてしまったというのは——おぞましさの質《たち》が違いました」

しかし、山桃が言ったとおり、御館のまわりで山姥を見かけなくなり、日々が過ぎて初代の恐怖もほとぼりが冷めてくると、

「包丁の間に行きたくてたまらなくなってきたんです。まるで、何かに呼ばれているみたいに」

幼い女の子の髷に白髪を刻むほどの「永劫の時」の力が、初代に呼びかけていたのか。一度心を傾け、手を出した者を、なまなかには許してはくれぬ力の誘い。

心のなかでそんなことを考えると、富次郎はぞくりとした。慌てて、目の前の初代の朗らかな顔に注意を戻す。

「結局、あたしはこそこそと包丁の間に通い続けることになりました。おっかさんは何も気づきませんで、料理と手習いに励んで、客人たちをもてなして送り出して——」

四十本目の包丁が潰れてしまった日。

「年季の半分まで、あと一息。思ってたより、ずっと早かったね！　おっかさんと手を打ち合わせて喜びました」

＊

御館の外には、内にいる母娘にはもはや定かでない何巡目かの秋がきて、山と森は鮮やかな錦織をかぶったように彩られていた。

「その日の夜、二本目の腐れ包丁を見つけることができたんでございます」

その包丁は、腐るというよりも焦げているように見えた。顔を近づけると嗅ぎ取れる臭さも、腐臭ではなく焼け焦げの臭いだった。細身で小さい包丁で、刃の背の部分が厚くなっている。

幸いなことに、最初の包丁よりも、名前ははっきり残っていた。ひらがなで「はま」。女の名前だろう。漢字は「浜」だ。

——おはまさん。

初代は辛抱強い頑張り屋だが、やっぱり子供の知恵で、そのときは書くものを何も持ってきていなかった。仕方ないので、「浜」の字の形を頭にたたき込み、声に出して歌うように「おはまさん、細い包丁、おはまさん、細い包丁」と呟きながら、囲炉裏の間に戻った。

戻るとすぐに、囲炉裏の灰に火箸を使って「浜」と書いた。少なくとも自分ではそのつもりだったが、しばらくしてやってきた山桃にその字を示すと、

「犬でも、お腹を抱えて笑うってできるんだね」

「まあ、そう怒るな。すまんが、面白くって笑いが止まらん」

というやりとりになってしまったので、たぶんヘンテコな字になっていたのだろう。

「よく見つけたな」

「うん！」

初代は自分でも誇らしかったし、もう一つ、別のことでも心がざわついていた。

「このお浜さんの包丁はね、どう見たって腐ってるんじゃなくて、焦げてたよ」

それは、火事や火難に関わりのある身の上の人だったからじゃないのか。

「だとしたら、おらやおっかあと一緒だ。だから、おらはあの山姥さんに気を惹かれてるんじゃねえかな。同じ怖い目に遭ってきたからさ」

御館の外の季節は早足で移り変わるが、初代の見かけはここに来たときの八つの女子《おなご》のままであ

る。しかし中身はずいぶんと成長していたし、自身でそれに気づいている。我ながら、このことを考えついたのは凄いと思った。村にいたときのおらとは、ちょっと違うよ。

「ね？　山桃はお浜さんのこと覚えてるんでしょ。教えてよ。おらの考え、当たってる？　もしかしてお浜さんも、まさに山火事に追われて御館に逃げてきた人だったりして」

山桃は「ちん、ちん」と笑うのではなく、たとえるなら「ち～ん」というふうな澄まし顔をして、

「手習い帳を出せ。浜という字のお手本を書いてやろう」

墨汁をつけた筆をくわえて、山桃は立派な「浜」の字を書いてくれた。初代はそれをお手本に、正しく書けるまで習った。

「浜というのは、海の際《きわ》のところだ。波が打ち寄せて、砂がたくさん打ち寄せられて、どこまでも遠く広がっている。これを砂浜という」

初代は海を知らない。話に聞いたことも、ほとんどない。馬淵村の近くにあるのは湖と沢ばかりだった。

「おらの知らない、海のそばにある遠くの土地からやってきて、山姥になってしまったお浜さん」

庖丁人の務めを投げ出し、御館から逃げてしまったのは、海が恋しくなったからだろうか。家族に会いたかったからだろうか。それとも、一人が寂しくてたまらなくなったからだろうか。

松江と初代は母娘でここに来た。これは本当に運が良かったのだ。楽しいことも不安なことも、二人で話し合い励まし合うことができる。でも、一人で庖丁人になった者は、姿の見えない御台様と、人よりも強く賢いけれど姿形は大きな山犬である山桃しか話し相手がいない。庖丁人の心細さを分け合う「人」がいない。

訪れる客人の目には姿を認めてもらうことさえできず、話しかけても気づいてもらえない。元気を取り戻した客人が御館から去って行くのを見送るときは、まるで亡者が生者に置き去りにされるような寂しさを覚えるのではないか。

耐えがたくなって、つい外へ出てしまう。森を分け、山を下りれば自分が住んでいたところに帰れるはずだ。きっと帰れる。会いたい人たちに会うことができる。

行こう。あの客人と同じように、ただ出て行けばいいのだ。この身は生きている。亡者ではない。走ろう、走ろう。そうして振り返ってみても、御館では何の騒ぎも起きてはいない。御台様も山桃も、連れ戻しに追ってくることはない。

うちに帰ろう。脱走は、こんなに易しいことだったのだ。もっと早くやっていればよかった。喜びながら先を急ぎ、息を切らしているうちに、髪は乱れ、肌は焼け、躰の節々はねじくれて人の形からかけ離れて、いつの間にか化け物になって——

初代はまばたきをして、目ににじんでいた涙を振り落とした。

「おら、山姥を、人だったころの名前で呼んであげたいんだ」

そもそもは、野うさぎに名前が要るという、松江の言葉で思いついたことだった。

「山にいるうちはただの野うさぎだけど、おらたちと一緒に住むなら名前が要る。それって、他のものに替えられない一つの命だってことのしるしだよね？　おらの初代って名前も、おっかあの松江っていう名前も、おらとおっかあがおらとおっかあであるしるしだよ」

土地神との所縁《ゆかり》が深い馬淵村の衆は、赤子が生まれると神様から名前をちょうだいする。それは、村の子が神の子であることのしるしでもある。

「みんな、一つしかねえ命だ。神様からのいただきものだ。山姥だって、お浜さんだったころは、きっとそうだったと思うんだ」

お浜の名前は、誰がつけたのか、海の神様なのか、村長みたいな偉い人なのか、それとも親なのか、初代にはわからない。だけど、たった一つの命につけられた大事な名前だってことは、自分と同じだ。

「人だったころの名前で呼んであげたら、山姥も、人だったころのことを思い出すかもしれねえ。そしたら、元の人に戻れるかもしれねえ」

山桃は初代の言い分を黙って聞き、穏やかな声音で言った。

「先《せん》の獲物でふくらんだ山姥の腹も、さすがに減った頃合いだ。あいつが姿を見せたら、すぐに知らせてやろう。おまえの案を試してみろ」

まったく反対されないので、ちょっと薄気味悪かったけれど、初代は強くうなずいた。よし、やるぞ。

それから三日後の朝、ちょうど訪れていた客人（山深いところにある湯治場を目指していた老夫婦だった）を見送り、大広間の片付けをして洗い物を済ませたところで、山桃が後ろから初代のふくらはぎを尻尾で叩いた。

山姥が現れたんだ。初代は前垂れで手を拭き、

「おっかあ、ごめん、厠に行ってくる」

その朝、松江はなぜかぼんやりしており、初代の呼びかけにも応じなかった。眠たいのかな。まあいいや。初代は屋根裏部屋に走った。

山桃が示す連子窓を手のひらの幅ほど開けてみると、御館の外には雪解けの景色が広がっていた。包丁が潰れる早さと同じように、季節が移る早さも増しているような気がする。

雪が解けたところには、ちょろちょろと草の芽が生えて、地面がまだらになっている。御館の裏手を守るように連なっている深い森は、一年じゅう葉を落とさぬ木々と、冬のあいだは枝ばかりの赤裸になってしまう木々がまじっているので、季節の変わり目には緑と茶と黄色が入り乱れたまだらな景観をつくりあげる。

その見渡す限りのまだらのなかに、ぽつりと小さな影が見つかった。岩陰にしゃがんでいる。山姥だ。初代は目をこらした。

山桃が食い散らかされた亡骸を見つけてから、松江と初代の勘定では、ざっと八十日が経っていた。忙しくて印をつけるのを忘れてしまった日もあるけれど、ずれていてもせいぜい四、五日だ。

つまり、初代たちの暦で三月《みつき》ほど前には、山姥はたっぷり満腹になっていたはずで、それがこなれたからまた姿を現したのであろう。これは山桃が予見していたとおりだ。

なのに、山姥は見る影もないほど瘦せ衰えていた。

もともと、ボロを引きずり泥と土にまみれた惨めな姿ではあったけれど、今はその上に骨と皮みたいに瘦せさらばえ、髪のほとんどが抜け落ちていた。剝き出しにさらされた頭の皮は赤く擦りむけ、遠目に見ても痛そう、あるいは痒《かゆ》そうで、こっちの頭の中までむずむずしてくる。

山姥は病にかかっているのか。それとも――

屋根裏に上がってきた山桃が、初代の隣に並んだ。分厚い毛皮が初代の腕にふわりと触れる。

「もしかしたら山姥は、人を殺《あや》めたり喰らったりするたびに、どんどん醜くなっていくのかな」

問いかけても、山桃は黙っている。

一人と一頭の見守る眼の下で、山姥は這うようにして岩陰から出てきて、ふらつきながら立ち上がった。首が細くなったせいか、頭蓋骨の上に皮が一枚張っているだけのような頭でもうまく支えられないらしく、躰がふらつくたびに、頭もぎくしゃくと無残に揺れる。

山桃は言った。「山の獣や人の肉を喰らうと、腹は満ちても身はやつれてゆく。讶よりはるかに強くてすばしこい山姥でも、いつかは死んで土に還ってゆくのは、そういう縛りがあるからだ」

山姥は何かを食って飢えを満たすことはできても、躰につく滋養を得ることはできないというのだ。

そんなの縛りじゃない。呪いじゃないか。

「名を呼んで試してみるのならば、急いだ方がいいぞ。あの山姥は、もうそろそろ動けなくなる」

最後の力を振り絞り、御館への執着に引きずられるように、裏庭まで来たのだ。それでも、ついに命が尽きると感じたならば、獣や虫にたちまち死骸を食い荒らされぬよう、森のどこかへ入っていって身を隠すだろう。それは化け物であれ、命があるものの分別だ。

「ここから呼んで、聞こえるかな」

台所の勝手口から呼びかけた方がいいんじゃなかろうか。階下へ降りようよ。初代は手に汗を握りしめながら、山桃に言った。ホントはそんなの言い訳だった。怖じ気づいていた。

「怖いなら、やめればいい」と、山桃は言った。「誰もおまえに無理強いはしない。山姥のことは放っておけ。忘れてしまえ」

初代は口をへの字に曲げて、ぎくしゃくと動く山姥を見据えていた。山姥は御館の外壁から二間ばかりのところに佇んでいて、屋根を仰ごうというのか、こっちへ向き直ろうとしている。壊れたおもちゃのように、坐りの悪い頭。ただこちらを見上げるというだけの動作なのに、おそろしく緩慢で暇がかかる。

初代の喉元まで、言葉がこみ上げてきた。

海のそばで生まれ育ったお浜さん。火事に遭ったのかもしれないお浜さん。おっかあとおらと同じ庖丁人だったお浜さん。

「う、う〜い」

気がつくと、鼻声が出ていた。「お〜い」ではないのは、歯を食いしばったままだからだ。

「う、う、う、ううう〜い！」

山姥にも、その鼻声が届いた。右に傾《かし》いでいた頭が左の方に揺れ、肩も揺れた。

山姥の眼差しが、初代と山桃のいる連子窓の高さにまで上がった。

初代は山姥の目をとらえた。いや、とらえられてしまった。

もう、あとには引けない。

「や、山姥さん！」

窓のへりに手でつかまり、ちょっとだけ頭を前に出し、初代は呼びかけた。

「おらたち、今の御館の庖丁人だよ！」

山姥は初代を見ている。睨みつけている。初代は空いている方の手を振ってみせた。

「あんたも昔、庖丁人だったんだよね？　おら、あんたの名前を知ってる。お浜さんだよね？」

お、は、ま、さん！　一音ずつ、はっきりと大きな声で言った。思いっきり力を込めたので、怒鳴っているみたいになった。

「故郷は、海のそばの村だったのかい？　お、は、ま、さん！」

そのとき。

初代を睨みつける山姥の目が、一瞬のうちに血に染まった。白目が真っ赤になり、もともと小さかった黒目がかき消えた。

山姥は叫んだ。獣のような声は、苦痛をあらわす悲鳴だ。頭を抱え、痩せ衰えた躰を丸めて、その場で転がり回った。

初代も、その様子を目にすることができたのは、ほんのつかの間のことだった。なぜなら、いきなり頭が熱くなり、ちりちりと焦げるような臭いまでし始めたからだ。

「熱い！」

初代は手で髪を引っ張り、手のひらで頭を叩いた。本当に火が燃えていると思ったから、消そうとしたのだ。無我夢中で引っ張ったから、髪をまとめてお団子に留めていた布がちぎれた。すると、初代の頭に生えている全ての髪が、その場から逃げだそうとするかのように、いっせいに逆立った。

「きゃあああああ！」

叫びながら、初代もその場で身を丸めた。肺腑のなかの息を全て吐ききってしまうくらい叫ぶと、頭の熱さは消え、髪も何事もなかったかのように肩の上に降りてきた。

顔にかかる髪を震える手で払い、初代は山桃を見た。御館を守る巨《おお》きな犬は、瞼が重たげな半目になり、耳を伏せて――

いや、出し抜けに耳を三角に立てると、鞭のようにその巨体をしならせて、窓の方へと向き直った。完全に攻撃する体勢で、耳も鼻先も尖っている。

まさか山姥が窓際まで上ってきたのか？　初代も身を起こそうともがいた。そして見た。

確かに、窓の向こうのすぐそこに、手を伸ばせば届くところに、山桃が牙を向けるべきものがいた。山姥ではない。花蝶だ。

あの生首が、ほつれ髪を雪解けの春風になびかせながら、水のなかに漂っているかのように優美に、いっそ楽しそうな微笑みを浮かべて、そこに浮かんでいた。

初代のさっきの叫び声を聞きつけて、また寄ってきたのだ。恐怖と怒りで、また髪が逆立ちそうになった。しつこい、うるさい、うっとうしい、気持ちの悪い生首め。

口を開き、（あっちへいけ、この化け物）と怒鳴りつけようとしたとき、山桃の体当たりをくらって、屋根裏の反対側の窓のそばまで吹っ飛ばされた。

え、え、え。なんでどうして、おらを吹っ飛ばすんだよ、山桃。したたか背中と尻を打って、泣きそうになりながら頭を持ち上げてみると、山桃は尻尾を使って連子窓を閉めていた。ぴしゃり！

気がつけば、その尻尾が普段の倍くらいにふくらんでいる。山桃も気が立っているのだ。

「どこか怪我をしたか」

首をよじって、初代に問いかけてきた。初代は黙ってかぶりを振った。

「とっさのことで、済まんな」

そして初代のそばに来て座ると、鼻面で頭をこつんと小突いてきた。

「花蝶という女の首には、話しかけてはならん。罵ろうが責めようが、言葉をかけたら、それはあの生首を認め、御館に招いたことになる」

御館の内にいる者が外のものを招き入れてしまった場合には、御台様の守護の呪文も効き目が及ばなくなる。

「だからおまえは、どれほど気分が悪かろうが、あの生首を相手にするな。山姥だけにしておけ」

初代は手で目を覆った。涙が出てきた。

「もう何にもしねえ。山姥にも声をかけねえ」

起き上がって座り直した。自然と正座したのは、自分が失敗《へま》をしたことがわかったからである。

「おら、山姥を怒らしちゃった」

そうだなと、山桃は言った。

「名前が違ってたのかな。それとも、元の名前で呼ばれるのは、山姥にとっていいことじゃないのかな。目から血があふれたみたいに真っ赤になって、痛かったのかな。悪いことしちゃった」

泣きながら山桃をもふもふしていたら、屋根裏の入口に松江が顔を覗かせた。

「初代ったら、こんなところで何をしてるの。どうしたの、そんなに泣いて」

近づいてきて、目を見張った。

「怪我をしたの？　血が出たの？　白髪のところが半分くらい、真っ赤になってるよ」

自分の目で確かめることはできなくても、初代は悟った。それは山姥の怒りの色だ、と。


ありがたいことに、明くる日は朝早くから客人がやってきて忙しくなったので、いつまでも失敗の苦みを噛みしめておらずに済んだ。この客人は身なり、立ち居振る舞い、左の頰に残る刀傷から推して、いわゆる「渡世人」であるらしかった。

松江はびくついていたけれど、初代は（もう何かを怖がることに疲れていたのか）わりと平気だったし、見た目のおっかない客人が大広間のご馳走に驚く様は、妙に感じがよかった。客人用の温泉で低く鼻歌をうたっているのを耳にしたときには、つい立ち聞きしてしまった。

渡世人の客人はいかにも世を憚る者らしく、御館に長居しなかった。立ち去るとき、何かを持ち出すこともなかった。御館の玄関口でつと手を合わせて頭を下げると、潜り戸から出ていった。縞の合羽を翻し、まだらな地べたを踏みしめ、まだらな森を抜けて、どんどん遠ざかっていく。今の痩せ衰えた山姥が、あのお人を襲う心配はないだろう。初代はすぐと見送るのをやめた。

大広間を片付け、台所を掃除する。松江が春らしい献立を御台様と相談し始めたので、初代は囲炉裏の間に戻って一息いれた。手習い帳を取り出してめくってみる。

しばらくしても、松江は戻らない。囲炉裏の炭を埋めて、台所を覗いてみた。誰もいない。

「おっかあ？」

呼びながら、廊下を歩いて行く。客人が来て去ったあとはいつもそうだが、御館の内の静けさに、ひんやりと総身を包まれる気がする。

——また、屋根裏に上がってるのかな。

初代が山姥に呼びかけて、花蝶の首を招き寄せてしまったあの失敗からこっち、松江はしばしば一人で屋根裏に上がり、ぼんやりと外を眺めるようになった。自分にかわり、今度はおっかあが山姥のことを気にするようになってしまったのかと訊いてみると、ぜんぜん違っていた。

——村のことやうちのことを、つい思い出してしまうようになったんだ。ごめんね。

何でまた、今頃になって？　包丁五十本の大きな節目が近づいているのに。変だなあと考えていて、はっと気がついた。

老夫婦が客人として来て、帰っていったのもあの日だった。湯治場を目指していて、山に迷ってしまったという、とても仲睦まじいおじいちゃんとおばあちゃんだった。互いに助け合い、小さなことでも話し合い、大広間のご馳走を二人で喜び、御館の内の豪奢なしつらえに感嘆していた。

あの人たちの様子を見て、おっかあはおとうのことを思い出しちゃったんだ。家族のみんなのことも思い出して、切なくなっちゃったんだ。

これればかりは、初代がどうにかすることはできない。松江が気持ちを立て直してくれるまで、そっとしておこう。おらのおっかあは、ちょっと里心がついたからって御館から逃げようとするような考えなしじゃねえ。そんな腑抜けでもねえ。

それでも、心配なのは確かだった。ちょっぴり不安でもあった。早く松江の顔を見たい。

「おっかあ、どこにいるの」

呼びかけながら、廊下の端でぐるりを見回した。

かたん。音がした。初代は耳をそばだてる。今度は、ごとん。

——やっぱり屋根裏だ。

駆け出して、階段簞笥の下に着いたところで、上から松江の声が聞こえてきた。震えて裏返った調子っぱずれの声。

「……ちょうさん？」

初代は、棒立ちになった。

「あなた、かちょうさん、だよね」

問いかけている。おっかあ、尋ねてる。

初代の身体から音をたてて血が引いてゆく。

我に返って、階段簞笥を上った。前のめりになり、歯で段々に食いつきそうになりながら、できる限り速く、命の限り速く！

松江は部屋の真ん中で腰を抜かしていた。その姿勢のままどうにか逃げようとしているが、両の手のひらも裸足の足先も床の上を滑るばかりだ。顔は前を向いたまま、両目も口も開けっぱなしで。

そんな松江の眼前で、裏庭側の連子窓が一枚、また一枚と開け放たれてゆく。松江が開けているのではない。風のせいでもない。

次の一枚が開く。ぱん！　と音が響く。障子戸がぶつかり合う音ではない。御台様の呪文が障子紙から叩き出され、宙に飛び出して弾けて消えてゆく音だ。

「いや、いや、近づかないで」

息を切らし、首を振り、必死で後ずさりしようとあがきながら、松江が開いてゆく連子窓の向こうに向かって声を投げる。

「花蝶さん、あなた、とっくに死んだはずでしょう。なんでおらたちにつきまとうだ？」

おっかあ。駄目だ、招いてしまった。

御館の外に向かって開け放たれた窓から、無数の真っ黒な蛇がのたくるように、女の長い黒髪が侵入してきた。屋根裏部屋の空に躍り、次々と障子紙に穴を開けて、連子窓の桟に巻き付く。

花蝶の横顔が見えてきた。白い肌。額から鼻筋にかけての美しい線。真っ赤なくちびる。

そのくちびるが開いて、白い歯が覗く。濡れた舌先がちらりと光る。

「まぁ、つ、えぇぇ」

花蝶が松江の名を呼んだ。甘ったるく、舌足らず。酔っ払っているみたいだ。

松江は顔色を失い、涙を流しながらも、花蝶の顔から目を離すことができない。

「おらの亭主をたぶらかし、大事な息子も奪って、まだ足りねえんだか！」

精一杯の怒りを込めて、そう叫んだ。

駄目だよ、おっかあ。この化け物には利かねえ。

「おっかあ、逃げて！」

初代は松江に向かって身を投げ出した。

手遅れだった。花蝶の黒髪がうねりながら松江に襲いかかり、強靭な鞭のように次々と松江の身体のあちこちに巻き付くと、まばたきする間に松江を連子窓の外へと連れ出してしまった。さっきまで力なく床を滑っていた松江の爪先と、御館の暮らしでしっかりと肉のついたふくらはぎが一瞬だけばたついて、窓の外に消えた。

そのとき、松江をつかみ損ねた黒髪の一筋が、外へ引き揚げて行きながら、初代の鼻先を横切った。前後を忘れ、恐怖も忘れて、初代は右手でそれをひっつかんだ。ぐん！　と引っ張られる。引きずられる。窓から引き出される。

山桃の咆哮が聞こえた。「初代、手を放せ！」

ごめん、おらは放さねぇ。初代は宙に放り出されながら、さらに左手で花蝶の髪をつかみ直そうとした。届かない。反動で右手も離れてしまった。

初代は落ちてゆく。

松江は蜘蛛の糸にからめとられた羽虫さながら、髪でぐるぐる巻きにされてしまって、生首のすぐ下に抱えられている。もう顔が見えない。頭のてっぺんと爪先しか見えない。おっかあ、おっかあ、おっかあ！

地べたにぶつかる寸前で、初代の身体の下に何か大きなものが猛然と滑り込んできた。気がついたら山桃の首にしがみつき、背にまたがっていた。

「つかまっておれ。追うぞ！」

飛び去ってゆく花蝶の首を、山桃は疾風のように追いかける。

花蝶の生首は、獲物をつかんだ怪鳥のように、残った髪の房をはばたかせて飛んでゆく。松江を運びながらでは高く上がれないらしく、御館の庇ぐらいの高さのところを、見えない早瀬の流れに乗っているかのように、ときどき曲がったり上下に揺れたりしながら逃げてゆく。

山桃の脚力は凄かった。こちらも走るというより空を切ってゆく。邪魔な藪や岩は一蹴りで飛び越え、森の木々のあいだをすり抜け、逃げる花蝶の首を最短距離で追ってゆく。

飛びかかった山桃の前足の爪が、松江をくるんでいる花蝶の黒髪に引っかかった。布を裂くような音がして、短く断たれた黒髪がぱっと宙に散る。山桃は後ろ足から地面に着地して、勢いを殺さず体勢を直すと、またすぐ走り出した。背中の初代はぐるんぐるんに目が回る。

今また一度、大きな跳躍！　山桃の前足がさっきよりも深く、松江をからめとっている黒髪に食い込んだ。山桃と初代の重さに引っ張られ、花蝶の首がぐぅんと下がる。嫌な音がして、今度は一握りほどの髪が根っこから抜けた。

山桃と初代は、抜けた髪の束を引っ張ったまま、一心同体に藪のなかへと落っこちた。翼のように広がっていた花蝶の黒髪がはばたきを取り戻そうとしてもがき、木々の枝を叩いて鋭い音をたてた。

「おっかあ！」

山桃の首にかじりついて、初代は叫んだ。今の一撃は花蝶にも痛手だったらしく、松江をがんじがらめに巻き取っている髪が緩んで、顔の一部が見えた。右頬の下の方、くちびるが半分だけ。

初代の胃の腑は怒りに燃え上がった。花蝶の黒髪にあまりにも強く締め上げられているせいで、松江の顔には幾筋もの糸のような傷がつき、そこから血がにじんでいるのだ。

初代は腹の底から胴震いしながら、花蝶に向かって悪罵を投げつけた。

「こぉぉの、くそおんなぁぁぁあ！」

初代の怒声に負けじと、山桃が雄叫《おたけ》びをあげる。花蝶の首は一撃から立ち直り、追っ手のすさまじい怒りなど気にも留めていないかのように、おぞましく大きな甲虫さながら、木立のあいだをすり抜けてゆこうとする。

そこへ山桃が追いすがり、飛びかかった。花蝶はきわどいところでその攻撃を避け、大きくふらついた。松江をからめとっている髪がさらに緩み、たわみが生じた。ほぼ水平になっていた松江の身体が傾き、頭の方がぶうんと下がる。そこにまた花蝶の生首が揺れた勢いで髪がほどけて、松江の首から上が完全に自由になった。

「おっかあ！」

松江の顔は傷だらけだ。たった今水から上がったみたいに、あえぐように息を吸い込み、すぐと激しく咳き込み始めた。花蝶が、松江の顔の方へと目を向ける。髪を動かして縛り直そうとするが、今は飛ぶことに忙しい。

松江の顔がはっきり見えて勢いづいたのか、山桃が一段と大きく跳んだ。花蝶の生首の右側に広がっている髪の翼をたたき落とそうと、太い前足を振り上げる。

初代も総身をばねにして、今この瞬間、山桃の背中から跳躍したかった。大きすぎるこの怒りの力、強すぎる嫌悪と憎しみに身体が破裂して、初代の魂だけでも花蝶のもとまで届くのではないか。

思いっきり手を伸ばす。生首の髪をひっつかんでやろう！

その手が空を切り、山桃の首につかまっている手も滑った。初代は宙に放り出された。目に映る森と藪と空が反転し、また反転したかと思うと、背中から落ちた。太い木の根の上にまともに落ちてしまったらしく、痛さで息が止まる。

起きなきゃ。しっかりしろ、おら！

自分で自分を叱咤し、地べたに指を立て、涙と血と涎を噛みしめて顔を上げると、目の前に足があった。

人の足だ。痩せ衰え、擦り傷だらけ。肌はぼろぼろで、膝小僧が無残に出っ張っている。

——誰。

他の誰であるわけもない。

上目遣いに仰いだ初代の目が、山姥をとらえた。

すぐそばに立ちはだかっている。初代を見下ろしている。鼻が曲がりそうな臭いがする。

間近に見る山姥の足の指は十本ともねじくれて、長く伸びた爪が牙のように尖っていた。初代の頭の上の方で、かち、かちと音がするのは、山姥が指の爪を打ち鳴らしているからか。きっと、足の爪と同じくらい鋭いんだろう。

後ろの方のどこかで山桃が吠える。花蝶の生首がけたたましく笑うのが聞こえる。

ああ、まずい。生首と山姥。最悪だ。

初代のうなじに痛みが走った。つかまれて、持ち上げられる。指が、尖った爪が、うなじに食い込むのが感じられる。

くそ、くそ、くそ。じたばたしてやろうとしたら、初代はやすやすと投げ出されていた。小石みたいに放られて、節くれ立った古木に、正面から叩きつけられた。手加減のないその力。初代はすぐ下に落ちずに、一、二呼吸のあいだ、そのまま古木の幹に張り付いていた。閉じた目の裏が真っ赤になる。

ずるずると落ちてゆく。初代はなかば気を失っていた。またうなじをつかまれ、持ち上げられる。古木の幹に顔をぶっつけられる——

しゃにむに両手を動かし、抗《あらが》った。その動きが山姥の不意を突いたのだろう。うなじをつかんだ手が離れた。

「いやだぁぁあ！」

瞼を開けてみても、まわりが真っ赤だ。ちゃんと見えない。初代は大声を放ち、自分のその声に引っ張られるように、逃げ出した。一歩でも二歩でもいい。山姥から離れるのだ。

ぷん、と異臭。痩せ衰え、ねじくれた骨と皮になっても、山姥は森の獣たちと同じように素早く、強靱だった。手探りで逃げる初代になんか、ひとっ飛びで追いついてしまうのだ。

初代の細い左肩に、山姥の左手の五本の指が食い込む。右手は頭をてっぺんからわしづかみにする。初代は身をよじり、それを振り払う。その勢いで転んでしまう。森の底に突っ伏して、もう立ち上がれない。

しゃあああああ！　山姥が喉を鳴らす。ああ、噛みつかれる。どうしようどうしよう。おっかあを助けられねえ。山桃もおっかあとおらを一緒に助けることはできねえ。

そのとき。

松江の声がした。「はつよぉ！」

どこか離れた、高いところで泣いている。叫んでいる。おっかあはどこだ。おっかあはまだ生きてる。どこにいるんだ。

「はつよ、たって、にげてぇ」

花蝶の笑い声。山桃のうなり声。それに負けずに響く、松江の全身全霊の叫び。

「にげるんだよ、はつよぉ。あきらめちゃだめ、はやくたってはや」

取り乱し、うわずった叫び声が断ち切られた。悲鳴もなく、ただ松江の声が消えた。

おっかあ、食われちまったの。初代の身体の奥から真っ黒な絶望が広がってくる。もう起き上がることができない。

山姥が近づいてくる。噛みつかれる――

山姥の手が、初代の左肩をつかんだ。今度は爪が食い込んでこない。

どたり。初代は転がされ、仰向けになった。森の木々が、初代を案じるようにぐるりと輪になって見下ろしてくる。まだ枯れている木々。葉をつけたまま冬を越した木々。

真ん中に、ぽっかりと円い青空。

そこに山姥の顔が現れた。しゃがみ込む。鋭い牙と乱ぐい歯。黄色く濁った白目。荒れた肌。かつては女だった異形の化け物。

ほとんど見えないほど薄くて、血の気の通っていない山姥のくちびる。しかし今、それが震えているのがわかる。

おら、どうかしちまったのかな。もう死ぬのかな。死ぬ前の夢を見てるのかな。昔、ばあちゃんが言ってた。怠けずによく働いて寿命を迎える者は、みんないい夢を見ながら眠るように死ぬんだって。

は、は、は。山姥の喉が鳴る。

しゃべろうとしているんだ。だけど、かすれた声しか出てこないんだ。ひどく震えて、焦っているから。でも、どうして？

「は、はつ、はっ、はっ」

山姥は、四苦八苦しながら「はつよ」と言った。

確かにそう聞き取れた。初代はまばたきをした。右目には血が入ってしまって、よく見えない。

「は、つよ」

もう一度、確かめるように。

初代は山姥を見た。山姥も初代を見る。眼差しがぶつかり合う。

「おらの名前だよ」と、初代は言った。口を動かすと、血の味が広がった。

「おらは初代って名前なんだ」

山姥はまばたきをした。黒目が小さく、白目は濁り、縁はただれて赤くなっている。

小鼻がふくらみ、息が漏れる。口が半開きになり、歯が鳴り始める。かちかちかち。

山姥は異形と成り果てた両手を持ち上げ、顔を覆った。呼吸が激しくなる。歯ぎしりが始まる。

「う、う、う」

何か言おうとしている。初代は恐怖を忘れ、山姥の言を聞きとろうと息を止めた。

「うち、の、こ」

うちのこ。うちの子。

「うち、の、こども」

初代の心に光が差し込んだ。山桃に教わって、難しい漢字を初めて読むことができたとき。自分の名前をちゃんと書くことができたとき。心が光で明るくなった。文字の列が、初代にとってただの模様の連なりではなくなって、この世の謎が解けたからだった。

今、それと同じことが起きている。山姥の謎が解けた。

「あんたの子供も、はつよって名前なんだね」

迷いはなかった。恐怖も雲が晴れるように消えた。初代は山姥に問いかけた。

「あんた、はつよちゃんに会いたくて、御館から逃げ出しちまったんだね？」

返事はなかった。山姥はただ、しゃがみ込んで両手で顔を覆い、その場にうずくまってしまった。

高らかな嬌声が聞こえてきた。初代は我に返った。花蝶だ。おっかあは？

とっさに身を起こすと、信じがたい光景が目に飛び込んできた。花蝶の生首は思いがけず近くに戻ってきていた。対峙する山桃の片眼が潰されていて、流れ出した血が前足を汚していることまで見てとれるほどに。

しかし、山桃はただでその傷を負ったのではなかった。躰の半分以上をあの忌々しい髪に巻き取られたままではあるものの、松江は山桃のすぐ後ろに横たわっている。向こうを向いているのか、顔は見えない。山桃が足を踏ん張って松江を庇い、頭を低く伏せて、花蝶の攻撃を防いでいる。

しゅ！　鋭く繰り出される、髪の一突き。よく見れば花蝶も無傷ではなく、髪の量が半分ほどになっている。それでも残った髪がいっそう激しくうごめき、蛇のように鞭のように、山桃に襲いかかる。山桃は松江を守りながら、退くことなくそれをかわす。山桃だけなら、もっと自由に動けるのだろうに、今は防戦一方になっている。

助太刀しよう。動こうとした初代の背中から脇腹にかけて激痛が走った。息もできない。

「お、おっかあ。おっかあ」

切れ切れに声を出し、手足で地べたを擦るようにして、起き上がろう、立ち上がろうとした。駄目だ。痛すぎて動けない。目の前が真っ白になる。ただ涙だけが流れ出て、頰を焼く。

「おっかあぁぁぁぁ」

そのとき、初代のすぐ横から、山姥の臭いがする風が立った。

そこにしゃがんでいたはずの山姥がいない。振り返れば、藪を飛び越え、地べたを蹴り、木の枝に腕を絡ませて勢いをつけ、古木の幹で弾みをつけながら、まっしぐらに花蝶の生首へと向かってゆく山姥の姿が目に飛び込んできた。

ボロボロの着物の裾をはためかせ、風のように駆けながら、山姥は奇声を発した。獣の咆哮と女の叫びがまじり、森じゅうの木々の枝を震わせる。

花蝶の生首は、山姥を見た。化け物と化け物。片や血肉に飢え、片や魂の飢えを抱えて、御館の森を彷徨《さまよ》ってきた。わかり合う必要もなければ、認め合うこともなかった。

今は違う。山姥は目を覚ました。

「やめろぉぉぉぉ！」

力強き母の声を取り戻し、山姥は吠え立てた。

「はつよを、なかせる、なぁぁぁ！」

ひときわ大きく飛ぶと、山姥は花蝶の生首につかみかかった。長く尖り、湾曲した五本の爪が、花蝶の頭のてっぺんに食い込む。がっちりとわしづかみにすると、着地する勢いのまま、花蝶の生首を地面へと叩きつけた。

花蝶は悲鳴をあげた。痛みと驚きの叫びだ。すぐと髪の群れを操って蜘蛛のように跳ね上がり、赤い口を開く。ぬれぬれと光る舌が、槍の先のように飛び出してきた。

山姥はそれを避けると、両手で髪の群れをつかんだ。逃げる髪を引っ張り、手首にぐいぐいと巻き付ける。山姥の肌が切れて血が飛び散る。山姥の血は、ちゃんと赤い。

山桃が突進してきて、花蝶の首に噛みついた。ごりっという音。山桃はすかさず力強く頭を振って、花蝶の生首を吹っ飛ばした。山桃の口には、かじり取られた花蝶の顔の皮膚と髪の束と、片っぽの耳。今、不味《まず》そうに唾と血と一緒に、山桃が吐き出した。山姥の血まみれになった両手も、花蝶の残った髪の大部分をごっそりつかんでいる。

花蝶の生首は、白目を剝いて叫んだ。山姥の叫びのように、森の木立は震えない。無情に突っ立ったまま、この凄惨な景色を見守っている。

花蝶は、元を正せば多情なだけの若い女だ。何の特技もなければ、恨みや怒りさえ持ち合わせてはいなかった。ただ、情痴のもつれの果てに首を斬られ、その往生際の悪い無念が凝って化け物になっただけのものだ。

「うわぁあああ！」

山姥は怒声を張り上げ、むしりとった髪を投げ捨てると、飛びかかって今度は花蝶の頭を正面からつかんだ。爪を立て、力を込める。握りつぶそうとしているかのようだ。

「この、この、この！」

短い罵倒は礫《つぶて》のようだ。逃げようともがく生首を捕まえ、執拗で素早い舌の突きをかわす。そこに山桃も加わった。背後から攻撃し、花蝶の頭の残り少ない髪を引っ張り、むしり取る。花蝶の生首は丸坊主になり、けたたましく悲鳴をあげて暴れ狂った。

それを押さえ込み、ついに山姥は、両手で花蝶をしっかりと捕まえた。己の顔の正面に、対面するかのように、生首の化け物を持ってくる。

山姥の左右の手は、万力のような力で花蝶の頭を押さえつけている。まだ起き上がれず、頭を起こし首を伸ばして見守るばかりの初代の耳にさえ、みし、みし、と頭蓋骨が軋む音が聞こえてきそうだった。

「はつよを、なかせるな」

山姥は花蝶に言った。脅しつけるような、言い聞かせるような声。

「きえろ」

厳しく言い放ち、山姥は容赦なく左右の手を合わせた。

髪を失った花蝶の生首は、熟れきった大きな瓜のように潰されて、山姥の手のあいだからどぶんと血があふれ出た。歯の間からはみ出した長い舌も、大きな蛭《ひる》のように身もがいて、消えた。

山姥はしばし、花蝶の血にまみれた両手で合掌したまま、その場に突っ立っていた。

そこに、山の守りが近づいてゆく。

「俺を覚えているか、お浜」

問いかける山桃の声音は優しい。山姥は動かず、山桃の方を見ようともしない。

初代は肘と膝で這って、山桃と山姥と松江の方へと進み始めた。松江を巻き取っていた髪も消えている。よかった、息をしている。

山桃に応じないまま、山姥は踵を返し、初代の方へと向かってきた。初代は動きを止め、山姥を仰いだ。

山姥はしゃがみ込むと、初代の目をのぞき込み、手を伸ばして——

頭を撫でてくれた。

山姥の薄いくちびるに、笑みが浮かんだ。そしてその笑みのところから、山姥は灰色の石に変わり始めた。変わってゆくそばから脆く崩れて細かい砂になり、風にさらわれてゆく。

初代が声もなく見守るうちに、山姥は——お浜という庖丁人で、「はつよ」という女の子のおっかあだった女は、消えてしまった。


黒白の間の聞き手の座で、富次郎もまた、謎が解けた感銘に胸を震わせていた。

お浜という女が山姥になってしまった理由も、人の心を取り戻したきっかけも、愛しい娘だった。

「その子の名前が〝はつよ〟。あたしと違って、ひらがなだったそうです。御館に戻っていろいろ落ち着いてから、山桃が話してくれました」

お浜は小さな漁村で、一人娘のはつよと暮らしていた。夫ははつよが二つのときに漁に出て時化《しけ》に遭い、還らないままであった。

「荒くれ男衆の多い漁村で、若い後家さんと幼い女の子が二人きりで暮らしてゆくのは、おそろしく大変だったでしょうね」

お浜は地引き網を引き、貝を拾い干物をつくり、それを担いで売りにいった。漁村は丸い湾の端っこにあって、背後を小高い山々に囲まれていたが、それを越えれば街道が通っており、宿場町があったからである。

働いても働いてもその日暮らしで、食ってゆくだけで精一杯だった。おまけに、まだ年若く器量もよかったお浜は、村の男たちからしばしばちょっかいを出されて、怖い目に遭っていた。

「いっそ誰かと再縁してしまえば楽だったんでしょうけど、お浜さんはご亭主が生きてるかもしれないって、希望をつないでいたんですって。どこか遠くに流れ着いていて、いつか帰ってくるって」

亡骸が上がらねば、そういう願いに囚われてしまうこともあるだろう。

「それで……はつよちゃんが五つの年の冬の初め」

お浜が宿場町で魚の干物や塩漬けを売り終え、帰り道を登ってゆくと、冬枯れの空の下、遠くの方から煙が流れてきた。凍える北風もきな臭さを増してゆく。恐怖に急かれて足を急がせるうちに、漁村の見張り台の半鐘が打ち鳴らされるのが聞こえてきた。

「村で火事が起きていたんです」

ああ、やっぱり。富次郎は言った。「あなたのお考えが当たっていたんですね」

包丁の間に晒されたお浜の包丁は焦げていた。だから、松江と初代と同じように、お浜も火に追われて御館にたどり着いたのではないかと、初代は推していたのだ。「はつよ」という名前と火難。それが、まったく知らぬ土地の知らぬ者同士の二人を結びつける縁だった。

「お浜さんは慌てて山を下りたけど」

すでに村の人家には次々と火の手がまわり、船で海へ、走って山へと逃げ惑う人たちの勢いに押し戻されて、容易に進むことができない。

――はつよは？　誰かうちの子を助けてくださったかね？

声を張り上げて問うても、誰も答えてくれない。冬の海風に煽られて燃え上がる炎の前で、村の衆は動転していた。近所のおばさんに手をつかまれ、

――子供らなら、みんなとっくに逃げてる。あんたもおいで！

「引きずられるようにして、また山道へ。山もまた冬枯れしていますから、火の勢いは止まらない。むしろ増すばかりで」

お浜は無我夢中で斜面を登り、煙で気が遠くなりかけては自分を叱咤し、必死にはつよの名前を呼びながら、火の手から逃げた――

「そうして、気がついたら御館の裏庭にいた、と」

富次郎の言に、初代はうなずいた。二度うなずき、そのまま目を伏せて、こう言った。

「そんなふうにして我が子と別れてしまったら、あたしだって未練に胸を引き裂かれて、じっとしていられなかったでしょう。山桃から話を聞いた当時は、八つの子供の頭で考えているだけでしたけど、大人になって自分の子を産んだときには、今更のようにお浜さんの気持ちがわかって、気の毒で可哀想で、胸が潰れそうになりました」

火難のなかで生き別れた愛しい子の消息を確かめずに、百本包丁の奉公をやり遂げる。たった独りで、何年、いや十数年か何十年か。移り変わる景色を眺めながら、黙々と。

無理だ。男でまだ子のいない富次郎だって、無理だと思う。一晩でいいから、いっぺん家に帰らしてください。そのためだったら、何でも差し出します。奉公を終えたときにいただけるという、福分も要りません。だからお願い、帰してください。

黒白の間に、祈るような沈黙が落ちた。今はお浜も、その子のはつよの魂も、寄り添って幸せに暮らしているように、と。

「あ、それで」と、初代が微笑んで、自分の髷に手をやった。髪が、白と朱色と烏の濡れ羽色の縞になっているところだ。

「まずは包丁の間でうろうろし過ぎて白髪の縞ができて、次には、山姥を怒らしてしまったときに朱色の縞ができて」

山姥がお浜に還るのを見届けたあとで、

「朱色の隣に、このつやつやした黒い髪の筋ができたんです」

花蝶の髪も豊かで黒かったが、まさかその色ではあるまい。これはお浜の髪の色だろう。

「そうですね。お浜さんはきっと、潮風や強い陽ざしにも負けぬ、美しい髪の持ち主だったんだ」

その色を、初代の髪に残していった。

「あのころ、あたしは髪をまとめてお団子にしているだけでしたから、もっとこの三色が目立ちましてね。村に帰ったあとも、おっかさんと二人で自分たちの身の上に起きたことを話して、なかなか信じてもらえなくても、この縞が証になりました」

御館で永劫の時にさらされた跡と、山姥の置き土産。

「お浜さんの山姥が消えてしまうと、御館を囲む山と森に、御館が源になった山姥も谺もいなくなったわけですから」

その後は、静かな暮らしが続いたそうだ。

「御館に迷い込んでくる客人も、ただ山道に迷ったり、熊や山犬、追い剝ぎから逃げてきたり。いちばん突飛な話では、沢釣りをしていて流されて溺れてしまって、息を吹き返したら御館の森で倒れていたっていうお人がいました」

川釣り・沢釣りを嗜《たしな》む武家の老人だった。

「それはまた運がよかったというか、よほど徳分のあるお方だったんでしょうね」

「ご隠居さんでしたけど、元いた場所では偉いお方だったみたいで、立派な印籠を持っていました」

その隠居は、御館の財宝のなかから釣りの浮子《うき》を見つけて持ち帰り、代わりにその印籠を置いていったそうである。

——我が寓居に帰り着きましたならば、この老体の寿命ある限り、山の御殿の荘厳であること、山神様のお慈悲の深いことを、土地の者どもに語り聞かせることをお約束いたします。

どこの土地だろう。その、山の御殿に行きて戻りし釣り好きの話が伝わっているのは。

想いを巡らせる富次郎の前で、初代は続けた。「おっかさんとあたしが使う包丁はどんどん潰れて、本数を重ねていきました」

五十本に到達するまでは何かと騒がしく、命の危険さえ覚えたのに、それから先は長閑《のどか》で、ただ客人がくると料理に忙しくなるだけだった。

一方で、その逆をいくように、御館の外の季節の移り変わりはゆっくりになった。包丁が十本も潰れるあいだ、山桜と杏《あんず》が満開だったこともある。

「おっかさんもあたしも春が好きでしたから、好みに合わせてくれているみたいでしたよ」

残りの五十本を勤め上げれば、松江も初代も御館を去り、二度と戻らない。思い出のなかに、美しかった景色を焼き付けておけるように、と。

「百本目の包丁が潰れたのは、どこか知らない町から逃げてきた、駆け落ち者の男女を客人としてもてなしたときでした」

若いお店者と岡場所の女の組み合わせだった。関所を避けて、道に迷ったのだろう。

「最初のうち、おっかさんは嫌な顔をしてました。だけど御台様に」

——松江。その包丁でしまいじゃ。

「お声をかけてもらってからは、背筋が伸びて顔つきも変わりました。あたしも、何をしていても心の臓がどきんどきんして、落ち着きませんでした」

駆け落ち者の男女は、御館に一泊すると、翌朝の朝餉も早々に済ませて出て行った。何も持ち帰らず、逃げるように森の奥に消えた。

「大広間のお膳を片付け、台所で洗い物を済ませ、包丁を布巾で拭こうとしたら」

松江の包丁の柄が、ぱかりと割れた。驚くうちに、刃が抜けて水切りに落ちてしまった。

「あたしも自分の包丁を手に取りました。同じように、柄の部分が殻が割れるみたいに二つになって、あらわになった刃の根本が錆びていました」

百本目の包丁が潰れた。奉公は終わりだ。

「山桃がそばに来て、ふさふさした尻尾で、あたしの背中をぽんと叩いてくれました」

――今朝も旨い餅がゆを食わせてもらった。

ありがとう。さあ、身支度をしろ。

いっそ薄情なほどさばさばと、御台様と山桃は母娘を急かした。

「お天道様が森の真上にあるうちに、御館を出て行く方がいいって」

母娘の旅装は、御台様が調えてくださっていた。藍染めの美しい小袖に、綾織りの帯だ。松江と初代は互いの髪を梳《す》き合い、きちんとまとめてきれいな端布《はぎれ》を結んだ。初代の髪の三筋の縞は、色鮮やかな新調の装いによく映えた。

支度を終え、母娘が正面玄関の式台の下に揃って立つと、御台様のお声が耳に届いた。

――そなたたちは優れた料理人、わらわの良き「手」であった。山の主殿の覚えもめでたいぞ。

「褒美をとらす、というお言葉のあと、頭のてっぺんを軽く撫でられたような感じがしました」

――さあ、故郷にお帰り。さらばじゃ。

松江と初代は、深く頭を下げた。ひとしずく、ふたしずく、松江は涙を落とした。

潜り戸から外に出ると、初夏の森の緑が萌え、鳥たちのさえずりがうるさいほどだった。日の光のまぶしさに目を細め、鳥の声に気を取られているうちに、潜り戸が閉まった。

「山桃ったら、冷たすぎると思いました」

松江と手をつなぎ、森を抜ける道を歩きながら、初代はべそをかいた。だが、母娘が振り返っても、森の向こうの御館の屋根を見つけられないくらい遠くまで離れてしまったころ、

「遠吠えが聞こえてきたんですよ」

初代には、山桃の言葉を聞き取ることができた。よく務めたな、松江。きかん気の初代、これか

らはもう少しおとなしく生きるのだぞ。

——まあ、おまえには無理か。達者でな。

「山桃のちん、ちんという笑い声まで聞こえるようで、あたしは大声で泣いてしまいました」

泣いて泣いて、涙と鼻水を盛大に流し、何も出てこなくなって泣き止むと、松江が初代の髪を撫でながら、言った。

——金色の縞ができてるよ。

「慌てて見てみたら、今度はあたしだけじゃなく、おっかさんの髪にもできていました」

美しい金色のしるし。ご褒美の福分だ。

「あたしたちがそれを認めた瞬間に、髪に吸い込まれるみたいに、金色の縞は消えていって」

そのとき、髪の先、指先、鼻の頭、耳たぶ、身体の隅から隅まで、金色の温かな波で内側から洗われるような感じがしたという。

「お別れの悲しみも消え、心にあったかい思い出だけが残って、元気がわいてきました」

母娘は歩き、森を抜け、いつしか下りの山道を踏みしめていた。やがて、平らな道に出た。

「少しずつ、感覚が戻ってきました」

慣れ親しんだ土地の感覚。生まれたときから吸い込んできた空気、踏みしめてきた土、眺めてきた木々と草の葉の緑。

「馬淵村の西側で、お地蔵様と馬頭観音様の小さいお堂があるところ。村まで、半里ぐらいのところにいる、と」

見覚えのある欅《けやき》の大木と、桜の古木。なだらかな斜面を覆うクマザサと、遠くでさやさやと鳴っている竹林。ここは姉ちゃんたちとタケノコを掘りに来た竹林だ。クマザサも取りに来た。

「だけど、お堂はありませんでした。八つのあたしの背の高さほどのお地蔵様と馬頭観音様も」

富次郎は穏やかに問いかけた。「あなたは八つのままで」

そう！　初代は強くうなずいた。

「ちっとも変わっていなかったんです。あたしたちはすっかり慣れてしまい、御館にいるうちは気にならなかったんですが、外に出てきてようやく、おかしいと気がつきました」

母娘が御館にいるあいだ、馬淵村では時が流れていたはずだ。どれくらい？

「そのとき、村の方からこっちに歩いてくる人影が見えてきました。あたし、思い切って手を振った。飛び上がりながら、お〜い、お〜い！」

その人影は野良着に笠をつけ、鍬《くわ》を担いでいた。体格はがっしりしているが、髪はだいぶ白くなっているし、足の運び方が若者ではない。

「どこのおじさんか、おじいさんか。一生懸命思い出そうとしました。相手がてくてく近寄ってくると、その顔に見覚えがあるような気がしてきて」

松江も同じらしく、目を見張っていた。

「そしたら、あたしたちよりも先に、そのおじさんの方が立ち止まって、いきなり大声を出したんです。こっちを指さして」

——まさか、そんなことがあっかよ。

男はその場にへたりこんで、目をこする。

——本当におっかあか。おまえは初代か？

富次郎も驚き、息を呑んだ。初代は言った。

「あたしの二番目の兄さんでした」

馬淵村では、実に三十年もの時が経っていた。

「あたしたちは、伊元屋御殿の大火の夜に行方知れずになったと思われていたんです」

あの大火のなかでは、松江の夫・芳蔵と長男が死んでいた。黒焦げの亡骸が見つかって、「花蝶の火難」の後始末のために新しく作られた村の墓所に葬られていた。そこには供養の塚もあった。

「花蝶さんの首から下を埋めたんだそうです。兄さんはその塚を怖がってましたけど、あたしは平気でした。何ならもういっぺん、このくそ女！　と罵ってやろうかと思うくらいでしたよ」

初代の健やかな笑いに、富次郎も笑った。

「生き残った兄さん姉さんたちは、それぞれ所帯を持って、もう孫も何人もいましたけど」

松江と初代をいちばん驚かせたのは、馬淵村の繁栄ぶりの方であった。

「あんな忌まわしい火事が起きて、人が大勢死んだんだから、村は失くなっていても不思議じゃなかったのに、まるっきり逆でした」

もちろん、大火を出す原因となった職人頭の家は山奉行のお咎めを受け、馬淵村から消えていた。

「残った村の衆は苦労に苦労を重ねて、また木枠作りを始めて――」

すると、以前から取引きのあった大きな養蚕家や絹糸問屋が次々と助けてくれるようになった。

「それに加えて、近くに新しい湧き水の源が見つかって、そのまわりに見事な桑が育っていたんだそうです。その桑の葉でお蚕さまを養うと極上の絹糸がとれることがわかって、村を挙げて桑畑を耕し、養蚕に励むようになったというんです」

松江と初代が三十年ぶりに帰り着いたのは、夢のように豊かな馬淵村だった。

「あと、お地蔵様と馬頭観音様は、村の中に建てられた立派なお堂にお住まいになっていました」

初代の笑みが、黒白の間を照らす。

「三十年のあいだ、馬淵村は大雨にも大風にも地震《じぶる》いにも遭わず、旱《ひでり》も虫害もなかったんだそうで」

その守護に感謝の念を表すために、鎮守様から石仏のお地蔵様まで、丁重に祀り直すことになったのだそうな。

富次郎は言った。「それは心がけのよいお話ですが、馬淵村の種々の幸いについては、その神仏のおかげじゃないと思いますよ」

湧き水の恵みも、馬淵村が災害を免れていたのも、松江と初代が御館で奉公していたからだ。つまり、それが二人の給金だったのだろう。

初代は小首をかしげる。「だとしたら嬉しいけれど、ご褒美は別にいただいてましたよ」

あの髪の金色の縞だ、という。

「あれ、金運だったんですよ」

それ以降、お金に困ることがなかったから。

「おっかさんは〝山神様にお仕えした〟ってことが尊ばれて、良いところに再縁できたし、おかげであたしも養父に恵まれました。絹織物の卸問屋を営んでいて、裕福だったんです」

この養父が、江戸に分店を構えたとき、「村のなかでいつまでも好奇の目で見られる」のが重荷になっていた初代を、江戸に出してくれた。

「それで、あたしは今の亭主に会えたんです。出会ったときは、八百善《やおぜん》や平清《ひらせい》にも負けない料亭で修業してたんですよ」

明るく胸を張る。幸せの光に包まれて。その眩しさに目を細め、富次郎は言った。

「それならば、今の一膳飯屋も、いずれはそれくらい大きな料理屋になるのでしょう」

この語り手の勇気と思いやりに彩られた御館の話に、疲れていたこの心も滋養をいただいた。富次郎は思った。お招きしてよかったと。そして、

——聞き手を務めていて、よかった。

変わり百物語冥利に尽きる、一話の語りであった。

富次郎の話――命の取引き

江戸市中の多くの商家と同じように、三島屋は年越しで店を開けて商いに励み、元日は休んで、二日から初売りを始める。お客は多いし、大晦日に売るものと初売りに売るものは品揃えが違うので、どちらも用意万端調えておかねばならず、とにかく大晦日までは忙しい。富次郎《とみじろう》も、二十六日に蟷螂《とうろう》師匠を訪ねて年内最後のお稽古をしていただき、挨拶を済ませたあとは、商いと家事の手伝いに奔走してすごした。

おちかと勘一《かんいち》のあいだに小梅《こうめ》が生まれたという慶び事で始まった、この一年。富次郎は絵師を目指すことを許してもらえて、蟷螂師匠の弟子となり、昨年から延々とこじれていた兄・伊一郎《いいちろう》の縁談にようやく明るい出口が見えてきたところで、暮れていこうとしている。伊兵衛《いへえ》とお民《たみ》の心労を思えば倅《せがれ》の一人として親不孝に身が縮むが、それでも終わりよければ全てよしだ。富次郎の胸は心地よく凪《な》いでいた。

さて、大晦日の昼過ぎのことである。

台所の土間を上がった板の間で、富次郎が包丁を持ち、新太《しんた》が手伝いをして、元旦の雑煮でお店《たな》と作業場の人びと皆の口に入る分の伸《の》し餅を切り分けていると、勝手口の板戸が荒っぽくどんどんと叩かれた。

「もし、ごめんください！　三島屋さん、ごめんください！」

台所には、おせちの重箱に詰める煮染めの匂いと卵焼きの匂いが漂っている。ところが、近くにいた女中が勝手口を開け、「ごめんください」の声の主が転がるように飛び込んでくると、それらのご馳走の匂いは一瞬で消し飛んで、入れ替わりに生々しい血の臭いが広がった。

駆け込んできた男は一見して若いお店者《たなもの》で、襟元にお店の屋号を染め抜いた茶色の印半纏《しるしばんてん》を着ている。〈御水菓子　白井屋〉だ。その胸のあたり、両袖、半纏の下の縞の着物の胸元、そして草履をつっかけた裸足の足の甲や指先まで、鮮やかな血で染まっていた。

「申し訳ございません、手前は白井屋《しらいや》の者でございます。急ぎお知らせに参りました。伊一郎さんが、伊一郎さんが」

斬りつけられ、大怪我をなさいました――

という言が耳に飛び込んできてから先、誰が何をしてどういう運びになったのか、かなりあとになっても、富次郎はよく思い出せなかった。ただ血の臭いと、白井屋の奉公人の印半纏に飛び散った血しぶきが、まるで小豆《あずき》粒をまいたように見えたことだけが、忘れられなかった。


大晦日のそのころ、伊一郎は静香《しずか》を見舞うため、一人で白井屋を訪れていたのだった。供を連れなかったのは、大げさな訪問にしないためであり、伊一郎が静香に会いにゆくことは、伊兵衛もお民も承知していた。もちろん、白井屋の側も委細心得て、伊一郎を待っていたのだった。

静香は悪阻《つわり》が重く、師走に入ったころから床に伏せがちになり、食事も進まなくて、だいぶ窶《やつ》れていた。白井屋は高級な水菓子を扱うお店だから、喉ごしのよさそうなものを選んでは与えて、静香を労《いたわ》っていた。伊一郎としてはただ静香と顔を合わせ、行く年の困難を忘れ、来る年の幸いを迎えようと励ますつもりで出向いていったのだ。

大晦日は商家にとってはかき入れ時であると同時に、ツケ払いの金銭を清算する締め日でもある。長い場合は半年分溜まった帳面の数字をきれいにするために、主人《あるじ》やおかみが自ら客先に足を運ぶ場合もあるが、さすがに大店《おおだな》の白井屋では、掛け取りは番頭たちに任せて、主人夫婦も静香に付き添い、伊一郎とにこやかに語らった。

静香の静養が第一だから、長い語らいではなかった。伊一郎は、来る年には義父母となる白井屋の主人に丁重に挨拶し、引き揚げようというところに、つと顔を出してくれた静香の異母姉・真咲《まさき》とも言葉を交わして、表へ出た。大通りに出るまではお見送りいたしますと、伊一郎についてきたのが、三島屋に駆け込んできた若い手代であった。

二人は前後して、大晦日の忙しく賑わう日本橋の町へ出た。普通に歩いていても、すれ違う人びとと肩が触れてしまうような混み具合だった。伊一郎は若い手代に、忙しい最中を選んで訪《おとな》った自分の非礼を詫び、

「どうぞお店に戻っておくれ。私も真っ直ぐ三島屋に帰って、商いに専心します」

声をかけて、微笑んだ。若い手代は、白井屋の宝物である静香を嫁に迎えてくれる――なさぬ仲のお腹の赤子ごと、そっくり受け入れてくれる三島屋の若旦那、その男ぶりに感じ入って、深く頭を下げた。

そのとき、手代の目の隅に異なものがよぎった。人混みのなかから現れ出てきた――

匕首《あいくち》が。

朝から風は冷たいがよく晴れている。剝き出しの刃に陽がきらりと弾ける。匕首の柄を握りしめる者の手の指の関節が白くなっていることまで、若い手代の目にはくっきりと見えた。

薄汚れた股引《ももひき》と継《つ》ぎ接《は》ぎだらけの着物に、頭はすっぽり手ぬぐいで包み、正体不明のその襲撃者

は、猿のような素早さで、伊一郎の横腹に向かって匕首を突き出した。飛びかかるような動きに手ぬぐいが翻り、隠されていた顔が露わになった。

「ぜ、ぜんのすけぇ！」

白井屋の手代は絶叫した。

師走の町の人混みが乱れ、次々と悲鳴が上がる。伊一郎と善之助《ぜんのすけ》を囲んで歪んだ輪が生まれ、すぐに乱れてまた押し合いへし合いになった。

「やめろ、やめろ！」

「ああ、大変だ。おい、お若いの、しっかりしなさい！」

「何でもいいから、布をちょうだい！　この人の傷を押さえるから」

「その野郎を捕まえるのが先だ、おい、手を貸してくれ！」

善男善女の声が飛び交うなか、白井屋の手代は地べたにへたり込んで、幽鬼のように真っ白な顔をした善之助が、何人もの人たちに取り押さえられているのを見た。得物の匕首は誰かに取り上げられたのか、見当たらない。しかし、この血は何だ。どこもかしこも血だらけ、血、血、血のしぶき。地べたに血が溜まって泡が浮いているところもある。

横様に倒れ伏した伊一郎はぴくりとも動かず、ただその身体のあちこちから、今も血が流れ出している。介抱する人びとが、必死で声をかけ、伊一郎を励ましている。手代は地べたをひっかくようにして立ち上がると、どなたか白井屋に急を知らせてくださいと頼み捨て、自分は神田三島町を目指して駆け出した。三島屋さんには、直《じか》に伝えなくてはいけないと、その一心で。

凶報を受けた三島屋が動き出し、今度は自分が介抱される側になって初めて、白井屋の若い手代は、自分が躰に伊一郎の血を浴びていることと、右手の人差し指と中指に深い傷を負っていることに気がついた。とっさに善之助の刃から伊一郎を庇おうとしたとき、斬りつけられたのか、指で刃をなすってしまったのか。定かでないまま、気を失った。

　そちらの方が近かったから、深手を負った伊一郎は白井屋に運ばれ、手当てを受けることになった。白井屋の主人が、金創《きんそう》（刃物の傷）の治療を得意とする町医者を、大枚はたいて招いてくれた。三島屋からは、伊兵衛とお民とお勝《かつ》が白井屋に駆けつけた。治療がひととおり終わったときには、もう大晦日の陽は暮れていた。

「今夜から二、三日が命の境目、山になる」

　青山に豪奢な屋敷を構えているという武家出身の町医者は、なるほど腕は確かなようだったが、尊大だった。

「正月三が日を生き延びることができれば、七草までは保《も》つだろう。息をして七草を迎えることができれば、鏡開きまで保つだろう。それを乗り切れば、命を拾うことがかなうだろう」

　伊一郎は脇腹と胸に深い突き傷を負い、さらに何ヵ所も斬りつけられていた。善之助は自身も（お店者としては）優男だったが、男ぶりでは伊一郎にかなわない。それが憎かったのだろう。命を狙う突き傷のほかに、しつこく顔を斬っていた。そのうちのいちばん深い傷が、左目の上をまともに横切るもので、眼球まで切られていた。

「命は助かっても、この眼はもう救えぬ。それは覚悟しておくように」

　尊大な医師の言うことを聞き置いて、伊兵衛は三島屋へ引き揚げた。既にこの椿事《ちんじ》は噂となって町筋を駆け抜けている。世間を騒がせた三島屋は、表戸を閉じて慎んでいなくてはならない。正月飾りも全て外して、神妙に。

　いつまで？　伊一郎が助かるまで。あるいは、三島屋が伊一郎を失ってしまうまで。

　白井屋にはお民とお勝が残った。お民は母として、お勝は、命の崖っぷちに立つ伊一郎に、冥府の闇が近づかぬよう、禍祓《まがばら》いとして守るためだ。

そして富次郎は、何をどうすることもできず、黒白《こくびゃく》の間《ま》にこもっていた。

白井屋から、容態を知らせる遣いだけは来る。それをひたすらに待ちわびながら、富次郎は真っ暗闇のなかにいた。兄を失うかもしれないという恐怖の闇。兄のいない三島屋に、自分だけ取り残されるかもしれないという孤独の闇。

大晦日の夜を、伊一郎は乗り切った。

元日の朝、日本橋通町《とおりちょう》の番屋に繋がれた善之助が、番人の隙を見て舌を噛んで自死したという報が飛び込んできた。

伊一郎が静香とお腹の子を受け入れると決めたとき、善之助は白井屋を追い出されていた。主人の大事な娘と通じたのだから、表沙汰になれば牢屋敷行きか、打ち首だ。命があるだけ有り難いと思わねばならない立場だが、静香への狂おしい恋慕に悶《もだ》え、伊一郎への憎悪に燃える善之助は、正気を失ってしまったのだろう。密かに白井屋の近くをうろついて、きりのよい大晦日か元日か、必ず伊一郎が訪れるだろうことを恃《たの》んで、一刺しにしてやろうと待ち構えていたのだった。

その邪《よこしま》な企みは成った。舌を噛み切り、己の血で喉を詰まらせて死にゆくときも、善之助の顔は笑っていたという。

しかし、元日の夜も、伊一郎は乗り切った。善之助の道連れにはならなかった。

二日の夜も、乗り切った。知らせによると、躰は火のように熱く、斬りつけられた傷は蛇がのたうつように腫れ上がっているという。

それでも、伊一郎は負けなかった。

三島屋をさらに大きなお店にする夢がある。親孝行をする夢がある。愛する女を妻に迎え、子をなして一緒に幸せになるという夢がある。

さらに、いつまでたってもふらふらしていて、気が良いだけの極楽とんぼの弟の先を見定めないことには、死んでも死にきれない――と。

しかし三日の夕暮れどき、一度は呼吸が止まった。ちょうど診察に来ていた青山の医師の手当てで息を吹き返したが、その夜が更けて朝がきて、医師が「どうにか乗り切ったようだ」と言ってくれるまで、お民とお勝はまばたきさえできぬ気持ちだった。

その知らせを聞いたときも、富次郎は黒白の間にいた。あまりにも混乱し、心痛で取り乱し、前後の記憶も定かでなかったところから、ようやく少しだけ立ち直っていた。

そして、頭が働き始めた。思い出し、考えることができるようになった。

あの小雪が頰に冷たく触れる夜更けに、蕎麦の屋台のそばで出会った、商人《あきんど》風の裸足の男の言ったことを。

変わり百物語を通じておちかとも、富次郎とも数奇な縁に結ばれている、正体不明のあの男。その縁は腐れ縁かもしれぬし、いつかは福縁に転ずるかもしれぬ。今はただ、対峙するしかない。

元日に着るはずだった黒羽織を出し、富次郎は身支度を整えた。下着も全て新しいものに替えた。頼りのお勝がいないから、一人できちんとしなくてはならない。

あの正体不明の男は、夜の闇の中で拝めと言った。

今、あの男の言を一縷《いちる》の糸とすがる富次郎は、静まりかえった夜の庭に面した雪見障子を開け放ち、黒白の間の縁側に一人座した。初春の賑わいを板塀の外に追い出し、息をひそめて静まりかえった三島屋の所帯を背に負って、端座した。

明かりは一つも灯していない。富次郎の目には、夜の闇の濃淡と、それを分かつおぼろな線だけしか見えない。

深く息を吐き、丑寅《うしとら》の方角に向かって片手で拝んでから、それだけでは足りぬ気がして、その場に指をついて平伏した。

「あの世とこの世のあいだを行き来するという、いつかのお方よ。あなたの言ったとおりになりました。わたしはあなたに取引きを申し出たい。ここにおいでください」

額《ぬか》ずいていると、初春の慶びも三が日の賑わいも振り捨て、身を律して伊一郎の無事を願うことしかできぬ三島屋の重さが、背中にひしひしとかかってきた。

三が日の浮かれ騒ぎに疲れて、今夜は江戸の町も寝静まっている。八百八町の眠りの上を吹き抜ける夜風からも、屠蘇《とそ》の匂いは抜けた。

富次郎は頭を下げたまま動かない。

かすかに、線香の香を感じた。

「こんばんは」

人の声音ではない。鉦《かね》とか、銅《あかがね》でできた大きな鉢などを叩いて響かせたときの音。

しかし、操るのは人語だ。

富次郎は面《おもて》を上げた。

縁側に、あの商人風の男が腰掛けていた。軽く左に身をひねり、懐手をして、背中を丸めて。

男もまた黒羽織を着ていた。紋も屋号もない、一面にしっとりと黒い絹物の羽織だ。その下には帷子《かたびら》のような白絹の着物に、風変わりな模様を織り込んだ漆黒の男帯。

羽織の紐が、〈結び切り〉の水引を逆さまにした形に結んである。

「この雲の案配じゃ、ほどなく小雪が降り始めますよ」

言って、男は磊落《らいらく》に足を組んだ。持ち上げた右足に、足袋も履き物もない。いつものように赤裸足だ。

「先夜《せんや》と同じでござんすな」

男は懐手を解くと、帯に挟んだ扇子を抜き出した。これまた一面の黒地に、よく見れば帯と同じ模様が浮き出している。何だろう、雲形《くもがた》かな。

「まったくです。これも、あなたの思うとおりなのでしょうかね」

男の横顔を見つめる。鼻筋が通っていると思っていたが、こうして見ると少しかぎ鼻だ。今、その鼻先につと触れた指は細く、爪が尖っている。

真夜中に明かりもなくて、こんな細かなところまで見て取ることができる。やはり、この男はこの世のものではないのである。

その薄いくちびるが動いて、こう言った。

「富次郎さん、私と取引きを望んでおられる」

はい、と富次郎は答えた。すぐと悔やんだ。もっと腹に力を込め、もっと大きな声を出すべきだったのに。

「それは、伊一郎さんの命をとりとめるため。間違いはございませんか」

富次郎に迷いはなかった。恐怖もない。この世のものではないこいつと、おちかは渡り合ってきたのだ。おいらも負けるもんか。

「そのとおり。兄の命を助けていただきたい。あなたにはそれができるのでしょう？　もちろん、対価はお支払いします」

男の口元がくいっと持ち上がり、笑いが浮かんだ。驚いたことに、瞳も笑っている。面白がったり、冷笑しているのではない。

――褒められてる？

富次郎は目を瞠《みは》った。すると、男はいっそう楽しげになった。

「男気のある弟さんだ」

男の指が鼻筋を撫でる。一度、二度。

「さて、お代に何をいただきましょうかね。あなた、何なら差し出せますか」

親切な口調なのに、その一瞬、富次郎は背中が寒くなった。取引きが始まる。これは本気だ。

「わたしが選ぶことができるんですか」

それなら、命には命だ。いちばんわかりやすく、公明正大だろう。それしかない。

富次郎は考えた。これまで聞き捨てにしてきた多くの語り手の話を思い起こしながら考えに考えた。身寄りのない子らを助けるために、豪雨と火の粉の下に身を投げ出した人形《ひとがた》たちのこと。どこにあるのかさえ定かでない村の人びとを化けものから救うため、躰を張って戦った男たちのこと。この世ではない屋敷の内から、囚われた若い男女を逃がしてやるために、命を賭した侍のこと。

「わたしの命を差し出す。それでいいですか」

驚くべきことに、やわらかく目元を緩めたまま、商人風の男は言った。「いいえ、それじゃ駄目だ」

富次郎はぽかんとした。

「暢気《のんき》な小旦那《こだんな》さん、親からもらった命を粗末にしたら、罰があたりますよ」

何を言ってるんだ、こいつは。

「粗末になんかするもんか。兄さんを助けるために、わたしが身代わりになると言ってるんだ」

「いやいや、その取引きは成り立ちません」

「どうして！」

「だって、伊一郎さんはまだ本人の命を残しているからね」

種火くらいに小さくなってしまったが、消えてはいない。ここからまた、大きな火を熾《おこ》してゆく望みはある。

「あなたの命をまるまるもらっちまったら、こっちの取り過ぎでござんすよ」

すぐには言い返すことができず、男の言を呑み込むこともできずに、富次郎は目を泳がせた。すると、男の帯と扇子の風変わりな模様が何の絵柄であるか、唐突に見てとれた。

――炎だ。

火焔《かえん》の模様だ。いや、地獄の劫火《ごうか》か。

「こういう取引きは、きちんと五分五分にすることが肝心なんでね」

富次郎からは、命はもらえない。だが、命と等しくはないけれど、ほとんど同じくらい大事なものなら、

「伊一郎さんの命を燃え上がらせるために、対価として頂戴してもよござんす」

何か思いつきませんかね？　と、男は富次郎の顔を窺うように見る。

命と等しくはないけれど、ほとんど同じくらい大事なもの。

「たとえば、あなたの眼《まなこ》の光」

言われて、富次郎ははっと身を固くした。男は、今度こそ明らかに揶揄《やゆ》の色を顔に浮かべて、こちらを見ている。

「片方じゃ足りない。両方でないとね」

人差し指と中指を広げ、尖った爪の先で、自分の両目を指してみせる。

富次郎は何も言えない。さっきは寒気が走った背筋に、冷たい汗が流れ落ちる。気がつけば、額にも汗の粒が浮いている。

「おっと、あなたは絵師になりたいんだから、そりゃあ無理でしょうねえ」

男は残念そうに首を振る。手を下ろし、扇子をぱんと畳んで帯に挟むと、また懐手をした。

「困ったなあ。他に何かありますか」

命と等しくはないけれど、ほとんど同じくらい大事なものを、対価に差し出す。それがどれほど意地悪な案であるか、富次郎は悟った。

対価として命は要らぬ。生きがいを寄越せ。

その悪意を隠そうともせずに、そらっとぼけてこう続けた。「念のために申し上げますが、目が見えずとも、優れた絵を描く絵師になるという道もございますよ。人の想いの力というものは、恐ろしく強靱なものですからな」

手の震えを止めるために、富次郎は拳を握った。頭は回らない。

こちらから、何を差し出せばいいのだろう。命とばかり思い決めていて、他のことなど考えていなかった。こんなふざけた取引きになるとは、夢にも思っていなかったのだ。

男はかぎ鼻の先をちょっと持ち上げて、言った。「命とほとんど同じものと言えば、私が真っ先に思いつくのは、寿命でございますがね」

その声はよく響き、いっそ耳に快いほどだ。化かされている。欺かれている。惑わされている。

「……寿命？」

「はい。あなたが何歳まで生きるか、それは天によって定められております」

ただ当人が知らないだけで、決まっている。人の生とは、そういうものだ。天下の将軍も、身を売る夜鷹も同じこと。

「それを……そうですなあ、伊一郎さんの命を繋ぐためには、十年分はいただきませんとね」

富次郎の決められた寿命から、十年を差し出す。つまり富次郎は、そのままにしておけば生きられる歳よりも、十年早くこの世を去ることになるのだ。

「あなたの寿命は、四十路《よそじ》と決まっているかもしれない。米寿まであるかもしれない。それはね、あいにく、私にさえわかりません」

それでも思い切りよく、ここで十年差し出せば、伊一郎の命は助かるのだ。

「本当に？」

「おや、疑うんですか」

男は心外そうに目を細めた。

「三途《さんず》の川を素足で行き来するこの私が、閻魔《えんま》様の鼻先で嘘をつくもんですか。あなた、ふざけちゃいけないよ」

怒ってはいない。面白がっている。

こんな相手とは、誰も勝負にならない。

「わたしの寿命の十年」

差し出しますと、富次郎は言った。もう一度、ぴたりと指をついて平伏する。

「それで取引きをお願いします」

面を伏せるだけでなく、富次郎は目を閉じていた。瞼の裏の暗闇に、男の帯と扇子に浮き上がる、地獄の炎が踊った。

「……その十年で、あなたが絵師として世に名を揚げる名作を描く運命《さだめ》になっているのかもしれないのに」

赤裸足の男の、その問いかけにもまた、底意地の悪い笑みが含まれていた。

「寿命の十年を差し出すということは、あなたの想いがかなう機会を差し出すことでもあるんですよ。ああ、もったいない。本当によろしいんですか」

富次郎は固く目を閉じた。瞼の裏に涙が溜まってくる。流してはいけない。この男に気取《けど》られてはいけない。

――おいらは泣かない。

運命なら、自分で切り開く。

「かまいません。取引きしてください」

黒白の間の縁側に、静けさが舞い降りた。風の音さえしない。富次郎一人を残して、三島屋の皆ばかりか、江戸市中の人びとが全て死に絶えてしまったかのような沈黙。夜の底はどこまでも平らで、闇はどこまでも空っぽだ。

「おや、雪が降ってきた」

男の言葉に、富次郎は目を上げた。夜の闇を切り取って浮かび上がる男の額や鼻先に、小さい雪の粒が舞い降りるのが見えた。

男は右手を伸ばし、手のひらを広げ、

「ほら、いっちょうあがり」

そう言って、きらきら光る小雪を手のなかに包み込むようにして、握りしめた。

「今、あなたの十年、頂戴しました」

たったそれだけで、取引きは終わりなのだった。富次郎は、痛みも寒気も何も感じなかった。ただ、気がついた。男の手のなかに握りしめられた光の粒は、雪ではなかったと。

命のかけら。寿命を紡ぐ光。

我に返れば、ひとりぼっちで黒白の間に座っていた。縁側の先には、細かな氷の粒をまくように、見間違いようのない本物の小雪が降っていた。


鏡開きを過ぎて、初春の二十日の朝、白井屋の奥の寝床の上で、伊一郎は目を覚ました。

最初の一言は、

「……おっかさん」

一晩も離れず傍らに付き添っていたお民の窶れた顔。落ちくぼんだ目に目を合わせ、かすれた小さな声ではあったけれど、こう呼びかけた。

「おやふこうを、おゆるしください」

子供のような舌足らず。そして、目尻から涙を一筋。

お民はその頬に手をあて、声を呑んで泣いた。

こうして、三島屋に、本当に新年がやってきたのだった。

——坂野初代氏の御魂に捧ぐ

ありがとう、私の太陽

装画・挿画　こより

猫《ねこ》の刻《こく》参《まい》り

三《み》島《しま》屋《や》変《へん》調《ちょう》百《ひゃく》物《もの》語《がたり》拾《じゅう》之《の》続《つづき》

著　者　宮部《みやべ》みゆき
発　行　二〇二五年二月二〇日
発行者　佐藤隆信
発行所　株式会社新潮社
〒一六二―八七一一
東京都新宿区矢来町七一
電話　編集部〇三(三二六六)五四一一
読者係〇三(三二六六)五一一一
https://www.shinchosha.co.jp
装　幀　新潮社装幀室
印刷所　大日本印刷株式会社
製本所　加藤製本株式会社

ISBN978-4-10-375016-1 C0093

【初出】
「週刊新潮」
二〇二三年三月二日号～
二〇二四年七月四日号